In der Reihe „Karl Mays Magischer Orient" sind bisher
erschienen:

Band 1 – Alexander Röder *Im Banne des Mächtigen*
Band 2 – Alexander Röder *Der Fluch des Skipetaren*
Band 3 – Alexander Röder *Der Sturz des Verschwörers* (2017)
Band 4 – Alexander Röder *Die Berge der Rache* (2017)

Thomas Le Blanc (Hrsg.) *Auf phantastischen Pfaden*
 Eine Anthologie mit den Figuren Karl Mays

Band 2

Alexander Röder

Der Fluch des
Skipetaren

KARL-MAY-VERLAG
BAMBERG·RADEBEUL

Herausgegeben von
Thomas Le Blanc und Bernhard Schmid

© 2016 Karl-May-Verlag, Bamberg
Alle Urheber- und Verlagsrechte vorbehalten
Illustration: Elif Siebenpfeiffer
Umschlaggestaltung: Petry & Schwamb, Freiburg
Lektorat: Jenny Florstedt
Druck: GGP Media GmbH, Pößneck
ISBN 978-3-7802-2502-3
www.karl-may.de

Erstes Kapitel
Auf fremdem Grund

„O Sihdi", sagte mein Freund und Gefährte Halef, der an meiner Seite stand. „Ich weiß nicht, wie wir dies überstehen sollen!" Dabei warf er mir einen furchtsamen Blick zu, was ich nur äußerst selten bei ihm erlebt hatte.

Ich, Kara Ben Nemsi, schaute ihn an und nickte ihm Mut zu. Ich hatte mit Hadschi Halef Omar, dem kleinen Mann mit dem großen Herzen, schon viele Abenteuer und Gefahren überstanden. Und niemals hatte ich an seiner Tapferkeit zweifeln müssen, wenn es wirklich zum Kampf gekommen war. In diesem Augenblick aber, so muss ich gestehen, war auch mir etwas seltsam zumute, und wenn meine treuen Leser dies verwundern mag, die ihren Helden in vielen Reiseerzählungen doch niemals als zögerlichen Zauderer kennengelernt haben, so darf ich ihnen die näheren Umstände schildern.

Halef und ich befanden uns in Istanbul, Stambul genannt, der herrlichen Stadt am Bosporus, deren Jahrtausende während Geschichte angefüllt ist von den Herrlichkeiten und Schrecknissen, welche die Menschheit an vielen Orten gebiert, aber wohl nirgends so schillernd und atemberaubend wie hier, am Schnittpunkt von Orient und Okzident. Allein die beiden früheren Namen dieser Metropole, Byzanz und Konstantinopel, erwecken in einem jeden mannigfaltige Vorstellungen und Bilder, in denen Pracht und Macht der großen Kulturen des Mittelmeerraums sich teils funkelnd, teils furchterregend darstellen. Wer dächte nicht an die sprichwörtlichen byzantinischen Schwelgereien, an den Aufstieg des östlichen Rom, nachdem das westliche Rom in Dekadenz versunken war? Wer erinnerte sich nicht an den großen christlichen Kaiser Konstantin, dessen Namensstadt später an die osmanischen Türken fiel, welche dadurch die Künste und Werte der alten Griechen ins finstere europäische Mittelalter brachten, in dem nach Italien fliehende Dichter und Denker die Renaissance begründeten?

Und hier erlebte ich mit meinem Gefährten Halef allerlei Abenteuer voller Rettungen und Rache, Entführungen und Ehrenduelle, die ich in früheren Bänden meiner Reiseberichte getreu wiedergegeben habe: Meinen Lesern ist daher der Genueserturm im Stadtteil Galata ein Begriff ebenso wie die Landzunge des Goldenen Horns, sie kennen Eyub und Baharive Keui, sie haben gehört von Pera, Tepe Baschi und Sankt Dimitri – alles Orte und Gegenden innerhalb der Stadtgrenzen Stambuls, die ich durchstreift oder gar durchrannt hatte, um den Guten Gerechtigkeit und den Bösen Bestrafung zu bringen.

Dies alles ist nun zwei Jahre her, und seitdem ist viel geschehen.

Nun aber, in diesem Sommer 1874, war ich wieder in Stambul. Und wieder war ich mit Halef auf Verbrecherjagd. Vor zwei Jahren hatten wir die Schurken Hamd el Amasat und Mübarek gejagt und zur Strecke gebracht, und an beide dachten wir mit Abscheu und angesichts der gerechten Schicksale durchaus mit Genugtuung. Aber was war mit ihrem Herrn Kara Nirwan, dem Schut, jenem größten der Bösewichte des Balkan? Wie ich im vorigen Band meiner neuesten Abenteuer schilderte, hatte ich zu unser aller Erstaunen nicht nur erfahren, dass er noch lebte und keineswegs bei dem Sturz in die Verräterspalte, einer tiefen Schlucht bei Rugowa, gestorben war, sondern dass er zudem durch finstere Pläne mit dem ruchlosen Machtmenschen Ahmar Al-Kadir verbunden war, welcher leider ungestraft hatte fliehen können. Wir hatten außerdem herausgefunden, dass sich Al-Kadir mit dem Schut irgendwo auf dem Balkan treffen wollte, um dort gemeinsam

6

weiter zu versuchen, ihren Machtdurst in schreckliche Taten umzusetzen.

Halef und ich hatten also beschlossen, aus dem Maschrik, dem nordöstlichen Teil Arabiens, der zur Zeit unter türkisch-osmanischer Herrschaft stand, in die Hauptstadt des Reiches zu reisen, um Istanbul als Ausgangspunkt für unsere Hatz auf Al-Kadir und den Schut zu nehmen. Bevor wir uns aber auf den Weg durch den wilden Balkan machen konnten, hatten wir noch die eingangs erwähnte Situation zu meistern.

Wir standen also da, an einem uns nicht vertrauten Ort, und sahen uns einer nicht geringen Zahl eigentümlich gekleideter Menschen gegenüber, die uns anstarrten. Wir waren gerade durch die Tür getreten, in diesen großen Raum in einem großen Haus in einem gewissen Viertel von Istanbul, welches von nicht wenigen gemieden und von mindestens ebenso vielen geschmäht wird. Und in den Blicken der anderen vermeinten wir eine gewisse Abneigung, wenn nicht gar Feindseligkeit zu spüren!

Nun, solches waren Halef und ich als Reisende und Abenteurer durchaus gewöhnt. Die Menschen vieler Orte stehen fremden Neuankömmlingen, wenn nicht unbedingt feindselig, so aber doch misstrauisch gegenüber. Ob in der Wüste, im wilden Kurdistan, in den Schluchten des Balkan oder anderswo: Halef und ich hatten uns stets mit Freundlichkeit und Ehrerbietung behaupten können, und wenn die Dinge ärger liefen, so hatten wir auch die heftigsten Gefechte unbeschadet überstehen können. Doch heute waren wir unbewaffnet! Wir hatten weder Revolver noch Messer oder Säbel, und mein treuer Henrystutzen hing nicht über meiner Schulter. Doch die Menschen gegenüber hielten blitzende Dinge in den Händen, die mit ihren Augen um die Wette funkelten, als sie uns anstarrten.

„Nur Mut, Halef", sagte ich jetzt zu meinem kleinen Gefährten. „Wir haben nichts zu befürchten. Wir werden auch dieses Abenteuer, diese Prüfung bestehen. Wir sind weitgereist und kampferfahren. Wir werden uns tapfer schlagen."

„Aber Sihdi", gab Halef zurück. „Ich fühle mich nicht ganz wohl, wie ich so dastehe. Du sprichst von früheren Kämpfen und Abenteuern. Ich will nicht klagen, dass wir unsere vertrauten Waffen nicht dabei haben. Wir werden andere Dinge finden. Aber früher waren wir immer angemessen gekleidet, praktisch und bequem. Diese Maskerade ist so unbequem."

„Ich stimme dir zu, Halef. Auch ich vermisse die Stiefel und die Jacke, so wie du den Burnus vermisst. Aber ich muss dich auch berichtigen: Wir sind hier und jetzt sehr angemessen gekleidet und eine Maskerade ist es keineswegs."

„Mir kommt es aber durchaus so vor, Sihdi", meinte Halef. „Schau dich doch um! Ob unter Kurden oder Tscherkessen, ja nicht einmal unter Albanern habe ich so etwas gesehen."

„Halef, sei nicht ungerecht", erwiderte ich. „Jeder Stamm, jede Kultur hat ihre eigenen Gepflogenheiten, nicht nur was die Gebräuche, sondern auch was die Kleidung anbetrifft."

„Aber es wirkt so unkultiviert", beharrte Halef. „Diese Schlichtheit und Strenge und Eintönigkeit der Farben ist mir so gänzlich fremd. Und alle stehen herum, während sie rauchen. Niemand sitzt bequem."

„Du wirst sehen, Halef", sagte ich, „wenn wir uns erst einmal unter die Menge gemischt haben, wird es nicht mehr so schlimm sein."

„Das hoffe ich, Sihdi", gab Halef zurück. „Ich vertraue dir. Du hast noch immer Recht behalten." Er schaute noch einmal über die Menschenmenge. „Oder in den meisten Fällen."

„Nun komm, Halef!"

Und dann betraten wir den großen Saal der britischen Botschaft in Istanbul, wo wir zu einer Abendveranstaltung zu Ehren der Königin Victoria geladen waren.

Der Raum war hoch und prächtig, wenngleich auf eine recht kühle Art. Im Licht der kristallenen Kronleuchter schimmerten Stuck und Marmor und die Messingkübel der Zimmerpalmen. Diese waren natürlich, wie der Name schon sagt, jene niedrige, fiedrige Art von Palmengewächsen, wie sie überall in Europa von Wohlhabenden und Bürgerlichen als Belebung ihrer heimatlichen vier Wände genutzt werden, und die sich von den großen Palmen des Orients, welche sich in Oasen und Plantagen finden lassen, deutlich unterscheiden. Und auch die Menschen in diesem Saal boten einen völlig anderen Anblick als die Orientalen, die sich in Basar und Karawanserei tummeln. Es war hier eben britischer Grund und Boden, auch wenn er sich in Istanbul befand. Die Gäste, oder vielmehr die geladenen Herrschaften, waren auch zum größten Teil Briten, standen ehrenhaft und steif da und hielten Konversation. In schwarzem Frack und weißem Hemd erschienen die Herren wie gravitätische Trauervögel, während die Damen sich paradieshaft geplustert hatten und zwar immer noch verhalten, aber eben doch farbenfroher als die Herren, in aufwändigen Kleidern und voluminösen Roben und funkelndem Schmuck nach Aufmerksamkeit heischten und diese auch erhielten: anerkennend durch die Herren, wohl eher neidisch und herablassend durch die anderen Damen.

Auch Halef und ich waren, wie erwähnt, passend und angemessen gekleidet. Wir beide trugen Frackschöße und Lackschuhe in Schwarz, Kragen und Schleife sowie Weste in Weiß, und alles aus den feinsten Materialien und dem edelsten Zuschnitt. Halef hatte Recht: Sonst trugen wir durchaus andere Kleidung, robust, bequem und weit, aus Leder und Kamelhaarwolle, dem heißen Klima und den sandigen, staubigen Landschaften geschuldet. Es war nun aber nicht so, dass wir für solche gesellschaftlichen Gelegenheiten wie diese auch immer Frack und Lack mit uns im Gepäck tragen würden. Stattdessen war Folgendes geschehen: Nach unseren Abenteuern in der Al-Badiya-Wüste und dem Beginn des Kampfes mit Al-Kadir hatten wir uns in Stambul mit unserem langjährigen Freund und Mit-Abenteurer Sir David Lindsay getroffen, dem spleenigen, aber sagenhaft reichen englischen Lord. Er hatte von hier aus zurück nach England reisen wollen, um einige Schätze in

Sicherheit zu bringen, die er aus dem Wüstensand mitgebracht hatte. Als wir ihn trafen, eröffnete er uns, dass er in die britische Botschaft geladen worden war, um an einer kleinen Feier anlässlich des Geburtstags der Königin Victoria teilzunehmen. Er verkündete, dort nicht allein auftauchen zu wollen, denn ihm als honorigem Mitglied des Traveller's Club zu London seien, bei aller Treue zur Königin, solche Veranstaltungen voll leerer Konversation und dem Leeren voller Champagnerkelche durchaus unangenehm. In Gesellschaft seiner Mit-Abenteurer und Freunde hingegen…

Kurzum, wir konnten dem Lord seine Bitte nicht abschlagen. Zumal er sich anbot, uns alle mit der notwendigen Abendgarderobe auszustatten. Er kenne selbstverständlich einen fähigen und zudem fixen Schneider, der ohne große Zeitverzögerung vier Fräcke modernen Zuschnitts anfertigen könne, gerade noch rechtzeitig für den großen Abend. Meine klugen Leser haben richtig gezählt. Vier Fräcke? Für Sir David Lindsay, Hadschi Halef Omar und Kara Ben Nemsi – aber da ist doch ein Frack überzählig, respektive fehlt eine Person? Völlig richtig. Denn seit unseren Erlebnissen in der Wüste begleitete uns der junge türkische Koch Abdollah, den Sir David als Diener und Reisebegleiter und eben auch als Koch angenommen hatte. Als Brite von Adel und Stand würde Sir David in der britischen Botschaft natürlich nur mit seinem Diener auftreten und dieser benötigte somit ebenfalls angemessene Gewandung.

Ich hatte den Lord gemahnt, er müsse sich nicht allzu sehr in Unkosten stürzen und einen Maßschneider mit dem Verfertigen unserer Fräcke beauftragen. Es gäbe heutzutage ja vielerlei Kleidung, die industriell hergestellt würde und tragfertig gekauft werden könne. So würden etwa in Berlin viele verschiedene Modelle von modischen Jacketts und Mänteln gefertigt und sehr erfolgreich nach Schweden, Dänemark, Rumänien und eben auch in die Türkei geliefert. Vielleicht würden für uns solcherlei Kleider doch ausreichen? Ich gebe zu, dass ich daran dachte, dass ein schlichter Anzug sowohl für mich selbst als auch für die anderen eine Anschaffung für kommende Zeiten und Gelegenheiten wäre, wohingegen ich gemeinhin keine Verwendung für Abendanzüge oder gar Fräcke habe. Wenn ich nicht rund um den Globus Abenteuer erlebe, verbringe ich meine Zeit in der heimatlichen Schreibstube, wo ich diese erlebten Abenteuer getreulich niederschreibe. Dort trage ich keinen Frack. Und selbst wenn ich meinen Verleger aufsuche, um mit ihm das eine oder andere zu besprechen, genügt ein rechtschaffener Straßenanzug. Aber im Grunde bliebe das gleiche Problem, nämlich den Frack oder Anzug von Stambul nach Deutschland zu schaffen. Zwischen diesen beiden Orten hätte ich keinerlei Verwendung dafür und die schönen Stoffe und die Arbeit des Schneiders wären doch nur Ballast. Nach dem gesellschaftlichen Abend würden die Anzüge verkauft, verschenkt oder was auch immer. Daran erinnerte ich Sir David, doch er beharrte auf seinen Plänen. Er erging sich kurz über den Niedergang von Textilindustrie und Mode, eben weil es jene Kleidung gäbe, die man wie mit der Stange vom Baum schüttelte und die zudem von minderer Qualität war, da die Stoffe nicht von eifrigen Webern liebevoll gewirkt würden, wie etwa der geschätzte britische Tweed, sondern weil sie auf dampfbetriebenen, maschinisierten Riesen-Webstühlen hastig zurechtgerumpelt wären.

Ich war erstaunt über diese Anwandlungen des Lords, der sich sonst nie so technikfeindlich und schon gar nicht so unmodern gegeben hatte, aber ich ließ ihn gewähren. Ich wollte zu diesem Zeitpunkt auch keine Diskussion über soziale Themen eröffnen, die sich ja besonders an der Verelendung der deutschen Weber und der Geschundenen in den englischen Tuchfabriken aufhängen ließe. Obwohl gerade das erstere Thema mich stets bewegt und umgetrieben hat, auch aus persönlichen Gründen, beließ ich es also dabei und gab dem Lord nach. Am Ende sagte er noch, er würde die Fräcke ohne Weiteres seinem Gepäck für die Heimreise hinzufügen. Würden wir ihn dereinst einmal in London besuchen, so hätten wir dort gleich die passende Garderobe. Wir müssten bis dahin nur auf Linie halten. Halef empörte sich ein wenig darüber, als Schlemmer und Prasser verdächtigt zu werden; ich erwiderte gelassen, das wäre wohl kein Problem, bei unserem Abenteurerleben.

So standen Halef und ich also befrackt im Ballsaal der britischen Botschaft. Halef trat dann und wann von einem Fuß auf den anderen, weil ihn die neuen Schuhe drückten. Auch zog er häufig an seinem Kragen herum, der ihn am Hals zwickte. Immerhin fremdelte er nicht mit den langen Frackschößen, denn lange Gewänder war er als Araber ja gewohnt. Ich versicherte ihm, dass er sehr stattlich aussah und eine prächtige Mixtur aus einem westlichen Gentleman und einem orientalischen Ehrenmann darstellte. Denn auf Halefs Scheitel saß ein kunstvoll gewundener Turban aus weißer Seide. Diese Ausstattung schmeichelte seiner recht kleinen und schmalen Gestalt, und auch sein etwas dünner Bart war gewaschen und gebürstet und in gefällige Ringel gelegt. Vor unserem Besuch bei Schneider und Ausstatter hatten wir uns selbstverständlich ins Hamam, ins türkische Bad, begeben, um uns vom Staub der Reise und dem Schweiß der Abenteuer zu reinigen. Mein eigener Bart war sauber gestutzt, mein Haupthaar gekämmt, wenngleich ich auf Pomade und Parfüm verzichtet hatte. Halef hingegen duftete wie ein Rosengarten und eine Moschusherde gleichermaßen, es mochte auch etwas Ambra darunter sein, von der man nicht unbedingt wissen muss, woher diese wohlriechende Substanz stammt.

Neben uns hatte sich Sir David Lindsay postiert, ebenfalls im schwarzen Frack. Und wer jetzt gesagt hätte, dass dies eigentümlich sei, wo der Lord sich doch gemeinhin dem Spleen ergibt, ausschließlich Kleidung zu tragen, die aus graukariertem Stoff und Tuch verfertigt ist, den darf ich um einen genaueren Blick bitten. Denn tatsächlich war es so, dass sich nur bei schärfstem Beobachten, ja nachgerade kritischster Untersuchung, hellstes Licht vorausgesetzt, erkennen ließ, dass der mitternachtsschwarze Frack Sir Davids doch tatsächlich ein Karomuster aufwies, wenngleich kaum sichtbar, weil in, nun man könnte sagen, in vormitternachtsschwarzem, also etwas hellerem schwarzen Ton. Der Lord war und blieb so kurios in seinen Eigenheiten wie eh und je. Ich vermutete aus Erfahrung, dass er ohnehin so etwas wie karierte Socken trug, diese aber gefällig unter den Hosenbeinen und den Lackschuhen vor den Blicken aller verborgen blieben. Was er jedoch allen zeigte, war das spitznasige, breitmündige Gesicht derer von Lindsay und auf diesem lag das gefällige Lächeln des Stolzes, ein Brite zu sein.

Neben Sir David ragte die schlaksige Gestalt von Abdollah der Decke entgegen. Der gute Abdi, wie er in Verkürzung seines Namens genannt werden wollte, ruckte seinen großen Kopf auf seinem langen Hals umher, da er angesichts des prächtigen Saals und der nicht minder prächtigen Abendgesellschaft kaum wusste, wohin er zuerst schauen sollte. Dabei war er selbst ein höchst interessanter Anblick. Seine Augen waren groß und kullerhaft, die Ohren wahrhaftige Lauscher, die wie Rundsegel an seinem Schädel steckten. Sein Herz war treu, wenngleich sein Gemüt etwas schlicht war. Er war mutig und ein formidabler Koch, auch wenn sein Mut mit Küchenmessern und Töpfen weiter reichte als mit Waffen, die man auf dem Gefechtsfeld führt. Wie er sich auf diesem gesellschaftlichen Parkett schlagen würde, musste sich zeigen, aber da er bei einigen hohen Herren in kulinarischen Diensten gestanden hatte, würde er sich angemessen zu benehmen wissen. Ich ging sogar davon aus, dass er gar nicht anders konnte, als galant zu sein, denn er trug seinen Frack mit größtem Stolz, wenngleich ihm die langen Hosenröhren und die fast ebenso langen Frackschöße die Gestalt eines äußerst seltsamen Wat- und Staksvogels gaben. Nun, seinen Schnabel würde er wohl halten.

Denn jetzt kam der Gastgeber auf uns zu. Der britische Botschafter war groß, hager, und sein schmales Gesicht wurde eingerahmt von einem grauen Backenbart und dominiert von einer großen Nase. Sir David raunte mir hastig einige Informationen zu: „Das ist Sir Henry George Elliot. Er ist seit sieben Jahren im Amt. Vorher war er im diplomatischen Dienst in Sankt Petersburg, Den Haag, Wien, Kopenhagen und Neapel... Sein Vater ist übrigens Gilbert Elliot-Murray-Kynynmound, der zweite Earl of Minto..."

„Lindsay! Rasseln Sie schon wieder Titel herunter?" Botschafter Elliot schüttelte erst den Kopf und dann die Hand Sir Davids. Dabei lächelte er spöttisch. „Aber wie schön, dass Sie es einrichten konnten, hier vorbeizuschauen. Ich nehme an, Sie sind dennoch auf dem Sprung, wie man so schön sagt? Auf der Reise von hier nach dort, ganz nach den Statuten des Traveller's Club?"

Sir David lächelte zurück, durchaus freundlich, wie mir schien, obgleich dies bei seinem dünnen, schmalen Mund wie immer schwierig zu erkennen war. Ein gerechtes Urteil konnten wohl nur langjährige Freunde und Vertraute Sir Davids fällen. Der Botschafter schien sich zu diesen zählen zu dürfen, angesichts des Dialogs zwischen den beiden befrackten Herren.

„Und Sie, Elliot? Immer noch einen weiteren Empfang mit Champagner und Kanapees? Ganz nach den Statuten des Diplomatischen Korps?", sagte Sir David.

„Selbstverständlich", gab der Botschafter zurück. „Und welcher Anlass wäre diplomatischer als die Wiederkehr des Wiegenfests unserer hochgeschätzten Queen Victoria sowie ihres Krönungstags und ihres Regentschaftsbeginns!"

Sir David feixte. „Und ich dachte, es wäre eine Jubelfeier zur Wiederwahl von Benjamin Disraeli zum Premierminister. Aber nein – das wäre ja durchaus verspätet und damit unbritisch."

Der Botschafter feixte ebenfalls. „Etwa so unbritisch, wie sich nicht an den Wahlen zu beteiligen, weil man wieder einmal im Ausland weilt."

„Ich trage zur Lösung der Orientfrage sozusagen vor Ort bei."

„Allerdings. Geradeso wie ich!"

Beide lachten, wenngleich ich den Eindruck hatte, dass hier unter all der Heiterkeit auch einige Spitzfindigkeiten verborgen waren. Das Thema war, wie in diesen Jahren und in dieser Erdgegend stets, das Streben von England auf der einen Seite und das Russlands auf der anderen, das schwankende Osmanische Reich einerseits zu stützen, andererseits zu schwächen, und auf sozusagen niederer Ebene natürlich auch das Freiheitsstreben der Balkanländer, die sich wie etwa Bulgarien bemühten, das Joch der Hohen Pforte, wie man die türkische Regierung nannte, abzustreifen. Ich war überzeugt, dass dies nur in Aufstände und schließlich auch Kriege münden konnte. Mit dieser Ansicht stand ich nun nicht allein da, und wenn ich mit Diplomaten oder Herrschenden der genannten Länder über diesen Sachverhalt hätte diskutieren wollen, wären wir trotz unterschiedlicher Gewichtungen und Vorbehalte wohl übereingekommen. Ich wusste aber zudem, dass es in diesem Großen Spiel, wie der Konflikt zwischen England und Russland um Balkan und Orient gemeinhin genannt wurde, noch einen oder zwei weitere Spieler gab, und diese, namentlich Ahmar Al-Kadir und den Schut, musste ich selbst bekämpfen, da mir wohl niemand der in Landesinteressen verfangenen Herrschaften geglaubt hätte, um wen es sich handelte und mit welchen Mitteln sie welche Ziele erreichen wollten.

In diesem Augenblick waren aber weniger schwerwiegende Dinge wichtig. Der Botschafter wandte sich von Sir David ab und mir zu, musterte mich interessiert, stellte aber dennoch eine Frage an den Lord:

„Und wen haben Sie hier an illustren Herrschaften mitgebracht?"

Sir David reckte sich und stellte mich vor. „Das ist Kara Ben Nemsi Effendi. Ebenso wie ich ein vielerfahrener Weltreisender und zudem noch ein berühmter Schriftsteller."

„Sehr erfreut", sagte der Botschafter und drückte meine Hand. „Sie schreiben Romane wie der eben erwähnte Disraeli? Falls Sie nicht nur schreiben, sondern auch lesen, kann ich Ihnen seine Werke nur empfehlen. Benjamin Disraeli sah in jungen Jahren nicht nur aus wie Lord Byron, er schrieb auch mindestens genauso gut."

„Nein, Herr Botschafter", stellte ich höflich richtig, „ich schreibe keine Romane, sondern Reiseerzählungen, also Berichte über meine Reiseerlebnisse und Reiseerfahrungen. Herr Byron und Herr Disraeli brillierten auf ganz anderem literarischen Gebiet."

„Ich gehe richtig in der Annahme, dass Sie kein Araber oder Osmane sind, trotz Ihres Namens? Bei jenen Völkern mangelt es doch ein wenig, was Belletristik angeht..." Botschafter Elliot hob beschwörend die Hand. „Verstehen Sie mich nicht falsch! Ich bin diesem Land und dieser Kultur sehr verbunden, sonst wäre ich kaum hier, aber gewisse Defizite, was die schönen Dinge angeht, gibt es eben doch. Deswegen sehen wir Briten uns auch als Schutzmacht, nicht nur, was das Politisch-Militärische angeht, sondern auch im kulturellen Sinne."

„Dann sollten Sie ja keine Bedenken gegen gewisse russische Einflüsse haben, denn die Herren Dichter Puschkin, Gogol, Dostojewski und Tolstoi sind Größen ihres Fachs und harren nur der angemessenen Übertragung in die Sprachen anderer Länder, damit sie auch dort gelesen werden können. Für jene, die kein Russisch sprechen können. Oder wollen."

Neben mir hörte ich Sir David schnappend Luft holen, weil ich mir eine solche Spitze erlaubt hatte. Der Botschafter schaute mich etwas schmaläugig an und spitzte die Lippen.

„Sie sind Russe, Kara Ben Nemsi? Ach, richtig, das hätte ich mir denken können. *Nemets* ist ja russisch für Deutscher." Er hob erstaunt die Brauen. „Ja, was sind Sie denn nun?" Dann warf er einen Blick zu Sir David. „Mein lieber Lindsay, wenn Sie nicht an Ihren Fähigkeiten des korrekten Vorstellens und einander Bekanntmachens arbeiten, werden Sie die Orientalische Frage dadurch lösen, indem Sie Krach und Zwist unter allen Parteien gleichermaßen entfesseln!"

„Hören Sie, Elliot…", begann Sir David, aber ich wollte die Situation selbst entspannen.

„Herr Botschafter", sagte ich, „Sie haben völlig Recht, ich bin Deutscher. Mein Name, unter dem ich im Orient bekannt bin, ist ein wenig verwirrend, da er durch kleine Missverständnisse entstand, dann aber aus Gewohnheit beibehalten wurde. Mein tatsächlicher Name, unter dem ich in Deutschland auch veröffentliche, ist…" Ich nannte ihn und auch meinen Verlag.

„Nun, warum nicht gleich", meinte der Botschafter jovial und drückte erneut meine Hand. „Vielleicht können Sie Ihren Verleger ja auch dafür begeistern, neben den diversen Russen auch Disraeli zu verlegen. Ich könnte da vermitteln. Wo sagten Sie, sitzt Ihr Verlag, in Hamburg?"

„Nein, in Bamberg." Der Botschafter hatte sich wohl verhört. Oder ihm war, wie so vielen Briten, als deutsche Stadt nur Hamburg bekannt, wohl weil es wegen Nebel und Hafen dem englischen London so ähnlich ist und die Bewohner hier wie dort etwas steif daherkommen. Obgleich ich von Geburt Sachse bin, schätze ich Bamberg und Franken sehr, wohl weil es sich quasi in der direkten Nachbarschaft befindet und auch des schmackhaften Biers und der Würste wegen. Trotz meiner Weitgereistheit und eines gewissen Weltbürgertums bin ich wohl doch ein typischer Deutscher. Und nun umso mehr, da es seit wenigen Jahren ein vereintes Deutsches Kaiserreich gab, das sich mit den anderen großen Monarchien Europas wohl messen konnte, und die jüngste französische Republik sei auch nicht verschwiegen.

Der Botschafter wies mit knapper Geste durch den Raum. „Wenn Sie erlauben, wenden wir uns von der Literatur zur Architektur hinüber. Sie sind ein kulturbeflissener Mensch, wie mir scheint. Wie gefällt Ihnen Pera House? Es wurde in den vergangenen beiden Jahren renoviert, nachdem es 1870 zu einigen Brandschäden gekommen war, und wir haben etliche Maßnahmen ergriffen, um für die Sicherheit zu sorgen ..."

Ich fand es dem britischen Selbstverständnis durchaus angemessen, den ganzen Bau nach dem Stadtteil Istanbuls zu benennen, in dem er sich befand, namentlich in Pera, das früher auch das Venezianische und mittlerweile das Europäische Viertel genannt wurde, eben wegen der zahlreichen europäischen Botschaften, Vertretungen und Generalkonsulate, die in älteren oder neueren, stets aber prächtigen Bauten untergebracht waren. Des Botschafters Anspielung auf die Sicherheit entnahm ich, dass damit nicht allein der Brandschutz gemeint war, sondern auch die Tatsache, dass es in diesem Haus sowohl diplomatische als auch militärische Geheimnisse zu bewahren, wenn nicht gar zu verbergen galt.

„1870 war ohnehin ein bemerkenswertes Jahr, nicht wahr?", meinte der Botschafter. „In der Nähe hat damals auch die neugebaute schwedische Botschaft eröffnet. Und in Ihrem schönen Land wurde der Grundstein dafür gesetzt, dass Sie nun auch eine Botschaft in Istanbul haben dürfen. Aber leider nicht in Pera ..."

Ich wusste, dass seit diesem Jahr die Bauarbeiten für die deutsche Botschaft begonnen hatten, da das alte Gebäude des preußischen Konsulats nicht mehr den repräsentativen Ansprüchen des Kaisers genügte. Leider aber war im Botschaftsviertel kein Baugrund mehr zu haben. Nun, ich war überzeugt, dass dies durch die Pracht des Hauses wettgemacht werden würde. Lage ist nicht alles.

„Man erzählt sich", fuhr der Botschafter fort, „dass der Architekt reinen Klassizismus anstrebt. Mit nackten Ziegeln an der Fassade. Man ist sich einig, dass dies weder zum orientalischen Flair Istanbuls passt noch zu dem seit langer Zeit gepflegten italienischen Stil."

Damit meinte er die jahrhundertealten Bauten der Venezianer wie auch die jahrzehntealte britische Botschaft, die in jenem Geschmack errichtet worden war.

„Nun", meinte ich, „neue Staaten, neue Zeiten, neue Bauten. Vergönnen Sie es uns, Herr Botschafter. Wir werden uns zu benehmen wissen und dem britischen Königreich in den kommenden Zeiten sicher nicht solchen Ärger bereiten, wie es Amerika vor einem Jahrhundert getan hat." Ich gab mich ein wenig dem spitzfindigen Geplänkel hin, das unter den Angehörigen unterschiedlicher und unterschiedlich alter Nationen zwangsläufig ist.

„Davon bin ich überzeugt", sagte der Botschafter und lächelte ein wenig herablassend. „Für die Franzosen hat es gereicht, aber es waren eben nur Franzosen." Er hob beschwichtigend die Hand. „Aber ich danke Ihnen für den Hinweis auf unsere frühere Kolonie. Ich bin äußerst glücklich, dass ich hier in Istanbul meinen Dienst fürs Vaterland leiste, und nicht jenseits des Atlantiks irgendwo in der Prärie unter den Indianern. Sie sind sicher auch froh, im farbenprächtigen Orient umherzureisen und nicht in jener neuweltlichen Einöde."

„Sie haben völlig Recht, Herr Botschafter, klug und verständig wie Sie sind." Neben mir hörte ich Halef leise kichern, der ja nun wusste, dass ich auch in Nordamerika viele Abenteuer erlebt hatte und mir Land und Leute ans Herz gewachsen waren, vor allem die Apatschen vom Stamm der Mescalero. Ich beschloss, dass sowohl diese tapferen Krieger wie auch ich selbst die Größe besitzen konnten, dem britischen Botschafter seine chauvinistische Weltsicht ungescholten durchgehen zu lassen. Allerdings hatte nun mein kecker Halef auf sich aufmerksam gemacht. Der Botschafter fasste ihn scharf ins Auge.

„Nun, wen haben wir hier?", fragte er. „Einen recht heiteren arabischen Gesellen?"

Halef nahm ein wenig Haltung an, da er wusste, dass es sich bei einem westlichen Botschafter um einen nicht gerade niedrigen Würdenträger seines Staates handelte. Halef war aber dennoch nicht unterwürfig und richtete sich gemeinhin nach meinem eigenen Auftreten dem jeweiligen tatsächlichen oder auch nur eingebildeten Machtmenschen gegenüber.

Sir David kam rasch seinen Vorstellungspflichten nach.

„Das ist der ehrenwerte Hadschi Halef Omar Ben Hadschi Abul Abbas …"

„Gut, gut", sagte der Botschafter und winkte ab. Er schüttelte Halef lächelnd die Hand. „Sir David ist ein begeisterter Verkünder von Titelreihen, nicht wahr? Werter Hadschi Halef Omar, ich sehe, Sie haben eine ebenso beeindruckende Reihe von Namen und damit Vorfahren wie ich selbst, deshalb seien Sie herzlich willkommen und genießen Sie den Abend. Ich darf Ihnen sagen, dass Sie prächtig gekleidet sind. Frack und Turban gehen gut zusammen, so wie ich hoffe, dass dies auch einst über Orient und Okzident gesagt werden kann."

Halef nickte stolz, als habe der Botschafter ihn soeben zum Ehrenbotschafter für Völkerverständigung ernannt. Ich gönnte ihm dieses Gefühl und dachte bei mir, dass ich mich dem Gedanken Sir Henry Elliots gerne anschließen wollte. Der Botschafter wandte sich danach Abdi zu, der die ganze Zeit neben Sir David stehend ein wenig gezappelt hatte. Vielleicht lag es an der Aufregung oder aber an den Lackschuhen, die, so gebe ich zu, auch mich selbst ein wenig drückten. Jedenfalls wankte durch die Bewegungen auch der schöne neue rote Fes auf Abdis Scheitel und die schwarze Troddel schwänzelte herum. Ob sich der Botschafter dadurch gegrüßt fühlte, vermochte ich nicht zu sagen, auf jeden Fall aber erkannte er an dieser Kopfbedeckung Abdi als türkischen Untertan des Osmanischen Reichs.

„Einer der Männer, denen gegenüber ich zu repräsentieren habe", nickte der Botschafter.

Sir David stellte vor: „Das ist Abdi, mein Diener und Koch. Ein formidabler Koch, möchte ich hinzufügen. Sein Onkel stand in Diensten des Schesahde Abdülhamid, des Neffen Sultans Abülaziz und …"

Der Botschafter unterbrach ihn. „Wie war der Name Ihres Dieners? Archie? Wie kurios! Lindsay, lassen Sie den Menschen doch ihre eigenen Namen …"

20

„Ach Unsinn, Elliot!" Sir David schüttelte unwirsch den Kopf. „Foppen Sie mich nicht ständig! Als wenn ich jemanden mit dem absurden Namen Archie als Diener annehmen würde! Dies ist Abdollah, der auf eigenen Wunsch Abdi genannt werden möchte."

Der Botschafter amüsierte sich über die eifrigen Worte Sir Davids und reichte Abdi seine Hand. „Willkommen, Abdi."

Und dann geschah das Unglaubliche! Ich glaubte meinen Augen und Ohren nicht zu trauen, Sir David wurde die Nase vor Verwunderung noch spitzer und die Lippen noch schmaler, nur Halef wusste wohl nicht so recht, was geschah, außer dass es sich seiner Ansicht nach wieder einmal um eine Unmöglichkeit des tölpelhaften Abdi handelte.

Und dies ereignete sich: Abdi griff nach der Hand des Botschafters, drückte sie herzhaft – und dann vollführte er einen akkuraten Diener, indem er zackig Kopf und Schultern nach vorn kippte. Dabei sagte er mit lauter Stimme: „Kistand! Schamstadina!"

Dem Botschafter wurden die Augen groß – und dann lachte er. Er kicherte ganz und gar unbritisch, bis sich sogar einige Tränen zeigten. Er wischte sie mit den weißen Handschuhen fort und beeilte sich dann, dem wieder aufgerichteten, aber nun betreten dreinschauenden Abdi aufmunternd gegen den Arm zu klopfen. „Das habe ich lange nicht gehört! Seit den 1850ern! Eine schöne Zeit war das, die fünf Jahre in Wien. Vielleicht sollte ich wieder einmal dorthin."

Abdi strahlte. Botschafter Elliot nickte uns der Reihe nach zu. „Und jetzt darf ich mich entschuldigen. Ich muss noch viele andere Gäste begrüßen. Amüsieren Sie sich. Bis später, Lindsay. Guten Abend, Kara Ben Nemsi und Hadschi Halef Omar. Servus Abdi, baba!"

„Servus, baba!", winkte Abdi. Der Botschafter lachte, schüttelte den Kopf und tauchte in der Menge der anderen Gäste unter.

Halef stemmte die Fäuste in die Hüften und funkelte Abdi an. „Was hat das alles zu bedeuten? Wieso nennst du den ehrenwerten Ambassador-Ingles so schamlos vertraut *Vater*?" Er schüttelte den Kopf. „Und er dich auch…?" Halef blickte verwirrt zu mir. Sir David fand nichts Seltsames an der Verabschiedung. „Wieso *Vater*? Sie sagten beide schlicht *bye-bye*? Und *at your service*?"

Ich rieb mir amüsiert das Kinn. Während des ersten Abenteuers, bei dem Abdi uns begleitete, hatten wir, also Halef, Sir David und ich, erfahren, dass Abdi während seiner Ausbildung zum herrschaftlichen Koch im Gefolge des türkischen Sultans einige europäische Metropolen bereist hatte, namentlich London, Paris und eben – Wien. Abdi verstand und sprach also einige wenige Worte der jeweiligen Landessprachen. Überhaupt hatte er ein scharfes Gehör und deshalb wohl verstanden, was Sir David mir über den Botschafter zugeraunt hatte. Und so ist es kaum verwunderlich, dass Sir Elliot, der frühere britische Botschafter in Wien, der nun britischer Botschafter in Istanbul war, und unser Abdi sich mit der eigentümlichen Wiener Abschiedsformel bedachten. Ob das wienerische *baba* tatsächlich mit dem englischen *bye-bye* verwandt ist oder doch nur eine kindliche Wortspielerei, darüber sind sich selbst gestandene Sprachforscher uneins. Die seltsame Begrüßung, die Abdi in einem kuriosen Akzentmischmasch aus Türkisch und Wienerisch von sich gegeben und die den Botschafter so überraschend zum Lachen gebracht hatte, war, genau ausgesprochen oder vielmehr niedergeschrieben, die folgende: „Küss die Hand, gehorsamster Diener!" Ich sah Abdi die etwas unpassende Verwendung nach und amüsierte mich mit allen anderen.

Es war nun an der Zeit, sich selbst unter die Gäste zu mischen, wie man dies gemeinhin nennt. Allerdings war es so bestellt, dass weder ich das bin, was man als Salonlöwen bezeichnet, noch meine drei Gefährten. Sicherlich, Sir David war mit den Gepflogenheiten von Abendgesellschaften vertraut, aber er bereiste den größten Teil des Jahres die verschiedensten Weltgegenden und nicht das Parkett von Villen und Herrensitzen. Abdi parlierte gemeinhin nicht mit feinen Herrschaften, sondern hielt Zwiesprache mit Viktualien und Küchengerätschaften. Halef war zwar Mitglied im Stammesrat der Haddedihn-Beduinen, erlebte aber viel häufiger mit mir Abenteuer im Orient. Und was meine Person anbetraf, so drittelt sich mein Leben in besagten Orient, den Wilden Westen Amerikas und die heimatliche Schreibstube. Da bleibt kaum Zeit für gesellschaftliches Leben. Ich gebe zu, dass ich daher dem plauderhaften Kurzgespräch durchaus abgeneigt bin, und sei es nur, weil es mir ungewohnt ist. Unter Wüstensöhnen und Westmännern hält man keinen *small talk*, wie Sir David dies genannt hätte. Es ist ja ohnehin ein wenig absurd, etwa angeregt über das Wetter zu reden, wenn man sich nicht unter einem festen Dach mit Kronleuchter und innerhalb fester Wände mit Stuck und Täfelung befindet, sondern eben mitten im Wetter, nämlich in Steppe und Prärie, in Wäldern und auf Bergeshöhen. Auch Klatsch und Tratsch darüber, was jener Herr oder diese Dame am vorigen Tage oder Abend getan oder unterlassen habe und mit wem und in welchem Aufzug – dies sind Dinge, die mich nicht interessieren, eben weil sie unnütz und langweilig sind. Aber niemand soll mich wegen meines häufigen Umgangs mit rohen, deftigen Menschen in wilder und ursprünglicher Landschaft nun selbst für ungeschlacht und verroht halten. Ich kann mich in jeglicher Umgebung behaupten – wie auch immer sie beschaffen und mit welchen Personen sie bevölkert sei.

Ich zog also meine Weste glatt und richtete die Frackrevers. Dann sagte ich zu meinen Gefährten: „Also dann, meine Herren!"

Die nächste Zeit verging recht gleichförmig. Ich sprach an, wurde angesprochen und dann und wann wurde ein Toast auf die britische Königin ausgebracht, welcher aus Gläserklingen und Segenswünschen bestand. Immerhin gestaltete sich dies nicht so preußisch-stramm, wie es sich wohl in einigen Jahren zu Kaisers Geburtstag in der deutschen Botschaft ereignen würde. Ob dies an den unterschiedlichen Völkern oder dem Geschlecht des gekrönten Haupts liegen würde, sei dahingestellt. Zur Ehrenrettung des britischen Militärs, welches natürlich durchaus darauf verzichten kann, von einem deutschen Zivilisten gerettet zu werden, darf ich erwähnen, dass die anwesenden Offiziere durchaus schneidig riefen und ihre Gläser erhoben. Die Diplomaten und Würdenträger und illustren Gäste aus anderen Ländern und Kulturen benahmen sich ebenfalls dem Anlass angemessen. Ich sah die Botschafter anderer Länder, Herren aus Politik und Wirtschaft, jeweils nebst Gattinnen und Damen, sofern dies kulturell erlaubt war. Vielerlei Sprachen waren zu hören, wenngleich das Englische vorherrschte, und auch wenn die Kleidung von Fräcken dominiert wurde, gab es auch reiche orientalische Gewänder und exotische Kopfbedeckungen, auch wenn mir selbst diese natürlich keineswegs exotisch, also fremd schienen. Und ebenso erging es den Herren des Parketts, als sie mich und meine Gefährten sahen. Sie starrten und staunten keineswegs, sondern gingen mit uns, wie mit den ihren und auch anderen, äußerst freundlich und höflich um. Die Situation war also nicht ganz so drastisch, wie von mir eingangs geschildert, und ich gebe freimütig zu, dass ich dies allein aus Gründen der Spannung tat. Die erfahrenen und weltgewandten Herren Diplomaten sind nämlich keineswegs überrascht, wenn im Rahmen einer Abendveranstaltung noch vier weitere befrackte Herren am Eingang des Ballsaals der britischen Botschaft in Istanbul erscheinen. Ebenso wenig wurden die anwesenden Wesire, also osmanischen Minister, bestaunt, die ohnehin Abendanzug und Fes trugen. Die wenigen arabischen Gäste, Männer in Djellaba und Turban, in Burnus und Kefije, fielen ein wenig durch ihre hellen Gewänder auf; ihr Auftreten war jedoch ebenfalls gewählt und diplomatisch. Es mochten wohl Würdenträger ihrer Stämme oder gar der Königshäuser sein. Und sie waren sicher nur geladen, weil es in diesem vergleichsweise zwanglosen Rahmen Gelegenheiten gab, auch heikle politische oder wirtschaftliche Dinge zu besprechen. Daran war wohl allen gelegen, in diesen schwierigen Zeiten, da hielt man sich nicht mit Äußerlichkeiten auf und wahrte Gesicht und Contenance.

Was sich jedoch dann ereignete, sorgte tatsächlich für Staunen und Raunen, zunächst aber für verblüffte Stille. Ich will nicht sagen, dass eine Uhr eine bestimmte Stunde schlug, aber es schien doch, als hielten alle für einen Augenblick den Atem an. Es gibt in kleineren Gesprächsrunden wie auch in größeren Gesellschaften jene eigentümlichen Momente, in denen durch Zufall alle Unterhaltungen zur selben Zeit zum Erliegen kommen. Hier wird überlegt, dort wird nachgesonnen und anderen Orts ist alles gesagt. Es herrscht Stille, wo zuvor das Summen einander überlagernder Stimmen den Raum beherrschte. Ein solcher Augenblick trat nun ein. Und in den Saal trat eine einzelne Person. In das vom Zufall geschaffene Schweigen fauchte ein Schwefelholz. Dessen Kopf fing Feuer, die Köpfe der Anwesenden wandten sich um. Ein Schwaden blauen Rauchs stieg auf, als eine schmale Zigarre an der Spitze aufflammte. Dann rauchte die Person. Niemand achtete darauf, wohin das verbrannte Zündholz verschwand, man starrte gebannt auf die Person. Denn sie war – eine Frau!

Zweites Kapitel
Die Dame in Schwarz

Es ist nun so, dass ich selbst nicht derart schockiert bin, eine Tabak rauchende Frau zu sehen, wie es die anwesenden Herren und Damen der höheren Gesellschaft waren. Ob im Orient oder auf dem Balkan oder im Wilden Westen habe ich viele Frauen gesehen, die im Rauchen und Schmauchen den Männern in nichts nachstanden. Aber auch ich war erstaunt darüber, was es für eine Frau war, die hier im Ballsaal der Botschaft rauchte.

Die Dame – ich will so höflich sein, sie hier so zu nennen – war von eleganter Erscheinung. Sie war hochgewachsen und schlank, sehr schmal in den Hüften und in ihrem Körpertypus insgesamt das, was man knabenhaft nennt, wenngleich sie keineswegs wie ein schwacher Halbwüchsiger wirkte, sondern kraftvoll und drahtig, aber dabei nicht unweiblich. Sie trug ein langes Kleid von schlichtem Schnitt, schmal in der Silhouette und ohne voluminösen Zierrat, wie etwa Rüschen oder Schleppe. Es war auf asiatische Art hochgeschlossen und besaß eng anliegende Ärmel. Die Arme der Frau waren dennoch bis zum Ellenbogen von langen Handschuhen bedeckt, die aber dem Anlass entsprechend nicht bis zum Oberarm reichten, wie es für einen Opernbesuch vorgeschrieben wäre. Der augenfälligste Unterschied zu den Kleidern und Roben der anderen anwesenden Damen war jedoch, dass diese helle, freundliche Farben in zarten sommerlichen Blütentönen trugen, die unbekannte Frau jedoch trug Schwarz, als besuchte sie keine diplomatische Feierstunde, sondern ein Trauerbegräbnis.

Als sei dies allein nicht genug, nach dem stummen Starren der Anwesenden ein erstauntes, wenn nicht gar empörtes Mur-

meln hervorzurufen, so zeigte sich nach Zigarre und Grabes-
flor noch eine dritte unerhörte Eigentümlichkeit. Die Dame
trug ihr Haar – kurz.

Während ich nun fand, dass dies höchst treffend ihre Gesichtszüge unterstrich, die herb, wenn nicht gar streng zu nennen waren, der schmalen Nase und hohen Wangenknochen
wegen, so war die Ansicht der Anwesenden doch völlig anders. Ringsum hörte ich es raunen: „Ein Tituskopf!" – „Bei
einer Frau!" – „War dies nicht vor einem Dreivierteljahrhun-
dert modern?" – „Ja, bei Männern!" – „Im Diréctoire, kurz
nach der Französischen Revolution." – „Aber nur, damit die
Köpfe besser rollen konnten." – „Ging es nicht mit der klas-
sischen Griechenmode einher?" – „Dann ist es hier und heute
umso unpassender!"

Tatsächlich schien die Frisur der Dame eine Anlehnung an
die bekannte Büste des römischen Kaisers Titus zu sein, und
eine Frisur in jenem Stil war wirklich vor vielen Jahrzehnten
neueste Mode gewesen. Aber die Unbekannte trug keine Rin-
gellöckchen, die mit Pomade an den Kopf gelegt waren, sondern die kurzen, schwarzen Strähnen umwoben ihren klassi-
schen Kopf recht ungestüm, wobei ich mir nicht sicher war, ob
diese vorgebliche Unordnung nicht kunstvoll arrangiert worden war. Und vielleicht sollte diese schlichte Frisur, im Gegensatz zu den aufgetürmten und herausgeputzten Gebilden, welche die Damen der Gesellschaft trugen, auch nicht von dem
ablenken, was sich als einziger Schmuck an der schlanken,
schwarzen Gestalt befand: ein voluminöses Collier aus Gold,
das um ihren Hals floss und sich unter den Schlüsselbeinen
entfaltete. Mich erinnerte diese gesamte Erscheinung zum Teil
an die Fotografie von Sofia Engastromenou, besser bekannt
als Sofia Schliemann, auf dem sie das goldene Geschmeide
aus dem Schatz des Priamos trägt. Und doch war diese Frau
so ganz anders als die brave Gattin des berühmten Kaufmanns und Archäologen. Sie blickte über die Menge, als sei sie
ihr Publikum, und doch schaute ihr niemand erwartungsvoll

entgegen, als erhoffte man eine musikalische Darbietung, eine Arie oder auch nur ein Ständchen für die nicht anwesende Königin. Stattdessen setzte das allgemeine Geplauder wieder ein. Ich hörte nichts mehr, was sich auf die Dame in Schwarz bezog. Die Briten hatten offenbar ergiebigere Themen und ignorierten den modischen Affront, im Gegensatz dazu wie es vermutlich Franzosen getan hätten. Man war unausgesprochen übereingekommen, dass es sich hier sicherlich um keine Europäerin handelte, und damit war sie der Mühe, über sie zu sprechen, nicht wert. Und die Nichteuropäer unter den Geladenen ignorierten die Dame wohl in der Ansicht, es handele sich um eine der überspannten Weibspersonen, wie sie nur Europa hervorbringen konnte.

Ich hingegen interessierte mich sehr für diese Unbekannte, besonders, als ich gesehen hatte, dass Botschafter Elliot sie eilig und mit vollendetem Handkuss begrüßte. Möglicherweise hatte er auch dadurch ein weiteres Raunen unter den Gästen verhindert. Ich erkannte daran, dass die Dame dem Botschafter bekannt und ebenfalls zu diesem Abend geladen war. So eigensinnig sie sich gab, den üblichen gesellschaftlichen Gepflogenheiten stellte sie sich also nicht ganz entgegen, und hatte nicht etwa die Gesellschaft gesprengt, indem sie ohne Einladung aufgetaucht war. Und dass die Hürden, zu diesem Abend geladen worden zu sein, nicht sonderlich hoch gewesen waren, erkannte ich durchaus daran, dass auch Abdi, Halef und ich hier zugegen waren. Wir waren eben Bekannte des allseits geschätzten Sir David Lindsay. Wer wusste schon, wer für die Dame in Schwarz gebürgt hatte – oder wer sie überhaupt war. Dies zu erkunden, schien mir die interessanteste Gelegenheit des Abends zu sein, und so beschleunigte ich meine Schritte. Nicht, dass die Unbekannte wieder verschwand, wo sie doch so unvermutet und schillernd wie eine Fata Morgana erschienen war, wenngleich nicht über der Wüste, sondern über dem Parkett. Ich ging dieses Abenteuer allein an, denn Halef hatte sich an das Buffet verfügt, um die angebotenen Speisen zu verkosten. Die Botschaft hatte den Abend als mehr oder minder zwanglosen Stehempfang nach französischem Vorbild gestaltet, und so gab es keine festliche Tafel, an die zum Dîner gerufen werden würde, sondern die Gäste konnten sich an einem reich geschmückten und gedeckten Seitentisch selbst bedienen. Sir David und Abdi flanierten irgendwo durch den Saal.

Ich näherte mich also der schwarz gekleideten Dame. Nachdem der Botschafter sie begrüßt hatte und wieder gegangen war, stand sie noch immer allein im Raum; niemand suchte mit ihr das Gespräch, niemand begrüßte sie, niemand zeigte auch nur das geringste Interesse. Doch während andere Menschen sich von der Gästegesellschaft geschnitten und geschmäht fühlen würden, schaute die Dame ihrerseits in die Runde, rauchte und dachte sich ihren Teil, der angesichts ihres ruhigen, wenn nicht gar sphinxhaften Gesichtsausdrucks keinesfalls von Groll oder Häme bestimmt war.

Ich gebe zu, dass ich mich über mich selbst wunderte. Ich bin, wie erwähnt, kein sogenannter Salonlöwe und ich bin auch nie ein Glücksritter in amourösen Dingen gewesen. Die Damenwelt habe ich stets geschätzt, aber sie doch nie so erforscht und erkundet wie die wirkliche Welt, die sich unter der Windrose darbietet. Dass ich nun so forsch auf diese Frau zuging, konnte ich mir kaum erklären. Irgendetwas zog mich zu ihr hin, und dies konnte nicht der Drang des Forschers sein.

Jetzt hatte ich die Frau in Schwarz erreicht. Ich sah sie im Profil, das edel und streng war und jeder hellenischen Statue als Vorbild hätte dienen können, wenn dort nicht dann und wann die Zigarre an die geschwungenen Lippen geführt worden wäre und sich hernach die schönen Züge durch Rauch verschleiert hätten.

In diesem Moment wandte die Frau den Kopf und sah mich direkt an. Ihre bemerkenswert hellen, grauen Augen schienen geradezu den Nebel des Zigarrenrauchs zu durchdringen und sogar aufzublitzen. Die lächelnden Lippen zeigten einen winzigen Schimmer weißer Zähne. Dann drehte die junge Frau ihren Körper in einer perfekt gezirkelten Bewegung, ohne den Blick von mir zu wenden, und stand als schwarze Figur im schwindenden Rauchnebel vor mir. Nach ihren Augen und Zähnen begann nun auch das goldene Collier auf dem schwarzen Kleid zu schimmern. Die Bögen der einzelnen untereinander verbundenen Ketten bestanden aus winzigen Goldfigürchen, die als vierbeinige Wesen mit gehörnten Schädeln auftraten, in Reihen hintereinander schreitend. Ich wollte nicht unziemlich starren und erkannte so nicht recht, um was für Tiere es sich handelte. Aber es gab nur wenig Zweifel, dass es sich um die miniaturisierten Pendants dessen handelte, was als Hauptstück des Schmucks unter der Kehle seiner Trägerin prangte: ein flacher Goldanhänger von Faustgröße, der wie ein Ziegenschädel mit geschwungenen Hörnern geformt war. Der Schädel schaute den Betrachter aus schaurig leeren Augenhöhlen an. Es war also kaum verwunderlich, dass ich rasch einen angenehmeren Blickkontakt suchte. Leider wohl nicht rasch genug. Die Dame lächelte mich an.

„Ein historischer albanischer Halsschmuck. Vier Jahrhunderte alt. Er soll der Fürstin Donika Arianiti gehört haben. Oder der Fürstin Mamica Kastrioti. Das ist nicht sicher belegt…"

Ich nickte. „Dann stammt er wohl aus dem Schatz von Gjergj Kastrioti, dem Herrn von Burg Kruja."

Die junge Frau musterte mich scharf. Ich erriet ihre Gedanken. Wir hatten ohnehin Englisch gesprochen, aber eine deutliche Zusicherung, dass ihr von mir keine Boshaftigkeiten drohten, schien mir angebracht.

„Ich weiß, wer Skanderbeg, in seiner eigenen Sprache Skënderbeu, ist. Wer kennt den albanischen Nationalheros und Kämpfer gegen die Osmanen nicht? Ich bin aber weder Albaner noch Osmane. Ich bin Deutscher. Doch im Orient nennt man mich Kara Ben Nemsi." Natürlich hätte ich mich viel früher namentlich vorstellen müssen. Aber die junge Frau war nicht nur in ihrer Erscheinung unkonventionell, sie hatte ja auch mit der Konversation begonnen, ohne auf ein offizielles Bekanntmachen zu warten.

„Dass Sie kein Osmane sind, habe ich mir gedacht. Sie tragen keinen Fes." Sie lächelte. „Und ein Osmane hätte mit den albanischen Namen auch nichts anfangen können, sie wohl nicht einmal als solche erkannt. Skanderbeg ist unter ihnen vergessen."

„Deshalb tragen Sie offen diesen Schmuck und berichten freimütig von seiner Herkunft?"

Sie nahm einen Zug von ihrer schmalen Zigarre, die sie in der linken Hand hielt. „Ein wenig Abenteuer darf man sich auch auf dem diplomatischen Parkett erlauben." Sie streckte ihre rechte Hand aus und bot sie mir dar. Nicht zum Handkuss, sondern zum männlichen Händedruck. Ihr Griff war fest, und die seidenen Handschuhe schmeichelten meinen Fingern.

„Qendressa Albrizzi-Teotochi."

„Sie sind Italienerin?"

„Ich stamme aus Italien. Ursprünglich aus dem Süden. Ich bin eine Arbëresh."

„Also eine Albanierin aus der italienischen Diaspora. Dort leben sie seit der Osmanischen Eroberung Albaniens, seit vierhundert Jahren."

„Ich selbst nicht ganz so lange", sagte Qendressa kokett. Sie hielt noch immer meine Hand. Wäre sie ein Mann gewesen, hätte ich vermutet, sie wolle mit mir Kräfte messen.

„Und Teotochi ist doch griechisch …?", fragte ich, ohne auf unsere Hände zu schauen.

„Ich wuchs bei Gräfin Elisabetta Albrizzi-Teotochi auf. Sie stammte ursprünglich von Korfu und heiratete nach Venedig. Daher komme ich auch jetzt gerade."

Ich stutzte. „Ich habe von der Gräfin gehört. Sie führte einen bemerkenswerten Salon und ein offenes Haus für Künstler. Auch Madame de Staël und Alexander von Humboldt waren bei ihr zu Gast."

„Ich verstehe, dass Ihnen nur jene beiden Herrschaften im Gedächtnis geblieben sind, die ebenfalls Deutsche sind oder zumindest eine Verbindung zu Deutschland hatten. Vergessen Sie aber nicht die italienischen Künstler. Auch wenn die Renaissance schon länger zurückliegt, ist Italien nicht unbedeutend – gerade jetzt, als vereintes Königreich. Das dürften Sie als Deutscher nachvollziehen können."

„Aber natürlich", gab ich zurück. „Doch ich habe ebenso bemerkt, dass Sie sich – für eine Dame ungewöhnlich – wesentlich älter gemacht haben, als Sie offenkundig sind. Gräfin Elisabetta ist ja bedauerlicherweise vor vier Jahrzehnten von uns gegangen. So konnten Sie doch kaum bei ihr aufwachsen…"

Qendressa ließ meine Hand los und wechselte die Zigarre in die Rechte. „Ich meinte natürlich: in ihrem Haus aufgewachsen. Aber der Geist der alten Dame durchwirkt dort jeden Raum…"

„*Der* Geist der Gräfin. Nicht *ihr* Geist, wie ich doch hoffe…" Ich wollte mit einem Scherz die unangenehme Situation auflockern. Aber Qendressa stieß die nächste Rauchwolke mit einer Vehemenz aus, die darauf schließen ließ, dass sie ungehalten war.

„Aus Venedig kommen Sie?", sagte ich rasch. „Was führt Sie nach Istanbul?"

Sie schaute mich über die glimmende Zigarrenspitze an. „Geschäftliches."

„Darf ich fragen, welcher Art Geschäfte?"

Qendressa lächelte herablassend. „Kommerzieller konsularischer Dienst. Ich habe ein Abschlussdiplom von der Königlichen Handelshochschule Università Ca' Foscari in Venedig."

Ich nickte anerkennend. Sie hob eine Augenbraue. „Dachten Sie, ich hätte Kunstgeschichte studiert oder etwas ähnlich Damenhaftes?"

„Keineswegs", sagte ich. „Ich wusste nur nicht, dass Italien in der weiblichen Hochschulfrage schon so weit ist wie etwa England."

„Wobei England auch noch nicht so weit ist. Aber das ist einerlei, dank meiner Herkunft kannte ich einige Herren von Einfluss, Gründungsmitglieder der Universität. Die Herren sind jung, ebenso wie die Universität. Da ist man aufgeschlossen. Das in mich gesetzte Vertrauen gebe ich nun zurück, indem ich die historisch gewachsenen Beziehungen zwischen den Osmanen und den Venezianern pfleglich unterstütze."

„Und die historisch gewachsenen Beziehungen zwischen Venezianern und Albanern ebenso, nehme ich an?"

„Selbstverständlich!"

„Dabei sollten Sie auch nicht die britischen Beziehungen vergessen. Aber deshalb sind Sie wohl hier."

Qendressa blickte gelangweilt durch den Saal. „Völlig richtig." Dann nahm sie mich wieder in den kalten Blick. „Und Sie, Kara Ben Nemsi? Wie stehen Sie zu den Briten? Ich vermeine da weniger Englisch aus Ihrem Munde zu hören, als vielmehr Amerikanisch. Sie wurden doch nicht etwa aus Washington herbeordert? Stammen Sie von hessischen Söldnern ab, die im Unabhängigkeitskrieg auf der falschen Seite standen, und wollen nun Wiedergutmachung leisten?"

„Sie besitzen nicht nur eine scharfe Zunge und einen scharfen Blick, sondern auch ein scharfes Gehör, Signorina Qendressa."

„Sie dürfen Zonjusch Qendressa sagen."

„Ich habe nur selten Gelegenheit, Albanisch zu sprechen. Mein *gjuha shqipe* – mein Albanisch – ist darum etwas dürftig."

„Das dachte ich mir. Aber was tun Sie denn nun? Ich bezweifle immer mehr, dass Sie Diplomat sind."

„Ich bin Schriftsteller."

„Ja, dann…" Sie stieß zischend Rauch aus. „Aber gewiss kein politischer…"

„Reiseschriftsteller. Und ja: Ich war im Wilden Westen."

„Abenteuergeschichten also. Sie sind amerikanischer, als ich dachte. Sie schreiben also wie James Fenimore Cooper? Ich erinnere mich: Halbwüchsige lesen so etwas gern, Sie dürften also durchaus Erfolg haben."

„Das habe ich in der Tat. Aber ich schreibe keine Geschichten, sondern erzählhafte Berichte über das, was ich …" Manchmal leide ich darunter, den Menschen stets erklären zu müssen, dass ich mir meine Abenteuer nicht ausdenke, sondern nur wiedergebe, was ich tatsächlich erlebt habe. Die Menschheit zweifelt in solchen Dingen viel zu sehr, während sie in anderen Belangen allzu leichtgläubig ist.

„… und deshalb können Sie, Zonjusch Qendressa, sich sicher sein, dass ich politischer bin, als so mancher vermeint!"

„Und das von einem Deutschen. Zwei erfolglose Revolutionen. Aber Krieg können sie. Und deshalb bin ich Ihnen sogar dankbar."

„Wie das?" Diese Frau erschien mir sehr seltsam.

„Weil es nur durch den Preußisch-Französischen Krieg vor ein paar Jahren möglich war, dass sich für einige kurze Monate die Pariser Kommune hat bilden können. Das war eine große Chance für die Frauen. Ich selbst habe in Italien die Gründung der *Union des femmes* durch Elisabeth Dmitrieff und Nathalie Lemel verfolgt – falls Sie es nicht wissen sollten, was mich nicht verwundern würde – eine russische Adlige und eine französische Buchbinderin, und ich habe Louise Michel bewundert, die selbst auf den Barrikaden kämpfte! Wie zuvor schon Olympe de Gouges während der Französischen Revolution für die Rechte der Frau und Bürgerin gefochten hat! Ihr zu Ehren trage ich auch mein Haar *à la victime* – Sie glaubten doch sicher nicht, es wären modische Gründe?"

Ich hatte mich damit gedanklich nicht recht befasst und der murmelnden Menge zuvor ihr Urteil belassen, ohne mich einer der Ansichten anzuschließen, was die Haarfrage anbetraf.

„Nun", sagte ich vorsichtig, denn Qendressa war in ihren vehementen Äußerungen etwas lauter geworden, „ich schätze kämpferische Frauen und kluge Frauen. Ich habe beiderlei erlebt und kann nur sagen, dass sie gute Vorbilder für jüngere Damen sind. Und ich befürworte durchaus revolutionäre Entwicklungen, wie etwa das Wahlrecht für Frauen. Im amerikanischen Bundesstaat Wyoming wurde es 1869 eingeführt…"

„Waren Sie vor Ort?"

„Nicht direkt. Zu diesem Zeitpunkt war ich…"

„Nicht wichtig", sagte sie. „Sie sind ja kein Journalist und hätten ohnehin nicht darüber geschrieben. Verfassen Sie ruhig weiter Ihre Geschichten. Vielleicht finden Sie unter den anwesenden Herrschaften jemanden, der etwas Interessantes zu erzählen hat. – Ach nein, Sie erleben ja selbst! Viel Erfolg dabei. Guten Abend."

Sie funkelte mich noch einmal an und verschwand in einer Rauchwolke. So erschien es mir zumindest. Natürlich wandte sie sich um und ging, während der Tabakdunst ihrer Zigarre vor mir in der Luft schweben blieb. Ich schaute ihr nach. Jetzt erst bemerkte ich, dass ich während des Gesprächs eine recht arrogante Pose angenommen hatte, den linken Arm angewinkelt und mit den Fingern der Linken in der Westentasche. Ich hatte mit dem Anhänger meiner Uhrenkette gespielt, ohne dass es mir bewusst gewesen wäre. Gemeinhin bin ich nicht zerstreut oder gar nervös. Nun, es war eine besondere Situation und eine besondere Begegnung gewesen. Es hatte nichts zu bedeuten.

Ich spürte, wie hinter meinem Rücken jemand an mich herantrat.

„Mister Nemsi", hörte ich eine mir bekannte Stimme. „Sie scheinen keinen rechten Schlag bei Frauen zu haben. Wenngleich ich glaube, dass man bei derlei Damen ohnehin keinen Stich landen kann."

Ich wandte mich langsam, sehr langsam um. Vor mir stand Edward Drax Bradenham. Ich hatte den Angehörigen der Britischen Ostindien-Compagnie, oder vielmehr den ehemaligen Angehörigen der jetzt ebenfalls ehemaligen Britischen

Ost-indien-Compagnie, vor einigen Wochen in der arabischen Wüste kennengelernt. Er war dort als Leiter einer archäologischen Ausgrabung für die britische Altertumsbehörde berufen. Ich hatte mit ihm gemeinsam gegen einige Banditen Al-Kadirs gekämpft, aber auch einige Wortgefechte mit ihm selbst geführt. Über die Banditen hatten wir gesiegt, wer bei unseren persönlichen Zwisten gewonnen hatte, lag wohl im Empfinden des jeweiligen Beteiligten.

Bradenham stand feixend vor mir, glattrasiert und das blonde Haar gescheitelt. Er trug ebenfalls Frack, aber statt einer der üblichen weißen, tief und rund ausgeschnittenen Westen, wand sich um seine Taille ein *kamarband*, eine Schärpe aus weißer Seide. Wie so viele seiner Angewohnheiten stammte dies wohl ebenfalls aus Bradenhams langjähriger Heimat und seinem früheren Wirkungsbereich, der britischen Kronkolonie Indien. Immerhin hatte er sich den Gepflogenheiten des gesellschaftlichen Anlasses gebeugt und seine Vorliebe für bunte indische Stoffmuster zurückgestellt, denn wie erwähnt war die Schärpe weiß, ebenso die Schleife um seinen Kragen.

„Mister Bradenham", gab ich zurück, „Ihre Ausdrucksweise lässt zu wünschen übrig. Sie sollten solche gewalttätigen Vokabeln nicht im Zusammenhang mit weiblichen Wesen verwenden. Sie sind Brite und müssten menschlichen Umgang doch verinnerlicht haben. Oder ist Ihnen als Anglo-Inder jegliches Gespür abhandengekommen? Gibt es eine Mrs. Bradenham, der das Schicksal der Witwenverbrennung droht, sollten Sie nach langem Leben einmal zur letzten Ruhe finden?"

Bradenham lächelte ungerührt. „Mister Nemsi, ich kommentiere diese Dreistigkeit Ihrerseits nicht und sehe von einer Riposte gegen eine etwaige *Frau Nemsi* ab, die wohl ohnehin anders heißen würde. Dies ist kein Herrenabend, deswegen sollten wir auch nicht von Damen reden. Über andere Herren aber schon. Ich habe bemerkt, dass Ihre Gefährten in voller Stärke angerückt sind? Der kleine Araber, der große Türke und, das Beste zuletzt, der ehrenwerte Sir David Lindsay."

Ich schaute an Bradenham vorbei. In einiger Entfernung sah ich seinen langjährigen Vertrauten, den britischen Hauptmann Terbut-Chegley mit seinem roten Löwenbart über der roten Galauniform neben einem großen Mann im weißen *sherwani*, dem indischen Pendant zum europäischen Frack, wenn man so sagen mag. Der Inder trug einen weißen Turban und einen mit Weiß durchsetzten schwarzen Bart. Er wirkte durchaus aristokratisch auf mich, und ich schien mich darin nicht zu täuschen, denn der Hauptmann neben ihm hielt sich äußerst gerade und agierte nicht so ruppig, wie ich ihn kennengelernt hatte. Der Inder sagte dann und wann etwas und der Hauptmann nickte eifrig. Ich wandte mich wieder an Bradenham. „Aber Sie sind ebenfalls nicht allein hier. Ich fühle mich geschmeichelt, dass Sie mit mir reden, während Ihr Hauptmann die Konversation mit den höheren Herrschaften besorgt. Oder sollte sich der indische Gentleman zurückgesetzt fühlen, weil er mit einem britischen Militär sprechen muss, der vielleicht unschöne Dinge in Indien getan hat?"

Bradenham zuckte mit den Achseln. „Das dürfte den indischen Herrn nicht stören. Er ist selten zu Haus, sondern treibt sich in der Welt herum, geradeso wie Sie, Mister Nemsi."

„Eine verwandte Seele, wie schön", gab ich ungerührt zurück. „Wer ist er denn?"

„Niemand", antwortete Bradenham. „Niemand von Belang. Angeblich ein Prinz Dakkar, Sohn des Radscha von Bandelkhand. Aber ein jeder kann sich mit einem Titel vorstellen. Ich nehme das hin und vermeide es, die Menschen bloßzustellen, auch wenn ich es besser weiß. Ich habe ein Auge für Hochstapler." Bradenham legte einen manikürten Finger an die Lippen. „Da fällt mir ein – was hatte sich denn mit diesem Banditenführer ergeben, dem selbst ernannten ‚Mächtigen', jenem Al-Kadir?"

„Das hat sich erledigt", sagte ich knapp und sprach damit nur die halbe Wahrheit aus. Aber ich hatte kein Bedürfnis, mit Bradenham über diese Sache zu sprechen. Ich hatte überhaupt kein Bedürfnis, mit ihm zu sprechen, auch wenn ich einige Fragen an ihn hatte, was eine gewisse Tempelsprengung in der Wüste Al-Badiya anbetraf. Ich griff aber kurz einen anderen Aspekt auf. „Es scheint sich aber auch Ihr Engagement in der Wüste erledigt zu haben. Ist an der Ihnen übertragenen historischen Stätte alles ausgegraben, was es auszugraben gab?"

Ich möchte hier klarstellen, dass ich Archäologie schätze und für einen ehrenhaften und wichtigen Zweig der Wissenschaft halte. Ich gab leider meinem unschönen Impuls nach, den impertinenten Bradenham mit gleichen Wortwaffen zu schlagen.

Bradenham nickte. „Sozusagen. Das Camp ist aufgelöst, die Herren Archäologen und Professoren sind auf dem Heimweg. Das Geld ist aufgebraucht, und die Kisten und Köpfe sind voller Dinge und Fakten, die auf Papier eingeordnet werden müssen. Auch ich werde in die kühle Heimat zurückkehren und in der warmen Schreibstube einige Artikel für die einschlägigen Wissenschaftsjournale verfassen. Ich kann doch nicht zulassen, dass alles Papier mit Abenteuergeschichten bedruckt wird."

Ich ignorierte diesen Hieb. In dieser Hinsicht habe ich mir eine Hornhaut zugelegt, wie der Recke Siegfried. Aber natürlich ohne Drachenblut und auch ohne Lindenblatt. Edward Bradenham würde nie mein Hagen von Tronje sein.

„Dann wünsche ich Ihnen viel Erfolg", sagte ich. „Und ich hoffe, dass Sie von den Fährnissen des Veröffentlichens verschont werden, wie etwa Druckfehler oder falsches Zitieren."

Bradenham nahm diese Anspielung gelassen hin. „Zweifellos habe ich da die besten Voraussetzungen, die man für Geld wird kaufen können. Sir David Lindsay plant einen kleinen Privatdruck über ein gewisses prächtiges altes Schachspiel, bei dem ich ihn gern textlich unterstützen werde."

Zu ärgerlich! Davon hatte der Lord mir noch gar nichts berichtet. Aber Halef und ich hatten ihn ja auch erst vor kurzer Zeit wieder getroffen, hier in Stambul. Sir David war auf dem Weg zurück nach London gewesen, um das große Schachspiel aus Gold und Silber, welches der Mittelpunkt unseres jüngsten Abenteuers gewesen war, in ein Museum zu bringen. In das Britische oder in sein eigenes, je nachdem. Auf der Zwischenetappe am Bosporus musste er wohl Bradenham begegnet sein, oder wohl eher umgekehrt. Bradenham erkannte meine unausgesprochene Frage und lächelte.

„Sir David wird gemeinsam mit mir per Schiff nach London reisen. An Bord haben wir dann genügend Zeit, um allerlei Dinge zu besprechen. Wenn noch ein paar Minuten übrig bleiben, bis wir im Hafen einlaufen, wird der Lord sicher auch einige interessante Dinge über Sie zu berichten haben, Mister Nemsi. Ich freue mich darauf. Denn jetzt habe ich für Sie leider keine Zeit mehr. Es warten noch andere Damen und Herren, mit denen ich Konversation halten muss. Auf bald!"

Und wieder wurde ich abrupt stehengelassen. Ich nahm es stoisch hin und fühlte mich wieder einmal darin bestätigt, dass es auf dem gesellschaftlichen Parkett nicht weniger rüde zuging als in Wüste und Prärie unter den gemeinhin als so grob und raubeinig beschriebenen Westmännern und Beduinen. Ich war der Ansicht, es wäre besser, mich auch in diesem prächtigen Haus mit seinen prächtigen Gästen an meinesgleichen zu halten, selbst wenn sie zurzeit Frack trugen. Ich wollte Halef suchen, mit ihm etwas am Buffet verzehren und bei Gelegenheit Abdi nach seiner professionellen Meinung zu den Fähigkeiten des konsularischen Küchenchefs fragen.

Aber eine solche Zerstreuung war mir nicht vergönnt.

Drittes Kapitel
Fassaden

Als ich mich zum Gehen wenden wollte, kam Botschafter Elliot auf mich zu, mit einem beleibten Herrn im Schlepptau. Der Mann schien mir Amerikaner zu sein. Er trug einen voluminösen Schnurrbart und statt des Fracks einen gestreiften Anzug im Stil der Südstaaten sowie einen hellen Hut mit breiter Krempe. Trotz der abendlichen Veranstaltung in einem Innenraum schien er sich dies herauszunehmen, wohl mit Hinweis auf die Kopfbedeckungen der Araber und Türken. Es mochte aber auch sein, dass sein gewelltes Haupthaar sich auf dem Scheitel schon lichtete und er eitel war. Einerlei, der Botschafter hatte es ihm nachgesehen, wohl weil er aus dessen Sicht ein Angehöriger jener Bewohner der neuen Welt war, die zweifach verloren hatten: zunächst das zweifelhafte Privileg, ein Untertan der britischen Krone zu sein, und dann auch jenes noch zweifelhaftere Privileg, Sklaven zu halten. Dies sind natürlich meine Ansichten; wie der Botschafter selbst darüber dachte, wusste ich nicht. Aber wie er in anderen Belangen dachte, erfuhr ich in diesem Moment.

„Ich habe eine Überraschung für Sie", begann Botschafter Elliot begeistert. „Einen Gruß aus Ihrer zweiten Wahlheimat – oder ist es die dritte? Wie auch immer: Hier ist ein Gentleman aus Amerika, unterhalten Sie sich doch ein wenig und tauschen Sie Neuigkeiten und Ansichten aus." Dann schwirrte der Botschafter mit schwingenden Frackschößen weiter und steuerte auf die nächsten Menschen zu, die er zum Parlieren zusammenführen wollte. Er war wirklich ein vorbildlicher Gastgeber. Ich hingegen stand dem unbekannten

Südstaatler gegenüber, und er mir, dem ihm ebenso Unbekannten. Der Botschafter hatte vergessen, uns einander vorzustellen. Nun, wir waren Manns genug, dies selbst zu tun. Und der Amerikaner legte jene Unbekümmertheit an den Tag oder vielmehr den Abend, die man gemeinhin mit den Einwohnern der nordamerikanischen Staaten verbindet und die ich als Europäer und Deutscher durchaus schätze, und dies nicht nur, weil ich mich in langen Jahren im Wilden Westen daran gewöhnt hatte.

„How do you do", sagte der Amerikaner höflich und streckte die Hand aus, an der einige Ringe blitzten und die Manschettenknöpfe dahinter nicht minder. „Lippard Lee Fontenoy aus Louisiana."

Seine Hand war feist und weich, doch unter dem sanften Griff spürte ich harte Sehnen. Dieser Mann war wohlhabend, aber nicht arbeitsscheu. Worin seine Arbeit bestand, blieb zunächst sein Geheimnis.

„Kara Ben Nemsi", gab ich zurück. „Ich stamme aus Deutschland. Aber ich kenne Ihre Heimat gut genug, um zu bemerken, dass Sie den Wappenvogel Ihres Bundesstaats tragen." Ich zeigte auf den Gehstock, den Fontenoy trug. Der Griff aus Silber war in der Form eines Pelikans gearbeitet.

Fontenoy hob die buschigen Augenbrauen und seine Schnurrbartspitzen zitterten, als er den Mund zu einem begeisterten Lächeln aufriss. Er hatte zwei goldene Schneidezähne.

„Und ich trage ihn mit Stolz", rief Fontenoy. Er drehte sein Handgelenk, damit ich sehen konnte, dass der Pelikan auch seine Manschettenknöpfe zierte. „Ein bemerkenswerter Vogel. Öffnet mit dem Schnabel seine Brust, um mit dem eigenen Blut seine Jungen zu nähren."

„So sagt zumindest die Legende", gab ich zu bedenken.

„Und dennoch lohnt es, ihm nachzueifern", beharrte Fontenoy. „Ich bin ein stolzer Sohn Louisianas und der Konfö… – der Vereinigten Staaten und achte stets darauf, dass ich meinen Wohlstand teile und die Meinen fördere, selbst wenn es an die eigene Substanz geht!"

„Das ist löblich, wo es Ihr Land doch schwer hat", nickte ich. „Nach dem schrecklichen Bürgerkrieg ist das weltumspannende Monopol auf Baumwolle dahin. Ich nehme doch an, Sie sind cotton-planter?" Ich kam gleich auf das Geschäft zu sprechen. Amerikaner lieben das.

„Sie haben völlig Recht!", rief er. „In beiden Belangen. Und ich habe es mir zum Ziel gesetzt, Europa zu zeigen, dass die amerikanische Baumwolle immer noch die beste der Welt ist. Dass die Alte Welt zurzeit die Ware aus Ägypten und der Türkei bevorzugt, hat doch nichts mit Qualität zu tun, sondern mit politischer Überheblichkeit. Wir Amerikaner haben unsere Probleme überwunden, jetzt sehen wir nach vorn und gehen wir voran!" Er musterte mich und rüttelte kurz mit einem beringten Kleinfinger in der Ohrmuschel. „Aber wem sage ich das! Sie kennen Amerika. Das höre ich an Ihrer Diktion, Ihrer Ausdrucksweise."

„Ich bin seit einigen Jahren oft dort."

„Geschäftlich?" Er hob die Hand und klimperte mit den Fingern und Ringen. „Sagen Sie nichts. Was könnte ein Deutscher den Amerikanern verkaufen? Hm, hm. Ich bin überfragt. Sie liegen, Verzeihung, ja ein weniges zurück, im Vergleich zu den Engländern und den Franzosen."

Ich seufzte. „Ich verkaufe nichts. Ich bin Schriftsteller."

„Ach, einer jener Arglosen, die durchs Ausland bummeln und dann über Land und Leute schreiben?"

„Nein, ich schreibe über mich selbst." Ich war das Erklären leid und glaubte weiterhin, dass ich so den üblichen Diskussionen entgegenwirken konnte. Und tatsächlich: Fontenoy hob seinen Stock, stach kurz in die Luft und ließ ihn wieder auf den Boden pochen.

„Donnerwetter! Das imponiert mir! Das ist amerikanisch! So muss es sein! Ihr Deutschen müsst von den Amerikanern lernen! Richtig – das habt ihr ja bereits. Die Reichsgründung. Aus vielen eines. Das ist das amerikanische Motto!"

„Immerhin mussten wir dafür nicht unsere eigene Brust aufreißen, wie das amerikanische Volk im Bürgerkrieg", gab ich zurück. Als ich Fontenoys Lächeln schwinden sah, fügte ich an: „Aber das Wichtigste ist, dass das Blutvergießen ein Ende hat und alle frei leben können."

Fontenoy atmete tief ein. „Gut, gut. Ich spüre, Sie wollen unbedingt ein Bekenntnis von mir, was die Sklavenfrage angeht. Ja, ich stehe zum Lincoln-Act. Keine Sklaven mehr. Deswegen bin ich hier in Europa. Die amerikanische Baumwolle soll nicht den Weltmarkt durch große Mengen und kleine Preise erobern. Nein, es soll die Qualität sein. Vor allem die verarbeitete Qualität. Robuste Arbeitskleidung für die hart Arbeitenden."

„Ich ahne Ihre Pläne. Sie wollen es meinem Landsmann Löb Strauß nachtun, der mit vernieteten Baumwollhosen sein Glück gemacht hat. Aber seien Sie achtsam, das amerikanische Patentamt ist streng."

„Ich werde doch keine Patente stehlen. Ich bin ein Ehrenmann!" Mir schien, als fühlte Fontenoy sich ertappt. Aber er sprach gelassen weiter. „Ich wusste nicht, dass Levi Strauss Deutscher ist…"

„Aus der Nähe von Bamberg." Ein interessanter Zufall.

„Hamburg?"

„Nein. Aber egal."

„Sie haben Recht, es ist egal. Dort werde ich keine Spuren finden. Ich bin nämlich auf geschäftlicher Recherchereise. Ich werde alles, was Arbeitshosen angeht, von Grund auf neu und besser machen. Deshalb bin ich in Europa. Erst habe ich in Frankreich Nîmes besucht und dann in Italien Genua. Der Stoffe wegen, Denim und Jeans. Da habe ich interessante Anregungen bekommen. Jetzt geht es um die Verarbeitung, Weben und Nähen."

„Warum sind Sie hier und nicht in England?"

„Weil ich einen Geheimtipp bekommen habe." Er blickte sich um, ob auch niemand lauschte. Dies mag meinen Lesern als eine abgedroschene Sache erscheinen, aber es ist tatsächlich so, dass Leute sich umsehen und verschwörerisch tun, wenn sie über ihre Geschäfte reden. Fontenoy war da nicht anders.

„Ich habe gehört, es gibt hier einen neuen Anbieter, der sensationell günstige und dabei gute Ware herstellt. Er heißt Werdem oder so ähnlich."

„Wertheim? Das klingt deutsch."

„Deswegen erwähne ich seinen Namen Ihnen gegenüber. Kennen Sie ihn?"

„Nein. Es gibt eine kleine Textilmanufaktur in Stralsund mit diesem Namen, aber die haben meines Wissens keine Dependance in Istanbul. Obwohl ich gehört habe, dass die Juniorchefs einiges mit dem Laden vorhaben."

„Nein, nicht in Istanbul. Irgendwo auf dem Balkan."

„Das scheint mir sehr weitläufig und vage. Und ob der Name richtig ist? Wo haben Sie ihn denn gehört und von wem?"

Fontenoy straffte die Schultern. „Das ist vertraulich."

„Ich sagte Ihnen doch, dass ich kein Geschäftsmann bin."

„Konkurrenz gibt es überall. Da muss ich vorsichtig sein." Er musterte mich. „Sie sind Deutscher? Ihr Name klingt aber ägyptisch oder türkisch. Und da sitzt die Konkurrenz."

„Kara Ben Nemsi ist mein Name im Orient. In Amerika nenne ich mich Charley. Sie kennen mich vielleicht als Old Shatterhand."

„Donnerwetter! Der sind Sie?"

„Kein anderer." Endlich kannte mich einmal jemand. Ich bin nicht eitel, aber es tut der Schriftstellerseele doch gut, sich nicht immer erfolglos vorzustellen.

Fontenoy packte erneut meine Hand und schüttelte sie. „Ich habe zwar noch nichts von Ihnen gelesen, aber gehört habe ich von Ihnen. Hier und da auf Geschäftsreisen. Sie sind ja tatsächlich ein wenig bekannt. Also, schreiben Sie fleißig weiter, dann sind Sie bald so berühmt wie Buffalo Bill Cody!"

Und es sind genau solche Dinge, die der Schriftstellerseele wehtun! Vergleiche mit Menschen, bei denen nicht allein der

Vergleich hinkt, sondern wo es sich bei den Menschen, mit denen man verglichen wird, um äußerst zweifelhafte Zeitgenossen handelt.

Wo soll ich beginnen? Zunächst mit dem genannten Mann. William Cody, genannt Buffalo Bill, ist – ich wähle meine Worte sorgfältig, aber drastisch – ein Bisonschlächter und Indianermörder! Er hat viele meiner roten Brüder in den sogenannten Indianerkriegen getötet und noch größere Zahlen der Büffel, welche die Lebensgrundlage der Prärieindianer sind, womit er diese nicht nur mit Bleikugeln, sondern auch durch den Hungertod dahingerafft hat.

Dieser üble Mensch nun wurde seit Jahren in sogenannten dime-novels, billigen Heftchen der Schundliteratur, verherrlicht und damit die reifere Jugend verdorben, indem ihr ein zweifelhaftes Vorbild vorgeführt wurde. Man kann froh sein, dass sich in Amerika junge Menschen nicht dadurch ermutigt fühlen, mit Schusswaffen umherzuziehen und ihre Mitmenschen als Bisons oder Indianer anzusehen und wild auf sie zu schießen, mit schrecklichen Ergebnissen.

Auch ich habe, bevor ich die Gnade erfahren habe, von meinen Büchern leben zu können, meine Erlebnisse in kleineren Publikationen veröffentlicht, die nur geheftet statt gebunden waren und die im Abonnement oder durch Kolporteure vertrieben wurden, statt durch den Buchhandel. Dies ist nichts Ehrenrühriges.

Bill Cody hingegen schreibt nicht selbst. Er lässt schreiben. Und zwar durch einen Mann namens Ned Buntline, einen Schmierfinken und Schmutzschreiber, der den Unmenschen Cody zum zweifelhaften literarischen Helden machte. Und der dessen Drang zur Selbstdarstellung in ungeahnte Höhen schießen ließ, ja, wie wucherndes Unkraut. Denn es rauscht nicht nur im Blätterwald der schäbigen Druckwerke, sondern Cody tritt auch noch in Bühnenschauen, sogenannten *shows* auf! In Zirkusarenen reitet er vor Publikum umher, begleitet von Schmierenkomödianten in falschen Indianerkostümen, um die Schandtaten seines Lebens dramaturgisch überhöht als eine Mischung aus Räubermoritat und Varieté aufzuführen. Dabei knallen die Platzpatronen und das schlichte Publikum applaudiert und füllt dem Mann die Taschen. Und es heißt, er wolle binnen eines Jahrzehnts mit noch größeren Dingen auf Tour gehen, sogar nach Europa, Deutschland gar!

Man stelle sich vor, ich würde neben meiner Profession als Reiseschriftsteller im Theater auftreten und meine Abenteuer szenisch und mit Pomp und Flitter aufführen. Oder eben in einer Zirkusarena, in einer „Wild-West-Show" mit Pferden und falschen Indianern! Da seien aber Gott, Allah und Manitu vor!

Ich habe mich ereifert, man mag es mir nachsehen. Aber schlechte Menschen, die ihre Taten unlauter zu Markte tragen, empören mich bis ins Mark.

Fontenoy schien mir mein aufgewühltes Inneres angesehen zu haben. Er ließ behutsam meine Hand los und fragte aufrichtig besorgt: „Ist Ihnen nicht wohl? Oder habe ich Sie irgendwie beleidigt? Verzeihen Sie meine Unbedachtheit, Sie mit Bill Cody zu vergleichen und Ihnen dessen Erfolg zu wünschen. Sicher sind Sie bereits ebenso berühmt, nur eben in Europa und nicht drüben in den Staaten. Aber das kann ja noch zusätzlich kommen. So wie ich meine Geschäftsbereiche ja ebenfalls hier wie dort ausweiten möchte."

Ich nickte beifällig. Der Mann konnte nichts für meinen Zustand und ich wollte nicht ungerecht sein. Tatsächlich war ich nicht nur innerlich erregt, sondern spürte auch eine körperliche Mattigkeit. Ich leide nun nicht unter einer schwachen Konstitution und gewiss nicht unter Klaustrophobie, also Raum-Angst. Ein Kronleuchter verursacht mir keinen Koller und das Parkett löst bei mir keine Panik aus. Ich bin nicht ungesellig und kein Einzelgänger. Aber dieser Abend, der eine heitere und gelöste Stimmung und ein wenig Zerstreuung versprochen hatte, war doch eine Art seelisches Spießrutenlaufen für mich geworden. Nein, ich will es nicht überhöhen. Ich hatte schlichtweg das Bedürfnis nach klarer Nachtluft und ein wenig Stille.

Ich verabschiedete mich von dem Gentleman aus den Süd-staaten, indem ich mich auf seine Vermutung bezog: Ja, da gäbe es eine kleine Unpässlichkeit, mein Entschwinden habe nichts mit ihm zu tun, danke für das angenehme Gespräch und viel Glück für das Geschäftliche. Fontenoy nickte und hob sei-nen Pelikanstock zu einem kurzen Salut.

Dann verließ ich den Saal und ging den Weg zurück, den wir vor einiger Zeit gekommen waren. In der Eingangshalle schau-te ich unwillkürlich zu der Treppe, die in die oberen Stockwer-ke führte. Für einen Augenblick sah ich am oberen Treppen-absatz den Ärmel einer scharlachroten Jacke. Es schienen sich Soldaten dort oben zu befinden. Es mochte nun sein, dass diese zu Beginn der Abendveranstaltung eine Art Empfangskomitee gebildet hatten, etwa um den höheren Gästen in bescheidenem Maße militärische Ehren zu erweisen, und sich nun auf Abruf befanden, falls irgendetwas geschehen mochte wie – Gott be-hüte – der Anschlag eines Anarchisten, der Bakunin nachei-fern wollte, oder sonstiges, das dem balkanischen Pulverfass die Lunte zünden konnte. Andererseits konnte es sich auch um die übliche Wachmannschaft der Botschaft handeln. Oder auch um eine unübliche, eben wegen der Abendgesellschaft, bei der vielerlei teils fremde Gäste aus befreundeten, verfeindeten oder in der Einordnung schwankenden Staaten im Haus waren. Es hätte ja sein mögen, dass sich jemand, wie ich es getan hat-te, aus dem Saal gestohlen hätte, um hinaufzuschleichen und um nach jenen Geheimnissen Ausschau zu halten, auf welche der Botschafter so vage hingedeutet hatte. Aber danach stand mir nun wirklich nicht der Sinn. Ich war kein Spion, ich wollte keine vertraulichen Dokumente, sondern nur frische Luft und ein wenig Ruhe.

Ich trat durch das Portal hinaus und überquerte die schmale Terrasse, die an dieser Längsseite des Pera House entlanglief. Einige Stufen führten die sachte Böschung herab. Unterhalb befand sich der kleine Garten, der still im Dunkel lag. Schmale Wege umschlossen die kleinen Inseln aus Gras, und aus diesen wuchsen einige niedrige Bäume. Ich beschloss, mir in diesem Garten etwas die Beine zu vertreten. Zudem würde man mich dort, in einiger Entfernung zu den erleuchteten Fenstern, auch nicht ausmachen oder gar erkennen können. Ich wollte allein sein. Ich verzichtete deshalb auch auf eine Zigarette, denn ihr Glimmen wäre verräterisch gewesen. Zudem hatte ich in der rauchschwangeren Luft des Saals genug Tabakdunst geatmet. Es war doch etwas anderes, wenn man sich diesem Laster am Lagerfeuer oder im Sattel hingab, umweht von Wüstenwind oder einer Präriebrise.

Unter den Bäumen angelangt schaute ich zum Pera House zurück. Die weiße Fassade war, abgesehen vom wuchtigen Gemäuer des Parterre, glatt und ohne Erker oder Vorsprünge, die hellen Fenster im zweiten Stock besaßen jeweils einen kleinen Schmuckgiebel und eine niedere Balustrade. Im dritten Stock unter dem niedrigen Dach waren die Fenster dunkel. Der Schriftzug auf dem Fries unter der Traufe war nicht zu lesen, ich hatte bei unserer Ankunft auch nicht darauf geachtet, es würden wohl die üblichen Zueignungen und Jahreszahlen sein. An den Ecken des Dachs erhoben sich kurze Kamine. Von dort oben könnte man den Turm von Galata sehen und vielleicht auch die beiden Wasserstraßen erahnen, die das Stadtviertel Pera zu einer Art Landzunge machen.

Es war angenehm im Garten. In den Bäumen hielt sich die Abendkühle und von irgendwo wehte Blütenduft heran. Gut, dass ich in diesem Moment nicht rauchte. Ich betrachtete noch ein wenig die Fassade von Pera House und zählte aus einer Laune heraus, zum schieren Zeitvertreib, die Fenster. Die beiden oberen Stockwerke besaßen jeweils dreizehn Fenster. Die Briten schienen also nicht abergläubisch zu sein. Ich war es auch nicht. Dennoch wollte mir diese Zahl recht gut zum bisherigen Verlauf des Abends passen. Aber ich hatte nicht vor, mich zu beklagen. Stattdessen beschloss ich, mich wieder ins Innere der Botschaft zu begeben. Halef würde mich vielleicht vermissen oder gar nach mir suchen. Ich konnte ja durchaus auf mich aufpassen, aber ich verspürte einen winzigen Anflug von Scham, dass ich so selbstsüchtig gewesen war, meinen kleinen Gefährten im Stich zu lassen. Wenn schon mir das Palaver auf dem Parkett so unangenehm geworden war, wie musste es ihm wohl ergangen sein? Aber dann schöpfte ich wieder Vertrauen in meinen Halef. Er nahm das Leben oft viel leichter als ich und war nicht so häufig von Grübeleien beschwert. Er würde sich gewiss an diesem ungewohnten Ort in dieser ungewohnten Gesellschaft amüsieren. Ich sollte es ihm gleichtun. Ich sog noch einmal die herrliche Nachtluft des Gartens ein und schritt dann forsch auf den Eingang der Botschaft zu.

Da bemerkte ich eine Bewegung an der Fassade. Zu meiner Linken, an der äußersten Kante, schob sich ein Schatten hinauf. Ich sah den dunklen Fleck des Leibes und die Arme und Beine, wie sie sich am Mauerwerk hinaufzogen und hinaufschoben, in geschmeidiger Abfolge der Bewegungen. Es war aber kein Tier, sondern der Schatten eines Menschen. Ein Fassadenkletterer – ein Dieb!

Der Einbrecher war sicher nicht zufällig heute hier, denn es gehörte Mut dazu, einzudringen, während im Erdgeschoss der Botschaft ein Fest gefeiert wurde. Er musste also auf etwas aus sein, dass es nur hier gab, und das waren wohl nicht Geld und Gold oder Geschmeide. – Oder eben doch. Ich vergaß so manches Mal, wie die Diplomatie oder auch die Politik sich abspielten, und nicht nur im Osmanischen Reich oder auf dem Balkan. Natürlich würde es in der Botschaft Gelder geben, die der schlichte Mensch als Schmiergelder bezeichnet hätte, für welche es aber sicher einen harmlosen und verschleiernden diplomatischen Fachausdruck gäbe. Und diese Gelder würden nicht unbedingt in klingender Münze vorhanden sein, auf denen sich gemeinhin das verräterische Konterfei des betreffenden Staatsoberhaupts befand. Und mit bedrucktem Papier ließen sich gewiss nur wenige bestechen, also dürften sich in Schränken aus Stahl sicher auch Diamanten oder ähnliche wertvolle Steine befinden, die den Vorteil haben, dass sie die wohl weitreichendst anerkannte Währung darstellen, dabei aber trefflich leicht zu transportieren und zu übergeben sind.

Dennoch wollte ich nicht allein an einen Dieb glauben, der auf materielle Dinge aus war. Es konnten genauso auch Geheimnisse sein, nach denen er strebte: vertrauliche diplomatische Dokumente. Ein lohnendes Ziel für alle, die im Balkan und im Orient ihre Interessen verfolgten – und von diesen Parteien gab es ja so einige. Und warum nicht am heutigen Abend den Einbruch wagen – nicht etwa, weil Trubel im Haus herrschte. Das war kein Vorteil, denn ich hatte ja die Wachen gesehen. Vielmehr konnte ich mir vorstellen, dass im Schutze der Abendveranstaltung vielleicht die eine oder andere Vertraulichkeit auf dem Parkett ausgetauscht wurde. Vielleicht sogar nicht mündlich, sondern in Form von Dokumenten. Und diese würden für jene Gelegenheit möglicherweise extra vorbereitet worden sein, herausgesucht, kopiert und irgendwo greifbar niedergelegt – was sich sonst in verschlossenen Aktenschränken unter vielen anderen Akten befand. Die eigentümliche Mischung aus Offiziellem und Gesellschaftlichem, also strengem Protokoll und heiterer Gelassenheit, die den Empfang auszeichnete, mochte dazu führen, dass nicht nur mit Menschen, sondern auch mit Dokumenten etwas unkonformer umgegangen wurde – aber das waren nur Mutmaßungen. Der Dieb dagegen war real.

Schon hatte der Schatten das oberste Stockwerk erreicht und schob sich von der Kante der Hausecke auf den schmalen Sims, der sich unter den Fensterreihen entlangzog. Gegen die helle Fassade hob sich die dunkle Gestalt deutlich ab. Ich erkannte mit Verwunderung, dass es sich um einen recht beleibten Menschen handeln musste, denn obgleich die Arme und die Beine schlank erschienen, war die Leibesmitte doch recht voluminös. Dennoch bewegte sich der plumpe Schatten rasch und gewandt. Es war der kuriose Anblick eines überdimensionalen Insekts, das sich an der Gebäudefront entlangbewegte.

Ich zwinkerte und schob den seltsamen Gedanken von mir. Es war ein Mensch, der da an der Wand kroch. Ein Dieb!

Ich überlegte nicht lange. Es war nicht angeraten, in die Botschaft zu laufen, den Botschafter oder das Personal oder die Wachen zu suchen, zu finden und den Sachverhalt zu erklären. Dies würde zu lange dauern. Ich selbst konnte ebenfalls nicht durch die Botschaft rennen. Denn ich kannte mich in dem Gebäude nicht aus, es wäre also töricht gewesen, auf gut Glück die Treppen hinauf- und die Gänge entlangzustürmen und dann nicht zu wissen, welche Tür ich denn aufzureißen hätte, um des Diebes Tat zu vereiteln und diesen zu stellen. Auch würde der Tumult ihn wohl warnen. Er würde in der Nacht verschwinden und hätte zwar keine Geheimnisse stehlen können, die Geheimnisse seines Vorhabens und seiner Hintermänner aber mit sich in die Dunkelheit genommen.

Ich würde den Dieb verfolgen. Auf dem Weg, den auch er selbst gewählt hatte. Ich lief zur linken Seite des Gebäudes, überwand die Böschung und wich den steinernen Vasen am Rand der Terrasse aus, wobei ich stets hinauf zur Fassade schaute. Ich sah, wie der Dieb sich an einem Fenster zu schaffen machte. Der Einbruch gelang und der Schatten verschwand im Innern. Dann hatte ich die Häuserecke erreicht. Die Kante bot einen vortrefflichen Aufstieg, denn die Gestaltung des Erdgeschosses zog sich als Element der Dekoration auch an den Seiten hinauf, die großen Steine boten mit ihren Fugen günstigen Halt. Zudem waren die Bögen der unteren Fenster mit Gitterwerk versehen. Sie mochten wohl das Eindringen dort unten verhindern, ermöglichten aber einen leichten Aufstieg zu den oberen Stockwerken. Dies hatte ich bei dem Einbrecher beobachtet, nun musste ich es ebenso versuchen. Ich zog meinen Frack aus und legte ihn eilig auf dem Fenstersims ab. Auch entledigte ich mich meiner Schuhe. Die Sohlen waren zu glatt, um mit ihnen sicher klettern zu können. Eine Felswand konnte man wohl mit Stiefeln erklimmen, aber bei einer Fassade ist lackglänzendes Schuhwerk hinderlich, selbst wenn es aus feinstem Leder gefertigt ist. Aus dem gleichen Grund zog ich die Strümpfe aus, denn schwarze Seide ist zwar bequem und anschmiegsam, aber ebenfalls ungeeignet, um an geglättetem Stein Halt zu finden. Dies gelingt nur mit freiem Einsatz der Zehen, was jeder einsehen wird. Aber hat er es auch versucht? Ich habe dies getan, aber nicht allein, sondern unter der Anleitung eines großen Lehrmeisters. Vieles habe ich von jenem Mann gelernt, den ich meinen Bruder im Blute nennen darf und welcher der Häuptling der Mescalero-Apatschen im fernen Amerika ist. Mein Freund und Bruder lehrte mich über viele Tage und Wochen nicht nur das lautlose Anschleichen nach Art der Indianer, sondern auch das Erklettern von Bäumen und Felsen. Und dass man dieses nur meistern kann, wenn man den Tastsinn der Fußzehen schärft, indem man sich jeglicher Fußbekleidung entledigt. Ich erfuhr auch von der alten Indianermethode, wie man sich nach langem Reisen im Sattel entspannt, nämlich indem man sich bei der Rast der Mokassins oder Stiefel entledigt und die Füße zu Fäusten ballt. Man lache nicht, ob der zunächst absurden Vorstellung. Es wirkt vortrefflich! Und trägt zudem zur Gelenkigkeit bei, die für das Klettern unerlässlich ist.

Nun stand ich vor einem Gebäude aus Stein. Aber was ist dies anderes als ein Fels, den man zerhauen, behauen und wieder zusammengefügt hat?

Ich setzte also die nackten Zehen in die breiten Fugen des schmucken Mauerwerks, griff in das Gitter vor dem Fenster und zog mich hoch. Dann schob ich mich zur Kante der Gebäudeecke hin und begann zu klettern. Ein Beobachter im Garten würde mich nun als schwarz-weißen Schemen erkennen können. Mein Hemd und die Frackweste gaben vor der hellen Fassade eine gute Tarnung ab. Besagter Beobachter hätte also den Eindruck, nur zwei Hosenbeine schöben sich an der Flanke von Pera House hinauf. Wäre ich nicht auf Verbrecherjagd gewesen und hätte auch sehr sorgsam jeden Griff und Tritt prüfen müssen, hätte ich mich eines kurzen Lachens kaum erwehren können. Eng an die Kante gepresst schob und zog ich mich hinauf. Ich spürte, wie die Uhrenkette, die sich auf der Weste von Tasche zu Tasche spannte, über den Stein scharrte. Das schöne Stück, das ich in großzügiger Geste von Sir David für diesen Abend zur Verfügung gestellt bekommen hatte, litt also durchaus, und ich litt ebenfalls. Ich hätte die Uhr aus der Weste nehmen und in die Fracktasche stecken sollen. Andererseits hätte ich dann auch das einzige Stück meines Besitzes am Fuß der Fassade zurücklassen müssen, das mir an diesem Abend der geliehenen Ausstattung tatsächlich selbst gehörte. Es war ein Anhänger, den ich an der Uhrenkette befestigt hatte, ein sechseckiger Ring aus Gold, ein Andenken an meine jüngsten Erlebnisse. Ihm waren von allerlei abergläubischen Gesellen gewisse magische Eigenschaften zugeschrieben worden, die ich zunächst verlacht und als Unsinn abgetan hatte, wie es meinem nüchternen und weltlichen Naturell entsprach. Nun, einige seltsame Erlebnisse hatten mich inzwischen ein wenig zweifeln lassen. Aber deshalb war ich nicht auf die Seite der Zaubergläubigen gewechselt. Ich trug den Ring, der seiner besonderen Form wegen auf Arabisch Musaddas genannt wurde, dennoch bei mir, weil ich stets an die Begegnung mit Al-Kadir erinnert werden wollte. Denn der Sieg über diesen Schurken war nur vorläufig und nicht endgültig gewesen. Der Musaddas sollte mich bei meinem Kampf für das Gute und die Gerechtigkeit anspornen. Und so schien es mir passend, dass ich ihn in der Westentasche bei mir führte, während ich an der Fassade von Pera House einem Dieb nachstieg.

Jetzt hatte ich den dritten Stock erreicht. Ich setzte erst den einen, dann den anderen Fuß auf den schmalen Sims unter der Fensterreihe, presste mich eng an die Wand und schob mich langsam zur Mitte hin, dort wo ich den Menschenschatten ins Innere des Hauses hatte schlüpfen sehen. Jedes Mal, wenn ich eine der Fensterhöhlungen erreicht hatte, hielt ich kurz inne, um durchzuatmen und festen Halt und neue Kraft zu finden. Es war dies kein leichtes Unterfangen. Eine Kletterpartie im

Gebirge oder das Erklimmen eines Baumes sind mir nicht fremd, und ich habe solcherlei Herausforderungen schon häufig gemeistert. Sich an der Fassade eines Hauses entlangzubewegen, welches modern und repräsentativ ist, ist etwas anderes, als sich Zugang zu einer Bauernkate des Balkan oder einem Lehmziegelbau des Orients zu verschaffen. Immerhin war ich zufrieden, mich nicht noch ein weiteres Stockwerk über dem Erdboden zu befinden oder gar auf dem First balancieren zu müssen. Der Ausblick über die Dächer von Stambul wäre sicher lohnend gewesen, aber dieser Eindruck ist auch auf bequemere Art zu erlangen.

Endlich war ich an dem Fenster angelangt, das halb offen stand. Ich blieb hinter der Mauerkante stehen, an welcher die Fensterlaibung begann. Aus dem dunklen Innern des Zimmers dahinter hörte ich leise raschelnde Geräusche. Das klang nicht, als würde jemand Schränke und Schubladen nach wertvollen Gegenständen durchwühlen, um eine lohnende Diebesbeute zu finden. Auch schien niemand zu versuchen, eine Stahlkassette aufzuhebeln oder gar einen der berühmten britischen Geldschränke aufzubrechen. Der Eindringling vermied jeden Lärm. Und er hatte auch kein Licht entzündet. Eilig überlegte ich mein weiteres Vorgehen. Sollte ich in den Raum hineinschauen, um mich zu orientieren und den Dieb zu mustern? Das hätte allerdings bedeutet, dass ich vor dem Nachthimmel sichtbar gewesen wäre. Ich wusste ja nicht, wie aufmerksam der Einbrecher bei seiner Suche war und ob er aus Gewohnheit nicht doch dann und wann zum Fenster schaute, obwohl er sicher keine Verfolger erwartete. Oder sollte ich lauschend abwarten, was der Dieb als Nächstes tat? Wenn er etwa den Raum durch die Tür verlassen würde, um auf anderem Weg aus dem Haus zu kommen, als durch eine rückläufige und gefährliche Kletterpartie, dann hätte ich die Gelegenheit gehabt, langsam und sicher von außen in den Raum zu steigen. Aber mit jedem Augenblick, der verstrich, konnte der Dieb seine Suche beenden und sich doch zum Fenster wenden. Einerlei, ob er den Weg nach draußen beginnen oder nur das Fenster schließen wollte – warum auch immer –, ich konnte von ihm entdeckt werden. Und meine Position vor dem Fenster, auf dem schmalen Sims, hoch oben an einem Gebäude, war keine Lage, in der ich mich gut hätte verteidigen können. Wie leicht hätte mich der Mann schlicht nach unten stoßen können!

Alles Planen half nichts. Ich wusste nicht, wer der Dieb war, was er tat, wo er sich im Raum befand. Ich konnte mir keinen Blick erlauben, ich musste mich auf mein Gehör verlassen. Das Rascheln kam von einem Punkt tiefer in dem Raum, der Einbrecher befand sich also nicht in unmittelbarer Nähe zum Fenster. Ich hätte demnach nicht sogleich Kontakt mit ihm, wenn ich mich in das Zimmer begab. Trotzdem musste dies rasch vonstattengehen, denn ich wollte das zweifache Überraschungsmoment nutzen: zum einen meines plötzlichen Auftauchens wegen und zum andern aufgrund der Richtung desselben – vom Fenster und nicht etwa von der Tür her.

Ich spannte meinen Körper an, festigte meinen Halt, holte Schwung und dann warf ich mich mit einer Vierteldrehung an der Mauerkante vorüber in die entfernte Ecke der Fensterlaibung. Sogleich zog ich die andere Körperseite herum, stieß mich ab, griff nach der Kante des Fensterrahmens und setzte in das Zimmer hinein. Mit raschen Blicken während dieses artistischen Akts hatte ich zwei Dinge erkannt: Der Dieb kauerte als plumpe Gestalt vor einem geöffneten Wandschrank, in dem sich auf Regalbrettern allerlei Aktenbündel, Briefstapel und lose Papiere drängten. Einiges war herausgenommen und lag auf dem Boden, hastig durchsucht und begutachtet, wie ich sehen konnte. Warum konnte ich dies sehen? Weil der Dieb eine winzige Lampe zum Beleuchten seiner Untaten verwendete, eine Lampe, die nur das unmittelbare Sichtfeld erhellte, aber kaum einen Schein ringsumher warf. Ich fühlte mich sogleich an mein eigenes Phosphorlämpchen erinnert, das ich auf meinen Abenteuern mit mir führe, konnte diesen Eindruck aber nicht überprüfen, da der Körper des Diebes die Lichtquelle verdeckte. Deren Schimmer trug also nicht so weit, dass man ihn von draußen hätte bemerken können, er beleuchtete das schmale, langgestreckte Zimmer aber genug, dass ich mich orientieren konnte. Und in diesem Licht erkannte ich auch die zweite erwähnte Sache: Direkt vor dem Fenster stand ein voluminöser Schreibtisch!

Aber dies war kein Problem für mich, im Gegenteil! Der Schwung, mit dem ich mich in das Zimmer geworfen hatte, hätte zwar ausgereicht, um das Hindernis glatt zu überwinden, ich wäre also nicht wegen der Tischkante gestrauchelt und hilflos vor dem Gegner auf den Boden geschlagen. Nein, stattdessen erkannte ich sogleich meinen Vorteil! Auf dem Tisch stehend hätte ich eine wesentlich vorteilhaftere Position gegenüber dem Mann vor dem Aktenschrank! Denn er kauerte am Boden, während ich ihn nicht nur überragte, sondern meines erhöhten Standorts wegen auch genug Sprungkraft hätte, um ihn selbst bei einer versuchten Flucht noch vor Erreichen der Tür zu ergreifen. Und er würde es aus eben den gleichen Gründen nicht wagen, mich anzugreifen.

Ich bremste also meinen Schwung mit geschickter Schwereverlagerung und Bewegung der Gliedmaßen, kam zum Halt und hockte für einen Moment auf besagter Tischkante. Ich griff zur Seite und packte die nächstbeste Waffe. Es war eine schwere Tischlampe aus Glas und Metall, noch halb mit Brennstoff gefüllt. Ich richtete mich zu voller Größe auf und hob die Lampe. Als Wurfgeschoss wäre sie nicht zu verachten: Ihr Gewicht, das Glas und das Petroleum würden dem Getroffenen dreifachen Schaden zufügen. Das würde mein Gegner hoffentlich erkennen und sich seine Reaktion wohl überlegen. Ich befürchtete nicht, dass er eine Schusswaffe besaß. Ich habe so meine Erfahrungen mit Dieben, auch wenn ich kein Polizist bin. Ich weiß, dass eine Waffe von den meisten Einbrechern abgelehnt wird, denn sie scheuen ja gemeinhin die Konfrontation mit den Besitzern der Objekte, in die sie einsteigen. Sollten sie beim eifrigen Suchen nach Wertgegenständen vom

Besitzer derselben überrascht werden, wären sie mit einer Waffe, die sie dann erst ziehen müssten, ohnehin im Nachteil. Und mit der Waffe in der Hand sucht und wühlt es sich schlecht. Zudem ist die Waffe nur Ballast. Beim Einbrechen sind doch etwaige Werkzeuge nötiger, und je mehr man auf dem Raubzug mitführt, desto weniger kann man von dort wieder mitnehmen. Ich war mir also sicher, dass ich in diesem Moment der einzige Bewaffnete war. Dass ich selbst kein Licht trug, war ebenfalls ein Vorteil: Ich war kaum zu sehen, der Verbrecher umso deutlicher. Ich musste nur mit meiner Lampe auf dessen Lämpchen zielen.

Nur wenige Herzschläge waren vergangen. Ich sah davon ab, einen Ruf auszustoßen. Mein plötzliches Auftauchen, mein überraschender Auftritt sprachen für sich. Eine Floskel wie „Halt!" oder „Was machen Sie da?!" wäre nachgerade lächerlich gewesen. Ich ließ sozusagen meine Person und Positur für sich sprechen. Der Dieb sollte sich selbst erklären. Erschrocken und eingeschüchtert genug wäre er wohl.

Tatsächlich war die plumpe Figur zusammengezuckt – es mochte mir auch nur so erschienen sein, weil ich in diesem Augenblick auf dem Tisch gelandet war – und jetzt erhob sich die dunkle Gestalt mit dem Leuchten in der Hand. Auch wenn Finger und Handfläche die Quelle des Leuchtens völlig verbargen, schien es mir tatsächlich eine kleine Lampe zu sein, die ihren Schein aus der Reaktion zwischen Phosphor und Luftsauerstoff erzeugte. In der Tat ein treffliches Utensil, auch für Verbrecher: Man hantiert nicht mit Feuer; das spart Zeit und gibt Sicherheit. Mein Vorteil war, dass mich dieses Licht nicht blenden konnte und dass die winzige Leuchte auch kein so eindrucksvolles Wurfgeschoss abgeben mochte wie meine Lampe. Oder doch eher die Lampe aus Botschaftseigentum.

Der Dieb richtete sich auf. Der Widerspruch zwischen den schlanken Gliedern und der plumpen Leibesmitte fiel mir erneut auf. Ein seltsamer Fassadenkletterer war das.

Dann hob der Einbrecher den schmalen Arm mit der feingliedrigen Hand, um den Lichtschein auf das Gesicht zu richten. Mir kam die Geste seltsam bekannt vor. Auf diese Weise hatte jemand erst kurze Zeit zuvor die dünne Zigarre an die Lippen geführt.

Und tatsächlich!

Der Dieb war niemand anderes als – Qendressa!

Viertes Kapitel
Eine Dame erklärt sich

Es gab keinen Zweifel. Ich erkannte das Gesicht der jungen Frau. Aber alles andere an ihr schien mir seltsam verwandelt und das hatte nichts mit den Umständen zu tun oder mit der veränderten Umgebung. Nur, weil wir hier in einem düsteren Arbeitszimmer standen und nicht im hell erleuchteten Ballsaal, konnten mich meine Augen doch nicht derart täuschen!

„Guten Abend, Kara Ben Nemsi", sagte Qendressa ungerührt, als hätten wir uns unten am Buffet wiedergesehen. „Wollen Sie mit Ihrer Lampe weiterhin wie der Koloss von Rhodos da oben stehen?"

Ich senkte meine Hand mit der Tischleuchte. Die Gefahr des Unbekannten war vorüber. Jetzt drohte die Gefahr des Bekannten. Die Spitzzüngigkeit einer gewissen Dame.

„Mir schien, dass dies dem Anlass angemessen war", gab ich zurück. „Sie standen ja im Dunkeln. Und zudem wollte ich die Herkunft Ihrer Ziehmutter ehren."

„Sie stammte aus Korfu, nicht aus Rhodos", berichtigte mich Qendressa. „Und Sie selbst haben unten im Saal bemerkt, dass sie ja doch eher meine Ziehgroßmutter gewesen sein muss." Sie schwenkte in eleganter, aber ungeduldiger Geste die Hand mit dem Lämpchen darin, wobei sie mir stets den Handrücken zuwandte. „Aber vielleicht sollten Sie Ihre Lampe entzünden. Diogenes hatte eine brennende Lampe am Tage, Sie noch nicht einmal in der Nacht."

„Diogenes suchte aber Menschen und keinen Abschaum. Verzeihen Sie, Signorina Albrizzi-Teotochi, aber ich fürchte, dass ich mit Ihnen Letzteres gefunden habe. Sie sind eine Diebin."

„Ich sagte Ihnen bereits, dass sie Zonjusch Qendressa sagen dürfen." Im seltsamen Licht der Phosphorlampe hatten ihre Gesichtszüge etwas Geisterhaftes. Auch schien sie mir weniger jung, was wohl daran lag, dass die Position der Lichtquelle die Linien in ihrem Antlitz vertiefte und hervortreten ließ. Ihre Augen jedoch blitzten so hell wie zuvor. „Dieses Licht ist übrigens recht anstrengend … für die Augen. Sorgen Sie für angemessene Beleuchtung, dann können wir reden", forderte sie. Ich sah, wie sich ihre Schultern anspannten. Bei einem Gegner hätte ich einen Angriff erwartet. Waren ihre Worte nur eine Finte?

„Dann leuchten Sie mir bitte weiter", sagte ich höflich. „Ich muss nach Zündhölzern suchen. Meinen Frack mit den Rauchutensilien habe ich an der Außengarderobe im Parterre abgegeben. Sie haben nicht zufällig …?"

„Neben Ihrem linken Fuß ist ein hübscher Zündholzhalter. Sie müssen sich nur etwas beugen."

„Nicht beugen. Verbeugen, Zonjusch Qendressa!" Ich bückte mich so elegant ich es vermochte, mit der schweren Lampe in der einen Hand und mit der anderen nach den Zündhölzern tastend. Dabei ließ ich Qendressa nicht aus den Augen. Sie rührte sich nicht. Meine Finger fanden ein Zündholz und zogen es aus dem Halter. Dann riss ich es an. In der kurzen, blendenden Helle sprang ich vom Tisch. Als meine Sohlen den Boden berührten, setzte ich die Lampe auf der Tischplatte ab. Qendressa hatte sich nicht vom Fleck bewegt, aber ihre kleine Lampe erlöschen lassen und sie wohl auch gleich verstaut. Ich erkannte, dass jenes, was ich für die Leibesmitte eines plumpen Mannes gehalten hatte, eine voluminöse Schärpe war, die sich um die schmale Taille der jungen Frau legte und ihr so eine recht unvorteilhafte Silhouette bescherte. Eine derartige Einrichtung, um Diebesgut zu transportieren, hatte ich zugegebenermaßen noch nicht gesehen. Aber die Dame Qendressa hatte mich während unserer kurzen Bekanntschaft ja schon öfter überrascht.

Ich schob den gläsernen Lampenkolben unter dem Glasschirm nach oben und hielt die Zündholzflamme an den Docht. Ruhiges Licht strahlte durch den Raum. Dieser war sehr eigentümlich. Bei meinem ersten raschen Blick hatte ich bemerkt, wie schmal er war, weniger ein Zimmer als vielmehr ein Gang. Doch wenn Gänge oder Flure durchaus ein Fenster an der Stirnwand besitzen, so steht darunter nur sehr selten ein Schreibtisch. Auch steht kein Kartentisch mitten darin, wie es hier der Fall war. Und noch viel weniger – besitzen sie keine Tür! Ich blickte von meiner Position auf dem Schreibtisch geradewegs auf eine Wand! Sie war ebenso schmal und hoch wie die Fensterwand – und besaß ebenfalls ein Fenster, durch das jemand hineinsah!

Nein, der Rahmen gehörte zu einem Bild. Es zeigte die streng blickende Königin Victoria.

„Es sind leibhaftige Damen anwesend, Kara Ben Nemsi", sagte Qendressa. „Bitte richten Sie Ihre Aufmerksamkeit auf diese, auch wenn jene der Anlass dieses Treffens ist."

„Ich kam zum Geburtstag der Majestät", gab ich zurück. „Sie offenkundig aus anderen Gründen!"

„Deshalb bin ich auch für beide Anlässe gekleidet." Qendressa nahm ungerührt meiner Anwesenheit die eigentümliche Schärpe ab und legte sie auf eine Art hölzernen Servierwagen neben ihr, der wohl gemeinhin zum Transport von Aktenbündeln diente und neben dem Schreibtisch, dem Kartentisch und dem geöffneten, in die Wand eingebauten Schrank das einzige Möbel in diesem seltsamen Raum darstellte. Ein sehr karger Arbeitsraum und ungemütlich dazu mit seinen nackten, engstehenden Wänden, die mit einer groben, weißen Textiltapete bespannt waren.

Ich erkannte jetzt, dass die Schärpe das zusammengelegte Kleid war, welches Qendressa im Ballsaal getragen hatte. Es fiel recht schwer auf die Akten und ich hörte ein leises

Klimpern. Das goldene Collier befand sich in den schützenden Seidenschichten.

Als ich bemerkte, dass Qendressa tatsächlich und im wörtlichen Sinne ihr Kleid abgelegt hatte, zögerte ich ganz instinktiv, sie wieder anzublicken, eben auch wie es der Anstand gebot.

„Ich bin bekleidet, Kara Ben Nemsi", sagte Qendressa ungehalten. „Sie haben mir nicht zugehört."

Ich schaute sie an. Sie trug ein eng anliegendes schwarzes Trikot wie ein Zirkusakrobat, eine nichts weniger als praktische Kleidung für die Fassadenkletterei. Und durchaus unter einem Kleid zu tragen. Qendressa hob die Arme. Ihre Handschuhe befanden sich wohl in dem Kleiderbündel, denn ihre Hände waren unbedeckt. „Ich bin bekleidet, aber unbewaffnet."

„Ich bedrohe Sie ebenfalls nicht", gab ich zurück und lehnte mich gelassen an die Kante des Schreibtischs. „Aber Sie sollten mir jetzt Ihre Beweggründe und Taten enthüllen, nachdem wir die Konversation über die Garderobe abgeschlossen haben."

„Sie sind wirklich wortgewandt", sagte Qendressa spöttisch. „Ach, und körperlich auch, möchte ich hinzufügen. Ein Gespür für theatralische Auftritte haben Sie ebenfalls."

„Und an Ihnen ist eine Artistin verlorengegangen. Lehrt man an der Hochschule in Venedig auch Kletterei und Körperbeherrschung, damit die Absolventen notfalls ihr Geld auf dem Jahrmarkt verdienen können?"

„Gelenkigkeit und gute Balance sind in meiner Familie weit verbreitet. Und ich hatte lange Zeit zum Üben. Aber Sie sind auch geschickt, was Ihre Füße und Finger und den Rest angeht. Wie schade, dass heute Abend keine Musik gespielt wird. Wir hätten dann auf dem Parkett nicht nur reden, sondern auch tanzen können."

„Lenken Sie nicht ab, Zonjusch Qendressa! Was suchen Sie hier? Und ich meine dies nicht im umgangssprachlichen

Sinne. Auf Schmuck sind Sie kaum aus, denn erstens sind Sie damit reichlich versorgt und zweitens ist hier wohl kaum stehlbares Geschmeide vorhanden. Die Kronjuwelen sind in London. Und eine Handelsvertretung ist dies auch nicht, es geht Ihnen wohl kaum um kommerzielle Dinge."

Qendressa zuckte mit den Schultern. Ich überlegte weiter. „Sie sagten, dass Sie im Auftrag der Venezianer hier sind. Da geht es sicher nicht um venezianisches Antikengut, auch wenn es von der Adria bis zur Ägäis frühere Besitztümer gibt. Wären Sie tatsächlich Griechin, würde ich einen Groll gegen die Briten verstehen, wegen Lord Elgin und seiner Entführung der Marmorfiguren des Athener Parthenonfrieses. Aber die Hellenen sind den Briten auch dankbar, da sie nun der Osmanischen Besatzung ledig sind. Anders die weiteren Völker des Balkan, in Ihrem Fall die Skipetaren Albaniens. Zonjusch Qendressa, Sie haben sich durch den patriotischen Halsschmuck des Skanderbeg verraten."

Die junge Frau lächelte. „Eine beeindruckende Verknüpfung von Fakten und Schlussfolgerungen. Sie sind ja ein wahrer Vidocq! Haben Sie niemals erwogen, die Schriftstellerei aufzugeben und ein Erkundungsbüro oder Detektivinstitut zu eröffnen? Aber nein, entschuldigen Sie den Vergleich, Sie sind ja grundehrlich und Vidocq war im früheren Leben ja ein Krimineller, bevor er ein Kriminalist wurde."

Ob mir diese Dreistigkeiten schmeicheln sollten, wusste ich nicht. Der Franzose Eugène François Vidocq war unter Kaiser Napoleon der Begründer und erste Leiter einer Sicherheitsbehörde gewesen, welche die Polizei mit Auskunftsdiensten unterstützen sollte. Dies ist zweifellos eine wichtige Aufgabe, um Verbrechern das Handwerk zu legen, und insofern ist Vidocqs Leistung auf diesem Gebiet unbestritten. Leider war er ein zweifelhafter Charakter. Dass er zuvor der Polizei als Spitzel gedient hatte, mag man noch hinnehmen, da dies ja zu seiner ehrenhafteren Position hinführte. Aber er war seit jungen Jahren ein Dieb gewesen und hatte sich auch mit

Dokumentenfälschung und der Annahme falscher Identitäten seine gerechten Gefängnisstrafen eingebracht. Dass er durch seine Scharaden und die nachgemachten Papiere dann und wann auch aus dem Gefängnis fliehen konnte, mag der eine oder andere als Zeichen von Vidocqs Können sehen und als ironische Wendung – ich selbst kann dies nicht nachvollziehen, und mein Empfinden von Ehrlichkeit und Gerechtigkeit sträubt sich wirklich dagegen, einen solchen Menschen mit mir vergleichen zu wollen.

Qendressa hatte mich scharf beobachtet und versuchte aus meinen Zügen meine Gedanken zu lesen. „Ach je", sagte sie dann in gespieltem Schrecken, „Sie sind doch nicht tatsächlich so wie Vidocq? Ein Mann der Sicherheitspolizei? Der englischen? Der deutschen? Oder gar ein Spion der Hohen Pforte, ein *gizli aramdschi* – ein türkischer Vidocq?" Sie lachte in sich hinein. „Nein, dann hätten Sie ja eine falsche Identität vorgegeben. Und wären nicht nur so wie Vidocq, sondern sogar – wie ich!"

Ich blieb ernst. „Ich bin nirgendwo eingebrochen!"

„Streng genommen sind Sie das doch, denn Sie sind durch das Fenster gekommen. Genau wie ich."

„Meine Gründe waren andere!"

„Die Gründe sind immer andere. Ob Spitzel oder Detektiv, ob Schriftsteller oder Dokumentenfälscher – aber *was* getan wird, gleicht sich doch sehr..."

„Lassen Sie die Spitzfindigkeiten bleiben und erklären Sie sich! Was haben Sie in den Dokumenten gesucht?"

Qendressa verschränkte die Arme. „Sie haben mein Collier aus der Familie von Skanderbeg falsch gedeutet. Es geht mir nicht um die albanische Freiheit, sondern um die albanische Kultur. Aber ich suche keine Schätze, die Skanderbeg gehörten. Ich suche Skanderbeg selbst."

Sie hob das Kinn. Ich bemerkte einen Stolz in ihrem Blick, der mir über das hinauszugehen schien, was man für die Suche nach der nationalen Vergangenheit aufwendet.

„Sie meinen seine sterblichen Überreste", sagte ich. „Aber ist sein Grabmal nicht bekannt? Als Adliger und geehrter Kämpfer für das Christentum dürfte er doch an markantem Ort bestattet worden sein?"

„In der Kirche von Alessio, wie der Ort auf Italienisch heißt. Auf Albanisch Lëzhe…"

„…und seit der Osmanischen Eroberung Lezha. Die Kirche ist seitdem sicher eine Moschee…"

„Die Selimiye-Moschee. Aber die Kirche wurde nicht umgewandelt. Sondern geschleift, zerstört. Und das Grab Skanderbegs ebenfalls."

„Im weitesten Sinne verständlich – um keine Pilgerstätte für den Volkshelden zu schaffen und somit die Verehrung zu unterbinden."

Qendressa verzog das Gesicht. „Keine Verehrung, richtig. Aber warum wurden die Gebeine Skanderbegs dann nicht zerstört, sondern stattdessen von den Osmanen zerteilt und als Talismane verwendet?"

„Ich habe den Aberglauben an Talismane stets abgelehnt. Allerdings gibt es nun in der katholischen Kirche den Reliquienglauben und…"

„Das Schicksal ist höhnisch. Skanderbeg war ja zum katholischen Glauben konvertiert, nachdem er in Geiselhaft beim Sultan in Adrianopel zum Islam gezwungen wurde…"

„…und auch für den Sultan im Janitscharenheer kämpfte. Aber belassen wir es bei diesen historischen Lektionen. Die Geschichte wogt hin und her, zwischen den Glaubensrichtungen und den Loyalitäten. Sie, Qendressa, suchen jetzt also nach den Gebeinen Skanderbegs. Nun gut. Sie sind eine Nachfahrin der Albaner, die nach Italien flohen. Italien hatte Besitztümer an der Adria des Balkan. Warum suchen Sie in der britischen Botschaft nach Hinweisen? Gewiss suchen Sie nicht nach den Gebeinen selbst."

„Natürlich nicht." Qendressa zog ungehalten die Brauen zusammen. „Ich suche nach Hinweisen des britischen Militärs oder des Geheimdienstes, ob sich irgendwo Skipetaren zu Widerstandsgruppen oder Rebellenbewegungen zusammengeschlossen haben. Ob es Aktionen oder Anschläge gegen die Osmanen gibt. Ob es Morde oder Diebstähle gibt, bei Menschen, die Reliquien des Skanderbeg besaßen…"

„Sie verlangen recht viel von den Briten. Und von den Skipetaren. Taten einerseits und deren Dokumentation andererseits."

„Sprechen Sie nicht schlecht von den Skipetaren. Sie vermögen nicht weniger als die Griechen."

„Stolz und Willen würde ich einem Volk niemals absprechen, zumal wenn es unter fremder Herrschaft steht. Aber sollte es nicht so sein, dass die Informationen, die Sie suchen, doch eher bei den Türken zu finden wären?"

„Die Hohe Pforte gibt nur sehr selten Empfänge, zu denen ich eingeladen würde. Aus unterschiedlichen Gründen."

„Das ist verständlich. Dennoch sind Sie in die britische Botschaft eingebrochen."

„Hätte ich den Botschafter bezirzen sollen, um an Informationen zu gelangen? Oder den Mitarbeiter, dem dieses Büro gehört? Das liegt mir nicht…"

„Woher wussten Sie, dass dieses Büro das richtige ist?"

„Manche Dinge liegen mir eben doch." Sie stupste sich mit dem Zeigefinger an das Kinn.

„Haben Sie denn gefunden, was Sie suchen?", fragte ich ungerührt.

„Kara Ben Nemsi, das darf ich Ihnen doch nicht verraten. Das sind Staatsgeheimnisse."

„Dann frage ich eben den Botschafter. Bei der Gelegenheit können auch Sie sich erklären."

„Sie wollen mich ausliefern? O bitte nicht!" Qendressa rang theatralisch die Hände. Als sie auch noch in divenhafter Tragödinnengeste mit erhobenem Arm den Handrücken an die Stirn legen wollte, winkte ich ab.

„Nun gut. Ich kann ja deutlich sehen, dass Sie keine Akten gestohlen haben."

Qendressa drehte sich kokett um die eigene Achse. Ich schaute demonstrativ an ihr vorüber.

„Genug der Bühnenspielereien. Sie sind nicht Sarah Bernhardt."

„Ich wäre eine gute Actrice, meinen Sie nicht? Mich verstellen, mich verkleiden? Das würde mir gefallen."

„Als Spionin kommen Ihnen diese Fähigkeiten auch zugute. Aber nach dem Auftritt fliegen dann nicht die Blumensträuße des Publikums, sondern die Kugeln des Erschießungskommandos. Sie können sich glücklich schätzen, dass kein Krieg herrscht. Deshalb kann ich Sie auch dem Botschafter melden, ohne dass Ihnen allzu viel drohen dürfte. Notfalls bürge ich für Sie, oder Sir David Lindsay tut dies. Aber Sie sollten jetzt verschwinden. Und Istanbul verlassen."

„Das trifft sich gut. Ich wollte ohnehin in Adrianopel weiter nach Spuren Skanderbegs suchen. Mein Reiseziel ist also Edreneh. Und dann…"

„Es ist besser, wenn ich nichts weiter von Ihnen erfahre. Gehen Sie!"

„Darf ich mich wieder ankleiden? Ballfein machen?" Sie zeigte auf ihr Kleid auf dem Aktenwagen.

„Tun Sie das. Wenn Sie in Abendgarderobe auf dem Gang aufgegriffen werden, können Sie den Soldaten sagen, dass Sie sich verlaufen haben. Besser, als wenn man Sie in einem Büro ertappt. Und sollte man Sie durchsuchen und entdecken, dass Sie keine Dokumente bei sich haben, wird man Ihnen wohl glauben. Der Botschafter hat ja auch für Sie gebürgt, als Sie eingeladen wurden. – Sie wurden doch eingeladen?"

„Aber sicher. Ich bin vor einigen Tagen bei der Botschaft vorstellig geworden. Vergessen Sie nicht, dass ich im Auftrag der italienischen Regierung in Stambul weile. Der Botschafter war sehr angetan von meinen Referenzen und von mir. Ich habe sogar eine Führung durch Pera House bekommen.

Deshalb wusste ich ja von den Wachen – und deshalb gibt es ein Problem bei Ihrer Empfehlung, dass ich hier herausspazieren soll, den Gang entlang und zu den Wachen hin. Denn, Kara Ben Nemsi, wie sollte ich denn erklären, dass ich zuvor an den Wachen vorbei hierhergekommen bin, ohne dass sie mich bemerkt haben?"

„Sie kennen Pera House. Vielleicht auch die Hintertreppen, Dienstbotenaufgänge, Speisenaufzüge…"

„Alles bewacht, wegen heute Abend."

„Ja, dann…", begann ich und überlegte. Qendressa lächelte und zeigte an mir vorüber auf das Fenster. „Ich, oder vielmehr wir beide werden den gleichen Weg zurück nehmen müssen, den wir gekommen sind. Selbst wenn ich durch die Flure gegangen wäre, hätten Sie klettern müssen, Kara Ben Nemsi. Also tun wir das beide. Sie sind doch für Gleichberechtigung der Geschlechter?"

„Machen Sie die Sache nicht zu einer politischen!", sagte ich. Dann betrachtete ich die Vorhänge und die Schnüre, die Kordeln samt Troddeln und den anderen Wandschmuck. „Vielleicht können wir uns damit den Abstieg erleichtern…"

„…und hier für verdächtige Unordnung sorgen? Ich komme und gehe lieber unauffällig."

„Das ist jetzt kaum noch möglich, denn ich habe Sie bemerkt. Und deshalb sorge ich auch für Ihre Sicherheit, ob Sie es wollen oder nicht."

Qendressa zeigte auf den Aktenschrank, den sie durchsucht hatte. „Darf ich währenddessen dieses hier wieder in seinen ursprünglichen Zustand versetzen?"

„Tun Sie das", sagte ich ungehalten, während ich begann, mit den Augen alles an Stoffen und Schnüren abzumessen, was zum Abseilen dienlich sein könnte. Es mochte reichen. Hinter mir hörte ich das Rascheln von Papieren. Qendressa räumte die herausgenommenen und durchsuchten Dokumente wieder in den Schrank. Sie schob die losen Bündel und gebundenen Akten auf den Regalen herum. Dann schloss sie deutlich hörbar den Schrank. Ich wandte mich um. Verursachte sie diesen Lärm, um mich zu ärgern? Ich bezweifelte, dass man die Geräusche den Gang hinunter bis zur Treppe hören konnte, sie waren nicht viel lauter als unsere leise Unterhaltung gewesen. Dennoch ...

Ich erstarrte. Der Schrank war nicht verschlossen, sondern noch immer weit geöffnet.

Und der gesamte Raum hatte sich verändert! Er war nun um ein Vielfaches größer, als wären die Seitenwände des schmalen Zimmers zurückgewichen. Aber die Wände waren nun nicht mehr nackt und bloß, sondern bestanden aus deckenhohen Schränken, die mit Aktenregalen und Dutzenden kleiner Schubladen, die wohl Karteikarten enthielten, gefüllt waren. Auch gab es niedrige Regale und Karteischränkchen. Das karge, schmale Arbeitszimmer war plötzlich ein umfangreiches Archiv. Und ein geheimes dazu! Ich blickte zur Decke. Dort, wo zuvor die engen Wände gestanden hatten, sah ich zwei handbreite Fugen. Die Wände waren offenbar nur Stoffbahnen gewesen, die sich wie der doppelte Bühnenvorhang eines Theaters gehoben hatte. Und angesichts der Tausenden Akten, die zweifellos diplomatische und militärische Geheimnisse enthielten, wusste ich auch, was dies für Vorhänge waren – sie sollten dazu dienen, bei einem Brand die Flammen von den Dokumenten fernzuhalten. Dabei war es wohl nicht wie in einem Theater der sprichwörtliche Eiserne Vorhang, sondern das Gewebe musste aus jenem modernen und doch uralten Wunderstoff bestehen, von dem schon Herodot berichtet hatte und aus dem einige Herrscher des Mittelalters Tischtücher besessen hatten, die sich im Feuer reinigen ließen. Diese Vorhänge bestanden aus Asbest. Seit einigen Jahren hatten kanadische, englische und schottische Firmen aus dem Asbestmineral Garne gesponnen, die sich zu flammenbeständigen Stoffen verweben ließen. Auch in Deutschland gab es seit Jüngstem eine Firma, die solches herstellte, in Frankfurt, namentlich von

Louis Wertheim. Hatte der Amerikaner etwa diesen gemeint? Einerlei. Ich wunderte mich nicht über den feuerfesten Vorhang, schließlich hatte der Botschafter von einem Brand vor dem Umbau der Botschaft gesprochen. Angesichts dieser Gefahr hatte man die neuen Maßnahmen ergriffen. Mich beeindruckte allerdings die lautlose Mechanik, welche die Gewebewände nach oben zog. Ob sie oben in der Decke um Walzen gerollt wurden oder nur in den hohlen Zwischenwänden hingen, war ein Geheimnis, das ich nicht lösen konnte. Allerdings erkannte ich nun, dass der Raum durchaus einen Eingang hatte. Rings um das Porträt der Königin sah ich die feinen Umrisse einer verborgenen Tür. Einen Griff oder eine Klinke sah ich nicht. Aber wahrscheinlich war der innere Öffner in jenem einzelnen Schrank verborgen, der zuvor wie eingebaut schien, nun aber frei im Raum stand. In ihm würde man mittels einer Vorrichtung auch die Asbestwände heben und senken können. Auf dem Kartentisch nahe der verborgenen Tür, der nun nicht mehr den schmalen Raum blockierte, sondern mitten in dem weiten Zimmer stand, lagen einige versiegelte Umschläge. Nun, auf diese hatte es die Dame wohl nicht abgesehen.

All dies erkannte ich im bläulichen Licht, welches der Hand Qendressas entströmte. Sie stand in dem Dokumentenraum hinter dem offenen Schrank und drehte sich zu mir um. Sie legte den Kopf schief.

„Ich kann doch nicht gehen, ohne das, wofür ich gekommen bin."

„Kommen Sie her", sagte ich scharf. „Und schließen Sie die Wände wieder!"

„Erst, nachdem ich die Akten geprüft habe. Es war schwierig genug, den Raum und den Mechanismus zu finden."

Also hatte sie in dem Schrank tatsächlich keine Dokumente gesucht, sondern den verborgenen Öffnungsmechanismus. Qendressa schaute sich in dem Aktenraum um, konnte es aber nicht lassen, mit mir zu plaudern.

„Sie haben doch bemerkt, dass es dreizehn Fenster in der Fassade gibt. Aber in dem Gang dort draußen gibt es nur zwölf Türen. Deswegen…"

„… deswegen musste es einen Raum geben, der nicht offen vom Flur aus, sondern nur durch so etwas wie eine Tapetentür erreichbar ist. Aber durch das Fenster, das die Briten nicht einmal gesichert haben. Das haben Sie klug kombiniert. Dennoch gehen wir jetzt!"

„Noch nicht", gab Qendressa ungerührt zurück und näherte sich mit angestrengtem Gesichtsausdruck einem der Schränke.

„Dann muss ich Sie wohl holen…"

Qendressa wirbelte herum. Fast blendete mich das Licht in ihrer Hand. Sie schien die kleine Phosphorlampe mit einem taschenspielerartigen Griff zwischen Handfläche und Handballen zu halten, denn ich konnte ihre gespreizten Finger sehen. „Bleiben Sie stehen", sagte sie scharf. „Schauen Sie genau hin!"

Tatsächlich bemerkte ich im Boden eine Fuge, in welcher die Asbestwand geruht hatte, und jenseits dieser Schwelle in Knöchelhöhe einen leicht schimmernde Draht, der längs der Fuge gespannt war. Zweifellos eine Falle. Doch ob die Kontakte einen Alarm auslösen würden oder Gefährlicheres – das wollte ich gar nicht erfahren!

Qendressa drohte mir mit dem Finger. „Sie mussten mich ja unterbrechen! So konnte ich nur den Türöffner finden, aber nicht den Mechanismus, der diesen Draht entspannt oder sichert oder was auch immer. Wenn Sie mich also wirklich holen wollen, dann sollten Sie sich diesen Schritt wohl überlegen. Und nicht stolpern. Außerdem würden Sie dann in das britische Geheimarchiv eindringen. Das geht sicher gegen Ihr Ehrempfinden."

Sie lächelte und dann wandte sie sich wieder ihrer Spionagearbeit zu und suchte konzentriert, aber doch nur mit den Augen die Aufschriften der Aktenbündel und Karteikästen ab. Ich schritt behutsam über den Stolperdraht. Mit wenigen

Schritten war ich bei Qendressa. Sie wollte gerade nach einem Karteikasten greifen. Fast hätte ich ihr Handgelenk gepackt, um sie davon abzuhalten, aber ich hielt mich zurück. Sie hatte mich ohnehin bemerkt und drehte sich um, hob dabei die geschwungenen Augenbrauen.

„Sie hier? Sie sind mutiger, als ich dachte."

„Sie meinen sicher: ehrbarer. Weil ich Sie vom Dokumentendiebstahl abhalte."

„Nein, mutiger. Oder dümmer, je nachdem. Jetzt stehen Sie hier in den Geheimakten, mit mir. Sollte nun jemand hereinkommen…"

„Umso nötiger ist es, diesen Ort zu verlassen."

„Nein, erst muss ich meine Arbeit machen."

„Was Sie so Arbeit nennen", sagte ich scharf. „Zudem scheinen Sie nicht so recht zu wissen, wo Sie suchen sollen."

„Kleine Jungen haben ihre Geheimsprachen und große Jungen, wie die vom Geheimdienst, auch. Das Ablagesystem ist sehr exzentrisch. Britisch, könnte man sagen. Leider haben die Preußen ja noch keine Botschaft, da wäre sicher alles ganz akkurat." Sie feixte mich an. „Das nächste Mal dann."

Ich hob die Hand. „Es wird kein nächstes Mal geben." Denn in diesem Moment hatte ich ein Geräusch gehört, von der Wand, hinter der sich der Flur befand. Jemand kam in den Geheimraum! Er würde uns entdecken!

Fünftes Kapitel
Akten und Insekten

Qendressa blickte rasch zu der Geheimtür, dann schaute sie mich streng an.

„Wir können nicht bleiben. Ich muss die Wände senken. Das geht nur von dort." Sie zeigte auf den kleinen Schrank. „Und Sie – unter den Tisch mit Ihnen!"

Sie zeigte auf den Kartentisch, auf dem die gesiegelten Briefe lagen. Ich war verdutzt, und als sie mich in dessen Richtung schob, war ich fast empört. Doch ich begriff den Ernst der Lage. Eilig überwand ich den Stolperdraht und duckte mich unter den Kartentisch. Dann erlosch das kleine Licht. Es war dunkel. Qendressa hatte auch die Tischlampe gelöscht. Ich hörte nicht, wie Qendressa sich bewegte, nur die Geräusche von jenseits der Geheimtür. Ein Schloss schnappte. Ich versuchte zu erkennen, was Qendressa tat, aber meine Augen hatten sich noch nicht völlig an die Dunkelheit gewöhnt. Dass ich nichts von ihr vernahm, verwunderte mich nicht, sie konnte sich lautlos bewegen. Aber dass auch der Mechanismus der Asbestwände so lautlos war, mochte ich kaum glauben. Ich spürte einen Druck auf den Ohren und für einen Augenblick hörte ich weder die Geräusche jenseits der Geheimtür noch meinen eigenen Atem. Dann glitt unvermittelt ein Körper neben mich und im selben Moment öffnete sich die Geheimtür nach innen. Absurderweise stellte ich mir vor, wie das Porträt der britischen Königin nun mitsamt der Tür zur Seite schwang. Aber ich mochte mich nur davon ablenken wollen, dass Qendressa sich direkt neben mir befand. Gedämpftes Licht fiel durch den Türspalt in den dunklen Raum. Der Schatten eines Mannes zeigte sich.

Ich konnte Qendressas Gesicht nicht sehen, da sie der Tür den Rücken zugewandt hatte, aber in dem Licht, das nun von dort unter den Tisch schien, mochte mein Gesicht für sie klar erkennbar sein. Ich blickte streng, denn meine persönliche Lage war nicht wichtig in Anbetracht unserer gemeinsamen Situation. Mit etwas Glück würde uns der Mann nicht bemerken, der in diesem Augenblick den Raum betrat. Ich hörte das Geräusch seiner Stiefelsohlen; er war also ein Soldat und kein Botschaftsangestellter oder einer der Diplomaten, denn die trügen ihre Lackschuhe. Die Stiefel waren von sehr guter Qualität, gehörten also zweifellos einem Offizier, was verständlich war, denn ein einfacher Soldat der Botschaftswache würde kaum das Geheimarchiv betreten dürfen, selbst wenn es sozusagen nur das Vorzimmer war. Die Stiefel knarzten auf uns zu und blieben genau vor dem Tisch stehen. Neben mir hörte ich, wie Qendressa der Atem stockte – nein, sie hatte gänzlich aufgehört zu atmen. Mir schien dies übertrieben, denn wenn der Mann uns bislang nicht bemerkt hatte, würde dies auch so bleiben. Dennoch fühlte ich eine Wärme in meinem Körper aufsteigen, die gemeinhin mit Anspannung und Aufregung einhergeht. Trotzdem waren mein Geist und mein Atem völlig ruhig. Und ich kann auch meine Leser beruhigen, denn das, was ich in diesem Augenblick und in dieser Situation verspürte, rührte keineswegs von der körperlichen Nähe zu einer weiblichen Person her und schon gar nicht jener speziellen. Nein, stattdessen spürte ich auch, wie scheinbar ein Teil der Wärme von meiner Westentasche ausging, in der …

Über uns raschelte es auf dem Tisch. Die versiegelten Umschläge wurden ergriffen, dann machten die Stiefel auf dem Absatz kehrt, knarrten zur Tür und traten auf den Flur hinaus. Die verborgene Tür schloss sich und es wurde wieder dunkel. Qendressa bewegte sich mit einer kurzen Rollbewegung unter dem Tisch hervor. Das Gefühl der Wärme fiel von mir ab, denn die Gefahr war vorüber. Auch ich verließ rasch die

Deckung und erhob mich. Jetzt flammte wieder das Licht auf. Qendressa stand bereits wieder vor dem schmalen Aktenschrank.

Ich räusperte mich, denn meine Kehle war unerklärlicherweise ein wenig trocken. Auch der Druck auf den Ohren war noch nicht abgeklungen. Ich legte die Hände auf die leere Tischplatte. Der Offizier hatte die bereitgelegten Dokumente mit sich genommen. Nun würden sie ihre Adressaten erreichen, wer auch immer diese sein mochten und was auch immer die Schriftstücke enthielten.

„Ich hoffe", sagte ich, „dass Sie nicht auf diese Schreiben aus waren. Oder nein, es würde mich sogar mit Genugtuung erfüllen, dass ich Sie lange genug aufgehalten habe, bis ..."

Qendressa winkte ab, sie ignorierte mich geradezu und wandte sich sogleich wieder der geheimen Dokumentensammlung zu und schritt eilig die Reihen der Regale ab. Erst jetzt bemerkte ich, dass die Asbestwände wieder geöffnet waren. Wann war dies geschehen? Oder hatte Qendressa sie gar nicht geschlossen und gehofft, der Offizier würde es in der Dunkelheit nicht bemerken?

„Sie sind äußerst kaltblütig", urteilte ich. Qendressa warf mir einen kurzen Blick zu.

„Aber Ihnen ist sicher etwas warm geworden, nicht wahr?"

„Angesichts der Gefahr der Entdeckung war das nicht zu vermeiden. Einen anderen Grund gab es nicht, das darf ich Ihnen versichern."

„Da täuschen Sie sich, Kara Ben Nemsi", schnurrte Qendressa. „Aber nicht so, wie Sie denken." Sie seufzte und blickte sich im Raum um. „Nein, so komme ich nicht weiter. Ich habe auch keine Lust mehr." Sie kam auf mich zu und blieb neben dem Tisch stehen, sodass wir uns durch ihn getrennt gegenüberstanden.

Ich lachte leise auf. „Sie sind ungehalten, weil gleich zwei Männer Sie gestört haben? Oder haben Sie eingesehen, dass Sie Unrecht tun?"

„Weder noch", sagte Qendressa ruhig. „Es tut mir stattdessen etwas leid, dass Sie sich eingemischt haben."

„Sie tun sich gewiss selbst leid", urteilte ich. „Aber das ist vielleicht der erste Schritt auf dem Weg zur Besserung…"

Qendressa seufzte und schaute mich mit zusammengezogenen Augenbrauen an.

„Nein, es tut mir doch nicht leid." Dann hob sie die Fläche der Hand, welche nicht die kleine Lampe trug, flach vor ihren Mund, spitzte die Lippen und pustete.

Zunächst glaubte ich, sie wolle mir eine höhnische Kusshand zuwerfen, dann aber zuckte ich zurück, weil ich diese Geste als jene erkannte, mit denen Giftmischer und Kräuterweiber ihren Opfern tödlichen oder betäubenden Staub ins Gesicht blasen! Ich war empört, alarmiert und wütend, weil ich vertrauensselig gewesen war und unaufmerksam! Doch meine Reflexe waren gut und der Tisch zwischen mir und der Attentäterin war breit genug, dass das unbekannte Pulver eine Strecke zurücklegen musste, die – doch da war kein Pulver! Ich war umsonst ausgewichen. Wahrlich umsonst! Denn trotzdem da kein giftiger Staub zu sehen war, spürte ich, wie mein Blick sich trübte und mir schwindelte. Ich taumelte leicht, fand Halt an der Tischkante und lehnte mich schwer dagegen. Ich Narr! Ich war betäubt, gelähmt und musste mit schwankendem Blick mitansehen, wie die Frau, welche jenen heimtückischen Anschlag auf mich verübt hatte, mit höhnischen Gesten durch den Raum streifte. Sie schien beschwingt zu tanzen, als wolle sie nachholen, was sie auf dem Parkett versäumt hatte. War überhaupt zum Tanz aufgespielt worden? Ich wusste es nicht mehr! Die Frau hingegen schien ihre Suche nach geheimen Dokumenten ebenfalls vergessen zu haben und bewegte sich von Regal zu Regal, ohne die Aufschriften und Karteinummern zu beachten. Stattdessen berührte sie nur leicht die Bündel und Kästen, scheinbar ohne System und ohne Vollständigkeit. Es schien nur wenige Augenblicke zu dauern, wenngleich ich meiner Wahrnehmung nicht mehr traute. Dann wandte die Frau sich von den Schränken ab und mir zu.

„Nicht mehr lange …", sagte sie und ihr Gesicht erschien mir verschwommen und ihre Stimme verzerrt. Dann ließ sie mich stehen und griff das Bündel von dem kleinen Wagen, der neben dem schmalen Schrank stand. Sie sprang leicht auf den Schreibtisch, winkte mit dem kleinen Licht in ihrer Hand. Dann erlosch es. Gleichzeitig griff Qendressa nach der Schreibtischlampe und diese glomm schwach auf. In dem Schein, der ihr Gesicht von unten beleuchtete, wirkte Qendressas Lächeln schaurig – es mochte aber auch an meinem getrübten Blick liegen. Dann schlüpfte ihre schwarze Gestalt durch das halb geöffnete Fenster und war verschwunden. Dies geschah sehr rasch und unvermittelt. Ich ging davon aus, dass das Gift meine Wahrnehmung verzögerte. Dass ich diesen klaren Gedanken fassen konnte, beruhigte mich ein wenig, obgleich mein Körper und meine Sinne noch immer eingeschränkt waren. Was auch immer ich dort eingeatmet hatte – ohne mir dessen bewusst zu sein –, es löste Halluzinationen aus. Ich hörte es rings um mich herum leise scharren und rascheln, und als ich mich unwillkürlich umblickte, schienen mir winzige Punkte über die Oberflächen der Regale und Karteikästen zu wimmeln. Aber – es war doch nahezu dunkel in diesem Raum! Die Lampe auf dem Schreibtisch blakte nur; der Docht glomm zwar, aber die Flamme war winzig. Dennoch konnte ich in diesem schwachen Licht sehen, als seien meine Sinne gleichzeitig verwirrt und geschärft. In meiner Halluzination erblickte ich allerlei winziges Getier um mich herum, als wären meine Augen zu Fern-Mikroskopen geworden, welche die Herren Unternehmer Abbe und Zeiss nichts weniger als verwundert, wenn nicht gar neidisch gemacht hätten. Was ich dort sah, waren tatsächliche und nicht sprichwörtliche Bücherwürmer, also die Larven des Nagekäfers, und Staubläuse und Papiermilben und jene kleinen Cheliferen, die Pseudoskorpione genannt werden, und welche allesamt Schädlinge dessen sind, was der

Mensch aufschreibt, druckt und bindet und in Bücherregale stellt. Ich sah also in vielfacher Vergrößerung den Albtraum eines jeden Bibliophilen und Archivars, abgesehen von Feuerbrand und Wasserschaden, nämlich eine Armee von papiervertilgenden, winzigen Monstern! Doch mein gift- und drogeninduzierter Wahn ließ mich nicht die natürlichen Tatsachen erblicken, sondern eine überhöhte, ja geradezu metaphorische Version des Verlusts von gedrucktem Wissen. Denn die Kerbtiere, die ich sah, fraßen nicht etwa das Papier, auf dem die Zeichen in Druckerschwärze fixiert waren, sondern die Worte selbst! Ich sah, wie Absätze, Zeilen, Worte, Buchstaben verschwanden, zermahlen von den winzigen Kiefern und Mandibeln und verschluckt von den kleinen schimmernden Schalenkörpern. Welche Höllenvorstellung eines jeden Wissenden und Wissen Schaffenden, wenn die niedergeschriebene und somit überlieferte Weisheit verschwand und nur das blanke Papier zurückblieb und gähnende, leere Bücherleiber!

Dann hörte ich ein Klingeln, nein, ein Klingen. Ein kurzer Ton drang an mein Ohr, und wie das Läutwerk einer Weckuhr den Schlummernden aus seinen Träumen reißt, riss mich dieser Laut aus meinem Wahn. Wie frisch aus dem Schlaf erwacht, doch ohne schlaftrunken zu sein, blickte ich mich um, wieder mit allen klaren Sinnen. Und so bemerkte ich als Erstes, dass der klingende Laut vom Boden her an mein Ohr gedrungen war. Ich schaute nach unten. An das schwache Licht musste ich mich gewöhnt haben, denn ich sah auf dem Boden einen schimmernden Goldkreis liegen. Es war der Musaddas, der mir aus der Westentasche gefallen sein musste, als ich mich im Wahn gewunden hatte. Und doch – ich musste ihn in der Hand gehalten haben, denn mir schien, als spürte ich das Metall noch an den Fingerspitzen und auch um meine Augenhöhle herum. Als hätte ich ihn geradezu schlafwandlerisch aus der Westentasche gegriffen und wie durch ein Monokel durch ihn geschaut, korrespondierend zu meinem Albtraum von den mikroskopierten Käfern! Schaudernd erinnerte ich mich, dass

ich schon einmal seltsame Tiere durch diesen Goldring erblickt hatte, vor wenigen Wochen, in der Einsiedelei jenes
wunderlichen Mönchs in der Wüste Al-Badiya. Mein Unterbewusstsein musste meine Finger geführt haben, als meine Sinne
und mein Willen dies in ihrer Betäubung nicht vermocht hatten.

Ich beugte mich nieder und ergriff den Musaddas. Er fühlte
sich an wie ein gewöhnlicher Goldreif, trotz seiner eigentümlichen Sechseckform. Ich schob ihn wieder in die Tasche der
Frackweste. Jetzt war keine Zeit, um seltsamen Erlebnissen
nachzusinnen oder rätselhafte Ereignisse zu hinterfragen! Ich
befand mich in einem geheimen Raum voller geheimer Akten, inmitten der britischen Botschaft, im Herzen von Istanbul,
der Hauptstadt des Osmanischen Reiches. Und ich war Deutscher, der einen arabischen Namen trug. Ich musste so rasch
wie möglich diesen Ort verlassen, ohne einen Gedanken an die
politischen Verwicklungen zu verschwenden, die bei meiner
Entdeckung drohten.

Ich schaute auf – und begriff! Alles, was ich zu sehen geglaubt hatte, konnte nur eine Halluzination gewesen sein!
Denn ich stand nicht mehr in dem weiten Raum mit all den
Aktenschränken und Karteikästen. Ich stand in dem schmalen Zimmer, das rechts und links von den Asbestvorhängen
begrenzt wurde. Sie hatten sich wieder gesenkt, während ich
betäubt gewesen war! Es war ja durchaus möglich gewesen,
dass ich jene Käfer, jene Insekten aus jenem Grund auf den
Schränken und Kästen und Dokumenten gesehen hatte, aus
dem man nach einem Schlag auf dem Kopf helle Pünktchen
zu sehen glaubt. Was für eine Wirkung mochte die Droge, mit
der Qendressa mich versehen hatte, wohl darüber hinaus gehabt haben? Klar war aber, dass ich niemals hätte durch Wände sehen können, selbst wenn sie nur aus einem mineralischen
Gewebe bestanden. Dies hielt Flammen und Feuer stand und
auch den Blicken eines Menschen, selbst wenn er durch ein
angeblich magisches Ringlein blickte.

Ich schüttelte den Kopf. Ich fühlte mich wieder klar und konzentrierte mich auf die Fakten. Das Fenster stand offen. Die Dame, nein, die Diebin und Einbrecherin Qendressa war verschwunden, auf dem gleichen Weg, den sie gekommen war. Und auch mir stand dies bevor.

Noch einmal prüfte ich den Schrank, den Qendressa geöffnet hatte, um Akten und Dokumente zu durchsuchen. Er war wieder geschlossen, die Papiere wieder verstaut. Nichts wies darauf hin, dass er durchsucht worden war, wenngleich sich die begehrten Dokumente ja ohnehin hinter den Asbestwänden in den Regalen befanden.

Durch das Fenster wehte kühle Nachtluft herein. Ich schob die letzten Empfindungen von Verwirrung und den Ärger, hintergangen und übervorteilt, ja, angegriffen worden zu sein, von mir und dachte wieder nüchtern an die Hintergründe.

Qendressa hatte vorgeblich nach Dokumenten gesucht, die Kunde davon gaben, ob es in den Schluchten des Balkan und im Land der Skipetaren rumorte. Dies wäre natürlich eine Information, die auch mir nützlich sein könnte, in meinem Kampf gegen den Schut und Al-Kadir. Denn wenn sie die Macht über diese Gebiete erlangen wollten, die Osmanen besiegen wollten, was würde ihnen nützlicher sein, als die unterjochte oder sich doch unterjocht fühlende Bevölkerung auf ihre Seite zu ziehen. Dass die Skipetaren und Bulgaren und all die anderen dann jedoch unter die Herrschaft des Schut und Al-Kadirs gerieten, würde diesen Völkern natürlich erst aufgehen, wenn es zu spät wäre. Also – wenn ich wüsste, wo sich die Völker des Balkan gegen die osmanische Herrschaft auflehnten, könnte ich dort auch nach Hinweisen auf den Schut und Al-Kadir suchen.

Für einen Augenblick kam mir ein Gedanke, den ich sogleich empört von mir schob: Was, wenn ich in den Schränken des Dokumentenraums selbst nach Informationen suchte?

Nein, das wäre unrecht. Und viel zu heikel. Zudem kannte ich den Mechanismus nicht, mit dem man die Asbestwände öffnen konnte. Ihn ausfindig zu machen, würde Zeit kosten, die Suche nach Dokumenten noch mehr. Und zudem hatte Qendressa selbst nicht erlangen können, was sie suchte, aufgrund des wohlchiffrierten Ordnungssystems der Akten. Wie sollte ich dort etwas finden, selbst wenn ich die Zeit dafür hätte und die Skrupellosigkeit, es zu versuchen? Aber all dies stand für mich außer Frage. Und es erfüllte mich mit Genugtuung, dass die gewissenlose junge Dame ihr Ziel nicht erreicht hatte. Ich wollte mir die Vereitelung ihrer Taten nicht selbst zugutehalten, doch vielleicht hatte ich ein wenig dazu beigetragen. Die junge Spionin hatte wiederum mir durchaus einen Dienst erwiesen, indem sie mich – unabsichtlich – auf gewisse Verbindungen hingewiesen hatte. Auf die nötigen Informationen würde ich wohl auch auf legalem Wege gelangen. Wozu hatte ich Freunde wie Sir David, der im Plausch unter Briten sicher das eine oder andere in Erfahrung bringen konnte. Vielleicht hatte er ja bereits etwas herausgefunden, beim *small talk* unten im Ballsaal. Es war für mich höchste Zeit, zurückzukehren, denn wenn nicht Sir David, so würde mich doch sicher Halef allmählich vermissen. Ich hoffte, dass er nicht schon mit einer allzu eifrigen und lauten Suche nach mir begonnen hatte. Und wer wusste, ob sich eine skrupellose Dame nicht möglicherweise den Jux machen würde, mich an das Botschaftspersonal zu verraten, um von sich selbst abzulenken. Je rascher ich mich also von den geheimen Dokumenten und aus dem geheimen Büro entfernte, desto besser.

Ich bereitete mich auf meinen Abstieg an der Fassade der Botschaft vor.

Bevor ich die Lampe löschte, hatte ich die wenigen Dinge auf dem Schreibtisch vor dem Fenster geordnet. Wie gut, dass der Mensch, der hier arbeitete, sich nicht mit all zu vielen Ablenkungen versehen hatte, die ich durch meinen Sprung auf die Platte hätte durcheinanderbringen können. Sehr löblich dies. Auch ich halte meinen Arbeitstisch karg. In meinem Kopf und hernach auf dem Papier geht es schließlich bunt genug einher. Aber natürlich kann man diplomatisches Aktenverfertigen nicht mit der Niederschrift von Reiseerzählungen vergleichen.

Ich stand am Fenster und blickte hinaus auf den nächtlichen Botschaftsgarten, um mich zu versichern, dass sich niemand dort befand, der mich bei meinem Abstieg beobachten könnte. Tatsächlich aber sah ich etwas dort unten. Zunächst schien mir, als wären zwei Gäste unbewussterweise meinem Beispiel gefolgt und hätten im Garten etwas duftende Luft atmen wollen. Allerdings rauchten sie beide. Doch was ich zunächst für sanft glimmende Tabakgluten gehalten hatte, konnten bei näherer Betrachtung nicht die Leuchtsignale zweier Rauchender sein. Dafür standen sie zu dicht beieinander und die Farbe schien mir ebenfalls nicht passend. Da war wohl ein Tier im Garten, das zu mir heraufblickte und dessen Augen irgendein Licht reflektierten. Es war vermutlich eine Katze, die sich auf menschlicher Kopfhöhe an einen Baumstamm krallte, vielleicht um das Nest eines nachtschlafenden Vogels auszurauben.

Da hörte ich ein Geräusch direkt unter mir. Die beiden leuchtenden Punkte verschwanden; die Katze war verscheucht. Ich hingegen beugte mich aus dem Fenster, denn was ich dort unten vernommen hatte, war eine mir sehr vertraute Stimme.

„Sihdi?", rief Halef leise. Ich sah seinen weißen Turban tief unter mir auf der Terrasse.

„Ich bin hier oben, Halef", rief ich mit unterdrückter Stimme hinab. Halef hörte mich und blickte erstaunt nach oben.

„Sihdi! Ich habe dich gesucht! Ich muss dir etwas sagen!"
Halef klang aufgeregt. Es musste etwas geschehen sein. Wenn er mich einfach nur gesucht hätte, weil er oder andere mich auf dem Parkett vermisst hätten, wäre seine erste Äußerung mir gegenüber die erstaunte Frage gewesen, was sein Sihdi denn dort oben in einem Fenster treiben würde. Glücklicherweise schien es aber auch so, dass nur Halef mich gesucht hatte, und nicht etwa der Botschafter oder die Militärs.

„Ich bin sogleich bei dir, Halef", gab ich zurück. „Aber du musst mir einen Gefallen tun. Liegen dort unten noch mein Frack und meine Schuhe?"

„Ich sehe beides, aber warum …?"

„Später, Halef. Lass alles dort und geh wieder hinein. Warte in der Eingangshalle auf mich. Vielleicht kannst du auch schon Sir David rufen. Es gibt einiges zu klären."

„Gut, Sihdi. Aber spute dich bitte!" Er schaute noch immer zu mir herauf und ich glaubte zu erkennen, wie er leicht den Kopf schüttelte. Ich sah es ihm nach, denn die Situation war wirklich zu verwunderlich. Aber nun war ich auch alarmiert. Was gab es so Wichtiges und Dringendes, das Halef mir mitzuteilen hatte?

Aber genug der Gedanken: hinaus, hinaus! Ich hatte eine heikle Kletterpartie vor mir, für die ich alle Aufmerksamkeit brauchte. Auch deshalb hatte ich Halef wieder nach drinnen gesandt. Nicht dass ich nicht klettern könnte, wenn mir jemand zuschaute, aber ich hätte etwaige besorgte Äußerungen und Mahnungen zur Vorsicht aus dem Munde Halefs nicht ertragen, zumal er mit solchen leisen Rufen früher oder später wohl Aufmerksamkeit erregt hätte. Ich will nicht ungerecht zu Halef sein. Sicher hätte er die heikle Situation erkannt und geschwiegen. Aber man konnte ja nie wissen.

Ein letzter prüfender Blick sagte mir, dass nichts an meinen Aufenthalt in diesem Zimmer erinnerte. Und selbst ich war mir fast nicht mehr sicher, ob Qendressa wirklich hier gewesen war. Ich atmete tief ein. Nein, keine Spur von Parfum. Obgleich, ich wusste nicht mehr recht, ob sie überhaupt eines aufgelegt hatte.Ich schüttelte den Kopf und stieg auf das Fensterbrett. Diese Frau sollte ich ganz rasch vergessen; sie brachte nur Ärger und Verwirrung.

Dann kletterte ich nach draußen auf den Sims und zog das Fenster hinter mir zu. Verschließen konnte ich es von außen nicht, aber vielleicht würde ein angelehntes Fenster am nächsten Arbeitstag den Botschaftsangestellten, dem dieses geheime Büro gehörte, nicht sonderlich alarmieren. Zudem wusste ich nicht, ob es nicht bereits zuvor unverschlossen gewesen war.

Ich sehe davon ab, meinen nicht ganz ungefährlichen Abstieg zu schildern. Trotz der Erlebnisse zuvor gelang mir die Kletterpartie, wenngleich mehr schlecht als recht. Aber ich kam unbeschadet an. Die Fassade von Pera House kannte ich nun viel besser, als es nach meinem Geschmack war, aber ich bitte meine an Architektur interessierten Leser um Verzeihung, wenn ich sie nicht mit weiteren Einzelheiten versorge. Bei Gelegenheit kann man diese am angegebenen Ort in Istanbul ja selbst betrachten. Ob die Botschaft bis dahin aber nicht erneut umgebaut sein wird, dafür kann ich nicht garantieren. Auch bitte ich, neugierige Fragen nach geheimen Räumen lieber zu vermeiden.

Endlich erreichte ich den Boden. Ich griff meinen Frack und meine Schuhe samt der Strümpfe. Auch jetzt war ich froh, dass Halef nicht zugegen war, denn sicher hätte er mir meine Kleidung gereicht wie ein Diener, der er mir niemals war, sondern schon seit frühesten Tagen unserer Bekanntschaft ein Freund und Gefährte. Eilig schlüpfte ich in Strümpfe, Schuhe und Ärmel und lief rasch in die Botschaft zurück.

Im Eingangsbereich sah ich Halef stehen, der mir entgegenkam, kaum dass er mich sah.

„Ich habe Abdi nach dem Lord geschickt", sagte Halef. „Den hatte ich schneller gefunden. Ich wollte auch nicht selbst die wichtigen Gespräche unterbrechen, die der Lord mit wichtigen Leuten führt."

Halef hatte sich die Befehlskette von Dienern und Herren bereits zu eigen gemacht. Ich würde ihn aber darauf hinweisen müssen, dass er Abdi nicht als Laufburschen behandeln sollte. Auch und gerade weil sie Araber und Türke waren. Wie sollten sich diese Völker vertragen, wenn nicht jeder einzelne Angehörige dem anderen seinen menschlichen Respekt zollte?

„Aber nun sag, Halef", begann ich, als ich den Frackkragen gerichtet hatte, „was wolltest du mir Wichtiges berichten? Ich erzähle dir später, warum ich dort oben war."

Ich zeigte mit dem Finger zur Decke. Halef folgte meiner Geste mit einem kurzen Blick und hob einen Mundwinkel. Dann nickte er eifrig.

„Sihdi! Wir jagen ja den Schut, von dem wir bis vor Kurzem noch nicht einmal wussten, dass er noch lebt. Oder wieder lebt!"

„Halef, bitte male hier keine abergläubischen Teufeleien an die sprichwörtliche Wand! Oder eben Felswand. Der Schut stürzte in die Schlucht, in die Verbrecherspalte. Aber er starb dabei nicht, so unwahrscheinlich dies sein mag. Wir haben durch Al-Kadirs Pläne erfahren, dass der Schut, sein Vertrauter, ja gar Verwandter, irgendwo auf dem Balkan mit ihm gemeinsame Untaten plant. Deswegen suchen wir ihn ja. Ich habe übrigens eine Idee, wo und wie wir Hinweise finden können! Das hat mit meinem kleinen Ausflug zu tun, der..."

„Sihdi, du wolltest doch mich berichten lassen! Jetzt redest du wieder selbst!"

„Verzeih, Halef. Also, was hast du zu sagen? Du hast Informationen über den Schut und seinen Aufenthalt? Mein kluger Halef! Du hast auf dem Parkett, aus dem Diplomatengeschwirr etwas aufgeschnappt!"

„Nein, Sihdi, hör mir doch zu! Der Schut…"

„Ja, wo ist er?"

„Sihdi! Der Schut – er ist hier!"

Sechstes Kapitel
Durch Istanbul

Ich war entsetzt! „Halef, was redest du da?"

Halef schaute mich verwirrt, gar ängstlich an, aber er nickte nachdrücklich. „Ich habe ihn selbst gesehen, Sihdi!"

„Wo denn? Draußen?" Mich beschlich ein Gedanke.

„Nein, Sihdi! Drinnen im Saal! Er unterhielt sich mit allerlei Leuten, als sei er ein ehrenwerter Gast."

„Mit wem hat er sich unterhalten?" Die Frage kam mir über die Lippen, obwohl ich doch zunächst hätte klären müssen, ob sich Halef nicht doch geirrt hatte. Vielleicht half mir die Antwort aber auch dabei. Halef zählte an seinen zitternden Fingern ab.

„Mit den Ingles, den Engländern: dem Gastgeber und den anderen. Mit den Arabern. Und mit dem gestreiften Mann aus dem Land deiner Indianerfreunde."

„Nicht mit den Türken?"

„Nein, er vermied jeden mit einem Fes."

„Nun, das mag nichts besagen", meinte ich. Voreilige Schlüsse sind mir bedenklich. Nur weil der Schut sich gegen die Osmanen wenden wollte, musste er nicht jeglichen Kontakt mit ihnen meiden, allein, weil dies auffällig gewesen wäre. Es mochte auch so sein, dass niemand der osmanischen Würdenträger, die an diesem Abend in die Botschaft geladen waren, mit dem Mann hatte reden wollen. Oder es hatte sich auch einfach nicht ergeben. Halef konnte doch nicht jedes Gespräch beobachtet haben. Das führte mich zu diesem Punkt zurück.

„Halef", fragte ich ihn eindringlich, „wieso bist du der Ansicht, dass dieser Mann der Schut ist?"

„Weil ich ihn erkannt habe. Auch wenn er seinen langen Gabelbart nicht mehr trägt und auch kein gelbes Gesicht mehr hat."

„Aber das waren doch gerade seine Erkennungszeichen", rief ich. Kara Nirwan hatte seinen Beinamen erhalten, weil durch eine zurückliegende Krankheit seine Haut einen auffälligen Gelbton angenommen hatte.

„Einen Bart kann man sich abschneiden, um andere zu verwirren!", gab Halef zurück. „Und nur ein Mann, der nicht rechtschaffen ist, würde so etwas tun. Der Bart ist eines Mannes Würde und Zierde. Nur ein schlechter Mann würde sich rasieren, wenn er mit so einem prächtigen Bart gesegnet ist!"

Ich wusste, dass Halef als stolzer Araber da-runter litt, leider nur einen recht dürftigen Haarwuchs an Kinn und Wangen zu haben. Aber dass dies so weit ging, einen Schurken wie den Schut um den Bart zu beneiden, schien mir doch absurd. Dazu kam Halefs übliche seltsame Argumentation, was Taten und Moral von Menschen betraf.

„Und das Gesicht, Halef?" Ich schüttelte den Kopf. „Es ist schon verwunderlich genug, dass der Schut überlebt haben soll. Aber dass er rückwirkend gesundet ist und nun eine normale Gesichtsfarbe besitzt, halte ich für sehr unwahrscheinlich."

„Sihdi, er hat sich vielleicht Farbe ins Gesicht geschmiert! Du weißt, dass man dies tun kann, um anders auszusehen. Du hast es selbst schon angewendet."

„Das ist richtig, Halef. Aber dann beschreibe mir doch bitte, wie der angebliche Schut nun aussieht."

„Er hat ein hellbraunes Gesicht, einen Bart auf der Oberlippe, gescheiteltes Haar und er trägt einen Anzug. Nicht so einen schönen wie wir und die anderen, sondern so einen wie der Amerikani, nur ohne Streifen."

„Diese Gestalt hat ja nun überhaupt nichts von dem Schut, wie wir ihn kannten."

„Ja eben, Sihdi! Er hat sich ganz hinterhältig verkleidet, um uns zu täuschen."

„Aber warum sollte er hierherkommen?"

„Na, um zu erfahren, ob wir ihm auf den Fersen sind! Ob die Osmanen von seinen Plänen wissen, die er mit Al-Kadir geschmiedet hat! Oder ob die Ingles etwas wissen!"

„Halef, du hältst den Schut womöglich für zu mutig und zu schlau …"

Ich musste mir aber eingestehen, dass diese Vorgehensweise sich in nichts von meiner unterschied oder von der einer gewissen jungen Dame. Dennoch – wie kam Halef überhaupt auf die Idee, den Schut gesehen zu haben? Ich fragte ihn erneut und schaute ihn ernst an.

„Halef, warum glaubst du in diesem adretten Herrn jenen Verbrecher erkannt zu haben?"

Mein kleiner Gefährte blickte mich betreten an. „Es war so ein Gefühl. Mir geht beständig der Gedanke im Kopf herum, dass wir erneut den Schut jagen. Diesen schlechten Menschen, den wir glaubten, besiegt zu haben. Aber eben nicht so richtig, weil er in die Schlucht gestürzt ist. Ich konnte mich deshalb gar nicht dafür an ihm rächen, dass er mich entführt hatte!"

Halef meinte damit seine Gefangennahme in Treska-Konak. Allerdings waren es nur die Schergen des Schut gewesen, darunter die beiden Aladschys und der Mübarek, welche Halef in ihre Gewalt bekommen hatten, und dies durch eine eigene Unvorsichtigkeit. Ich hatte ihn später befreien können. Dass Halef eine andere Erinnerung an dieses Geschehen hatte, sei ihm ebenso wie seine Rachegelüste verziehen. Aber hatte er sich vielleicht genau deswegen in der angeblichen Entdeckung des Schut geirrt?

„Wie kam es dazu, dass du den Schut zu sehen glaubtest?", fragte ich erneut.

„Das war so, Sihdi: Ich stehe an dem schön geschmückten, langen Tisch mit den Speisen, den die Ingles ein Bafet nennen, und genieße die dargebotenen Leckereien. Dazu trinke ich aus einer kleinen, zarten Kristallschale etwas von dem Soda-Wasser, jenem prickelnden Trank, der den Gästen neben dem Wein von Schampan gereicht wird. Denn du weißt, Sihdi, dass ich als gläubiger Muslim keinen Wein trinken darf. Wie nett ist es also von den Ingles, etwas anzubieten, was ähnlich lustig in der Nase kitzelt."

Halef zog in Erinnerung die Nüstern kraus. Für einen Augenblick war aller Schrecken über den angeblichen Schut abgefallen. Das schätze ich an meinem kleinen Halef, dass er sich über die kleinen Freuden des Lebens auch in Momenten großer Aufregung erfreuen kann, indem er sich so lebhaft erinnert. Allerdings werden ihm dadurch vergangene Gefahren und Unannehmlichkeiten ebenso heftig erneut gewahr, und dies führt zu Überreaktionen, wie ich sie auch in diesem Fall vorliegen glaubte.

Halef sprach weiter: „Da aber, Sihdi, dieses reine Wasser mit der schäumenden Substanz Natrun darin – übrigens ein arabischer Name – doch etwas fade ist, tut man gut daran, dazu eine kräftige Süßigkeit zu naschen. Die Ingles haben, um den Ort ihres Botschaftshauses zu ehren, deswegen eine Besonderheit aus Stambul angerichtet, die Lokma oder Lokum genannt wird. Das sind Würfel aus erstarrtem Zuckersirup, köstlich angereichert mit Zitrone, Orange oder Rosenwasser. Die hat vor zweihundert Jahren der oberste Zuckerbäcker am osmanischen Hof, Ali Muhiddin Hadschi Bekir, erfunden – wie man am Namen erkennt, ein frommer Hadschi so wie ich…"

Halef stutzte kurz; er hatte gerade mir gegenüber das Gleiche geplappert wie zu anderen Leuten, mit denen er sich unterhielt. Im Gegensatz zu diesen wusste ich jedoch, dass Halef bei seiner Pilgerfahrt nach Mekka zu Anfang unserer Bekanntschaft ein wenig geflunkert hatte. Und obwohl er inzwischen längst Mekka besucht hatte und sich nun tatsächlich „Hadschi" nennen durfte, war es ihm immer etwas unangenehm, wenn er sich an seine frühere Hochstapelei erinnerte. Ich winkte aber freundlich ab, um Halefs peinlich berührten Gesichtsausdruck fortzuwischen. Und schon sprach er weiter:

„… und die Familie Bekir stellt auch heute noch das feinste Lokma von Stambul her. Es ist fürwahr eine Freude für Zunge und Gaumen."

„Und du weißt all dies, Halef, weil dir die Näscherei von einem Herrn Bekir gereicht wurde? Oder hing ein Lieferzettel an der Schachtel?"

„Aber nein, Sihdi. Das Lokma lag in keiner Schachtel, sondern war auf einem kuriosen Gestell aus Kristall und Messing angerichtet, das mich an eine alte Zikkurat, einen Tempelbau, aus dem Zweistromland oder gar einen Zedernbaum aus dem Libanon erinnerte. Ein sehr schönes Stück. So etwas würde ich gern meiner lieben Frau Hanneh als Geschenk mitbringen, wenn wir wieder zum Stamm der Haddedihn zurückkehren. Aber natürlich erst, wenn wir den Schut gefasst haben."

„Ein gutes Stichwort, Halef. Sprich nicht mehr von Zuckerwerk, sondern von dem Schurken!"

„Richtig, Sihdi. Aber dazu muss ich erwähnen, woher ich vom Lokum erfahren habe. All diese interessanten Dinge erfuhr ich von dem, der neben mir am Bafet stand, nämlich Abdi, der ja Türke ist und deswegen alles Türkische kennt."

„Schön, dass du dich mit Abdi verstehst und gemeinsam schlemmst. Ich möchte es abkürzen – er hat den Schut erkannt und dich darauf aufmerksam gemacht?"

„Ja, Sihdi! Das hast du klug bemerkt!"

„Aber, Halef, ich habe ebenso klug bemerkt, dass Abdi den Schut gar nicht erkennen kann, weil er den Schut ja nie gesehen hat!"

„O doch, Sihdi! Denn Abdi ist der Diener von Sir David. Und der Ingles wurde damals ebenso wie ich vom Schut entführt."

Da erinnerte sich Halef richtig. Ich selbst hatte Sir David aus seinem Gefängnis in der sogenannten Juwelenhöhle im albanischen Rugowa befreit, in das der Schut ihn gesteckt hatte. Halef argumentierte weiter.

„Und da Abdi und Sir David in den vergangenen Wochen gemeinsam nach Stambul gereist sind, haben sie sich doch allerlei erzählt. Abdi weiß also sehr genau, wer der Schut ist."

„Aber abgesehen davon, dass er ihn nur aus Erzählungen Sir Davids kennt, ist der angebliche Schut hier doch verkleidet, ja gar verwandelt!"

„Dennoch! Ich stand mit Abdi dort am Bafet und erzählte ihm meinerseits einige Abenteuer von mir, und was ich von diesem und jenem der anderen Gäste dachte und meinte, und gerade als ich auf den verkleideten, geschminkten Schut ohne Bart zeigte, sagte Abdi leise: Schut. Und dann ging er fort und sagte mir nur noch, dass er dringend Sir David suchen müsse."

Ich seufzte.

„Halef, ich muss dir etwas sagen und ich sage es frei heraus: All die Aufregung war umsonst!"

„Aber warum denn, Sihdi? Glaubst du mir nicht?"

„Doch Halef, ich glaube dir jedes Wort. All das, was du mir berichtet hast. Aber leider hast du die falschen Schlussfolgerungen gezogen! Schau, Halef, es ist so: Du musst zugeben, dass du doch sehr viel auf Abdi eingeredet hast."

„Ich habe Kunwersaziun betrieben, Sihdi! So nennen das die feinen Leute."

„Und Abdi hat darauf wie ein feiner Ingles geantwortet. Du erinnerst dich, er hat viel Zeit mit Sir David verbracht und einiges von ihm aufgeschnappt. Und ein Ingles sagt, wenn er ungehalten ist, nicht etwa ein unfeines Wort, sondern eines, das so ähnlich klingt. Statt dem englischen Wort für Unrat, das ich erst gar nicht nennen möchte, sagt er *shoot*. Und das klingt eben genauso wie: Schut."

„Aber Sihdi! Abdi ist ganz erschrocken weggelaufen, er wollte dem Lord die schreckliche Kunde vermitteln, dass sein Entführer und mein Entführer und überhaupt der Schurke zugegen ist, den wir alle jagen!"

„Halef, ihr habt am Buffet gestanden und in die Menge geschaut. Erinnere ich mich richtig und steht an der gegenüberliegenden Wand eine große Standuhr?"

„Ja, Sihdi."

„Und du erinnerst dich, dass Sir David und Abdi morgen früh mit dem Dampfer vom Hafen aus nach London abreisen?"

„Ja, Sihdi."

„Und du weißt, dass man dazu zeitig am Hafen sein muss, zeitig das Haus verlassen, zeitig zu Bett gehen und deshalb auch zeitig einen Empfang in der britischen Botschaft verlassen muss?"

Halef atmete tief ein und aus. Er schob einen Finger unter den seidenen Turban und kratzte sich verlegen am Kopf. „Dann habe ich mich also geirrt, Sihdi? So schrecklich geirrt? Ich war dumm und übereifrig und habe mich selbst und vor allem dich ganz unnütz in Aufregung versetzt?"

„Ich möchte es nicht so hart ausdrücken, Halef. Du hattest nach deinem Verständnis allen Grund dazu. Und es ist nun einmal so, dass wir tatsächlich, wie du gesagt hast, alle sehr angespannt sind, weil wir eben den Schut jagen und Al-Kadir noch dazu." Ich erlaubte mir einen Seufzer. „Halef, auch ich habe heute Abend die eine oder andere – nicht Dummheit, aber vielleicht doch Unüberlegtheit begangen und voreilige Schlüsse gezogen. Du siehst, wir gleichen uns doch sehr. Der Umstände wegen. Uns Abenteurern ist diese Umgebung hier zu unvertraut. Ebenso wie die Kleidung."

„Ach, Sihdi, ich verstehe. Und ich fühle dir nach. Auch ich finde die Schuhe zu eng und diesen Jackenfrack ebenfalls. Meine Schultern und Zehen möchten allzu gerne befreit werden. Aber ich hätte nicht gedacht, dass ich in dieser Hinsicht duldsamer bin als mein Sihdi. Du hast die unbequemen Sachen ja schlicht von dir geworfen und bist ohne sie herumgegangen. Ich weiß noch nicht recht, warum du dich draußen ausgezogen hast und dann wieder weit oben ins Haus gegangen bist, aber du wirst sicher eine Erklärung haben." Er schaute mich mit schmalen Augen an. „Mich würde nicht wundern, wenn Abdi dich durch sein missverständliches Benehmen dazu gebracht hat…"

„O Halef…", begann ich, doch dann öffnete sich die Tür zum Ballsaal. Plaudern und Lachen klangen heraus, und helles Licht fiel in die Eingangshalle. Zwei lange Gestalten erschienen.

„Halef, du kannst ihn gleich selbst fragen. Da sind Abdi und Sir David. Und sie scheinen bereit zum Aufbruch."

„Well, das war ein feiner Abend", rief Sir David. „Wenngleich man bei all den vielen interessanten Gästen nach dem letzten einander Begrüßen und Vorstellen und Bekanntmachen schon wieder mit dem Abschiednehmen beginnen muss, wenn man nur eine beschränkte Bleibedauer hat. Wie gut, dass ich Abdi als lebendige alarm-clock habe, sonst hätte ich noch die Zeit vergessen."

Er schaute mich und Halef an. „So, ich muss jetzt gehen, morgen früh geht mein Dampfer. Wir verabschieden uns doch am Hafen? See you and good night!"

Sir David wandte sich zum Gehen und Abdi folgte. Doch vorher verabschiedete er Halef und mich mit unbekümmertem Lachen: „Servus, baba!"

Ich legte Halef sanft die Hand auf die Schulter, um ihn zurückzuhalten. Wie gut, dass es sich zum Abendanzug nicht geziemte, eine Kurbatsch zu tragen, jene Kurzpeitsche aus Nilpferdhaut, die Halef so liebt, oftmals mit ihr droht, sie aber glücklicherweise nie einsetzt, wenn es nicht wirklich nötig ist.

Ich beschloss, dass auch Halef und ich die Botschaft verlassen sollten. Mir war nicht mehr nach gesellschaftlichen Unverbindlichkeiten. Ich verabschiedete mich von Botschafter Elliot, verlor dabei aber kein Wort über meine Erlebnisse im dritten Stock. Was meine Fragen zu gewissen Tatsachen betraf, so war eine Abendgesellschaft ohnehin nicht der rechte Ort, politische Dinge zu erörtern. Ich erkundigte mich aber beiläufig, ob Miss Albrizzi-Teotochi schon gegangen sei. Der Botschafter zwinkerte mir ganz undiplomatisch zu. Ja, die junge Dame sei gegangen. Das sei ohnehin besser für die Stimmung gewesen. Es hatte ein wenig Unruhe in die Gespräche gebracht, und dies gar nicht einmal so sehr in Belangen der Mode und des Benehmens, sondern weil einige der osmanischen Minister eben doch erkannt hatten, um was für einen Schmuck es sich am hübschen Hals der Dame handelte, und das Symbol des Skanderbeg als unangemessenes Statement erachtet hatten. So drückte sich zumindest der Botschafter aus. Die Wesire der Hohen Pforte hatten sicher anderes geäußert. Aber nun, etwaige unangenehme Szenen waren ausgeblieben, möglicherweise weil Qendressa sich statt auf dem Parkett des Ballsaals an der Fassade der Botschaft bewegt hatte. Aus diesem Grund hatte ich doch ein schlechtes Gewissen, dem Botschafter nichts von der Spionage der jungen Frau zu berichten. Aber ich wollte ihm nicht den Abend verderben. Zudem erschien es mir nach wie vor als lässliche Sünde, als harmlose Stöberei statt Hochverrat und Spionage. Ich mochte eingenommen sein. Aber keineswegs für Qendressa. Sondern weil ich nun andere Dinge im Kopf hatte. Deshalb war ich auch sehr zufrieden, dass es außer dem Botschafter keine Personen gab, von denen ich mich aufwändig und der Höflichkeit entsprechend zu verabschieden hatte. Meine amerikanische Bekanntschaft, der Baumwollpflanzer Fontenoy, war wohl ebenfalls bereits gegangen. Jemanden anderes hatte ich im Übrigen verpasst: Botschafter Elliott hatte mit Bedauern geäußert, dass sich der deutsche Botschafter, Karl von Werther, zunächst verspätet hatte und dann wegen eines anderen Termins nach kurzer Zeit schon wieder verschwunden war. Wegen dieses ungeschickten Umgangs mit der Zeit hätten die beiden Deutschen sich nicht kennenlernen können.

Mir war dies im Nachhinein durchaus recht, denn ich hätte nicht erneut über mich reden mögen. Dies mag verwundern, zumal ich mit dem deutschen Diplomaten doch sicher einen begeisterten Kenner meiner Bücher getroffen hätte. Aber es war nun einmal so. Mich dürstete nach Taten, nicht nach Worten. Ich war auch geradezu erleichtert, dass ich im Saal nirgendwo Bradenham und seinen Hauptmann sehen konnte. Noch eine fruchtlose Diskussion wäre mir zuwider gewesen. Ich wollte mit Halef in unser Quartier zurückkehren und Pläne schmieden.

Erfreulicherweise stellte die Botschaft uns eine Droschke zur Verfügung, sodass wir nicht in unseren engen Lackschuhen über das Istanbuler Straßenpflaster wandern mussten, sofern überhaupt Pflaster verlegt war. Dummerweise hatten wir versäumt, uns einen Platz in Sir Davids Mietkutsche zu sichern, mit der wir auch zur Botschaft gefahren waren, und Sir David hatte uns wohl auch vergessen, als er mit Abdi abgefahren war. Es sei ihm aber nachgesehen, er war wohl berauscht von dem britischen Botschaftsabend und der Vorfreude auf die Heimfahrt nach England, wo er seine Wüstenschätze begutachten und beschreiben wollte. Und ich war auch froh, den Lord während meiner kommenden Abenteuer im fernen Britannien zu wissen. Nachdem ich den Gefühlsausbruch von Halef erlebt hatte, schien es mir nicht allzu förderlich, gleich zwei ehemalige Entführungsopfer des Schut an meiner Seite zu haben. Rachegedanken sind kein guter Begleiter auf einer Verbrecherjagd, wenn sie auch ein trefflicher Antrieb sind. Es ist wohl gut, dass Sir David sich vorrangig als Reisenden und Schatzsucher sieht, dann erst als Abenteurer und nur zuletzt als Kämpfer gegen Schurken und Tunichtgute. Dies mag darin begründet sein, dass er als Engländer sich als Angehöriger des britischen Weltreichs und Nutznießer des britischen Rechts sieht und diese Errungenschaften nicht unbedingt selbst in fremde Weltgegenden tragen muss. Oder so etwas in der Art. Wer kann schon einen Engländer so ganz begreifen?

Und dass der brave Abdi mit ihm nach England reiste, konnte mir und Halef ebenfalls nur recht sein. Gegenüber zwei so gefährlichen Gegnern wie dem Schut und Al-Kadir konnten wir nicht auch noch auf den jungen Koch Acht geben.

Wir fuhren also durch das nächtliche Istanbul. Unser Weg führte uns von Pera hinunter nach Galata. Ich bedauerte kurz, dass die Bauarbeiten des Tunnels zwischen diesen Stadtteilen noch nicht abgeschlossen waren. Ich hätte sehr gern das darin geplante moderne Wunder der Technik, diese seltsame Schimäre aus Untergrundbahn und Seilaufzug befahren. Aber die Eröffnung würde sich noch etwas hinziehen, wohl bis ins kommende Jahr. Wir überquerten das Wasser der Bosporusbucht, die das Goldene Horn genannt wird, auf der treuen, breiten Holzbrücke, die, einige Male erneuert, im kommenden Jahr durch einen Eisenbau ersetzt werden sollte. Das wussten wir von Sir David, da eine englische Firma mit den Arbeiten betraut worden war. Ob wir die fällige Maut für unser Gespann nun zahlen mussten, weil die Holzbrückenquerung als seltenes, weil demnächst verflogenes Vergnügen galt, oder ob mit dem Geld die moderne Neukonstruktion finanziert werden sollte, blieb, wie so vieles, das Geheimnis der Hohen Pforte. Kein Geheimnis war jedoch, wie modern Istanbul sich gab, wozu diese beiden Beispiele dienen mögen. Dass sich hingegen viele Stadtteile noch immer geradezu mittelalterlich darstellen, und dies nicht im romantischen Sinne, sondern dass dort schäbige Bauten und bittere Armut dem allgegenwärtigen Verbrechen eine schaurige Kulisse bieten, sei aber auch nicht verschwiegen.

Am anderen Ufer, im Stadtteil Fatih, wandten wir uns nach dem Eminönü-Viertel. Wir ließen den still daliegenden Gewürzmarkt hinter uns und näherten uns der Jeni Dschami, der neuen Moschee, die nun auch schon zweihundert Jahre auf ihren vielen Kuppeln trug. Quasi in deren Schatten wohnte ein Bekannter von Halef und mir, der reiche Händler Maflei. Wir hatten schon vor zwei Jahren, bei unserem letzten Besuch in Stambul, bei ihm Quartier genommen, und als wir vor

einigen Tagen wieder an den Bosporus kamen, schlugen wir
Sir Davids Einladung, auf seine Kosten im Hotel de Pest zu
nächtigen, bescheiden aus, um eben jenem Maflei einen
Freundschaftsbesuch abzustatten. Als Gastgeschenk brachten
wir sozusagen uns selbst mit. Und wie bei diesem großzügigen,
menschenfreundlichen Mann nicht anders zu erwarten, bot er
uns nicht nur Kaffee und Erfrischungen, sondern auch gleich
sein Gartenhaus zur freien Verfügung an, solange wir in seiner
Heimatstadt weilen wollten. Allerdings war Maflei schon am
folgenden Tag abgereist, um aus geschäftlichen Gründen seinen Bruder Jacub Afarah in Damaskus aufzusuchen. Er trug
bei seiner Abreise seinen Dienern auf, sich um uns wie um
ihren eigenen Herrn zu kümmern, und uns wiederum, bei Gelegenheit doch seinen Sohn Isla Ben Maflei und dessen Frau
Senitza zu besuchen, mit denen wir ebenfalls freundschaftlich,
ja sogar durch ein Abenteuer voll Entführung und Rettung
verbunden waren. Allerdings hatten wir es bislang nicht einrichten können, bei den jungen Eheleuten vorbeizuschauen.
Morgen stand zunächst die Verabschiedung Sir Davids am Hafen an, dann erwarteten wir im Laufe des Tages das Eintreffen
unseres Gefährten Scheik Haschim und von diesem Zeitpunkt
an wären wir wohl mit dem Schmieden von Plänen und deren
Umsetzung beschäftigt.

Zunächst freuten Halef und ich uns aber auf einen geruh-
samen Schlaf nach dem Trubel des Abends. Wir stiegen aus
der britischen Droschke, die um so vieles bequemer war als
eines der üblichen taksi at arabasi, der mietbaren Pferde-
gespanne von Stambul, gaben dem Kutscher ein reichliches
Bakschisch und wandten uns dem Eingang von Mafleis Haus
zu, dessen Fassade auch in den vergangenen beiden Jahren
nicht verändert worden war und noch immer keinen Hinweis auf den Reichtum seines Besitzers gab. Es war dies
wohl eine Vorsichtsmaßnahme des klugen Kaufmanns, denn
geizig war er beileibe nicht. Wir klopften, und erstaunlich
schnell wurde die Tür geöffnet, als habe der Diener hinter der

Schwelle auf uns gewartet. Halef und ich hatten zuvor eine kleine Wette abgeschlossen, wie lange wir würden warten müssen, bis der Diener seine Schlafstelle verlassen hätte und zum Eingang geschlurft wäre. Denn auch wenn die Bediensteten des Kaufmanns uns tatsächlich alle Annehmlichkeiten bereiteten, so waren sie doch nicht so eifrig und geschwinde, als wenn der Herr des Hauses selbst zugegen gewesen wäre. Die Tür öffnete sich also einen Spalt, kaum dass unser behutsames Pochen verklungen war, und der Diener schaute heraus, mit hellwachen Augen. Halef und ich hatten beide unser gemeinsames Wettspiel verloren, sei's drum.

Wir baten höflich um Einlass und nannten noch einmal unsere Namen, falls der Mann uns in unserem Aufzug nicht erkennen sollte. Er nickte und schaute uns noch immer groß an. Ich bemerkte, dass seine Augen zwar weit offenstanden, er aber dennoch eine gewisse Schläfrigkeit zeigte. Seine Bewegungen waren langsam und sein Gesicht schlaff.

„Sihdi", flüsterte Halef mir zu. „Ich fürchte, diese Dienermaus hat die Gelegenheit, dass die Herrenkatze aus dem Haus ist, genutzt, um ein wenig an verbotenen Früchten zu naschen. Aber an solchen, die man nicht kaut, sondern vielmehr raucht…"

Das mochte durchaus sein. Dennoch schien mir der Mann nicht jemandem zu gleichen, der sich im Rausch von Haschisch oder gar Opium befand. Eine bedauernswerte Angewohnheit, wie ich bemerken darf, denn um den süßen Seiten des Lebens Genüge zu tun, sollten doch Tabak und Wein ausreichen, und die haben noch niemandem geschadet, wenn sie in Maßen genossen werden. Und nicht in Massen, wie sowohl ein Witzbold als auch Herr Konrad Duden bemerken würde, welcher Gymnasiallehrer im thüringischen Schleiz ist und sich sehr um die deutsche Rechtschreibung verdient gemacht hat, indem er vor zwei Jahren in Leipzig eine Abhandlung zu eben diesem heiklen, aber wichtigen Thema herausbrachte, die viel von sich reden machte. Ich

98

glaube übrigens, dass aus diesem Mann noch etwas werden könnte.

Der Diener also, von was auch immer berauscht oder auch nicht, öffnete die Tür vollständig, trat zur Seite und bot uns Eintritt. Wir überschritten die Schwelle und dann schloss der Diener die Tür hinter uns. Er drehte sich um. Die kleine Lampe in seiner Hand flackerte, als der Luftzug der Bewegung die Flamme am blanken Docht bewegte. Immer noch starrte der Mann uns an. Halef ließ ein leises Grunzen hören, das durchaus amüsiert klang. Ich war aber überzeugt, dass er anders reagiert hätte, wenn dieser Mann sein Diener gewesen wäre. Aber wie bereits erwähnt, trug Halef keine Kurbatsch zum Frack.

Ich wandte mich an den Diener. „Wir benötigen nichts weiter für die Nacht. Wir ziehen uns ins Gartenhaus zurück."

Der Mann nickte langsam und ging dann voraus, den Weg mit der Lampe beleuchtend. Halef und ich folgten ihm. Es war gut, dass wir Mafleis Haus sowohl bei Tag als auch bei Nacht kannten, denn ich stellte mir vor, wie es wohl gewesen wäre, dem stummen, starrenden Diener in seinem schleppenden Gang durch eine unbekannte Örtlichkeit zu folgen. Ein mancher hätte dies als schaurig empfinden mögen. Ich erinnerte mich an die abergläubischen Geschichten von Menschen auf den Westindischen Inseln, die angeblich von den Toten erweckt wurden, um Frondienste zu leisten. Die schlichten Gemüter erklärten dies mit Zauberei, ich hingegen weiß, dass es sich dabei einerseits um die Wirkung von Giftdrogen, andererseits um das verbreitete Phänomen des Scheintodes handelte. Nicht von ungefähr muss im Deutschen Reich eine Wartefrist von fünf Tagen zwischen Ableben und Bestattung eingehalten werden, wie Kaiser Wilhelm I. in seinem königlichen Reskript vom März 1871 verfügt hatte. Dass dies auf eine Anregung der nicht sonderlich talentierten Dichterkollegin Friederike Kempner geschehen sein soll, halte ich für meinen Teil für eine Schauergeschichte.

Wie erwähnt, ich war froh, dass Halef in dieser Situation von solch heiterer Stimmung war, wo er sich sonst vielleicht gegruselt hätte. Stattdessen gluckste er vor sich hin und klang wie die männliche Variante eines kichernden Backfischs, wie man nicht nur in Küstengegenden ein halbwüchsiges Mädchen nennt.

Wir verließen das Haus durch die Hinterpforte und betraten den Garten. An dessen Umhegung reckten sich schlanke Schatten gegen den Nachthimmel, es waren hohe Zypressen, die mit Efeu umwuchert waren. Der Duft der Blüten war noch stärker als im Garten der britischen Botschaft, es war bedauerlich, dass der Lampenschein nicht weiter trug, denn auch schlafende Blumen sind mit ihren geschlossenen Kelchen ein schöner, da friedvoller Anblick.

Als wir das Gartenhaus erreicht hatten, welches sich als heller Schemen zwischen den dunkleren der Sträucher und niederen Bäume zeigte, dankten wir dem Diener und erlaubten ihm, sich zu entfernen. Dennoch öffnete er uns die Tür des Gartenhauses und wartete darauf, dass wir eintraten. Wir zuckten mit den Schultern. Sollte er seinen Willen haben, in seinem schlafwandlerischen Zustand. Es war zwar etwas verwunderlich, dass er nicht voraus ins Innere gegangen war, um uns zu leuchten und die dortigen Lampen zu entzünden, doch dies war wohl ebenfalls den anderen Umständen geschuldet, in denen er sich sozusagen befand. Solange der Mann friedlich blieb und keine Unannehmlichkeiten verursachte, sollte es uns recht sein. Über die Schwelle getreten, suchte ich nach meinen Zündhölzern, da klang hinter uns die hohl tönende Stimme des Mannes auf:

„Die Herren haben Besuch!"

Dann schlug die Tür hinter uns zu, schnitt uns vom Licht der Lampe ab und ließ uns im Finsteren dastehen.

Ich gönnte unseren Augen nicht die Zeit, sich an die Dunkelheit zu gewöhnen, und zückte die Zündhölzer. Da glomm am Ende des Raums hinter einem der dünnen, durchscheinenden

Vorhänge, welche das Gartenhaus statt fester Wände in unterschiedliche Bereiche aufteilten, ein Licht auf. Der Schatten eines Mannes erhob sich. Der Schemen war hochgewachsen und kräftig, und auf dem Kopf saß ein Turban. Vom Gesicht darunter strebten nach beiden Seiten die langen Spitzen eines ausladenden Schnurrbarts.

Halef erkannte dieses Merkmal sogleich. Er schluckte, dennoch klang er heiser:

„Al-Kadir!"

Hinter dem Vorhang hob sich der Schatten einer Hand.

„Aber nein, meine Freunde", sagte eine Stimme. „Sorgt euch nicht."

Ich stutzte – wer war der Fremde?

Siebtes Kapitel
Nächtliche Begegnung

Halef und ich spannten unsere Körper an und gingen in eine leicht geduckte Verteidigungshaltung, suchten sicheren Stand, aus dem sich jedoch ebenso rasch zum Angriff springen ließe. Wir würden nicht flüchten; dies ließ unser Naturell nicht zu. Gleich, ob die Gefahr offenkundig oder nicht eindeutig war, wie in diesem Augenblick. Und wer wusste, ob die Tür hinter uns nicht nur geschlossen, sondern vielleicht auch verriegelt oder anders blockiert war.

Der Fremde hatte sanft gesprochen, aber nicht unsere Namen genannt. War es eine Finte? War er kein Freund, sondern ein Feind? Und wir, Halef und ich, standen unbewaffnet da. Und zudem in Kleidung, die für gesellige Gesellschaften gemacht war und nicht für den handfesten Kampf Mann gegen Mann. Ich hätte es ahnen müssen! Der Diener hätte mich misstrauisch machen sollen. Zweifellos war der Mann hypnotisiert gewesen – er hatte sich zu einem willfährigen Werkzeug gewandelt und uns geradewegs in eine Falle geführt. Aus meiner Erfahrung mit Feinden und ihren Handlungen heraus hätte ich es sogleich erkennen müssen. Gerade Al-Kadir, der „Mächtige", jener Schurke, der den Orient aus dem Untergrund erobern wollte und mit seinen Schergen weder vor äußerster Brutalität noch vor seelischer Grausamkeit zurückschreckte, war bekannt für allerlei Taschenspielertricks, welche die Leichtgläubigen für Magie hielten, sowie für Methoden der Verwirrung, die nach dem Prinzip des Mesmerismus und der Hypnose gestaltet waren. Und auch wenn ich an derlei Hokuspokus ebenso wenig glaube wie an Magie, so muss ich doch gestehen, dass manches, was mir im Umfeld Al-Kadirs widerfahren war, mich oftmals hatte schwanken lassen und mein gefestigtes, nüchtern-wissenschaftliches Weltbild in Schlagseite brachte. Man verzeihe mir diese schiefe Metapher. Aber ich will damit verdeutlichen, dass ich in diesem Augenblick auch mit mir selbst nicht im Reinen war. Denn ich war möglicherweise in eine Falle geraten, weil ich das seltsame Verhalten des Dieners nicht richtig gedeutet hatte. Ich war abgelenkt gewesen, war noch heiter vom Ausklang des Abends, der bequemen Kutschfahrt durch Istanbul und dem Scherzen mit Halef. Halef! Ihm hatte ich wohl Unrecht getan. Ich hatte seine Befürchtungen, in der Botschaft den Schut gesehen zu haben, mit Spitzfindigkeiten widerlegt, nein abgetan! Halef hatte sich wohl doch nicht getäuscht. Welche bessere Erklärung gab es für die Gegenwart eines Gegners, als dass der Schut oder Al-Kadir sich hier in Stambul befanden. Und wir waren unbewaffnet und Beistand war nicht zu erwarten! Al-Kadir hatte für seinen Anschlag auf uns geschickt den Zeitraum gewählt, zu dem der Kaufmann Maflei nicht in seinem Domizil weilte.

Jetzt kam der Fremde dem Vorhang näher, sein Schatten verdichtete sich, wurde schwärzer und schwärzer. Im schwachen Licht, das von einem Punkt hinter ihm ausstrahlte, schaute ich hastig in unserer näheren Umgebung nach einer notdürftigen Waffe. Doch das Gartenhaus war in schönster türkischer Manier bequem eingerichtet, ermangelte aber jeglicher schwerer oder gar scharfer Gegenstände.

Nur wenige Herzschläge waren vergangen, jetzt trat der Mann hinter der Stoffbahn hervor.

„Kara Ben Nemsi! Hadschi Halef Omar!", sprach er mit leiser, aber voll tönender Stimme. Dann breitete er die Arme aus. „Ich wollte euch nicht erschrecken. Aber wie gut, dass ich es tat, denn es beweist, dass ich nicht Al-Kadir bin. Dieser hätte euch nicht erschreckt, sondern hinterrücks getötet…"

Aus dem Schatten trat Scheik Haschim.

Ich war erleichtert. Meine Erleichterung wischte sogleich meine Selbstzweifel hinfort, wie ich mich so hatte irren können, Scheik Haschim für Al-Kadir zu halten. Einen größeren Gegensatz zwischen zwei Männern konnte es wohl kaum geben. Al-Kadir war ein Machtmensch und Emporkömmling von zweifelhafter Herkunft, die in Persien oder noch weiter östlich nach Indien hin liegen mochte. Ich kann mich nicht genauer über diesen Mann äußern, weil ich ihm nur einmal begegnet war. In einem Machtkampf zwar, der geistige wie körperliche Kräfte gefordert hatte, aber für ein näheres Kennenlernen war keine Zeit geblieben – nicht dass ich dies bedauerte. Die grundlegende Einschätzung, dass Al-Kadir aufgrund seiner Handlungen und seiner Pläne ein verabscheuungswürdiger Mensch war, hatte ich rasch und ohne Zweifel treffen können. Selbst Scheik Haschim, der Al-Kadir schon längere Zeit bekämpfte, wusste nicht allzu viel über den geheimnisvollen, selbst ernannten „Mächtigen". Immerhin war dieser mächtig genug gewesen, nicht nur mich und meine Gefährten für kurze Zeit gefangen zu nehmen, nein, er hatte Scheik Haschim sogar für längere Zeit in seiner roten Festung in der Al-Badiya-Wüste eingekerkert. Nach dem vorläufigen Sieg über Al-Kadir und dessen feiger Flucht hatten wir Scheik Haschim befreien können. Er war uns seitdem in Dankbarkeit verbunden. Ich gebe zu, dass auch Scheik Haschim mir nicht sehr gut bekannt war. Ich könnte sagen, dass auch er ein Mann der Geheimnisse war, wenn diese Formulierung nicht stets einen unlauteren Beiklang hätte. Ich wusste, dass Haschim ein Prinz aus dem königlichen Geschlecht der Haschemiten war, einer Dynastie der Wüstenherren des südlichen Arabiens, die in steter Rivalität zu den Beduinenstämmen lagen, während sie sich allesamt gegen die osmanische Regierung behaupten wollten. Haschim war der zweitgeborene Sohn seiner Familie. Er stand deshalb jedoch nicht etwa auf einem hinteren Rang in der Thronfolge. Im Orient gibt es nämlich nicht die Rangfolge wie bei europäischen Herrschern, welche man nach dem Geschlecht der

Salier auch als salische Erbfolge bezeichnet und die besagt, dass stets zunächst Sohn und Enkel dem Herrscher nachfolgen und dann erst die Brüder des Herrschers. Im Orient entscheidet der Familienrat, wer neben dem König der Thronfolger ist, und dies sind in vielen Fällen zunächst die Brüder. Im Fall Haschims hatte der Familienrat, der als Thronrat fungierte, einen anderen Bruder vorgesehen, um am Hof zu bleiben, da auch ein Thronfolger bereits Pflichten hat.

Haschim hatte sich daher schon früh zu einem Abenteurerleben entschieden, nicht jedoch bevor er allerlei Studien an den alten und neuen Universitäten der arabischen Welt getrieben hatte. Dann hatte er von den Umtrieben Al-Kadirs erfahren, begonnen ihn zu bekämpfen, und so waren wir uns begegnet, an einem Kreuzweg der Kämpfer für das Gute.

So stand also Scheik Haschim vor uns. Er sah anders aus als vor drei Wochen, als er uns aus dem Kerker Al-Kadirs entgegengetreten war. Damals war er ganz unköniglich verschmutzt gewesen, Haar und Bart in zotteligem Zustand, die Kleider zerlumpt – und doch hatte er eine Ausstrahlung von Weisheit und eine Aura von Adel besessen, die weder ein Doktorhut noch eine Krone verleihen. Jenes Fluidum von Weisheit und Adel ging auch jetzt von ihm aus, es füllte geradezu den kleinen, matt erleuchteten Raum. Seine Gestalt trug nicht unwesentlich zu diesem Eindruck bei, denn er war ein wenig größer als ich. Zudem hatte er in den vergangenen Wochen die Spuren der Kerkerhaft abgestreift, und die zuvor ausgehungerten und verhärmten Züge seines Gesichts hatten die hagere Schärfe eines wahren Heldenantlitzes wiedergewonnen. Sein Kinnbart war gestutzt und die Spitzen des Schnurrbarts reckten sich herrschaftlich. Ich hatte diese im Schattenriss als voluminöser und somit Al-Kadirs indisch anmutender Barttracht ähnlicher empfunden, als sie tatsächlich waren. Es mochte auch eine optische Verzerrung stattgefunden haben, so als ob die Lampe und der Vorhang ein kleineres Modell dessen geboten hätten, was als sogenanntes Brockengespenst schon viele Wanderer im deutschen Harzgebirge genarrt hat, die ihren eigenen Schatten von der Sonne, die in ihrem Rücken strahlte, riesenhaft verzerrt auf eine vor ihnen liegende Nebelwand geworfen sahen. Mein Schrecken und der von Halef waren also durchaus nachzuvollziehen. Zumal Scheik Haschim nicht die Kefije, das Tuch der Beduinen, auf dem Kopf trug, sondern einen Turban. Vielleicht wollte er in Istanbul nicht als Araber des Südens erkannt werden. Er trug auch kein langes Gewand, sondern Stiefel und Hosen sowie Hemd und Weste, darüber einen Umhang. Vielleicht fröstelte ihn in der Nacht, weil er nach der langen Zeit des Eingekerkertseins doch noch nicht seine volle Stärke wiedererlangt hatte. Seine Kleidung war von gutem Schnitt und feiner Qualität, jedoch nicht auffällig prunkvoll. Einzig seine Waffen, die ich schon gesehen hatte, als Scheik Haschim sie in Al-Kadirs Festung wiedererlangt hatte, zeugten von seiner Herkunft und seiner Kennerschaft. Aber dies konnte wiederum nur jemand erkennen, der sich auf Waffen verstand. Dass Haschim hier seinen Dolch und seinen Revolver trug, schien mir bedeutsam. Seinen Säbel hatte er jedoch in seinem wo auch immer gelegenen Quartier belassen, wo wohl auch seine vortreffliche weiße Stute in einer Stallung stand.

„Guten Abend, Haschim", sagte ich. „Was führt Euch in unser – in das Gartenhaus?"

Ich gebe zu, dass ich nach dem erlittenen Schrecken noch nicht ganz wieder meine Geistesgegenwart erlangt hatte. Die Begrüßung war unangemessen. Ich hob verlegen die Hände.

Schon war Haschim an mich und Halef herangetreten und berührte unser beider Schultern, jeweils die äußeren, wie in einer weit gefassten Umarmung. „Meine Freunde", sagte er, „seid euch meines aufrichtigen Bedauerns gewiss, dass ich euch so unvermittelt und unvermutet aufgesucht habe. Verzeiht mir, aber es war nicht anders möglich. Ich konnte mich nicht ankündigen."

Er trat einen Schritt zurück.

„Sollen wir uns nicht setzen? Kara Ben Nemsi, ich weiß, Ihr wohnt als Gast in diesem Haus, aber jetzt bin ich der Eure und deshalb will ich mich nach Euch richten."

Halef hatte sich schneller gefangen als ich selbst. Er begrüßte Scheik Haschim, entzündete einige Lampen und rückte die Sitzkissen zurecht. Dabei warf er die Lackschuhe und den Frack von sich und zerrte das Hemd aus den Hosen, nachdem er die Weste geöffnet hatte. Dann trat er etwas ungeduldig von einem Fuß auf den anderen, bis Haschim und ich uns gesetzt hatten. Schließlich ließ er sich auf sein Kissen fallen und seufzte: „Ach, endlich fühlt man sich wieder wie ein richtiger Mensch..."

Haschim lachte. „Dann seid froh, Halef, dass Ihr auch das Leben eines richtigen Menschen führt und Euch nicht jeden Tag und jeden Abend verkleiden müsst und jeden Tag und jeden Abend auch Eure Worte zu verkleiden habt. Nichts anderes hat man zu tun in Politik und Diplomatie."

Ich schaute Haschim fragend an.

Er nickte. „Natürlich wusste ich um Euren Aufenthalt am heutigen Abend. Aber ich hielt es für besser, nicht bei den Briten zu erscheinen. Zudem wäre ich nicht passend gekleidet gewesen."

Halef hatte gerade mit Mühen seine Frackschleife aus dem Hemdkragen gelöst und zwirbelte an dem Seidenband herum, als er Haschim zunickte. Der Scheik wandte sich an mich. „Ich wollte Euch aber auch nicht vor der Botschaft abpassen. Man hätte uns sehen können."

„Oder Euch allein", meinte ich.

„Dies nicht unbedingt", lächelte Haschim. „Aber dennoch. Ich bin erst heute Abend angekommen. Ich erlaubte mir, ein wenig hier im Gartenhaus zu ruhen."

„Ihr seid doch hoffentlich nicht einfach in Kaufmann Mafleis Haus eingedrungen. Nicht, dass ich dies von Euch..." Ich hatte an diesem Abend so meine Erfahrungen gemacht und war in diesen Belangen etwas empfindlich.

„Aber nein, Kara Ben Nemsi", beschwichtigte Haschim. „Ich habe an der Haupttür bei Mafleis Diener vorgesprochen und nach meinen Freunden gefragt, und ob ich auf sie warten dürfe…"

Halef hob spielerisch das Seidenband vor die Augen. „War der Diener da auch schon berauscht? Ein sehr unschickliches Verhalten!"

„Nein, Halef", besänftigte Haschim. „An diesem Zustand bin ich schuld."

Halef riss die Augen auf. „Ihr habt ihn betäubt! Aber das ist ja…"

Ich hob leicht die Hand, um Halefs Eifer etwas zu bremsen. Seine Empörungen und Solidaritäten wechseln manchmal in allzu rascher Folge und sein Gerechtigkeitssinn kollidiert mit seinem Respekt vor Höhergestellten. Ich bin daran gewöhnt und sehe es ihm nach, ja, ich amüsiere mich darüber, aber ich kann dabei nicht für andere sprechen. Haschim war noch immer ein Fremder. Ihm gebührte Respekt. Aber vielleicht war auch etwas Vorsicht angebracht.

„Aber warum das, Scheik Haschim?", fragte ich und wählte bewusst die förmliche und damit strenge Anrede. Haschim nickte ergeben.

„Ich musste sichergehen, dass meine Anwesenheit vertraulich bleibt. Ich kann durchaus unbemerkt bleiben, aber wenn ich mit jemandem gesprochen habe, muss ich Maßnahmen ergreifen, um vergessen zu werden."

„Aber warum…" Ich brach meine Frage ab. Es war offenkundig.

„Ja, Kara Ben Nemsi", nickte Haschim. „Die Spitzel des Feindes sind überall. Und sie werden von den normalen Menschen ebenso wenig bemerkt wie ich, wenn ich das will."

Halef musterte den Scheik. „Was meint Ihr damit? Und was habt Ihr…?"

„Es gibt Mittel und Wege…", sagten Haschim und ich gleichzeitig.

Halef lachte. „Die beiden Sihdis sind sich sehr ähnlich. Das habe ich schon früher bemerkt."

Ich winkte ab. Haschim lächelte. „Das mag sein, Halef. Aber ich will es nicht herausfordern, indem ich von Dingen erzähle, von denen Kara Ben Nemsi seine eigene und durchaus kluge und gültige Meinung hat. Dafür mag später Zeit sein, die wir uns jetzt nicht nehmen wollen. Nicht nehmen wollen – nicht etwa: nicht haben. Ich wähle diese Worte, da ich nicht alarmierend klingen will. Was den Diener betrifft, um den Ihr Euch sorgt, so darf ich versichern, dass er am kommenden Morgen wieder ganz so sein wird wie zuvor. Er wird sich aber nur daran erinnern, Euch beide eingelassen zu haben. Mich hat er niemals gesehen."

„Ihr seid Euch also sicher, nicht vom Feind erkannt oder verfolgt worden zu sein?", fragte ich. „Er hat sich aber an unsere Fersen geheftet?"

„Ich habe keine Beweise, keinen Augenschein, aber ich gehe davon aus. Es ist ein gegenseitiges Belauern aus Tarnungen und Scharaden heraus."

Halef hob die Hand an das Kinn. „Sihdi! Ob es dann doch der Schut war, der sich verkleidet in die Botschaft geschlichen hat?"

Ich musste ehrlich sein. „Halef, ich weiß es nicht." Diese Antwort ließ Halef sorgenvoll dreinblicken. Ich hingegen sah Haschim an. Der hob beschwörend die Hand.

„Ich kenne den Schut nicht. Ich weiß nicht, über welche Mittel oder Kräfte er verfügt. Nur eins habe ich herausgefunden, als ich die von Al-Kadir erbeuteten Papiere gelesen habe. Der Schut und Al-Kadir sind verwandt. Sie sind Brüder."

„Nicht zu glauben!", rief Halef.

Ich nickte knapp. „Dann sollten wir davon ausgehen, dass sie in ihrer Ruchlosigkeit und in ihren Methoden einander in nichts nachstehen. Was den Schut angeht, so haben Halef und ich ihn vor zwei Jahren kennengelernt. Ich fürchte aber, dass uns diese Erfahrungen nur wenig nützen werden. Er lebt noch.

Er lebt wieder. Und seine damalige Niederlage wird ihn mit Zorn erfüllt haben. Wenn er nun seine Kräfte mit denen seines Bruders verbindet, den wir ebenfalls besiegt haben…"

Halef schüttelte sich. „Sihdi, bitte sag doch nicht so etwas. Man möchte glauben, die beiden Schurken hätten es nicht darauf abgesehen, die Osmanen zu stürzen und den Balkan und Arabien zu beherrschen, sondern vielmehr darauf, uns beide…"

„Davon müssen wir ausgehen, Halef. Und dass die beiden Verbrecher, eben weil wir sie schon einmal geschlagen haben, nun so gefährlich sind wie verletzte Bestien."

Haschim nickte. „Und deswegen müssen wir sehr achtsam sein. Denn diese Bestien greifen aus dem Hinterhalt an. Und sie vermögen sich vor den Augen der Welt zu verbergen."

„Wie Ihr, Scheik Haschim", sagte ich mit Bedacht. „Ich hoffe, Eure Künste dienen dazu, die Gegner mit eigenen Waffen zu schlagen."

„Ich höre Skepsis aus Euren Worten, Kara Ben Nemsi. Aber ich sehe es Euch nach. Ich werde mich später erklären. Aber bedenkt auch, dass man Gegner eben nicht allein mit deren Waffen schlägt, sondern vor allem mit jenen, über die man selbst verfügt. Das höchst Praktische an Gewehrkugeln ist, dass es nicht nötig ist, an ihre Wirkung zu glauben, um sie nützlich einzusetzen. Wenngleich manche eine mehr als meisterhafte Treffsicherheit auch für eine Art Zauber halten…"

Dies fand ich interessant, denn Scheik Haschim hatte mich nie mit dem Henrystutzen schießen sehen. Hatte er sich über mich erkundigt? Oder ging mein Ruf mir derart voraus, dass der Schut mich in seinen Briefen an Al-Kadir erwähnt hatte?

„Es ist aber ebenfalls wichtig", sagte Haschim weiter, „den Gegner seiner Waffen zu entledigen. Und seiner Vorteile zu berauben. Ihr erinnert Euch an die Flucht Al-Kadirs aus der roten Festung?"

Wie hätten wir dies vergessen können! Al-Kadir war verletzt in einen Raum geflohen, der hoch in einem Turm lag und neben der geheimen Tür nur ein riesiges Fenster besessen hatte. Als wir selbst diesen Raum erreicht hatten, war Al-Kadir verschwunden gewesen. Er schien fortgeflogen zu sein. Aber statt dass er sich selbst Flügel hatte wachsen lassen, wiesen Anzeichen darauf hin, dass er auf einem Pferd davongeritten war. Durch die Lüfte. Auf einem Ross, das Schwingen trug. Und eine der schwarzen Federn war zurückgeblieben. Sie befand sich in meinem Besitz. Ich mochte aber dennoch kaum glauben, dass Al-Kadir so etwas wie einen Pegasos besaß, jenes geflügelte Pferd, das der griechischen Sagendichtung entstammte.

„Ich sehe, Ihr erinnert Euch genau, Kara Ben Nemsi. Und Ihr erlaubt Euch berechtigten Zweifel, weil Ihr das Pferd mit den Rabenschwingen nicht mit eigenen Augen gesehen habt. Aber es existiert und befindet sich in Al-Kadirs Besitz. Es befähigt ihn, weite Strecken in kürzester Zeit zurückzulegen. Er ist im Vorteil, was seine Reisegeschwindigkeit angeht, und er kann jedes Hindernis überwinden."

„Sihdi", rief Halef, „dies ist doch tatsächlich ein schreckliches Zeichen der Vorsehung! Erinnerst du dich noch, als wir vor zwei Jahren von Bagdad nach Stambul reisten? Und wir Folgendes zueinander sagten: *Wie weit ist es von hier nach Ost bis an die Hauptkette des Zagrosgebirges? – Acht Stunden, wenn wir durch die Luft reiten könnten.* Ich weiß es noch wie heute, weil ich mir damals insgeheim wirklich so etwas wie ein geflügeltes Pferd wünschte. Aber ach, jetzt besitzt Al-Kadir so eines! Ein ehrlicher Mann soll eben doch keine eitlen Wünsche haben!"

„Grämt Euch nicht, Halef", meinte Haschim. „Wir werden Al-Kadir diesen Vorteil nehmen. Ich weiß, dass es ein altes, geheimes Buch gibt, in dem alles über diese Tiere geschrieben steht, eben auch, wie man sie zähmt oder betäubt oder notfalls auch tötet."

Haschim hob die Hand. „Aber letzteres Wissen werden wir nur anwenden, wenn alle anderen Mittel versagen."

„Könnt Ihr dieses Buch beschaffen?", fragte ich.

„Ich weiß, dass sich ein Exemplar in Edreneh befindet. Dorthin werde ich reisen."

Ich nickte. „Wir werden Euch begleiten. Im alten Adrianopel erhoffe ich mir, auf die Spuren des Schuts und Al-Kadirs zu gelangen."

„Wie das?", fragte Halef, während Haschim gemächlich nickte.

„Davon erzähle ich dir, Halef. Ich schulde dir ja noch einen Bericht von den Ereignissen in der Botschaft."

„Dann ist es beschlossen", verkündete Haschim. „Reisen wir gemeinsam nach Edreneh. Wir können auf dem Weg unsere weiteren Pläne besprechen und abgleichen. Wir kämpfen gemeinsam gegen Al-Kadir und den Schut, werden unsere Kräfte aber dann und wann aufteilen."

„So sei es", sagte ich und legte in zustimmender Geste meine Hand auf die Brust.

„Dann begeben wir uns jetzt zur Ruhe." Haschim erhob sich. „Wir werden unsere Kraft brauchen."

Wir standen ebenfalls auf und begleiteten Haschim zur Tür. Er wandte sich noch einmal an uns. „Kara Ben Nemsi, Ihr habt wahr gesprochen. Der Feind hat sich gewandelt. Er wird in vielerlei Verwandlungen auftreten. Aber wir haben die Fähigkeiten, sie zu durchschauen. Ihr habt es gespürt, Kara Ben Nemsi. Seit den Ereignissen in Al-Kadirs Festung, als Ihr ihn im Spiel um die Macht des alten Schachspiels besiegt habt, tragt Ihr einen Teil dieser Macht in Euch, auch wenn Ihr sie abgelehnt und nicht angenommen habt. Ihr seid gezeichnet, Kara Ben Nemsi. Ihr könnt den Feind erkennen. Denkt stets daran."

Mir war diese Ansprache etwas unangenehm. So, als ob mich der Priester einer Religion segnete, der ich nicht angehörte. Aber die Höflichkeit gebot es, jene Worte schweigend anzunehmen.

Haschim lächelte. „Es mag auch ausreichen, wenn Ihr einfach einen gewissen Glücksbringer stets bei Euch führt. Er ist ja auch recht schön anzusehen." Er wies beiläufig auf meine Westentasche, in der sich der Musaddas befand. Woher wusste er davon?

„Dann eine gute Nacht. Wir treffen uns morgen, nachdem Ihr den britischen Lord verabschiedet habt."

„Auf Morgen, Haschim", sagte ich und auch Halef verabschiedete sich von ihm. Ich öffnete die Tür und Haschim schlüpfte hindurch. Als ich die Tür halb wieder geschlossen hatte, fiel mir noch etwas ein, ich öffnete die Tür wieder und schaute in den dunklen Garten. Haschim war nicht zu sehen. Natürlich, er würde wohl kaum den Weg genommen haben, der ihn zurück zum Haus führte. Er würde den Garten des Kaufmanns Maflei wohl auf andere Art verlassen, wenngleich ich mir den Scheik nicht so recht beim Erklimmen einer Mauer vorstellen konnte. Aber das war wohl ein unsinniger Gedanke. Ich hatte schon ganz andere Personen wesentlich seltsamere Dinge tun sehen.

Irgendwo im Dunkel des Gartens, bei den Sträuchern, bei den Bäumen, bewegte sich eine Katze, es mochte auch ein Wiesel oder ähnliches sein. Kurz glommen die Augen auf, dann waren sie verschwunden. Ich schloss die Tür. Halef schaute mich nachdenklich an.

„Sihdi, wenn ich dich und den Scheik so von Verwandlungen und Verkleidungen sprechen höre und auch daran denke, dass der totgeglaubte Schut wieder lebt, so hoffe ich doch, dass uns nicht noch ein anderer toter Schurke wieder heimsucht. Du weißt, an wen ich denke. Ich meine den abscheulichen Mübarek! Der so getan hat, als diente er den Menschen in den edlen und nützlichen Berufen als Arzt und Gerichtsschreiber, und der doch nur ein Scharlatan und Betrüger war. Stattdessen spionierte er für den Schut, in der Verkleidung des erbarmungswürdigen, gebrechlichen Bettlers Busra. Was für ein schäbiger Hund er war!"

„Ja, Halef, das stimmt", gab ich zurück. „Mir kommen auch wieder all die Menschen in den Sinn, die wir schon vor zwei

Jahren hier in Stambul und auf dem Balkan getroffen haben, Freunde wie Feinde. Doch dass der Schut lebt, ist wohl seltsam, aber begreifbar. Er stürzte in die Schlucht der Verräterspalte und verschwand vor unseren Augen. Wir sahen nie seinen Körper, seinen Leichnam. Den toten Mübarek haben wir jedoch gesehen. Zerfleischt von jenem wilden Bären in der Waldhütte im Gebirge. Es müsste schon mit Zauberei zugehen, wenn auch dieser wieder..."

„Eben, Sihdi. Das befürchte ich..."

Achtes Kapitel
Trubel am Hafen

Am Morgen erwachte ich früh. Doch Halef war noch früher aufgestanden als ich und empfing mich mit einer Schale dampfenden Kahwes, den er auf dem Kohlenbecken bereitet hatte. Wir lebten im Gartenhaus des Kaufmanns Maflei für uns selbst, wie schon vor zwei Jahren. Die Diener des Kaufmanns brauchten sich nicht um uns zu kümmern. So konnten wir unseren eigenen Lebensstil pflegen, der von den Gepflogenheiten zweier Reisender geprägt war und der so manchem Städter nicht begreiflich sein würde. Aber auch der Beduine würde wiederum so manches verwunderlich finden, was ich als Europäer in diesen Alltag eingebracht hatte. Wenn es die Umstände erlaubten, trank ich des Morgens nach dem Erwachen eben doch gern einen Kaffee, während der Araber dies zu anderen Zeiten tut und zudem wie der Türke auch den Tee schätzt. Beide könnten sich wohl jedoch mit einer deutschen Gepflogenheit anfreunden, jenem nachmittäglichen Brauch, den Kaffeegenuss mit dem Verzehr von Gebäck zu verbinden, namentlich Kuchen, im Napf oder auf dem Blech gebacken. Ob es nun erlaubt sei, den Kaffee und den Kuchen tatsächlich gleichzeitig zu genießen, Letzteren also mit Ersterem durch Eintauchen in die Tasse anzufeuchten, darüber, also über das Stippen, würde ich nur mit Leuten diskutieren, die wie ich aus Sachsen stammen und es so nennen, wie es wirklich heißt, nämlich: Ditschen.

Halef brachte mir also eine Schale starken Gebräus und während wir schlürften und so recht erwachten, schauten wir durch die offene Tür auf den morgendlichen Garten hinaus, in dem es zirpte und sang und wo die Sonne die nächtliche Kühle vertrieb und ihr Licht durch die Blätter der Bäume und Sträucher flirren ließ.

„Sihdi", sagte Halef, während er sich nachschenkte und dann kühlend in die Schale blies, „ich habe heute Nacht etwas Seltsames geträumt. Ich fühlte mich von einer Horde Katzen umringt, die mich mit glühenden Augen anstarrten und dann auf mich sprangen und mir die Kleider am Leib zerfetzten. Das war nicht schön, kann ich dir sagen. Was mag dieser Traum wohl bedeuten?"

„Nichts, lieber Halef", sagte ich gelassen und genoss die belebende Wirkung des heißen, bitteren Tranks. „Träume sind wie der Schaum auf dem Kahwe, der beim Brauen und Brodeln entsteht. Das ist beim Menschen der Nachtschlaf, in dem er die Erlebnisse des vergangenen Tages verarbeitet. Aber dann trinkt man den Kaffee und der Schaum ist fort. Es bleiben Munterkeit und Frohsinn für den neuen Tag, und der Schaum soll vergessen sein."

„Nun gut, Sihdi", meinte Halef. „Wenn der Traum nichts bedeutet, wo kommt er dann her? Ich habe keiner Katze etwas getan, dass sie sich so an mir rächen wollten. Vielleicht kennst du die Geschichte, die man über einen kleinen Ort in Arabien erzählt. Da gab es ein böses, altes Ehepaar, das keine Katzen mochte und eine jede getötet hat, die an ihrem Haus vorbeilief oder sich hineintraute. Eines Tages kam eine Karawane in den Ort, mit der ein Junge reiste, der eine Katze besaß. Diese wanderte neugierig durch den ihr unbekannten Ort und geriet vom Schicksal geführt in die Fänge der bösen, alten Leute. Als der junge Mann erkannte, dass seine Katze tot war, rief er Allah, den Allmächtigen und Allgerechten um Sühne an. Und tatsächlich geschah etwas: Mit einem Mal waren alle Katzen des Ortes verschwunden! Seltsam, dachten die Bewohner, doch der junge Mann verwunderte sich nicht und reiste mit der Karawane ab. Als die Bewohner nach den Katzen suchten, entdeckten sie alle im Haus der bösen Leute versammelt. Und

116

als die Katzen wieder ihrer Schleichwege gegangen waren, entdeckte man im hintersten Raum die Überreste der Alten: Ihre Knochen waren sauber abgenagt." Halef schüttelte sich ein wenig.

„Eine lehrreiche Fabel", meinte ich. „Mit drastischer Moral, aber so für jeden verständlich."

„Aber nein, Sihdi", rief Halef. „Das ist tatsächlich geschehen! Ebendort!"

„Und wie heißt dieser Ort?"

„Ulthar."

„Ist mir nicht bekannt. Wo liegt er denn?"

„Irgendwo in der südlichen Wüste Arabiens – aber Sihdi, es geht hier doch nicht darum, wo dies geschehen ist oder wann, oder wer zuerst davon berichtet hat! Es geht um Katzen! Also, warum sendet Allah mir diese Träume, wo ich doch keiner Katze je etwas zuleide getan habe, auch nicht hier in Stambul!"

„Aber du hast in den vergangenen beiden Tagen, die wir in Stambul weilten, stets angemerkt, wie viele Katzen durch die Gassen streifen und auf den Mauern schleichen und sich in warmen Sonnenlichtflecken dem faulen Leben hingeben, wenn sie nicht mit Appetit gefangene Mäuse und Vögel verspeisen. Vielleicht neidest du ihnen insgeheim dieses Leben und mit dem Traum wollen Allah oder du selbst dir sagen, dass dies nicht der rechte Weg ist, für dich als Mensch und Halef…"

„Aber Sihdi, warum sollte ich Mäuse verspeisen wollen? Das ist doch unappetitlich. Und einen singenden Vogel? Eine gurrende Taube, die mag ich mir am Spieß gebraten munden lassen; aber warum sollte ich einen dieser herrlichen Sänger zerkauen wollen?"

„Du willst es ja eben nicht, Halef, und deswegen verleidet es dir dieser Traum, indem er dich auf den eben geäußerten klaren Gedanken bringt. Oder vielmehr bringe ich dich im Gespräch über den Traum auf diese Gedanken. Und was das Kleiderzerfetzen anbetrifft, Halef, so war dies offenbar nur eine

Verbildlichung deines Widerwillens gegen den adretten, aber unbequemen Frack."

„Ja, Sihdi, da magst du wohl Recht haben. Du solltest dich als Traumdeuter irgendeinem reichen Mann andienen, er würde es dir danken und gut bezahlen."

„Ach, Halef, mir reicht es schon, wenn ich dir die Träume deuten kann. Und dich erneut darauf hinweisen, dass Träumedeuten Scharlatanerie ist. Halte dich bloß an die Tatsachen."

„Also die vielen Katzen von Stambul. Ich bin froh, wenn wir abreisen. Ich fühle mich so beobachtet, vor allem nachts, wenn ihre Augen leuchten."

„Ich habe es auch bemerkt, Halef, und ich stimme dir zu, dass es gut ist, die Stadt wieder zu verlassen. Es gibt hier zu viele Menschen auf einmal. Ich schätze die Einsamkeit und Weite von Wüste und Prärie – und dann ist es umso schöner, wenn man einen Menschen trifft. Möglicherweise sogar einen, den man kennt."

Wir standen von den Kissen auf. Der Tag hatte gemächlich genug begonnen, jetzt würden wir packen und noch einige Besorgungen machen und dann nach Edreneh reisen.

Als wir unsere Pferde, darunter meinen stolzen Rappen Rih, aus den Stallungen des Kaufmanns Maflei führten, rannte uns der Diener entgegen, der uns am vorigen Abend auf jene seltsame Art begegnet war. Nun waren seine Augen wieder lebendig und klar und seine Bewegungen rasch, wie man an seinen eiligen Schritten und dem heftigen Wedeln mit einer Hand erkannte.

„Ich habe einen Brief für Euch, Herr!", rief er und übergab mir ein gefaltetes und gesiegeltes Papier, das seinem Zustand nach zu urteilen, eine weite und strapaziöse Reise hinter sich hatte. „Er kam heute Morgen an!" Dann verbeugte sich der Bedienstete und eilte wieder ins Haus, als wolle er das Trödeln des vergangenen Abends wieder wettmachen.

„Wer mag dir hier schreiben, Sihdi", fragte Halef, „es weiß doch niemand, dass wir hier sind?" Er schaute neugierig zu, wie ich den Brief öffnete. Zuvor hatte ich die postalische Adresse studiert, wenn man die Aufschrift denn so nennen mochte. Eigentlich war der Brief an den Kaufmann Maflei – wohnhaft in Istanbul – gesendet worden, mit dem Zusatz, das Schreiben an Kara Ben Nemsi Effendi zu übergeben, wann immer er im Hause Mafleis zugegen sein mochte.

„Der Brief wurde auf Verdacht geschrieben und abgeschickt", erklärte ich. „Und sozusagen postlagernd dem Kaufmann zugestellt. Aber er ist an mich gerichtet, tatsächlich."

Ich begann zu lesen. Die Schrift war klar und deutlich, wohl von einem professionellen Schreiber verfasst. Das Arabisch, denn darum handelte es sich in Lettern und Sprache, war hingegen umgangssprachlich.

„Sieh an", rief ich aus. „Es ist Omar Ben Sadek, der mir schreibt. Oder vielmehr uns, Halef, denn er lässt dich grüßen!"

Omar Ben Sadek war jener Mann, dem wir vor zwei Jahren geholfen hatten, den Mord an seinem Vater zu rächen. Er war ein Beduine vom Stamm der Merasig und ein Chabir, also Führer, über den Schott Dscherid in Tunesien. Wir hatten den Mörder seines Vaters Sadek, den Verbrecher Hamd el Amasat, gemeinsam bis auf den Balkan verfolgt, und im Newera-Khan bei Gori hatte Omar seine Blutrache vollziehen können. Er verschonte jedoch das Leben Hamd el Amasats und bürdete ihm eine gerechtere, wenn auch schrecklichere Strafe auf, nämlich ein Leben in Blindheit, indem er ihm im Zweikampf die Augen ausdrückte. Omar erhielt aber nicht nur Genugtuung, sondern auch eine Belohnung von einem anderen Mann, dem Franzosen Henri Galingré, weil er diesem wiederum bei der Rache über einen persönlichen Verlust desselben geholfen hatte. Omar war hernach also wohlhabend, nahm sich eine Frau vom Stamm der Haddedihn und lebte fortan ein wohlerkämpftes, ruhiges Leben.

Aber wie ich nun lesen musste, war sein Leben doch nicht ganz so ruhig, denn es plagten ihn, wenn auch nicht äußere Probleme und Fährnisse, so doch innerliche Qualen. Er schrieb, dass er seit einiger Zeit von üblen Träumen geplagt würde, nicht nur in der Nacht, sogar am Tage, es mochten auch Visionen sein. Und in ihnen tauchte stets Hamd el Amasat auf, der Geblendete, aber er hatte keine leeren Augenhöhlen, sondern einen leuchtenden Blick, wie Tiere in der Nacht ihn haben, und doch war dieser Blick nicht von dieser Welt, sondern kalt und tot und dämonenhaft. Und der Geblendete warnte Omar davor, jemals wieder nach Istanbul oder auf den Balkan zu kommen, denn dann würde er, Hamd el Amasat, ihn töten. Und nicht nur ihn, sondern auch jeden seiner Freunde. Da dies also auch Kara Ben Nemsi und Hadschi Halef Omar einschloss, fühlte sich Omar genötigt, mir dies mitzuteilen. Zum einen, weil Hamd el Amasat ja nun einmal noch lebte – Omar bedauerte mittlerweile, ihn verschont zu haben –, und zum anderen, weil er, Omar, sich ja nur allzu gerne von Istanbul und dem Balkan fernhielte, er aber wisse, dass es seine Freunde doch immer wieder an die verschiedensten Orte des Orient treibe. Er wolle uns also warnen.

„Siehst du, Sihdi!", rief Halef. „Träume warnen!"

„Nein, Halef", gab ich zurück. „Menschen warnen. Menschen, die Träume haben. Und es sind ja Träume aus gutem Grund. Omar leidet an seiner Tat gegenüber Hamd el Amasat, auch wenn dieser ein Verbrecher war. Halef, du erkennst, jeder gute Mensch, und erst recht schlechte Menschen, werden von ihren Taten im Traum verfolgt. Die schlechten Menschen kümmert es nur eben nicht. Ich für meinen Teil versuche mein Gewissen und meinen Geist dadurch reinzuhalten, dass ich niemanden töte, denn es ist Unrecht. Es gibt gerechtere Strafen, auch für die schlimmste Untat. Es mag nicht dazugehören, einen Verbrecher des Augenlichts zu berauben. Omars Brief ist ein Beispiel dafür, dass die Tat gegen einen Menschen sich als Schreckensbild in den Träumen zeigt. Und dass man von Menschen Rachetaten zu erwarten hat, ist naheliegend."

Halef nickte. „Das ist zwar so ausgedrückt, dass man sehr aufmerksam zuhören muss, aber du hast wohl Recht, Sihdi.

Und du bemerkst, ich bin ganz ruhig und grusele mich nicht vor Omars Traumbild von Hamd el Amasat mit den leuchtenden Augen. Ein Traum ist wie Kahwe-Schaum, das habe ich erst heute Morgen von dir gelernt. Und ich will mich vor Hamd el Amasat nicht fürchten, selbst wenn er noch so schlimme Rachepläne gegen uns schmiedet. Ich fürchte mich vor ihm ebenso wenig wie vor den Katzen meines Traums, denn – und hier möchte ich einen so passenden Vergleich treffen, wie mein Sihdi sie gerne macht – Hamd el Amasat ist nämlich so harmlos wie ein Kätzchen nach der Geburt, eben weil beide blind sind."

„Das ist die richtige Einstellung, mein Halef. Bedauern wir den Schurken, der nun sein Leben lang als Blinder für seine Taten büßen muss. Und hoffen wir, dass Omar irgendwann von seinen schauerlichen Träumen verschont wird. Vielleicht können wir auf unserer bevorstehenden Reise auch in Erfahrung bringen, was aus Hamd el Amasat geworden ist. Diese Kunde würde Omar vielleicht bei der Überwindung seiner Träume helfen und ihn an Hamd el Amasat künftig als blinden Bettler, statt als Gespenst mit leuchtenden Augen denken lassen."

„Ja, Sihdi, das ist ein guter Gedanke. Es ist immer schön, Freunden helfen zu können. Mit guten Taten und auch mit guten Worten."

„Und deshalb begeben wir uns jetzt zum Hafen und verabschieden Sir David und Abdi. Und dann brechen wir auf nach Edreneh."

„Ich freue mich schon darauf. Denn trotz aller wichtigen Dinge, die wir dort zu erledigen oder in Erfahrung zu bringen haben, freue ich mich auf die Leckereien, die es dort gibt: Quittenmarmelade und Rosengelee." Halef stutzte. „Oder war es andersherum?"

„Wir werden sehen und beides kosten. Oder alle vier Dinge."

„Sehr schön!"

Wir stiegen auf unsere Pferde und trabten nach Galata. In den finsteren Straßen dieses Stadtteils wimmelte es wie immer von Matrosen, Schiffssoldaten und Hammaliks, zudringlichen Schiffern sowie anderen eilfertigen Persönlichkeiten, sodass nicht leicht durch das Gedränge zu kommen war. Aber all diese lassen die Nähe des Hafens erkennen und führen unweigerlich ans Wasser, wenn man sich vom Menschenstrom treiben lässt.

Die sanften Wellen des Goldenen Horns reflektierten das morgendliche Sonnenlicht, weswegen dieser Wasserweg, der den westlichen Teil Istanbuls durchschneidet, auch seinen Namen erhalten haben mag. Doch so erfreulich dies alles für das Auge sein mochte, so wurden die Nasen doch arg strapaziert. Aus dem goldenen Schimmer des Wassers stieg ein brackiger Geruch auf, da sich hier die Süße der beiden Flüsse Alibeykhoy und Kagitane mit dem Salz von Bosporus und Marmarameer mischte. Und für die Ohren war der Hafen ebenfalls eine Tortur, weil hier alles durcheinanderrief und umeinanderrannte, was Istanbul an Völkern aufzubieten hatte: Türken, Griechen, Armenier, Bulgaren und noch viele andere mehr. Und wie auf den Kaimauern in der hektischen Bewegung der Gliedmaßen die Hemden und Hosen und Westen flatterten, so schlugen und knatterten in der Brise die Segel und Fahnen und Wimpel an den Masten der großen und kleinen Schiffe.

Wir bewegten uns bis zur Anlegestelle des britischen Schiffs. Wobei ich konkretisieren muss, dass es sich nicht um einen zivilen Fracht- und Passagierdampfer handelte, sondern um ein leicht bewaffnetes Schiff der britischen Kriegsmarine, eines von vielen, mit dem das Vereinigte Königreich am Bosporus Präsenz zeigen wollte, jedoch ohne allzuviel Aggression auszustrahlen. Wenn Krieg die Fortsetzung der Politik mit anderen Mitteln war, wie Clausewitz vermerkte, dann war dies wohl die Vorstufe davon. Wobei auf einen friedlichen Weitergang zu hoffen war. Ich schätze die Frack-Diplomatie auf dem Parkett wesentlich höher und nützlicher ein als diese, ich nenne sie einmal Kanonenboot-Diplomatie im Hafen.

Aber dieser wirkte trotz des Kriegsschiffs immer noch beruhigend zivil, auch in dessen Nähe. Denn es wurden keine Kanonen oder Soldaten verladen, sondern Kisten und Ballen mit allerlei Frachtgut. Ich glaubte an einigen Holzkisten das eingebrannte Signet der Königlich Britischen Archäologischen Gesellschaft zu erkennen. Dies waren sicherlich die Fundstücke der Expedition in der Wüste westlich von Nasiridscha, die Edward Bradenham geleitet hatte. Und in einer der anderen Kisten, wohl als Privatfracht gekennzeichnet und mit Namen und Siegel seiner Lordschaft versehen, würde sich auch das große, goldene und silberne Schachspiel befinden, das einst Al-Kadir besessen hatte und welches nun Sir David gehörte. Dass dieser nicht mit seiner eigenen Jacht zurück in die Heimat reiste, hatte wohl seine Gründe. Vielleicht befand sie sich für einige kostspielige und extravagante Umbauten in einer schottischen Werft oder es war nicht möglich gewesen, sie so rasch nach Istanbul zu bringen. Vielleicht wollte der Lord das Schachspiel aber auch rasch und sicher außer Landes bringen und da war ein Schiff der Royal Navy sicherer als die modernste Privatjacht. Vielleicht wollte er alles auch in einem Hafen zwischen hier und London auf sein eigenes Schiff umladen... All dies hätte der Lord mir möglicherweise auf dem Weg zum Hafen erzählt. Aber er war eben nicht hier oder noch nicht. Halef und ich wollten ihn nun finden, auch wenn der Abschied dann sehr kurz und hastig sein würde.

Ich hoffte, nicht auch noch Bradenham zu begegnen. Aber nach dem, was ich von ihm wusste, hatte er sich wohl schon am vorigen Abend an Bord begeben, da er spät aufzustehen pflegte. Oder er nahm schon einen Drink auf dem Sonnendeck, wenn es so etwas auf einem Kriegsschiff gab. Aber Bradenham würde wohl jedes Deck als sein Sonnendeck ansehen.

Halef und ich hielten in dem bunten Gewimmel der Menschen und Bekleidungen also nach graukariertem Stoff

Ausschau. Da Sir David wohl kaum mehr den dezenten Frack tragen würde, dürfte seine Kleidung wieder so auffällig sein wie eh und je.

Als ich kurz über das Wasser des Hafens schaute, bemerkte ich in einiger Entfernung, sozusagen auf Reede liegend, ein eigentümliches Schiff, das ich leicht hätte übersehen können, da es von den kleinen Booten und Seglern, die sich auf den Wellen tummelten, immer wieder verdeckt wurde. Es lag tief im Wasser, die Bordwand war äußerst niedrig und die Aufbauten ragten ebenfalls nur wenig über das Deck hinaus und zeigten sich als flacher Kasten, wie ein umgestülpter zweiter Kiel, der aber eher zu einem Flachwasserfahrzeug gehören würde. Es gab keine Masten, keine Takelage und, kurios genug, es war auch kein Schlot oder Schornstein zu erkennen. In der Sonne schimmerte das wenige, was an Rumpf und Bauten zu sehen war, in einem dunklen Bronzeton. Es schien mir ein Panzerschiff zu sein wie jene beiden, die im Bürgerkrieg zwischen den beiden amerikanischen Staatenbünden sowohl vom Norden als auch vom Süden als marine Versuchswaffen eingesetzt worden waren, namentlich die *Virginia* und die *Monitor*. Das, was ich dort im Wasser des Goldenen Horns sah, erinnerte mich in der Form an die *Virginia*, ein runder Geschützturm wie bei der *Monitor* war nicht zu erkennen. Und als der Wellengang den Bug ein wenig hob, vermeinte ich so etwas wie einen Rammsporn zu erblicken, ähnlich einer antiken Triere, wie sie zu byzantinischen Zeiten in diesen Wassern verkehrten. Ich fragte mich, welcher Seestreitmacht dieses Gefährt wohl angehörte, aber da keinerlei Beflaggung zu sehen war, konnte ich die Nationalität nicht bestimmen. Dennoch handelte es sich vermutlich ebenfalls um ein britisches Boot, vielleicht einen Tender, ein Versorgungsvehikel, das zu den anderen Schiffen Ihrer Majestät gehörte, die sich hier im Hafen befanden, wenngleich diese gut sichtbar ankerten und nur dieses aufgrund seiner Gestalt eben nicht allzu wahrnehmbar war.

124

Ebensowenig wie Sir David, den ich immer noch nicht ausmachen konnte, obwohl ich mich wieder dem Spähen und Beobachten der landseitigen Ereignisse widmete.

„Da, Sihdi!", rief Halef jetzt und deutete in den Wald von Leibern. Und tatsächlich erkannte ich eine karierte Reisetasche! Eilig bahnten Halef und ich uns den Weg durch die Menschen, geleitet von dem kurzen Aufblitzen dieses Signalfeuers aus gemustertem Stoff. Wir saßen ab und zogen die Pferde hinter uns her durch das Gedränge der Menschen. Die Tasche konnten wir noch immer gut sehen, da sie in einer Geste der Besorgnis hoch über die Köpfe der Umhereilenden gehalten wurde. Doch je näher wir kamen, desto genauer erkannte ich, dass es sich bei dem Karomuster nicht um das Grau-in-Grau von Sir David handelte, sondern um eine Melange von Farben, die von Ferne aber einheitlich grau erschienen waren. Wir hatten den Taschenträger erreicht, und als wir uns schon wieder abwenden wollten, weil es sich tatsächlich nicht um Sir David handelte, sondern um einen Mann im braunen Reiseanzug, wandte sich der Herr um und ich erkannte – Professor Wolfgang Thadewald. Diesen etwas schrulligen, aber hochgelehrten Mann von der Königlichen Bibliothek Hannover hatte ich bei der oben erwähnten britischen Ausgrabung kennengelernt, der er durch eine zunächst unglückliche, sich dann aber doch als glückhaft erweisende Verwechslung angehört hatte.

Thadewald schaute mich an, schreckte ein wenig zurück und blinzelte durch seine Brillengläser. Sein Haarschopf und sein Vollbart sträubten sich in alle Richtungen und wehten in der Hafenbrise. Es sei hier daran erinnert, dass der gute Mann neben seiner Profession als Archäologe und Keilschriftexperte ein begeisterter Leser eines französischen Abenteuerschriftstellers war, ja ihn sogar ein wenig kannte, und in einem schrulligen Anflug von Verehrung seine Frisur und seinen Bart ebenso trug wie dieser. Jules Verne oder eben Julius Verne, als den man ihn in Deutschland kennt, schreibt über fantastische

Fahrten rund um den Globus, über Land, über Wasser, ja sogar unter dem Meer und durch die Luft und hat eine begeisterte Anhängerschaft. Daran erkennt man eindeutig, dass Monsieur Verne fabuliert und sich alles ausdenkt, im Gegensatz zu mir, der ich meine Reiseerzählungen aus der Wirklichkeit und eigenem Erleben schöpfe. Aber es sei dem Manne nachgesehen. Nun, die Franzosen, ob Autoren oder Leser, haben alles Recht, ein wenig zu träumen. Wir Deutschen können es uns erlauben, ganz auf dem Boden der Tatsachen zu stehen oder eben über die Böden und Gründe fremder Länder zu reisen und davon zu berichten oder darüber zu lesen. Aber ich schweife ab. Als Schriftsteller schreibt man eben nur allzu gern über andere Menschen der gleichen Profession. Zurück zu Professor Thadewald.

„Herr Professor", grüßte ich ihn freundlich, und meine Empfindung war ehrlich und tief, denn ich freue mich immer, in fremden Ländern meine Muttersprache nutzen zu können. „Zuletzt sahen wir uns in der Wüste und jetzt sehen wir uns am Wasser. Gehe ich recht in der Annahme, dass Sie sich zurück in die Heimat begeben, auf dem Schiff mit Ihren Kollegen aus Britannien?"

Thadewald zwinkerte. „Wer sind Sie denn?"

Ich war ein wenig erstaunt, dass ein Professor so ein schlechtes Gedächtnis hatte, aber ich stellte mich geduldig ein weiteres Mal vor. „Ich bin Kara Ben Nemsi. Wir haben uns kennengelernt, in …"

„Kara, Kara – nie gehört", sagte Thadewald und schaute mich schief an. Seine Brille saß ebenfalls ein wenig schief.

„Vielleicht erinnern Sie sich an meinen deutschen Namen? Er lautet …"

Thadewald zog die Augenbrauen empor, jedoch erstaunlich langsam. Dann nickte er. „Ach, *der* Kara Ben Nemsi. Natürlich." Dann senkte er den Arm mit der Tasche, wechselte die Henkel in die andere Hand und packte mit der Rechten die meine und pumpte überschwänglich daran herum. „Sehr erfreut, Sie wiederzusehen. Aber jetzt muss ich mein Schiff bekommen."

Mir schien der Mann etwas verwirrt. Halef stieß mich an. „Sihdi, ich glaube, der Herr hat einen Schwips …"

Ich wusste zwar nicht, wann Halef dieses Wort aufgeschnappt hatte, und ob dies bei mir oder dem Lehrer Lohse gewesen war, der bei Halefs Beduinenstamm für westliche Bildung sorgte, aber es stimmte wohl.

„Herr Professor", fragte ich, „geht es Ihnen gut?"

„Blendend", nickte Thadewald. „Ich war *bei einem Wirte wundermild,* der mir vortrefflichen Wein kredenzt hat …"

Halef verzog das Gesicht. „Wohl eher in einer griechischen Schenke, wo einem geharztes Rosinenwasser als feiner Ruster vorgesetzt wird."

Ich schaute Halef erstaunt an. Er zuckte mit den Schultern. „Ich bin klug und kenne vielerlei Dinge, selbst wenn sie mir untersagt sind. Das nennt man umfassende Bildung."

Zweifellos Lohse, zumindest letzterer Begriff.

Thadewald hatte weitergesprochen. „… ich leide nämlich unter Reise-Unlust und da hilft ein winziger Schluck wahre Wunder …"

Ob es bei dem winzigen Schluck geblieben war, mochte ich bezweifeln. Aber ich wollte nicht maßregeln, wo das Maß überschritten war, sondern helfen. Ich fasste vorsichtig des Professors Ellenbogen. „Das Schiff ist gleich dort drüben; wir bringen Sie gern hinüber."

Ich nickte Halef zu und dieser griff nach der buntkarierten Reisetasche, um Thadewald freundlich die Last abzunehmen.

„Nana!", schnaufte der Professor und zerrte seine Tasche hinauf an die Brust. „Finger weg von meinen Rollsiegeln!" Halef hob entschuldigend die Hände und trat einen Schritt zurück.

„Herr Professor", sagte ich sanft, „keine Bange. Kommen Sie, wir gehen hinüber zu dem schönen englischen Dampfer."

„Mit dem fahre ich doch gar nicht!", rief der Professor. „Ich fahre wie schon zuvor mit Kapitän…"

„Tycho Pirckheimer? Dem unglückseligen Schiffer aus Lemberg?", fragte ich. „Der hat Sie doch Anfang des Jahres zum falschen Hafen gebracht, wo Sie sich dann der falschen Expedition anschließen mussten? Der britischen statt der französisch-polnischen Ausgrabungsgruppe? Das haben Sie mir doch erzählt."

„Nein, nein!" Thadewald schüttelte den Kopf. „Ich fahre jetzt mit meinem Freund…"

„Da kommen Ihre Freunde!" rief Halef. Und tatsächlich kamen nun in kleinen Gruppen die anderen britischen Archäologen heran, die Engländer, Schotten und Waliser, die für einige Monate die unfreiwilligen Kollegen von Professor Thadewald gewesen waren. Sie schienen sich für die Reise ebenfalls mit einem Gabelfrühstück gestärkt zu haben, und dabei hatte es wohl auch Wein gegeben, denn ihre Stimmung war ausgelassen, als sie uns umringten und dabei fröhlich riefen und sogar sangen.

„Da ist ja unser Thaddy!" – „Mit seinen Rollsiegeln!" – „Rollen wir an Bord und wackeln wir am Boot." – „Eine britische Teerjacke / Ist eine hoch fliegende Seele / Und frei wie eine Gebirgsknospe…"

Dies ist natürlich nur grob aus dem Englischen übersetzt und ich kann mich bei der einen oder anderen Vokabel auch verhört haben. Und vieles andere dessen, was gerufen und gesungen wurde, ist mir tatsächlich entfallen. Jedenfalls umspülten die britischen Archäologen ihren deutschen Kollegen und trugen ihn mit sich, in Richtung des englischen Dampfers. Professor Thadewald schien schlagartig ernüchtert, winkte eifrig mit dem freien Arm.

„Helft mir, Kara Ben Nemsi! Ich muss schon wieder auf das falsche Schiff!"

„Auf Wiedersehen, Herr Professor", rief ich lachend zurück. „Gute Reise!" Dann wandte ich mich kopfschüttelnd an

Halef. „Da siehst du, was passiert, wenn man sich stets in der Schreibstube und den Archiven vergräbt. Wenn man dann einmal in die laute, staubige Welt verschlagen wird, kann man schon einmal ein wenig den Kopf verlieren."

„Ja, Sihdi", gab Halef zurück, „das mag sein. Ich werde aufpassen, niemals allzu klug zu werden. Und niemals Wein zu trinken. Beides geht nicht gut zusammen, wie mir scheint. Aber das Lied war schön."

„Sir David könnte es dir sicher beibringen, wenn er denn endlich käme." Ich reckte den Hals und schaute wieder über den Kai und auch die Gassen, die sich zum Hafen öffneten. „Ich fürchte, wenn er sich noch weiter verspätet, verpasst er das Schiff und muss sich ein anderes suchen. Wenn er großes Pech hat, ist es das von Tycho Pirckheimer, dem unglückseligen Seemann."

„Sihdi, schau!", rief Halef in diesem Moment aufgeregt. Er deutete auf eine der Gassen, die ich vorher beobachtet hatte, denn dort herrschten Tumult und Trubel, deren Krach sogar kurz das Lärmen des Hafens übertönte. Ein Pferdegespann schoss mit höllischer Geschwindigkeit heran, die Menschen sprangen aus dem Weg der donnernden Hufe, deren Eisen sprühende Funken aus dem Pflaster schlugen. Ein irrsinniger Kutscher trieb die Pferde an, ließ die Peitsche über dem bloßen Haupt knallen, der Fes war ihm wohl schon längst vom Kopf geflogen. Und hinter der Kalesche her zog sich ein wilder Wirbel aus Kleidungsstücken, die aus einem aufgesprungenen Koffer und einer aufgesprungenen Reisetasche flogen, vom Fahrtwind fortgerissen, obgleich man hätte glauben können, dass die Hosen und Hemden und Socken und was noch alles mehr sich doch eher todesmutig von der dahinrasenden Kutsche stürzten, um nicht den sicheren Untergang im Hafenbecken zu erleiden. Denn das Gespann hielt schnurgerade auf die Kaimauer zu und es war nicht sicher, ob es rechtzeitig zum Stillstand kommen könnte. In dem Getümmel der Menschen bildete sich eine breite Gasse, eine aus Furcht gezogene

Furche sprang im wogenden Feld der Leiber auf, durch die nur einen Herzschlag später der Wagen mit den Pferden pflügte. Und jetzt sah ich, wer sich als Fahrgast in der Kutsche befand, wer aufrecht in dem offenen Wagen stand, ohne sich ängstlich an Sitz oder Rand zu krallen – es war Sir David Lindsay! Seine graukarierte, hagere Gestalt trieb mit wilden Gesten und wüsten Worten den Kutscher an, der wiederum auf die Pferde eindrosch. So hatte ich den Lord noch niemals gesehen! Sein ohnehin breiter Mund klaffte riesenhaft und brüllte ganz unbritisch üble Flüche, als sei er selbst ein Londoner Droschkenkutscher und nicht der Passagier eines türkischen *taksi*.

Im letzten Moment riss besagter Kutscher an den Zügeln, Sir David riss gleichzeitig an dessen Kragen, als könnte er so ebenfalls die Pferde bremsen. Die Tiere bäumten sich auf, schlitterten mit den Hufen, bis sie die Eisen ins Pflaster stemmten und Metall und Stein ebenso kreischten wie die Bremsblöcke an den Räderreifen, als Kutscher und Gast gemeinsam die Hebel mit aller Kraft zurückrissen. Dann war alles zum Halten gekommen. Die Pferde prusteten und schnaubten, Schaum spritzte von ihren Nüstern, als sie die Köpfe schüttelten, und Schaum bedeckte auch ihre Flanken. Wie konnte man die braven Tiere nur so schinden! Ich drückte Halef die Zügel von Rih in die Hand, der empört tänzelte. Dann lief ich zur Kutsche hinüber.

Sir David raffte einige in der Kutsche verstreute Kleidungsstücke zusammen, sprang aus der Kalesche, zerrte an den Taschen und Koffern und belud sich über Gebühr, während er hastige Blicke zu dem englischen Militärschiff warf. Tatsächlich begann das Signalhorn in diesem Moment zu tuten, der Schlot stieß gewaltige Qualmwolken aus, am Fallreep warteten Marinesoldaten, um es einzuholen – man war bereit zum Ablegen! Und Sir David war noch nicht an Bord!

„Wartet, ich helfe Euch!", rief ich und nahm ihm zwei Koffer ab. „Was ist denn geschehen, dass Ihr Euch so verspätet habt?"

Der Lord balancierte mit seinen Koffern und Taschen, setzte das eine Stück ab, nahm ein anderes auf, schwankte an Körper und Sinn und wägte mit raschen, aber wie abgezirkelten Kinnbewegungen ab, ob er nicht doch die falschen Dinge gegriffen hatte. Er fluchte vor sich hin und fand dann noch etwas Atem, um sich an mich zu richten.

„Dieser Tölpel Abdollah! Ein schöner Diener ist das! Keine menschliche alarm-clock, kein trefflicher Wecker in Türkengestalt! Ich habe verschlafen, weil er mich nicht geweckt hat!"

„Aber das Hotel hat doch Diener?"

Sir David warf mir eine Tasche zu, die ich zwischen den beiden Koffern auffing, welche ich rechts und links in den Händen hielt. Ich kam mir vor wie ein Zirkuskünstler. Aber ich würde wohl keinen Applaus erwarten können. Die Menschenmenge um uns herum starrte uns böse an, weil Sir David viele in Gefahr gebracht und alle von ihren Geschäften abgelenkt hatte. Der Kutscher duckte sich tief, blieb aber nur auf seinem Sitz und war noch nicht geflohen, weil er wohl noch keine Bezahlung erhalten hatte.

Sir David zerrte die Futterale seiner beiden Gewehre aus der Kutsche. „Seine Exzellenz Abdollah Pascha geruhte, mich in Sicherheit zu wiegen, indem er in einem wortreichen Erlass verkündete, er würde die ganze Nacht wachen und packen und mich rechtzeitig aus dem Schlummer holen, wie es die unzuverlässigen osmanischen bell-boys nie vermögen würden." Sir David schulterte die Gewehre und griff seine Koffer und klemmte Taschen unter die Arme. „Fowling-bull excrements!"

Dann stampfte er los, verfiel nach einigen Metern in Marsch, aber mit hoch erhobenem Kinn. Trotzdem einige seiner Habseligkeiten aus den klaffenden, weil nicht recht verschlossenen Gepäckstücken hingen und hinauszufallen drohten, dies aber wohl nicht wagten, hatte Sir David wieder ganz seine britische Ruhe und Kaltblütigkeit erlangt. Er schien mit Genugtuung zu bemerken, dass die Marinesoldaten am Fallreep jetzt erkannten, wer da verspätet, aber noch rechtzeitig angekommen war.

Ich spurtete mit meiner Last hinter Sir David her. Der Kutscher rief empört. Ich rief nach Halef, er solle den Mann bezahlen und noch eine Gefahrenzulage beifügen.

Ein schriller Pfiff drang vom Schiff herüber. Über das Fallreep liefen uns zwei Marinesoldaten entgegen und halfen mit den Koffern und Taschen. Sie waren vom Befehlshaber des Schiffs wohl instruiert worden, dem geschätzten Gast zu Diensten zu sein. Ich vermutete, dass Sir David sicher nicht auf Steuerzahlerkosten nach London reisen wollte, sondern seine Passage auf dem Marineschiff durchaus entgelten würde.

„Mister Nemsi!"

Die Stimme tönte vom Oberdeck zu mir herab und ich senkte für einen Augenblick den Kopf, damit sich nicht etwa das milde Morgenlicht auf meinen gebleckten Zähnen spiegeln würde. Dann schaute ich hinauf und sah Edward Drax Bradenham an der Reling stehen. Er hob ein glitzerndes Becherglas mit einer golden schimmernden Flüssigkeit. Es war sicher kein Wasser aus dem Bosporus.

„Sie sind ein trefflicher Gepäckträger! Sollten Sie irgendwann…"

Gnädigerweise kreischte die Schiffspfeife in diesem Moment erneut ihren heißen Dampf hinaus. Ein sehr treffliches Bild. Und der Ton entledigte mich der unangenehmen Pflicht, Edward Bradenhams Geschwätz der Höflichkeit halber anzuhören und gar etwas entgegnen zu müssen. Sir David drückte mir die Hand. Wir waren der Gepäckstücke ledig, nur die beiden Gewehre hingen über den Schultern des Lords. „Kara Ben Nemsi. Dank Euch. Gebt meine Grüße an Halef weiter. Wir sehen uns bald wieder." Er wandte sich kurz um, dann nickte er. „Aber jetzt muss ich los. Meine Kabine wartet auf mich. Ich habe zwar ungeplant ausgeschlafen, aber nach dieser Hatz brauche ich Ruhe. Und den beiden Offizieren, die sich jetzt eine Koje teilen müssen, werde ich später einen Drink ausgeben. Den brauche ich auch. Aber eben später…"

Ich nickte und wollte den Lord durch lange Worte nicht weiter aufhalten. „Gute Reise, Sir David."

Dann verließ ich das Fallreep, weil es nun endgültig eingezogen wurde. Ich blickte kurz zurück. Bradenham war verschwunden. Vielleicht holte er sich einen neuen Drink. Ich schlenderte zu Halef zurück. Die Kutsche war fort, die Menschenansammlung hatte sich aufgelöst. Doch überall auf dem Boden lagen graukarierte Kleidungsstücke. Niemand hatte sich auch nur eines genommen. Der Geschmack des Lords wurde wohl von niemandem geteilt.

Halef empfing mich mit säuerlicher Miene. „Ich musste dem Kutscher sehr viel Geld bezahlen", klagte er. „Der Lord hatte ihm ein Fahrgeld versprochen, von dem man Kutsche, Klepper und Kärrner doppelt kaufen könnte." Er schaute über die Kleider am Boden. „Ich sollte sie aufsammeln und verkaufen, um eine Entschädigung zu bekommen."

„Ich fürchte, Halef, nur ein Lumpensammler wird sie dir nach Gewicht abnehmen."

Plötzlich lachte Halef grimmig. „Ich habe eine bessere Idee, um mein Geld wiederzubekommen, Sihdi."

„Was denn, Halef?"

„Ich verkaufe Abdi in die Sklaverei." Halef hob den Finger. „Da hinten kommt er angerannt."

Tatsächlich sah ich die lange Gestalt des jungen türkischen Kochs mit wedelnden Armen eilig herankommen.

„Ich bin nicht schuld", rief er uns schon von Weitem zu. „Ich bin nicht schuld! Ich wurde entführt!"

Neuntes Kapitel
Schläge und Stürze

Halef schaute stirnrunzelnd zu, wie der armwedelnde Abdi näher kam. Er verschränkte die Arme und verzog das Gesicht. „Was schreit er da? Sollte er nicht rufen, dass man das Schiff aufhalten soll?"

„Halef, halte Abdi doch nicht immer für dumm", gab ich zurück. „Auch in seiner Aufregung wird er erkennen, dass das Schiff dabei ist, abzulegen. Und da es die große Kette nicht mehr gibt, die in byzantinischen Zeiten den Hafen abriegelte, wird der Dampfer kaum aufzuhalten sein."

„Und wenn es sie gäbe, würde der Herr der Kette sie bestimmt nicht wegen Abdi vorlegen", brummte Halef. Aber schon reckte er wieder neugierig den Hals, gespannt darauf, was Abdi zu erzählen hatte. Jetzt kam der lange Kerl hechelnd auf uns zu. Seine Kleidung war unordentlich, sein Haar wirr und das Gesicht von Schweiß bedeckt. Und – überall fanden sich auch Schmutzflecke und verschmierter Staub, hier und da war die Kleidung zerrissen.

„Abdi", rief ich besorgt. „Bist du gestürzt? Bist du verletzt?"

Schnaufend starrte Abdi uns aus seinen großen Augen an, in denen Aufregung und Schrecken zu sehen waren, aber auch Zeichen peinlicher Rührung.

„Ich habe den Lord nicht geweckt! Jetzt hat er das Schiff verpasst!" Abdi schaute sich hastig um und schlug die großen Hände an die Wangen vor seinen großen Ohren. Er verschwendete keinen Blick auf das davondampfende Schiff, sondern suchte Anzeichen von Sir David. Immerhin sah er jetzt einige der graukarierten Kleidungsstücke.

„Kleider!", rief er. „Aber keine Koffer darum und kein Lord
darin." Er hob die Augenbrauen bis zum Haaransatz und
strahlte! „Der Lord ist auf dem Schiff! Er hat es geschafft!"
Abdi atmete durch, dann stutzte er. „Aber ich bin nicht auf
dem Schiff…"

Jetzt erscholl erneut die Dampfsirene und Abdi schaute auf,
blickte sich um und begann eifrig die Kleider des Lords aufzu-
klauben und in die Taschen und Koffer zu packen.

„Was soll denn das?", raunzte Halef.

„Der Lord ist sicher böse auf mich", erklärte Abdi. „Ich will
es wieder gutmachen und ihm seine Kleider bringen."

„Abdi", sagte ich, „lass es gut sein. Der Lord braucht die
Kleider nicht. Und er mag auch nicht böse auf dich sein."

„Allerdings", meinte Halef. „Dem Lord ist Abdi völlig egal!
Nur ein unpünktlicher Türke, der…"

Ich mahnte Halef mit einem Blick, unseren Gefährten nicht
zu beleidigen. Denn er würde nun zwangsläufig mit uns reisen. Halef verzog das Gesicht, sagte aber nichts mehr; Abdi
hatte ihn ohnehin ignoriert. Er griff sich die leidlich gepackten
Koffer und Taschen, klemmte sie unter seine langen Arme und
stakste davon, in Richtung Kaimauer.

„Was…?", rief Halef empört. Ich ging hinter Abdi her, der
sich nun an der Kante aufbaute, seine Last absetzte und prüfend über das Wasser und entlang der Kaimauer schaute.

„Abdi…", begann ich. Er schaute mich fest an.

„Ich warte hier", sagte er nachdrücklich. „Ich werde schon
ein anderes Schiff finden und fahre dem Lord hinterher." Er
schaute weiter über die Boote und kleinen Segler.

„Und wie willst du die Passage bezahlen?", fragte ich – aber
ich wusste bereits die Antwort.

„Als Schiffskoch natürlich", tönte Abdi und schaute mich an,
als hätte ich ihn beleidigt.

„Dich nimmt doch niemand", blaffte Halef. „Und wenn,
dann werfen sie dich ins Wasser, wenn du mit den Mahlzeiten
zu spät dran bist. Du warst ja auch heute zu spät. Der Lord

glücklicherweise nicht. Das hättest du sehen müssen, wie er angerauscht kam. Das war ein Anblick! Du hingegen schlackerst heran und schreist von Entführung. Eine erbärmliche Entschuldigung!"

„Aber es stimmt!", schnaufte Abdi.

„Unsinn", knurrte Halef.

Ich hob beschwichtigend die Hände. „Ruhig, ihr beiden! Also erstens: Der Lord ist an Bord. Alles ist gut. Zweitens: Niemand ist verletzt, nur außer Atem. Drittens: Was ist geschehen?"

„Viertens", sagte Halef, „gehen wir jetzt. Im Hafen ist mir zu viel Trubel und außerdem haben wir wichtige Dinge zu tun." Er schaute zu Abdi. „Der Sihdi und ich!"

„Zweitens", rief Abdi, „bin ich sehr wohl verletzt! Ich habe eine große Beule. Da, am Kopf!" Er zeigte auf seinen Scheitel und senkte den Kopf etwas. Er hatte Recht; er musste einen tüchtigen Schlag erhalten haben.

„Er wird gegen irgendeinen Balken oder Türsturz gestoßen sein, so lang wie er ist", murrte Halef und zurrte an den Gurten der Sättel und des Zaumzeugs herum, als wolle er die Pferde bereit für die Reise machen.

„Nein", sagte Abdi mit Nachdruck, „ich wurde niedergeschlagen. In der Gasse neben dem Hotel, in dem der Lord gewohnt hat."

„Und was hast du in der Gasse gemacht?", fragten Halef und ich gleichzeitig. Mein Tonfall war wesentlich freundlicher.

„Ich habe unsere Abreise vorbereitet. Frühmorgens, als es noch fast dunkel war. Ich habe alles verpackt und verladen. Nun ja, ich habe das alles überwacht. Den Dienern und Burschen vom Hotel wollte ich das nicht allein überlassen. Und wenn alles bereit gewesen wäre, hätte ich rechtzeitig den Lord geweckt."

Ich nickte. „Das hatte Sir David mir in der Eile sagen können. Dass er nicht von anderen geweckt werden sollte … Du wolltest es so."

„Aber natürlich", rief Abdi. „Der Lord soll nicht einfach von *einem* türkischen Diener geweckt werden, sondern von *seinem* türkischen Diener."

„Zurück zu der Gasse", bat ich. „Was ist geschehen?"

„Ich habe den Hotelburschen beim Verladen zugesehen…"

„Zugesehen. Natürlich", brummte Halef.

„… da habe ich etwas in einer Seitengasse gehört. Jemand hat gejammert und geklagt. Da bin ich hingegangen."

„In eine dunkle Gasse?", meinte Halef. „Wie dumm!"

„Nein, wie anständig", beharrte Abdi. „Es war ein altes Mütterlein, das sich unter Schmerzen krümmte."

„Ein altes Mütterlein treibt sich nicht in dunklen Gassen herum!", schnappte Halef.

„Es war ja schon fast hell, die Sonne ging gerade auf!"

Ich musste wieder die Hände heben. „Und was geschah dann?"

„Dann wurde ich von hinten niedergeschlagen."

Halef grunzte. „Das war vermutlich nicht das Mütterlein."

„Bei der Beule wohl nicht", meinte ich. „Und dann, Abdi?"

„Dann bin ich in einem dunklen, schmutzigen Kellerverschlag aufgewacht. Ich habe den Riegel mit meinem Messer aufgehebelt und…"

Ich musterte Abdi. An seinem Gürtel befanden sich wie stets sein Küchenmesser in einem Futteral und der kleine Lederbeutel mit dem ominösen Gewürzkraut, das angeblich die Geheimzutat seiner erfolgreichen Familie von Köchen war. „Sie haben dir das Messer gelassen? Und den Beutel, obwohl Geld darin hätte sein können?"

„Ja…", sagte Abdi, nun auch verwundert.

„Dann waren es keine gewöhnlichen Diebe", stellte ich fest. „Aber warum haben sie dich eingesperrt und nicht einfach liegengelassen…?"

Halef hatte alle Häme von sich geschoben und sprang mir im Rätsellösen bei. „Und so eingesperrt, dass er rasch entfliehen konnte…?"

Abdi atmete auf. „Ihr glaubt mir also!"

Ich nickte und Halef tat es mir nach einem Seitenblick gleich. Ich war mir sicher, dass dieser Überfall nicht das Werk von ungeschickten Straßenräubern war. Irgendjemand wollte Abdi nicht einfach berauben, sondern davon abhalten, dafür zu sorgen, dass der Lord rechtzeitig sein Schiff erreichte. Aber wer hätte dies tun wollen und warum? Dennoch – der Plan der Unbekannten war gescheitert. Vielleicht würden wir noch herausfinden, wer dahintersteckte.

„Erzähl weiter", bat ich Abdi.

„Ich rannte aus dem Keller, dem Haus, der Gasse. Ich war nicht weit von dem Hotel entfernt. Der Kutscher mit der beladenen Kalesche war fort! Was für ein Schurke, dachte ich, denn ich hatte ihm ja im Auftrag des Lords schon das Geld gegeben."

Halef riss die Hände empor. „Dann habe ich ihn doppelt bezahlt! Allah soll die Münzen zu einem Klumpen zerschmelzen und ihm diesen auf die Zehen fallen lassen!"

Abdi zwinkerte verwirrt und sprach dann weiter. „Ich rannte ins Hotel und erfuhr, dass Sir David abgereist war. Also rannte ich weiter, bis hierher zum Hafen."

„Ein wahrer Schnellläufer bist du, Abdi. Der Baron Münchhausen hätte seine Freude an dir gehabt."

Ich mochte die famosen Lügengeschichten über den aufschneiderischen Freiherrn aus der Feder meines Kollegen Gottfried August Bürger. Nun gut, sein Vorläufer Rudolf Erich Raspe und der anonyme Erstverfasser seien nicht verschwiegen, aber auf dem Lehrplan des Schulmeisters Lohse hatten sie offenbar noch nicht gestanden, denn mein treuer Halef nahm meine Worte für bare Münze, wohl weil er seinen eigenen noch nachtrauerte.

„Seine Freude? Pah! Schon der Lord hat keine Freude gehabt! Fast hätte er das Schiff verpasst!"

„Es war ein Scherz, Halef", sagte ich. „Aber Abdi ist wirklich sehr schnell gelaufen."

„Und das wird er auch weiterhin, Sihdi. Denn von unseren Pferden bekommt er keins. Und auch kein neues!"

Da hatte Halef doch tatsächlich rascher gedacht als ich! In der Tat war Abdi nun nicht mit Sir David nach England gereist, Halef und ich würden nach Edreneh reiten – was sollte nun aus Abdi werden?

„Halef", meinte ich also, „ich darf deinen Worten entnehmen, dass du Abdi schon im Geiste als Reisegefährten, Diener und Koch angenommen hast?"

„Natürlich, Sihdi! Wir sollten endlich hinaus aus Istanbul und nicht länger zaudern. Und außerdem hatte ich Abdi schon vor dem Lord zu meinem Diener bestimmt!"

Ich schaute Abdi an. Der verzog etwas den Mund, erkannte aber seine Situation und war so fix wie stets. „Mein Maultier steht noch in den Ställen. Der Lord wollte es zusammen mit seinen Pferden heute Morgen verkaufen. Aber dazu kam er ja nicht mehr."

„Dann beeilen wir uns besser", beschloss ich, „damit die verwaisten Tiere nicht rein zufällig und ohne Entgelt ihre Besitzer wechseln." Ich wandte mich an Halef. „Den Erlös der Pferde würde Sir David dir sicher als Entschädigung gönnen."

„Nun gut", sagte Halef und lächelte, als er die Summen überschlug und verglich. Dann wandte er sich mit guter Laune an Abdi. „Nun komm, mein Diener und Koch!"

Abdi zuckte mit den Schultern, richtete sich zu seiner vollen Größe auf, wodurch er Halef wohl um zwei Haupteslängen überragte – und das war eine freche Erwiderung, gegen die Halef leider keinen Einspruch erheben konnte. Abdi beugte sich, um die karierten Koffer und Taschen wieder aufzunehmen.

„Lass diesen Kram", befahl Halef.

Abdi empörte sich. „Nein!"

Halef griff nach seiner Kurbatsch.

Abdi schwankte, nicht allein, weil er nicht recht wusste, ob er sich wehren sollte oder nur abwehrend die Hände erheben.

Halef zog die Kurbatsch – nur um zu drohen, er holte nicht einmal aus, aber Abdi erschrak, machte eine hastige, ausweichende Bewegung – und dann schrie er auf, als er rücklings über einen Koffer fiel und in das Hafenbecken stürzte! Drunten platschte es! Ich machte einen raschen Schritt zur Kante hin und sah Abdi gerade wieder den nassen Kopf heben. In all dem Unrat, der auf dem leise schwappenden Brackwasser schwamm, konnte ich Abdis Gesicht kaum ausmachen. Treibholz schlug gegen die algenbedeckte Mauer, Tang trieb herum, einige tote Fische, große Korkstücke mit Resten von Fischernetzen daran – aber nichts, an dem Abdi sich festhalten konnte, der jetzt panisch mit den Armen zu schlagen begann.

Halef stand neben mir und schaute ebenfalls hinunter. Er lachte kurz auf. „Ja, wenn wir damals in der Wüste einen Fischer gefunden hätten statt eines Kochs – dann bräuchten wir uns keine Sorgen machen, dass der dumme Abdi – ertrinkt?"

Noch bevor ich Halef schelten konnte, dass er so daherredete, und noch bevor ich selbst etwas tun konnte, streifte Halef seinen Gürtel ab, ließ ihn zu Boden fallen, legte die Kurbatsch darauf und trat seinerseits über die Kante der Kaimauer. Ich sah erstaunt, wie er ebenfalls ins Wasser klatschte. Prustend tauchte er wieder auf, und rief: „Abdi, mein Diener, ich rette dich!" Dabei schluckte er Wasser, spie und spuckte und schlug ebenfalls mit den Armen.

Ich stieß den Atem aus, den ich zuvor angehalten hatte, als ich Halefs kühne, aber unbedachte Tat erlebt hatte. Denn nun hatte ich unter mir im Hafenwasser nicht nur einen türkischen Koch, der offenkundig nicht schwimmen konnte, sondern auch einen arabischen Wüstensohn, von dem ich genau wusste, dass er dies nicht vermochte. Rasch warf ich meine Blicke umher und die Gedanken rasten durch meinen Kopf. In der Nähe waren keine Taue oder gar Strickleitern, die von der Kaimauer hingen. Ich selbst würde nicht zwei Männer gleichzeitig über Wasser halten können, wenn ich sogleich hinterhersprang. Ich brauchte Hilfe und Hilfsmittel!

„Haltet durch!", rief ich zu meinen Gefährten hinab, wohl wissend, dass diese Floskel dem Verzweifelten gemeinhin nur wenig Mut zuspricht.

Einige Schaulustige waren herangekommen und machten die Hälse lang. Ich blickte drohend in die Runde der Fischer, Seeleute und Händler.

„Du da!", rief ich einem Mann mit einem Karren zu, auf dem einige verschlossene Fässer lagen. An deren Position erkannte ich, dass sie leer sein mussten. „Wirf zwei der kleinen Fässer ins Wasser! Du bekommst sie schon bezahlt!" Ich hatte zunächst in der rüden türkischen Mundart gerufen, um zu zeigen, dass ich kein dahergelaufener Fremder war, den letzten Satz aber in gehobenem Istanbuler Dialekt gesprochen, um mein Versprechen glaubhaft zu machen. Schon platschten die Fässer ins Wasser und boten Abdi und Halef eine behelfsmäßige Rettung. Wasser mochte dem Sprichwort zufolge keine Balken haben, es sei denn, man würfe zwei Fässer hinein!

Dann wandte ich mich ab und rannte zu unseren Pferden. Nach wenigen Schritten war ich bei ihnen, denn Rih war mir ohnehin gefolgt, als wir Menschen zur Kaimauer gegangen waren, und Halefs Pferd hatte es diesem nachgetan. Rih warf den Kopf zurück, er spürte meine Anspannung. Auch hatte er die Rufe der beiden Männer im Wasser vernommen und sicher Halefs Stimme erkannt. Ich packte die Schlaufen des Seiles, das neben dem Sattel hing. Es war mein amerikanisches Lasso, mit dem ich schon so manchen arabischen Tunichtgut hatte übervorteilen können, denn jene Wurfschlinge ist in diesen Breiten der Welt unbekannt. Leider trug Rih einen Arabersattel, der wundervoll und praktisch ist, aber eben nicht wie der Westernsattel über einen Knauf am vorderen Ende verfügt. So zog ich Rih die Lassoschlinge um den Bauch, nachdem ich ihn mit einer kurzen Geste um Vertrauen für dieses ihm unbekannte Manöver gebeten hatte, und hoffte, dass das Leder des Sattels ein zu enges Zuziehen der Schlinge verhindern würde. Dann lief ich los und zog dabei meine robusten

Lederhandschuhe an, die man benötigt, wenn man mit dem Lasso Mustangs fangen will, statt Banditen. An der Mauerkante wandte ich mich kurz um. Rih hatte die Hufe in den Boden gestemmt und schaute mich verständig an. Kluger Rih! Dann ließ ich mich eilig an der Kaimauer hinab. Weiter oben fanden meine Sohlen noch sicheren Halt, dann machten Algen den Stein glitschig und ich musste meine Stiefelspitzen hart in die Fugen und Löcher des groben Gemäuers pressen. Halef hatte sich mittlerweile an eines der Fässer geklammert, hustete und spuckte, aber drohte nicht mehr zu ertrinken. Abdi ruderte panisch mit den Armen und rief einige abgehackte, gurgelnde Worte, von denen ich nur verstand, dass jemand ihn unter Wasser festhielte. Abdi musste in ein altes Fischernetz geraten sein, das sich seinerseits irgendwo verhakt hatte. Es half nichts, ich musste ebenfalls ins Wasser! Ich stieß mich von der Mauer ab und schwang am Seil zwischen Halef und Abdi hin, bevor ich mich in das brackige Nass gleiten ließ. Halef griff beherzt nach dem Seil, bekam es zu fassen und zog sich daran empor. Ich holte Luft, griff nach meinem Bowiemesser und tauchte in die Trübnis des Istanbuler Hafenbeckens! Vor mir strampelten die Storchenbeine Abdis im verzweifelten, aber nutzlosen Versuch, sich aus dem Fischernetz zu befreien, welches ihn tatsächlich in seinen Maschen gefangen hatte. Hart packte ich seinen Knöchel und zog daran, um ihm zu bedeuten, für einen Augenblick nur stillzuhalten. Abdi verstand, stellte das Wassertreten ein und paddelte nurmehr mit den Armen, was ihm genügend Auftrieb verschaffte, um nicht tiefer abzusinken. Rasch schnitt ich mit der scharfen Klinge einige der Schnüre durch, riss die Reste des Netzes entzwei und ließ Abdis Knöchel wieder los. Dann tauchte ich auf. Ich sicherte mein Messer und griff Abdis Schulter, der schon wieder angestrengt strampelte, mich aber dankbar ansah. Ein Blick nach oben zeigte mir, dass Halef bereits die Kaimauer erklommen hatte. Ein paar Rufe und einiges Johlen schollen herab. Halef rief ein paar Flüche, drehte sich wieder zu uns um und winkte herunter. Ich packte das Seil, wand es einige Male um Abdis dürren Leib, drückte ihm das Ende in die Hand und stieß einen lauten Pfiff aus. Rih hörte mich und begann damit, Abdi vorsichtig aus dem Wasser hinaus und die Kaimauer hinauf zu hieven. Halef führte das Seil und rief Abdi Mut zu und auch den scharfen Rat, sich bloß gut festzuhalten. Ich hingegen legte beide Arme auf die rechts und links dümpelnden Fässer und wartete ab. Schließlich war Abdi auf der Kaimauer angelangt, Halef befreite ihn von dem Lasso und warf es mir sogleich wieder hinab. Dann begann ich als Dritter und Letzter meinen Aufstieg aus dem Hafenwasser. Als ich oben angekommen war, fühlte ich mich keineswegs wie die schaumgeborene Venus aus Botticellis berühmtem Gemälde, aber ich war guter Dinge, da ich meine Gefährten hatte retten können und selbst ebenfalls keinen Schaden erlitten hatte, mochte man von durchweichter Kleidung einmal absehen.

Aber auch dafür gab es Abhilfe. Halef und Abdi hatten bereits begonnen, ganz pragmatisch die Kleider des Lords zu durchsuchen, und das eine oder andere gefunden, um sich trockenzureiben und zu umhüllen, denn das Wasser war kalt gewesen und am Hafen wehte eine tüchtige Brise. Die Schaulustigen hatten sich verzogen, einerseits wegen Halefs deftiger Flüche, deren Blumigkeit und Erfindungsreichtum ich unten im Hafenbecken nur bruchstückhaft hatte vernehmen können, andererseits waren die Leute gegangen, weil es nichts mehr zu sehen gab, außer nassen Männern, die sich aus Not in graukarierte britische Kleider hüllten. Einzig der Karrenbesitzer wartete noch auf mich und sein Bakschisch für die beiden leeren Fässer, und zwei leidend dreinblickende Diebe rappelten sich auf und hinkten davon. Sie hatten offenbar versucht, sich an unserem Gepäck zu schaffen zu machen, als wir drei uns noch im Wasser befanden, aber Rih hatte ihnen beiden jeweils einen knappen Huftritt versetzt. Ich klopfte ihm dankbar auf den Hals und befreite ihn rasch von der

Seilschlinge. Dann wandte ich mich meinen Gefährten zu. Halef gab mir ein graukariertes Tuch und ich trocknete damit mein Gesicht. Ich hörte Abdi schniefen, Halef spie einen letzten Rest Brackwasser aus, aber beide blieben friedlich und machten sich keine Vorhaltungen wegen der nassen Ereignisse. Und damit diese keine Beschwerden hervorrufen würden, die uns die Weiterreise verleiden könnten, ging ich in Gedanken die Mittelchen durch, die meine tragbare Apotheke gegen Erkältungen bereithielt: Weidenrinde für Tee, Thymian-Öl und das treffliche Emser Salz.

Jetzt aber war es an der Zeit, den Hafen endlich zu verlassen!

Ich gab dem Mann mit dem Karren einige kleine Münzen und er rumpelte zufrieden mit seinen übrigen Fässern davon.

Halef und Abdi schwiegen noch immer, aber sie gingen einträchtig nebeneinander her. Ich beschloss, dass wir im ersten Kaffeehaus jenseits des Hafens ein paar heiße, belebende Schlucke zu uns nehmen würden.

Als wir das Hafengelände fast verlassen hatten, rannte uns ein Bote entgegen. Er hielt in seinem Lauf inne, beschaute uns eingehend und fragte dann: „Seid ihr Kara Ben Nemsi und Hadschi Halef Omar?"

Die Frage kam laut und deutlich aus seinem Mund, der Mann war kaum außer Atem. Abdi schaute etwas neidisch.

„Ja", antwortete ich und der Mann händigte mir ein Schreiben aus. Dann grüßte er und lief weiter. Ich entfaltete das Papier.

„Von Scheik Haschim", verkündete ich. „Er ist verhindert und kann uns auf der Reise nach Edreneh nicht begleiten. Wir treffen uns dort."

Halef schaute mich mit schmalen Augen an. „Das scheint mir verdächtig. Erst wird Abdi überfallen, der Lord verpasst beinahe sein Schiff – und jetzt dies? Da werden mir zu viele Reisepläne auf einmal verdorben. Vielleicht ist die Nachricht eine Fälschung!"

144

„Deine Vorsicht und dein Misstrauen sind angesichts unserer Feinde durchaus angebracht", sagte ich zu Halef. „Aber dieses Schreiben ist wohl tatsächlich von Scheik Haschim. Zum einen hat er zusätzlich mit den lateinischen Buchstaben *S. H.* unterzeichnet, darauf wäre wohl kein Übeltäter gekommen, der nur die Namen kennt. Und außerdem: Schau hier, Halef. Die kleine Zeichnung neben meinem Namen am Beginn der Nachricht."

Abdi hatte neugierig auf das Papier geschaut: „Eine Fischgräte!"

Halef ächzte. „Dummer Koch! Es ist eine Rabenfeder! Aber du würdest wohl auch Raben kochen, wenn man sie dir als schwarze Tauben verkaufte!"

„Leider habt ihr beide nicht Recht", sagte ich, „wenngleich Halef näher an der Wahrheit liegt. Es ist die Feder aus Al-Kadirs Festung. Die Feder des Pegasos." Da! Nun war es ausgesprochen. Aber das hieß nicht, dass ich daran glaubte. Das Ding brauchte nun mal einen Namen, bei dem es genannt werden konnte. „Und dass sie sich in meinem Besitz befindet, weiß nur Scheik Haschim. Die Nachricht ist also echt. Dann reisen wir wohl allein nach Edreneh."

„Nicht allein!", rief Abdi. „Und wir sollten unbedingt vernünftige Vorräte einkaufen, solange wir den Markt von Istanbul nutzen können. Edreneh ist doch Provinz, was Speise und Trank angeht! Niemand kann nur Quitten essen und Rosenwasser trinken!"

Halef zog den Kopf zwischen die Schultern. Ich hingegen ging davon aus, dass die Reise sehr heiter werden würde, auch wenn die Umstände und Anlässe ernst waren und viele Gefahren vor uns lagen. Und zudem mochte es von Vorteil sein, einen türkischen Begleiter im Land der Osmanen zu besitzen, zumal wenn er sich auch noch auf die lokale Küche verstand. Halef hätte wohl gesagt, dass wir Abdi notfalls würden verkaufen oder als Pfand beleihen können. Aber so weit hätte

ich auch in Gedanken niemals gehen wollen. Der gute Abdi –
erst entführt, dann fast ertrunken!

Der heitere Geselle störte sich jedoch nicht mehr daran. Er
machte schon halblaut Pläne für den Einkauf.

„Das ist der Ärger mit Abdi", raunte Halef mir zu. „Wer
weiß, was da noch nachkommen mag…"

„Sei gerecht und nicht nachtragend, Halef", mahnte ich. „Es
ist doch gut, Abdi als Koch bei uns zu haben. Für nichts anderes hast du ihn ja damals in deine Dienste genommen. Dein
Magen wird es dir danken."

„Mein Magen, ja. Aber mein Kopf schmerzt mir jetzt bereits
vor lauter Schütteln über seine Tölpeleien."

„Warte ab. Ich habe so das Gefühl, als würde da tatsächlich
noch etwas nachkommen, was Abdi betrifft. Aber gewiss nicht
so, wie du denkst, mein lieber Halef. Auch ich habe keine
Ahnung…"

„Ausnahmsweise, Sihdi…"

„Auf, ihr Herren!", rief Abdi. „Es geht nach Edreneh!"

Halef seufzte. Nachdem wir uns also aufgewärmt und die
Kleider gewechselt hatten, machten wir einen kurzen Abste-
cher zurück zum Hotel de Pest in Pera, wo wir den geplanten
Pferdehandel abschlossen. Dann verließen wir Istanbul und
wandten uns nach Westen.

Zehntes Kapitel
Eine Straße, zwei Begegnungen

Als die Sonne gegen Mittag am höchsten stand, hatten wir beinahe schon Tschatalsche erreicht, durch welches die Straße über Indschigis und Wisa nach Adrianopel führt, wie Edreneh dereinst genannt wurde.

Die weite Landschaft mit den sanften Hügeln wärmte sich unter der Frühsommersonne. Das Gras begann sich schon ein wenig zu verfärben und auf der Erde trocknete der Staub, welchen auch die Hufe unserer Pferde aufwölken ließen. Die wenigen, niedrigen Bäume ringsum gaben nur wenig Schatten. Solchen verhießen nur die fernen Höhen des Strandschagebirges mit seinen dichten Wäldern. Das Klima in diesen Gegenden war mild, die Wasser des Schwarzen Meeres und der Mittelländischen See sandten Wärme und Feuchtigkeit ins Landesinnere, wodurch die Frucht der Bäume und Felder prächtig gedieh. Besonders die Weinstöcke, die in weiten Arealen überall in breiten Rankenreihen angebaut wurden, zeugten vom Erbe dieser Gegend, welche am Übergang der lateinisch-römischen und griechisch-hellenischen Kulturen lag, welche beide große Liebhaber des vergorenen Rebenbluts waren. Daran hatten auch vierhundert Jahre der osmanischen Herrschaft nichts geändert. Aus den Trauben wird Wein gekeltert und Schnaps gebrannt, aber die Trauben werden auch zu Rosinen getrocknet und vielerlei Küchenerzeugnissen beigefügt, darunter nicht nur Süßspeisen, sondern auch salzigen und herzhaften Zubereitungen, sogar Fleischspeisen, was meine Landsleute, abgesehen von den Liebhabern des rheinischen Sauerbratens, durchaus verwundern mag. Der Türke ist es gewohnt und schätzt seine

Rosine allzeit als süße Dreingabe für den Alltag. Zuletzt sei erwähnt, dass diese Region auch für den frommen Moslem eine Letzung für die lechzende Zunge bietet: Hardaliye, ein Saft aus Trauben, Kirschblättern und Senfsaaten, der mit Quellwasser gemischt eine vortreffliche Erfrischung ergibt. Halef, Abdi und ich hielten uns in den Schenken der kleinen Ortschaften daran gütlich.

Wir ritten in gemächlicher Reihe; ich voran, gefolgt von Halef, dann das Packpferd und zu guter Letzt Abdi auf seinem Maultier. Wir waren satt vom Mittagsmahl, einem kleinen Imbiss in einem schlichten Gasthaus, von denen es an dieser wichtigen Verbindungsstraße reichlich Auswahl gibt und die sich nicht allzu sehr verändert hatten, seit wir vor zwei Jahren diesen Weg gereist waren. Statt aber der Verdauung mit einer Ruhepause Vorschub zu leisten, waren wir wieder in die Sättel gestiegen. Schließlich befanden wir uns nicht auf einer lustigen Landpartie. Wir wollten bis zum Abend noch einiges an Strecke zurücklegen, in Wisa nächtigen und dann am darauffolgenden Vormittag Edreneh erreichen.

Wir kamen auf der einsamen Straße gut voran. Reisende Händler begegneten uns nur vereinzelt und die Erntezeit war noch fern, sodass auch keine Bauern ihre Früchte und Gemüse transportierten. Deshalb fiel es umso deutlicher ins Auge, als hinter uns die Staubwolke eiliger Reiter am Horizont auftauchte. Es mochten Boten im Regierungsauftrag sein, denn ich wusste, dass das osmanische Militär zwar die Bahnlinie zwischen Istanbul und Edreneh angeregt hatte, man bei eiliger Übermittlung aber gern auf diese verzichtete. Und es wurde auch auf persönliches Überbringen gesetzt, obgleich vor fast zwanzig Jahren in Istanbul ein Telegrafenamt eingerichtet worden war, von der Firma des Deutschen Werner Siemens.

Während ich also über das nachsann, was sich weit hinter uns auf der Straße ereignete, rührte sich plötzlich etwas vor uns. Aus den Büschen am Wegesrand sprang eine Handvoll zerlumpter Gestalten, verstellte uns den Weg, während eine weitere Gruppe uns den Rückweg abschnitt, indem sie hinter uns Aufstellung nahm. Wobei dies ein viel zu akkurater Begriff war für diesen wirr herumstehenden Haufen von Männern, der nur aus drohend geschüttelten Fäusten, brüllenden Mündern und einigen emporgereckten schartigen Messern und erbärmlichen Flinten zu bestehen schien, und der Teil der Bande vor uns war nicht anders. Eine ganze Herde veritabler Strauchdiebe und Buschklepper hatte sich hier zusammengerottet und wollte uns ausrauben!

Das war nun keine Situation, die Halef und mich überfordert hätte. Wir sind auf unseren Abenteuern oft genug überfallen worden, gerieten in Hinterhalte oder wurden offen angegriffen. All dies hatten wir stets mit unserem Können und auch etwas Glück überstanden. Hier und jetzt war die Lage jedoch eine sehr spezielle. Wir befanden uns auf offener Landstraße, weder die Räuber noch wir hatten eine irgend geartete Deckung zur Verfügung – das Gesträuch und Buschwerk am Wegesrand konnte in dieser Rechnung ignoriert werden. Die Männer waren in der Überzahl. Sie umringten uns, und selbst wenn wir uns zur Flucht entschlossen hätten, hätten wir auf der geraden Straße oder auch querfeldein doch ein zu leichtes Ziel abgegeben. Was nun die Waffen der Banditen anbetraf, so stellten diese trotz der minderen Qualität die größte Gefahr dar. Denn auf diese kurze Distanz würden die alten Flinten mit ihrer Ladung aus zerhacktem Blei zweifellos treffen, selbst wenn die Räuber keine guten Schützen waren. Mein Leben und das meiner Gefährten war den Männern wenig wert – aber sie würden es deshalb nicht wagen, auf uns zu schießen, weil sie damit auch die wertvollen Pferde getroffen hätten. Und diese mochten den Dieben bei einem Verkauf einen guten Preis bringen, während sie ja nicht wissen konnten, wie viel Barschaft wir Reisenden bei uns trugen.

Es war also eine unangenehme und angespannte Pattsituation. Ich hatte meine Waffen nicht gezogen – weniger weil ich abgelenkt gewesen war, als vielmehr weil ich erkannt hatte, dass ich gegen diese Übermacht angesichts der Umstände auch mit meinem Fünfundzwanzigschüsser des Büchsenmachers Henry nicht hätte bestehen können. Hier galt das Leben meiner Gefährten und der Tiere mehr als mein Erfolg als Schütze. Auch Halef hatte dies erkannt und nicht zum Revolver gegriffen. Einzig Abdi wühlte erschrocken in einer seiner Packtaschen herum, bis Halef ihn leise und scharf ermahnte. Die Banditen hatten sich nicht stören lassen, sie vermuteten wohl, Abdi habe nach seinem Münzbeutel suchen wollen, um ihn angstvoll zu übergeben. Davon ging auch ich aus, aber es war nicht angeraten, den Räubern freiwillig zu geben, was sie forderten. Denn dann hätten sie uns von den Sätteln gezerrt und getötet. Jetzt aber harrten sie aus, riefen und drohten – aber sie griffen nicht an, weil sie zwar skrupellos waren, aber auch feige. Ich kannte dieses Spiel und wusste, dass man es mit kaltem Blut spielen musste. So ließ ich also die Hände von meinen Waffen, hob die Hände aber auch nicht in die Höhe, um die Banditen nicht etwa glauben zu machen, ich wollte mich ergeben.

Ich grüßte den zottelbärtigen Kerl, der sich als Anführer hervortat, mit freundlichen Worten, die ich aber nicht so höflich wählte, dass er sich hätte verhöhnt fühlen können. Ich wollte den Mann nicht reizen.

Was sich an Rufen und Beleidigungen, an Forderungen und Drohungen aus den schmutzigen Mündern der schmutzigen Gesellen über mich und die Meinen ergoss, muss ich hier nicht mitteilen. Die Erinnerung daran ist abstoßend genug; ich muss dies nicht auch noch niederschreiben und weitergeben.

Ich hörte mir die Worte der Männer und ihres Anführers an, gab mich weiterhin respektvoll, um zu zeigen, dass ich die Übermacht und Bedrohung anerkannte. Auch zog ich jenen Beutel hervor, in dem ich gemeinhin die kleineren Münzen verwahrte, und zählte mit bitterer Miene meine vorgeblich gesamte Barschaft ab. Es kam uns nun zugute, dass wir nach dem unfreiwilligen Bad im Hafenbecken die Kleider hatten wechseln müssen – ich trug meine zweite Garnitur, die durch langen

150

Gebrauch bereits etwas heruntergekommen aussah. Und dass ich übertrieben hustete und nieste, als sei ich schwer erkältet, strafte meine erfolgreiche Schnupfenkur zwar Lügen, hatte aber die gewünschte Wirkung. All dies hatte nur einen Zweck, nämlich den der Verzögerung. Während wir redeten, kamen die Reiter, die ich vor Kurzem in der Ferne bemerkt hatte, immer näher. Und dies war mein Plan. Wenn diese Berittenen herangekommen waren, würde es die Banditen in Aufruhr versetzen; sie wären abgelenkt und dann könnten wir handeln. Meine Aufgabe war es nun, die tönende und drohende Menge weiter zu beschäftigen, damit niemand die Landstraße hinunterschaute. Natürlich war dies gefährlich! Ich dürfte nicht überreizen, die ohnehin geringe Geduld und die angespannten Nerven der Räuber nicht überstrapazieren und zum Zerreißen bringen – dann hätten sie uns sogleich getötet, zumindest aber schwer verletzt!

Im Reden und Diskutieren mit dem Räuberhauptmann schaute ich einmal langsam über die Schulter, als wollte ich erneut den Ring der Banditen um uns respektvoll beschauen – stattdessen spähte ich zu den herannahenden Reitern hin. Ich erkannte, dass es drei an der Zahl waren. Einer ritt voran, die anderen beiden flankierten ihn, ein wenig nach hinten versetzt. Dies schien mir eindeutig militärisch. Das war eine erfreuliche Erkenntnis! Gemeinhin vermeide ich Händel mit Soldaten oder Offizieren – und wären diese uns auf der Reise begegnet, hätten wir sie, die gewiss Botendienste versahen, geduldig passieren lassen. Nun aber boten sie eine willkommene Hilfe. Wie gut, dass die fluchende Räuberschar, die langsam ungeduldig wurde und nach ihrer Beute verlangte, sich nicht um ihre weitere Umgebung kümmerte.

Ein Fehler!

Denn jetzt waren die drei Reiter heran oder doch wenigstens in Schussweite – und dies nutzten sie treffsicher! Noch bevor man die schlagenden Hufe über dem Räubergeschrei vernehmen konnte, peitschten drei Schüsse auf und drei Banditen fielen tot in den Staub der Landstraße. Dann brach der Tumult los! Die übrigen Männer wandten sich hastig und erschrocken um, jene vor uns sprangen zu den Seiten, um ebenfalls die Straße hinunterzuschauen. Drei weitere Schüsse knallten und ich konnte das Mündungsfeuer über den Sätteln der heranpreschenden Reiter sehen. Die Karabinerkugeln fällten drei weitere Räuber. Zweifellos waren die Angreifer geschulte Kavalleristen. Aber nun konnten auch Halef und ich unsere Kampfkunst zeigen. Doch statt eines Reiterangriffs nutzten wir die geradezu mittelalterliche Methode des Turnierstreits. Wir ließen unsere Pferde auf der Stelle drehen und sowohl Rih als auch Halefs Ross stießen mit den Flanken die Räuber von den Füßen, keilten und traten mit den Hufen, sodass der eine oder andere Mann aufheulend zu Boden ging. Ich hatte den Henrystutzen aus dem Sattelfutteral gezogen und nutzte ihn als Streitkeule, um gezielte Stöße gegen Hinterköpfe und Schläfen auszuteilen. Ich wollte keine tödliche Gewalt gegen diese armen Strauchdiebe anwenden; sie zeigten durch ihr zielloses, aufgescheuchtes Verhalten ohnehin, wie ungeeignet sie für ihre oft notgedrungen gewählte Profession waren. Sie liefen umeinander, eben weil es keine natürliche Deckung gab und weil sie es auch nicht wagten, zu den Seiten zu fliehen, denn dort hätten sie ja ein offenes Ziel für die Schützen abgegeben. So nutzten sie ruchlos und feige zugleich die eigenen Kumpane als Deckung. Halef hatte seine antike Araberflinte in der Hand, die er aus nostalgischen Gründen noch immer mit sich führte, obwohl ich ihm ja eine moderne deutsche Büchse geschenkt hatte. Ich vermutete aber, dass er auch deshalb zwei Gewehre besitzen wollte, weil ich, sein Sihdi, dies mit Henrystutzen und Bärentöter ebenfalls tat. Die arabische Flinte war nun ein viel längeres Gerät als der amerikanische Stutzen und so erhielt auch der äußere Ring der belagernden Banditen tüchtige Schläge und Hiebe. Abdi konnte sich mit seinem Maultier und dem Packpferd ebenfalls seiner Haut erwehren, da die beiden Tiere von sich aus aufgeregt um sich traten und trampelten und ihm dadurch keiner der ohnehin kopflos agierenden Räuber zu nahe kam. Und die Schüsse der Reiter trafen ihre Ziele, weil wir allesamt im Sattel saßen und so leicht von jenen Männern zu unterscheiden waren, die angstvoll herumliefen – oder schon längst auf der Straße hingestreckt lagen, vor Schmerzen schreiend oder reglos – ohne Bewusstsein oder tot.

Dann war das Gefecht vorüber, so plötzlich wie es begonnen hatte. Die letzten Banditen flohen nun doch, ihre Kumpane im Stich oder vielmehr im Staub lassend; sie rannten davon, ohne sich umzusehen. Halef und ich hielten unsere Waffen gesenkt, als die Reiter ihren Galopp verlangsamten und nun vor der Staubwolke hinter ihnen gut erkennbar waren. Entgegen meiner ersten Einschätzung waren sie keine Soldaten, sondern Reisende wie wir, und dies auch in jener Hinsicht, dass sie gut bewaffnet waren und diese Waffen trefflich einsetzen konnten. Alle drei hielten ihre Karabiner nunmehr nach oben, die Kolben auf die Oberschenkel gestützt, um zu zeigen, dass sie nicht uns bedrohten.

Ich wollte einen freundlichen und dankbaren Ruf der Begrüßung ausstoßen, doch ich schloss unwillkürlich verwundert den Mund, als ich sah, wer auf dem vorderen Pferd im Sattel saß. Die drei Reiter zügelten ihre Pferde. Staub wirbelte auf, als die Hufe über den Grund scharrten.

„Guten Tag, Kara Ben Nemsi", sagte Qendressa, nachdem sie das Halstuch von Nase und Mund gezogen hatte. Sie fuhr sich kurz durch das staubige Haar. „Da haben wir Sie ja aus einer schönen Bredouille gerettet. Sie hätten die gefährliche Landstraße nicht ganz so blauäugig bereisen sollen. Aber jetzt können Sie sich glücklich schätzen, dass Sie den Weg nach Edreneh nicht länger allein bestreiten müssen."

„Ich habe treffliche Reisegefährten", sagte ich knapp, denn diese Dame sprach schon genug. „Dennoch vielen Dank für Ihre Unterstützung, auch wenn man es nur als gerechten Ausgleich dafür sehen könnte, dass Sie mich jüngst in einer

Situation zurückgelassen haben, die sehr unangenehm war und noch unangenehmer hätte werden können. Aber dennoch: auch Ihnen einen guten Tag, Zonjusch Qendressa."

„Er macht sich", rief Qendressa den anderen beiden Reitern zu. Jetzt zogen auch diese ihre Halstücher herab und ich konnte hören, wie Abdi erstaunt die Luft einsog und Halef skeptisch hustete. Es mochte aber auch am Straßenstaub liegen, den die Neuankömmlinge aufgewirbelt hatten. Auf jeden Fall aber war der Anblick, der sich uns nun bot, durchaus ungewöhnlich. Nach Qendressa, die in hellbrauner, strapazierfähiger Kleidung aus Leinen und Leder sowie hohen Stiefeln hoch zu Ross saß und mir, was dies betraf, durchaus ähnlich sah, enthüllten sich nun auch die beiden anderen Reiter als Frauen. Sie blickten recht grimmig, doch vielleicht hatten sie auch nur etwas Staub in die Augen bekommen. Ihr langes Haar war zu Knoten im Nacken aufgesteckt und vom Staub der eiligen Reise überpudert. Eitel waren diese beiden nicht, eher kriegerisch. Denn sie trugen Männerkleidung wie Qendressa, wenngleich weniger westlich geschnitten. In ihren Stiefeln steckten sandfarbene Hosen, über den weißen Blusen trugen sie dunkle, in gedeckten Farben bestickte Westen, beides halb verdeckt durch kurze, dunkle Jacken. Eigentümlich erschienen mir die breiten Gürtel mit den großen, metallenen Gürtelschnallen, die jeweils das Bild eines Reiters zeigten, der mit einer Lanze auf einen am Boden liegenden Lindwurm einstach. Nicht weniger wehrhaft als dieser Recke waren die beiden Frauen. Moderne Revolver steckten in den Halftern am Gürtel und die ebenfalls modernen Karabiner trugen die Frauen ja noch immer offen, nachdem sie ihre Schießkünste damit bewiesen hatten. Sie verschwendeten aber keine Aufmerksamkeit an die Männer, die ihnen zu Füßen im Straßenstaub lagen, sondern musterten stattdessen meine Gefährten und mich. Qendressa hatte ihnen zweifellos das eine oder andere berichtet.

Ich nickte den beiden kurz zu, dann wandte ich mich wieder an Qendressa, welche ebenfalls keine Anstalten machte, ihr Gewehr in das Sattelfutteral zu schieben. „Sie haben sich ebenfalls treffliche Reisegefährtinnen gesucht. Eine Georgsgarde geradezu, wenn ich den Heiligen und Drachentöter recht erkenne."

Die beiden Frauen schauten mich böse an, als ob ich meine Blicke an ungehörige Stellen ihres Leibes gerichtet hätte. Im Grunde hatten sie Recht, aber nichts hatte mir ferner gelegen, als ich sie gemustert hatte.

„Das sind Aferdita und Lindita. Sie sind Arbëreshja, so wie ich. Und meine Luaneshe."

„Ich sagte Ihnen bereits, dass mein Albanisch leider nicht so flüssig ist." Eigentlich sagte ich dies nur, damit auch Halef und Abdi verstanden, über was gesprochen wurde.

Qendressa hob das Kinn. Ich vermochte nicht zu sagen, ob dies von Missbilligung meinerseits oder von Stolz über ihre Begleiterinnen zeugte. Wohl von beidem.

„Meine Löwinnen", erklärte Qendressa. „Sie schützen mich."

Ich war nicht unbedingt der Ansicht, dass Qendressa dies nötig haben würde, doch war ich ja auch nicht im Bilde, was für Wege sie beschreiten wollte.

„Dies sind Hadschi Halef Omar und Abdollah, genannt Abdi", stellte ich meine Begleiter vor, da ich nicht mehr recht wusste, wie viel Qendressa während des Empfangs in der Botschaft hatte in Erfahrung bringen können. Und die Höflichkeit gebot dies auch den beiden Löwinnen gegenüber. Halef und Abdi vollführten die ehrenvolle Grußgeste, welche Qendressa mit gespielt ernster Miene entgegnete. Die beiden Frauen ahmten die Geste nach, wechselten aber untereinander einige Worte, bei denen sich ihre Mundwinkel kaum bewegten. Ich vernahm ein Italienisch im südlichen Dialekt, mit einigen Einsprengseln und Betonungen, die aus der Sprache der Skipetaren herrührten. Allerdings aus dem toskischen Dialekt des Südens von Albanien, der sich sehr vom gegischen Dialekt des Nordens unterschied. Wenn Qendressa tatsächlich nach Lezhe reisen wollte, das im Norden lag, dann würden ihre

Begleiterinnen einige Schwierigkeiten haben, sich mit den Einheimischen zu verständigen. Aber ich wusste ja nicht, wie es um die weiteren Sprachfertigkeiten der Löwinnen bestellt war, und nicht anders verhielt es sich mit Qendressas. Ich wusste eben doch nur, welche Sprachen ich zu verstehen und sprechen vermochte, und dies sind doch nicht wenige.

„Mein Italienisch ist aber sehr gut", sagte ich deshalb. „Und ich bitte deshalb um Wahrung der Höflichkeit, die nicht nur die Herren den Damen gegenüber zu entbieten haben, sondern auch umgekehrt. Vor allem, wenn wir tatsächlich ein Stück Weges zusammen reisen sollten."

Die Löwinnen starrten mich an. Beider Gesichter waren herb, aber gut geschnitten, und eine gewisse Ähnlichkeit zwischen ihnen sagte mir, dass es sich wohl um Schwestern handeln könnte, worauf auch ihre ähnlichen Namen hinwiesen, die übersetzt ungefähr *der nahende Tag* und *der geborene Tag* hießen. Wenn Qendressa zwischen ihnen ritt, war sie also wohl die Morgendämmerung. Halef würde darauf vermutlich bissig anmerken, dass diese Dame beileibe kein Sonnenschein war. Als ich ihm über meine Erlebnisse mit Qendressa in der britischen Botschaft berichtet hatte, waren seine Worte allerdings etwas drastischer gewesen…

Qendressa funkelte mich an. „Maßregeln Sie meine Löwinnen nicht. Wenn Ihre Begleiter deren Anwesenheit als zu gefährlich erachten, dann ziehen wir allein unseres Wegs."

„Vielleicht wäre dies tatsächlich besser…", sagte ich sanft und war bemüht darum, keinen missverständlichen Unterton anklingen zu lassen.

„Wahrscheinlich *ist* dies besser", fauchte Qendressa. „Gern geschehen, Kara Ben Nemsi. Da Sie Ihre Rettung bereits aufgerechnet haben, müssen Sie nicht befürchten, dass ich künftig eine Gegenleistung einfordere!" Dann rief sie einen kurzen, kehligen Befehl, zerrte das Halstuch vor ihr Gesicht und gab ihrem Pferd die Sporen. Die Löwinnen maskierten sich ebenfalls und trieben ihre Pferde so an, dass alle drei mich und meine Gefährten in einer Staubwolke zurückließen. Als diese sich legte, waren die Reiterinnen schon einiges entfernt. Abgesehen von dem kurzen Gespräch – oder ich sollte es eher einen Wortabtausch nennen – hätten es nun auch wieder die von mir zunächst vermuteten Depeschenreiter des osmanischen Militärs sein können. Die Begegnung hätte nicht unangenehmer sein können. Halef hustete empört, Abdi nieste nur des Staubes wegen.

„Sihdi", rief Halef wütend, „was haben die beiden bewaffneten Weiber denn da bloß gesagt?" Er trommelte mit den Fingern der Rechten auf dem Griff seiner Kurbatsch.

„Halef", beschwichtigte ich, „ich will es dabei belassen, dir nur so viel mitzuteilen, dass sich die Damen in ein wenig Tierkunde ergangen haben und sich darüber austauschten, was die bevorzugte Beute von Raubkatzen sei."

Abdi blinzelte. „Was fressen Löwen denn? Ich war noch nie in Afrika…"

Ich hätte nun entgegnen können, dass Abdi, so wie wir alle, zu den bedauerlichen Menschen gehörte, die zu spät geboren waren, um noch die letzten lebenden Exemplare des prächtigen europäischen Löwen gesehen zu haben. Dieser lebte in Kleinasien und auf dem Balkan, bis er kurz nach der Wende zur christlichen Zeitrechnung vom Menschen ausgerottet wurde. Aristoteles, Plutarch und Herodot haben noch von ihm berichtet, wobei ich anmerken möchte, dass gerade Herodot immer für einen etwas übertriebenen Schwank zu haben war, besonders wenn es um Tiere ging. Allerdings – noch vor wenigen Wochen hätte ich seine Erwähnung etwa eines Mantikors ins Reich der Fabel verwiesen. Mittlerweile war ich jedoch einem begegnet, tief unter der roten Festung Al-Kadirs. Und wenn ich auch immer noch nicht recht weiß, ob ich damals einer Halluzination aufgesessen war, so habe ich doch meine Lektion gelernt, dass es auf dieser Welt Dinge gibt, die man möglicherweise nicht nur erst dann sieht, wenn man daran glaubt, sondern die sogar nur existieren, wenn man an sie glaubt – oder ein anderer dies tut, was es nicht weniger gefährlich macht. Und nach dem Erlebnis mit dem Mantikor, diesem Löwenmonstrum mit dem Haifischgebiss und dem Schweif eines Skorpions, was sollten mich dann zwei Löwinnen in Menschengestalt scheren und erst recht eine spitzzüngige Natter…

Ich blieb für einige Gedanken lang noch in der Zoologie und antwortete dann so dezent es mir möglich war. „Nun, Abdi, sie fressen Gazellen, Antilopen und andere schnelle, starke und prächtige Tiere der Savanne, wie man die afrikanische Steppe nennt…"

„Schnell, stark und prächtig!", sagte Abdi. „Das klingt gut. Und wenn nur der mächtige Löwe diese Tiere reißen kann, dann sollte man sich nicht beleidigt fühlen, wenn man mit ihnen verglichen wird."

Halef knurrte. „Abdi! Die Tiere, von denen der Sihdi spricht, sind afrikanische Ziegen!"

„Nein, Halef", berichtigte ich, „eher sind sie mit Hirschen zu vergleichen, und die nennt man gemeinhin Könige des Waldes."

„Von deinen deutschen Wäldern, Sihdi! Ich weiß, die Deutschen hängen sich große Gemälde von Hirschen über ihre Diwane. Aber kein Beduine, kein Araber und auch kein Türke würde ein Bild von einer Ziege haben wollen!" Er schaute streng zu Abdi. „Abdi – wir zwei beiden sind beleidigt! Und wir werden eine Entschuldigung fordern!"

Ich seufzte. „Wenn du damit zufrieden bist, werde ich dir gern helfen, diese zu bekommen. Ich bin ja froh, dass du keine Blutrache forderst oder dich duellieren willst…"

Halef hob den Kopf. „Aber Sihdi, du kennst mich! Ich bin stets gerecht und meine Ansprüche sind immer angemessen."

„Dann sollten wir weiterreiten, um ein angemessenes Stück Wegs hinter uns zu bringen. Vielleicht bekommst du am Abend in Wisa deine Genugtuung. Aber ich kann nichts versprechen…"

„Dann reiten wir!" rief Halef. „Komm, Abdi, gib deinem Klepper die Sporen! Wir jagen Löwen!"

Ich unterdrückte ein Seufzen, um nicht den Staub der Landstraße einzuatmen, und warf einen letzten Blick auf die Strauchdiebe. Jene, die Halef und ich niedergeschlagen hatten, rappelten sich nach und nach stöhnend und klagend wieder auf. Sollten sie sich künftig leichtere Beute suchen oder einer rechtschaffenen Arbeit nachgehen. Ich schnalzte Rih ein Kommando zu; er wandte sich um, wieherte stolz und galoppierte los.

Wir durchquerten Indschigis, einen kleinen Ort am Fluss Karasu in der Nähe des Bergs Tschatalda, der mit vielen Felsgrotten durchsetzt war. Dies mochte dem Sommerfrischler reizvoll sein, wir ritten aber weiter bis Wisa, das im Altertum Bizya hieß. Von einer Anhöhe grüßten die alte, halbverfallene Zitadelle und die Überreste der antiken Stadtmauern. Hier war der Sitz des örtlichen griechischen Metropoliten, aber da wir weder orthodoxen noch irgendeinen anderen Beistand oder Zuspruch nötig hatten, passierten wir auch Wisa, ohne dort wie geplant für die Nacht einzukehren. Wir hatten durch unseren eiligen Ritt einiges an Zeit wettgemacht und kurzerhand beschlossen bis Edreneh weiterzureiten.

Und so erreichten wir kurz nach Sonnenuntergang das frühere Adrianopel.

Elftes Kapitel
In Edreneh

Meine Leser wissen, dass ich vor zwei Jahren schon einmal in Adrianopel war, welches die Türken Edreneh nennen. Da ich aber annehme, dass meine Bücher nicht als Andachtsbüchlein zum Auswendiglernen oder Schulfibeln für den Hausgebrauch dienen, hier noch einmal zur Erinnerung die wichtigsten Tatsachen: Edreneh ist nach Konstantinopel die bedeutendste Stadt des osmanischen Reichs und war Sitz zahlreicher Sultane, bis Mohammed der Zweite 1453 Konstantinopel eroberte und seine Residenz dorthin verlegte. Aber auch später weilten immer wieder Sultane hier. Unter den mehr als vierzig Moscheen, welche die Stadt besitzt, ist die Selimje, die Selim der Zweite erbaute, berühmt. Sie ist noch größer als die Hagia Sofia in Konstantinopel und liegt inmitten einer kläglichen Anhäufung von Holzhäusern, deren bunt bemalte Mauern und Wände aus tiefem Schmutz und Straßendreck auftauchen.

Wir kamen von Kirkilissar und hätten die schlanken Minarehs der Selimje schon längst vor uns leuchten sehen können. Die im Deutschen gebräuchliche Form Minarett ist insofern falsch, da sie rein schriftlich aus dem Französischen übernommen wurde, ohne zu bedenken, dass bei der französischen Vokabel *minaret* der auslautende Konsonant nicht gesprochen wird. Es gibt viele solcher falsch übernommenen Wörter aus fremden Sprachen. Aber ich denke, der weiter oben erwähnte Herr Duden wird dies irgendwann einmal richten. Leider war zwar Nacht, aber kein Ramadan. So und so erlebten wir nicht den prächtigen Anblick des von 12.000 Lichtern erleuchteten Edrenehs aus der Ferne; allerdings waren wir somit auch von der so oft erlebten Enttäuschung verschont, denn wenn man Edreneh erreicht und durch seine Straßen reitet, geht es wie mit allen anderen Städten des Orients: Sie verlieren in der Nähe ihre Schönheit und erfüllen niemals das, was sie aus der Ferne versprechen.

Aber es war ein prächtiges Gefühl, wie wir von Süden kommend über die große Brücke ritten, die den Fluss Meridsch quert, welchen die Bulgaren Maritza nennen. Die sogenannte Neue Brücke ist die größte der vielen Brücken in Edreneh, die für den Verkehr nötig sind, da die Stadt sich in eine enge Windung des Flusses Tundscha schmiegt. An dieser Windung fließt die Meridsch vorüber, und beide Flüsse folgen einander für eine Weile, bis die Tundscha in die Meridsch mündet. Und über diesen parallelen Lauf zweier Flüsse spannen sich die Meridsch-Brücke, eben auch Neue Brücke genannt, und die Tundscha-Brücke, die sich im allgemeinen Sprachgebrauch mit diesem Namen bescheiden muss, obgleich sie offiziell Ekmekcioglu-Ahmet-Pascha-Brücke heißt. Die Neue Brücke überspannt ein Dreißigstel einer alten deutschen Meile; im metrischen System, das seit drei Jahren im Deutschen Reich vorgegeben ist, bedeutet dies einen knappen Viertelkilometer. Auf jener Strecke stützt sich die Brücke auf so viele Pfeiler, dass sich genau zwölf sehr schön gerundete Bögen ergeben. Und obwohl die Neue Brücke, wie der Name sagt, erst ein weniges über dreißig Jahre alt ist, so fühlt man sich über sie reitend eben doch wie ein römischer Feldherr oder ein osmanischer Würdenträger, weil sie so altertümlich und stolz wirkt. Ihr schließt sich die tatsächlich alte Tundscha-Brücke an, denn, wie man sich erinnert, muss vor Erreichen der Stadt auch der zweite Fluss überquert werden. Diese Brücke trägt zweieinhalb Jahrhunderte auf ihren nur acht Bögen und überspannt demzufolge auch knapp hundert Meter weniger. Über die weiteren Brücken Edrenehs berichte ich bei Gelegenheit, nun soll es mit diesen beiden genug sein.

So stolz und zufrieden ich also war, dass wir den Ritt nach Edreneh in solch kurzer Zeit bewältigt hatten, so schmählich und bedrückt fühlte ich mich dennoch, denn meine beiden Reisegefährten und ich waren doch ziemlich erschöpft. Zwar hatten die Pferde die meiste Arbeit geleistet, aber das Reisen im Sattel ist ähnlich anstrengend wie jenes unter dem Sattel, nur eben auf andere Weise. Und so waren wir allesamt von Schweiß und Staub bedeckt und auch hungrig, durstig und müde. Was das erste Problem anbetraf, so bedauerte ich unsere Ankunftszeit besonders, denn nun würden wir kein Hamam, kein Badehaus, mehr geöffnet finden, in dem wir uns hätten reinigen und entspannen können. Jedenfalls nicht, nachdem wir zunächst die Pferde und dann uns selbst versorgt hätten. Es galt einen Mietstall für die Tiere zu finden und ein Logis für uns. Hier bot sich eines der vielen Gasthäuser, Mehane genannt, an, die zumeist von Hanschiali, also bulgarischen Wirten, geführt wurden.

Als ich dies vorschlug, lehnte sich mein guter Halef allerdings dagegen auf und fand kräftige Widerworte. Er war insgesamt ein wenig maulig und ungehalten, was ich nur selten bei ihm erlebt habe und ihm deshalb angesichts der Situation auch nachsah.

„Sihdi", murrte er schließlich, „ich möchte nicht zu einem Bulgaren; ich möchte zu gar keinem Fremden. Mir ist nach einer freundlichen Unterkunft bei netten Menschen, die wir kennen und die auch uns kennen."

„Wen hast du da im Sinn, Halef?", fragte ich und überlegte, ob er auf jemanden anspielte oder ob er auf einen Vorschlag meinerseits wartete.

„Aber Sihdi", rief Halef, „dir springen nicht sogleich die beiden lieben Menschen vor Augen, die seit einiger Zeit hier in Edreneh wohnen? Ali und Ikbala, die Jungvermählten! Und da sie durch deine und auch meine Mithilfe trotz aller Hindernisse ihr Glück fanden, können wir uns zum Ausgleich doch bei ihnen einladen? Auch auf kurze Ankündigung…"

Ich erinnerte mich. Ali hatte einst in der Kavallerie des Großscherifs gedient und sich nach seiner Rückkehr in Ikbala verliebt, die hübsche Tochter eines Schmugglers. Nach dem Willen ihres Vaters Boschak sollte das Mädchen zwar dessen Kumpan Mosklan ehelichen, doch wie Halef erwähnte, vereitelten wir die geschäftlichen und familiären Untaten Boschaks und stifteten so eine gute und kinderreiche Ehe. Tatsächlich lebten beide nun in dieser Stadt, wo Ali, der früher mit frommen Zetteln und Briefchen voller Koranverse und Mekkasprüche handelte, nun einen veritablen Laden für Bücher betrieb. Er hatte sich diesen von der Mitgift geleistet und nutzte ihn wiederum zum Auskommen seiner Familie.

„Nun, Halef", meinte ich, „ist es nicht etwas dreist, die orientalische Gastfreundschaft so forsch einzufordern?"

„Aber wir fordern sie doch nicht ein! Wir schauen einfach vorbei, und wenn die beiden uns drei arme, staubige Wanderer sehen…"

„…wir sind Reiter, Halef…"

„…denen dürstet und hungert…"

„…du wirst allzu lyrisch, Halef…"

„Sihdi, bitte", rief er nachgerade flehentlich. „Ich brauche freundliche Gesichter um mich herum, nachdem diese drei bösen Weiber…"

„O Halef, bitte mäßige dich! Du übertreibst ja selbst wie ein böses Weib!" Aber er brachte mich auf einen Gedanken, den ich bislang wohl verdrängt hatte. Irgendwo in Edreneh würden wohl auch Qendressa und ihre beiden Löwinnen eine Unterkunft suchen. Bei meinem nahezu sprichwörtlichen Glück, immer wieder an den ungewöhnlichsten Orten und zu den unwahrscheinlichsten Gelegenheiten Menschen zu treffen, die ich bereits kannte, wäre ich kaum verwundert, wenn in genau jenem Mehan, in dem wir nächtigten, auch Qendressa Quartier genommen hätte. Ich fürchtete nun nicht, dass sie auch an jenem bulgarischen Gasthaus solch akrobatische Fassadenklettereien vollführen würde wie in der britischen Botschaft, noch weniger hatte ich Bedenken, sie würde an meinem Zimmer dies tun, was man in Bayern *fensterln* nennt, aber ich wollte nicht das Risiko eingehen, dass es zwischen Halef und den Löwinnen zu Wortgefechten oder gar Handgreiflichkeiten käme. Nicht, dass sich eine der Raubkatzen-Damen das arme Kätzlein Abdi vornehmen und ihm eines seiner schönen Ohren abbeißen würde!

„Halef", sagte ich also eilig, bevor er sich zu Recht darüber erregen konnte, dass ich ihn im Eifer mit einem bösen Weib verglichen hatte. „Ich stimme dir zu. Ein trefflicher Einfall. Bedenkt man unsere Aufgaben und künftigen Abenteuer, ist es nur richtig, wenn wir neben Körper, Geist und Magen auch die Seele stärken. Lass uns eine Stallung für die Pferde suchen, es muss ja nicht die berühmte Karawanserei des Mustafa Pascha an der Hauptstraße sein. Eher doch in der Nähe von Ali, der unweit Ali Paschas Basar wohnt, was nicht der Namensgleichheit geschuldet ist, sondern der Tatsache, dass sich ein Buchhändler von einem Basar in unmittelbarer Umgebung aus gutem Grund Kundenzulauf verspricht."

„Das ist mein Sihdi", sagte Halef zu Abdi, der die kleine Meinungsverschiedenheit mit Interesse verfolgt hatte. „Erst ist er etwas bockig, wenn ihm eine Idee von mir nicht gefällt, aber dann wird er klug und stimmt mir zu. Und wenn er danach beginnt, sein allumfassendes Wissen über allerlei Dinge von sich zu geben, dann weiß ich, dass alles wieder gut ist."

Abdi nickte. Er schien sich jedes einzelne Wort zu merken, um künftig sicher mit mir umgehen zu können. Ich hielt dies für unnötig, denn ich bin ja nun einmal ein sehr umgänglicher Mensch. Für mich braucht man keine Gebrauchsanweisungen. Für andere schon. Ich würde bei Gelegenheit dem wissbegierigen Abdi auch einige Hinweise zum Umgang mit gewissen Herren geben, die allzu schnell nach der Kurbatsch greifen. Dies schien mir auch deshalb nötig, weil Halef Abdi als seinen Diener ansah. Aber ich will nicht ungerecht sein. Halef droht immer nur, dass er die Kurbatsch schwingen will, tut es aber nie.

„Ja, Abdi", nickte ich also. „Mein treuer und guter Halef kennt mich sehr gut. Und deshalb weiß er auch, dass ich trotz seines schönen Plans, der zu unserer nächtlichen Unterkunft führen wird, für alle Fälle noch einen weiteren Plan ersonnen habe, falls widrige Umstände oder verständliche menschliche Unlust Halefs Plan scheitern lassen. Wir könnten dann den Kaufmann Hulam aufsuchen, der ein Verwandter des Kaufmanns Maflei ist. Bei dieser großherzigen und großzügigen Familie haben wir ja bereits ein Übernachtungsabonnement."

Ich zeigte den Weg zu Alis Wohnstatt und führte unsere kleine Gruppe an, während Halef dem guten Abdi erklärte, was denn ein Abonnement sei.

Später, als wir die Pferde angemessen untergebracht hatten und gut versorgt wussten, unternahmen wir den kurzen Fußmarsch zu Alis Haus. Auf dieses kleine Gebäude traf nun gar nicht zu, was ich eingangs über die Bausubstanz von Edreneh gesagt hatte. Es war schon von außen besehen sehr adrett und sauber, soweit man dies im Halbdunkel der Gasse erkennen konnte, die von wenigen Lampen schwach erleuchtet wurde, die hier und dort über den Eingängen oder in den Fenstern brannten. Entweder war Ikbala eine überaus eifrige Hausfrau, die tatsächlich das gesamte Haus rein hielt, oder Ali war ein so kluger Geschäftsmann, dass er wusste, dass Menschen, die sich für Bücher interessieren, diese nur dort kaufen, wo sie die Ware trocken und schmutzlos bevorratet wissen. Aber wahrscheinlich traf beides zu. Wir bauten uns also zu dritt vor der Tür auf, die den Eingang zum Wohnbereich des Hauses bezeichnete. Oder vielmehr war es so, dass dies die Tür war, die eben kein Holzschild in Form eines aufgeschlagenen Buchs trug, wie jene einige Schritte daneben.

Ich klopfte, nicht allzu forsch, aber gut hörbar. Es war tatsächlich schon etwas spät, aber wir hatten im Fenster einen Lichtschimmer gesehen. Dann hörte ich Schritte und ein kleines Guckloch öffnete sich auf Kopfhöhe in der Tür. Im schwachen Licht sah ich ein Auge, welches sich in einem überraschten Auseinanderspringen der Lider um einiges vergrößerte. Drinnen rappelte ein Riegel, ein erschreckter Zischlaut war zu vernehmen, dann öffnete sich die Tür leise und behutsam. Es war Ali. Er hatte sich kaum verändert, außer dass er nun einen besonders prächtigen Schnauzbart trug.

„Kara Ben…", rief er, zog dann scharf die Luft durch die Zähne ein und vollendete die Begrüßung flüsternd: „…Nemsi! Wie schön Euch zu sehen, selbst zu dieser späten Stunde! Verzeiht, dass ich so leise spreche, aber das Haus befindet sich schon im Schlummer."

„Oder doch eher die Bewohner", meinte ich. „Guten Abend, Ali. Deinen Worten entnehme ich, dass Ikbala und die Kinder wohlauf sind. Wie viele sind es denn?"

„Zwei sind es, und sie sind ebensolche Engel wie meine Ikbala. Alle schlafen selig und ich habe meine…die Ruhe, die ich brauche, um…"

Ich sah einen Tintenfleck an seinem Finger.

„…Rechnungen zu schreiben? Ich nehme an, dass die Geschäfte mit den Büchern gut laufen? Laden und Haus und du selbst sehen sehr stattlich aus."

„Danke, ich kann nicht klagen", sagte Ali. „Aber die Schreibarbeit muss ich nachts erledigen und bis zum Morgen wieder alles fortgeräumt haben. Ikbala meint, die Federn und die Tinte seien für die kleinen Kinder gefährlich. Die Bücher und das Papier hingegen…"

Halef hatte sich neben mich gedrängt und Ali begrüßt. Jetzt hob er mahnend den Finger. „Aber an Papier kann man sich schneiden, deshalb auch damit Obacht."

Ich lachte. „Und die Bücher werden den Kleinen erst gefährlich, wenn sie älter sind und darin lesen. Je nachdem, was darin steht."

166

„Darauf werde ich achten", meinte Ali. „Und bis dahin wird das Papier zum Bekritzeln und Hütefalten genutzt."

„Vorsicht", warnte Halef. „Sprich dem Sihdi gegenüber nicht davon, wie man Bücher fleddert! Er zuckt schon zusammen, wenn man Tschibuk oder Nargileh mit einem Fidibus aus einer alten Schmökerseite anzündet, obwohl, wie das Wort sagt, sie genau dazu da sind."

Ich stutzte. Wieder eine Sache, von der ich nicht wusste, dass Halef darüber informiert war. Ich würde mit dem Lehrer Lohse doch einmal ein paar Takte reden müssen, was seinen Lehrstoff anbetraf. Aber ich war froh, dass Halef nicht erwähnte, dass ich erst vor kurzer Zeit ein ganzes Heftchen voller Schachregeln als Zigaretten aufgeraucht hatte, während meiner Duellpartie mit Al-Kadir.

„Keine Bange", beschwichtigte Ali. „Ich verkaufe ja nicht nur Bücher, sondern auch Papierwaren aller Art. Da ist genug zum Falten, Bemalen und auch zum Zündeln und Rauchen dabei. Kein Buch, das alt und wertvoll oder nützlich ist, wird dieser Verwendung zugeführt. Da habe ich mich kundig gemacht. Auch dank meiner Kunden, die sogar von weit her anreisen, um Bücher zu kaufen."

Hinter mir hustete Abdi ein wenig und steckte den Kopf zwischen Halef und mir hindurch.

„Ach ja", sagte ich. „Das ist unser Reisegefährte Abdi. Und statt über Bücher zu plaudern, möchte ich dir, Ali, doch endlich den Grund unseres Besuchs enthüllen. Wir sind gerade angekommen und benötigen Obdach für die Nacht. Es tut uns sehr ..."

Ali hob die Hand. „Sprecht nicht weiter. Natürlich seid Ihr meine Gäste. Und deshalb kommt auch sogleich herein und steht nicht weiter vor der Tür auf der Gasse. Nur seid bitte etwas leise ..."

Wir nickten dankbar, packten unsere Bündel und Beutel und gingen mit achtsam gesetzten Schritten ins Haus. Ich war froh, dass wir auch nach der staubigen Reise einen passablen

Eindruck machten, denn wir hatten uns in der Karawanserei oberflächlich abgeklopft und gewaschen. Es braucht nicht unbedingt das Dampfbad eines Hamam, auch ein Brunnen und ein paar Eimer sind durchaus dienlich. Zumal ich mich im Wilden Westen auch dann und wann mit einer Pferdetränke habe bescheiden müssen und dennoch respektable Ergebnisse in Reinlichkeit erzielt habe.

In der Stube, wenn man sie mit diesem deutschen Ausdruck bezeichnen mag, stand ein Tisch mit einer Lampe darauf, und in ihrem Schein sah ich allerlei Papiere, ein Tintenfässchen und Schreibfedern. Ich fühlte mich an mein eigenes Arbeitszimmer erinnert, wenngleich ich dort keine Rechnungen und Bestellungen und Inventarlisten schreiben muss. Nun, zumindest keine, wie ein Händler von Büchern und Papier es tun muss.

Ali brachte uns zu der Seitentür, die zu seinem Laden führte.

„Es ist wohl am besten, ihr nächtigt nebenan. Im Verkaufszimmer und im Lagerraum habt ihr genügend Platz und müsst nicht auf mich und die Meinen Rücksicht nehmen…"

Er öffnete die Tür. Wir folgten ihm und schon umfing uns der herrliche Duft nach Papier und Leim und Leder, den Bücher verströmen und welcher sich in vielen Nuancen darbietet, je nachdem wie alt das Druckwerk und sein Einband sind.

„Nun, hier wird der Sihdi selig schlummern", befand Halef zufrieden und schaute sich im Lampenschein um. Auf den Regalen und Tischen ringsum reihten und stapelten sich die Bücher, alt und neu, gebraucht und frisch, in jeglichem Format und jeglichem Umfang.

„Wohl wahr", gab ich zurück. „Aber auch wenn mich diese Umgebung mit ruhiger Heiterkeit erfüllt, die einen tatsächlich gut schlafen lässt, so solltest du mich auch gut genug kennen, um zu wissen, dass ich es gleichzeitig bedaure, nicht all diese Bücher lesen zu können oder zumindest hineinzuschauen. Ich werde mich also regelrecht zum Schlaf zwingen müssen."

168

„Wenn das so ist", entgegnete Ali schmunzelnd, „dann gibt es noch den Lagerraum für das Papier, hier nebenan. Dort ist kein gedrucktes Wort zu finden, das nächtens lockend flüstern würde und darum bäte, es zu lesen."

Tatsächlich fanden sich in jenem Raum nur Bündel und Stapel und Rollen von jungfräulichen Erzeugnissen der Papiermühlen und Schöpfereien: Hadernpapiere und sogar moderne Holzschliffpapiere, Schreibpapiere, Löschpapiere, Farbpapiere und Pappen, in allerlei Größen und Stärken und Tönungen.

Mich juckte es in den Fingern, den ein oder anderen feinen Bogen mit der Feder zu beschreiben, um zu spüren, wie glatt und geeignet es wohl wäre, um Erlebnisse festzuhalten. Andere würden wohl gern Figuren gefaltet haben, wie es die Japaner tun, oder Silhouetten mit der Schere geschnitten. Und wieder andere hätten gern Dinge verpackt oder Schachteln bezogen, denn Bögen zum Einschlagen, sowohl kräftig als auch dünn, fanden sich ebenso wie kostbare Buntpapiere mit schillernden Schlieren und Flecken, wie sie Ölfarben auf Wasser bilden, hier vom kurzen Augenblick auf Ewigkeit fixiert, wie die Fotografie es mit Menschen und Landschaften tut, die früher mit Ölfarben auf Leinwand gemalt wurden. Ich fragte mich, ob sich irgendwann auch Bilderrahmen an den Wänden finden würden, in deren Mitte nur bunte Flecken zu sehen waren. Aber dafür ist der Westen wohl zu besessen von der Gegenständlichkeit und der Orient zu versessen auf geschnörkelte und gezirkelte Ornamente, die deswegen auch Arabesken genannt werden.

„Ja, das gefällt mir", sagte Halef. „Dies Papier umgibt einen leicht und sorgt für leichte Träume. Die Bücher drüben sind gewichtig und dick und beschweren sicher nur. Ich werde hier schlafen."

Abdi hatte zwischen den beiden Räumen hin und her geschaut, auch zwischen mir und Halef. Und weil ich ihm ansah, dass er sich nicht recht getraute, mit einem von uns beiden das Zimmer zu teilen, und sowohl neugierig die Bücher wie auch die Papiere beäugte, wunderte ich mich nicht, als er verkündete: „Ich schlafe auf der Schwelle."

Somit war einem jeden von uns sein Quartier und seine Schlafstatt zugewiesen, und wir dankten erneut Ali und verabschiedeten uns bis zum Morgen. Ali ging in sein Haus hinüber und würde seiner Ikbala wohl vorsichtig mitteilen, dass es über Nacht Familienzuwachs gegeben hätte oder zumindest doch neue Mitbewohner.

Als wir das Licht gelöscht hatten und unter unseren Decken ausgestreckt lagen, hörte ich Halef, wie er mir vom Nebenraum, über den leise schnarchenden Abdi hinweg, etwas zuflüsterte.

„Ach, Sihdi, hier ist gut nächtigen. Hier fühle ich mich sicher. Denn dieser Raum hat keine Fenster."

„Wieso freut dich das, Halef?", fragte ich. „Seit wann scheust du das Mondlicht?"

„Nicht das Mondlicht", erklärte Halef. „Ich muss sagen, dass mich der Brief von Omar Ben Sadek etwas geschreckt hat. Ich würde fürchten, dass ich heute Nacht träumte, dass Hamd el Amasat mit seinen glühenden Augen durchs Fenster auf mich schaute. Aber ich habe ja keine Angst vor Träumen an sich, sondern vielmehr vor Folgendem: Man stelle sich vor, ich erwachte aus diesem schaurigen Traum, blickte zum Fenster, und dort schaute gerade eine Katze herein und ihre Augen würden so aufleuchten, wie es Katzenaugen nun einmal tun. Ich glaube, Sihdi, dann würde ich vor Schreck sterben!"

Ich hätte jetzt Halef erklären können, dass auch ein Dutzend Katzen durch ein gedachtes Fenster auf ihn schauen konnten und doch würde keines ihrer Augen leuchten, wenn im Raum kein Licht brannte, aber ich war zu müde dafür.

Stattdessen sagte ich leise: „Gute Nacht, lieber Halef, du wirst gut schlafen."

„Eben, Sihdi, eben. Das muss ich. Tief und fest und ohne vor dem Morgen zu erwachen", murmelte er. „Denn die Katzen in

Edreneh haben noch leuchtendere Augen als jene in Stambul. Ich habe sie vorhin ja deutlich gesehen."

Dann schliefen wir ein.

Ich hatte wirre Träume, obgleich ich sonst sehr tief und fest und traumlos schlafe. Ich konnte die Inhalte und Bilder jedoch nicht mit unseren jüngsten Erlebnissen verbinden und sie so erklären. Wenn ich Alpdrücke über schwindelnde Höhen und Stürze in die Tiefe erlebt hätte, so wären dies vielleicht Nachbilder meiner Kletterei an der britischen Botschaft gewesen. Aber ich träumte auch nicht von geisterhaften Dienern oder erdrückenden Menschenmassen oder riskanten Kutschfahrten oder verpassten Schiffsabfahrten. Auch all das Geraune von Katzen und ihren leuchtenden Augen vonseiten Halefs hatte keine Auswirkung. Stattdessen träumte ich von Höhlen, in deren Felsnischen Fledermäuse saßen. Sie hingen also nicht von der Höhlendecke, sondern hockten in ihre Flughäute gehüllt Reih an Reih nebeneinander. Und eine jede sah mich aus toten schwarzen Augen an, den Rachen aufgerissen und die scharfen Zähne gefletscht. Dann öffneten sie ihre Flügel, breiteten sie aus wie absurde, lebende Bücher ihre zerfledderten, ledernen Deckel. Sie schlugen mit diesen Flügeln, ohne fortzufliegen, und ein Wind ging von ihnen aus, als blätterten die Seiten von hunderten Büchern in einer heftigen Brise um. Ein Geruch von Staub und Papier, von Leder und Erde und Dung und Schimmel schien mir in die Nase zu steigen.

Ich erwachte und blickte mich im Finstern um. Ich hörte die Atemgeräusche von Abdi und Halef und erinnerte mich, wo ich hier nächtigte: in einem Ladengeschäft voller Bücher und Papier. Ein lächerlicher Traum, die mir so vertrauten Dinge, die Bücher, mit eklen und bedrohlichen Tieren gleichzusetzen! Ich schämte mich geradezu für mein Unterbewusstsein. Aber vielleicht war es auch ein Zeichen des schlechten Gewissens, weil ich schon einige Zeit nicht mehr in der Heimat gewesen war, um selbst Bücher zu schreiben. Nach diesem Abenteuer, so beschloss ich, würde ich dies unverzüglich tun. Mit diesem beruhigenden und zugleich befriedigenden Gedanken schlief ich wieder ein.

Ein Schreien weckte uns.

„Die Katzen!", rief Halef und fuhr auf. Abdi klappte seinen langen Körper halb in die Senkrechte und schaute verwirrt und schlaftrunken von Halef zu mir und wieder zurück.

„Nein, Halef", brummte ich mit trockenem Mund. „Das ist Kindergeschrei. Die Kleinen wollen ihr Morgenmahl. Gerade du müsstest diesen Klang kennen. Oder tut dein Söhnchen Kara Ben Halef seine Wünsche mit einer Klingel kund?"

„Natürlich nicht, Sihdi", gab Halef zurück. „Kara hat sogar eine sehr schöne, kräftige Stimme, ganz wie sein Vater, also ich. Aber er ruft nicht mehr zur Unzeit, denn er ist ja schon über zwei Jahre alt. Die Sprösslinge von Ali und Ikbala sind noch jünger, was man ja einfach berechnen kann, wenn man den Tag der Hochzeit betrachtet. Aber mein Sihdi hat sich bislang um solche Dinge nicht gekümmert. Es ist aber doch ganz einfach, man rechnet neun…"

„Es ist gut, Halef, ich habe begriffen", sagte ich etwas ungehalten. „Bitte keine solchen Diskussionen vor einem Frühbissen und einem Trunk."

In diesem Moment schlug die Tür auf und heller Sonnenschein blendete mich. Im Gegenlicht sah ich ein kugeliges Wesen mit drei Köpfen, die mich zu dritt anschrien, doch nur einen konnte ich verstehen.

Dann hatten sich meine Augen an das Licht gewöhnt und ich erkannte Ikbala, die Frau und Mutter und Dame des Hauses. In den Armen hielt sie rechts und links ihre Kindlein. Kurz schaukelte sie die beiden und, o Wunder, sie schwiegen mit einem Mal still und ich konnte jetzt Ikbalas Stimme ausmachen. Ihr durchaus hübsches, rundes Gesicht war von Zorn verzogen.

„Kara Ben Nemsi", rief sie. „Ich bin sehr enttäuscht!"

Ich warf hastig die Decke von mir, sprang auf die Beine und stand in Socken und Hemd da. Dennoch gelang mir eine angemessene, höfliche Begrüßung. „Es tut mir leid", fügte ich an. „Wir kamen sehr spät an und…"

„Aber doch nicht von euch!" Ikbala schüttelte den Kopf. „Auf Ali bin ich wütend, weil er mich nicht gleich geweckt hat. Ich hätte euch dreien eine anständige Schlafstelle zurechtgemacht und ein kräftiges Nachtmahl bereitet. Jetzt ist noch nicht einmal das Frühstück fertig, weil Ali sich erst eben getraut hat, mir von unseren Gästen zu berichten!"

„Es ist alles gut", beschwichtigte ich. „Wir sind auch zufrieden, wenn wir wenig haben."

„Aber ich bin nicht zufrieden, wenig zu geben!", sagte Ikbala mit Nachdruck und die beiden Kleinen auf ihren Armen schienen zustimmend zu nicken. Ikbala musterte mich. „Und nun kleidet euch an, alle drei; es gibt bald etwas zu essen!"

Sie drehte sich um und zog mit dem Fuß die Tür zu. Dann begann sie irgendeine Weise zu singen und zwei dünne Stimmchen brabbelten mit.

Halef und Abdi standen komplett bekleidet im Türrahmen des Nebenraumes. Sie nickten sich zu und schauten mich an.

„Siehst du, Sihdi", sagte Halef mit erhobenem Finger. „Das ist eine Ehefrau. Ali kann sich glücklich schätzen. Ikbala bedeutet als Name ja auch: die Glückgebende. Und du und ich, also wir, haben beide zu diesem Glück geführt. Das kann man nur jedem Mann wünschen."

Tatsächlich stieß Halef bei diesen Worten Abdi geradezu freundschaftlich in die Rippen, natürlich nur die unteren, denn der Größenunterschied zwischen den beiden war doch erheblich. Abdi nickte eifrig und rieb sich den Schlaf aus den Augen.

Ich schaute auf die Tür, hinter der Ikbala verschwunden war. „Und Ali freut sich wie jeder orientalische Mann über die größte Schönheit der orientalischen Frau, nämlich die Wohlbeleibtheit. Ikbala scheint eine vortreffliche Köchin zu sein, aber durchaus mehr davon zu genießen als Ali selbst."

Abdi kicherte. Halef stöhnte auf und schüttelte den Kopf. „O Sihdi", sagte er. „Du bist wirklich ein seltsamer Mann. Hast du nicht bemerkt, dass Ikbala für zwei essen muss und es bald drei Kinder gibt und insgesamt fünf liebe Leute in diesem Haus?"

Halef schubste Abdi nach vorn. „Schauen wir, ob du in der Küche helfen kannst, um die gute Ikbala ein wenig zu schonen. Der Sihdi soll derweilen etwas nachdenken. Vielleicht findet er auch etwas zum Thema in den Büchern."

Dann öffnete und schloss sich die Tür erneut und ich stand wieder im Halbdunkel.

Wie sollte ich denn die Frauen verstehen können, wenn mich selbst mein vertrauter Gefährte Halef immer wieder verwundert?

Zwölftes Kapitel
Geheime Bücher

Wir saßen rund um den Tisch in der Stube und verzehrten unser Frühmahl. Ikbala hatte für eine reichliche Bewirtung nach bulgarischer Tradition gesorgt. In dem gereichten Brot waren allerlei scharfe Gewürze verbacken und der weiße Käse entstammte einer salzigen Lake. Dazu lagen in einer hölzernen Schüssel junge Zwiebelsprossen, hellgrüne Pfefferschoten und Knoblauch. Und der berühmte bulgarische Yoghurt bildete das Herzstück des Ganzen, dort wo in deutschen Haushalten der Krug mit der Milch zu stehen kommt, und doch ist der Yoghurt nicht den Kindern vorbehalten, sondern die Nationalspeise aller Bulgaren, weswegen sie vermutlich ein solch gesunder und herzlicher Menschenschlag sind. Zwei von diesen waren unsere Gastgeber, und die beiden Sprösslinge waren ebenfalls sehr gesund, was ihren Appetit und ihre Stimmkraft anging. Von Letzterer hörten wir zu Tisch jedoch nur wenig, da Ikbala sie mit Brei fütterte, der löffelweise in den gierigen Mäulchen verschwand. Halef ergötzte sich an diesem Anblick; er erinnerte ihn wohl an die eigene Frau und das eigene Kind. Abdi trug zu diesem Essen zweierlei bei: Zum einen unterhielt er mit harmlosen Grimassen die beiden Kleinen, wenn sie aus einer Laune heraus für einen Moment den Brei verschmähten, zum anderen konnte er seine Profession nicht verleugnen und trug zum Wohlgeschmack der Speisen bei. Sein Beitrag war winzig, ein Prise nur aus dem Beutel, den er an seinem Gürtel trug und der ein Gewürzkraut enthielt, das angeblich seit Generationen die geheime Zutat war, die den passablen Ruhm dieser Familie von Küchenmeistern begründet hatte. Er zerrieb ein wenig davon zwischen den Fingerspitzen und streute dies über den Yoghurt und den Käse und tatsächlich verlieh dieses gewisse Stäubchen den essbaren Dingen einen Wohlgeschmack, der unsere Tischrunde zusätzlich erheiterte, und das am frühen Morgen schon.

Schließlich begann der Arbeitstag. Ikbala wollte Besorgungen machen und Einkäufe erledigen. Halef bot sich als Begleiter und Warenträger an. Ich hatte mit ihm ausgemacht, dass er sich auf dem Markt und im Basar umhören sollte, ob es Hinweise auf umstürzlerische Aktivitäten gäbe, die wiederum auf den Schut hindeuten könnten. Später würden wir gemeinsam das Hamam besuchen und die Karaschekler, die Schattenspiele, denn in gelöster Stimmung und bei angenehmem Zeitvertreib sitzen die Zungen locker; lockerer, als man gemeinhin glaubt und dies eher bei Trunk und Tabak vermutet.

Abdi wollte derweilen die Kinder hüten. Er hatte durchaus eine Eignung hierfür, was wohl auch mit seiner Gabe einherging, allerlei Stimmen von Tieren und Geräusche des Alltags trefflich und verblüffend nachzuahmen. Die Kleinen lauschten ihm mit großen Augen und offenem Mund, hatten viel Freude und mochten dabei sogar etwas lernen.

Ich selbst hatte vor, sozusagen ebenfalls etwas für meine Bildung zu tun. Verständlicherweise lockten mich die Bücher in Alis Ladengeschäft. Ich wollte ihm also Gesellschaft leisten, während er seine Verkäufe tätigte, Kunden beriet und bediente, und ich würde derweilen die Buchregale und Buchrükken und Buchseiten inspizieren. Denn nur weil ich an kaum einem bedruckten Papier vorbeigehen kann, ohne zumindest einen Blick darauf zu werfen, habe ich mir Kenntnisse erlesen, die mir schon oft aus heiklen Situationen geholfen oder mich Dinge rechtzeitig haben erkennen lassen, um erst gar nicht in heikle Situationen zu geraten. Aber die regelmäßige Lektüre führt auch zu einem in Muße ruhenden Geist, der eben auf allerlei Ereignisse reagieren kann und dem zur rechten Zeit das Richtige in den Sinn kommt.

Und so schritt ich mit zur Seite geneigtem Kopf die Parade der Bücher ab und war recht froh, dass Halef nicht zugegen war, dem gewiss ein neckendes Wort eingefallen wäre. Ihm war nämlich der sogenannte Mutterwitz gegeben, der nicht etwa die Fähigkeit zum Scherz bezeichnet, sondern auch jene Klugheit und Weisheit, die nicht aus Büchern stammt. Und deswegen ergänzen wir beide uns so prächtig.

Ali bewegte sich mit dem Geschick der Gewohnheit durch seinen Laden, ordnete dieses und jenes, schaute in Kladden und Hefte, und wenn jemand ein Buch oder Papier wünschte, so konnte er diesen Wunsch aufs Trefflichste erfüllen.

Ich war gerade in eine Abhandlung über dampfbetriebene Wollwebstühle vertieft – die Übertragung einer englischen Schrift ins Türkische, welche mir in den Fingern geblieben war, wahrscheinlich weil ich mich an den amerikanischen Baumwollpflanzer aus der britischen Botschaft in Istanbul erinnerte –, da öffnete sich die Tür und ein großer Mann trat herein. Ich wandte den Kopf in einer Ahnung, obgleich ich den bisherigen Kundenverkehr nur beiläufig beobachtet hatte. Und tatsächlich:

Der große Mann war Scheik Haschim.

Ali war ihm entgegengegangen, um ihn wie jeden Kunden zu begrüßen, und war verwundert, dass auch ich herankam. Und so stellte sich nicht nur für Ali heraus, dass der Scheik und ich uns kannten, sondern ich erfuhr wiederum, dass der Scheik dann und wann die Buchhandlung Alis besuchte und diesem ein guter und treuer Kunde war.

„Haschim", sagte ich daraufhin, „ich wusste nicht, dass Ihr auch der leichten und schönen Lektüre frönt, ich hielt Euch für einen Mann, der sich ausschließlich den schweren und tiefen Geheimnissen und Lehren verpflichtet fühlt."

Haschim lächelte, legte Ali die Hand auf die Schulter und dieser lächelte ebenfalls.

„Da habt Ihr unbewusst ein wahres Wort gesprochen", meinte Haschim. Dann deutete er nach hinten, durch den Laden hindurch auf den Raum, in dem die Papiere und Pappen lagerten. Ali nickte und ging voran. Haschim machte mir eine Geste, diesem zu folgen, und dann tat er etwas, das mich verwunderte: Er verriegelte die Ladentür. Als Ali dieses Geräusch hörte, drehte er sich kurz um, bückte sich und schob einen dicken Ballen großer Papierbögen zur Seite. Darunter erkannte ich die Umrisse einer Falltür. Als ich den Raum betrat, hatte Ali diese schon mit dem eingelassenen Metallring angehoben und den Blick auf eine schmale, steile Treppe freigegeben. Ein schwacher Lichtschimmer drang heraus und ein eigentümlicher Geruch nach Pfeffer und Rosen. Die beiden Männer bemerkten meinen überraschten Gesichtsausdruck, lächelten erneut und zeigten mir an, die Treppe hinunterzugehen. Da ich beiden vollkommen vertraute, kam ich ihrem Wunsch nach. Die Treppe führte mich in einen unterirdischen Raum, der so groß war wie die beiden oberen Räume zusammengenommen. Warm war es hier, aber nicht stickig. Im Licht dreier Öllampen, die auf einem Tisch in der Mitte angeordnet waren, sah ich die Wände von Regalen bedeckt, auf deren Brettern weitere Bücher standen. Doch diese unterschieden sich sehr von jenen, die Ali im oberen Raum zum Verkauf bot. Die Bücher hier waren allesamt alt und eigentümlich; ein Eindruck, der sich mir sogleich mitteilte, den ich mir aber nicht recht erklären konnte. Äußerlich schienen sie kaum anders als mir bekannte alte Bücher, mit den fleckigen und rissigen Einbänden aus Leder und Pergament. Aber es war mir, als strahlten die Inhalte der Seiten etwas nach außen, so wie sich das Wesen eines Menschen über sein Äußeres legen kann und man spürt, dass ein ungestalteter Mensch gut ist, ein wohlgestalteter Mensch jedoch böse. Diese Bücher hier strömten jedoch etwas anderes aus. Bücher haben, wie man sagt, ihre Schicksale, aber eben doch keine Seele. Hier verspürte ich kein Gut und Böse, kein Richtig oder Falsch, sondern nur eine Fremdheit, die sich über das legte, was an Vertrautheit diesen Dingen aus Papier und Leder und Pergament eigentlich innewohnen sollte.

Scheik Haschim war mir nachgefolgt und Ali schloss die Luke über uns. Ich hörte den Papierballen darübergleiten, die Schritte Alis zur Ladentür, und wenn ich es auch nicht hörte, so wusste ich doch, dass er den Riegel an jener wieder geöffnet hatte.

„Willkommen, Kara Ben Nemsi", sagte Haschim, „in dem geheimen Buchladen Alis, der feinsten Quelle für arkane Schriften und uraltes Geheimwissen auf dieser Seite des Bosporus."

Ich schaute mich um. „Mir kommt es eher wie ein Kerker vor. Müssen diese Bücher gefangen gehalten werden, weil ihr Inhalt so bedrohlich ist?"

„Nein, im Gegenteil. Sie müssen sogar beschützt werden, vor Menschen, die sie vernichten wollen, und vor Menschen, die mit ihnen Böses tun könnten."

„Menschen können auch Böses tun, ohne vorher Bücher zu befragen. Und sollten sie Anregung dazu brauchen, finden sie diese in vielen Büchern, die nicht versteckt werden, sondern die einem jeden zugänglich sind."

„Das mag sein. Dennoch sind diese Bücher sehr besonders."

„Deshalb auch der besondere Ort. Ist es nicht heikel, hier offenes Licht brennen zu lassen? Ihr wollt mir doch nicht etwa sagen, diese besonderen Bücher seien feuerfest?"

„Ihr Inhalt ist besonders. Aber ihre Substanz muss geschützt werden wie die anderer Bücher auch."

„Dann ist ein feuchter Keller wohl kaum der richtige Aufbewahrungsort."

„Aber Kara Ben Nemsi! Schaut euch um und fühlt auch. Ist dieser Keller etwa feucht?"

Das stimmte nun; ich hatte es schon zuvor bemerkt. Aber dies konnte doch nicht allein von den drei Lampen herrühren. Ich sah einige offene Kisten, in denen sich Sand zu befinden schien, und schaute den Scheik fragend an.

„Richtig", bemerkte Haschim. „Mit dem Sand wird die Feuchtigkeit gebunden. Zudem befinden sich in der Decke

Rohre, die bis über das Dach reichen und für den Austausch der Luft sorgen."

„Die Rohre sind hoffentlich mit feinen Gittern versehen? Nicht dass sich Ratten oder anderes Ungeziefer hindurchbewegen und es Fraßschäden gibt..."

„Eine kluger Einwand. Natürlich wurde für solcherlei Schutz gesorgt. Doch diese Bücher würden ohnehin keinem Tier bekommen. Hingegen gibt es Tiere, Käfer und andere, welche weniger die Bücher selbst als deren Inhalte vertilgen. Sie verschlingen die Worte. Wortwörtlich und nicht nur wie in jener Redewendung. Es bleiben leere Seiten zurück. Und die Worte bringen die Tiere dann zu ihren Herren und übertragen sie auf neue, leere Seiten. So stehlen sich Magier und Zauberer gegenseitig ihr Wissen." Haschim lächelte freudlos. „Da haben es Spione und Diebe in der irdischen Welt wesentlich weniger leicht, nicht wahr? Sie müssen die Briefe und Akten tatsächlich stehlen."

Ich war wohl sehr blass geworden, denn Haschim schaute mich besorgt an. Ich hatte nun begriffen, was im geheimen Archiv der britischen Botschaft geschehen war – oder geschehen sein konnte. Aber hatte ich es mir vielleicht nicht doch nur eingebildet? Ich könnte mich nun fragen, wie ich etwas halluzinierte, von dem ich gar keine Vorstellung hatte. Erst jetzt hatte ich von magischen bücherfressenden Käfern erfahren – aber dann wiederum: das Zusammenspiel meiner Betäubung, des Musaddas und eben jener Bücherwürmer, die tatsächlich Papier zernagten oder auch nur sprichwörtlich. Was mochte mir nicht alles von meinem Geist vorgegaukelt worden sein. Und sollte ich nun mutmaßen, dass ein Zauberer sich für britische Geheimakten interessierte und Qendressa gesandt hatte? Dass Qendressa selbst eine Zauberin war, die Käfer verstreute? Die ach so gierigen Tierchen hätten wohl auch anders in die Botschaft gelangen können – wie durch die Lüftungsröhren dieser unterirdischen Bibliothek. Nein, das war alles absurd und lächerlich. Ich mag an phantastische Drogen und

Gifte glauben, meinetwegen an Mesmerismus und durch was sonst noch manche skrupellosen Menschen Gewalt über andere erlangen und diese glauben machen, Dinge zu sehen. Vielleicht waren die bücherfressenden Käfer auch nur eine Scharlatanerie und ein Aberglaube unter den selbsternannten Magiern – und die Bücher und Buchseiten mit angeblich zauberischen Inhalten wurden auf ganz übliche, irdische Art gestohlen. Ebenso wie die Belüftungsröhren wohl nur gegen gewöhnliche Ratten und Insekten gesichert waren. Eine kluge Einrichtung, aber eben höchst irdisch und völlig ohne Zauber.

Jetzt war ich neugierig, was mir noch so erzählt werden würde. Selbstverständlich hielt ich Haschim für einen Ehrenmann. Und ich würde niemals den Glauben eines anderen als Lüge bezeichnen. Aber Zweifel sind doch stets erlaubt. Also stellte ich meine Frage:

„Warum brennt in den Lampen Rosenöl? Ist das allein Edreneh und der örtlichen Herstellung desselben geschuldet? Ich wusste nicht, dass es hier so billig wäre, es zu verbrennen."

„Nein, dem gewöhnlichen Öl ist nur ein wenig beigemischt. Es besänftigt die Bücher."

„Ihr scherzt, Scheik Haschim!"

Haschim lächelte. „Ich gebe es zu, denn ich weiß um Eure Skepsis. Nein, die Bücher sind nicht bösartig. Das Rosenöl ist für die Menschen, die hier herunterkommen. Ihr habt den pfeffrigen Geruch bemerkt?"

„Ja. Woher stammt er? Es ist nicht der Geruch von Häuten, Papier und Leim, den man gemeinhin von Büchern kennt."

„Er stammt von den Inhalten der Bücher. Die mächtigen Worte entwickeln ein Fluidum, welches das Papier und die Einbände durchdringt. Ihr könnt es wahrnehmen, Kara Ben Nemsi, weil Ihr ein Wissender und Gezeichneter seid, wie ich Euch bereits sagte."

„Könnte es nicht sein, dass sich in den Kisten außer Sand noch etwas anderes befindet? Ich weiß aus der Geschichte, dass die Fürsten des Barock ihre Bücher auch gern über den Marställen lagerten, weil das aufsteigende Ammoniak der Pferdeausscheidungen der Konservierung der Werke durchaus zuträglich war. Und dieser stechende Geruch…"

Haschim lachte leise. „Ihr seid noch immer unwillig. Äußerst klug, aber unwillig. Es sei Euch gegönnt. Auch ich habe lange Zeit gebraucht, um…" Er winkte ab. „Aber wenn ich von der Zeit rede, dann ist dies etwas, was wir nicht im Überfluss besitzen. Kara Ben Nemsi, richten wir unsere Aufmerksamkeit auf das, was uns antreibt. Ich muss etwas suchen. Schaut Euch ebenfalls um, aber ich bitte Euch um Eurer selbst Willen – berührt keines der Bücher!"

„Aber warum?" fragte ich. „Wenn Ihr von mir verlangen würdet, ich sollte beim Blättern nicht den Finger befeuchten, weil die Seiten vergiftet wären, könnte ich dies verstehen, würde Euch aber antworten, dass ich dieser Unsitte noch nie gefrönt habe, aus Respekt vor einem jeglichen Buch." Ich zeigte vage nach oben. „Und was ist mit Ali? Trägt er Handschuhe, wenn er…?"

„Es geht nicht um die Berührung an sich und auch nicht um Gift. Ali ist immun, wie ein jeder, der nicht der Magie fähig ist. Ihr aber, Kara Ben Nemsi, tragt einen Teil der Macht des Schachspiels in Euch. Aber Ihr seid unwillig – und noch nicht ausgebildet. Für Euch sind diese Bücher so gefährlich wie ein Messer oder ein Revolver für ein Kind." Er hob beschwichtigend die Hand. „Für jemanden, der nicht damit umzugehen versteht – noch nicht."

„Ihr habt mich nicht beleidigt", gab ich zurück. „Aber Ihr werdet mich nicht zu solcherlei Studien bewegen. Insofern ist es gut, wenn ich gar nicht erst in die Bücher hineinschnuppern darf. Oder ist mir auch tiefes Atmen untersagt?"

„Ihr nehmt es mit Humor", nickte Haschim. „Das ist gut. Werdet aber nicht übermütig."

„Das bin ich niemals. Geht, sucht Euer Buch. Ich werde vorsichtig sein und wohlerzogen."

Haschim nickte und ging die Regale entlang, schaute, suchte und war sehr konzentriert und vertieft in diese Arbeit.

Ich blickte mich um. Die Bücher waren zum größten Teil sehr alt, gewiss einige hundert Jahre. Ich sah nur wenige neuere oder vielmehr moderne Einbände. Vorrangig waren die Werke in helles Leder oder Pergament gebunden – sicher von der Ziege statt vom Schwein – und beides war durch häufigen Gebrauch und die Jahrhunderte fleckig geworden und nachgedunkelt. Ich sah keinen Buchschmuck mit aufwändigen Prägungen oder Stempeln und auch nur wenige sichtbare Bünde auf den Buchrücken, die meisten Bände waren allein für den Gebrauch hergestellt, nicht um das Auge zu erfreuen oder Prunk zu vermitteln. Auf den schlichten Rücken klebten kleine Schilder aus Papier, teilweise gelöst und abgerissen, auf denen die Titel der Werke standen, wenn diese nicht direkt auf das Pergament oder Leder geschrieben waren. Die Tinte war manchmal noch schwarz, oft braun, aber zumeist bis an den Rand der Unleserlichkeit verblasst. Ich meinte, einem jeden rechtschaffenen Bibliothekar musste das Gemüt schmerzen, wenn er dies sah. Dem guten Thadewald aus Hannover würde es vielleicht das Herz brechen. Oder aber er würde sich mit Eifer ans Katalogisieren machen, denn ich konnte keine rechte Systematik in dieser Büchersammlung erkennen. Weder an den Büchern selbst noch an den Regalen sah ich Kennzeichnungen oder Hinweise; und den Titeln nach zu schließen gab es auch keine Ordnung nach Alphabet oder Themen. Allerdings mochte ich dies bei meinen oberflächlichen Betrachtungen auch übersehen haben, denn selbst wenn die Titel noch zu lesen waren, so wurde ich oft nicht klug aus ihnen. Denn viele bestanden aus Abkürzungen oder Siglen. Nun mochte ein humanistisch gebildeter Europäer aus einer Aufschrift, die „Cicer. Epis." lautete, durchaus einen Band mit den Episteln, also Briefen, des Cicero erkennen, wenn er das Buch sah. Aber hier waren die Abkürzungen in arabischer und persischer und türkischer Sprache und eben in arabischer Schrift verfasst, die dem europäischen Menschen ohnehin bereits als Abkürzung gilt, weil die Vokale fortgelassen oder nur als Akzente gesetzt sind. Und wenn ich nun diese Schrift und diese Sprachen beherrsche, so fehlt mir doch, um bei obigem Beispiel zu bleiben, das Wissen um die Person Ciceros und dass er Briefe geschrieben hat. Ich musste also mehr oder minder darüber rätseln, was ich dort sah. Da gab es anscheinend ein Buch über das Summen der Insekten in der Nacht und über das Heulen des Windes und über das Geheimnis der Schlangen. Als ich weiterhin ein botanisches Buch über Rosen und ihre unterschiedlichen Arten sah, glaubte ich, dass es sich hier doch nur um eine naturwissenschaftliche Bibliothek handelte, wenn in den Büchern Tiere, Pflanzen und Wetterphänomene abgehandelt wurden. Aber dann erinnerte ich mich, dass die angeblichen Zauberbücher Europas, die sogenannten Grimoires, ja nicht allein solche schaudererregenden Namen wie *„Höllenzwang"* oder *„Wahrhaft feuriger Drache"* trugen, sondern auch *„Schwarzes Hühnchen"* und *„Schlüssel Salomons"* hießen und darin sicher keine Anleitungen zur Geflügelzucht und zum Feinschlosserhandwerk zu finden waren. Die von mir entzifferten Titel waren wohl doch verharmlosende Namen für die eigentlichen Inhalte. Da schienen mir Abhandlungen über nicht nennbare Sekten und die Namen Verstorbener doch eindeutiger, weil sich mir die Verbindung zu üblen Kulten und Totenbeschwörung hier deutlicher ergab. Und Titel wie jener über das traurige Wadi, also ein ausgetrocknetes Flussbett, und den emporragenden Fels, schienen mir geradezu wie lyrisch-erbauliche Trostbüchlein. Ein Werk mit dem Namen *„Das Haus im Hain"* erregte bei mir seltsame Gefühle der Beklemmung, die ich nicht erklären kann. Überhaupt verspürte ich eigentümliche Dinge. Ich hatte nun durchaus Haschims Bitte, die Bücher nicht zu berühren, befolgt. Ich hatte kein Bedürfnis, darin zu blättern; warum sollte ich sie also zur Hand nehmen? Dennoch war es so, dass ein jedes Buch, das ich betrachtete, mir eine andere Empfindung mitteilte. Plötzlich hatte ich einen bitteren Geschmack im Mund, der ebenso unvermittelt wieder verschwand, während sich stattdessen eine Taubheit des Gesichts einstellte, welche von mir abfiel, als ich den nächsten Band betrachtete. Dann nämlich begannen meine Augen zu brennen, als hätte ich zu lange und angestrengt gelesen oder wäre beißendem Rauch ausgesetzt, was beides nun einmal nicht der Fall war. Das nächste Buch, nein, nur das Ansehen des Rückentitels verursachte ein Kratzen im Hals, das sich nicht durch Räuspern lindern ließ, nur durch Fortschauen, ebenso wie ein stechendes Gefühl in den Nasenflügeln kein erlösendes Niesen verursachte, sondern unerträglich wurde, bis ich den Blick abwandte. Andere Empfindungen oder Gefühle, die mir vermittelt wurden, waren ein dumpfer Druck auf den Ohren, pochende Zahnschmerzen, schneidende Pein im Nacken, Beklemmung in der Brust, Krämpfe im Magen und viele andere Leiden mehr, so als durchlitte ich im Vorübergehen alle Krankheitssymptome, die der Menschenleib für ein Menschenleben bereithält und das Schicksal ihm auferlegt. Ich wusste aber, dass dies keine Einbildung sein konnte und auch kein Unwohlsein, hervorgerufen durch den Ort und seine Atmosphäre, die Luft und die Gerüche darin. Denn als ich es wagte, meinen Weg rückwärts zu beschreiten, erlebte ich alles noch einmal, nur in umgekehrter Reihenfolge. Und als folgte eine Strafe für mein neugieriges Prüfen und Forschen, überwältigten mich die Schmerzen und Qualen trotz ihrer Flüchtigkeit, aber durch ihre grausame Vielfalt. Ich schwankte ein paar Schritte von dem Regal zurück, stieß mit dem Rücken gegen den Tisch und erlebte verwundert, wie mir dieser scharfe Schmerz nahezu wohltuend erschien, da er eines natürlichen, greifbaren, nachvollziehbaren Ursprungs war. Dann aber krümmte ich mich nach vorn und erbrach einen Schwall bitterster Galle auf den gestampften Lehmboden des Kellers.

Schon bei meinem Stoß gegen den Tisch hatte Haschim sich umgewandt und sprang nun an meine Seite. Er richtete mich auf und griff mit beiden Händen an meine Schläfen, wo er einen wohltuenden Druck mit den Fingern ausübte. Er murmelte etwas, aber ich erkannte die Worte nicht, ich spürte nur, dass sich mich beruhigten und den Schmerz linderten. Ich sank gegen die Tischkante und hielt mich daran fest. Haschim sah mich fest an und schien meine Augen zu prüfen. Er blickte ein wenig erstaunt, legte dann aber die Hände auf meine Schultern und sagte: „Es ist gut." Dann lächelte er, wenngleich streng, und sagte: „Gut, dass Ihr ein kräftiges Morgenmahl hattet. Bedankt Euch bei Abdi."

„Er hat aber nicht gekocht", sagte ich matt.

„Bedankt Euch dennoch", beharrte Haschim. „Und jetzt bleibt Ihr an diesem Tisch stehen. Ich habe das Buch gefunden. Ich werde Euch berichten, und wenn Ihr mir zuhört, könnt Ihr das eben Erlebte vergessen, was Ihr wirklich besser tun solltet."

Ich nickte schwach und schloss ein wenig die Lider, weil mir schwindelte und sich vor meinen Augen alles zu drehen begann. Außerdem wollte ich den Anblick der Bücher vermeiden, warum auch immer, wo ich doch Bücher sehr schätze. Ich wandte mich dem Tisch zu, stützte mich wiederum ab, schaute auf die beruhigenden Flammen der drei Öllampen und atmete den belebenden Duft des Rosenöls ein.

Haschim ging zurück zu einem Regal und zog vorsichtig einen Band im Quartformat heraus. Der Scheik schien mir ein Wort und eine Geste von sich gegeben zu haben, es mochten aber auch nur das Murmeln und die Handbewegungen gewesen sein, die ein jeder mehr oder minder unfreiwillig von sich gibt und vollführt, eben wenn er etwas sucht, in diesem Fall ein Buch in einem Regal.

Jetzt drehte Haschim das Buch in seinen Händen, strich über den Einband und die Kanten, so als wollte er Staub entfernen oder das Leder auf Schadstellen prüfen. Ohne mich weiter mit dem Gedanken aufzuhalten, dass man Staub doch besser durch Pusten wegbliese, statt ihn zu verreiben, kam mir die

Frage in den Sinn, ob es sich bei dieser Ansammlung von Büchern um ein Angebot von zum Verkauf stehenden Werken handelte oder doch um so etwas wie eine Bibliothek, woran sich wiederum die Frage anschloss, ob dies eine Leihbücherei oder eine Präsenzbibliothek war, bei der die Bücher zur Forschung freigegeben waren, jedoch am Ort zu verbleiben hatten.

Haschim legte das Buch auf den Tisch, an den Eckpunkt eines gedachten Quadrats, dessen drei andere Eckpunkte von den brennenden Lampen gebildet wurden, und schlug den Deckel auf. Ich war peinlich berührt von meiner unwillkürlichen Erwartung, dass nach diesem großen Prozedere irgendetwas hätte geschehen müssen, wenngleich ich nicht wusste, was ich denn erwartet hatte. Aber das Buch blieb ein Buch, und Haschim begann darin zu blättern.

„Ihr erinnert Euch, Kara Ben Nemsi", sagte er beiläufig, während er die knisternden Seiten umwandte und die bräunlichen Zeilen der Buchstaben und die fleckigen Abbildungen überflog. „Ich suche ein Mittel, durch das wir Ahmar Al-Kadir seines geflügelten Pferdes entledigen können."

„Zunächst sollten wir beider habhaft werden", gab ich zu bedenken. „Gibt es ein Mittel, um sie aufzuspüren? Ich meine nicht den Mann, sondern das Pferd – wenn es denn so besonders ist."

„Es gibt Spürhunde für derlei Getier. Nicht anders als in der weltlichen Welt. Im Bereich der anderweltlichen Wesen, wie ich sie einmal nennen möchte, gibt es Geschöpfe, die wie ein englischer Pointer auf den Fuchs oder der deutsche Teckel auf den Dachs, jedenfalls auf Tiere abgerichtet sind, die sich nicht vor aller Augen in den Wäldern tummeln."

„Es gibt also Weidmänner oder Großwildjäger, die nicht auf Hirsche oder Elefanten aus sind, sondern auf…"

„Es gibt solche, die Trophäen jagen. Ihr habt selbst erfahren, dass der Giftstachel eines Mantikor ein begehrtes Gut ist."

„Ich erinnere mich, wenngleich ich nicht so recht weiß…"

„Seht es ohne Verwunderung oder Unglauben. Ob ein Indianer des südamerikanischen Regenwalds seine Jagdpfeile mit dem Gift eines Frosches bestreicht oder jemand seine Waffen in Mantikorgift taucht, ist doch nicht allzu verschieden."

„Nutzt das Gift des Mantikor gegen ein geflügeltes Pferd?", fragte ich eifrig. „Denn ich weiß ja, wo wir solches bekommen könnten." Natürlich wusste ich nicht, ob eine gewisse junge Dame namens Djamila den Stachel des Mantikor nicht bereits in Basra verkauft hatte. Oder sie ihn mir überhaupt zur Verfügung stellen würde.

„Nein, das Gift des Mantikor nutzt hier leider nicht." Haschim zeigte auf eine Seite, die er eben aufgeschlagen hatte. „Seht Ihr, kaum dass wir davon sprechen, habe ich die gesuchte Stelle gefunden. Wenn das kein Omen ist…" Er lächelte mich an. Wenn ich auch nicht vermochte, in seinen klugen Gesichtszügen so etwas wie Spott zu erkennen, vermeinte ich doch zu spüren, dass er sich ein ums andere Mal ein wenig über mich und meinen Unglauben amüsierte.

„Hier steht es", verkündete Haschim, „und ich hatte mich also nicht geirrt. Wir benötigen das Gift des Thrakischen Wurms, einer Drachenart, die vor langer Zeit in dieser Gegend, dem antiken Thrakien eben, ihr Unwesen getrieben hat."

„Drachen!", rief ich. „Ihr wollt mir tatsächlich von der Märchengestalt aller Märchengestalten erzählen, vom Monstrum und Widersacher so vieler alter Sagen und frommer Legenden!" Ich erinnerte mich an die Gürtelschnallen der albanischen Kriegerinnen mit ihrem Georgsemblem.

„Achje… der Thrakische Wurm war nur ein kleiner Drache", gab Haschim zurück. „Wenngleich größer als ein Pfeilgiftfrosch. Vielleicht habt Ihr von dem großen Waran gehört, der auf den Indonesischen Inseln lebt und von dem arabische Gewürzhändler durch die Einheimischen erfuhren. Auch er besitzt in seinem Maul tödliche Sekrete. Wenn Ihr nicht an die Wesen der Fabel glauben wollt, so mögt Ihr doch zustimmen, dass es das, was es heute gibt, auch früher gegeben hat."

„Gewiss", nickte ich. „Und daher rühren ja auch die Legenden. Vor hunderten Jahren haben die Chinesen in China große Urtierknochen ausgegraben und sie natürlich für die Überreste ihrer Drachen gehalten. Das war für sie durchaus eine Freude, weil Drachen in China als glückbringende Tier gelten. Aber in Europa sorgte es für Aufruhr, als vor dreißig Jahren einige britische Forscher ebensolche versteinerten Knochen entdeckten. Die Herren Mantell, Buckland und Owen. Letzterer prägte den Namen *dinosaurus*, welcher *schreckliche Echse* bedeutet. Zweifellos hatte ihn der Sagenwahn gepackt. Mir gerieten die sogenannten wissenschaftlichen Namen dann doch oft zu blumig."

„Ihr seid gut informiert, also dürften Euch doch die älteren Zeugnisse wie diese hier nicht allzu skeptisch machen. Es sind keine modernen, britischen Wissenschaftsjournale, aber das Äquivalent ihrer Zeit. Der Vorteil gegenüber jenen ist, dass die Kenntnisse darin nicht veralten, sondern ewig gelten. Fast ein wenig wie religiöse Texte."

„Diese werden aber immer wieder neu interpretiert und ausgelegt."

„Ihr braucht Euch keine Gedanken um Fabelwesen-Exegese machen. Ich habe die Erfahrung gemacht, dass diese Informationen nie trügen." Er klappte das Buch achtsam zu. „Ich weiß nun, an wen ich mich wenden muss. Ich werde also zunächst nach Norden reisen. Wir können uns später auf dem Weg nach Westen treffen. Im Land der Skipetaren."

„Woher wissen wir, dass uns die Spuren dorthin führen?"

„Das liegt nahe. Al-Kadir wird sich beim Schut befinden und der Schut wird sich trotz seiner Geschäfte auf dem gesamten Balkan doch dann und wann an seine alte Wirkungsstätte zurückziehen."

„Ich kenne seinen alten Karaul, den Wehrturm, den er bewohnte."

„Am Ende wird dies immer eine Möglichkeit sein, ihn zu finden."

„Und Ihr habt dann das Gift zur Hand. Statt also wie in der griechischen Sage der Held Bellerophon mit Hilfe des Pegasos das Ungeheuer Chimaira zu töten, nutzt ihr das Gift eines Drachen, um den Pegasos zu töten."

„Ich bin kein Held und habe nicht die Absicht, wie Bellerophon zu enden, geblendet und lahm."

„Und doch seid Ihr wie Bellerophon, und wie sein eigentlicher Name lautete, ein *Hipponoos,* ein ‚Pferdeversteher'."

„Nicht weniger als Ihr, Kara Ben Nemsi. Aber vermeiden wir die Vergleiche mit den griechischen Mythen und nennen wir das geflügelte Pferd Al-Kadirs nicht Pegasos. Ich bin davon überzeugt, dass es sich bei dem Flügelross um ein Windpferd handelt."

„Was ist ein Windpferd? Ich mag klassisch gebildet sein, kenne einiges an Literatur, und durch meine Reisen im Orient ist mir auch diese Kultur nicht fremd, aber dies …"

„Ein *Rüzgar Tayi,* wie die Türken es nennen, ist ein ‚Fohlen des Windes'. Laut der Legende, die zwar türkisch ist, wohl aber mongolische Wurzeln hat, ist das Tier ein Kind der Schamanin Chichek. Sie erschuf es durch Geisteskraft, um der Gewaltherrschaft des Khan zu entfliehen. Manche Quellen sagen, es habe keine Flügel, sondern acht Beine besessen, mit denen es durch die Lüfte rennen konnte."

„Oh!", warf ich ein, „Das wiederum erinnert mich sehr an Odins Ross Sleipnir. Ihr kennt vielleicht die germanische Mythe, die Religionssagen meiner Vorfahren, dass der oberste Gott, eben Odin, ein Schlachtross besaß, das acht Beine hatte. Ihr seht, wie sich die Märchen und Legenden doch Kontinente überspannend ähneln."

„Mit dem Unterschied, dass hier ein Gott und dort eine Schamanin als Besitzer genannt wird. Das ist aufschlussreich, nicht wahr? – Aber einerlei. Das Tier Al-Kadirs fliegt durch die Lüfte, wir haben Anzeichen dafür."

„Und besagtes Gift wird wirken?"

„Ja, wenn es ein Windpferd ist." Dann zögerte er. „Allerdings habe ich einen geringen Rest Zweifel. Es gibt noch eine andere Möglichkeit. Ich hoffe, es handelt sich nicht doch um einen Burak."

„Das klingt arabisch."

„Richtig. Es ist ebenfalls ein Ross mit Flügeln, aber es besitzt nicht das Haupt eines Pferdes, sondern ein Menschenantlitz."

„Dann kenne ich dieses Wesen – aus dem Werk Muhammad Ibn Ishaks, der ein Buch über das Leben des Propheten geschrieben hat."

Haschim nickte. „Dies wäre ein Wesen jener Art, auf dem der Prophet Mohammed, gepriesen sei sein Name, während einer Nacht von der Erde zum Himmel und wieder zurück flog und das ihn auch gemeinsam mit dem Erzengel Gabriel von Mekka nach Jerusalem getragen hat." Haschim legte eine Hand auf sein Herz. „Wenn das Tier also ein Burak ist – dann hilft auch nicht das Gift des Vermithrax, des Thrakischen Wurms. Und wir haben in ihm einen noch stärkeren Gegner. Denn es ist dann kein Tier mehr im eigentlichen Sinne und wir können es nicht töten. Es ist uns sogar verboten. Und jeder Versuch würde uns in die Dschehenna stürzen."

„In die Hölle?"

„In die Hölle, Kara Ben Nemsi. Wir könnten sagen, Al-Kadir stünde dann nicht etwa mit dem Scheitan im Bunde. Sondern er handelte mit dem Segen und nach dem Willen Allahs..."

Dreizehntes Kapitel
Schattenspiele

Wir stiegen aus der geheimen, unterirdischen Bibliothek. Ich bemerkte, dass ein wenig Sand an meinen Stiefelsohlen klebte, obwohl doch der Boden aus Lehm bestand. Ich schaute zurück und sah neben dem Tisch tatsächlich ein kleines Häufchen Sand, das ich zuvor nicht bemerkt hatte. Vielleicht hatte Ali dort etwas verschüttetes Öl bestreut, damit niemand darauf ausglitt – obwohl dies bei einem Lehmboden ... einerlei.

Ich war ein wenig ernüchtert, nachdem ich erlebt hatte, welche Bedenken Scheik Haschim bezüglich unserer Gegner hatte. Aber ich wollte mich nicht verdrießen oder gar abschrecken lassen. Die metaphysischen und wunderbaren Aspekte unserer Aufgabe wollte ich Haschim überlassen; für mich war es weiterhin die Jagd auf zwei Verbrecher – und diese waren Menschen, keine Fabelwesen. Es durfte mich nicht kümmern, auf welchen tatsächlichen oder eingebildeten Beistand sich der Schut und Al-Kadir beziehen mochten. Ich musste auf dem irdischen Boden der Tatsachen bleiben und die Schurken auf diesem irdischen staubigen Boden verfolgen. Um ihre Spuren aufzunehmen, war ich hier in Edreneh. Scheik Haschim würde uns jedoch verlassen und nach Norden reiten. Wir verabredeten uns für ein späteres Treffen, irgendwo auf dem Weg nach Westen. Haschim verkündete, dass er uns finden würde und notfalls Nachricht senden könnte. Dann verabschiedete er sich von mir und ebenso herzlich von Ali. Dieser hatte meine Miene bemerkt und sich nach meinem Befinden erkundigt. Ich sagte ihm, es läge an dem unerwarteten

Anblick der verborgenen Bibliothek und deren Atmosphäre. Es seien aber doch nur Bücher, entgegnete Ali, und er habe trotz deren Inhalts nie etwas Seltsames verspürt. Vielleicht sei ich etwas empfindsamer, weil ich selbst Bücher schrieb, statt nur damit zu handeln? Am Aberglauben mochte es wohl kaum liegen, denn er selbst sei nicht abergläubisch und es würde ihn doch sehr verwundern, wenn Kara Ben Nemsi dies wäre. Ich winkte lachend ab. Obgleich, fügte Ali an, er habe doch mit manchen seltsamen Menschen zu tun, die zu ihm kämen und Bücher kaufen wollten oder sie zum Verkauf anböten. Manche kämen aus weiter Ferne und in Person sehr eigentümlich daher. Vor einigen Tagen sei ein Geistlicher bei ihm gewesen. Ich war erstaunt! Ein Imam, der sich für angebliche Zauberbücher interessierte? Nein, meinte Ali, es sei ein Christ gewesen. Mir schien der Gedanke nicht weniger seltsam, einen orthodoxen Priester mit seinem schwarzen Gewand und seinem ehrenwerten hohen Hut, der mich immer an einen breiten Zylinder erinnerte, gebückt in dem unterirdischen Bücherraum stehen zu sehen. Keineswegs, erklärte Ali, es sei ein westlicher Christ gewesen, ein Mönch in schäbiger brauner Kutte und Kapuze. Er hatte ein Bündel Bücher dabei gehabt und wollte es zu Geld machen. Oder nein, er wollte sie vielmehr abstoßen, weil sie Erinnerungen bargen. Wie traurig, wo es doch Bücher waren, in denen der Name des Besitzers nicht nur hineingeschrieben, sondern mit einem kleinen Papierbildchen eingeklebt war. Gutes Papier zudem und gut bedruckt. Ali sollte diese unbedingt herauslösen und verbrennen, hatte der Mönch ihm aufgetragen. Ersteres habe er auch getan, aber zum Verbrennen seien sie zu schade gewesen. Er habe sie in einer kleinen Schachtel aufbewahrt. Diese und die Zettel darin wollte ich doch zu gern sehen, denn ich ahnte etwas. Und tatsächlich! In einer kleinen Schachtel befand sich ein kleiner Stoß Exlibris, die ein mir bekanntes Wappen und einen Schriftzug zeigten. Ein Schild mit zwei Buchstaben und einer Krone sowie dem Namen von Matteo Luis de

Rodriganda. Dies war der Mann, den ich als Bruder Rai-
mundus Antonius in seiner Einsiedlerklause im Felsenmeer
der Al-Badiya-Wüste unweit von Al-Kadirs Festung kennengelernt hatte. Er hatte Sandfüchse gejagt, die angeblich magische Tiere und die Familiare, also zauberische Vertraute,
des angeblichen Zauberers waren. Es war eine sehr seltsame
Begegnung gewesen. Und nun schien der Mönch und frühere
Adlige seine Behausung verlassen zu haben. Hier in Edreneh
hatte er seine Habseligkeiten verkauft. Wo er sich jetzt befand, wusste wohl nur er selbst, denn mit den Büchern und
seinem Namen darin hatte er seine letzte Spur getilgt oder
zumindest die Spuren seines früheren Lebens.

„Ja", sagte ich also zu Ali. „Eigentümliche Menschen.
Eigentümliche Bücher. Wie gut, dass du derselbe geblieben
bist."

„Ebenso wie Ihr, Kara Ben Nemsi", meinte Ali.

Wir lachten. Aber ich war mir nicht ganz sicher, ob Ali mit
seinen gutgemeinten Worten wirklich Recht hatte.

Dann hörten wir, wie sich im Haus nebenan die Tür öffnete
und Ikbala und Halef vom Markt zurückkehrten. Die Kinder
krähten und Abdi krähte mit, allerdings wörtlich und nicht im
übertragenen Sinn.

„Das ist wohl der Weckruf", sagte Ali.

Ich nickte. Und dachte in diesem Moment, dass ich in der
Nacht wohl von den Büchern in der Erde geträumt hatte. Mir
ist der Glaube an Wahrträume und vorausschauende Visionen
suspekt, aber hier blieb mir doch ein Zweifel. Und ich ertapp-
te mich selbst dabei, wie ich unbewusst meine Finger in die
Gürteltasche geschoben hatte, um den Musaddas darin zu berühren.

Im Haus begann Ikbala das Mittagsmahl zu bereiten. Sie
lehnte dabei freundlich jede Hilfe am Herd ab, die Abdi ihr
angeboten hatte. Sie meinte, er sei nützlicher, wenn er die
Kinder beschäftigen und erheitern würde, aber bitte nicht zu

sehr, sie sollten nach dem gemeinsamen Essen auch ein wenig schlafen.

Halef und ich zogen uns wiederum in eine Nische zurück, damit er mir vom Vormittag berichten konnte.

„Nun, Sihdi", sagte er, „abgesehen davon, dass meine liebe Frau Hanneh die Pflichten ihres Gatten niemals nur darin gesehen hat, nur Waren zu tragen und nicht einmal darum feilschen zu dürfen, war es ein angenehmer Besuch auf Markt und Basar. Besonders Letzteren konnte ich genießen, weil ich schlendern und schauen durfte – und nicht hetzen und rennen wie jüngst in Basra." Halef spielte damit auf den Beginn unseres jüngsten Abenteuers an, das in Basra seinen Anfang genommen hatte.

„Ich gehe davon aus", entgegnete ich, „dass du aber auch kein zweites wundersames Zelt erstanden hast, das in einer Perlentasche Platz findet. Oder etwas anderes?"

„Natürlich nicht", rief er und schaute kurz in die Ecke, in der unser Gepäck lagerte. „Aber das liegt auch an der Eigenheit dieses Basars und dieses Landes an sich. Denn, Sihdi, wahre magische und zauberische Dinge findet man nur in Arabien, dem Land von *alf-laila wa-laila*, dem Land von Tausendundeiner Nacht. Hier im Land der Osmanen ist davon nichts zu finden."

„Sagst du das, weil du selbst Araber bist und kein Türke? Oder weil du hier nicht danach geschaut hast?"

„Dass ich kein Türke bin, sondern Araber, ist ein Glück für mich. Dass es aber hier keine Magie und keinen Zauber gibt, ist das Unglück der anderen. Natürlich habe ich im Basar geschaut, ob es etwa so schöne nützliche Dinge gibt wie meine leuchtende Kugel." Wieder zeigte er auf unser Gepäck. „Aber es scheint hier tatsächlich nichts davon zu geben. Ich habe keinen Händler gefunden, der mir so etwas anbieten wollte. Es gibt vielerlei Waren, aber so etwas war nicht dabei. Nur die ganz normalen Dinge, von Kleidung bis zu nützlichen Gegenständen des Alltags. Die sehen allerdings ganz genauso aus wie überall, sind aber viel billiger."

Halef schaute kurz über die Schulter, dorthin, wo im Nebenraum Ikbala am Herd stand, und dann dorthin, wo Ali im Nebenhaus in seinem Laden saß. Dann sprach er etwas leiser weiter. „Ich glaube aber, dass das alles nicht die richtigen Dinge sind oder, und dieser Ausdruck wird dich als Dichter freuen, nicht die wahren Waren."

„Wie meinst du das, Halef?", fragte ich mit einem ehrlich amüsierten Lächeln.

„Dass vieles so hergestellt ist, dass es zwar aussieht wie Seidengewänder aus Sinu, das du China nennst, oder Teppiche aus Persien oder Uhren aus – al-Suwissa ..."

„Der Schweiz?"

„Der Schweiz, richtig. Und andere Sachen sind angeblich aus Inglisterra und Francia und so fort. Was ich also sagen will, ist, dass alles so aussieht, als sei es dorther, und es wird auch so angepriesen, aber daher stammt es nicht. Es ist nachgemacht. Und viel zu billig. Woran man erkennen könnte, dass es falsch ist, aber das kümmert die Leute nicht. Vor allem bei Stoffen und Kleidung. Es heißt, sie sei aus Francia und Italia, beste Qualität, aber das ist gelogen." Halef wackelte mit dem Finger. „Aber ich erkenne den Schwindel, weil ich von meinem Sihdi gelernt habe und von Lehrer Lohse!"

„Sehr gut, mein gelehriger Halef!", lobte ich. „Und da fällt mir etwas auf. Da habe ich doch in Stambul zufällig mit Sir David über die industrielle Textilproduktion gesprochen – schau nicht so, Halef, das ist schlicht das Verfertigen von Stoffen mit Maschinen statt Menschen – und auf dem Empfang in der Botschaft jenen Amerikaner kennengelernt, der sich eben aus diesem Grund in die Länder der Osmanen begeben hat. Da scheint es mir einen Zusammenhang zu geben."

„Vielleicht kann ich dir mit einem weiteren Stücklein für dein gedankliches Legespiel dienen, Sihdi", begann Halef. „Ich habe im Basar tatsächlich auch einen Stand gesehen, an dem zwei Männer Hosen und Jacken und Mäntel verkauften, deren Aussehen, also das der Kleider, mir doch sehr militä-

196

risch vorkam, obwohl keine Abzeichen daran waren. Und die Männer selbst, wenngleich in das gekleidet, was man Zivil nennt, hatten mir doch einen sehr soldatischen Ausdruck im Gesicht und Haltung im Körper. Und ich habe gehört, dort und in der Nähe, dass es tatsächlich Soldaten waren, die Uniformen verkauften. Aber nicht etwa alte, sondern neue. Und dies zu einem sehr niedrigen Preis. Angeblich, weil es so einfach sei, neue Kleidung zu bekommen, wenn man die alte als verloren oder verschlissen meldet. Seltsam, ich dachte immer, dann bekämen die Soldaten Ärger, eben weil es nicht ihre Sachen sind, sondern sie diese nur gestellt bekommen."

„Da scheint mir Betrug im Spiel zu sein."

„Das würde mich nicht wundern, Sihdi, denn die Männer waren Arnauten."

„Albaner", nickte ich. Der Begriff stammte aus dem Türkischen und bezeichnete die Skipetaren, welche in osmanischen Diensten im Militär dienten. Wir hatten selbst erlebt, was für brutale Gesellen dies waren. Ich will damit aber nicht die Skipetaren schmähen. Vielmehr waren die Arnauten so ruchlos, weil sie von den Osmanen schändlich behandelt wurden und dann ihre Wut an ihren Gegnern und Opfern ausließen. Den Osmanen waren sie als wilde Kämpfer somit durchaus dienlich. Warum sollten sich manche nicht ein Zubrot verdienen, indem sie militärisches Material veruntreuten, um diese nüchterne Formulierung zu bemühen, damit es nicht allzu moralisch klingt. Aber warum das osmanische Militär so freigiebig mit Kleidung war, schien mir eigentümlich. Da wollte ich mehr erfahren, auch weil ich so meine Vorahnung hatte.

„Ich denke", sagte ich also zu Halef, „dass es genau dies sein sollte, wonach wir uns heute weiter umhören. Wir haben zwei neue Entwicklungen in dieser Weltgegend. Es gärt zwischen den Völkern und Staaten; es droht Krieg. Das Militär rüstet. Es gibt seine Gelder aber für viel zu viele Uniformen aus. Wozu? Oder sind sie sehr billig? Wer stellt sie her? Das ist die eine Frage. Und die andere Entwicklung ist verborgen, nur wir wissen von ihr: Al-Kadir und der Schut planen ihren eigenen Krieg gegen die Osmanen. Wie wollen sie diesen führen? Direkt oder indem sie die Gegner der Reichs als Helfer nutzen? Das klingt nun nach großer Diplomatie und da hätten wir wohl besser bei den Diplomaten forschen können. Ich aber glaube, wir beginnen mit der kleineren Spur. Wir folgen dem Faden, der sich gezeigt hat."

„Einem Faden?", fragte Halef. „Von einer Uniform?"

„Dies auch, aber ebenfalls im übertragenen Sinne. Schau, Halef, es gibt da die Geschichte von einem Mann, der sich in ein Labyrinth begab. Das ist ein Irrgarten, aber nicht aus Hecken, sondern aus Steinmauern. Und der Faden …"

Am Nachmittag begaben Halef und ich uns ins Hamam, weniger um uns zu säubern, als vielmehr um zu plaudern und zu lauschen. Abdi begleitete uns nicht. Er hatte keine Lust auf diese Unternehmung. Er erläuterte es uns, indem er darauf hinwies, dass ihm sowohl das Dampfbad als auch die Schattenspielvorführung, die wir später besuchen wollten, durchaus bekannt waren. Er sei schließlich Türke und kein Araber oder Deutscher. Zudem wollte er lieber selbst als darstellender Künstler den Nachmittag und frühen Abend verbringen. Die beiden Kinder Alis und Ikbalas seien ein dankbares Publikum; warum sollte er also seinerseits irgendwo im Publikum sitzen?

Ich versuchte noch, Abdi die bevorstehende Aufklärungsarbeit schmackhaft und interessant zu machen, indem ich darauf hinwies, er könnte sich wie ein Geheimpolizist fühlen. Worauf er entgegnete, solcherlei heimlichtuende Menschen möge er ja gar nicht, er habe dann doch eher Geschmack am offenen Abenteuer gefunden. Ich wollte schon an meiner Argumentation zweifeln und mich selbst schelten, einen Themenbereich angeschnitten zu haben, der mir von einer gewissen Dame in einem Botschaftszimmer nahegebracht worden war, da griff Halef ein und sorgte mit einer unbedachten Bemerkung dafür, dass Abdi endgültig bei den Kindern bleiben wollte. Halef hatte mir argumentativ zur Seite springen wollen, indem er Abdi schmeichelte, dass seine großen Ohren doch die idealen Lauschvorrichtungen seien, mit deren Hilfe er uns durchaus unterstützen könnte.

Aber Abdi war beleidigt, schmollte und wünschte uns viel Vergnügen bei den kindischen Karascheklern. Sollten wir über den Tölpel Karagöz und die anderen Klischeefiguren lachen. Er, Abdi, würde sich seinen Applaus bei den Kindern der Gastgeber holen und dann etwas für seine Bildung tun und ein paar Bücher aus Alis Laden lesen. Wenn wir wiederkämen und zum Aufbruch riefen, um die Schurken zu jagen, dann sei er sogleich bereit. Bis dahin!

Nun gut. Halef und ich verließen das Haus allein und setzten unsere Pläne in die Tat um.

Im Hamam konnten wir unseren Wissensstand durchaus erweitern, was die Meinungen und Empfindungen der Bevölkerung anbetraf. Hier wurde, während es sich der Leib wohlergehen ließ und neben den Verspannungen der Muskeln sich auch die Zunge löste, über Geschäfte und Politik geplaudert, natürlich nur in dem Maße, wie man nicht befürchten musste, von der Konkurrenz oder der Geheimpolizei belauscht zu werden. In solchen Fällen hat es sein Gutes, dass ich durchaus erkennbar kein Osmane bin, selbst wenn ich allein ein Badeleintuch um die Hüften geschlungen habe. So hält man mich weder für einen örtlichen Geschäftsmann noch für einen Spitzel. Dass dies natürlich zu kurz gedacht ist, mag man den braven Menschen nicht anlasten, denn Wärme, Dampf und Seifenschaum sind dem kalten, klaren Gedanken eben doch abträglich, wenn diese wohlige Dreifaltigkeit den Besucher des Hamam umfängt.

Tatsächlich erfuhren Halef und ich also von den Besonderheiten des osmanischen Textilmarkts, der sich durchaus auch auf andere Geschäftszweige auswirkte. Viele profitierten von dem Übermaß an höchst günstiger Bekleidung, die von den Webereien eines Geschäftsmanns herrührte, der hier und da auf dem Balkan die fabrikmäßige Tuchproduktion betrieb, ganz nach britischem Vorbild. Und ebenso wurden aus diesen Stoffen auch Kleidungsstücke aller Art produziert, in großen Stückzahlen und nach genormten Maßen. Dies war eine sehr moderne Herangehensweise, sodass ich vermutete, dass es ein ausländischer Unternehmer sein musste, der dies begründet hatte. Die Einheimischen dienten nur als billige Arbeitskräfte, unter denen die Frauen und Kinder wohl die Mehrzahl stellten. Die osmanischen Geschäftsleute kümmerte dies natürlich wenig, da es sich bei den Geschundenen nur um balkanische Bergbewohner handelte. Dies sind nicht meine Worte, sondern die der äußerlich erwärmten und weichgekochten, innerlich aber noch immer kalten und rohen Personen, die ich im Hamam traf oder belauschen konnte.

In dieser Stimmung konnten mich auch die Schattenspiele nicht erheitern, zumal mir diese schon bei meinem vorigen Besuch in Edreneh nicht recht zugesagt hatten. Nachdem ich nun zuvor die in der Alchimistenküche des Dampfbads ausgezogene Quintessenz von unmenschlichem Geschäftsgebaren hatte schmecken dürfen, missfielen mir die groben Karikaturen der Karaschekler noch mehr. In Schattenrissen wurden dort Archetypen dargestellt, die eher kartesianisch als kantisch waren, also vom französischen Philosophen Descartes herrührend statt von Kant aus Königsberg, nämlich roh und anschaulich, von aller tiefgründigen Feinheit verschont, abgesehen von langer Erfahrung und genauer Beobachtung.

Die schwarzen Gestalten vor der rückwärtig erleuchteten Stoffwand waren so derb wie das Leder, aus denen die Silhouetten geschnitten waren, und die Konflikte handfest und hart an der Beleidigung. Es stritten die städtischen Istanbuler mit den bäuerlichen Anatoliern und der missliebige Kurde war der Prügelknabe beider. Araber und Iraner wurden geschmäht, nicht weniger als Griechen und Armenier. Natürlich lief alles auf dem Niveau eines deutschen Kasperletheater ab, besaß aber keine moralische Fabel, die dahinterstand, sondern allein allumfassenden und nur teilweise gutmütigen Spott. Figuren, die als Christen oder Juden erkennbar waren, wurden ob ihres Glaubens nicht weniger lächerlich gemacht als solche, die auffällige körperliche Merkmale aufwiesen, wie Bucklige, Stotterer oder die erbarmungswürdigen Geschöpfe, die man gemeinhin Irrsinnige nennt.

Nun, ich will nicht übermäßig moralisch sein und unangemessene Maßstäbe anlegen. Das türkische Schattenspiel ist keine französische, englische oder deutsche Schaubühne, auf der Shakespeare, Molière oder Kotzebue gegeben werden. Der Letztgenannte gerät, obgleich ein großartiger Dramatiker, in jüngster Zeit ungerechtfertigt in Vergessenheit. Der an unterhaltsamen Schauspielstücken Interessierte lasse sich nicht durch historische und politische Dinge, die mit Kotzebues Namen verbunden sind, Sand in die Augen streuen.

Wie auch immer, ich will nicht weiter Theaterkritik üben, denn meine strengen Urteile mochten, wie erwähnt, von den augenblicklichen Umständen und momentanen Empfindungen herrühren. Dass mir die zu den Spielen als Naschwerk gereichten *aiswasperwerdesi*, also Frucht-Gelées, wie schon zuvor nicht mundeten, mag dazu beigetragen haben. Um aber auch die andere Sicht der Dinge zu schildern, darf ich vermelden, dass Halef sich über die Schattenpossen prächtig amüsierte und bei den Süßwaren so verschleckt war wie eh und je.

Dann aber erhielt ich durch einen glücklichen Zufall auch noch einen Leckerbissen und ein Schauspiel nach meinem Geschmack. Als Halef und ich die Karaschekler verließen, trafen wir auf der Straße einen alten oder doch eher jüngeren Bekannten.

Durch die Gasse donnerte eine Stimme: „Wenn das nicht Old Shatterhand ist!"

Ich wandte mich um und sah einen beleibten Mann im hellen, gestreiften Anzug und mit ausladendem Hut auf mich zukommen. Ein großer, schlanker Mann mit schwarzem Gesicht und braunem Anzug mit Weste samt passendem Bowlerhut folgte ihm.

Lippard Lee Fontenoy, der Baumwollpflanzer aus Louisiana, packte meine Hand mit seiner feisten beringten und pumpte meinen Arm noch vehementer, als er es in der britischen Botschaft getan hatte. Sein Schnurrbart wippte, die Goldzähne blitzten, er war blendender Laune. „Wir treffen uns stets zu großartigen Gelegenheiten! Ich habe gerade einen Vorvertrag abgeschlossen. Sie dürfen mir gratulieren und auch sich selbst! Bald werden Sie und Ihre osmanischen Freunde…" Er blickte auf Halef, der empört dreinblickte, dann aber wesentlich interessierter den dunkelhäutigen Amerikaner musterte, welcher über ihn hinwegsah, was nicht allein an dessen Körperlänge lag. Fontenoy hatte bereits weitergesprochen. „…und auch der Rest Europas sich glücklich schätzen, Kleider aus bester amerikanischer Baumwolle zu tragen, gut geschneidert und gefertigt nach orientalischer Tradition und Wertarbeit. Das Alte und das Neue, eine nichts weniger als zukunftsträchtige Kombination!"

„Mister Fontenoy", begrüßte ich ihn, „es freut mich, dass Sie heiter sind. Nennen Sie mich doch Kara Ben Nemsi, mein amerikanischer Name soll auf dem amerikanischen Kontinent bleiben. Sie wissen doch: When in Rome…"

„…halten wir es wie die Osmanen, ganz recht!" Fontenoy lachte. „Ich habe in Istanbul erfahren, dass es Ost-Rom hieß, bevor die Osmanen es den Griechen abgenommen haben. But that's all greek to me. Oder kommt mir Spanisch vor, wie Sie wohl sagen würden. Wir haben den Mexikanern ja auch Texas abgenommen, remember the Alamo!"

„Sie sind ja wirklich blendender Laune", bemerkte ich nüchtern. Mir schien, dass Fontenoy dies nicht war. Deshalb vergaß er auch etwas die Höflichkeiten. „Das ist Hadschi Halef Omar, mein Freund und Gefährte", sagte ich also. „Wer ist Ihr Begleiter?"

Fontenoy schaute zur Seite, als bemerkte er erst jetzt, wer da neben ihm stand. „Ach, sicher", schnarrte er. „Das ist Beecher, mein Sekretär."

Der große Schwarze verbeugte sich leicht, ließ mich aber dabei nicht aus den Augen, die hinter den spiegelnden Gläsern seines Kneifers nicht ganz zu erkennen waren. Ich sah, dass er unter seinem Jackett einen Revolver trug, in einem kleinen Halfter, das sich unter der Armbeuge befand, wohl gehalten von einer Art Gürtelgeschirr um Nacken und Schultern. Ich hatte gehört, dass Glücksspieler, die an den Pokertischen der Schaufelraddampfer des Mississippi ihrer zweifelhaften Profession nachgingen, solcherlei Dinge trugen, aus Gründen, die man sich denken kann. Dass aber der Sekretär eines Geschäftsmanns eine verborgene Waffe trug, schien mir interessant. Denn in einem fremden Land offen eine Waffe zu tragen, bedarf gemeinhin einiger Papiere. Ich selbst besitze ein Dokument, einen sogenannten Ferman, welcher mir allerlei Genehmigungen und Vollmachten gewährt. Wer so etwas nicht bekommen konnte, tut gut daran, seine Waffen in seinem Quartier zu belassen, wenn er sich in der Stadt befindet. Zwar gibt es in jeder Stadt Örtlichkeiten oder Viertel, die man ohne Waffe besser nicht betritt, die Altstadt Edrenehs gehörte aber nicht dazu.

Dieser Mann schien mir keineswegs übermäßig furchtsam, wenngleich misstrauisch. Und so erkannte ich tatsächlich eine Regung seiner Mundwinkel, als ich ihm die Hand hinstreckte.

„Sehr erfreut, Mister Beecher."

Beecher ergriff meine Hand und dieser kurze Händedruck verriet mir viel über ihn. Zum einen spürte ich an seinem Mittelfinger die typische Schwiele, die den Schreibenden kennzeichnet, weil sie sich dort bildet, wo der Federhalter aufliegt. Ich gebe zu, und dies ist eine wertfreie und nüchterne Betrachtung, dass mir etwaige Tintenspuren an den Fingern der Schreibhand nicht so leicht erkennbar waren, als wenn der Mann eine hellere Hautfarbe besessen hätte. Gleichzeitig konnte ich neben dem umfassend kräftigen Druck noch zwei weitere Besonderheiten erfühlen, nämlich Schwielen an Zeigefinger und Daumen, die auf einen Mann hinwiesen, der sich sehr viel mit seiner Schusswaffe beschäftigte. Ich hätte mich nicht gewundert, wenn sich an der linken Handfläche jene Schrunde gefunden hätte, die den Westmann erkennen lässt, der die Kunst des *Fächelns* beherrscht, also die rasche Salve mit dem Revolver, bei der man den Hahn der Schusswaffe mit der linken Handkante spannt, statt mit dem Daumen der Rechten. Bei modernen Revolvern ist diese alte Technik nicht mehr zwingend nötig, um rasch zu schießen, es gibt aber Schützen, die jene beibehalten und zur Meisterschaft gebracht haben. Ich selbst hielt dies für meine Person nicht angemessen, zumal ich ja ohnehin meinen Henrystutzen bevorzuge, der eine solche Handhabung unnötig macht.

„Sehr erfreut, Mister Nemsi", sagte Beecher. Und dann schüttelte er auch Halef die Hand. Ein schönes Bild, wie sich Groß und Klein, Braun und Schwarz, Orient und Westen in Anerkennung begrüßten. Und ich war mir sehr bewusst, dass diese beiden Männer für Völker standen, die lange und oft unter jenen Völkerschaften hatten leiden müssen, zu denen Fontenoy und ich zählten. Ich versäume nie, bei solchen Gelegenheiten an diese Ungerechtigkeiten zu denken und meinen Teil dazu beizutragen, dass dergleichen nicht wieder geschehen möge. Fontenoy richtete seine Aufmerksamkeit aber allein auf mich. Er schien das Bedürfnis zu haben, sich zu erklären.

„Nicht dass Sie mir etwas vorwerfen wollten", sagte er zu mir. „Beecher stammt aus dem Norden und hat vorher nie für mich – gearbeitet."

Ich winkte ab. In diesem Zustand wollte ich mit Fontenoy keine heiklen Themen diskutieren. „Er ist Ihnen sicher ein guter Sekretär – und wohl noch mehr."

Fontenoy lehnte sich vor. „Ein blendender Schütze. Ich habe ihn zu meiner Sicherheit." Dann blitzte er mit seinen Zähnen. „Zwei Angestellte zum Gehalt von einem!"

„Da Sie wieder beim Geschäftlichen sind…"

„Richtig", rief Fontenoy. „Ich weiß jetzt den Namen des Mannes, den ich Ihnen in der Botschaft nicht genau nennen konnte. Er ist kein Deutscher, er heißt nicht Wertheim, sondern Verde und ist Spanier. Keine Ahnung, wie der dazu kommt, Geschäfte mit den Osmanen oder auf dem Balkan zu machen – aber nun, ich bin ja auch hier!" Er lachte und stieß seinen Pelikanstock auf den Boden. „Aber nicht mehr lange! Denn ich bin zu einer, wie heißt es so schön, Werksbesichtigung eingeladen. Eine kleine Überlandpartie! Nach Westen ins Gebirge, in die Gegend von – Rom, Rom, schon wieder irgendetwas mit Rom…"

„Ostromdscha?", half ich ihm und dies war der Augenblick, wo ich wusste, dass der Besuch der Schattenspiele sich gelohnt hatte.

„Ja, das war es! Alles hat hier mit Rom zu tun. Es soll ja hier auch ein Rumänien geben."

„Der Grund, auf dem Sie hier stehen, wird auch Rumelien genannt."

„Sehr seltsam, in der Tat. Aber was kümmert es mich. Ich will Geschäfte machen. All diese Worte sind doch eher etwas für Sie, der Sie schreiben. Mein Sekretär Beecher hier schreibt erfreulicherweise wenig Worte, sondern viele Zahlen. Und wenn ich mir die Bemerkung erlauben darf, nur sehr wenig rote, sondern immer schwarze! Ha-ha!"

Fontenoy schaute stolz in unsere kleine Runde und wir lächelten höflich. Auch Beecher, der solche Bemerkungen wohl gewöhnt war. Er strich die Jacke über seinem Revolver glatt. Ich wusste nicht, ob Halef die Bewaffnung des Mannes bemerkt hatte, aber er selbst klopfte mit dem Daumen auf den Griff seiner Kurbatsch, die ihm wie immer im Gürtel steckte. Dabei wechselte er mit Beecher einen Blick, den ich sehr gut kannte. Es war jener Blick, den Bedienstete untereinander austauschen, wenn sie das Benehmen ihrer Herrschaften kommentieren wollen. Interessanterweise tauschen auch Ehefrauen diesen Blick untereinander aus, wenn es um ihre anwesenden Gatten geht. Ohne hier zu großes Augenmerk auf Beschäftigungs- oder Abhängigkeitsverhältnisse zu richten, scheint mir dies menschlich doch sehr bedeutsam. Ich hoffte, Halef würde diesen Blick nie meinetwegen aussenden. Aber es war ja so, dass Halef mir alles, was ihm an mir missfiel, durchaus ins Gesicht sagte. Das war mir lieber als jeder Blick und jedes Tippen auf den Knauf der Kurbatsch.

„Nun, dann wünsche ich Ihnen eine gute Reise", sagte ich. „Und natürlich gute Geschäfte. Vielleicht treffen wir uns das nächste Mal in der deutschen Botschaft oder der amerikanischen."

„Großartige Idee, Old... – Mister Nemsi!" Fontenoy pumpte meinen Arm, nickte zu Halef hin, nannte ihn *Mister Omar* und winkte dann Beecher zum Aufbruch. Beecher nickte mir und Halef zu, wir entgegneten den knappen Gruß. Schließlich bot Fontenoy uns noch einmal einen Salut, indem er mit seinem Pelikanstock gegen die Hutkrempe tippte, dann stolzierte er, beleibt und gestreift wie er war, die Straße hinunter. Beecher schaute noch einmal über die Schulter zu uns zurück, dann folgte er seinem Boss, wie man in Amerika einen Vorgesetzten und Brotherren nennt. Dass diese Bezeichnung aus dem Niederländischen stammt, sei mir als Anmerkung erlaubt, und sei es nur, um der Vielzahl an Völkerschaften, die in diesem Kapitel genannt wurden, aus Freude an der Vielfalt noch eine weitere hinzuzufügen.

Und noch bevor ich auf die neugierige Frage Halefs umfassend antworten konnte, warum es in Amerika Afrikaner gäbe, diese aber offenkundig weder wilde Krieger noch brave Eunuchen seien, kam es zu einer weiteren Begegnung auf den Straßen Edrenehs, wenngleich diese weniger überraschend war als jene mit Fontenoy. Als wir um eine Häuserecke bogen und einen winzigen Platz mit einem Brunnen darauf erreichten, sahen wir auf der gemauerten Umfassung eine Person sitzen, mit übergeschlagenen Beinen, auf einen Arm gestützt leicht zur Seite gelehnt und in der Hand des anderen Arms eine dünne Zigarre zu den Lippen führend. Mit einem spöttischen Lächeln kamen Worte aus diesem Mund, kaum nachdem der Tabakrauch sich verzogen hatte.

„Kara Ben Nemsi!", rief Qendressa. „Sind Sie so nett und begleiten mich nach Hause?"

Vierzehntes Kapitel
Farbenlehre

Es war nun durchaus naheliegend gewesen, Fräulein Qendressa irgendwo und irgendwann in Edreneh über den Weg zu laufen. Dass sie aber wie eine Spinne im Netz der Gassen hockte und auf uns wartete, hätte ich nicht erwartet. Allerdings waren Halef und ich wohl die Einzigen, die etwas verwundert waren, denn alle anderen Passanten und Flaneure oder, um es nüchterner zu formulieren, alle braven Bürger der Stadt und die Gäste, die sich mit uns in diesem Teil der Altstadt mit ihren schmucken, bunten Holzhäusern über die lehmigen, aber trockenen Gassen bewegten, schienen die junge Dame gar nicht zu bemerken. Der geneigte Leser wird sich nun denken: Allerhand! Eine Frau, ohne Begleitung und allein? Eine Frau, die raucht? – Und diese wird von keinem Auge empört oder ungläubig angestarrt? Was sind das nur für Sitten im Orient, da geht es bei uns in Europa aber ganz anders zu! Oder haben wir uns geirrt? Waren nicht gerade im Orient die Sitten so viel strenger als bei uns?

All diesen Menschen darf ich sagen: Sie haben völlig Recht und irren sich nicht, weder in ihrem Wissen noch in ihrem Empfinden. Und doch möchte ich an eines erinnern: Die junge Dame Qendressa bot dem flüchtigen Auge des Vorbeischreitenden doch überhaupt nicht den Anblick einer jungen Frau! Sie trug noch immer ihre Reisekleidung oder doch eine sehr ähnliche Garnitur. Und sie trug das Haar auch noch immer kurz – wie auch sonst, denn wie hätte sie es in solch kurzer Zeit denn verlängern können? Es gab meiner Kenntnis nach im Wilden Westen zwar einige Herren, die ihren kahlen

Kopf mit dem künstlichen Skalp bedeckten, aber im Allgemeinen war die Zeit der Perücken ja nun vorüber, ob mit langen Locken oder kurzem Zopf, ob bei Damen oder bei Herren. Und dieses letzte Wort war der Schlüssel: Man hielt die Dame Qendressa schlicht für einen Herrn! Oder doch zumindest einen Mann. Und einem solchen sieht man es im Morgenland wie im Abendland nach, wenn er sich auf einer Brunnenbrüstung lümmelt und eine Zigarre schmaucht, zumal wenn es sich um einen jungen Mann handelt, der sich offenkundig in jenem Alter befindet, das man die Flegeljahre nennt.

Halef und ich gingen also auf den Brunnen zu, schlendernd, als wollten wir uns einen kühlen Trunk gönnen oder zur Erfrischung die Hände benetzen.

„Zonjusch Qendressa", grüßte ich. „Guten Abend." Es war nämlich schon spät geworden, der Nachmittag hatte sich dem Ende zugeneigt und die Sonne stand merklich tief. Mir stand der Sinn aber nicht nach Geplauder. „Wo sind denn Ihre Amazonen?"

„Sie dürften doch bemerkt haben, dass meine Löwinnen ganz offensichtlich keine Amazonen sind…", gab Qendressa zurück und ich empfand ihr Lächeln als ein wenig anzüglich, zumal sie auch Halef damit bedachte. Der verschränkte die Arme und schwieg. Er wollte wohl, dass ich das Gespräch allein bestritt, oder war sich nicht ganz sicher, worüber wir da sprachen, zumindest bis Qendressa weiterredete.

„…denn sie tragen keine griechischen Bögen, sondern italienische Gewehre. Oder dachten Sie, ich spiele auf etwas anderes an?" Sie verzog das Gesicht zu einer Grimasse und tippte die Asche von ihrer Zigarre.

„Es sind wohl eher schweizerische Gewehre", merkte ich an. „Zumindest ein italienischer Nachbau."

„Ein Kenner", nickte Qendressa. „Wenn nicht bei Frauen, so doch bei Waffen." Sie winkte ab, bevor ich etwas entgegnen konnte. Ich hatte aber an ihrem Blick sehr wohl erkannt, dass sie wiederum ein freches Grinsen Halefs durchaus bemerkt hatte, von dem er offenbar glaubte, ich würde es nicht sehen.

Qendressa lächelte. „Es ist so eine Sache mit Begleitern. Ihr Freund, der Hadschi, ist so angenehm unauffällig. Ich hingegen würde doch einiges an Aufmerksamkeit erregen, wenn meine beiden Löwinnen mich begleiteten."

„Und Sie vermeiden die Aufmerksamkeit?", sagte ich mit mildem Spott.

„Aber natürlich, schauen Sie mich doch an! Trauen Sie sich ruhig!"

„Es fehlt mir keinesfalls an Mut. Kaum weniger als Ihren Löwinnen. Aber diese scheinen ihrer Rudelführerin nicht recht treu zu sein."

„Ich bitte Sie!", lachte Qendressa. „Führen Sie doch nicht so große Worte wie Mut und Treue ins Feld! Ich habe den beiden schlicht freigegeben. Sie brauchen ihren Freiraum, sonst beginnen sie zu brüllen und zu kratzen. Ganz im Gegensatz zu mir." Sie schaute mich über die Zigarre hinweg an und machte dann große Augen. „Oh! Kara Ben Nemsi, Sie sorgen sich um mein Wohlergehen? Das schmeichelt mir…" Sie blies einen Rauchstrahl über ihre Schulter hinweg, um mich nicht damit zu treffen. „Aber ich bin wirklich alt genug, um selbst auf mich aufzupassen."

Ich fragte mich, ob sie damit meinte, dass sie an ihrem Gürtel, verdeckt von der hüftlangen Jacke, einen Revolver im Halfter trug. Die Gürtelschnalle trug das Bild des Heiligen Georg und war ein kleineres und weniger auffälliges Pendant zu jenen, die ihre Löwinnen trugen.

„Dennoch möchten Sie", entgegnete ich, „dass ich Ihnen Geleit anbiete."

„Aber nein", gab sie zurück. „Ich wollte fragen, ob Sie einen Spaziergang zur Gazi-Moschee machen wollen. Dort habe ich in der Nähe Quartier genommen. Und auf dem Weg können Sie mir erzählen, warum Sie mir nach Edreneh gefolgt sind."

„Wir sind Ihnen nicht gefolgt. Sie haben uns auf der Landstraße überholt."

„Aber Sie wussten, dass ich nach Edreneh reisen wollte, während Sie davon nichts erwähnt haben, als wir…" Sie schaute zu Halef, schaute wieder zu mir. „Oder verrate ich zu viel gegenüber Ihrem Gefährten?"

„Er ist im Bilde", vermeldete ich knapp.

„Ich weiß alles", nickte Halef mit noch immer verschränkten Armen.

„Recht so", meinte Qendressa, „belassen wir es dabei." Sie drückte die Zigarre am Brunnenrand aus und sprang sehr elegant und geschmeidig auf den Boden. Sie schloss einen Knopf ihrer Jacke. „Ich bin angezogen. Gehen wir." Sie zeigte den Weg und die Geste beinhaltete ebenfalls, dass sie mir den Vortritt lassen wollte.

„Ich gehe voran", rief Halef. Sein Blick sagte mir, dass er so vermeiden wollte, weiterhin die junge Dame anschauen zu müssen. Vielleicht hoffte er auch, dass er sie nicht weiterhin anhören musste.

Qendressa schaute mich an. „Er scheint mich nicht zu schätzen. Warum nur?"

„Er ist andere Frauen gewohnt."

„Harmlose Weibchen am Herd?"

„Tapfere Beduininnen. Er ist mit einer verheiratet. Und seine Schwiegermutter ist eine wahre Kämpferin."

Qendressa seufzte. „Dann muss er mich ja für langweilig halten. Ich jage nur Knochen hinterher."

„Haben Sie die Spur von Skanderbeg aufgenommen?", fragte ich durchaus interessiert.

„Sie klingen, als hielten Sie mich für einen Hund…"

„Zonjusch Qendressa", sagte ich höflich, aber streng, „unterlassen Sie doch die Spitzfindigkeiten und vor allem die Scherze. Ich möchte wirklich etwas von Ihrer Mission erfahren."

Qendressa schaute mich an. „Da haben Sie eine sehr bedeutsame Bezeichnung gewählt."

Sie legte den Kopf schief und nickte. „Ja, ich befinde mich wohl auf einer Mission."

„Dann berichten Sie, während wir uns vorwärtsbewegen. Das gehört zu einem Spaziergang. Sie wollten einen solchen."

„Sie haben Recht wie immer, Kara Ben Nemsi. Gehen wir! Ihr Gefährte ist schon so weit vorgegangen, er wirkt ganz klein."

Ich atmete ruhig weiter. Es würde ein anstrengender Weg werden.

Wir wandten uns also in Richtung der Gazi-Brücke. Qendressa war ein wenig ernster und sachlicher geworden, was ihre Worte und Gespräche anbetraf. Die Sache Skanderbeg lag ihr am Herzen, wenngleich sie selbst diesen Begriff gewählt hatte, der mir doch einen sehr akademischen, wenn nicht gar juristischen Anklang hatte. Aber das traf ja vielleicht auch zu. Qendressa berichtete, dass sie tatsächlich einige Personen ausfindig gemacht hatte, die Reliquien besaßen, welche aus Skanderbegs sterblichen Überresten bestanden. Natürlich wurden diese Reliquien als Glücksbringer bezeichnet und dienten nicht dem Andenken Skanderbegs als Kämpfer gegen die Osmanen, sondern vielmehr als Trophäe aus dem Leib eines Besiegten, da auch dieser nicht die Eroberung hatte aufhalten können. Dies mochte ein verquerer Gedanke sein, so als ob im heidnischen Rom die Gebeine der frühen Christen als Talismane verwendet worden wären. Aber nun, was wissen wir schon von der Geschichte? Der große Althistoriker Theodor Mommsen hat in seiner Geschichte Roms die Schicksale und Ereignisse nur bis zum Ende der Republik und dem Ende Cäsars dargestellt. Seit zwanzig Jahren wartet der historisch Interessierte nun auf eine Fortsetzung, die sich mit Kaiserreich und Christentum befassen würde, doch der Herr Professor Mommsen widmet sich allzu sehr der Lehre und weniger der Forschung, steht hinter dem Katheder und sitzt nicht hinter dem Schreibtisch. Zudem ist er politisch tätig. Seine Ansichten sind zwar ehrbar, aber wenn er weitere Bände seiner *Römischen Geschichte* verfasste, würde ihm das sicher mehr Ruhm in der Nachwelt bringen, und der Leser hätte auch etwas davon. Diesen Diskurs flocht ich übrigens genau so in meine Unterhaltung mit Fräulein Qendressa ein. Und anschließend fragte ich sie, was sie denn zu tun gedächte, jetzt, wo sie wüsste, wo dieses und jenes von Skanderbegs zerstückeltem Skelett zu finden sei, wobei ich meine Frage selbstverständlich pietätvoller formulierte.

„Ich werde", sagte sie, „bei den Herrn vorsprechen und sie um Aushändigung bitten."

„Das freut mich zu hören", entgegnete ich. „Solange Sie nicht nächtens in die Häuser der Adrianopolitaner und Edreniten hineinklettern und dort die geschichtsschweren Gebeine – stehlen."

„Aber nicht doch", empörte sich Qendressa gespielt. „Als wenn ich jemals Gebeine gestohlen hätte. Zudem sind die hiesigen Häuser viel zu niedrig und hölzern dazu und stellen überhaupt keine Herausforderung dar – wenn ich denn eine wollte!"

„Wie gut", gab ich zurück, „dass ich Sie mittlerweile einigermaßen einschätzen kann, Zonjusch Qendressa, und weiß, wann Sie wieder einmal scherzen."

„Ich scherze nicht, es ist mir ernst. Es geht mir doch nicht allein darum, die Gebeine Skanderbegs zu besitzen und irgendwie an mich zu bringen. Nein, hier ist auch der Geschäftsweg bedeutsam, wenn Sie so wollen. Die Herrn mit den Talismanen sollen sie abgeben, im vollen Bewusstsein, was sie da besaßen und dass es Unrecht ist – in Hinblick auf ihren Glauben, der solcherlei verbietet und in Hinblick auf die Gefühle eines Volkes."

„Für Letzteres wird man Ihnen kaum Verständnis entgegenbringen."

„Nicht mir, Kara Ben Nemsi. Sondern den Ansichten der Hohen Pforte und dem Britischen Königreich. Ich besitze

Fermane und *authorization papers* von höchster Stelle ausgestellt, die mich zu allerlei ermächtigen und mir die Konfiszierung solcherlei Materials gestatten."

Ich war erstaunt. „Dass die Briten einigen Einfluss auf die Osmanen haben, weiß ich wohl. Aber dass die Italiener die Briten zu so etwas bewegen können…"

Qendressa ignorierte diesen Einwand und schaute mich keck an. „Ich habe sozusagen einen Kaperbrief, Kara Ben Nemsi. Wie damals Sir Francis Drake von Queen Elisabeth. Aber natürlich musste ich dafür Queen Victoria keine Avancen machen."

„Es war der Earl of Essex, nicht Francis Drake, der sich der Königin auch im Privaten andiente. Und bedenken Sie, dass die Queen ihren Kaperfahrer später auch fallen ließ."

„Ich komme stets mit allen vier – zwei Beinen auf, machen Sie sich keine Sorgen."

„Das mache ich nicht."

„Was machen Sie dann?", fragte Qendressa und ich begriff nicht ganz, bis sie nachsetzte. „Ich meine, hier und jetzt. In Edreneh? Sie wollen mir kaum auf meiner *Mission* helfen."

„Nun, Halef und ich…" Ich sprach Halefs Namen laut aus, damit er endlich von seinem kindischen Verhalten Abstand nahm und die Distanz zwischen mir und Qendressa wieder verringerte. Er war die ganze Zeit etliche Schritte vor uns gegangen, hatte hier ein Haus, dort einen Laden und die verschiedenen Entgegenkommenden betrachtet, wobei er mit den Fingern auf dem Griff seiner Kurbatsch getrommelt hatte. Nun mochte es aber gut damit sein! Tatsächlich wandte er sich um und seine Miene war zunächst noch etwas beleidigt, erhellte sich dann aber, und er ließ sich zurückfallen und ging neben mir weiter. Ich nickte ihm zu und beantwortete die mir gestellte Frage.

„Wir sind einigen ungehörigen Dingen auf der Spur. Es geht um Betrug und schäbige Machenschaften." Ich blieb bewusst vage. Zum einen wollte ich keine spitzfindigen Kommentare hören, zum anderen lehne ich es ab, Menschen, die ich erst kurze Zeit kenne, all meine Pläne zu enthüllen. „Aber bevor Sie mich erneut für einen Spitzel halten, Zonjusch Qendressa, all diese Sachen sind rein persönlich."

„Ein Mann, der auf Rache aus ist", summte Qendressa. „Das ist sehr männlich."

„Nicht weniger als für sein Volk zu kämpfen, und ginge es auch nicht um Land und Freiheit, sondern um Stolz und Selbstverständnis."

Qendressa hob die Hand. „Ich nehme meine Worte zurück. In der Tat ist Rache sehr weiblich. Und sei es nur auf dem Papier, nicht wahr?" Sie schrieb mit dem Finger eine Wellenlinie in die Luft. Warum sie nun grammatikalisch wurde, erschloss sich mir nicht.

„Aber sagen Sie, Kara Ben Nemsi, falls Sie bestimmte Personen suchen, hier in Edreneh – fragen Sie mich doch nach jenen. Ich habe hier ja auch meine Erkundigungen eingeholt und kenne mich recht gut aus."

Das war mir nun gar nicht recht. Aber wenn ich schweigen oder die Antwort ablehnen würde, wäre das wohl verdächtig. Aber noch ehe ich den Mund öffnen konnte, kam Halef mir zuvor.

„Der Sihdi und ich wollen Freunden helfen, die betrogen worden sind. Es gibt da einen Kaufmann Asfar und einen Kaufmann Ahmar, beides Araber, die in Kairo ihr Geschäft haben. Sie haben hier einen Handelspartner aus Asbania, aus Spanien, der Verde heißt. Den wollen wir finden. Und alles friedlich und gütlich regeln." Halef nickte langsam und schaute mit bravem Gesicht einher. Ja, mein Halef ist schon ein gewiefter Denker und ein Schauspieler dazu.

Qendressa wiegte den Kopf. „Sehr weitreichende Geschäfte. Ja, die Welt wird immer kleiner. Wenngleich manche sie gerne größer haben wollen. Zumindest ihre eigene." Ihre Augen waren schmal geworden. Dann lächelte sie. „Aber es ist auch amüsant, wie farbig die Welt des Handels ist."

„Warum das?", fragte Halef. Und ich ahnte plötzlich, dass er einen Fehler gemacht hatte. Er war davon ausgegangen, dass Qendressa zwar Türkisch, aber kein Arabisch sprechen würde, und hatte den Namen des Schut in der anderen Sprache verwendet, während er Al-Kadir mit jenem Namen versah, den Scheik Haschim diesem gegeben hatte. Und beide Worte bezeichneten die Farben, welche jene beiden Schurken sich als Kennzeichen gewählt hatten oder hatten wählen müssen, weil der Schut nach einer Krankheit ein verfärbtes Gesicht besaß.

Qendressa tupfte mit dem Finger in die Luft. Ich fand diese stechenden Gesten etwas unangemessen, aber sie unterstrich damit die einzelnen Worte.

„Weil die beiden Männer in Kairo *Gelb* und *Rot* heißen und der Spanier zu alledem *Grün*. Ob im Spanischen oder Italienischen: *Verde* heißt Grün. Diese Herren machen nicht zufällig in Wandfarbe oder Malerutensilien oder bunten Stoffen und Tuchen?"

„Nein", sagte ich rasch, denn Letzteres war mir zu nahe an der Wahrheit. „Getreide."

„Ach, richtig", meinte Qendressa. „Damit lässt sich weitläufig handeln, da sind Ländergrenzen und Entfernungen nichtig. Ich habe von einem französischen Kaufmann gehört, der seinen Geschäftsort und seinen Familiensitz in Albanien hat, in Shkodra, das Sie wohl als Skutari kennen. Er ist sehr bekannt dort; er heißt Galingré."

„Erfreulich, wenn dieser Mann Erfolg hat", entgegnete ich vage und auch Halef nickte. Ich war froh, dass wir nicht direkt nach dem Franzosen gefragt wurden und ihn so auch nicht verleugnen mussten. Denn wir waren mit der Familie Galingré sehr gut bekannt und durch Abenteuer verbunden. Wir hatten vor zwei Jahren den Tod eines Familienmitglieds gerächt. Die Ereignisse hatten überhaupt erst zu unserer Konfrontation mit dem Schut geführt. Doch darüber musste ich schweigen, denn ich wollte nicht über die Galingrés mit dem Schut in Verbindung gebracht werden. Wenn man in Albanien und darüber hinaus Galingré kannte, wusste man auch von seiner tragischen und schicksalhaften Verbindung mit dem Schurken. Ich misstraute Qendressa nicht, aber war gewarnt – von meinem eigenen Empfinden und meiner Erfahrung her und natürlich von den klugen Worten Scheik Haschims. Wer wusste schon, wer uns in welcher Maske belauschte.

Qendressa lächelte und winkte ab. „Aber Sie sind ja kein Handelsreisender. Und wie Sie mir früher gestanden, ist Ihre Verbindung mit Albanien nicht sonderlich eng. Auch was die Sprache betrifft. Lassen Sie mich Ihnen also einen kuriosen Umstand mitteilen, auf dass Sie von mir unterhalten und belehrt werden, ganz nach dem Ideal des Horaz. Also: Besagter spanischer Kaufmann Verde ist als Spanier ein *grüner* Mann. Wäre er hingegen Albaner, ein Skipetar, dann wäre er in seiner Muttersprache ein *gelber* Mann. Denn *verdhë* bedeutet auf Albanisch: *gelb*." Sie lachte. „Wer hätte gedacht, dass es so amüsant ist, Sprachen zu vergleichen!"

Ich fand dies nicht amüsant. Stattdessen war mir ein schrecklicher Verdacht gekommen. Was, wenn Halef die ganze Zeit Recht gehabt hatte, was den spanischen Kaufmann in der britischen Botschaft betraf? Jenen angeblichen Señor Verde, dessen Namen wir von Mister Fontenoy wussten, den Halef aber zuvor für den Schut in Maskierung gehalten hatte, selbst wenn dies auf einem Missverständnis beruhte. Was, wenn dieser Mann tatsächlich der Schut war, der wiedererstandene Schut, in Verkleidung und verändertem Äußeren? Es würde wohl eine Bestätigung für unsere Vermutungen liefern und eine anfängliche Enthüllung seiner Pläne bieten. Was, wenn der Schut jener Unternehmer war, der billige Kleidung herstellte? Er würde damit Geld verdienen, viel Geld, das er für seine Umsturzpläne benötigte. Und die arme Bevölkerung wüsste er auf seiner Seite. Denn die einen profitierten von der wohlfeilen Kleidung, mit der sie ihre dürren Leiber bedecken und wärmen konnten, ohne allzu viel ihres kaum vorhandenen Geldes dafür auszugeben. Denn der Mensch hat nicht nur leibliche Bedürfnisse, sondern auch seine Würde, wie schon der Dichter Gottfried Keller in seiner parabelhaften Erzählung darzulegen wusste, die den treffenden und mittlerweile sprichwörtlichen Titel „Kleider machen Leute" trug. Auch der Ärmste möchte nicht wegen seiner schäbigen Bedeckung geschmäht werden; und wann hätte ein adrettes Äußeres nicht zum Erfolg geführt? Ich spreche nicht von Samt und Seide oder Uniformen, nein, ein sauberes Hemd hat schon bei Ämtern, Behörden und auch Dienstherren und Arbeitgebern stets zu besserer Behandlung und erfreulichen Ergebnissen geführt. Jenem kleiderspendenden Wohltäter wäre das Volk dankbar. Und jene, die bei ihm Arbeit gefunden hatten noch zudem, mochte er sie auch ausbeuten, was vielleicht gar nicht so sehr durch schlechte Behandlung und schlechte Bezahlung zu erkennen wäre, zumal nicht von den Betroffenen, sondern nur vom Außenstehenden, der den Vergleich besitzt. Wie auch immer, um ein Volk für sich einzunehmen und es zum Aufstand gegen die Besatzermacht zu bewegen oder aufzuwiegeln – dafür war die Maske eines Geschäftsmanns nicht die übelste. Der Schut, Kara Nirwan, war ja Pferdehändler gewesen, bevor er seine Bande aus Räubern und Verbrechern anführte. Vielleicht hatte er sich jetzt, nach seiner Wiedergeburt, wie ich sie nur nennen möchte, weil er sie wohl als eine solche empfand, darauf besonnen, dass man als ruchloser Räuber und Verbrecher in gewissem Rahmen einen Erfolg haben kann, dieser jedoch auch seine Grenzen hat, weil man vom Gesetz und von Menschen wie mir verfolgt wird. Aber als angesehener und erfolgreicher Geschäftsmann kann man noch viel mehr erreichen, wenn man sein Verbrechertum verbirgt und buchstäblich hinter einer ehrenwerten Maske agiert.

Ich schaute Halef an, der all dies in jenem Moment wohl auch begriffen hatte. Doch in seinem Gesicht sah ich nicht den kecken Ausdruck, den er sich zu anderer Gelegenheit erlaubt hätte, verbunden mit den kessen Worten: *Siehst du, Sihdi, ich habe es schon zuvor gewusst!* – Nein, die Erkenntnis, die uns nun ereilte, war zu schwerwiegend; hier war es nicht angebracht, naseweis zu sein. Stattdessen war Halef blass geworden. Und ich hatte wohl auch meine gesunde Gesichtsfarbe verloren, eine unschöne Spielerei des Schicksals, wenn man bedachte, dass es hier um den ungesund aussehenden Schut ging, der nun wieder frisch und munter daherkam.

Qendressa musterte mich. „Ihr seht nicht gut aus, Kara Ben Nemsi", sagte sie ohne jeglichen spöttischen Unterton. „Wir haben wohl nicht den gleichen Sinn für Humor." Sie wies mit der Hand den Weg zurück, den wir gekommen waren. „Oder waren es die Konfekte und Gelées, die Ihnen auf den Magen geschlagen sind? Sie hätten sich besser an die anderen örtlichen Speisen halten sollen. Die gebratene Leber mit Pfefferschoten ist…" Sie legte die Hand an die Lippen. „Ich sollte wohl nicht vom Essen reden, wenn Ihnen nicht wohl ist." Dann schaute sie sich suchend um. „Aber vielleicht gibt es einen Hekim oder Arzneienhändler in der Nähe, der Ihnen ein Magenpulver verkaufen könnte?"

Ich fand Qendressas Sorge rührend, wenngleich ich den leicht spöttischen Ton in ihrer Stimme nun durchaus bemerkte. Halef tat das nicht und schaute mich mitleidig an, weil er glaubte, ich wäre wirklich unpässlich. Er hatte auch sogleich eine Erklärung.

„Das kommt davon, dass mein Sihdi so überaus höflich und freundlich ist! Er hat während der Schattenspiele die angebotenen Erfrischungen verzehrt, obwohl er sie gar nicht mag."

Ja, das mochte etwas übertrieben von mir gewesen sein. Aber ebenso übertrieben die beiden um mich herum nun ihre Sorge. Das war mir unangenehm, vor allem aber hatte es weitere Auswirkungen, die ein schlimmes Ende nahmen!

Es ist nun so, dass sich auf allen Gassen aller Städte nicht nur Passanten bewegen und Menschen, die Besorgungen machen, sondern auch Taschendiebe und Beutelschneider und Trickbetrüger aller Art. Ähnliches hatten meine Gefährten und ich jüngst in Basra erlebt, wenngleich dies nicht nur eine andere

Geschichte ist, sondern gar der Grund, weswegen wir uns jetzt in Edreneh befanden.

Jene Diebe, die es natürlich auch in Edreneh gibt, handeln stets nach dem gleichen Muster: Sie suchen sich Opfer aus, die unaufmerksam und leichtsinnig sind. Leichtsinnig sind nun weder ich noch Halef, und auch von Qendressa mag man das kaum behaupten. Wir waren in diesem Augenblick aber unaufmerksam. Viel mehr noch: Man hielt uns für unaufmerksam und zudem für leichte Opfer, da wir auf der Gasse standen und es für den heimtückischen Beobachter den Anschein haben musste, hier litte ein Mann unter Beschwerden und seine Begleiter sorgten sich um ihn und schenkten ihm ihre ganze Aufmerksamkeit – und nicht den Menschen um sie herum und noch viel weniger ihren Geldbörsen.

Und so schlichen sich gleich eine Handvoll Diebe an uns heran, gaben sich selbst Deckung, suchten Deckung bei den unbescholtenen Passanten und dann waren sie bei uns und schlugen zu!

Da streckten sich die langen Finger und bogen sich die Arme und Leiber und streiften wie unabsichtlich unsere Schultern und Hüften, um durch diese Berührung davon abzulenken, was anderenorts geschah: Da wurde hinter Gürtel gegriffen und in Westentaschen hinein, Kleidersäume abgetastet und nach Beuteln mit Münzen oder Taschenuhren oder Schmuck gesucht.

Auch wenn mir dies fernliegt, muss ich doch den Dieben Respekt zollen: Sie waren geschickt und geschwind, fingerfertig und fix – sie hätten durchaus gänzlich unbemerkt reiche Beute machen können. Aber eben nicht bei uns!

Ich spürte diese unabsichtlich-absichtlichen Berührungen aus der Menge und dem Strom der Passanten heraus. Doch die Diebe konnten bei mir keinen Erfolg haben. Denn meinen Geldbeutel trage ich nur offen am Gürtel, wenn ich zu Pferde sitze und reise. Zu Fuß in der Stadt habe ich meine ohnehin verminderte Barschaft in einer Innentasche meiner Jacke, welche ich mir nach dem Vorbild eines amerikanischen

Escamoteurs, eines Taschenspielers, selbst eingenäht habe. Auch wenn ich Zauberkünstler und ihre Schliche und Finten gemeinhin verschmähe, bin ich doch nicht zu eitel, um von ihnen etwas Nützliches zu lernen. Also mein Geld konnten die Diebe nicht finden. Und selbst wenn einer die verborgene Tasche ertastet und sich seines kleinen Schlitzmessers bedient hätte, mit dem er gemeinhin Beutel oder Taschen aufschnitt, so hätte seine Klinge an meiner robusten Lederkleidung und dem verstärkten Leinen ohnehin versagt. Aber ich beließ es natürlich nicht bei dieser passiven Gegenwehr. Mit kurzen, festen Griffen strafte ich die frechen Finger – ich wusste sehr wohl, wie man ein Gelenk presst oder überdehnt, sodass dem Besitzer keine bleibenden Schäden, aber doch lehrreiche Pein vermittelt werden. All dies wäre nun eine Sache von wenigen Augenblicken gewesen und rasch vorüber. Aber ich war ja nicht allein – auch Qendressa und Halef wurden von den Dieben angegangen. Wie weit diese ihre Opfer eingeschätzt hatten, konnte ich nur ahnen. Sie mochten den kleinen Halef für wehrlos gehalten haben, zumal sie in der Überzahl waren und auch gar keine Konfrontation suchten. Und wie so viele mochten sie auch glauben, dass Qendressa ein schmaler Jüngling sei. Wie auch immer, sie hatten sich getäuscht, so wie auch ich keineswegs ein leichtes Ziel war.

Wir drei standen also in der Gasse, umringt von sich harmlos gebenden Dieben, die jedoch beherzt und in heilloser Selbstüberschätzung zugriffen. Doch während ich nur ein paar Finger verbog und Handgelenke verdrehte, schien Qendressa sich auf Arten zu wehren, die noch viel effektiver waren. Die Diebe schrien auf, fuchtelten mit den Händen, als hätten sie in Nadeln, Nesseln oder gar Feuer gegriffen – und wer wusste schon, was Qendressa in ihren Taschen mit sich trug! Ich sah in dem Wust der Männer, die uns wie Irrsinnige in einem Veitswahn umtanzten, brandigrote und kohlschwarze Finger und Knöchel und Handflächen, einige Daumen standen in groteskem Winkel von den Fäusten ab, manche Finger fehlten ganz.

In Panik begannen die Diebe sich selbst zu verteidigen, weil sie unsere Gegenwehr für einen Angriff hielten. Sie stießen und hieben auf uns ein – und dies mussten wir nun ihnen mit gleicher Münze zurückzahlen, obwohl es den Dieben wahrlich lieber gewesen wäre, tatsächlich Münzen zu erhalten, und keine Schläge und Tritte. Ich versetzte den Männern, die mich nun also nicht mit Fingern, sondern mit Fäusten traktierten, einige gezielte Hiebe, welchen sie nicht ausweichen, geschweige sie parieren konnten, denn es waren fernöstliche Kampfschläge, die hier im Orient natürlich gänzlich unbekannt waren. Qendressa nutzte ihre Ellenbogen und Handballen in einer mir unbekannten und seltsam erscheinenden, aber nichts weniger als sehr wirksamen Weise. Halef wurde zwar mehr oder minder zwischen uns beiden herumgestoßen, weil er während des Angriffs in unserer Mitte gestanden hatte, aber er wehrte sich geschickt, indem er so auf die Knie und Knöchel der Männer eintrat, dass diese in sich zusammensackten und auf dem Weg zum Boden durch unsere Schläge den Rest erhielten.

Schließlich wälzten sich ein halbes Dutzend Männer im Dreck der Gasse und hielten jammernd ihre geprellten, verrenkten oder gar gebrochenen Gelenke und Gliedmaßen.

Alles hatte nur wenige Augenblicke gedauert. Wir drei standen aufrecht; um uns herum lagen die gescheiterten Diebe und ringsum blickten die Passanten neugierig und verwundert, wenn sie nicht sogar stehenblieben und gafften. Dann aber gingen rasch alle wieder ihrer Wege, denn wenn wir drei uns auch ungewöhnlich gewehrt hatten und die Diebe ungewöhnlich versagt hatten, so war ein solcher Anblick doch einigermaßen alltäglich.

Ich hingegen fragte mich, was den Männern widerfahren war, die Qendressa angegangen hatten. Die junge Dame richtete gerade ihren Kragen und schaute abschätzig auf die klagenden Taschendiebe zu ihren Füßen. Halef blickte Qendressa an und gönnte ihr ein anerkennendes Nicken. „Da habt Ihr aber tüchtig ausgeteilt. Hauptmann und Hehler dieser Bande werden diese Burschen wohl aufs Altenteil schicken müssen, denn mit verkrüppelten Verbrechern ist nicht gut zu verdienen."

Qendressa schaute Halef mit seltsamer Miene an und begann dann schallend zu lachen. Ich wusste nicht recht, ob sie über Halef, dessen Worte oder den Gedanken dahinter lachte, aber sie tat es in einem herzlichen Ton, ohne den Spott, den ich gemeinhin von ihr kannte.

Ich lobte ebenfalls ihr Geschick und ihre Schlagkraft. „Aber könnte es sein", fragte ich, „dass Sie in Ihren Taschen und Ihrer Kleidung Klingen oder Nadeln verbergen, um sich damit gegen solcherlei Angriffe zu wappnen? Als Frau…"

Qendressa lächelte mich freundlich an; sie schien nachhaltig erheitert zu sein. „Ach, Kara Ben Nemsi, machen Sie dies nicht zu einer Geschlechterfrage. Ein jeder hat seine Tricks und Kniffe. Oder eine jede die ihren." Sie hob die Kante ihrer Jacke an. „Sie dürfen gern in die Tasche greifen, wenn Sie wollen. Solange ich es erlaube, wird nichts geschehen." Jetzt sah ich wieder den Spott in ihren Augen blitzen. Es hätte mich nicht gewundert, wenn ich das Eingehen auf diese Einladung mit wunden Fingern bezahlt hätte. Stattdessen hob ich die Hand in galanter Geste.

„Sie wollen Ihre Geheimnisse der Verteidigung behalten, Zonjusch Qendressa. Das respektiere ich."

„Ich habe nichts anderes erwartet", gab sie zurück. Dann legte sie den Kopf schief. „Wie geht es Ihnen? Hat der kleine Kampf Ihre Unpässlichkeit vertrieben?"

Sie hatte insofern Recht, dass ich körperliche Betätigung und die Spannung des Handgemenges durchaus als erquickend empfinde. Aber tatsächlich verspürte ich ein Ziehen im Magen und einen Druck auf den Ohren, welcher bei der ernüchternden Erkenntnis über den Schut zuvor noch nicht aufgetreten war. Sollte meine Schnupfenkur doch nicht angeschlagen haben? Ich blickte zu Halef. Der war noch immer zufrieden, dass wir die Diebe besiegt hatten, doch als er meinen Blick sah, erinnerte auch er sich wieder an die Offenbarung über unseren Feind und presste die Lippen aufeinander. Ich nickte.

Qendressa bemerkte beides und zuckte mit den Schultern. „Das kleine Zwischenspiel hat also keine Auswirkungen auf die Hauptakteure. Die Nebendarsteller sind aber geschlagen. Verlassen wir die Bühne." Sie deutete nach vorn. „Dort ist schon die Brücke. Über dem Fluss weht sicher ein wenig Wind und die Luft steht nicht so wie hier in den Gassen. Da können Sie beide ein wenig durchatmen. Kommen Sie!"

Und tatsächlich nahm mich Qendressa am Ellenbogen und schob mich sachte nach vorn, zwischen den wimmernden Dieben hindurch. Ich ließ es geschehen und auch Halef kommentierte dies nicht. Die junge Dame war zwar etwas forsch und ungewohnt in ihrem Verhalten, aber sie meinte es wohl gut.

Die Abendluft auf der Brücke war meinem Zustand durchaus zuträglich. Wahrscheinlich hatte Qendressa nicht Unrecht. Es war nicht so, dass die Erkenntnis über den Schut mich derart körperlich beeinträchtigt hatte; es lag wohl eher daran, dass ich seit dem Mittagsmahl nichts Handfestes mehr zu mir genommen hatte, wenngleich ich schon wesentlich längere Hungerphasen ohne Probleme überstanden habe. Hier scherze ich natürlich ein wenig, um meine Unpässlichkeit zu überspielen.

Aber nun war mir zumindest körperlich wieder wohl. Die Luft war frisch, der Fluss strömte unter uns hinweg und die Sonne stand kurz über dem Horizont und vergoldete mit ihrem Licht auf herrliche Weise die Umgebung. Wir spazierten also über die Gazi-Mihal-Brücke, welche diesen Namen trägt, weil sie vor vierhundert Jahren von Gazi Mihal Bey erbaut wurde, auf den Überresten einer früheren Brücke der Römer. Dies soll an Informationen genügen, denn in diesem Moment wurde der Blick von den architektonischen Besonderheiten umgelenkt auf menschliche Besonderheiten, die ich stattdessen berichten will. Wie erwähnt, sind die Brücken Edrenehs besonders wichtig für den Verkehr von Waren und Personen, eben weil die Stadt vom Flussbogen der Tundscha umschmiegt ist. Und wo sich viele Menschen und viele Wagen tummeln, gibt es auch immer Aufruhr und Unfälle. Letzteres war hier der Fall. Ein Kiradschi, wie man die Fuhrleute auf dem Balkan bezeichnet, hatte mit seinem Pferdekarren eine Havarie erlitten, da die Achse gebrochen oder das Rad abgesprungen war oder dergleichen. Dies war nicht recht auszumachen, weil in einer unglücklichen Verkettung der Umstände, wie man so schön sagt, dies auch noch zwei weiteren Wagengespannen so oder so ähnlich widerfahren war, sodass die gesamte Brücke genau in der Mitte von einer Kette aus Pferden und Wagen und schimpfenden Kiradschi blockiert war. Weitere Wagenlenker und Reiter und Fußgänger beschwerten sich lautstark, erkannten aber bald die Sinnlosigkeit ihrer Tiraden und kehrten schlichtweg um, damit sie ihren Weg auf einer anderen Brücke fortsetzen konnten. Selbst wenn sie damit zunächst den Rückweg und dann einen Umweg in Kauf zu nehmen oder doch langwierig zu beschreiten hatten. Der eine oder andere mag nun verwundert bemerken, wie seltsam ihm dies vorkäme, denn hieße es nicht, im Orient habe man alle Zeit der Welt und würde ohne Murren abwarten, weil Allah der Allwissende und Allgütige doch ohnehin alles vorherbestimmt habe und man als Mensch nichts dagegen tun könne? Nein, auch im Orient ist der Mensch eigensinnig und läuft, reitet oder fährt lieber, statt dass er untätig warten würde. Denn das Warten an sich teilt sich ja doch in verschiedene Arten, die es nicht nur im Orient gibt: das Warten auf etwas und das Warten auf jemanden. Auf den Sonnenuntergang wartet man geduldig, aber nicht darauf, dass drei streitende Kiradschi sich einigen, wer denn nun schuld an allem sei und wer gefälligst damit zu beginnen habe, den Schaden zu beheben und die Blockade aufzulösen.

So kam es also, dass sich nach kurzer Zeit nur noch Qendressa, Halef und ich auf der Brücke befanden, während alle anderen sie verlassen hatten. Die Kiradschi stritten sich noch immer.

Als die Sonne nun kurz davor war, unter dem Horizont zu verschwinden, beschlossen wir, ebenfalls umzukehren. Sollten die Fuhrleute sich doch weiter im Dunkeln streiten, wir wollten nicht im Dunkeln warten. Das Schauspiel der fluchenden und gestikulierenden Männer mochte einiges an Reiz verlieren, wenn man Gesten und Grimassen nicht mehr sehen konnte. Und die Flüche begannen sich trotz aller orientalischer Erfindungsgabe und Wortfindung auch schon zu wiederholen, und dies bot keine treffliche, wenn auch etwas grobe Unterhaltung, sondern nurmehr Langeweile.

Wir wandten uns also um und waren erstaunt, dass ein einzelner Mann vor uns stand. Er trug dunkle Kleidung in armenischem Stil, einen Gehstock und eine Brille mit dunklen Gläsern. Das letzte Sonnenlicht spiegelte sich darin, blendete gar, sodass ich seine Züge nicht recht erkennen konnte. Doch dann sprach er mich an, ohne Gruß und mit einem Knurren. Er sagte nur meinen Namen.

„Kara Ben Nemsi."

Und an Tonfall und Stimme erkannte ich ihn.

Es war der Mann, dem Omar Ben Sadek aus Rache das Augenlicht genommen hatte.

Es war der Mörder Hamd el Amasat.

Fünfzehntes Kapitel
Die Sterne des Scheitan

„Hamd el Amasat", sagte ich ungerührt. „Du bist in Edreneh? Omar Ben Sadek hatte uns geschrieben, dass du an allerlei Orten herumspukst."

Halef hatte seinen ersten Schrecken überwunden. Und ich spürte, wie er aufatmete. Die leuchtenden Augen, von denen Omar Ben Sadek aus seinen Träumen oder Tagträumen berichtet hatte, waren nur die Spiegelungen des Lichts auf den Gläsern einer Brille gewesen. Auf einer Brille mit dunklen Gläsern, wie Blinde sie tragen, um den Anblick ihrer trüben Augen oder leeren Augenhöhlen vor den Mitmenschen zu verbergen. Beides ist kein schöner Anblick und man muss es diesen bedauernswerten Menschen ohne Augenlicht anrechnen, dass sie ihr eigenes Leid tapfer tragen und ihre Mitmenschen nicht erschaudern lassen wollen. Aber dieses Mitgefühl sei Hamd el Amasat nicht gegönnt. Er hatte seine Strafe zu Recht erhalten. Für den Mord an einem Menschen fortan geblendet durch die Welt zu gehen, ist grausam, in der Tat. Aber ich darf erinnern, dass ich in diesem Fall weder Richter noch Vollstrecker war, sondern Omar Ben Sadek es war, der seinen Vater rächte. Die Blutrache des Orients endet in vielerlei Strafen, nicht immer mit dem Tod, sondern eben auch mit Blendung.

Halef war über die Tatsache, dass die schaurige Geschichte von den glühenden Augen einen schlichten, weltlichen Grund hatte, so erleichtert, dass er sich mit Spott Luft machte. Ich schätze es nicht, Menschen zu schmähen, gar solche mit Gebrechen oder Leiden, aber in diesem Moment ließ ich Halef gewähren.

„Hamd el Amasat", sprach Halef, „hier in Edreneh! Aber leider kannst du kaum die herrlichen Minarehs der Moschee sehen. Nein, ich spotte nicht wegen deiner Augen. Die Sonne geht ja gleich unter. Da sind auch wir blind. Aber wie wäre es, wir laden dich zu den Karascheklern ein? Wir können dir die Schattenspiele dann beschreiben, denn die siehst du nicht!"

„Halef Omar", knurrte Hamd el Amasat, „ich sehe sehr gut. Und ich brauche nicht das Sonnenlicht und auch nicht das Licht der Laternen. Ich wurde geblendet, aber mir wurde das Augenlicht wiedergegeben!"

Und dann nahm er die dunkle Brille ab.

Seine Augen leuchteten auf.

Zweifellos hatte ihm jemand zwei künstliche Augen aus Glas eingepasst.

Ich wandte den Blick über die Schulter. Der letzte Sonnenstrahl schien über den Horizont. Ein geschickter Schauspieler war dieser Verbrecher! Er spielte mit Reflexionen in Brillengläsern und gläsernen Augen und passte den perfekten Augenblick ab, um seine Schmierenversion eines Schauerstücks darzubieten. Ich lächelte grimmig und wendete ihm wieder den Blick zu. Im gleichen Herzschlag hörte ich Halef angstvoll ächzen.

Ich sah den Geblendeten an. Seine Augen leuchteten noch immer. Ich riss den Kopf herum. Die Sonne war versunken. Aber die Kiradschi, die Fuhrleute hatten jetzt Fackeln entzündet. Der Widerschein des Feuers hatte die blinden Augen erleuchtet. Was für ein Schauspieler, dieser Verbrecher. Wieder wandte ich mich um. Halef holte bebend Atem.

„Halef…", begann ich. Doch dann zuckte auch ich entsetzt zurück.

Die Augen des blinden Hamd el Amasat leuchteten noch immer, heller jetzt, und es war kein Fackelschein, der sich spiegelte, kein Flammenlicht, das warm und golden reflektieren würde. Aus den Augen des Geblendeten strahlte ein unirdisches Feuer, kalt wie Sternenlicht.

Und Hamd el Amasat lachte ebenso kalt.

„Jetzt folgt meine Rache, Kara Ben Nemsi!"

„An mir?", gab ich ungerührt zurück. „Deine gerechte Strafe ist dir durch Omar Ben Sadek zuteilgeworden. Was hast du mit mir zu schaffen?"

Ich wollte nun keineswegs meine Verantwortlichkeit schmälern und feige flehen, Hamd el Amasat solle seine Rache doch an Omar Ben Sadek vollziehen. Nein, ich wollte, dass der Mann sich erklärte. Und während er sprach, würde ich nachdenken können. Nein, nicht darüber, wie er zu besiegen sei, damit er uns den Weg frei gäbe. Ich hatte nicht vor, mit ihm zu kämpfen. Bei allem kurz während Schrecken über den Anblick seiner Augen war ich doch davon überzeugt, dass der Mann noch immer blind war. Er mochte in den vergangenen beiden Jahren gelernt haben, sich mit seinen übrigen Sinnen durch das Leben zu bewegen, auch mit Hilfe des Stocks, den er trug. Und jemand hatte ihm ein Paar gläserner Augen verfertigt, mit denen die leeren Höhlen hatten gefüllt werden können, damit, wie von mir bereits über die Brille gemutmaßt, er seinen Mitmenschen ohne Schauder zu erzeugen gegenübertreten mochte. Wenngleich die Schurken, mit denen er gemeinhin umging, sicher schon Schlimmeres gesehen hatten als vernarbte Lider oder leere Augenhöhlen. Aber wenn ich Hamd el Amasats vergleichsweise adrettes Äußeres sah, schien er sich auch in anderen Kreisen zu bewegen, zweifellos betrügerischer Geschäfte wegen. Was nun wiederum die Augen anging, die uns in schauriger Wortwörtlichkeit des Begriffs vom Augenlicht anschauten, so hatte der Glasmacher, der die künstlichen Okuli verfertigt hatte, sich wohl eines ähnlichen physikalisch-chemischen Vorgangs bedient, wie er mir mit meiner kleinen Phosphorlampe an Orten der Finsternis Licht spendete. Möglicherweise trug Hamd el Amasat diese leuchtenden Glaskugeln nur im Schädel, um rechtschaffene Menschen in Schrecken zu versetzen und abergläubische Zeitgenossen zu bedrohen.

Hamd el Amasat zeigte nun mit seinem Stock auf mich oder doch wohl eher in die Richtung, aus der er meine Stimme hörte. „Du wählst die Worte geschickt, fränkischer Hund! Und wahrhaftig hast du Recht. Dich darf ich nicht anrühren. Aber du wirst mir helfen, meine Rache zu bekommen. Du wirst mir Omar Ben Sadek herbeirufen, mit einem fein geschriebenen Brief. Und dann werde ich ihn mit meinen Händen erwürgen.“

Halef hatte sich ein Beispiel an meiner Gelassenheit genommen und sprach jetzt wieder mutig mit dem Verbrecher. „Das würde mein Sihdi wohl kaum tun. Und selbst wenn, dann würdest du Omar kaum in die Finger bekommen, weil du seinen Hals nicht sehen könntest. Und wie erbärmlich, ihn erwürgen zu wollen, wie ein Ehrloser ohne Waffe! Aber halt, du kannst dich ja nicht duellieren, blind wie eine neugeborene Katze, auch wenn du so tust, als könntest du mit deinen Katzenaugenlichtern sehen! Geh uns aus dem Weg!“

Da schwang Hamd el Amasat seinen Stock und fegte Halef beinahe den Turban vom Scheitel, wäre dieser nicht geschickt ausgewichen.

Ich lachte bitter auf. „Hören kann er noch gut. Und sprechen und haltlose Forderungen stellen. Hamd el Amasat, uns dauert dein Schicksal, selbst wenn du es verdient hast. Nun gib den Weg frei. Wir wollen keinen Erbarmungswürdigen zur Seite stoßen.“

„Wie edel du bist!“, schmähte Hamd el Amasat. „Weil ein Weib anwesend ist?“

Ich hörte neben mir Qendressa empört schnaufen. Ich fragte mich, woher der Geblendete dies wusste, denn sie hatte bislang nichts geäußert. Aber wahrscheinlich hatte er uns zuvor belauscht. Warum Qendressa aber schwieg und nicht ihrerseits eine Entgegnung aussprach, blieb mir verborgen.

„Ihr hat es wohl die Sprache verschlagen“, höhnte Hamd el Amasat. „Sie bestaunt meine schönen Augen, die wie Juwelen glitzern. Wie jedes Weib verlangt es ihr danach. Auch sie könnte solche besitzen. Ein italienischer Augenmacher könnte sie ihr anpassen, wenn erst Platz dafür ist!" Dann stach er mit seinem Stock in die Richtung von Qendressa, wohlgezielt, aber zu kurz. Qendressa rührte sich nicht. Sie war wohl kaltblütig genug, die Beleidigungen und Drohungen abzutun und zugleich bemessen zu haben, dass der Stoß sie nicht hatte treffen können, da Hamd el Amasat keinen Ausfall gemacht hatte, sondern auf seinem Fleck stehen geblieben war. Ich fand die Treffsicherheit des Geblendeten bemerkenswert.

„Aber leider", spottete Hamd el Amasat, „würde sie mit den schönen Augen nicht sehen können, weil sie nur aus Glas wären! Nur ich kann sehen, denn mir wurden die Sterne des Scheitan geschenkt. Mein Herr gab sie mir, damit ich ihm dienen kann, und das tue ich mit Freuden. Aus Dankbarkeit für meine Augenlichter und weil ich meine Rache erhalten darf."

„Dein Herr will mich also als Schreiber einstellen, als deinen Sekretär", lachte ich. „Dein Herr hat dir nicht nur Glasaugen gegeben, sondern auch Selbstüberschätzung. Denn du glaubst, uns mit deinen schimmernden Sternmurmeln schrecken zu können!"

Ich atmete tief ein. Jetzt war ich froh, vor kurzer Zeit eine Offenbarung der Erkenntnis erhalten zu haben, selbst wenn ich sie mit Unwohlsein hatte bezahlen müssen. Doch nun war ich mit Wissen gewappnet und konnte Hamd el Amasat mit jenen Worten schlagen, wo er mich gewiss im nächsten Moment zu treffen suchte.

„Und dein Herr", sagte ich scharf, „ist wohl der Schut, nicht wahr? Wir wissen längst, dass er wieder seine Untaten treibt. Du glaubtest wohl, diese Enthüllung würde uns vor Entsetzen lähmen, so wie deine Spielzeugaugen, die dich doch nur zu einer Puppe machen. Oder nein, einer Puppe noch ähnlicher machen, denn du warst ja schon früher das Schattenpüppchen des Schut, der dich an Stöcken hinter seiner Leinwand entlanggeführt hat. Aber das Licht der Karaschekler ist erloschen so wie dein Augenlicht. Du kannst uns nicht blenden!"

Halef lachte. „Du hast Recht, Sihdi. Ich würde sogar sagen, wir drehen den Spieß, nein, den Puppenstock herum. Dies Männlein hier bringt uns nicht zu seinem Herrn, sondern wir nehmen ihn mit uns! Und du, Sihdi, schreibst dem Schut dann einen schönen Brief, dass wir sein Püppchen mit den Glasaugen haben, und wenn er es zum Spielen wiederhaben will, dann soll er sich recht artig benehmen, sonst…"

Qendressa flüsterte mir etwas zu. „Kara Ben Nemsi, verhöhnt den Mann nicht, er…"

„Ich verhöhne ihn nicht", gab ich zurück. „Er hat sich selbst mit seinem Schauspiel und seiner Maske lächerlich gemacht." Dann wandte ich mich an Hamd el Amasat. „Mein Gefährte Halef hat dir eine Einladung ausgesprochen. Nimm sie an und geh mit uns. Wir werden dich gut behandeln. Wegen deiner Blindheit, aber trotz deiner Taten."

Hamd el Amasat legte den Kopf zurück und lachte. Dann sah er mich wieder an. Ich hatte den Eindruck, dass seine künstlichen Augen stärker leuchteten als zuvor. Aber dies lag wahrscheinlich daran, dass es dunkler geworden war. Ich wandte mich wiederum kurz um. Die Kiradschi standen mit ihren Fackeln vor den Wagen. Warum kümmerten sie sich nicht um die Reparaturen oder räumten wenigstens die Fuhrwerke beiseite? Ich hörte ein scharfes Pochen und sah, wie Hamd el Amasat mit seinem Stock auf das Pflaster der Brücke schlug.

„Ihr geht mit mir!", rief er.

Da bemerkte ich, wie sich zu beiden Seiten des Brückenwegs etwas bewegte. Schatten erhoben sich über die Brüstung, ein Halbdutzend zur Rechten, ein Halbdutzend zur Linken. Als das Licht der Fackeln und der Schein der leuchtenden Augen auf sie fiel, schimmerten die Schemen auf, ein silbriges und goldenes Funkeln umriss die Gestalten von Männern, die über die steinerne Brückenmauer setzten und langsam näherkamen. Die kräftigen Leiber waren nackt bis auf knielange Hosen aus schwarzem Leder, die ebenso glänzten wie die muskulösen Gliedmaßen. Ich erkannte, warum die Haut der Männer das Licht noch mehr reflektierte, als man es erwartet hätte, weil sie kurz zuvor dem Fluss entstiegen waren und das Wasser der Tundscha von ihnen troff. Sie hatten sich zuvor mit Öl eingerieben. Dies und die typische Hose, *kispet* genannt, ließ sie mich als *pehlivan* erkennen – Athleten, die sich im orientalischen Öl-Ringkampf maßen. Dieser hat eine jahrtausendealte Tradition, die bis in das alte Ägypten zurückreicht und sich bis Assur und Persien ausbreitete. Von daher stammt auch der Name der Kämpfer, den die Türken übernahmen, als die Hunnen, ihrerseits begeisterte Ringer, wenn sie nicht im Sattel saßen, den Orient überfielen und sich vielerlei Kulturgut aneigneten und verbreiteten. Im Osmanischen Reich ist der Öl-Ringkampf seit der Eroberung Edrenehs von den Bulgaren in der Mitte des vierzehnten Jahrhunderts besonders bekannt. Damals fand das erste Turnier des *yagli güres*, wie der Öl-Ringkampf auf Türkisch genannt wird, statt, und zwar auf der Tudscha-Flussinsel Sarayitsi auf einer Kirkpinar genannten Wiese. Es mag sein, dass Abdi als Osmane diese Geschichte besser erzählen könnte, denn es gibt eine anrührende Soldatenlegende um tote Kameraden und Feigenbäume und kristallklare Springquellen, aber nach solcherlei Dingen stand mir in diesem Augenblick nicht der Sinn, weswegen ich nur die nackten Fakten wiedergegeben habe. Denn ich stand nun den ebenso nackten Tatsachen in Gestalt von zwölf kräftigen Pehlivan gegenüber, die mich und meine Gefährten zu umringen begannen. Und wenngleich ich einen Ringkampf nie scheuen würde, so muss ich doch wegen der Besonderheit des *yagli güres* zugeben, dass ich diesem nicht sehr hoffnungsvoll entgegensah, sowohl was die Überzahl der Gegner anbetraf als auch deren schwierige Greifbarkeit, eben des Öls wegen. Wäre mir in diesem Moment nach Scherzen gewesen, hätte ich mich über die Schlüpfrigkeit dieser Situation geäußert.

Aber für weitere Gedanken blieb keine Zeit! Hamd el Amasat klopfte erneut mit seinem Stock auf den Boden wie ein dämonischer Ringrichter mit seinem unirdischen Sternenblick, und dann stürzten sich die Pehlivan auf uns! Wir waren zu dritt, sie waren zu zwölft, eine unfaire, ja feige Übermacht. Bevor mein Blick versperrt wurde von den vier großen, breiten und glänzenden Muskelmännern, die mich angriffen, sah ich noch, wie Qendressa zu den Knöpfen ihrer Jacke griff, um sie zu öffnen und an den Revolver an ihrem Gürtel darunter zu gelangen. Ach, hätte sie die Jacke doch nicht so adrett geschlossen, als wir vom Brunnen zur Brücke aufbrachen! Und Halef und ich selbst? Selbst wenn wir bewaffnet gewesen wären, so hätten wir die Waffen doch nicht gezogen, gegenüber dem blinden und wehrlosen Hamd el Amasat. Denn wie kann man einen Blinden einschüchtern oder bedrohen, wenn er die Waffe in der Hand nicht sehen kann? Wenngleich mich immer mehr das Gefühl beschlich, dass Hamd el Amasat mit seinen neuen, leuchtenden Augen tatsächlich sehen konnte – auf widernatürliche, ja vielleicht magische Weise!

Was schossen mir da nur für Gedanken durch den Kopf! Ich musste kämpfen! Nun drangen die Pehlivan auf mich ein; sie packten mich an der Kleidung, an den Armen, an den Beinen, an den Schultern! Sie griffen fest in die Falten und an die Kanten des Stoffs und an den Gürtel um meinen Leib. Aber ich, ich konnte keinen Griff an ihnen anbringen! Meine Hände rutschten an den ölberiebenen Gliedmaßen ab, die durch das Wasser des Flusses noch glitschiger waren. Und auch die Säume der ledernen Hosen konnten mir nur für flüchtige Augenblicke einen Angriffspunkt bieten, dann waren sie wieder dahin, buchstäblich durch die Finger geglitten!

Ich hörte Halef wütend schimpfen und vor Anstrengung keuchen, denn er durchlitt die gleiche erniedrigende, da fruchtlose Anstrengung wie ich. Und er hatte auch noch den Nachteil der geringeren Körpergröße und des geringeren Gewichts! Im flackernden Schein der Sterne des Scheitan sah ich, wie Halef seine Kleinheit zu nutzen suchte, indem er unter den Griffen hinweg- und zwischen den Armen und Beinen der

Pehlivan hindurchgleiten und sich losmachen wollte, doch eine Mauer aus Leibern und ein Wald aus Gliedmaßen sind Hindernis und Bollwerk, selbst wenn Öl und Wasser darüberfließen.

Das unstete Licht schmerzte und verwirrte mich, da Hamd el Amasat seine grellen Augenlichter in wirrem Herumwerfen des Kopfes mal hierhin, mal dorthin sandte, um sich am Anblick aller drei Ringkämpfe zu weiden. Ich selbst erfasste nur Schlaglichter und Bildfetzen von allem um mich herum, als befände ich mich selbst in einem jener Spielzeuge, die man als Wundertrommel kennt und in deren rotierendem Zylinder sich Bilder von Bewegungsphasen irgend gearteter Dinge oder Wesen befinden, die bei Betrachtung von außen dann lebendig scheinen. Der Engländer William Horner hatte ein solches Gerät vor vierzig Jahren als *Daedaleum* erfunden und seit einigen Jahren ist es in Amerika unter dem Namen *Zoetrop* oder *wheel of life*, was Lebensrad bedeutet, ein beliebtes Spielzeug. Ein Spielzeug, wie gesagt, ein lustiger Anblick, aber wenn man sich, wie ich bemerkte, darin gefangen fühlt und die Welt selbst in Lichtgewitter und wirren Bildern sieht, ist es kein Spaß, zumal er mit dem Zerren und Reißen kräftiger Kämpferhände und dem Drängen und Pressen ebensolcher Gliedmaßen einhergeht.

Ich hörte Qendressa ebenfalls fluchen und fauchen, doch ich bezweifelte, dass es ihr besser erging als Halef, wenngleich sie schlank und geschmeidig an Gestalt war. Der rohen und wörtlich unfassbaren Gewalt der Pehlivan vermochte auch sie nichts entgegenzusetzen.

Jetzt griff ich zu einem Mittel, das ich bei den heulenden Derwischen in Stambul gelernt und das mir seitdem oft gedient hatte, wenn rohe Kräfte oder die Hebelwirkung von Armen und Beinen im Kampf versagten. Ich langte nach dem Hals des nächsten Gegners, um einen speziellen Fingergriff anzubringen. Ich konzentrierte mich nur auf diesen Teil meiner Wahrnehmung: meine Hand und dieser eine Gegner.

Ich legte meine Hand in der Weise auf seine linke Achsel, dass der Daumen unter das Schlüsselbein zu liegen kam, die anderen vier Finger aber den nach oben und außen ragenden Teil des Schulterblattes erfassten, welcher mit dem Oberarmknochen das Achselgelenk bildet. Wer diesen Griff anzuwenden versteht, der kann den stärksten Mann mit nur einer Hand zur Erde zwingen!

Aber ach! Es misslang! Meine Finger glitten ab, des Öls und des Wassers wegen und weil ich den Griff an diesem einzelnen Mann nicht perfekt anwenden konnte, da die anderen drei ebenfalls auf mich eindrangen! Meine letzte Möglichkeit zur Gegenwehr war dahin.

Und so, ich muss es mit Schmach gestehen, wurde ich im offenen Kampf niedergerungen, wo ich sonst nur zu Boden gehe, wenn mich ein Schurke und Verbrecher hinterrücks mit einem Kolbenhieb niederstreckt oder mit tückischen Mitteln betäubt.

Ich fügte mich in mein Schicksal, wie ich da ölbeschmiert und wasserdurchtränkt auf dem Stein des Brückenwegs lag, niedergepresst von Knien und Ellenbogen und dem Gewicht von vier kräftigen Männern. Ich ergab mich. Jedoch nur körperlich! Mein Geist kämpfte weiter, meine Gedanken rangen! Aber ich wand mich nicht im Gefühl der Niederlage. Nur mein Körper war niedergedrückt. Ich überlegte bereits, wie ich mich und die Meinen befreien könnte, wenn wir erst auf dem Weg dorthin waren, wohin man uns bringen wollte. Zweifellos würde man uns zum Schut bringen, wo auch immer er seinen Bau, seine Verbrecherhöhle hatte. Und die ölglänzenden Pehlivan würden uns drei bestimmt nicht über die breiten Schultern werfen und durch Edreneh tragen. Sobald ich aus dem Ölgriff der Ringer hinaus war, würde ich die Situation wieder in den Griff bekommen.

Ich sah die Stiefel Hamd el Amasats auf mich zukommen. Sein Schritt war sicher und fest. Den Boden vor seinen Füßen beleuchtete er mit den Blicken seiner Augen.

Um mich herum hörte ich das schwere Atmen der Ringer, davon nahezu übertönt die leisen Geräusche von Halef und Qendressa, die sich nur widerwillig in ihre Niederlage fügten. Sehen konnte ich sie nicht, denn jetzt hob Hamd el Amasat mein Kinn mit seiner Stiefelspitze an und zwang mich mit brutalem Druck, ihn von tief unten herauf anzusehen. Seine Scheitanssternaugen blendeten mich.

„Am Boden, Kara Ben Nemsi!", rief er. „So sehe ich euch gern. Diesen Anblick werde ich nie vergessen. Das ist mir der Verlust meiner alten Augen wert. Und die neuen lassen mich so viel besser die Dinge schauen. Und was für große Dinge es sein werden! Da ist die Niederlage und das Staubkriechen von Kara Ben Nemsi erst der Anfang."

Er zog die Stiefelspitze unter meinem Kinn fort, so unvermittelt, dass meine Nackenmuskeln ihren Dienst versagten und ich mit dem Kiefer auf den Stein schlug.

Wieder stieß Hamd el Amasat seinen Stock mit scharfem Knall auf den Brückengrund. Die metallene Spitze schlug einen Funken aus dem Stein, genau neben meinen Augen. Ich kniff im Reflex die Lider zusammen. Dann rissen mich schon die Pehlivan wieder auf die Füße. Mein Kopf sank wie betäubt herab. Der kalte Griff des Stocks schob sich unter mein Kinn. Ich hatte schon zuvor bemerkt, dass die Rundung des Griffs nicht die eines üblichen Gehstocks war, nicht krumm gebogen, sondern ausladender geschwungen, wie bei einer Hakensichel. Ich bezweifelte, dass das Metall Silber war, wohl eher Stahl. Und dieser mochte eine scharfe Schneide besitzen. Da Hamd el Amasat nicht blind war, brauchte er auch keinen Gehstock, außer um die Menschen zu täuschen. Stattdessen trug er, Verbrecher der er war, eine Waffe, die auf den ersten Blick harmlos erschien. Die Klinge dieser Waffe hielt er mir nun an die Kehle. Er schaute mir direkt ins Gesicht. Die Augen leuchteten grell. Ein geistig schwächerer Mann, als ich es war, hätte wohl vor Grauen geschrien, angesichts dieses albtraumhaften Anblicks.

„O Kara Ben Nemsi", zischte Hamd el Amasat, „wie gerne würde ich dir den Hals zerschneiden. Aber mein Herr hat anderes mit euch vor. Vielleicht erlaubt er mir aber, mit der Kehle deines kleinen Freundes zu spielen. Wir werden sehen. Oder nein: Ich werde sehen!"

Dann schlug man mir von hinten auf den Schädel und die Sterne des Scheitans erloschen vor meinen Augen.

Sechzehntes Kapitel
In den Fängen des Schut

Als ich erwachte, schaute ich in mein eigenes Gesicht vor mir, blass und von Schwärze umgeben. Der heimtückische Schlag auf den Kopf schien noch nachzuwirken, denn ich sah mich zweifach. Dann erkannte ich, dass ich eine Reflexion erblickte, die doppelte Spiegelung meines Gesichts in den dunklen Brillengläsern Hamd el Amasats. Sein Gesicht war nahe an dem meinen. Als sich mein Blick klärte, wich er langsam zurück und stand dann breitbeinig da, die Hände auf seinen Stock gestützt. Hinter ihm sah ich dunkles Mauerwerk, eine niedrige Decke aus Stein hing kurz über seinem Scheitel. Es schien ein Kellerraum zu sein, und wie ich im Licht einiger Lampen sehen konnte, war er nicht sonderlich groß, aber leer. Zuvor waren hier wohl wertvolle Dinge gelagert worden, denn die Wände waren sauber und trocken, ohne Spuren von Schimmel oder Salpeter, und die einzige Tür war stabil, metallverstärkt und mit einem großen, recht modernen Schloss versehen. Ich saß oder vielmehr hockte auf einem Schemel, die Hände hinter dem Rücken gebunden und die Fußknöchel zusammengeschnürt. Neben mir hatte man Qendressa und Halef positioniert, die ebenso gefesselt waren. Man hatte uns wohl auf den Wagen transportiert, die zur Blockade der Brücke gedient hatten und durch welche uns ein Hinterhalt gelegt worden war, den wir leider nicht erkannt hatten. Wohin man uns genau gebracht hatte, vermochte ich nicht zu sagen, aber der Weg musste einige Zeit gedauert haben, denn meine Kleider fühlten sich wieder trocken an, die Nässe der Ringer, welche der Tundscha entstiegen waren, war verdunstet. Die Spuren des

Öls hingegen fanden sich noch immer an Stoff und Haaren. Es mochte nun aber ebenso sein, dass die Wagen mit Tuch oder Stroh beladen gewesen waren, welche die Feuchtigkeit aufgesogen hatten, oder dass wir uns schon längere Zeit an diesem vergleichsweise warmen Ort befanden. Ich hatte also keinerlei Anhaltspunkte, wie weit wir uns von der Gazi-Mihal-Brücke entfernt hatten und in welchem Stadtteil Edrenehs wir waren; ich wusste nicht einmal, ob wir uns überhaupt noch in der Stadt befanden. Immerhin konnten nicht mehr als einige Stunden vergangen sein, denn als ich meine Spiegelung erblickt hatte, hatte ich auch gesehen, dass noch immer keine Bartstoppeln dort erkennbar gewesen waren, wo ich mich im Hamam hatte glatt rasieren lassen. Ich hätte für diesen Hinweis auf das Verstreichen der Zeit zwar auch zu Halef schauen können, ohne mir die Augäpfel zu verdrehen, doch mein lieber Gefährte war ja leider nur mit einem spärlichen Bartwuchs ausgestattet, was ihm stets und mir in diesem Augenblick einiges an Verdruss bereitete. Qendressa mochte zwar Haare auf den Zähnen besitzen, aber sie hielt ihren oft frechen, stets klugen und durchaus ansehnlichen Mund noch immer geschlossen. Ich fragte mich, warum sie so beharrlich schwieg. Vielleicht fürchtete sie die Reaktion auf ihre Reden. Nicht alle Männer zahlen schneidende Worte – so wie ich – nur mit ebenfalls schneidenden Worten zurück, sondern nutzen tatsächlich scharfe Gegenstände. Und Hamd el Amasat besaß seinen Sichelstock; wir waren wehrlos.

Ich betrachtete den einstmals Geblendeten, konnte aber hinter seiner dunklen Brille auch nicht den kleinsten Schein seiner Augen erkennen, die auf der nächtlichen Brücke noch so schrecklich grell gestrahlt hatten. Hätte ich nicht auch jetzt etwas davon bemerken müssen? Die geschwärzten Gläser waren doch nicht völlig opak, also lichtundurchlässig. Und die Brille selbst umschloss Augenhöhlen und Gesicht ebenfalls nicht so vollständig, dass man nicht den geringsten Schimmer würde sehen können. War ich auf der Brücke doch einer Täuschung aufgesessen? Aber Hamd el Amasat konnte dennoch sehen, trotz des bezeugten Verlusts seiner Augen. Wenn seine neuen Augenlichter tatsächlich Sterne des Scheitans waren, so trugen sie ihren Namen zu Recht, denn sie leuchteten nur in der Dunkelheit. Hier in jenem Kellerraum war es jedoch hell.

Ich hätte nun weiter darüber nachsinnen können, doch als sich die Tür bewegte, richtete ich meine Sinne sogleich auf diese. Ich lauschte und sog die Luft ein, die von jenseits der Tür hereinströmte, um vielleicht einen Hinweis darauf zu erhaschen, wo wir uns befanden. Aber vor der Tür war es still und die Luft besaß nur jenes Aroma von Holz, Metall und Staub, welches Lagerräumen eigen ist, wo auch immer sie sich befinden. Immerhin erkannte ich auch hier eine Trockenheit, die darauf hinwies, dass wir uns nicht in der Nähe der Flüsse und auch nicht allzu tief unter der Erde befanden.

Die Tür öffnete sich und ein Mann trat ein. Ich sah aus dem Augenwinkel, wie Hamd el Amasat sich ein wenig aufrichtete. Der Mann an der Tür musste dessen Herr sein. Aber – war dies der Schut? Zwei Bilder zeigten sich vor meinem inneren Auge, zwei Steckbriefe, wenn man so wollte. Das eine Konterfei zeigte Kara Nirwan, den Pferdehändler aus Rugowa, der sich als Verbrecher Schut nannte. Sein deutlichstes Merkmal war jenes, von dem sein Name herrührte: die gelbe Gesichtsfarbe. Dazu kamen der in zwei Spitzen auslaufende schwarze Bart, die schwarzen Brauen und schwarzen Augen, die, wenn man so wollte, ein Zeichen seiner persischen Herkunft waren. So hatte ich den Schut mit eigenen Augen gesehen. Dann das zweite Porträt, in meinem Geist gefertigt nach der Beschreibung Halefs, im Grunde das Bild eines Phantoms: der spanische Kaufmann Verde, mit seinem gebräunten Gesicht, dem Bärtchen und dem gescheitelten Haar. Leider fehlten mir hier etwaige Eigentümlichkeiten von Augen, Nase, Mund, die ein jedes Gesicht erst so markant und unverwechselbar machen. Haut und Haar lassen sich färben, falsche Bärte ankleben, ja, selbst Nasen lassen sich aus gewissen Materialien formen und dem eigenen Antlitz beifügen. Ob Schauspieler, Possenreißer oder Spion – dies ist sozusagen die gängige Praxis der Verwandlung, wenngleich nur für kurze Zeit, denn alle Maskerade ist nicht von Dauer, gleich ob man dies auf Material oder Mensch bezieht.

Dieser Mann, der nun im Raum stand, konnte nicht der Schut sein, gleich welches Bild ich von ihm hatte, denn dieser Anblick war schrecklich. Ich konnte jedoch nicht sagen, ob mich Abscheu oder Mitleid mehr erschauern ließen.

Der Mann an der Tür stand gebeugt, ja schief. Er war in einer windenden Bewegung eingetreten, und diese Bewegung schien sich seinem Körper eingeschrieben zu haben, denn verwunden und verdreht stand er auch im Stillen. Seine Füße in den klobigen Stiefeln aus derbem Leder standen in seltsamem Winkel zueinander, auf welche Weise vielleicht nur ein Kleinkind, das gerade das Laufen erlernt, sie auf den Grund setzen würde. Unter den weiten Hosen schien sich mir eine Verwachsung der Schenkelknochen zu zeigen, als habe man einen Baum, der im schroffen Gebirge, an der rauen Seeküste oder auf einer dürren Heide mühsam und gebückt, vom Wind gebeugt wächst, mit Stoff umhüllt, damit er den Anschein einer menschlichen Figur bietet. Das war der Eindruck: ein verwitterter, verdrehter Baum in Menschengestalt! Auch der Leib schien mir in sich verschoben, verzogen, die Linien, die in der Mitte von einem breiten Ledergurt unterbrochen waren, führten darüber und darunter völlig unkorrespondierend auseinander. Die Arme, die aus den schiefen Schultern ragten, waren von dem Hemd und der Weste zwar bedeckt, konnten ihre äußere Verwindung aber kaum verbergen. Die Hände waren Klauen, mit Knoten und scheinbar zusätzlichen Gelenken versehen.

Und das Gesicht! Am Kinn fand sich ein gegabelter Bart, schwarz hier und da, aber von breiten weißen Linien durchzogen, und er schien aus einem ebenso gegabelten, gespaltenen Unterkiefer zu entwachsen und sich zu Wangenknochen emporzuziehen, die rechts und links zerbrochen und schief wieder verwachsen waren. Auch die Nase war kein einheitlicher

Vorsprung im Gesicht, sondern ein zertrümmertes Etwas. Ein Spalt klaffte auf der Stirn, von Narbengewebe überzogen. Wie der Schädel darüber aussah, das war gnädig von einem Turban bedeckt. Die Haut über dem Gesicht war bleich, leichenhaft und doch von einem gelblichen Schimmer. Die Augen jedoch glänzten schwarz und finster – und daran erkannte ich Kara Nirwan, den Schut, obgleich er so schauderhaft verändert war!

„Ihr erkennt mich, Kara Ben Nemsi", scharrte es aus den zerschlagenen, vernarbten Lippen, als rieben Kehlkopfsplitter über die spröden Stimmbänder. „Aber dass Ihr nicht froh seid, dass ich noch lebe, das erkenne ich an Eurem Gesicht, welches sich glücklicherweise nicht so sehr verändert hat wie das meine." Er schaute zu Hamd el Amasat. „Daran konnten wir Euch erkennen. Hamd ist meine rechte und linke Hand, und meine Augen, im wahrsten Sinne. Denn ich bin, wie Ihr sehen könnt, Kara Ben Nemsi, nicht mehr gut zu Fuß. Und auch das Reiten fällt mir schwer. Früher habe ich Kutschen geschmäht und sie als Gefährt der Fetten und Kranken angesehen. Aber jetzt schätze ich sie. Auch, weil man dann nicht mehr hoch im Sattel sitzt und gesehen wird."

Ich sah dem Schut fest in die Augen. „Mich dauert Euer Zustand. Auch einem Verbrecher seien solche Leiden erspart. Ich weiß, wie sehr Ihr den scharfen Ritt zu Pferd geschätzt habt. Auch den Sprung. Über eine Schlucht etwa. Wenngleich Eure mangelnde Kunstfertigkeit dies nicht hat glücken lassen. Oder doch glücken lassen, denn Ihr lebt noch. Wieder. Wenn man es Leben nennen mag, da Ihr Euch der Rache hingebt und schändliche Pläne webt. Warum fügt Ihr Euch nicht in den ruhigen Lebensabend eines Geschundenen und Gebrechlichen?"

„Eines Krüppels! Sprecht es nur aus!" Der Schut drehte sich in der grotesken Nachahmung einer Pirouette. Ich fürchtete, er würde seine ohnehin schwache Balance verlieren und zu Boden stürzen. Aber dann erkannte ich die erschreckende Grazie, welche diesem verworrenen Leib innewohnte, als zwänge der klare, strenge Geist den krummen Gliedmaßen seinen Willen auf. Dann stand der Schut wieder still und schief. Er hob den Kopf und lächelte in einer verzogenen Grimasse. Seine Zähne waren zerbrochen, die Reihen zeigten aber keine Lücken, sondern nur die scharfe Sägekante eines raubfischartigen Gebisses.

„Aber", rief der Schut raspelnd, „ich werde kein Krüppel bleiben. Und deshalb habe ich mich nicht bereits bequem eingerichtet. Ich trachte nach einem langen, reichen Leben. Und nur weil der Weg etwas beschwerlich ist, werde ich nicht scheuen, ihn zu beschreiten. In kleinen Schritten. Wortwörtlich." Der Schut kam auf mich zu. Seine Bewegungen waren langsam, als sträubten sich Muskeln und Sehnen dagegen, aber sie waren kraftvoll. Und der Schut schien auch keine Schmerzen zu verspüren.

„Ihr hättet mich sehen sollen, als man mich aus der Schlucht gezogen hat. Oder in den Wochen danach. Wenn ich weiter so zu heilen vermag, bin ich in wenigen Jahren wieder der, den Ihr kennt." Er legte den gekrallten Finger an das gespaltene Kinn. „Aber ohne die verräterische Gesichtsfarbe. Eine angenehme Nebensache."

Jetzt hatte Halef seine Sprache wiedergefunden, nachdem er den Schut in den vergangenen Augenblicken zunächst entsetzt, dann angewidert und schließlich wütend angestarrt hatte. „Dann wünschen wir gutes Gesunden!", spie er aus. „Welcher Arzt und Knochenheiler hat dich denn verbunden und gerichtet und mit Leim geflickt wie eine Karascheklerpuppe? Vielleicht möchte ich auch einmal eine neue Nase haben!"

„Oh, ich war bei keinem Arzt", sagte der Schut. „Weder in Stambul noch Bagdad oder Teheran. Auch nicht in London, Paris oder Berlin." Er schaute mich spöttisch an. „All diese schulweisen Männer und Schneidermeister für Haut und Fleisch! Nein, ich heile durch höhere Mächte und dunklere noch dazu!"

Ich schnaufte. „Der Glaube versetzt Berge und richtet Knochen und Sehnen. Ihr wollt uns glauben machen, dass Magie

Euch geheilt hat? Vielleicht die gleiche mächtige Magie, über die Euer Bruder Ahmar, der sich überheblich Al-Kadir nennt, zu verfügen glaubt? Er hat als Schachspieler versagt; und ich soll ihn jetzt als Heilkünstler sehen?"

„Wie gut, dass Ihr das Spiel erwähnt. Dies mag als Beleg dienen, dass weniger Menschen über Magie verfügen als vielmehr Dinge, wenngleich die Macht von jenen auf diese übergehen kann. Wenn die törichten Menschen es denn zulassen!" Er sah mich scharf an, dann zeigte sich Bedauern. „Ihr würdet nicht hier sitzen, wenn Ihr die Macht nicht verschmäht hättet."

Ich winkte ab. „Tut doch nicht so, als wolltet Ihr über mich sprechen. Ihr seid begierig, mich zum Glauben an die Magie zu bekehren, indem Ihr mir von Eurer wundersamen Heilung berichtet. Nur zu! Es scheinen Euch auf dem Grund der Verräterspalte ja keineswegs Flügel gewachsen zu sein, oder wenn, dann viel zu spät, sodass es Euch tüchtig gegen die Felsen geschlagen hat!"

„Ja, es schlug mich. Und ich stürzte! So tief, dass ich glaubte, ich würde bis in die Dschehenna fallen, aber ohne dass Scheitan mich dort gnädig auffangen würde. Und jeder Stein, jeder Fels, jeder Vorsprung zerschlug mich, zerschlug meine Knochen. Aber mein Fleisch und meine Sehnen, mein Blut und meine Organe blieben unversehrt und so überlebte ich. Denn ich trug unter meinen Kleidern die Kettenringe der Rüstung des Div-e-Sepid von Mazandaran! Geschmiedet aus dem Stahl von Golkonda, gefügt mit den Zaubern des Mizril von Khorasan."

Ich lachte auf! „Ein Fabelkleid habt Ihr am Leib getragen? Kein Wunder, dass man es nicht gesehen hat, dass ich es nicht gesehen habe, als ich gegen Euch kämpfte und Euch verfolgte!"

Der Schut spielte lachhaft auf eine Episode aus dem persischen Nationalepos an, das Schahnameh des Dichters Firdausi, in welchem von den Heldentaten des persischen Herkules, Rostam, berichtet wurde. Und in einer seiner Taten, die er auf sich nahm, um seinen König zu retten, kämpfte er gegen den Div-e-Sepid, den wörtlich übersetzt Weißen Dämon. Und so wie der Drache Fafner, gegen den Siegfried im Nibelungenlied focht, nur eine ferne Erinnerung an die Heere der schimmernd gerüsteten Römer war, so war der Weiße Dämon wohl nur ein Sinnbild für Eroberer aus dem Landstrich Mazandaran aus dem Norden Persiens am Kaspischen Meer, deren Bewohner durch das dortige Klima eine hellere Hautfarbe als die Perser des Südens besaßen.

Es mochte sein, dass eine robuste Rüstung einen Mann vor allzu schweren Verletzungen bewahren kann, auch wenn keine blanken Waffen, sondern harte Felsen auf ihn einschlagen. Aber diese Erzählung des Schut schien mir doch eine Art Anglerlatein zu sein, in dem der entgangene Fisch größer war als jeder tatsächlich gefangene. Und der Sturz und die Verletzungen des Schut wurden nun ebenso aufgebauscht, um die Rettung umso wundersamer erscheinen zu lassen.

„Lasst mich raten", spottete ich. „Diese Rüstung macht Euch auch unbesiegbar im Kampf gegen die Osmanen? Keine Kugel kann sie durchdringen, sie prallen ab und durchschlagen die Herzen der Schützen? Dann könnt Ihr Euch ja dem osmanischen Heer ganz allein entgegenstellen, und kurz danach sind alle Soldaten von Grenadier bis Artillerist tot zu Boden gesunken!"

Der Schut sah mich seltsam an. Er musterte mich. Als würde er ergründen wollen, was hinter meinen Schmähworten für eine Kenntnis lag. Er bemerkte, wie mich sein Blick verwunderte. Dann lachte er wieder.

„Wie ich ahnte, Kara Ben Nemsi. Ihr seid nicht nur ungläubig, sondern auch unwissend. Ein solcher Gegner ist meiner und meines Bruders unwürdig. Ihr habt Glück und ein wenig Können. Aber nachdem Ihr die Macht des Spiels abgelehnt habt, seid Ihr noch unwürdiger geworden, denn Ihr habt Euch als dumm erwiesen. Dumme Gegner verschmähe ich. Sie werden schmählich getötet werden."

Der Schut umrundete mich und uns mit seinem schleppenden Gang und seinem gequälten Atem und sprach mit seiner Stimme, die vielleicht ihm, auf jeden Fall mir Schmerzen bereitete.

„Mit der Magie ist es so, Kara Ben Nemsi: Sie ermächtigt und rettet nur den, der an sie glaubt. Aber sie tötet auch den, der nicht an sie glaubt."

„Ich habe dies anders erfahren", entgegnete ich und erinnerte mich an ein Gespräch mit Halef, in dem ich mich über falsche und angeblich wahre Medizinmänner im Wilden Westen Amerikas ausgelassen hatte.

„Anderen Orts vielleicht", gab der Schut zurück. „Aber hier und jetzt ist es so, wie ich sage."

„Dann kann ich es kaum erwarten, von Magie getötet zu werden, an die ich nicht glaube", rief ich. „Wie wollt Ihr dies bewerkstelligen? Gebt Ihr vor, eine Kugel oder ein Messer zu bezaubern, mir das eine oder andere ins Herz zu schießen oder zu stechen und dann zu triumphieren? Was soll das beweisen? Am Ende töten doch nur Blei und Stahl und keine Zaubersprüche."

„Das ist die Schmach, die Euch das Schicksal auferlegt hat, Kara Ben Nemsi. Da Ihr die Macht des Spiels abgelehnt habt und die Magie verschmäht, seid Ihr nicht würdig, durch Magie zu sterben."

„Die vortreffliche Ausflucht eines Blenders, die Worte eines Lügners und Scharlatans!"

„Lebt mit dem Schwert, sterbt durch das Schwert, wie ein Prophet gesagt hat."

„Lasst die Propheten aus dem Spiel und aus Euren Worten!"

„Aber wer die Magie nicht lebt, ist es nicht wert, durch sie zu sterben! Ihr seid sehr irdisch, Kara Ben Nemsi, also werdet Ihr auch irdisch sterben."

Halef knurrte. „Wir werden wohl unterirdisch sterben. Das passt zu dir, Schut, dass du deine Feinde in einem Loch in der Erde empfängst und dort töten willst. Du lebst wohl auch wie ein Wurm in der Erde, scheust das Tageslicht in deiner widerlichen Hässlichkeit. Warum bist du überhaupt aus deiner Schlucht gekrochen!" Dann warf Halef einen boshaften Blick zu Qendressa, die nur schaute, aber kein Wort sprach!

„Ich mag hässlich sein", rief der Schut. „Aber ich bin doch für schöne Dinge zu haben. Ihr sollt einen schönen Tod sterben. Ohne Blut. Ohne Schmerz. Ein Tod, der diesem Ort angemessen ist. Aber damit meine ich nicht diesen Keller, sondern die Stadt Edreneh."

Wir befanden uns also noch in der Stadt! Das war gut zu wissen. Aber worauf spielte der Schut an? Ich ahnte etwas.

Halef kam mir zuvor. „Willst du uns mit Gelee und Konfekt ersticken? Aus Quitten, für die Edreneh berühmt ist? Das ist kein schöner Tod! Nun, vielleicht für mich, denn ich schätze den Honigapfel und die aus anderen Früchten gemachten Leckereien sehr, auch die mit Rosenwasser. Aber mein Sihdi mag sie gar nicht, und wenn du für ihn einen schönen Tod willst, dann solltest du dir etwas anderes ausdenken! Wie wäre es mit einem netten Zweikampf?"

„Oh, ich hatte vor allem an die Dame gedacht", sagte der Schut sanft, sofern das bei seiner kratzenden Stimme möglich war. Qendressa riss das Kinn empor und blickte den Schut an. Sie warf einen kurzen Blick auch zu Hamd el Amasat. Ich konnte nur ahnen, was sie in diesem Augenblick fürchtete.

Der Schut vollführte eine galante Geste, die zu einer abstoßenden Bewegung seiner knorrigen Hand geriet. „Die Dame sieht zwar aus wie ein Junge, wie ein Mann, aber ich denke doch, dass sie einen damenhaften Geschmack besitzt und ihr deshalb ein damenhaftes Ende bereitet werden soll. Der Ertrinkungstod soll ja den schönsten Leichnam bewirken, zumindest, wenn man den Körper rechtzeitig findet."

Halef spuckte aus. „Wir haben genug vom Wasser der Tundscha gekostet, wenngleich mit Öl gemischt. Willst du uns zu einer Badepartie laden oder uns im Hamam ertränken?"

Ich schaute mich um. „Ihr wollt den Raum mit Wasser fluten?"

„Nein, das wäre zu schlicht, Euer Tod ist mir etwas wert. Aber ich will nicht mehr verraten. Ihr habt die einzelnen Teile geahnt; Ihr müsst sie nur zusammenfügen. Ich selbst werde mich nun verabschieden und diese Runde auflösen. Doch wir sehen uns wieder, Kara Ben Nemsi, wenngleich nicht lebend. Ich werde Euren Leichnam und den Eurer Gefährten später zu Ahmar bringen. Er will sich ebenfalls von Euch verabschieden, war aber leider verhindert."

„Ich werde ihm selbst Abschiedswünsche sagen, wenn ich ihn und Euch in die Dschehenna sende", sagte ich kalt.

Der Schut lachte und Hamd el Amasat ebenfalls. Ich starrte diesem in die dunkel beglasten Augen. „Das gilt auch für dich!"

Hamd el Amasat strich mit einer Fingergeste am Bügel seiner Brille entlang. Dann schaute er zum Schut hinüber. Der nickte. Und verbeugte sich schief, mit einem Fletschen seiner schartigen Zähne. Was hatte dieses Schauspiel zu bedeuten?

Der Schut wandte sich wieder mir zu. „Kara Ben Nemsi, Ihr könnt Eure Wünsche meinem Bruder gleich hier und jetzt übermitteln. Er ist sozusagen anwesend, wenngleich weit fort in seinem Studierzimmer, wo er über unser beider Pläne sitzt. Er war stets jener, der sich mit Karten und Papieren und Ränken befasst hat, während ich eher ein Mann der direkten Tat war."

„Ihr meint, dass Ihr ungeplant in Euer verdientes Verderben reitet, wie schon zuvor!" Diesen Anwurf rief ich dem Schut entgegen, während ich überlegte, was er mit den ominösen Worten über den angeblich anwesenden Ahmar, der sich Al-Kadir nannte, denn meinen könnte. Spielte er auf ihre Brüderschaft an und dass der eine vorgab, zu wissen und zu fühlen, was der andere dachte und tat, über weite Entfernungen hinweg, wie es in jenem milden Aberglauben der Leute, und eben nicht nur der einfachen und schlichten, gesagt wird?

„O Kara Ben Nemsi!", rief der Schut. „Ihr seid noch immer kleingläubig und wollt nicht begreifen? Oder seid Ihr so auf Äußerlichkeiten bedacht, die man vermessen und beschreiben und abwiegen kann, wie es Eure Wissenschaft vorschreibt?" Er hob eine seiner Klauen. „Aber halt, ich will die Wissenschaft nicht schmähen! Nicht so ganz, wie es mein werter Bruder tut. Er verlässt sich auf seine Magie, wenngleich er dann und wann auch das Dynamit als Hilfsmittel nicht verschmäht. Ich hingegen beschreite einen anderen Weg, der wohl in die gleiche Richtung läuft, aber anders geartet ist. Ich nutze die Magie als Hilfsmittel, wenn es sich anbietet, ansonsten aber vertraue ich auf die irdischen Dinge, um mir zu irdischer Macht zu verhelfen. Wie ich schon Ahmar sagte, wenn wir erst den Orient erobert haben, und ihn dann nach mehr gelüstet, bescheide ich mich gern mit der staubigen Erde, wenn er sich in den Lüften oder im Jenseits weitere Reiche erkämpft. Er soll ruhig nach Höherem streben; ich bin mit der Krume des Erdenrunds zufrieden."

„Ihr redet wie ein Wahnsinniger", urteilte ich. „Euer Geist ist so verdreht wie Euer Körper!"

„Im Gegenteil", rief der Schut. „Ihr seid im Geist so schlicht und gerade wie Euer Leib! Wie ich bereits sagte, auf Äußerliches bedacht. Das führt mich zu meiner Rede zurück, dass Ihr nichts begreift, was Ihr nicht mit den Fingern berühren oder mit den Augen sehen könnt. Die Augen! Ihr würdet die Augen von Hamd el Amasat wohl nur verstehen, wenn er eine Brille trüge mit einem Gestell aus Gold in Sechseckform?"

Warum spielte der Schut auf den Musaddas an? Hatte er mich durchsucht? Trug ich ihn noch bei mir? Ich erinnerte mich an die Worte des Einsiedlermönchs aus der Felswüste vor Al-Kadirs Burg, der berichtet hatte, der Musaddas würde jenem, der durch den Ring hindurchsah, die wahre Natur der Dinge erkennen lassen. Ich hatte es versucht, doch es war mir eher wie ein optischer Taschenspielertrick erschienen oder ein

Drogenrausch. Aber ich erinnerte mich auch, dass Al-Kadir für die Fernsicht etwas nutzte, das ...

„Kara Ben Nemsi, durch die Sterne des Scheitan kann Ahmar sehen, was Hamd el Amasat sieht."

Ich ließ mir nicht anmerken, dass ich erkannt hatte – ob ich an die Vorgänge und Hintergründe glaubte oder nicht –, wie der Schut und Al-Kadir uns gefunden hatten! Das Leuchten, das Halef und ich dann und wann gesehen hatten, war wohl keine Katze mit reflektierenden Augen gewesen, sondern Hamd el Amasat mit seinem Phosphorblick. Dass durch diese eigentümlichen Linsen aber nicht nur der Geblendete wieder sehen konnte, sondern auch noch Al-Kadir zugleich Zeuge des Gesehenen war, schien mir ein Lippenbekenntnis der Magie-Jgläubigen. Genauso hätten Botschaften ausgetauscht werden können. Auch ohne Magie können mit Briefboten oder Kabeltelegrammen sehr rasch Informationen und Nachrichten übermittelt werden. Dies ist für unsere Welt und unsere Menschen noch immer geschwind genug. Es wird wohl auch in Zukunft kaum nötig sein, alles überall und zudem zur gleichen Zeit zu erfahren. Auch sah ich nicht den Vorteil darin. Trotz aller angeblicher Magie hatten Al-Kadir und der Schut mich gefangen wie schon andere Verbrecher zuvor. Sie redeten wie andere zuvor und am Ende würde ich mich befreien und sie besiegen. Auch diesmal würde es so sein. Ich zweifle an der Magie als Konzept. Sollte ich aber Ergebnisse sehen, würde ich mich gern belehren lassen. Doch bislang blieben diese aus. Deshalb war ich guten Muts, nicht eingeschüchtert, schon gar nicht hoffnungslos und erlaubte ich mir eine kecke Boshaftigkeit.

„Ich hätte es wohl erkannt", sagte ich, „wenn er statt der Brille ein Fuchsgesicht tragen würde, ob als Maske oder als magische Wechselhaut! Dann könnte ich ihn einem Fallensteller und Kürschner übereignen, der prächtige Felle aus seiner abgezogenen Haut verfertigt!"

Der Schut schaute mich grimmig an, was bei seiner vernarbten Grimasse ein Anblick war, der einen empfindsamen

Menschen für immer in seinen Träumen verfolgt hätte. „Ahmar hatte geahnt, dass Ihr Euch mit diesem Mönch gemein gemacht habt. Menschen, die Ärger bereiten, führt das Schicksal stets zusammen."

„Ebenso wie Schurken und Verbrecher, gleich, ob sie ein Blut teilen oder nicht!"

„Blut ist das richtige Wort", zischte der Schut und krallte nach seinem Dolch am Gürtel, der einen eigenartigen Griff besaß, sodass er sich besser in die verkrümmte Klaue schmiegte, die einst eine menschliche Hand gewesen war. Doch dann schüttelte der Schut den Kopf. „Ach, ich verfalle so manches Mal in alte Gewohnheiten, obgleich ich doch nach meinem Höllensturz und meiner Auferstehung ein anderer, besserer geworden bin."

„Verhöhne nicht den Glauben anderer!", rief Halef. „Und überhöhe nicht dich selbst! Wann hast du zuletzt in einen Spiegel geschaut?"

Der Schut fixierte Halef mit starrem Blick. „Ich würde mich zu gern in deinen Augen spiegeln, während das Leben aus dir weicht. Dann wäre ich auch das Letzte, was du siehst. Aber wie ich sagte, ein solch kurzer und blutiger Tod soll dir und soll euch nicht zuteil werden. Ihr sollt langsam verrecken!" Dann rieb er die knorrigen Krallen in widerlicher Geste aneinander. „Aber auf nachgerade köstliche Weise…" Er winkte zu Hamd el Amasat. „Genug jetzt", bellte er. „Wir gehen." Der Geblendete mit den Sternenaugen hinter dem dunklen Glas schaute mich noch einmal an und verließ dann den Raum. Der Schut wandte sich ebenfalls zum Gehen. „Ach, Kara Ben Nemsi", sagte er noch, „ich werde mich um Euren Hengst Rih gut kümmern. Mir verlangt danach, ein ebenso edles Ross zu besitzen wie Ahmar. Wie erwähnt, ich brauche nicht durch die Lüfte zu reisen und die Himmel zu erobern, mir genügt es schon, wenn ich wie der Wind über die Erde reiten kann."

„Rih wird Euch nie im Sattel dulden. Selbst wenn Ihr Euch einen Sattel anfertigen lasst, der Eurer Gestalt angepasst ist."

„Das wäre auch Verschwendung von Geld und Leder und Sattlerkunst", vermerkte der Schut. „Kara Ben Nemsi, schaut mich an. Vor zwei Jahren war ich ein nahezu toter Mann, zerschlagen und zerrissen. Und nun? Ich heile! Dies ist nur meine alte Haut, die ich bald abstreifen werde wie eine Schlange. Oder genauer noch, dieser verwundene Leib, aus Narben gebildet und zusammengehalten von der Rüstung des Div-e-Sepid, ist nur meine Hülle, wie die Puppe eines Falters, die ich bald ablegen werde. Dann bin ich neu erstanden. Und mit neuem Leib in neuer Rüstung werde ich als siegreicher Feldherr über den Hügeln des Balkan stehen."

„Ihr werdet unter den Hügeln des Balkan liegen, in einem Leichentuch", knurrte ich. „Wenn ich erst Euren Vertrauten, den Spanier Verde, gestellt habe, dann lasse ich ihn eines für Euch weben. Dessen Ware soll ja so wohlfeil sein. Und das Billigste ist gerade gut genug für Euch!"

Wieder schaute der Schut mich mit einem seltsam fragenden Blick an. Und wieder schien er mit der Antwort, die er sich selbst gab, oder dem, was er in meinem Gesicht las, nach anfänglicher Skepsis zufrieden zu sein.

„Einen betörenden Tod wünsche ich Euch, Kara Ben Nemsi." Dann schlug er die Tür hinter sich zu. Ich hörte das Schaben von Schlüssel und Riegel, dann verklangen die schleppenden Schritte. Wir waren allein.

Über uns hörten wir ein Rasseln innerhalb der steinernen Decke oder auch jenseits davon. Dann hörten wir ein leises Rauschen.

Es begann zu regnen.

Aus unzähligen, zuvor nicht sichtbaren Löchern in der Decke fielen Tropfen aus uns herab.

Ein herrlicher Duft verbreitete sich.

„Rosenwasser", erkannte ich. „Er will uns in Rosenwasser ertränken."

Siebzehntes Kapitel
Tod und Rosen

„Nein, das kann nicht sein!", widersprach Halef. „Sihdi, du weißt doch, wie viel Geld auch nur eine kleine Flasche Rosenwasser kostet. So viel kann dem Schut unser Tod doch gar nicht wert sein!"

Qendressa räusperte sich. Es war kein Wunder, dass sie dies tat. Seit ich ihr das erste Mal begegnet war, hatte sie ihre Stimme niemals so lange Zeit nicht benutzt.

„Immerhin ist Rosenwasser billiger als das Öl, das aus Rosenblättern gewonnen wird. Uns darin zu ertränken wäre wirklich kostspielig. Wenngleich ich mich frage, ob man in Öl nicht rascher ertrinken würde ..."

„Es ist doch einerlei", rief Halef. „Und wenn er uns in Edelsteinen oder Perlen ersticken wollte!"

„Diese hätten aber noch ihren Wert, nachdem man unsere Leichen herausgeklaubt hat. Ob Rosenwasser oder Öl – es wäre danach verdorben oder zumindest von minderer Qualität. Obwohl dies einen geschäftstüchtigen Kaufmann wohl kaum scheuen würde – ach, aber da fällt mir ein, die Herren waren ja zuvor im Hamam, da sind sie gereinigt und schaden dem Rosenduft nicht."

Warum auch immer Fräulein Qendressa die wörtliche Konfrontation mit Hamd el Amasat und dem Schut gescheut hatte, jetzt wurde sie wieder munter. Halef störte das noch mehr als mich.

„Aber sicher schaden die giftigen und bitteren Worte, die Ihr versprüht!", rief er. „Warum seid Ihr gegenüber Freunden so boshaft, unseren Feinden gegenüber aber nicht?"

Qendressa schnaufte. „Weil ich im Gegensatz zu Euch das Wortgefecht nicht mit Flüchen und Fragen verlängern wollte. Die beiden Kerle sollten den Kerker endlich verlassen, damit wir uns um die Flucht kümmern können!"

„Pah", machte Halef, schaute aber ein wenig betreten zu mir herüber. Dennoch wollte er nicht eingestehen, dass Qendressa damit wohl Recht hatte. Zudem hatte sie wohl auch nicht die Aufmerksamkeit auf sich lenken wollen, denn Schurken und Verbrecher springen mit Frauen doch anders um, als sie mit Männern umgehen. Sowohl im Guten, was etwaige schonende Behandlung anbetraf, als auch im Schlechten, worüber ich mich nicht auslassen möchte.

Halef tat, was ihm eigen war, nämlich eine Niederlage durch einen Angriff auszugleichen. „Aber", sagte er zu Qendressa gewandt, „auf der Brücke wart Ihr ebenfalls still wie ein Mucks. Das ist ein feiges kleines Tier, das noch leiser fiept als ein Mäuschen, wenn es denn im Angesicht der Schlange steht."

Qendressa kicherte, wenngleich es bei ihr keineswegs mädchenhaft klang. „O Hadschi Halef. Ihr solltet nicht Redewendungen aus der Muttersprache Eures Sihdi verwenden, wenn Ihr sie nicht recht begreift. Wollt Ihr, dass ich gefährliche Situationen verharmlose, indem ich den Blinden auf der Brücke, der gar kein Blinder war und eine Bande von Ringern auf uns hetzte, etwa als Brillenschlange bezeichne? Das ist ein Wortspiel mit dem Aussehen einer Kobra, die …"

„Ich weiß, was eine Kobra ist! Und was für eine Zeichnung sie hat!"

„Gut. Jedenfalls habe ich jenen Mann mit den leuchtenden Augen nicht angesprochen, weil ich ihn nicht kannte, wir uns nicht vorgestellt wurden und ich im Gegensatz zu Euch, keine Händel und keine unbeglichenen Rechnungen mit ihm habe. Überhaupt scheint mir dies alles viel zu kaufmännisch zu sein: Tuchhändler, Pferdehändler, Quitten und Rosen. Ich bin hierher gekommen, um eben damit nichts zu schaffen zu haben! Ich wollte nur ein paar Gebeine suchen!"

„Unsere Gebeine werden irgendwann auch gefunden werden, fein eingelegt", klagte Halef bitter. „Und bevor wir ertrinken, Sihdi, werden wir wohl ohnmächtig und vergiftet. Mir ist schon ganz übel. Und der Rosenduft scheint mir wie Gestank."

„Das scheint nicht nur so, Halef", sagte ich.

Der sanfte Regen aus wohlriechenden Tropfen hatte sich gewandelt. Aus den Löchern in der Decke strömten nun Rinnsale einer Flüssigkeit, die tatsächlich nur noch wenig nach Rosen roch, sondern nach Verderben und Fäulnis. Was dort auf uns herniederfiel, waren wohl die Überreste und Abwässer aus der Rosenwasserproduktion, und diese Jauche, durchsetzt von den Schleimteilchen ausgelaugter und verrotteter Blütenblätter, deren Ursprung aus rosigen oder roten Blumenkelchen man nur noch erahnen konnte, stank wie jedes Wasser, in dem Pflanzen sich zersetzt hatten, ob Rose oder Nessel war einerlei.

„Das dachte ich mir", sagte ich. „Ihr hattet beide Recht. Warum sollte der Schut uns in Rosenwasser ertränken, selbst wenn es hier, wo es hergestellt wird, sicher wohlfeiler zu haben ist als anderswo, wo noch Steuern und Transport aufgeschlagen werden. Genauso wenig sollte man ja erwarten, dass ein russischer Schurke seine Widersacher in Kaviar ersticken würde, nur weil dieser dort, wo Stör, Scherg und Hausen durch die Wolga schwimmen, billiger ist."

„Das ist nun eine eklige Vorstellung, Sihdi! Zumal, wenn man sie weiterdenkt, weil der Schut doch Perser ist, und im Kaspischen Meer Geisterstöre schwimmen, deren Eier weiß sind und so selten, dass nur die persischen Könige sie schmecken durften. Das ist nicht nur widerlich, sondern schaurig dazu."

„Es sind keine Geister, sondern Albinos, Halef. Das sind…"

Qendressa stand von ihrem Schemel auf und streifte ihre Handfesseln ab. Zugleich stieg sie aus den Stricken, die kurz zuvor noch ihre Fußknöchel umwunden hatten.

„Deswegen rede ich in gewissen Situationen nur wenig, sondern handle lieber." Sie hob ihre Hand und zeigte auf einen schmalen Armreif. Mit spielerischer Geste klappte sie eine kleine, gebogene Klinge zurück.

Nun, das konnte ich nicht auf mir sitzen lassen, zumal Zonjusch Qendressa mir damit meinen eigenen Auftritt verdorben hatte. Ich stand bewusst langsam auf und ignorierte die Rosenjauche, die mir über Scheitel und Schultern strömte, und ließ meine Fesseln ebenso fallen. Ich hätte durchaus einen meiner Entfesselungstricks anwenden können, die mir im Wilden Westen mehr als einmal das Leben gerettet hatten, aber dies war nicht nötig gewesen. Die Kiradschi hatten unsere Stricke durchaus sicher gebunden, denn nicht nur Seeleute verstehen sich auf das Knotenhandwerk, auch Fuhrleute müssen das eine oder andere bündeln, knüpfen und zurren, wenngleich nicht mit einer solchen Vielfalt von Seilschlingen und Tauverbindungen, wie es sie in der marinen Variante jener Kunst gibt, die sich auch auf die Namen der Knoten erstreckt. Aber jeder Knoten ist nur so gut wie der Strick, den man dazu benutzt, und auch das beste Produkt aus Seilermeisterhand erweicht unter Flüssigkeit, und die Beimischung von Ölresten tut das Übrige – auch was die Haut an den Gelenken des Gefangenen anbetrifft. So konnte ich mich aus meinen Fesseln winden, wozu es natürlich auch einiger Erfahrung und einigen Geschicks bedarf. Ich brauchte kein Messer, auch kein verborgenes. Dennoch nickte ich der jungen Dame anerkennend zu.

„Sie kennen einen pragmatischen Juwelier, Zonjusch Qendressa."

„Ich kenne einen geschmackssicheren Waffenschmied, Kara Ben Nemsi."

„Und ich kenne Menschen, die sich nicht um Mitgefangene kümmern!", maulte Halef. Dessen Turban hatte sich inzwischen mit der scheußlichen Flüssigkeit vollgesogen und hing ihm schief über Stirn und Schläfen. „Ich bitte um Befreiung!"

Ich beeilte mich, auch Halef loszubinden. Der Boden war bereits von dem schlierigen Wasser bedeckt und stieg langsam auf Knöchelhöhe. Qendressa stellte rasch die beiden Lampen auf die freien Schemel, damit sie nicht erloschen. Es war ein Vorteil, dass es keine schlichten, offenen Lampen waren, sondern die Dochte in einem geschützten Gehäuse brannten. Qendressa schob die Schemel an eine Stelle, über der es keine Löcher in der Decke gab, aus denen nun immer stärker der stinkende Regen stürzte. Die Zuleitungen schienen mittlerweile frei zu sein von den Überresten der Blütenblätter. Dadurch mochte die Flüssigkeit dem Auge weniger widerlich erscheinen, allen anderen Sinnen war sie weiterhin höchst abstoßend. Es war angeraten, so wenig wie möglich zu sprechen, damit nichts von der grauenvollen Lorke in den Mund geriet, und man durfte nicht unbedacht die Lippen lecken. Nun könnte ein boshafter Kommentator anmerken, dass dieses von der Situation auferlegte Schweigegelübde nicht nur den beiden Plappermäulern Qendressa und Halef, sondern vor allem dem Vielredner Kara Ben Nemsi so einiges abverlangen und äußerst schwer fallen würde. Jenem würde ich Folgendes entgegnen: – – –

Denn ich konnte durchaus meinen Mund halten.

Wir waren nicht mehr gefesselt und wir hatten Licht – nur eines hatten wir nicht: Zeit! Denn schon reichte uns das Wasser bis zu den Waden und stieg rasch weiter. Wir wandten uns der Tür zu. Diese war unerfreulich stabil gearbeitet und schloss am Boden so dicht ab, dass nur ein sehr geringer Teil des Wassers nach außen abfloss. Zu wenig! Selbst wenn die Ränder zwischen Tür und Leibung noch etwas durchlassen würden – es reichte nicht, um den Zustrom auszugleichen. Die Tür war ein verzwicktes Hindernis: Dicht gefügt waren die Holzbretter, die Nägel tief eingeschlagen. Die Scharniere befanden sich auf der anderen Seite des Mauerwerks. Aber das verborgene Messerchen Qendressas, welches die einzige Waffe, ja, der einzige metallene Gegenstand war, den man uns gelassen hatte, war für größere Schneide- oder Stemmarbeiten ohnehin nicht geeignet. Es blieb also das Schloss. Zur Not war auch ich ein geschickter Schränker und konnte einfache Schließmechanismen auch ohne Schlüssel überwinden. Aber ohne Dolch, ja selbst ohne den Dorn einer Gürtelschnalle war dies nicht zu bewerkstelligen, denn selbst die Leibgurte hatte man uns genommen. Da fiel mir etwas ein! Nein, nicht, dass man mir die verborgene Geldbörse genommen hatte, dies war wohl ein zusätzlicher Lohn für die Kiradschi und Pehlivan gewesen, die sich hatten für verbrecherische Taten dingen lassen. Und die Münzen und der einfache Lederbeutel waren als Verlust zu verschmerzen. Meinen indianischen Tabaksbeutel hatte ich in unserer Wohnstatt belassen, da ich wusste, dass ich bei einem Bummel durch Edreneh kaum eigenen Tabak brauchte, wie es in Wüste und Prärie hingegen nötig war. Revolver und Bowie-messer führte ich ohnehin nicht mit mir. Aber im Geldbeu-tel hatte ich aus Gewohnheit auch den Musaddas aufbewahrt, wenn ich ihn nicht in der Westentasche trug. Wahrscheinlich sah ich ihn unbewusst doch weniger als Souvenir und Trophäe des jüngsten Abenteuers, sondern doch nur als einen Goldring, der nötigenfalls auch als Bezahlung oder Bestechung dienen konnte. Aber dieser war nun fort, zusammen mit meiner Bar-schaft oder zumindest dem Teil, den ich mit mir geführt hatte. Der Schut hatte ihn wohl an sich genommen. Vielleicht um ihn wieder an Al-Kadir zu übergeben, denn der Musaddas war ein Abzeichen seiner Schergen gewesen, das zugleich zur Überwachung und Einschüchterung gedient hatte. Mir war der Goldreif in die Hände geraten und tatsächlich hatte auch ich dann und wann seltsame Empfindungen verspürt, wann immer etwas angeblich Magisches oder mit einem Zauber Behaftetes in meiner Nähe war. Nun wunderte ich mich aber, dass ich sol-che nicht bei den Begegnungen mit Hamd el Amasat und dem Schut empfunden hatte, die doch angeblich – aber vielleicht lag es eben an dem großen Mysterium, das allem Zauberischen und Magischen innewohnte: Man musste daran glauben, um es zu verspüren…

Höchst irdisch waren jedoch das Schloss und die Tür, die uns in dem Kellerverlies festhielten, welches sich immer weiter mit Rosenjauche füllte, die bereits bis zu den Knien reichte und in die Stiefelschäfte zu laufen begann. Halef, der kleiner war als Qendressa und ich, litt besonders unter der unappetitlichen Umgebung. Deshalb war seine Laune, neben aller Kenntnis um die Todesgefahr, äußerst grimmig. Obgleich es besser gewesen wäre, den Mund geschlossen zu halten, knurrte er Qendressa an: Wenn sie doch das Haar lang tragen würde, wie es sich für ein Weibsbild geziemte, dann würde sich die eine oder andere Haarnadel darin finden lassen, mit der man durchaus das Schloss – aber dann musste Halef husten und spucken und speien und schwieg still, trat aber wütend gegen die Tür, wodurch die widerlichen Fluten aufspritzten und ihn mit einem weiteren scheußlichen Schwall übergossen.

Qendressa ignorierte Halef, griff nach einem der Schemel, die bereits auf der argen Brühe schwammen. Halef und ich hatten deshalb die Lampen in die Hände genommen und schützten sie so gut es ging vor dem schmierigen Regen, dessen Fauldämpfe uns langsam benommen machten. Qendressa besah sich den Schemel und schleuderte ihn dann ernüchtert gegen die Wand. Sie brauchte keine Worte zu verlieren. Ich erkannte, dass es sich bei dem kleinen Möbelstück um eine traditionelle lokale Tischlerarbeit handelte, die ohne jegliche Metallnägel zusammengefügt war. Auch hier war also kein Hoffnungsschimmer zu erwarten.

So erfreulich es war, dass man Qendressa den Armreif gelassen hatte – wahrscheinlich, weil er als zu wertlos erachtet worden war, denn er schien mir nur aus Kupfer bestanden zu haben –, so war auch dessen verborgenes Messerchen nicht als Dietrich geeignet, denn die Krümmung der Klinge, zusammen mit deren Kürze und der Tatsache, dass der Winkel zwischen Klinge und Reif ein zu ungünstiger war, um in einem Schloss zu stochern – diese Gerätschaft war für größere Befreiungsarbeiten ungeeignet.

Und als sei der Verdruss nicht schon ebenso hoch wie der Pegelstand des scheußlichen schleimigen Sees, in dem wir wateten – erloschen in diesem Moment die beiden Lampen. Wir standen in der Finsternis, während es um uns pladderte und plätscherte und üble Dünste uns umschwebten.

Doch dann rief Qendressa in Missachtung des widerlichen Regens ein hoffnungsvolles Wort: „Heureka!"

„Was soll das heißen?", knurrte Halef vorsichtig aus dem Mundwinkel heraus. „Ist das Albanisch für: Es ist dunkel?"

„Keineswegs", murmelte ich zurück. „Es ist altes Griechisch und heißt: Ich habe es gefunden."

„Und was?"

„Das soll sie uns selbst sagen. Ich halte den Mund."

Aber Qendressa schwieg, kam herangestapft, wobei aus dem Waten ein Bahnen durch das mittlerweile hüfthohe Wasser geworden war. Sie drängte sich zwischen uns, schob mich und Halef unsanft zur Seite. Halef maulte wortlos, und auch wenn ich selbst ein wenig ungehalten war, mahnte ich ihn, die Höflichkeit zu wahren, selbst wenn mit ihm ganz gegenteilig umgegangen wurde. Halef und ich kannten uns nun schon so lange und so gut, dass ich ihm dies sowohl in der Finsternis als auch mit wenigen unterdrückten Lauten übermitteln konnte.

Ich spürte, wie Qendressa sich neben mir zum Türschloss hinabbeugte und sich daran zu schaffen machte. Mit was sie dies tat, war mir schleierhaft, ich wusste nur, dass sie nicht allein die bloßen Finger einsetzen würde, denn so schlank diese wohl waren, aus Eisen bestanden sie wohl kaum. Aber mit was auch immer sie dort werkelte, so recht zu glücken schien es ihr nicht, denn ich hörte, wie sie mit verkniffenen Lippen einige Verwünschungen murmelte, die wohl auf Albanisch sein mochten, aber weder nach Toskisch noch Gegisch noch nach der italienischen Mischsprache der Arbëresh klangen. Aber wie ich schon erwähnte, Albanisch ist mit seinen verschiedenen Dialekten durchaus eine Sprache, in der ich es nicht zum Meister, sondern wohl nur zum Gesellen gebracht habe.

Aber dann vernahm ich etwas, das ich voll und ganz einordnen konnte, denn es stammte aus keinem Wörterbuch, sondern dem wohl noch zu schreibenden Lexikon der schönen Geräusche, und es war das eines aufschnappenden Schlossriegels.

Doch konnte ich diesen Klang kaum genießen und ihm nachlauschen, denn nun strömten und prasselten die Eindrücke auf mich ein wie zuvor der Regen aus vergorener Rosenmaische.

Nach dem Schnappen des Riegels knarrte die Klinke und dann schwang die Tür unseres Kerkers nach draußen und mit Klatschen und Rauschen strömten die Wellen des Schleimwassers und die Wolke des Fäulnisdunstes aus dem kleinen Gelass und ergossen sich nach vorn in das Gewölbe eines weiten Kellerraums, in dem zwei halb erloschene Fackeln schwaches Licht hervorschmauchten. Gleichzeitig schlug uns herrliche, reine Luft entgegen, die ein mancher für dumpf und modrig erachtet hätte, aber dieser hatte ja auch nicht den Vergleich, weil er glücklicherweise nicht unsere unglückliche Tortur im Gestank der faulig gefüllten Badekammer hatte durchleben müssen.

Qendressa sprang mit der aufschwingenden Tür und der Wasserwelle nach vorn, drehte sich zu uns um und hob in triumphaler Geste die Hand. Zwischen den Fingern sah ich ein dünnes, verkrümmtes Ding, das mir ein Nagel zu sein schien.

„Den habe ich gefunden!", rief Qendressa, nachdem sie tief und dankbar eingeatmet hatte. „Und somit sind wir dem Bad entstiegen wie Archimedes in Syrakus!"

Halef und ich ignorierten sie zunächst. Auch schwelgten wir nicht in der wiedergewonnenen Freiheit und dem Entrinnen aus Todesgefahr. Stattdessen blieben wir hinter den Leibungen der Tür, rechts und links, und spähten durch den Kellerraum. Der Schut hatte sicher Wachen abgestellt, und die törichte junge Frau tänzelte vor ihnen her. Was für eine Unbedachtheit, mit der sie sich und uns wiederum in Gefahr brachte!

Doch Halef und ich konnten keine Wächter erkennen. Wenn es welche gegeben hätte, wären sie doch sicher herangestürmt, als die Tür unvermittelt aufgeschlagen war und sowohl verrottetes Rosenwasser als auch eine muntere junge Dame nach draußen gespült wurden.

Jetzt traten auch Halef und ich aus unserem ehemaligen Kerker. Qendressa hielt noch immer den Nagel empor. Ich wollte sie nicht wegen ihrer Unvorsichtigkeit schelten, es war ja nichts geschehen. Stattdessen lobte ich sie für ihr Geschick, mit dem sie das Schloss geöffnet hatte, und für den glückhaften Nagelfund.

„Da hatte wohl jemand einen Schemel nicht gerade kunstvoll repariert?", mutmaßte ich.

„Nein", entgegnete Qendressa. „Der lag auf dem Boden. Ich bin darauf getreten." Sie schaute Halef an. „Auch wenn mein Haar nicht den üblichen Erwartungen entspricht, so habe ich doch die empfindsamen Fußsohlen einer Frau!"

Halef schnaufte. „Dann können wir dem Schut ja dankbar sein, dass er uns nicht mit Erbsen ersticken wollte! Da wäre die Dame wohl von einem Bein auf das andere gehüpft!"

Qendressa schaute ihn verständnislos an. Auch ich wunderte mich, dass der Lehrer Lohse bei seinen Schulstunden für die Kinder der Haddedihn, bei denen Halef stets anwesend war, um alles zu überwachen, wie er stets betonte, wohl nicht nur die deutschen Kinder- und Hausmärchen der Brüder Grimm erzählte, die diese dem Volksmund abgelauscht hatten, sondern auch die sogenannten Kunstmärchen des Dänen Andersen.

Ich hingegen deutete auf den Nagel und wies in den Kerkerraum zurück. „Ich hätte erwartet, dass der Schut alles genau hätte absuchen lassen, damit wir eben solche Hilfsmittel zum Ausbruch nicht finden würden."

Qendressa zuckte mit den Schultern und warf den Nagel achtlos beiseite. „Dies hier sind Lagerräume, und da liegen Nägel herum, mit denen Kisten verschlossen wurden." Dann sah sie mich skeptisch an. „Kara Ben Nemsi, Sie glauben doch nicht allen Ernstes, dass ein Mann wie dieser – Schut selbst auf dem Boden herumkraucht und nach Nägeln sucht? Und da habe ich noch gar nicht seine körperliche Verfassung berücksichtigt. Seine Helfershelfer waren eben nicht gründlich beim Suchen." Sie schaute an sich herab und dachte wohl an ihren eigenen Geldbeutel. „Zumindest, was Kellerböden angeht." Dann schüttelte sie das Handgelenk mit dem Armband. „Aber alles durften sie wohl nicht nehmen."

Ich dachte an den Musaddas, den man mir eben doch genommen hatte. Der Schut hatte sehr wohl auf alles geachtet. Deswegen schien mir der gefundene Nagel ein allzu großer Glücksfall. Aber ich wollte mit dem Glück nicht hadern, das habe ich nie getan. Jetzt ging es darum, aus diesem Keller zu entkommen und sich zu orientieren, wo wir uns denn befänden, um den Heimweg anzutreten. Kurz überlegte ich, ob es angeraten sein könnte, die Tür zu unserem Kerker wieder zu verschließen und gar zu verriegeln, falls doch noch jemand von des Schuts Schergen in Kürze nach dem Rechten sehen würde – aber der überspülte Boden wäre wohl Hinweis genug auf unseren Ausbruch gewesen, und die wenigen Augenblicke, die das Türöffnen benötigt hätte, würden uns nicht mit weiterem Vorsprung versorgen. Der Schut hatte ja erwähnt, dass unsere Leichen zu Al-Kadir geschafft werden sollten. Ich überschlug kurz, wie lange der Schut wohl für unseren Todeskampf eingerechnet hatte. Ich wusste natürlich nicht, ob wir tatsächlich ertrinken oder anderweitig zugrunde gehen sollten. Noch strömte das faulige Rosenwasser aus der Kerkerdecke, aber wie viel Flüssigkeit das darüber befindliche Reservoir fassen mochte, konnte ich nur ahnen. Wie auch immer, wir mussten so rasch wie möglich diesen Ort verlassen.

Halef und ich griffen die schwach brennenden Fackeln aus den Wandhalterungen und schauten uns um. Der weitläufige Keller besaß etliche kleinere Räume wie jenen, aus dem wir ausgebrochen waren. Sie waren allesamt leer und es fand sich kein Hinweis darauf, was hier gelagert worden war und wann und wohin es verbracht worden sein mochte.

Endlich entdeckten wir am entfernten Ende des Kellers eine recht breite, ausgetretene Steintreppe, die nach oben führte.

Wir lauschten, vernahmen keinen Ton und gingen dann dennoch vorsichtig Stufe um Stufe nach oben. Da dort kein Licht zu sehen war, mussten wir uns um die ohnehin schwachen Fackeln nicht sorgen. Es war kaum zu erwarten, dass dort oben jemand im Dunkeln hockte, um auf matten Fackelschein von der Kellertreppe zu achten. Wir betraten einen düsteren Lagerraum, der recht groß war, ebenso wie der Keller darunter, aber ebenso leer. Einzig am hinteren Ende, dort, wo sich unterhalb zweifellos unser Kerker befand, stand ein riesiger Kasten aus Blech, in dem es gurgelte. Ich erkannte diesen nicht nur als Quelle der argen Brühe, die uns hatte ersäufen sollen wie einen ungewollten Wurf junger Katzen, sondern auch als empörend missverwendeten Wassertank, von jener Art, wie er auf Überseedampfschiffen zum Verwahren des kostbaren Trinkguts dient. Mit welcher zudem verwerflich angewendeten Klempner- und Spenglerarbeit die Rohrverbindungen zu dem Kellerraum angelegt worden waren, wollte ich gar nicht näher erkunden.

Obgleich der Lagerraum keine Fenster besaß, konnten wir erkennen, dass es draußen noch dunkel war, denn es fiel kein Sonnenlicht durch die grob gefügten Bretter der Wände.

Qendressa atmete auf. Sie dachte wohl ebenso wie ich daran, dass man erst zu Anbruch des Tages nach uns oder unseren Überresten schauen würde. Wir hatten also ein wenig Zeit, um weit genug zu fliehen. Eilig gingen wir zu der Doppeltür, die schief in den Angeln hing. Wir müssten jetzt also nur deren Riegel und Schloss überwinden, notfalls aber mit bloßen Händen die Bretter von Tor oder Wänden lösen. Vielleicht fände sich aber auch eine Lücke oder …

Da krachte und hämmerte es gegen das Tor!

Wir erstarrten für den Bruchteil eines Herzschlags. Wir hätten uns in einem Winkel in der Dunkelheit oder bei dem Wassertank verbergen können, aber dann erkannte ich, dass die Männer des Schut wohl kaum in ihren eigenen Lagerraum einbrechen würden. Es musste jemand anderes sein; vielleicht

Diebe oder Büttel der hiesigen Obrigkeit. Gegen beide würden wir wohl bestehen können, mit Taten oder Worten. Diebe wären aufgrund der Leere des Lagerraums wohl enttäuscht und bei uns gab es nichts zu holen außer dem Leben, und dies wüssten wir auch mit bloßen Händen zu verteidigen. Wenn aber die Büttel uns für Diebe halten würden, so wären unsere leeren Hände und unser Eingeschlossensein wohl genug Beweis für unsere Unbescholtenheit. Spätestens mit meinem Ferman, den ich im Hause Alis verwahrt hatte, würde alles geklärt werden können.

Jetzt krachte es zum letzten Mal, dann wurde ein Torflügel aufgerissen und aus dem Klappern der Bretter und Kreischen der Scharniere leuchtete uns eine Laterne entgegen.

„Shpëtime!", hörte ich eine weibliche Stimme, die einen harten Klang hatte, aber voller Erleichterung war. Das Wort war ein albanisches und bedeutete Rettung, wenngleich es auch ein Vorname mit gleicher Bedeutung war. Eindeutig war aber nun, wer da die Tür aufgebrochen hatte. Als der kurze Blendeffekt der Laterne abgeklungen war, sah ich die beiden Leibwächterinnen Qendressas, ihre beiden Löwinnen. Sie traten in den Lagerraum. Die eine hielt ihr Gewehr in den Händen, mit dessen Kolben sie in Missachtung der italienischen Waffenschmiedekunst das Vorhängeschloss zerschlagen oder den ganzen Riegel aus seinen Nägeln gerissen hatte, die andere hob die Laterne und senkte den Revolver. Beide schauten ernst, aber in strenger Würde erfreut, ihre Herrin gefunden und befreit zu haben.

Qendressa zeigte ihre Freude und ihren Stolz in einer kurzen Geste des Armeausbreitens, drehte aber sogleich die Hände nach außen, als wolle sie etwas abwehren. Nicht, dass ich erwartet hätte, dass die Löwinnen sich in einer Aufwallung des Gefühls dazu herabgelassen hätten, vor den Augen fremder Männer ihre Herrin zu umarmen, aber ich dachte mir, dass Qendressa sie dennoch davor warnte. Ich vermutete aber, dass die Nasen der kämpferischen Frauen bereits bemerkt haben mussten, dass ein allzu naher Kontakt nicht angeraten war.

Aber noch bevor ein weiteres Wort geäußert werden konnte, etwa darüber, wie die Löwinnen uns gefunden hätten, kam eine weitere Person in den Lagerraum. Halef und ich keuchten, jedoch nicht vor Schrecken, sondern vor Überraschung. Und dies weniger wegen der Person an sich, sondern aufgrund der Art ihres Auftretens!

Es war Abdi! Und er hielt einen vierschrötigen Mann am Kragen gepackt, während er diesem gleichzeitig einen Revolver in die Seite presste. Er schaute sehr grimmig, was seine sonst so harmlose Erscheinung mit den großen Augen und großen Ohren völlig vergessen ließ und auch nicht seltsam wirkte, als wenn etwa Menschen braven Aussehens ihren Mut und ihre Entschlossenheit nur spielen oder gar drohen wollen, was dann oft lächerlich aussieht. Abdi hingegen war in diesem Moment ein richtiger Kerl, Retter und Abenteurer.

Dann sah er uns und seine Miene hellte sich auf! Er lachte uns an, froh und glücklich, uns wohlbehalten zu erblicken. Dann regte sich der Mann, den Abdi gepackt hielt, und rümpfte die schiefe, gebrochene Nase, verzog den Mund mit der Narbe und stieß einen Laut des Abscheus und des Angewidertseins aus. Abdi beutelte ihn daraufhin ein wenig, was ihm gelang, weil er den Mann um Haupteslänge überragte, und zusätzlich bohrte er den Revolverlauf in dessen Leib. Der Mann grunzte und schwieg. Ich hätte nun sagen können, dass meine rasche Auffassungsgabe und mein phänomenales Gedächtnis mich erkennen ließen, dass es sich bei dem Mann um einen der Kiradschi handelte, die mit ihren angeblich havarierten Fuhrwerken die Brücke blockiert und uns den Fluchtweg beim Angriff der Pehlivan versperrt hatten. Ich musste aber gar nicht meine Erinnerung bemühen, um ihn als Mittäter zu erkennen. Denn um den Bauch des Mannes spannte sich ein Gürtel mit einer metallenen Schnalle, die das Bild Sankt Georgs zeigte, und ich erkannte den Gürtel als jenen, den Qendressa getragen hatte. Das Halfter daran war leer, den Revolver hatte Abdi in der Faust.

„Ah", sagte Qendressa. „Es ist also nicht alles verlorengegangen. Danke, Abdollah."

Sie lächelte Abdi an und ich ging davon aus, dass es nur das schwache Licht der Fackeln war, das einen rötlichen Schein über sein Gesicht warf. Denn die Löwin mit der Laterne beleuchtete Qendressa, um sich von ihrer Unversehrtheit zu überzeugen. Sie raunte ihrer Herrin etwas zu. Qendressa nickte. Dann wandte sie sich an uns.

„Wir sind im Osten Edrenehs. Bald geht die Sonne auf. Wir sollten unsere Quartiere aufsuchen, solange es dunkel ist, damit wir nicht gesehen werden. Und dann sollten wir Pläne für unser weiteres Vorgehen machen. Gemeinsam." Sie schaute mich an, ernst und würdevoll, obgleich ihr Haar und Kleidung am Leib klebten und sie den gleichen Odor verströmte wie wir. „Kara Ben Nemsi. Ich werde mich Ihnen anschließen, um diesen Schut zur Strecke zu bringen. Niemand springt auf diese Weise mit mir um!"

Dann ging sie zu dem Kiradschi, der sich keine Regung und Mimik erlaubte. Sie riss ihm den Sankt-Georgs-Gürtel unsanft vom Leib, legte ihn sich um, nahm dann freundlich lächelnd von Abdi ihren Revolver entgegen und rammte diesen in das Halfter. Dann trat sie aus dem Lagerraum und atmete tief ein. Sie hob die Hand in einer harschen Geste, ohne zurückzuschauen. Dann ließ ihre Löwin den Gewehrkolben gegen den Schädel des Kiradschi krachen, der ohnmächtig zu Boden sank. Abdi hatte sich da schon von diesem entfernt und uns begrüßt. Schon wollte er eifrig erzählen, wie es zu unserer Befreiung gekommen war.

Da wandte Qendressa sich um.

„Kommt. Die Sonne ist unser Feind."

Und sie ging voraus, die Löwinnen folgten ihr.

Wir taten es ihnen nach. Zum Berichten würde sich Zeit finden.

Achtzehntes Kapitel
Eine Maskierung

Vor dem Lagerhaus standen die beiden Pferde der Löwinnen und ein schäbiges Gespann mit einem müden Gaul, welches zweifellos dem Kiradschi gehörte. Qendressas Wächterinnen hatten das Gefährt kurzerhand konfisziert, damit Halef, Abdi und ich den Ort rasch verlassen konnten.

Ringsum waren weitere Lagerhäuser zu sehen, kein Mensch regte sich, nur in der Dunkelheit stritten sich einige Katzen. Nicht weit entfernt hörten wir die Tundscha rauschen.

Trotz aller gebotenen Eile beschlossen wir, uns doch rasch ans Ufer zu begeben, um im Fluss die Rückstände unserer Nasszellenhaft zu beseitigen. Ich überzeugte Qendressa, dass wir in unserem jetzigen Zustand und Geruch nur unerwünschte Aufmerksamkeit erregen könnten: Drei Gestalten, überzogen von Rosenjauche, würden durch Mitverschwörer des Schut wohl allzu rasch als die entflohenen Gefangenen erkannt werden.

Wir tauchten also in die schwache Uferströmung des Flusses, um sowohl uns selbst als auch unsere Kleidung ab- und durchzuspülen. Drei tropfnasse Gestalten mochten unauffälliger sein. Oder doch eher zwei und eine Gestalt, denn nach unserem Bad vor Sonnenaufgang teilten wir uns auf. Abdi schwang sich auf den Kutschbock wie schon zuvor. Er hatte dem Kiradschi auf der Fahrt zum Lagerhaus das eine oder andere abgeschaut, wenngleich ich davon ausging, dass dem braven Maultier im Geschirr sein Arbeitsdasein so ins Wesen eingegangen war, dass es auch einem gänzlich unbedarften Kutscher gehorcht hätte. Ich kenne mich als Einzelreiter mit

Gespannen nicht sehr aus, aber ich habe mir versichern lassen, dass es weit schwieriger ist, ein Ross vom Sattel aus zu führen, als ein Zugpferd im Geschirr. Damit dürfte aber wohl eher ein gemächlich dahintrottendes Gespann zum Lastentransport gemeint sein als eine herrschaftliche Jagdkutsche oder gar eine Diligence, was ein Eilpostwagen ist.

Halef und ich nahmen auf der Ladefläche Platz und konnten es uns zwischen den Ballen und Fässern einigermaßen bequem machen, was den zusätzlichen Vorteil hatte, dass wir kaum gesehen werden konnten. Es war zwar nicht nötig, aber Abdi setzte sich auch noch den löchrigen Bulgarenhut mit der breiten Krempe auf und war so selbst perfekt als Kiradschi getarnt. Wir würden unerkannt unser Quartier bei Ali erreichen.

Mit Qendressa hatten wir verabredet, rasch zu packen und dann gemeinsam mit ihr die Stadt nach Westen zu verlassen. Da sie uns nun begleiten wollte, wenngleich ich fest daran glaubte, dass auch sie weiterhin ihre eigenen Pläne verfolgte, würden wir zusammen nach Ostromdscha reisen. Ich bot auch für die kommende Wegstrecke eine Gemeinschaftsfahrt an, denn auf der Ladefläche des Gespanns war noch Platz für eine weitere Person, ohne sich allzu dicht drängen zu müssen, oder aber auf dem Kutschbock neben Abdi, dem falschen Kiradschi. Bis in die Stadtmitte hätten wir einen gemeinsamen Weg, der sich erst wieder an der Gazi-Mihal-Brücke trennen müsste. Ich scherzte, dass wir so gewissermaßen eine Rundfahrt mit Badeausflug gemacht hätten.

Aber Qendressa war für heitere Worte nicht empfänglich. In den wenigen Minuten, seit wir aus dem Lagerhaus getreten waren, hatte sie immer wieder prüfend gen Osten geschaut, wo sich mit einer leichten Verfärbung des Horizonts die erste Morgenröte ankündigte. Die Löwinnen hatten während unserer Waschungen wie eine Doppelstatue am Ufer gestanden und ebenso oft zum Himmel geblickt, wenngleich nur mit den Augen, ohne den Kopf zu wenden, wie ich bemerkte. Abdi hatte währenddessen den Wagen vorbereitet, was ihm eine schamhafte Abwendung vom Geschehen ermöglichte, ohne dass dies auffiel. Halef und ich wuschen uns schlichtweg, indem wir allen drei Damen, ob im Fluss oder am Ufer, den ohnehin bekleideten Rücken zukehrten.

Qendressa lehnte also eine Wagenfahrt ab. Stattdessen bekräftigte sie in raschen Worten unsere Abmachung, forderte wortlos nochmalige Zustimmung, und dann stieg sie in den Sattel eines der Pferde. Noch während ich mich fragte, wie denn die zweite Löwin – da schwangen sich schon erst die eine und gleich darauf die andere Löwin auf das verbleibende Pferd, sodass beide hintereinander saßen. Dies erinnerte mich an jenes alte Siegelbild, auf dem zwei Ritter sich ein Ross teilten, aber damit war die Ähnlichkeit zu jenem mittelalterlichen Templerorden auch schon erschöpft. Die beiden Löwinnen Qendressas waren doch gänzlich anders – oder doch nicht?

Schon gaben die Reiterinnen ihren Pferden die Sporen und galoppierten ohne weiteren Gruß davon in die schwindende Nacht.

Abdi schnalzte mit der Zunge, ließ die Riemen klatschen und unser Gefährt setzte sich knarrend und quietschend in Bewegung. Selten hatte ich mir so sehr gewünscht, im Sattel meines treuen schwarzen Hengstes Rih zu sitzen.

Während wir unserem Ziel entgegenschaukelten, berichtete Abdi, wie sich unsere Rettung zugetragen hatte, wenngleich Halef darauf bestand, dass wir keineswegs gerettet worden waren, sondern nur freundlich am Gefängnistor empfangen, um nach Hause gebracht zu werden, wenn auch nicht allzu bequem – Vorsicht, da! Die Häuserecke! Pass doch auf, Abdi!

Trotz dieser Einwürfe und Warnungen konnte Abdi also berichten: Er hatte am frühen Abend mit Alis Kindern gespielt und gealbert, bis sie müde waren (und er nicht weniger) und sie von Ikbala zu Bett gebracht wurden, während er noch etwas in Alis Bücherregalen herumschaute. Dann hatte es sehr nachdrücklich, ja sehr heftig und sehr laut an der Tür des Hauses geklopft, und nach einigen empörten Rufen des Hausherrn waren im Rahmen der Zwischentür zwei große, kräftige Gestalten erschienen, die den schmökernden Abdi fordernd anschauten. Ali stand eingeschüchtert und fast völlig verdeckt dahinter. Abdi erkannte die beiden Wächterinnen Qendressas, die ihn schlicht aufforderten, ihnen zu folgen. Ihre Herrin würde vermisst und mit den Herrschaften Abdis würde es sich wohl ebenso verhalten, selbst wenn der es vor lauter Bücherleserei gar nicht bemerkt hätte.

Halef fragte zunächst, woher die Löwinnen denn hatten wissen können, wo unser Quartier gewesen sei. Abdi erklärte, dass sie ihm das nicht eröffnet hätten, er aber im Verlauf des Tages erfahren hatte, dass es den Menschen im Viertel und im nahen Basar durchaus geläufig war, dass beim Buch- und Papierhändler Ali drei Fremde logierten, von denen der eine jener Nemtsche sei, der hier und da bekannt war.

Mir wurde in diesem Moment wiederum bewusst, wie schwierig es ist, sich im Orient ungesehen zu bewegen. Dass meine Bekanntheit mit zu diesem Fakt beitrug, sei hier nur als Nebeneffekt zu sehen.

Die Löwinnen hatten also Abdi aus dem Haus gedrängt, damit er ihnen bei der Suche half, warum auch immer, wenngleich ich schon ahnte, wieso. Sie wollten einen Bekannten der Vermissten bei sich haben, nicht etwa, weil Abdi ungekannte Spürhundqualitäten besaß, sondern aus moralischen Gründen. Aber so erklärte nur ich mir diese Tatsache. Was die Löwinnen wirklich bewogen hatte, war mir verborgen, wie noch so manches.

Abdi hatte von den beiden knurrenden Kriegerinnen in harschen, dürren Worten erfahren, was sich zuvor ereignet hatte. Die beiden hatten sich aus ihrem Quartier begeben, als Qendressa zur verabredeten Zeit nicht eingetroffen war, und sich selbst zu Pferd in die Stadt aufgemacht. Auf der Gazi-Mihal-Brücke hörten sie durch empörte Bürger von der übermäßig langen Blockade durch unfähige Kiradschi. Die Löwinnen witterten daraufhin etwas, erfuhren durch kurzes Fragen, wer die

Kiradschi gewesen seien, und erhielten ein paar Namen und Standorte, Arbeitsstätten, Wohnhäuser und dergleichen. Wann genau sie in diesem Ablauf zu Abdi gekommen waren, wusste auch der nicht, es mochte wohl auf dem Weg gelegen haben. Dann machten die Löwinnen einen der besagten Kiradschi ausfindig, und es war – glücklich für die Frauen, unglücklich für den Mann – just jener, der sich als Lohn oder Trophäe den Revolvergürtel Qendressas mit dem Georgsemblem genommen hatte, wohl in der Hoffnung, ihn teuer zu verkaufen oder bei der nächsten Fahrt über den Balkan zum eigenen Schutz zu gebrauchen. So als Täter erkannt, wurde der Kiradschi von den Löwinnen gezwungen, den Ort zu verraten, zu dem er die Gefangenen als Lebendfracht verbracht hatte, und sogleich mit seinem Wagen den Weg zu weisen. Abdi saß bewaffnet neben dem Mann auf dem Kutschbock, während die Löwinnen auf ihren Pferden eskortierten, je nach vorhandenem Straßen- und Gassenraum, davor und dahinter oder zu beiden Seiten. Abdi erzählte, dass ihm diese Aufgabe bestimmt deshalb so gut gelungen sei, weil Sir David ihm auf ihren jüngsten Reiseetappen viel vom Kutschfahren erzählt hatte und auch vom Revolverhantieren. Der Lord lehnte Faustfeuerwaffen zwar als roh und unsportlich ab, kannte sich aber dennoch damit aus und hatte Abdi in Istanbul sogar einen lokalen Gebraucht-Revolver gekauft, damit er auf der Schiffsreise nach London damit üben konnte, bevor er dort ein standesgemäßes Exemplar erhalten hätte. Jetzt wusste ich auch, wonach Abdi so eifrig in seinem Gepäck gewühlt hatte, als wir auf der Straße nach Edreneh von Banditen überfallen worden waren. Wie gut, dass er den Revolver nicht in die Finger bekommen hatte, denn dann wäre es wohl zu einem blutigen Schusswechsel gekommen und nicht zu dem für uns alle glücklichen Ausgang.

Halef erschauerte und fragte furchtsam, ob Abdi den Revolver jetzt etwa bei sich hatte. Dies war eine allzu ängstliche und auch unnötige Frage, denn Abdi hatte ja deutlich sichtbar Qendressas Revolver benutzt und ebenso deutlich sichtbar keinen weiteren bei sich getragen. Aber Halefs Aufmerksamkeit wird ja allzu gern von den Dingen abgelenkt, indem er zu sehr auf die Personen achtet – und umgekehrt. Aber ich kann dies ja stets ausgleichen, zu unser beider Nutzen und Vorteil.

Abdi schüttelte den Kopf. Natürlich habe er den Revolver irgendwo in seinem Gepäck. Die Damen hätten ihm gar keine Zeit gegeben, sich zu bewaffnen, dies aber auch nicht gefordert, als sie ihn zur Jagd gerufen hatten. Mir schien, dass Abdi sich sehr gut amüsiert hatte, trotz seines Respekts vor den Löwinnen. Und dass er stolz war auf seinen Beitrag zu unserer Rettung. Ich hoffte, dass sein Eifer doch etwas mehr davon angefeuert worden war, Halef und mich zu retten statt nur Qendressa. Ich ersparte Abdi aber möglicherweise peinliche Beteuerungen, indem ich ihm diese Frage nicht stellte.

Jedenfalls endete die Jagd und die Suche vor besagtem Lagerhaus; den Rest habe ich bereits aus meiner Sicht geschildert. Ich möchte auch an dieser Stelle meinem lieben Halef widersprechen, dass Abdi und die Löwinnen uns ja gar nicht gerettet hätten. Da hatte er im strengen Sinn Recht, aber ich gebe zu bedenken, dass wir deren Hilfe und die Rettung durch sie tatsächlich erfahren hätten und das auch gerade noch zur rechten Zeit – wenn nicht Qendressa zuvor glückhafterweise einen Nagel gefunden hätte, um das Schloss zu öffnen. Es ist interessant, wie wichtig die kleinsten, unscheinbarsten Dinge sein können, wenn sie von diesem verloren und von jenem dann wiedergefunden werden.

Jetzt sagte Abdi aber noch etwas anderes. Auf seine Verneinung, den Revolver dabeizuhaben, fügte er jedoch an, stattdessen etwas in seiner Tasche zu tragen, das wohl mir gehörte. Er langte mit den Fingern in die tiefen Taschen seiner langen Weste und holte einen kreisrunden Gegenstand hervor – tatsächlich hatte sich gerade die Sonne aus ihrem Nachtschlaf erhoben und ihr erster goldener Strahl brach sich glänzend auf der ebenso goldenen Oberfläche. Es war der Musaddas, den ich verloren, gar gestohlen geglaubt hatte.

Abdi reichte mir den Sechseckreif und erklärte, dass er diesen einem der Sprösslinge von Ikbala und Ali hatte entwenden müssen, als jener den Goldreif als Spielzeug missbrauchen wollte. Der Musaddas musste mir beim An- oder Auskleiden wohl hinuntergefallen sein.

Halef brummte zwar, dass die Kleinen ihn möglicherweise aus seines Sihdi Habseligkeiten gestohlen hätten, weil verzogene Großstadtkinder im Gegensatz zu wohlerzogenen Beduinenkindern den Unterschied zwischen Mein und Dein nicht kannten, und Kaufmannskinder ohnehin schon von klein auf …

Abdi empörte sich so lautstark, dass ich Halef zuraunte, dass unsere Tarnung auffliegen würde, wenn der ungeübte Kutscher das Pferd scheuen ließe, einen Unfall baute und Aufsehen erzeugte. Halef winkte ab, lehnte sich zurück und schloss die Augen. Er wolle ein wenig Schlaf nachholen und wenn es nur ein paar Augenblicke wären, damit er bei unserem Ritt aus Edreneh nicht selbst das Pferd scheuen ließe und so weiter – dann schnarchte er, ein wenig zu rasch, um wirklich eingeschlafen zu sein.

Ich besah mir still den Musaddas und dachte mir und fragte mich so einiges.

Zum zweiten Mal kamen wir zur Unzeit in Alis Haus, zuvor war es der späte Abend gewesen, nun der frühe Morgen. Ali hatte mit Verwunderung die Rekrutierung Abdis zu jener Rettungsmission erlebt und dann, mit nur einigen raschen Worten der Erklärung seitens Abdis versehen, die vergangenen Stunden bang gewartet. Gegenüber Ikbala hatte er den martialischen Auftritt der Amazonen mit den Worten beschwichtigt, dass Kara Ben Nemsi eben allerlei eigentümliche Leute kannte. Ikbala hingegen war weder verwundert noch verstört, sondern vielmehr beeindruckt und begeistert gewesen von solch kriegerischer Weiblichkeit. Das sei doch ein Vorbild für junge Mädchen, hatte sie gesagt, und dachte dabei wohl daran, wie ihr eigener Vater und dessen Kumpan mit ihr selbst

umgegangen waren. Halef schauderte ein wenig bei diesem
Thema – nicht bei der Erinnerung an die auferlegte, aber glücklich abgewendete Zwangsheirat, sondern bei dem Gedanken,
was seinem Söhnchen Kara Ben Halef in der fernen Wüste
bei den Beduinen der Haddedihn an Vorbildern gegeben war,
wenn er selbst wie so oft nicht zugegen war: seine Schwiegermutter, die Kriegerin Amscha, seine Frau, die tapfere Hanneh, und die jüngst wieder zur Familie gelangte Tochter und
Schwester der vorgenannten, und damit Halefs Schwägerin,
die halbwüchsige Djamila, die wir zu Beginn unseres Abenteuers mit den Goldenen Pferden und dem Schurken Al-Kadir
kennengelernt oder vielmehr gefunden hatten. „Sihdi", hatte
Halef zu mir geraunt, „wir sehen ja, wie die Frauen werden,
wenn sie unter sich bleiben und allein Abenteuer erleben, etwa
die spitzzüngige Qendressa und ihre scharfkralligen Löwinnen: Vielleicht waren deren Väter auch nie zugegen gewesen,
um als edles, männliches Vorbild zu dienen. Was wird wohl
meinem Sohn bevorstehen, mit gleich drei starken Frauen um
ihn herum, die zudem noch Verwandte sind?" Ich beruhigte
ihn, indem ich nur einen Umriss meines eigenen Lebens gab:
Auch ich hatte eine starke Großmutter, die mir als kleinem
Bub gewissermaßen den Mittelpunkt der Welt darstellte, denn
nicht nur, dass sie sich um mich kümmerte, so war ich bis zum
vierten Lebensjahr zudem noch blind, also ganz auf meine
Innenwelt und die Worte der alten Frau zurückgeworfen.
Und Halef konnte sehen, was aus mir geworden war – da
brauchte er sich beim jungen Kara doch gar keine Sorgen zu
machen! Halef nickte zögerlich. Ich aber dachte mir, dass unsere künftige Reise mit Qendressa und ihren Löwinnen durchaus einen lehrreichen Effekt auf Halef haben könnte und ihn
so zusätzlich seiner Zweifel entledigen würde.

Ich sollte Recht behalten mit dieser Annahme, allerdings
ganz anders, als ich es damals glaubte oder erhoffte.

Wir standen also erneut vor der Tür Alis. Er öffnete und erkannte uns, worauf er glücklich die Augen auf- und die Arme

emporschlug. Er wusste natürlich nicht, in welcher Gefahr wir uns befunden hatten, aber er hatte sich wohl seinen Teil gedacht, und überhaupt ist es ja nun einmal so bestellt, dass die Freude des wohlbehaltenen Wiedersehens nicht davon abhängt, welche Bedrohungen es zuvor gegeben hatte.

Dann musterte Ali uns und schnupperte. Halef schaute betreten und ich wollte schon eine Bitte um Verständnis äußern, ob des von uns ausströmenden Missgeruchs – da fragte Ali, ob wir, feucht und wohlriechend wie wir dastünden, denn in Rosenwasser gebadet hätten! Da sei das plötzliche Verschwinden, die vermutete Entführung ja gar nicht so schlimm gewesen!

Während wir eintraten und mitteilten, dass es wahrhaftig um Leib und Leben gegangen war, erkannten wir, warum Ali uns als köstlich duftend empfand, während wir doch davon ausgingen, nach Verrottung und Fäulnis zu riechen. Unser kurzes Bad in der Tundscha hatte wohl die üble Jauche aus Kleidern und Haaren gespült, aber die Reste des wohlriechenden Öls, das zuerst und mit Rosenwasserrückständen gemischt auf uns getropft war, hatten sich in den Fasern an unserem Leib festgesetzt. Und dies konnte ein Umstehender wahrnehmen, während unsere eigenen Nasen wohl noch immer betäubt waren von dem schrecklichen Gestank, der uns so lange Zeit umwölkt und durchtränkt hatte. Zudem hatten wir uns auf der Wagenfahrt in einige der alten Decken gehüllt, die auf der Pritsche gelegen hatten, damit wir in der kühlen Morgenluft nicht frösteln mussten und uns in unseren nassen Kleidern nicht eine Erkältung einfingen, obgleich wir durch die diversen Mittelchen meiner Reiseapotheke, welche wir nach dem Stambuler Hafenbad eingenommen hatten, wohl auch etwas vorgebeugt hatten. Wir waren also einigermaßen getrocknet, und als wir in der Wärme des Hauses auch die Restfeuchte verloren, begann das Öl der Rosen seinen Duft zu verbreiten. Immerhin, so waren wir in den letzten Momenten unseres Aufenthalts noch Gäste, die dem alten Sprichwort widersprachen, dass Besuch gemeinhin wie Fisch sei, der nämlich nach drei Tagen zu stinken beginne. Dass ein vernünftiger Mensch einen Fisch aber nach kurzer Zeit ohnehin garen und kochen würde, ist dem Verfasser dieser Redewendung des schieren Witzes wegen wohl entgangen. Wäre er ein Mensch aus jenen fernen Ländern, in denen der Kannibalismus herrscht, nun, dann hätte er alles ohnehin anders formuliert. Aber ich will nicht unappetitlich werden. Zudem waren wir in Eile und da bleibt keine Zeit für Scherze.

Wir hatten also beschlossen, noch an diesem Morgen Edreneh zu verlassen. Zum einen, um aus dem direkten Zugriff des Schut zu gelangen, wenngleich dies nicht als Flucht verstanden werden darf. Denn zum anderen wollten wir stattdessen in Richtung Ostromdscha reisen. Mit dem Fernziel, uns noch weiter nach Westen, nach Albanien, ins Land der Skipetaren zu begeben, um den Schut auf seinem eigenen Grund zu schlagen. Und dort würde sich dann auch Al-Kadir befinden. Wir kannten die alten Wirkungsstätten des Schut nur zu genau: Seine Festung, die ein ausgebauter Karaul, also ein alter Wachtturm, gewesen war, befand sich in der Nähe von Rugowa. Von wo sonst aus würde der Schut seine Machtpläne in die Tat umsetzen wollen, und wo sonst würde Al-Kadir sich von seiner Niederlage gegen mich erholen wollen? Denn mit Verbrechern und Schurken verhält es sich doch wie mit wilden Tieren, die sich immer wieder in ihren Bau zurückziehen, wenngleich Letztere immer mein Verständnis und meine Achtung haben werden, denn sie sind Tiere und handeln nach ihrer Natur, während Menschen ihr Schurkenleben und Verbrechertum trotz aller möglichen Schicksale doch bewusst wählen, zumindest aber über den reinen Lebenserhalt hinaus übersteigern und sich damit erst zu den Schurken und Verbrechern entwickeln, die den kleinen Dieb und Mundräuber als harmlos und nichtig erscheinen lassen.

Wir eröffneten dies Ali, um unsere rasche Abreise zu erklären. Um ihn jedoch zu schützen, nannten wir keine Orte und keine Reiserouten. Wir hofften, dass ihn niemand mit Fragen behelligen würde. Insgeheim hoffte ich jedoch noch mehr, dass der Schut und Al-Kadir sich gar nicht genötigt sehen würden, jemanden über unsere Pläne zu befragen: Sie würden doch davon ausgehen müssen, dass wir zum Gegenangriff übergingen. Und wo sonst sollte die letzte Schlacht geschlagen werden, wenn nicht an den dafür vom Schicksal auserkorenen Orten? Es war, als würde ich erneut eine Schachpartie spielen. Nur diesmal waren das Spielbrett der Balkan und die Figuren wir selbst und unsere Feinde. Aufgestellt waren wir alle, nun galt es, die ersten Züge zu machen. Der Schut hatte begonnen, jetzt waren wir an der Reihe.

Wir packten eilig. Ikbala war auch längst auf den Beinen und versorgte uns mit einem raschen Frühstück und mit Reiseproviant. Die Sprösslinge zerrten und zogen an Abdi und wollten ihn gar nicht gehen lassen. Auch ihm fiel der Abschied schwer, doch es musste nun einmal sein. Es war egal, ob wir nun Abdi für unsere künftigen Unternehmungen brauchten oder ob er mit uns kommen wollte, um uns bei der Rache an Al-Kadir und dem Schut zu helfen. Er konnte schlichtweg nicht bei Ali und Ikbala in Edreneh bleiben, weil er die beiden und auch sich selbst vielleicht in Gefahr gebracht hätte. Zudem war Abdi der wichtige Teil eines Plans von uns. Um unerkannt Edreneh zu verlassen und weiterzureisen, würden wir uns als Handelsfuhrleute, als Kiradschi tarnen. Einen Wagen samt Ladung hatten wir bereits und Abdi hatte sich als passabler Wagenlenker erwiesen. Wenn wir sein Maultier nun an den Wagen binden würden, quasi als offen sichtbaren Ersatz für das Zugtier, und Halef und ich auf unseren Pferden, samt Packpferd als Eskorte einherritten, dann würden wir ohne Weiteres als Geschäftsleute erscheinen, als einige von vielen, die den Balkan durchreisten. Um diesen Anschein zu perfektionieren, war noch etwas Verkleidung und Scharade nötig. Während Halef unsere Tiere aus dem Mietstall abholte, bereitete ich mit Abdi und Ali alles vor: bulgarische Kleidung mit weiten Hemden und Hosen, dazu Hüte mit breiten Krempen, die trefflich unsere

Gesichter beschatten würden. Tücher und Decken würden dazu dienen, die Sättel und Waffen zu verbergen, die Halef und mir gehörten und deren Qualität natürlich nicht zu einfachen Fuhrmännern und Kaufleuten passte. Und schließlich würde sich auch mein edler schwarzer Hengst Rih als schlichteres Ross tarnen müssen. Behutsam und mit schlechtem Gewissen, ein so prächtiges Tier zu verunstalten, zauste ich ihm also Schweif und Mähne mit altem Fett und Asche; auch verpasste ich ihm mit einer ähnlich gewonnenen Schminke aus Fett und Mehl einige unschöne helle Flecken an Hals, Flanken und Beinen. Rih schnaubte ungehalten und stolz, aber er spürte durch mein Zureden und Erklären, dass diese Prozedur wichtig und nötig war.

Dann kam die Abreise. Ali und Ikbala mussten nicht wehmütig sein, denn sie brauchten sich nicht wie Gastgeber zu fühlen, welche liebe Gäste verloren, oder wie Menschen, die um liebe Freunde bangten, weil sie ins Ungewisse reisten, nein, sie konnten sich wie Theaterleute fühlen, die ihre Akteure auf die Bühne schickten, zur großen Premiere eines sensationellen Schaustücks. So nämlich begutachteten die beiden uns drei und unsere Pferde und unseren Wagen, prüften kritisch und amüsiert zugleich die Kostüme und die einstudierte Mimik, Gestik und den Text. Abdi ahmte vortrefflich den rüden Ton des bulgarischen Kiradschi nach, den sie gefangen hatten; er schaffte es sogar, seinem Türkisch einen passenden Akzent zu geben. Wer hätte geahnt, dass uns die unterhaltsamen Talente des jungen Kochs noch einmal so nützlich sein würden! Halef fand sich ebenso rasch in seine Rolle als fahrender Kaufmann, und mir war die Figur des Buchhalters und Kontoristen auch nicht so fern, als dass ich sie nicht hätte glaubhaft verkörpern können. Ali hatte mir sogar eine alte Drahtbrille besorgt, in deren Rahmen sich Fensterglas befand, damit ich wie ein Schreiber aussah, aber dennoch klar schauen konnte. Halef musterte mich und befand, dass ich künftig immer eine Brille tragen sollte, denn damit würde ich klüger aussehen. Ich ließ ihm den

Spaß und die Lacher der anderen und hielt mich mit meiner Meinung zurück, dass er mit seinem großen Hut wirkte, als hätte der kleine Muck aus dem orientalischen Märchen des geschätzten schwäbischen Dichters Hauff es sich in den Kopf gesetzt, wie der Räuberhauptmann Rinaldini daherkommen zu wollen, welcher aus der Feder des etwas weniger geschätzten thüringischen Dichters Vulpius stammte. Aber was wäre trefflicher, als dass wir uns wie erdachte Gestalten verhielten, denn wir wollten den Feind ja mit unserem Schauspiel täuschen. Zweifellos würde es uns gelingen! Und so schwangen wir uns guten Mutes auf den Kutschbock und in die Sättel, winkten Ikbala, Ali und den Kindern und verließen am frühen Vormittag das gastliche Haus, in dem solch gute Menschen wohnten und solch seltsame Bücher.

Wir trafen uns mit Qendressa in der Nähe ihres früheren Quartiers nahe der Gazi-Moschee. Auf dem Weg dorthin hatten wir die Gazi-Mihal-Brücke überqueren müssen und es war kein gutes Gefühl, wieder an den Ort zu gelangen, an dem wir überfallen und entführt worden waren. Doch da die Umstände so gänzlich andere waren, verflog diese Empfindung rasch. Es war heller Morgen statt anbrechende Nacht und wir fuhren und ritten mit dem Strom der anderen Menschen und Pferde und Fuhrwerke, und niemand bemerkte, dass wir nicht die waren, die wir vorgaben zu sein. Der eine oder andere Kiradschi grüßte uns sogar, als wir einander passierten, und Abdi zeigte sich als Meister der Mimikry, also der Tarnung als etwas, was man nicht ist. So würden wir unsere Gegner täuschen können, und wenn nicht die Schurken selbst, so doch ihre Späher und Spitzel, und dies sollte uns zunächst Erfolg genug sein. Würden wir unerkannt in die Flanke des Feindes, auf seinen eigenen Grund gelangen, könnten wir ihn besiegen.

Wir waren also zuversichtlich und moralisch gestärkt. Deshalb kümmerte es uns wenig, als Qendressa uns hell lachend empfing – nachdem sie uns mit Mühe erkannt hatte, dies sei

mir erlaubt, als kleinen Triumph anzumerken – und ihre beiden Löwinnen die Köpfe zusammensteckten und sich amüsierten, wenngleich ich befinden muss, dass dies so dezent
und würdevoll geschah, dass selbst Halef sich nicht empören
musste. Den Spott Qendressas nahm er einigermaßen gelassen
hin, weil diesem gleich hernach ein Kompliment über unsere
gelungene Tarnung folgte.

Dann verließen wir Edreneh und machten uns auf die Reise
in die Berge und Schluchten des Balkan.

Neunzehntes Kapitel
Ein Tal in den Bergen

Ich hatte beschlossen, dass unsere Reise nach Ostromdscha am südlichen Rand der Rhodopen entlangführen sollte. Dies ist ein bewaldeter Gebirgszug mit karstigen Schluchten und tief in die Felsen eingeschnittenen Flusstälern, welche von kühn gebuckelten Brücken gequert werden. Im Norden reckt sich der Gipfel des Golyan Perelik, in den westlichen Bergen des Riva und des Pirin strebt der Vikhren noch um einiges höher. Aber diesen beschwerlichen Weg wollten wir nicht nehmen, auch wenn uns wundervolle Anblicke, etwa der Felsbögen von Tschepelare, dadurch entgingen. Aber es war vorzuziehen, das strenge Klima und Terrain der Bergeshöhen zu meiden und statt durch finstere Nadelwälder besser entlang von lichten Hainen aus Buchen und Eichen zu reisen. So weit südlich des Flusses Arda, an dem entlang Handelswege führten, würden wir zudem auch weniger Menschen begegnen, zumindest bis wir auf den Lauf der Mesta stießen. Dies ist jener Fluss, der auf Griechisch Nestos heißt und an der südlichen Küste unweit der Insel Thasos ins Meer mündet.

Auf unserer Route befanden sich nicht allzu viele jener Flüsse, die dem Gebirge den Namen gegeben haben, denn der Begriff Rhodope weist auf den rostig roten Schlamm hin, den die Fluten oft mit sich führen, und die Abwesenheit von Wasserläufen war uns nur recht, wir hatten in Edreneh allzu viel davon gesehen. Eine schöne, trockene Reise würde uns auf die kommenden Abenteuer vorbereiten. Zumal wir unter unserer Tarnung auch sicher sein konnten und uns nicht allzu sehr vor Entdeckung fürchten mussten.

Die Verkleidung von Halef, Abdi und mir, ja sogar von Rih habe ich beschrieben. Qendressa und ihre Löwinnen befanden es nicht für nötig, es uns in diesem Sinn gleichzutun, denn ihre Kleidung war balkanisch genug, um nicht aufzufallen. Und sollten der Schut und seine Schergen nach drei Frauen suchen, so blieb wie immer die Frage, ob das ungeschulte Auge unsere Reisegefährtinnen überhaupt als solche erkennen würde. Wie es so schön heißt: Man sieht nur, was man kennt. Und die schlichten und brutalen Männer des Schut hatten keine Erfahrung mit Frauen, die keinen Weiberrock trugen, sie konnten sich solches noch nicht einmal vorstellen, und deshalb würden sie stets im Nachteil sein, ja, übertölpelt und getäuscht werden.

Zudem ritten die drei wehrhaften Damen nicht immer in unserer Nähe, was durchaus von Vorteil war. Ich spiele jetzt nicht auf die Vermeidung etwaiger stichelnder Gespräche zwischen den beiden Gruppen an, die vielleicht aus den kleinen Unstimmigkeiten zwischen Qendressa und mir oder den Löwinnen und Halef hätten entstehen können. Auch soll man dies nicht als Scheu vor einer allgemeinen Auseinandersetzung zwischen weiblichen Wesen auf der einen und männlichen Wesen auf der anderen Seite sehen, das Ganze also nicht zu einem Kampf der Geschlechter an sich machen wollen. Nein, dies hatte durchaus nüchterne und praktische Gründe. Zum einen wäre es auffällig gewesen, wenn das einzelne Gespann, über das wir verfügten, von einer solchen Überzahl an eskortierenden Reitern begleitet würde, denn dies hätte einen jeden wohl auf einen besonderen Wert der Fracht schließen lassen, und dann wäre die Lockung eines Überfalls zu groß gewesen. Zum anderen konnten Qendressa und die Löwinnen durchaus jenen Anschein erwecken, den sie auch auf mich gemacht hatten, als ich sie bei unserer Begegnung auf der Landstraße aus der Ferne für berittene Boten gehalten hatte. Ihre deutliche sichtbare Bewaffnung würde das Übrige tun, um neugierige Reisende oder nicht wohlgesonnene Gesellen abzuschrecken.

Aber auch in jenen Zeiten, in denen wir keine Wegstrecke zurücklegten, gingen wir getrennter Wege – wenn ich es einmal so formulieren darf, dass sich tatsächliche und übertragene Bedeutung kreuzen, denn die Wege der Damen und Herren taten dies nicht. Ich gestehe ja einem und einer jeden ihren eigenen Lebensstil zu, und die persönlichen Gewohnheiten sind ja auch durchaus verschieden, wie ich bereits anmerkte, als ich über Halefs und mein Quartier im Gartenhaus des Kaufmanns Maflei in Stambul erzählte. Und dass das Alltagsleben und Benehmen des Reisenden in der Stadt oder überhaupt einem Quartier in einer menschlichen Siedlung sich ganz anders abspielt, als wenn er sich eben auf Reisen durch das Land oder gar die Wildnis befindet. Halef und ich kannten einander, mit Abdi hatten wir immerhin einige Zeit gemeinsam in der Wüste verbracht. Was Qendressa und ihre Löwinnen betraf, so verhielt es sich zweifellos ähnlich. Es wäre wohl schwierig, wenn nicht gar heikel gewesen, diese beiden Gruppen nun auf einmal zu mischen, wenn doch keine Not daran war. Wir hielten es also mit dem preußischen Generalfeldmarschall Helmuth von Moltke, der im sogenannten Deutschen Krieg von 1866 gegen die Österreicher das Wort vom *getrennt marschieren, vereint schlagen* prägte. In Abwandlung dieses Wortes marschierten wir also teilweise getrennt, lagerten gänzlich getrennt, um dann den Schut vereint zu schlagen. Um noch kurz auf Moltke zurückzukommen: Man halte mich nun nicht für einen strammen Verehrer von Militär und Preußentum. Ich bin mir zwar durchaus der Verdienste Moltkes und der Ehre, die ihm vor allem für die Einigung meines Vaterlands zum Deutschen Reich unter dem Kaiser gebührt, bewusst; aber ich schätze besonders seine schriftlichen Erinnerungen an seine Zeit als Truppeninstrukteur in Diensten des osmanischen Sultans, während der er vor dreieinhalb Jahrzehnten Vorderasien, das Zweistromland und Ägypten bereiste. Sicher bin ich ihm ein wenig gram wegen seiner Teilnahme am Feldzug gegen die Kurden, aber dies war nun mal seinem Dienstherrn und den

Zeitläuften geschuldet. Seine Reiseberichte jedoch, die gesammelt als sogenannte Briefe erschienen, sind nichts weniger als lehr- und aufschlussreich.

Es war mir also insgesamt nicht unlieb und noch weniger befremdlich, sozusagen eine Parallelreise mit Qendressa und ihren Löwinnen zu unternehmen. Schließlich hatten sie sich aus freien Stücken entschlossen, uns gegen den Schut beizustehen, wo sie doch eingangs ganz andere Pläne hatten. Wenn sie diesen nebenbei noch nachgingen, so sollte es mir nichts weniger als recht sein. Außerdem blieb so die Stimmung bei beiden Parteien von Streit und Nickeligkeiten verschont. Wann immer aber unter uns Männern das Gespräch auf die Frauen kam, zumeist von Halef, der mutmaßte, was jene in diesem Moment wohl über uns reden würden, unterband ich dies mit freundlichen, aber strikten Worten. Abdi hingegen war sehr für die famose Qendressa und ihre Leibwächterinnen eingenommen, auch wenn Letztere ein wenig rüde mit ihm umgesprungen waren, als sie ihn in das Abenteuer unserer Befreiung gezerrt hatten. Die Erinnerung daran überdeckte bei Abdi alles andere, außer natürlich dem Stolz, im Grunde für unsere jetzige Tarnung gesorgt zu haben.

Auch hier musste ich ein wenig regulierend einwirken, indem ich mahnte, dass die künftigen Konfrontationen mit dem Schut nicht so ungefährlich ablaufen mochten, vor allem was Abdi anbetraf.

Aufgrund dessen übte Abdi sich mit seinem Revolver im Schießen, ebenso wie Halef, der langsam Abstand von seiner alten Beduinenflinte nahm, die noch mit Pulver und Blei zu laden war, statt mit Patronen. Er hatte zwar ein bemerkenswertes Geschick im Nachladen entwickelt, aber angesichts unserer kommenden Kämpfe sollte er sich doch ein wenig modernisieren. Ich hatte ihm vor einiger Zeit eine anständige Büchse neuester deutscher Fabrikation geschenkt. Mit dieser hatte er zunächst ein wenig gefremdelt, aber dennoch geübt, solange er sich bei den Beduinen der Haddedihn aufhielt. Mit erneutem Erstaunen erfuhr ich, auf wessen Anraten und unter wessen Anleitung er dies getan hatte: Es war wiederum der wundersame Lehrer Lohse gewesen, von dem ich durch Halef immer mehr erfuhr. Lohse war Soldat gewesen, ein sogenannter Einjähriger-Freiwilliger und sogar Offizier der Reserve. Er hatte 1866 gegen Österreich und 1870/71 gegen Frankreich gekämpft. Zumindest schloss ich dies aus den knappen Erzählungen Halefs, der sich vielleicht auch einige Begriffe nicht richtig gemerkt hatte. Und möglicherweise hatte Lohse auch ein wenig geflunkert. Ich gebe im Allgemeinen viel auf Lehrer und Pädagogen, aber manchmal möchten sie ihre Schüler doch allzu sehr beeindrucken, zumal wenn die Möglichkeit der Überprüfung fehlt, und dies ist bei einem deutschen Lehrer bei den Beduinen der arabischen Wüste nun mal der Fall. Bei Gelegenheit würde ich mit dem Mann wohl das ein oder andere Wort wechseln müssen.

Auf jeden Fall war Lohse ein guter Schießlehrer gewesen, denn Halef handhabte die Büchse durchaus angemessen und seine Treffsicherheit war lobenswert. Ich brauchte mir also keine Sorgen zu machen, was die Verteidigungsfähigkeiten meiner Gefährten anbetraf.

Wir hatten wohl die Hälfte der Strecke zwischen Edreneh und Ostromdscha hinter uns gebracht, aber die Mesta noch nicht überquert, als wir von einer Felsenhöhe aus in ein kleines Tal schauten. Hier bot sich nicht der Anblick, den wir bislang erlebt hatten oder von unseren früheren Reisen durch diese Landstriche kannten. Hier schmiegte sich nicht ein kleiner Ort oder ein Weiler in die Natur, deren Wäldern nur ein wenig Ackerland abgetrotzt war. Hier war die Landschaft so verändert, als hätte man ein kleines Stück von Berlin oder London, oder eher noch von Manchester oder Essen mit Riesenhand gepackt und mitten in die Eichenhaine und das Buchendickicht gesetzt. Klein war dieses Stück Industriestadt, aber es steckte in der Landschaft wie ein Splitter im Fleisch, und

dieser schmerzt immer, so klein er auch im Vergleich zum betroffenen Finger sein mag.

Ich fühlte mich an die Worte des Fürsten Pückler-Muskau erinnert. Dieser ist mir ein besonders nahestehender Landsmann.
Nicht etwa, weil er sich in jenem Metier verdient gemacht hat,
welches ein jeder Orientale dem Deutschen nachsagt, nämlich
dem Gärtnern, wobei des Fürsten Landschaftskunst, die an
englischen Vorbildern geschult wurde, nun nichts mit bieder-
meierlichem Rosengärtnern gemein hat. Nein, der Fürst war in
jungen Jahren ein Orientreisender so wie ich, und er besuchte
vor dreieinhalb Jahrzehnten – man bemerke die Ähnlichkeit
des Zeitraums im Vergleich zu Moltke; es muss wohl in dieser
Zeit etwas in der Luft gelegen haben, was man als Wander-
lust bezeichnet – sowohl Nordafrika als auch Griechenland,
die Levante und Istanbul. Seine abenteuerlichen Erlebnisse
hat er in vielen Bänden geschildert, geradeso wie ich selbst.
Aber er war nicht nur Realist, der mit eigenen Füßen fremde
Erde betreten hat, so wie er die eigene Erde seiner Länderei-
en mit den Händen aufs Prächtigste umgestaltet hatte, nein, er
war auch Visionär und kundiger Schauer dessen, was sich in
unserer Welt verändern würde, seit der technische Fortschritt
in allen Lebensbereichen seinen Einzug hielt. Denn als der
Fürst einmal vor seinem herrlichen Landschaftsgarten in Bra-
nitz stand, überkam ihn die Wehmut und er stellte sich vor,
wie es dort wohl aussehen würde, käme er hundert Jahre nach
seinem Tod wieder an diese Stelle: „Was seh ich? Schiffbar
ist der Fluss geworden, der meinen Park durchströmt; aber
Holzhöfe, Bleichen, Tuchbahnen, hässliche, nützliche Dinge
nehmen die Stelle meiner blumigen Wiesen, meiner dunklen Haine ein." Selbst sein Schloss sieht er umgestaltet zur
Fabrik!

Ich wusste nun nicht, ob sich in diesem Tal einst ein Schloss
befunden hatte, aber eine Fabrik beherbergte es jetzt. Ein ge-
ducktes Ungetüm aus grauem Stein und grauem Holz, gedeckt
mit Ziegeln, die das übliche, heitere Rot vermissen ließen und

stattdessen ebenfalls grau waren, wenngleich sie nicht den dunklen Schimmer von Schiefer zeigten, sondern stumpf und matt waren wie Asche, obwohl ich keinen Schornstein sah, der diese Asche hätte auskeuchen und alles damit überziehen können. Ob nun Wasserkraft den nötigen Antrieb für jenes lieferte, was uns aus dem Tal entgegenscholl, nämlich ein Rattern und Rumpeln aus dem Innern des grauen Gebäudes, das konnte ich noch nicht sagen. Zwar zog sich ein Wasserlauf um die entferntere Seite des Baus, aber ob sich dort Mühlräder oder ähnliches befanden, konnte ich nicht ausmachen. Dass der Bach aber munter und klar aus den Bergen geflossen kam, nach Passage der Fabrik aber trüb und träge erschien, das war nicht zu übersehen. Ein strenger Geruch wehte heran. Er war bitter und stechend; und auch wenn ich noch höchst präsente Erinnerungen an den Gestank verrotteter Rosen hatte, so schien mir dieser doch ein natürlicher zu sein, während jener etwas Unnatürliches, wenn nicht gar Widernatürliches besaß. Ich habe bisher nie den Fuß in ein chemisches Labor gesetzt, noch weniger in eine Hexenküche. Aber ich glaube, dass man auf der Schwelle dieser beiden Orte, sollten sie in benachbarten Räumen untergebracht sein, wohl diese olfaktorische Qual hätte erleiden müssen.

Was nun in diesem schrecklichen Bauwerk mit seinem üblen Gestank verarbeitet oder hergestellt wurde, darüber musste ich nicht lange mutmaßen. Denn seitlich versetzt neben der Fabrik, wo sich auch größere und kleinere Baracken sowie einige Holzhütten befanden, sah ich einen Stall für Pferde und eine Remise für Wagen. Davor wurden zwei Gespanne, nicht unähnlich dem unseren, nur mit zwei Pferden statt einem beschirrt, gerade mit großen Bündeln beladen. Diese schienen trotz ihres Umfangs nicht allzu schwer, wie man an den Bewegungen der Männer erkannte, welche die Fracht verluden. Unter den Planen und Stricken, welche die Bündel umhüllten, befanden sich vermutlich Kleider, geschneidert aus den Stoffen, die in der Textilmühle gewebt und gewirkt worden waren. Auch wurden sie hier eingefärbt, und durch die Abwässer wurde der Bachlauf verunreinigt. In den Baracken befanden sich somit offenbar die Schneiderei und Näherei oder was auch immer für die Verfertigung von Kleidung nötig war. Hier war wohl eine der Quellen für jene erschwinglichen, ja billigen Kleider, von denen ich in Edreneh gehört hatte und die auf dem Basar verschleudert wurden.

Was mir jedoch verdächtig vorkam, war die Abgelegenheit dieses Areals. Warum befand es sich nicht in der Nähe einer der größeren Ansiedlungen wie Smolyan oder Koschikawak, wo die Anbindung an die Handelswege besser und die Märkte vor Ort waren? Oder warum nutzte man nicht die Ströme der Arda oder Mesta, sondern das im Vergleich armselige Rinnsal dieses Tals, das kaum die verschmutzten Abwässer forttragen konnte, noch weniger die Maschinerie antreiben?

Es konnte nur an der Heimlichkeit dieses Orts liegen. Und wer heimlich tut, hat etwas zu verbergen. Und weil ich in diesen Zeiten hatte erleben müssen, dass der Gegner und Feind mehr als andere sich um Verborgensein und Tarnung bemühte, sagte mir mein Gefühl, hier vielleicht eine Spur gefunden zu haben. Auch konnte ich mich des Eindrucks nicht erwehren, dass mir das Schicksal einen Wink nach dem anderen gegeben hatte, insofern, dass ich in den vergangenen Tagen immer wieder Hinweise auf Stoffe, Tuche, Kleidung erhalten hatte, zu den unterschiedlichsten Gelegenheiten und von den unterschiedlichsten Menschen. Ich spürte hier einen Zusammenhang, glaubte den sprichwörtlichen roten Faden zu sehen. Und mein Gespür hat mich nur selten getäuscht.

Ich beschloss, zunächst mehr über diesen Ort in Erfahrung zu bringen. Und da dieser so heimlich war, würde auch ich diese Unternehmung heimlich durchführen. Wir leiteten unser Gespann und die Pferde abseits vom Weg in den Wald. Dann erläuterte ich meinen Plan: Abdi würde bei unseren Tieren und Habseligkeiten Wache halten und bei etwaiger Entdeckung und neugierigen Fragen die Rast unbescholtener Kiradschi vortäuschen. Halef sollte von der Höhe aus über das Areal spähen und mich nötigenfalls durch ein Signal warnen. Ich würde mich ungesehen ins Tal begeben und an die Gebäude heranschleichen, um genau zu erfahren, was dort getrieben wurde und wer dahintersteckte.

Bei dieser Planung erschien es im ersten Moment als enttäuschend, dass Qendressa und ihre Löwinnen sich wieder abseits der gemeinsamen Reiseroute bewegten. Sie hätten ebenfalls Teile von Spähdienst und Erkundung übernehmen können. Aber dann wiederum gab es die Frage, ob sie dies als ebenso wichtig angesehen hätten, wie ich dies tat, und zudem den Zweifel, ob sie meine Anordnungen hätten befolgen wollen. Nein, der Plan würde auch nur mit Abdi, Halef und mir gelingen. Es war ohnehin nur ein Zufall, dass die drei Frauen uns begleiteten, wenn man dies so nennen wollte. Da Qendressa nur auf Rache sann, weil sie durch den Schut entführt worden war, musste sie noch lange nicht meine Pläne teilen, seine gesamten Machenschaften zu unterbinden. Ich vermutete, Qendressa hätte sich damit zufriedengegeben, den sprichwörtlichen Bären zu erlegen und ihn im Wald sterben zu lassen; ich hingegen wollte auch dafür sorgen, dass dessen Haut nicht in die Hände anderer gelangte, die sie dann wiederum verkaufen würden.

Meine Unternehmung sollte aber kein Jagdausflug werden, weswegen ich den Henrystutzen und erst recht den Bärentöter bei meinem Restgepäck beließ und nur mit Bowiemesser und Revolver loszog. Gänzlich unbewaffnet wollte ich mich nicht auf fremdes Gebiet begeben, zumal Klinge und Kolben beides ja durchaus auch Werkzeugcharakter annehmen kann, etwa als Brecheisen und Hammer, sollte ich mir an gewissen Stellen meinen Weg nicht nur durch das Gelände, sondern auch durch Gebäude bahnen müssen. Ich war mir natürlich bewusst, dass ich hier unrechtmäßig privaten Grund betreten würde. Aber wenn ich spüre, dass dort ebenfalls unrechtmäßige Dinge getan werden, und nicht nur einmalig, wie mein eigenes

Eindringen, sondern fortlaufend und in großem, gar weitgreifendem Ausmaß, dann kann ich das mit meinem Gewissen sehr gut vereinbaren. Am Ende habe ich mich doch immer auf der Seite von Recht und Gesetz befunden, selbst wenn ich zuvor einen kleinen Tanz auf jenem dünnen Grat vollführen musste, der die lauteren von den unlauteren Dingen trennt.

Ich begab mich also in das versteckte Tal. An der Böschung, die hinabführte, boten mir die Felsen der Karstlandschaft und die Büsche und Sträucher gute Deckung. Unten angekommen bemerkte ich, dass sich kein Zaun oder sonstige Absperrung um das Gelände zog. Und wenn ein Bereich nicht eingefriedet ist, kann man auch keinen Hausfrieden brechen. Im Schutz weiterer Büsche und Felsen näherte ich mich geduckt jener Fläche, die zwar für den Bau der Fabrik und der umliegenden Gebäude gerodet und von Felsen befreit, aber nach der Fertigstellung und Inbetriebnahme doch vernachlässigt worden war. Niedrige Sträucher und hohes Gras, Disteln und Unkräuter wucherten aus dem Boden und boten mir eine treffliche Tarnung, um mich bis in die Schatten der Gebäude zu schleichen. Ich hatte bei meinem ständigen Spähen und aufmerksamen Umherschauen keine Wachen bemerkt, auch sonst streifte niemand über das Gelände, nicht einmal, um sich die Beine zu vertreten. Ein wenig mehr Sorgen, als dass ich entdeckt würde, machte ich mir jedoch wegen des Umstands, von den Dämpfen der Abwässer ohnmächtig zu werden. Die betäubenden Schwaden krochen dicht über den Grund dahin, denn tief unten in diesem windstillen Talkessel strich nicht der geringste Hauch über den Boden hinweg. Ich fühlte schon eine gewisse Benommenheit, als ich mich endlich aufzurichten und die etwas reinere Luft einzuatmen wagte, die sich, wenn schon nicht in Kopfhöhe, so doch in Höhe der kleinen Fenster befand, die sich spärlich in der Bretterwand der Baracke zeigten, an die ich mich presste.

Von drinnen hörte ich ein Surren und Ticken in vielstimmigem Takt. Für einen Augenblick fühlte ich mich unangenehm an die Erlebnisse in der britischen Botschaft erinnert, in jenem geheimen Aktenraum mit den Aberhunderten von Käfern und Insekten. Dann aber hörte ich aus dem Innern der Baracke eine barsche Stimme, die in bulgarischer Sprache rüde Beschimpfungen brüllte. Vorsichtig schob ich mich von unten und seitlich an das Fenster heran. Die Glasscheibe war gesplittert und blind vor Schmutz. Ich konnte kaum etwas im Innern erkennen, doch gleichzeitig würde ich selbst nicht so leicht gesehen werden. Was ich erblickte, waren Reihen um Reihen von Tischen, an denen Frauen saßen, die allesamt in grauen Stoff gekleidet waren. Sie trugen Blusen oder Kittel am Leib, Kopf und Haar waren mit grauen Tüchern verhüllt, wobei ich nicht zu beurteilen vermochte, ob dies religiöse Gründe hatte oder nur der Arbeit und einer gewissen Uniformität diente. Die Frauen waren, wie es schien, Bulgarinnen, was ich nicht an typischer Kleidung und Aussehen, sondern eben durch die Sprache erkannte, in der sie gerügt und angetrieben wurden. Den Mann, der diese Flüche und Befehle ausstieß, konnte ich nicht sehen. Wohl erkannte ich aber, was für eine Arbeit die Frauen verrichten mussten – und ich hatte mit meiner Vermutung richtig gelegen. Allesamt saßen sie an Nähmaschinen und fertigten Kleider aller Art an. Nun, nicht aller Art, denn es waren keine prächtigen Gewänder oder elegante Roben, sondern vorwiegend Blusen, Hemden und Hosen aus grobem Tuch und, wie mir schien, Uniformröcke, diese aber nicht für die Parade oder den Offizier, sondern für das Feld und den schlichten Soldaten. Nichts anderes hatten nach Halefs Worten die Arnauten auf dem Basar von Edreneh verkauft. Vielleicht stammte all dies von hier oder anderen Fabriken dieser Art im Randgebirge der Rhodopen.

Was nun die Nähmaschinen anging, so schienen sie mir durchaus modern, wenngleich ich auf diesem Gebiet kein Experte bin und, wie erwähnt, durch mangelhaften Einblick und einige Entfernung nichts Genaues erkennen konnte, was etwa das Fabrikat betraf. Aber ob es sich nun um Modelle der geschätzten Firmen Singer oder Gibbs & Willcox handelte, sie aus anderen Werkstätten stammten oder gar türkische Nachbauten waren – die schiere Menge dieser Gerätschaften zeugte davon, dass für diese Unternehmung einiges an Geld aufgewendet worden war. Dass sich all dies gelohnt hatte, konnte ich daran erkennen, dass hier schon so lange Zeit gearbeitet und produziert wurde, dass die Baracken heruntergekommen waren und die Umgebung mit Pflanzen überwachsen, obgleich dieses Gelände wohl kaum bebaut vorgefunden, sondern alles neu errichtet worden war, vor mindestens einem, wenn nicht gar zwei Jahren.

Ich schlich weiter, ich wollte mehr erfahren. Eng an die Bretterwände gepresst schob ich mich geduckt an der Baracke entlang, schaute und lauschte nach Bewegungen und Geräuschen. An der Gebäudeecke angekommen, warf ich einen kurzen Blick aus dieser Deckung heraus. Eine weitere Baracke stand dort, nur durch einen kurzen Streifen grauen Grases getrennt. Ich lauschte und spähte, dann lief ich gebückt hinüber. Hier hörte ich keine Nähmaschinen aus dem Innern, dafür gelegentliches, vielstimmiges Husten und wieder eine Männerstimme, die, diesmal auf Serbisch, scharfe Worte durch die Baracke brüllte. Hier ermöglichte mir ein Astloch in einem der rohen Bretter einen Blick nach innen. Es lag recht tief, sodass ich hoffen konnte, die plötzliche Verdunkelung des kleinen Lichtflecks an der Wand würde niemandem auffallen. Ich erkannte erneut zahlreiche Reihen niedriger Tische, vor denen wiederum viele graugekleidete Frauen standen, von welchen ich aber nur die Kittelsäume sowie die Strümpfe, Bastschuhe oder bloßen Füße sehen konnte. – Und Ketten! Fußschellen, die die Knöchel umschlossen. Dies waren nicht allein geschundene Arbeiterinnen, sondern Gefangene, Sklavinnen! Gewiss waren auch die Näherinnen angekettet, ich hatte es nur nicht erkennen können.

Ich hörte das Klappern von Scheren. Hier wurden offenbar die Stoffe und Tuche ausgemessen und zugeschnitten, die in der Baracke nebenan zu Kleidung vernäht wurden. Am Rande meines engen Blickfeldes sah ich in einiger Entfernung einen Mann, der sich unter einer zerbeulten, unförmigen Kopfbedeckung kratzte. Er war aber nicht jener, der noch immer seine menschenschinderischen Parolen schrie, denn der Mund dessen, den ich sah, bewegte sich nicht. Dafür erkannte ich zwei andere Dinge. Der Mann hatte ein Gewehr oder eine Flinte geschultert. Ob nun alle Männer, die ich bislang bemerkt hatte, ebenfalls bewaffnet waren, konnte ich nicht sagen, aber dieser hier schien sich angesichts der vielen Frauen mit ebenso vielen scharfen Scheren wohl sicherer zu fühlen, obwohl sie angekettet waren! Aber ohne weiter über Mut oder Feigheit des Manns zu spekulieren oder darüber, was ihm aufgetragen worden war, fragte ich mich stattdessen, was sich an der Kappe des Manns für ein metallisch glänzendes Etwas befand, das ich deutlich erkennen konnte, wenn er sich bewegte und das Licht darauf fiel. Ob er Bulgare oder Arnaute war oder eben Serbe, wie der andere Mann, den ich noch immer hörte, konnte ich anhand seiner Kleidung nicht ausmachen. Diese war von jenem Schnitt und jener Zusammenstellung, wie sie auf dem Balkan üblich ist und die ich oft beschrieben habe: lange Hemden und Westen, darunter Hosen mit Hüftriemen und Stiefel oder Schuhe. Was mir auffiel, war, dass der Mann so schäbig und lumpig gekleidet war, wie man es nicht unbedingt erwarten mochte, da er zur Wachmannschaft einer Kleiderfabrik gehörte. Der Inhaber schien nicht sonderlich spendabel zu sein. Zumindest, was die Kleidung betraf. Ich hätte nun nicht erwartet, dass die Wachen sich in Kittel ähnlich der Arbeiterinnen gehüllt oder eine Art Uniform getragen hätten. Aber dass sie so übel entlohnt wurden, dass sie sich keine neuen Kleider hätten leisten können – nun, ich hatte schon oft erlebt, dass auch wohlhabende Räuber sich nachlässig kleideten, während vergleichsweise arme Strauchdiebe alles für ihr eindrucksvolles Ornat aufwendeten, um ihre Umgebung zu beeindrucken.

Jetzt kam der zweite Mann heran. Er hatte seine unflätige Schreierei beendet und schlenderte, ebenfalls bewaffnet, zu dem ersten. Ich erkannte, dass beide jenen kleinen runden Metallschmuck an der speckigen Kopfbedeckung trugen. Da ich bezweifelte, dass beide gleichermaßen eitel waren, ging ich davon aus, dass es ein Signet war und sie neben ihren Waffen als Wachen kennzeichnete. Dieses hatte ihr Brotherr ihnen wohl spendiert. – Und nun sollte ich mich darum bemühen, auch diesen kennenzulernen.

Ich wandte mich von der Baracke ab, um zu den Holzhütten hinüberzulaufen.

Jetzt, wo ich wusste, dass es tatsächlich Wachen gab, zudem bewaffnet, musste ich mich zweifach vorsichtig bewegen. Ich lockerte die Lasche, welche meine Revolvertasche verschloss. Obzwar ich jeglichen Schusswechsel vermeiden wollte, denn der Lärm hätte noch weiter auf mich aufmerksam gemacht, musste ich doch auf alles vorbereitet sein, falls ich mich bei Entdeckung zu verteidigen hatte. Im Schutz der Baracken und Sträucher näherte ich mich den Holzhütten. Querab lagen weitere Baracken und auch das große Gebäude, aus dem die lauten Geräusche kamen, die ich jetzt als das Rattern und Krachen großer Webstühle erkannte. Auch vernahm ich das Stampfen und Keuchen einer Dampfmaschine, das Rauschen der Schwungräder und Singen der Antriebsbänder. Wiederum fragte ich mich, warum es hier keinen Schornstein gab, und noch weniger eine Halde mit Kohle oder zumindest hohe Stapel von Brennholz. In den Baracken würde sich solches sicher nicht befinden, diese dürften den Frauen als Quartiere dienen, wobei ich eher glaubte, von Kasernierung sprechen zu müssen, denn mir erschienen diese Baracken, die sicher Pritschen oder Stockbetten enthielten, durchaus wie Soldatenunterkünfte. Ob ich stattdessen sogar noch Ärgeres annehmen musste, etwa, dass ich mich hier in einer Art Zuchthaus voller Zwangsarbeiterinnen befand, wollte ich zunächst nicht wagen. Dafür fehlten offenkundige Dinge wie Zäune oder gar

Mauern. Aber was wusste ich schon, welcher Zwang oder welche Drohungen hier neben den Flüchen der männlichen Wachen ausgesprochen und ausgeübt wurden.

Von den Felsen über dem Tal hatte ich die Stallungen und den Unterstand der Fuhrwerke gesehen. Nun hörte ich nur die Pferde schnauben und wiehern und auch wie der Wagen, dessen Beladen ich mitangesehen hatte, unter Rasseln und Peitschenkrachen davonfuhr. Eine weitere Ladung der massenhaft hergestellten Kleidung fuhr ihrem Umschlagplatz entgegen.

Ich lauschte dem schwindenden Lärm nach, und über dem dumpfen Rumpeln aus der Weberei versuchte ich, verdächtige Geräusche auszumachen, die mich vor Wachen oder anderem warnen würden – ich hoffte, es gäbe keine Hunde, die mich verraten oder gar angreifen könnten. Dann aber sah ich etwas anderes: Vor einer der Holzhütten, die nicht aus rohen, dünnen Brettern, sondern aus stabilen Stämmen gefügt waren, stand eine recht komfortabel erscheinende Kutsche, die nichts von den groben Fuhrwerken der Kiradschi hatte und auch keine Mietdroschke war. Diese Kalesche war mehrfach gefedert, also für Überlandfahrten gerüstet, und die Pferde wirkten stattlich, waren aber ebenso wenig repräsentative Paraderösser wie robuste Arbeitstiere. Mit diesem Gefährt und diesen Tieren reiste jemand, der über Kenntnis und die nötigen Gelder verfügte. Oder von einem solchen geladen war. Denn aus der Tatsache, dass die Tiere nicht abgeschirrt waren, schloss ich, dass die Kutsche erst vor kurzer Zeit angekommen war. Ob eine ebenso rasche Abreise bevorstand oder noch keine Zeit oder kein Personal verfügbar war, um die Pferde zu versorgen, wusste ich nicht, es spornte mich aber zur Eile an. Vielleicht war durch einen glückhaften Zufall der Herr dieses Tals und der Fabrik zur gleichen Zeit wie ich selbst zugegen.

Vorsichtig vermied ich den Blick der Fensteraugen, die mir glasglänzend aus der Hütte entgegenschauten. Niemand sollte mich zufällig aus dem Innern heraus erblicken. Wieder dankte ich im Geist meinem Freund und Blutsbruder aus den fernen Zelten und Jagdgründen der Apatschen. Von ihm hatte ich nicht allein das Klettern und das leise Anschleichen tief über dem Boden gelernt, bei dem man darauf zu achten hatte, die Pflanzen, welche gewissermaßen vor der eigenen Nase aus dem Grund wuchsen, nicht so zu berühren, dass sie weiter oben verräterische Winksignale aussandten. Nein, ich hatte auch gelernt, wie man sich in geducktem oder auch halb aufgerichtetem Gang von Deckung zu Deckung bewegt, ja sogar eine kurze Freifläche überwindet, ohne gesehen zu werden. Hier galt es, das Kunststück zu vollbringen, sich eben nicht zu beugen und sozusagen 'klein' zu machen, sondern vielmehr aufrecht zu gehen, um sich etwaigen lotrechten Linien der Umgebung anzugleichen, und ebenfalls nicht rasch, sondern langsam zu agieren, um nicht durch den Kontrast von starren Bäumen oder Gebäuden zum eigenen bewegten Körper aufzufallen.

So erreichte ich die Hütte unbemerkt und schob mich sogleich zur nächsten jener Öffnungen hin, die ich zuvor vermieden hatte. Die Glasscheiben im Fensterkreuz waren intakt und leidlich geputzt, sodass ich gut sehen konnte, was dort drinnen vor sich ging. Mir stieg der Geruch von Kaffee in die Nase, der durch die Ritzen nach draußen drang. Man schien sich nach der Reise beleben zu wollen oder schlicht Gastfreundschaft zu üben.

Vorsichtig spähte ich in die Hütte.

Ich sah sechs Männer. Zwei von ihnen kannte ich und von einem hatte ich bereits gehört.

Es waren Lippard Lee Fontenoy, der Baumwollpflanzer aus Virginia, sein Sekretär Beecher und, wie ich anhand der Beschreibung erkannte, die ich bereits zweimal erhalten hatte, der Spanier Verde. Er stand mitten im Raum, war mittelgroß und schlank, wenn man von einem kleinen Ansatz um die Leibesmitte absah, den man im Französischen *embonpoint*, im Deutschen Wohlstandsbauch nennt und der einem Geschäftsmann den Anschein des Erfolgs gibt. Dieses Polster befand sich unter einer schimmernden Weste von augenscheinlich kostbar bestickter Seide, und eine Uhrenkette mit allerlei kleinen Münzen und Berlocken, also Schmuckanhängseln, spannte sich darüber. Der Anzug Verdes war gamsfarben, also gelbbraun, und dieser Ton fand sich auch in seinem Gesicht, das markant und gesund wirkte, und das Bärtchen auf der Oberlippe war ebenso wie das Haupthaar pomadisiert. Eine beringte Hand nahm eine schwarze Zigarre von den Lippen und dann blies der weiche Mund eine Wolke Tabakrauch aus, der sich zu den Schwaden gesellte, die bereits die Hütte füllten.

An einem Tisch saßen, ebenfalls rauchend, Fontenoy und Beecher, beide äußerlich unverändert, seit ich sie in Edreneh gesehen hatte, wenngleich zumindest Fontenoy nun Kleidung trug, die in ihrer Farbe den Umständen angemessener war. Sein Anzug war noch immer gestreift, aber in Erdfarben, ebenso wie der breite Hut, in dessen Band eine kurze Feder steckte. Der Großstädter hatte sich der Landpartie angepasst; seinen eleganten Stock mit dem Pelikanknauf trug er dennoch; er lehnte an der Tischkante. Beecher würde sicher seinen Revolver unter der Jacke tragen. Jetzt aber hantierte er mit einem anderen Eisen, wie der Westmann sagen würde. Auf der nackten Tischplatte vor ihm stand eine zerbeulte Blechtasse, wo für die anderen beiden jene zierlichen Schalen bereitet waren, aus denen man türkischen Kahwe oder arabischen Mokka genoss. Von der Seite kam ein kleiner, dicker Mann mit fleckiger Schürze und speckigem Fes und schenkte mit der Metallkanne den frisch gebrauten Kaffee aus, dessen Düfte ich zuvor wahrgenommen hatte. Jetzt bemerkte ich auch einen Anflug von Missbilligung auf dem feisten Gesicht des Mundschenks, als er den Kaffee in die Blechtasse des Mister Beecher goss. Beecher hob die Hand, bedeutete, es sei genug, und dann griff er unter dem schmalen Blick des Dieners zu einem Krug mit Wasser, der ebenfalls auf dem Tisch stand, und goss einen Schwall in seine Blechtasse, um den Kaffee zu verdünnen. Der Mundschenk wandte sich angewidert ab, obwohl ich vermutete, dass er diesen Anblick schon einmal hatte ertragen müssen. Der Sekretär des Baumwollpflanzers mochte den starken Kaffee der Orientalen wohl nicht und amerikanisierte ihn, indem er ihn mit Wasser verdünnte. Ein Wiener mochte dies vielleicht als *Verlängerten* gutheißen, aber ein Amerikaner, wenn er nicht gerade ein weicher Städter war, würde darüber nur lachen. Denn der Westmann in der Prärie trinkt seinen Kaffee noch kräftiger gebraut als der Orientale; er macht schlicht durch die Menge der zermahlenen Bohnen wett, was diesen an Frische und Qualität ermangelt.

Der Sekretär nahm sichtlich zufrieden einen Schluck und ich bemerkte die Klugheit dieses Mannes auch daran, dass er durch das wässernde Abkühlen des Kaffees auch ein Beschlagen seiner Brillengläser vermied. Er hatte nämlich währenddessen einige Papiere zu studieren, was der Kaffeekoch ihm sicher auch übelnehmen würde, denn der Orientale redet und raucht vielleicht beim Kahwe-Trank, aber er liest nicht und erst recht keine Akten.

Um was es sich bei diesen Papieren handelte, hoffte ich durch Lauschen zu erfahren.

Leider schien das Geschäftliche zwischen den Männern schon besprochen zu sein.

„Nachdem dies geklärt ist", hörte ich Fontenoy sagen, „würde ich dennoch gern wissen, ob Sie mir auch ein Angebot machen können, was die Verarbeitung der Baumwolle betrifft. Würden Sie diese auch noch zu Garn verspinnen, könnte ich diese Eigenkosten abziehen und mit dem Volumentransport verrechnen. Die Frage ist, ob wir einen Qualitätsverlust verschmerzen können, denn Rohware leidet über See doch mehr als verarbeitete."

Dies fand ich interessant. Mir gegenüber hatte sich Fontenoy noch gebrüstet, er wolle den Markt mit Preis und Güte gleichermaßen beherrschen.

„Nun", begann Verde und hier lauschte ich besonders, „hier kann ich Ihnen sehr entgegenkommen. Wir haben tatsächlich eine Garnspinnerei in Planung. Sie befindet sich etwas nördlich von hier. Wir könnten sogleich weiterfahren."

„Oh, bitte nicht", klagte Fontenoy. „Ich habe genug davon. Diese Gegend ist mir zuwider. Ich verspüre das Bedürfnis, wieder in einer Stadt zu weilen. Sie dürften dies doch verstehen, Señor Verde, Sie sind doch auch fremd in diesem Land, mit dem man sich nur schwer anfreunden kann."

Verde lächelte gequält. „Da haben Sie wohl Recht. Nun, wir können es ja zunächst bei dem bisherigen Vertrag belassen. Dann sehen wir weiter."

Ich hatte Verde genau beobachtet und auf seine Worte geachtet. Er sprach Englisch mit den beiden Amerikanern. Aber sein Akzent schien mir kein spanischer zu sein. Weder kastilisch, also vom iberischen Festland, noch mexikanisch. Denn vor allem letzteren Akzent kenne ich aus eigener Erfahrung sehr gut. Aber ich wollte nicht vorschnell mutmaßen, Verde sei nicht der, der er vorgab zu sein. Dass er Spanier wäre, wusste ich nur durch Fontenoy und anhand des Namens. Er konnte genauso gut aus Portugal stammen und der ungewöhnliche Akzent daher rühren. Möglicherweise war der Mann sogar Baske, aber das tat ja nichts zur Sache.

Jetzt hatte Beecher die Papiere ausgebreitet und zog aus seiner Innentasche ein fingerdickes Röhrchen hervor. Er drehte daran, ein Teil löste sich und enthüllte die Gerätschaft als einen Federhalter. Ich war sehr angetan. Eine vortreffliche Methode, einen Federhalter ohne ein sperriges Kästchen zu transportieren und zudem nicht auch noch die Stahlfeder einsetzen zu müssen. Wer wusste, ob Mr. Beechers Reise-Tintenfass ebenso extravagant daherkam. Möglicherweise benutzte er einen ebenso schmalen Zylinder aus stabilem Material, aus Metall oder dickwandigem Glas. In einem doppelten Zigarrenetui aus Leder könnte man solches bequem gemeinsam unterbringen. Eine famose Idee, wie ich befand, nicht allein, weil sie mir in diesem Augenblick durch den Sinn gegangen war. Man könnte doch auch beide Dinge kombinieren, indem man…

Aber Beecher holte kein Tintenglas hervor, sondern hantierte kurz mit dem Federhalter und überreichte ihn Fontenoy. Der griff das Schreibgerät ohne zu zögern und setzte seine schwungvolle Unterschrift auf das Vertragspapier – der Federhalter schrieb, ohne dass man ihn zuvor eintauchen hätte müssen! Señor Verde staunte! Der Koch hingegen war beschäftigt und die beiden Wachen verwunderte nichts; sie konnten zweifellos nicht schreiben und wussten daher nicht um die Sensation dessen, was auch ich hier hatte erleben dürfen. Mich hätte es nicht verwundert, wenn Beecher nun auch einen winzigen Streuer für Löschsand oder einen schmalen, ausklappbaren Löschstempel hervorgeholt hätte. Dies mochte zwar übertrieben sein bei einer schlichten Unterschrift, aber Überspanntheiten und Kuriositäten folgen einander ja oft auf dem Fuß.

„Tintenschrift ohne Tintenfass", sagte Verde anerkennend, nachdem er rasch wieder seine joviale Miene aufgesetzt hatte. „Wohl eine amerikanische Erfindung?"

„In der Tat", tönte Fontenoy. „Ein Patent der Herren Klein & Wynne. Sollte es sich weiter bewähren und zudem unsere Geschäfte den Profit abwerfen, den ich mir erhoffe, werde ich die Rechte erwerben und das Produkt unter meinem Namen weltweit verkaufen. Jeder wird mit einem Fontenoy-Pen schreiben!"

Ich schnaufte ein wenig. Das war ja anmaßend. Aber vielleicht sollte ich, wenn ich wieder in meiner Heimat weilte, diese Idee des füllbaren Federhalters ein paar fähigen Menschen anempfehlen, die sich mit dem Schreiben auskannten, und nicht einem Baumwollpflanzer, der zudem Geschäfte mit Menschenschindern machte. Was nützte die Befreiung der Sklaven in Amerika, wenn stattdessen Frauen auf dem Balkan Frondienste verrichten mussten, die Sklaverei also nur über Kontinente und Geschlechter verschoben wurde?

Aber ich wollte mich nicht in dieser Situation empören und rechtschaffen über missliebige Zustände erregen. Leider war hier und jetzt nichts Hilfreiches mehr zu erkunden. Fontenoy und Beecher würden demnächst zurückfahren, um sich in Stambul auf ein Schiff zu begeben, und was Verde betraf – vielleicht könnte ich ihm folgen, um mehr zu erfahren. Als Spanier oder Portugiese würde er sicher nicht ohne Vertraute und Partner auf dem Balkan eine solche Unternehmung bewältigen können. Diese Hintermänner galt es zu finden, und es würde mich nicht wundern, wenn…

Während auch Verde den Vertrag unterschrieb und begeistert den gefüllten Federhalter beschaute, war auch eine der Wachen nähergekommen. Vielleicht fragte er sich, was dort seinem Herrn solche verzückten Töne entlockte. Wobei ich mich natürlich fragte, ob Señor Verde wirklich jener Mann war, der die Wachen befehligte.

Für beide meiner Fragen erhielt ich jetzt die Antwort. Ohne Worte. Nur durch den Augenschein. Denn jetzt sah ich, was für ein Signet die Wache an ihrer Kopfbedeckung trug, so wie die anderen beiden Männer, an denen ich dieses runde Zeichen aus Metall bemerkt hatte. An all ihren schmutzigen, fleckigen Kappen, die ich jetzt als eine Art Schaikatscha erkannte, die bekannte serbische Quermütze mit der typischen Dreiecksnaht, schimmerte eine runde Agraffe, also eine Spange, die aber offenkundig nicht dazu diente, etwas zu verschließen oder zwei Stofflagen zusammenzuhalten, sondern einzig eine Art Abzeichen war. Diese Agraffe bestand aus einer silbernen Scheibe mit einer Aussparung, in der sich die Darstellung eines Czakan befand. Im Ungarischen bezeichnet *czakan* zwar eine Block- oder besser Stockflöte, in den Bergen des Balkan ist die Welt jedoch nicht so heil und harmlos wie in der Puszta, wo der Rinderhirt seiner Herde eine fröhliche Weise spielt. Der Czakan der Agraffe war eine Wurfaxt, ein kurzes Beil, das unter manchen Albanern als bevorzugte Waffe diente. Manche haben mir dies nicht geglaubt, als ich vor zwei Jahren von den beiden Brüdern erzählte, die man die Aladschy nannte. Natürlich ist der Czakan nicht die übliche Waffe der

Albaner. Nein, es ist die Waffe nur der ruchlosesten und brutalsten Gesellen. Und nicht von ungefähr ist der Czakan auch das Symbol, das sich in jener Schmuckspange findet, welche man die Koptscha nennt. Und diese ist nichts anderes als das Kennzeichen der Bande – des Schut!

Ich erkannte, auf der richtigen Spur zu sein! Wenn die Männer des Schut jenem Señor Verde als Wachen dienten, dann war der Schut der Mann, der hinter den verborgenen Fabriken und den versklavten Arbeiterinnen stand!

Und kaum hatte ich diese Erkenntnis erlangt, geschahen weitere Dinge!

Von jenem Teil des Tals, in welchem der kleine Bach aus den Bergen kam, hörte ich Tumult! Erst Rufe, dann Schreie, und dann fielen sogar Schüsse!

Meine Sicht war von den Baracken verstellt; ich konnte nicht ausmachen, was dort geschah, doch auch ohne meine Erfahrung zu besitzen, hätte wohl ein jeder erkannt, dass Rufe und Schüsse deutliche Zeichen eines – Angriffs waren!

Zwanzigstes Kapitel
Das Monstrum

Ich wandte meine Aufmerksamkeit nur kurz vom Innern der Hütte ab, um zu erkennen, was nun in diesem geheimen Tal geschah, doch als ich wieder zurückschaute, erschrak ich!

Ein Mann war ans Fenster getreten; ebenfalls alarmiert von den Schüssen.

Ich blickte hinauf und sah Señor Verde. Ich hielt den Atem an. Schon wandte er sich vom Fenster ab und wollte eilig zu Tür gehen, da senkte er, wohl in kurzem Überlegen, den Blick – und schaute mir direkt ins Gesicht!

Er erschrak – wer hätte dies nicht getan, wenn er einen heimlichen Lauscher erblickt hätte. Aber dann war da noch etwas! Sein Blick verfinsterte sich. Und ich sah, wie seine Lippen lautlos drei Worte formten. Es war mein Name: Kara Ben Nemsi.

Woher kannte mich dieser Mann?

Noch bevor ich darüber mutmaßen konnte, hieß es handeln!

Ich wusste nicht, wer dort anscheinend das Tal stürmte und warum. Ich wusste aber, dass ich mich nicht darauf verlassen konnte, dass Verde und die beiden Wachen in der Hütte sich den unbekannten Angreifern zuwenden würden und nicht etwa den ihnen bekannten Spion, also mich, ergreifen wollten. Und bevor ich zwischen zwei Feuer geriet, also Verde und die Angreifer, musste ich wohl oder übel das tun, was ich gemeinhin verabscheue, nämlich flüchten. Ich könnte es nun auch einen strategischen Rückzug nennen oder das alte Wort bemühen, dass Vorsicht der bessere Teil der Tapferkeit sei. Ganz nüchtern gestand ich aber ein, dass ich für die Konfrontation mit zwei bewaffneten Wachen und weiteren in unbekannter Zahl nur unzureichend gerüstet war. Sechs Schüsse in einem Revolver sind nun einmal viel weniger als fünfundzwanzig in einem Henrystutzen – und für ein Nachladen aus dem Gürtel blieb vielleicht keine Zeit. Und ich wollte mich nicht darauf verlassen, dass andere Wachen durch das Gefecht mit den Angreifern abgelenkt waren.

Bevor also Verde und seine Wachen die Hütte hätten verlassen und umrunden können, war ich bereits hinter den Baracken verschwunden. Sie wären töricht gewesen, mich zu verfolgen, denn auch wenn ich keine Zeit hatte, mich um die Angreifer zu bekümmern, nahm der Lärm des Kampfes zu. Offenbar hatten diese das Tal inzwischen erreicht.

Erst als ich rasch, aber um Deckung bemüht, den Hang erklomm, warf ich einige Blicke zurück. Tatsächlich wurde ich nicht verfolgt; dafür hallten aber Schüsse und Schreie in dem Talkessel wider. Wo sich Verde befand, konnte ich nicht erkennen, aber ich hörte nun das Rasseln und Rattern einer Kutsche und die Schreie eines Kutschers, der die Tiere zur höchsten Eile antrieb. Offenbar brachten sich Fontenoy und Beecher in Sicherheit. Ob auch Verde floh, wusste ich nicht.

Dann erreichte ich das Gebüsch auf dem Felsen, in dem Halef sich verborgen hatte. Er war in höchster Sorge um mich gewesen und nun unendlich erleichtert, mich unverletzt zu sehen.

Von seinem Ausguck hatte er beobachten können, wie ich mich durch das Tal schlich, erfreut, dass ich offenbar instinktiv den Wachen auswich oder den Männern, die Ballen und Bündel verluden oder sich von Gebäude zu Gebäude bewegten.

Dann aber hatte Halef die Bewegungen in dem Schluchteinschnitt bemerkt, aus dem der Bach in das Tal floss. Zwei Dutzend oder mehr Gestalten hatten sich langsam auf die Baracken und Hütten und die Fabrik zubewegt. Dann hatte es den ersten Schusswechsel gegeben, als die Wachen sie bemerkten.

„Ich hatte ein wenig Angst um dich, Sihdi", sagte Halef. „Aber glücklicherweise warst du um einiges von dem Geschehen entfernt. Und deshalb stand es außer Frage, dich mit einem Signal zu warnen."

„Das war richtig, Halef", nickte ich, „aber hast du erkennen können, wer dort angegriffen hat?"

Ich musste diese Frage stellen, denn jetzt waren die Schüsse und Schreie verstummt. Es war niemand zu sehen, keine Bewegung, weder um die Gebäude herum noch aus dem Tal hinaus. Ich konnte auch keine Toten ausmachen, die auf dem Boden gelegen hätten.

„Die Männer, die aus der Schlucht kamen, waren Arnauten", verkündete Halef bestimmt. „Sie trugen die albanischen Filzmützen. Sihdi, du kennst sie. Sie sehen aus wie ein türkischer Fes, sind aber oben rund und ohne Quaste und nicht schön rot, sondern aus ungefärbter Wolle. Und natürlich nicht mehr weiß, sondern äußerst schmutzig."

Das schien mir seltsam. Wenn es Arnauten waren, würde dies bedeuten, dass sie in türkischen Diensten standen.

„Aber kamen sie dir wie osmanische Hilfstruppen vor?"

„Nein, sie kamen wüst und ungeordnet und haben wild geschossen. Wie Arnauten eben."

„Oder wie wirkliche Skipetaren. Die Arnauten haben doch ein wenig militärische Ausbildung genossen. Und warum sollten sie eine Fabrik angreifen? Ich glaube, dass es freie Skipetaren waren. Auch weil sie stolz ihre Qeleshja tragen, die Filzkappe. Und an was erinnert dich dies, Halef?"

„An eine stolze Albanerin, die keine Türken mag. Und die jetzt nicht bei uns ist, aber in dieser Gegend." Halef lächelte grimmig. „Und wieder hat mein Sihdi jemandem die Maske vom Gesicht gerissen!"

„Nicht so eilig, Halef", mahnte ich, aber ich genoss die Klugheit meines kleinen Freundes. „Wir wissen dies nicht sicher. Aber es fügen sich die Teile zu einem Ganzen. Es könnte ein Grund sein, warum Zonjusch Qendressa sich uns angeschlossen hat. Sie sagte, sie wolle sich für ihre Entführung durch den Schut rächen. Ich denke, dass es auch in ihren weiteren Plan passt. Denn Halef – rate einmal, von wem ich glaube, dass er der wahre Besitzer dieser Fabrik und noch anderer ist…"

„Der Schut?"

„Kein anderer! Die Wachen dort unten tragen die Koptscha. Der Fabrikbesitzer Verde steht unter dem Schutz des Schut und stellt auch Kleidung für die Armee her. Der Schut will zusammen mit Al-Kadir die Osmanen besiegen. Würde dies geschehen, wären die Völker des Balkan frei: die Bulgaren, Serben und Skipetaren."

„Aber dann müssten doch die Skipetaren sich mit dem Schut verbünden und nicht ihn oder die Seinen angreifen!"

„Das tun sie nur, weil sie den Plan des Schut nicht kennen. Sie sehen nur, dass dort jemand für die Osmanen arbeitet."

Halef seufzte. „Das ist alles sehr verworren, Sihdi. Und was tun wir nun?"

Ich schaute über das Tal. Die Sonne war tiefer gesunken und die Dunkelheit begann sich zwischen den Gebäuden auf dem Grund zu sammeln.

„Ich will noch einmal hinabsteigen. Ich muss mehr über diesen Verde herausfinden. Vielleicht gibt es noch andere Hinweise."

„Aber du weißt doch schon, dass der Schut dahintersteckt."

„Aber es wäre nützlich zu wissen, wo die anderen Fabriken sind oder wo sich Verde und der Schut demnächst treffen werden. Die Reise nach Westen, zum alten Karaul, wird noch viel Zeit kosten. Wenn wir die Schurken früher stellen könnten…"

Halef brummte. „Wenn wir doch gleich hinter der Kutsche hergeritten wären. In der sind sicher nicht nur die beiden Amerikani geflohen, sondern der Hispani gleich mit."

„Es hat den Vorteil, dass jetzt nur noch die Wachen vor Ort sind. Einige sind gewiss bei dem Angriff getötet worden. Und sie warten auf Verstärkung. Solange diese nicht angekommen ist, habe ich gute Chancen, nicht entdeckt zu werden. Außerdem sind sie gewiss noch über den Angriff erschrocken.

Sie mögen aufgeschreckt sein, aber gewiss nicht übermäßig wachsam, da sie sicher keine zweite Attacke erwarten. Und die Skipetaren haben sich zurückgezogen. Ich möchte erfahren, was sie bezwecken wollten. Das kann ich nur dort unten."

„Soll ich mit dir gehen, Sihdi?"

„Nein, bleib hier und halte Wache. Oder nein: Fahr mit Abdi ein Stück des Wegs zurück und lagert dort. Jetzt sind wir zu nah an diesem Ort. Es soll so aussehen, als seien wir gerade erst und zufällig hier entlang gekommen."

Halef nickte. Dann folgte ich den Schatten ins geheime Tal hinab.

Im Halbdunkel, das sich langsam zur Finsternis wandelte, konnte ich noch leichter heranschleichen. Mir schien, als habe der Angriff nur wenige Auswirkungen gehabt. Alles wirkte wie zuvor, selbst die Geräusche der Maschinen und Arbeiterinnen hatten sich nicht geändert. Letztere waren noch immer in den Baracken, in denen sie ihre Frondienste zu leisten hatten. Ich wollte nicht wissen, wie viele Stunden sie sich noch schinden mussten, bevor sie Nahrung erhielten und Schlaf zugestanden bekamen.

Ich schlich zu den Gebäuden, die sich nahe des Eingangs zur Schlucht befanden. Dort hielten sich einige Wachen auf, die jenen Zugang zum Tal sicherten. Andere trugen leblose Körper zu dem großen Fabrikgebäude hinüber. Ich bemerkte, dass nicht allein die Leichen der getöteten Wachen dorthin gebracht wurden, sondern auch die toten Skipetaren. Es gab nicht viele Gefallene. Das Scharmützel hatte weniger als ein Dutzend Leben gefordert, denn ich bezweifelte, dass das Fortschaffen der Körper bereits allzu lange anhielt. Dennoch schien mir die gesamte Sache seltsam. Sicher würde man die Leichen rasch bestatten, wenngleich nicht aus Pietät, sondern um den Ort nicht mit Verwesungsdünsten zu füllen. Allerdings würde diese möglicherweise in dem herrschenden Gestank ohnehin untergehen. Man wollte wohl auch keine wilden Tiere anlocken, obgleich ich bezweifelte, dass jene sich trotz leichter Beute von menschlichem Aas in das Tal wagen würden.

Warum aber trug man die Leichen in das Gebäude und verscharrte sie nicht einfach, zumal jene der getöteten Angreifer?

Ich hatte jedoch andere Fragen zu klären. Eilig, aber mit Umsicht, bewegte ich mich zu der Blockhütte, in der Verde seine Geschäfte mit den Amerikanern geschlossen hatte. Sie lag still und dunkel. Die Tür stand offen. Halef hatte offenbar Recht behalten und Verde war mit den Amerikanern geflohen. Ich hatte in einer der Baracken einen qualmenden Schlot bemerkt; wenn sich dort die Küche befand, wäre der Koch sicherlich inzwischen dort zugange und nicht in der Hütte, denn er würde sich vermutlich um das Nachtmahl sorgen müssen, ob für die Wachen oder die Arbeiterinnen.

Ich lauschte noch einmal, dann betrat ich den Raum. Drinnen sah ich den Tisch. Die Stühle ringsum waren umgeworfen, Zeichen des hektischen Aufbruchs, der Flucht. Immerhin hatte der Koch das Kohlenbecken nicht umgestürzt. Gelöscht hatte er die Glut wohl später, sich aber nicht weiter um die Einrichtung gekümmert. Der Tisch war leer. Die Dokumente hatten Verde oder Beecher offenbar noch an sich gerafft, bevor sie flohen. Nur die Kaffeeschalen standen auf der Platte – und die Blechtasse Beechers. Sie war umgestürzt und der Kaffee hatte einen dunklen Fleck in das Holz gefärbt. Im letzten Licht sah ich, dass in den Boden der Tasse Buchstaben gekratzt waren. Sie bildeten eine Raute und lasen sich: PNDA. Das waren kaum die Initialen Beechers, außer, wenn dieser Name nur ein Pseudonym war oder einer, bei dem nur Fontenoy ihn nannte. Der Hersteller der schlichten Tasse war es sicherlich nicht, denn dann wären die Lettern mit einem Stempel geprägt und nicht von Hand eingeritzt gewesen, wenngleich akkurat und ansehnlich.

In einer Eingebung steckte ich die Blechtasse in die weite Hemdbluse, die ich trug. Vielleicht brauchte ich bei meiner Suche etwas, mit dem ich die Wachen ablenken konnte, und ein geworfener Gegenstand ist stets ein probates Mittel. Mit der Tasse war ich nicht darauf angewiesen, erst einen Stein zu suchen, zumal ich im Innern der Fabrik wohl kaum einen finden würde.

Ich wollte die Hütte schon verlassen, da bemerkte ich unter dem Tisch ein Bündel. Ich zog es mit der Stiefelspitze hervor und erkannte, dass es aus Kleidern bestand. Es war tatsächlich das gamsfarbene Jackett des Señor Verde und seine Krawatte und die hübsche Weste noch dazu. Was mich am meisten verwunderte, war, dass an der Weste noch immer die Uhr befestigt war, samt Kette und Anhängseln. Warum hatte Verde vor seiner Flucht die Kleidungsstücke abgelegt? Er war doch mit der Kutsche geflohen! Wenn er zu Fuß hätte fliehen wollen, hätte er sich der besseren Bewegungsfreiheit wegen wohl der Jacke entledigt. Aber Weste und Uhr? Ich stellte mir das Bild vor und bedachte meine eigene Verkleidung. Wollte Verde sich als ärmerer Mann tarnen, als er war? Mit bloßem Hemd, das lang über den Hosenbund hing? Nein, das war absurd. Selbst wenn wir uns in Arabien befänden und er eine Dschellaba samt Kapuze hätte überwerfen können, wäre er mit seinem geckenhaften Bärtchen auf der Oberlippe aufgefallen. Und so rasch rasiert es sich nicht, selbst wenn er es wagte, mit einem scharfen Messer und ohne Seifenschaum auf dem Gesicht herumzuschaben.

Ich nahm die Uhr in die Hand und ließ den Deckel aufspringen. Vielleicht gab es eine erhellende Gravur. Doch die Innenseite war blank. Die Uhr war stumm. Ich wog sie in der Hand und drehte an der Krone. Das war keine wertvolle Uhr, nicht einmal eine gute Uhrmacherarbeit. Und sie bestand nicht aus Silber, sondern einer billigen Legierung. Ich machte mir nicht die Mühe, die Münzen und Berlocken der Uhrkette zu prüfen. Es war Tand wie die Uhr. Und der wohlhabende Geschäftsmann Señor Verde war wohl auch eine Fälschung.

Ich schob alles wieder unter den Tisch. Falls Verde zurückkäme, sollte nichts fehlen. Aber ich bezweifelte seine Rückkehr.

Er war geflohen, weil der Angriff offenbar ihm gegolten und seine Entführung zum Ziel hatte. Es war nicht um die Zerstörung der Werkstätten oder die Befreiung der Frauen gegangen. Die Skipetaren wollten den Handlanger des Schut in die Hände bekommen, zu welchem Erpressungszweck auch immer.

Als ich vom Tisch zurücktrat, knirschte Sand unter meinen Stiefeln. Kurz erlaubte ich mir ein schiefes Lächeln, trotz der ernsten Situation und der Enthüllungen: Da hatten es die Herren nach dem Unterzeichnen der Verträge wohl mit dem Löschsand übertrieben. Aber das war natürlich ein recht schlichter Scherz. Vielmehr war der Sand eher vom Scheuern der Tischplatte übriggeblieben und nicht hinausgefegt worden. Oder der Koch nutzte ihn zum Löschen des Kohlenbeckens, um keine Dampf- und Aschewolke zu verursachen, wie dies mit Wasser geschehen wäre. Ich schüttelte den Kopf über meine Gedanken zur Reinlichkeit und Haushaltung in einer schlichten Hütte neben einer Fabrik in den Bergen. Aber es ist nun mal meine Eigenheit und die des Schriftstellers schlechthin, dass auch auf kleinste Details geachtet wird. Diese machen das Leben und jede Erzählung farbig und begreifbar.

Ich verließ die Hütte und lief leise zu dem großen Gebäude hin, aus dem das Stampfen der Maschinen drang. Es war mittlerweile vollständig dunkel geworden. Finsternis und Lärm schützten mich vor Entdeckung, aber auch ich würde eine Wache leider erst dann entdecken, wenn sie direkt vor mir stand.

Da kam mir der Zufall zu Hilfe oder vielmehr die Anordnungen, die Verde oder der Schut für das Tagwerk der Erbarmungswürdigen gegeben hatten. Kaum dass es gedunkelt hatte, wurden die Frauen aus den Arbeitsbaracken getrieben und zu jener geführt, in der sie verköstigt wurden oder vielleicht auch zu schlafen hatten. Die schurkischen Unternehmer wollten wohl kein Geld für Beleuchtung aufwenden, weder für Lampen mit billigstem Öl noch für Unschlittlichter oder Kienspäne. So endete der Arbeitstag mit Sonnenuntergang. Umso früher würde er wieder beginnen.

Damit niemand auf dem unebenen Grund stolperte und stürzte, leuchteten die Wachen mit Fackeln. In deren Licht sah ich die abgehärmten Frauen und die groben Männergesichter. Einige Wachen gingen ebenfalls zum Essenfassen, wenngleich ich bezweifelte, dass sie dies allesamt gemeinsam taten. Ich musste dennoch auf Entdeckung oder Begegnung gefasst sein, wenngleich die Wahrscheinlichkeit gering war.

Rasch fand ich ein Fenster in der Wand der Maschinenhalle, spähte hinein und sah in diesem Moment, wie an der Decke der Halle Lampen aufleuchteten! Hier, in der Abgeschiedenheit des Balkan, am Rande der Rhodopen, gab es eine Gasbeleuchtung! Ich fragte mich, woher das Gas stammen mochte. Selbst wenn es hier vor Ort durch Kohleverarbeitung hergestellt wurde – so blieb doch die Tatsache, dass ich keine Kohlenhalde gesehen hatte. Und ohne solche würde auch die vermutete Dampfmaschine nicht befeuert werden können. Woher rührte die Kraft, die Energie, welche die Maschinen antrieb und nun auch noch das Licht speiste?

Im Innern der Halle sah ich die riesigen Webstühle, die krachend und ratternd ihre Arbeit verrichteten. Ich sah die Antriebsriemen, verfolgte sie mit den Augen, und sie wiesen mir den Weg, den ich nun beschritt, zur entfernten Schmalseite des Gebäudes hin, die bislang vor meinen Blicken verborgen gewesen war.

Hier fand ich einen gemauerten Anbau, einen klobigen Quader aus Ziegeln, mit flachem Dach, der wie ein orientalisches Lehmhaus wirkte. Das Baumaterial schien mir das gleiche zu sein wie die grauen Ziegel des Hallendachs. Die Fenster, wenn man sie so nennen wollte, waren nur schmale Schlitze, wie Schießscharten, aber anders als diese waagrecht. Helles Licht schien aus ihnen, erlosch und schien wieder auf. Ich reckte mich vorsichtig und blinzelte durch die Öffnung in der Wand.

Was ich sah, war der reine Schrecken!

Einige der Wachen schoben Leichen in eine Art Ofen.

Doch dies war kein Krematorium, wie es der Dresdner Arzt Küchenmeister sich vorstellte, weil er die Feuerbestattung der irdischen Beisetzung aus bodengesundheitlichen Gründen vorzog und deshalb sogar jüngst einen Verein gegründet hat. Aktuell plant er zusammen mit dem Arzt der Leipziger Polizei, Reclam, und dem Dresdner Glas-Ingenieur Siemens einen speziellen Ofen zur Einäscherung von Verstorbenen zu konstruieren.

Diese drei erfinderischen Herren, wie bemerkt Landsleute von mir, würden jedoch angesichts dessen, was ich in diesen Augenblicken erlebte, wohl gern von ihren Vorstellungen abrücken. Ich persönlich wollte von nun an lieber in einem schmucken Sarg zur Speise der Würmer werden, bevor ich am Jüngsten Tag gesunden Leibs auferstünde, als mir auszumalen, dass mit meinem Körper ähnliches geschah, was ich hier erlebte!

Denn die Flammen, welche die Körper der erschossenen Skipetaren, Bulgaren und Serben verzehrten, waren kein irdisches Feuer, welches in roten und goldenen Farben leuchtet, sondern sie waren die Zungen einer Höllenlohe – und nicht von dieser Welt. Sie waren blau. Vom hellsten Blau des Himmels oder von Saphiren, wenngleich sie einen finsteren violetten Ton annahmen, wann immer sie mit dem Fleisch der Menschen in Berührung kamen. Und diese zerfielen in einem einzigen Augenblick zu Asche, und die Asche wurde wiederum verzehrt, ohne dass auch nur ein Stäubchen übrigblieb.

Der Ofen selbst indes erinnerte in seiner Form oder der Art der Öffnung nicht an eine Vorrichtung, in der etwas gebrannt oder gebacken werden sollte, wie ein Backofen für Brot oder ein Brennofen für Keramik. Er war aber auch nicht geformt wie einer jener Schlünde, in die man Holz oder Kohle schaufelt, eben um einen Kessel zu beheizen, befände er sich auf einem Schiff, einer Lokomotive oder eben auf festem Boden, wie bei der Dampfmaschine für eine Fabrik. Die kleine, runde Metalltür, durch welche die Körper in die unirdischen Flammen geschoben wurden, erinnerte eher an eines der runden Fenster, die man auf einem Schiff als Bullaugen bezeichnet, und wurde ebenso geöffnet, wenngleich dieses hier etwas weiter im Durchmesser war, dick und stabil und das Glas darin nur von der Größe einer Handfläche. Die Türöffnung mochte für vieles dienen, aber nicht, um den Ofen, so er denn einer war, mit Brennmaterial zu versorgen, und schon gar nicht mit menschlichen Leichen. So schauerlich der erste Gedanke, die erste Empfindung bei diesem Anblick auch war, so bezweifelte ich, dass dieser Akt hier mehr war als eine Entsorgung von Körpern, die man nicht bestatten konnte oder wollte. Auch wenn es bei den Militärs den verachtenden Ausdruck gibt, Menschen, genauer einfache Soldaten, zu *verheizen*, also sinnlos in der Schlacht zu opfern, so sind Menschen doch kein treffliches Heiz- und Brennmaterial, selbst für den krankhaftesten Geist. Ich hatte zwar eine Erzählung gehört, in welcher menschliche Mumien als makabre Fackeln gedient hatten, aber dies war die Handlung von Personen in der Notsituation des unterirdischen Eingeschlossenseins und aus dem Zwang nach Beleuchtung geboren. Aber jener Mensch, der diese Gerätschaft ersonnen hatte, war weder makaber noch krankhaft. Denn ich erkannte, dass dieser kleine Ofen mit seinen blauen Flammen einen vergleichsweise ebenso kleinen Kessel heizte, von dem ich nur mutmaßen konnte, dass er Wasser enthielt, und dennoch wurde jene große Maschine in Bewegung gesetzt, welche wiederum die vielen großen Webstühle antrieb. Dies war keine übliche Dampfmaschine, sondern etwas völlig Neuartiges und anderes, ein wahres Wunderwerk der Technik. Und in dem Moment, als ich dachte, wie bedrückend und empörend es war, dass der Schut über Maschinen solcher Güte verfügte und sie zum Schlechten nutzte, überkam mich der schreckliche Gedanke: Was, wenn es sich hier um eine Ausprägung jener seltsamen Macht handelte, die ich verspürt und erlebt hatte, als ich Al-Kadir vor nicht allzu langer Zeit im Schachspiel besiegte und seltsame Energien und Kräfte auf mich eingedrungen waren, die meinen Geist hatten umfangen wollen und verheerende, zerstörerische Auswirkungen auf meine Umgebung gehabt hatten? Was, wenn es dem Schut und Al-Kadir oder jemand anderem gelungen war, diese Macht einzufangen und nun zum tatsächlichen, weltlichen Antrieb von Maschinen zu benutzen, statt dass sie nur die geistige Macht war, welche einen Tyrannen und vorgeblichen Zauberer zu Eroberung und Beherrschung antrieb?

Nein, ich verlachte diesen Gedanken. Die Welt der Technik mit der Welt des Geistes und der Gefühle zu vermengen, war schon absurd genug, aber auch noch die Magie und Zauberei hineinspielen zu lassen, ob tatsächlich existent oder nur eine Sache des Glaubens – das war geradezu lachhaft. Und fehl am Platz!

Ich riss mich von dem schaurigen Anblick los, zumal die Wachen mit ihrer schrecklichen Arbeit zum Ende kamen und den Raum sicher demnächst wieder verlassen würden, in den ich hineinspähte. Rasch wandte ich mich zur anderen Seite und bewegte mich eilig zum nächsten Eingang, der mich in die Maschinenhalle führen würde. Ich hatte eine Eingebung: Was, wenn ich die Maschinen sabotierte, um Verde und dem Schut einen empfindlichen Schlag zu versetzen? Sie verlören Zeit und Geld und würden in ihren Plänen um einiges zurückgeworfen. Es war ein zweifelhafter Plan und vielleicht nicht gut durchdacht, aber ich fühlte mich zum Handeln gezwungen. Ich war hier und wollte etwas bewirken!

Ich spähte durch die Ritzen einer Tür und wagte es dann, sie zu öffnen. Licht und Lärm empfingen mich. Die Lampen hoch oben an der Decke übergossen das Innere der Halle mit einem hellen, aber bläulichen Schein. Ich zweifelte mittlerweile daran, dass es sich um Gaslicht handelte. Außer, die Wundermaschine würde neben Dampfdruck auch noch Brenngas erzeugen; wer wusste das schon, außer ihrem Erfinder, der entweder ein Genie war oder ein Wahnsinniger, weil er sich Schurken und Verbrechern andiente.

Ich lief zu der zischenden und rauschenden Maschine hinüber, deren Kolben und Schwungräder sich kraftvoll bewegten, auf moderne und doch urtümliche Art, was mir einen seltsamen archaischen Schauer vermittelte. Ich wollte diesen Koloss, diesen Moloch stoppen, aber ich fühlte mich wie der Elefantenjäger ohne Elefantenbüchse. Den Männern der französischen Revolte gegen die Industrialisierung dienten noch Holzschuhe, um die Zahnräder der Maschinen zu blockieren, aber solcherlei trug ich nun einmal nicht.

Es musste hier doch eine Werkstatt geben, um die Maschine zu warten. Ein kräftiger Hammer wäre wohl das richtige Werkzeug, um es als Waffe gegen das Ungetüm aus Metall einzusetzen, und nicht nur, um seine Haut zu verletzten, sondern seine Eingeweide zu verwunden.

Ich schaute mich um. Die Maschine war von metallenen Gerüsten und Leitern umgeben, damit alle Stellen erreicht werden konnten, etwa um Räder zu schmieren oder Schrauben und Muttern nachzuziehen. Da! An der Seite war ein Kasten, ein Schrank aus Metall – er stand offen und darin sah ich Werkzeug! Hämmer, Schraubendreher, Schraubenschlüssel! Kein winziges Uhrmacherwerkzeug, sondern mächtige Utensilien, um die mächtige Maschine zu warten. Ich griff einen Schraubenschlüssel, lang wie mein Unterarm, mit einem Maul, groß wie meine Hand. Jetzt würde ich eine der Eisenleitern erklimmen und die rechte Stelle suchen, mit der ich den dampfschnaubenden und brüllenden Drachen aus Bronze und Stahl würde töten können!

Da plötzlich tauchte ein Mann auf! Er kam um eine Ecke der Maschine, wischte sich mit einem Lappen Öl von den Fingern. Öl und Schmutz zogen Streifen über sein Gesicht und seine Kleidung, die grau war wie die Kittel der Versklavten. Aber er trug auch eine graue Kappe auf dem Scheitel und an ihr glänzte die Koptscha, das Zeichen des Schut.

Noch blickte der Mann nicht auf, er hatte mich nicht gesehen. Er schien einem Problem nachzusinnen und war wohl ein

Maschinist, der für den buchstäblichen Lauf der Dinge zu sorgen hatte.

Ich zögerte nicht. Ich sprang ihm entgegen und versetzte ihm einen Schlag mit dem Schraubenschlüssel gegen die Schläfe. Er fiel betäubt zu Boden. Natürlich hatte ich meinen Schlag mit geringer Kraft ausgeführt, da ich dem Mann nur die Besinnung, aber nicht das Leben nehmen wollte. Jetzt konnte ich meinen Plan verwirklichen, die Maschine zu zerstören! Ich trat einen Schritt über den am Boden Liegenden hinweg, um zu schauen, ob ich dort, wo er gearbeitet hatte, die geeignete Stelle für meine Sabotage finden würde. Dabei fiel mein Blick auf das Gesicht des Mannes.

Und unter der Schmiere und dem Schmutz, und obgleich die Züge hager und eingefallen waren, erkannte ich ihn. Es war ein alter Bekannter und Freund, dem Halef und ich einst das Leben gerettet hatten, als dieses vom Schut bedroht worden war. Es war Schimin, der Schmied aus Koschikawak.

Und nun war er zum Verräter geworden, denn er war ein Scherge des Schut!

Einundzwanzigstes Kapitel
Entführer und Entführte

Was für eine Ernüchterung! Schimin der Schmied, dieser gute und verständige Mann, dem Halef und ich nicht nur aus einer misslichen Lage geholfen hatten, sondern der wiederum auch uns vor zwei Jahren durch Informationen hatte helfen können, den Schut zu besiegen. Zumindest hatten wir das geglaubt! Schimin konnte aber auch weitere Verräter und Mitverschwörer des Schut entlarven, darunter Mosklan, den Vertrauten von Boschak, dem Vater von Ikbala, die nun Ehefrau von Ali, dem Buchhändler war. So waren die Verstrickungen und die Familienbande zwischen den Menschen gewesen, die wir kennengelernt hatten. Aber nun dies: Schimin, ein Verräter!

Ich schaltete schnell. Ich würde den Bewusstlosen mit mir nehmen – ja: entführen! Halef und ich würden ihn dann befragen – wer wäre als Quelle für Informationen über Verde und den Schut besser geeignet, als ein Mann, der für beide arbeitete und dies nicht als einfache Wache, sondern als Mechaniker an der großen Maschine. Ich wusste, dass Schimin sich dafür eignete, denn er war schon vor zwei Jahren kein einfacher Grobschmied gewesen, sondern ein weitgereister und in seinem Fach bewanderter Mann, der in Belgrad, Budapest und sogar Wien sein Handwerk gelernt hatte.

Ich ließ also den Schraubenschlüssel fallen und warf mir Schimin über die Schulter. Er war leicht. Die Hagerkeit seines Gesichts war auch ein Merkmal seines Leibs. Rasch und nur wenig von meiner geringen Last behindert, ging ich zur Tür. Die Sabotage der Maschine fand nicht statt. Ich stellte das Erlangen von Kenntnissen und Informationen nicht über das Handeln, sondern ich hatte mich besonnen. Würde ich die Maschine beeinflussen, mochte dies auch Auswirkungen auf den seltsamen Kessel und die eigentümliche Befeuerung haben. Eine Kesselexplosion ist aber schon bei gewöhnlichen Dampfmaschinen ein verhängnisvolles Ereignis. Davor wollte ich weniger die Männer des Schut bewahren als vielmehr die unschuldigen und geschundenen Frauen in der unmittelbaren Nähe. Denn wie konnte ich wissen, was für eine Kraft und weitere Auswirkungen eine Explosion dieser unbekannten Energie haben mochte, welche die Maschine nun einmal antrieb.

Ich fühlte mich besser bei dem Gedanken, keine Verheerungen ausgelöst und keine Opfer verursacht zu haben. Da schien mir der Tatbestand der Entführung ein vergleichsweise geringes Vergehen.

Ohne weiteren Aufenthalt überwand ich den Weg zwischen den Baracken und Hütten hindurch. Die Dunkelheit gab mir Deckung. Dann erklomm ich den Hang. Ich kannte mittlerweile den geeigneten Pfad zwischen den Felsen und Sträuchern, sodass ich ihm auch im schwachen Mondlicht ohne Probleme folgen konnte, obwohl ich einen Menschen auf den Schultern trug. Halef, der auf seinem Posten gewacht hatte, empfing mich. Gewiss war er erstaunt, dass ich eine Geisel mit mir führte, aber noch erstaunter war er, als ich ihm eröffnete, um wen es sich bei dem Mann handelte. Halef war empört, enttäuscht, aber er erkannte, wie nützlich es war, Schimin in der Hand zu haben. Wir beschlossen, nicht länger an diesem Ort zu bleiben. Was auch immer geschehen mochte: Eine Rückkehr Verdes oder sogar ein Eintreffen des Schut oder dass das Verschwinden Schimins bemerkt wurde und nach ihm gesucht würde – es wäre besser, wenn wir unsere Reise fortsetzten. Die Pferde waren ausgeruht, wir Menschen etwas weniger, aber da Abdi als unser Kutscher immerhin ein wenig hatte rasten können, im Gegensatz zu Halef und natürlich mir, schien einer Weiterfahrt nichts im Wege zu stehen. Doch es war mitten in der Nacht und die Handelsrouten in den Bergen unwegsam – und gefährlich, etwaiger Räuber wegen oder eben wegen der Schergen des Schut, möglicherweise auch der marodierenden Skipetaren. Mir schien, dass hier ein gewisser Mut, ja sogar reine Kühnheit vonnöten wären. Wir hatten ein erprobtes Mittel, um uns einerseits den Weg zu leuchten und andererseits jene abzuschrecken, die uns hätten überfallen können, ob aus Gründen vermeintlicher Beute oder weil sie uns feindlich gesonnen waren, wobei unsere wahre Identität wohl kaum eine Rolle spielte, denn ob man uns als jene erkannte, die wir waren, oder nur für Kiradschi hielt, war einerlei.

Halef holte aus seiner Schultertasche die gläserne Kugel hervor, die er auf dem Basar von Basra erstanden hatte und die auf technisch-chemische oder auch magische Weise ein sehr vortreffliches und zudem vielfältig variables Licht auszustrahlen vermochte: von mildem Kerzenschein bis hellem Tageslicht.

So würden wir sicher und zügig reisen können. Denn kein Wegelagerer oder Skipetaren-Rebell oder Kämpfer des Schut würde es wagen, ein Fuhrwerk und Reiter aufzuhalten, die sich in den Bergen des Balkan fortbewegten, mitten in der Nacht und geleitet von einem fremdartigen, möglicherweise zauberischen Licht. Denn wir wussten wohl, wer wir waren und mit was wir da reisten, alle anderen würden abergläubisch und furchtsam wohl das Schlimmste vermuten und uns für Ausgeburten der Hölle halten!

Wir ritten bis zum Morgengrauen. Dadurch hofften wir, genug Wegstrecke zwischen uns und das geheime Tal des Schut gebracht zu haben. Wo dieser und seine Schergen herumstrichen oder die rebellischen Skipetaren – wer vermochte dies zu sagen? Wir würden wachsam sein und uns auf unsere Tarnung als Kiradschi verlassen.

Etwas abseits des Wegs suchten wir eine Lichtung im Wald auf. Die Eichen und Buchen umstanden uns, im Gras blühten wilde Blumen, und die Sonne, die über die Wipfel stieg, tauchte all dies in mildes Licht. Jetzt konnten die Pferde ruhen. Wir sattelten sie ab und versorgten sie. Glücklicherweise rann ein winziger Bach durch die Lichtung, sodass nicht nur die Tiere, sondern auch wir uns mit kühlem Trunk und belebender Waschung erfrischen konnten. Abdi entfachte ein kleines Feuer, bereitete eine Frühspeise zu und legte sich dann unter einen Baum, um ein wenig zu dösen. Halef und ich waren einigermaßen munter. Wir alle hatten nur auf der ersten Etappe unserer Nachtreise den Pferden eine rasche Gangart abgefordert. Später waren wir langsamer geritten. Abdi hatte den Wagen noch immer lenken müssen, aber Halef und ich konnten bei dieser gemächlichen Geschwindigkeit auch im Sattel ein wenig Ruhe finden, da die Pferde nur dem Licht und dem Wagen folgen mussten. Abdi hatte in seiner praktischen Art nämlich einen trefflichen Weg gefunden, Halef davon zu entlasten, mit der Leuchtkugel voranzureiten oder auf dem Kutschbock sitzen zu müssen. Denn rechts und links von diesem ragten zwei Stangen empor, die gemeinhin mit Öl gespeiste Laternen trugen. Erfreulicherweise passte die Kugel in diese, oder richtiger in eine von beiden. Halef war zwar etwas ungehalten, seine Kugel buchstäblich aus der Hand geben zu müssen, aber die Vorteile dieser Art der Beleuchtung lagen wiederum auf der sprichwörtlichen Hand.

Unser unfreiwillig Mitreisender – ich möchte ihn nicht einen Entführten nennen, denn dann hätte ich mich ja als Entführer begreifen müssen – hatte die Fahrt auf der Ladefläche des Wagens verbracht, einigermaßen bequem zwischen den Ballen und Bündeln unseres Gepäcks. Dies war mir natürlich nur ein schwacher Trost, denn zur Sicherheit hatten wir Schimin fesseln und knebeln müssen. Dies schmerzte mich, weil er uns ja gut bekannt war. Aber er war augenscheinlich auf die Seite des Feindes gewechselt und wir konnten das Risiko nicht eingehen, dass er floh oder schrie oder sonst auf sich aufmerksam machte.

Aber nun war es an der Zeit, mehr zu erfahren. Wir hatten Schimin behutsam vom Wagen getragen, ihn an ein Rad gelehnt und den Knebel abgenommen. Er hatte uns zuvor aus angstvollen Augen angeblickt. Was genau für eine Angst dahinterstand, würde sich zeigen. Ich wollte aber keine offenkundigen Fragen stellen. Stattdessen hatte ich die Kappe mit der Koptscha ergriffen und hielt sie Schimin vor das hagere Gesicht.

Er keuchte, hustete, als er des Knebels ledig war, und dann kniff er die Augen zusammen, weil sein Kopf schmerzte. Ich hatte mich zuvor versichert, dass mein Schlag ihn nicht etwa verletzt hatte. Es ist eine gute Angewohnheit von mir, dass ich auch in Augenblicken der Gefahr und der raschen Handlungen immer meiner Devise treu bleibe, keine tödliche Gewalt anzuwenden, selbst gegenüber ärgsten Feinden oder deren Männern. So hatte ich auch unseren früheren Freund Schimin verschonen können, ohne zu wissen, dass er es war, den ich niederschlug.

Schimin blickte uns beide an. Dann sagte er mit brüchiger Stimme: „Man hat mich gezwungen."

Halef, der Verrat noch mehr verachtet als ich, was durchaus etwas heißt, spuckte empört auf den Boden. „Das sagen alle Verräter! So dankst du uns, dass wir dich und deine Frau aus dem Kohlenkeller befreit haben, in dem der Schut euch wollte verrecken lassen!"

„Aber das ist es doch", krächzte Schimin. „Der Schut hat meine Frau in seiner Gewalt. Nur aus Angst um ihr Leben diene ich ihm."

Ich nickte und legte dem schnaubenden Halef die Hand auf den Arm. „Was tust du für den Schut?", fragte ich. „Du reparierst oder wartest die Maschine?"

„Ja, diese und die anderen."

Die anderen! Es gab also noch weitere!

„Warum du?", hakte ich nach. „Du bist ein fähiger Schmied, aber …"

Schimin schüttelte den Kopf, nicht in Verneinung, sondern in Verzweiflung. „Damals, als wir alle den Schut, diesen Hund, tot in der Schlucht glaubten, wollte ich meine Rache haben und zugleich mein Glück machen. Ich habe die Schmiede von Deselim in Ismilan übernommen."

Deselim war der Waffenschmied des Schut gewesen und zudem dessen Schwager. Er war es, der mich damals in der Hütte des Bettlers Saban überfallen und mir meine beiden wertvollsten Besitztümer geraubt hatte: meinen Henrystutzen und meinen Hengst Rih. Den Dieb traf jedoch sogleich der Fluch der bösen Tat: Er stürzte aus dem Sattel, weil er Rih nicht beherrschen konnte und Rih sich noch weniger von ihm beherrschen ließ. Deselim starb, weil er sich das Genick brach.

Ich nickte Schimin zu. „Ein Ausgleich für die zugefügten Leiden. Aber es hat dir kein Glück gebracht, als der Schut ..."

„Als der Schut zurückkam." Schimins Augen umwölkten sich mit Furcht. „Er kam zurück und seine Männer scharten sich wieder um ihn. Ich selbst war in der Schmiede, als diese kamen und mich entführten."

„Aber warum hat der Schut nach dir gesucht oder, was ebenso sein mochte, Männer zur alten Schmiede Deselims gesandt?"

Schimin atmete tief. „Weil ich das Geheimnis des Schut kenne. Das Geheimnis seines Lebens."

„Seines Überlebens? Wie er den Sturz in die Verräterspalte überstand?"

„Ja. Es ist finstere Magie."

Ich lachte ungläubig auf, Halef erbebte. „Sihdi, was gibt es sonst für eine Erklärung?"

Mit verschränkten Armen forderte ich Schimin auf, weiterzusprechen.

„Ich fand in der Schmiede alte Pläne. Zeichnungen, die zu alt waren, als dass Deselim sie angefertigt haben konnte. Er hatte aber nach ihnen gearbeitet. Das eine war eine Rüstung aus

Kettenhemd und Platten. Ein altmodisches Ding, kein Kürass der Kavallerie. Und auf den kleinen Platten waren Symbole eingraviert, die ich nicht kannte. Und ich kenne so einiges, denn ich habe ja in Wien…"

„Ja, du bist ein verständiger Mann, Schimin. Und es stimmt, der Schut trägt eine Rüstung, von der er behauptet, sie habe ihm das Leben gerettet und würde ihn noch weiter heilen."

„Ihr habt ihn getroffen?", rief Schimin entsetzt.

„Er hatte uns entführt. Aber wir konnten entkommen."

Schimin blickte fahrig zwischen Halef und mir hin und her. „Wie konnte er euch leben lassen?"

Halef hob die Hand, so empört, dass er seine Kurbatsch vergaß. „Was erlaubst du dir!"

„Mich hat er nur verschont, weil ich ein guter Schmied bin und er mich brauchen konnte. Aber warum lebt ihr, seine Feinde?"

Ich schaute Schimin streng an. „Du hältst uns für Verräter?"

Schimin keuchte. „Aber nein, aber nein", flehte er. „Doch verstehe ich es nicht…"

Halef höhnte. „Du verstehst so einiges nicht. Weder den Sihdi noch mich. Du bist nur ein Schmied!"

Schimin reckte das Kinn. „Ich habe aber erkannt, was Deselim noch für den Schut geschaffen hat! Eine Kiste, die…"

„Ach, Deselim hat sich als Sargtischler etwas dazuverdient?" Halef lachte bitter. „Falls die Rüstung dem Schut doch nicht helfen kann?"

„Kara Ben Nemsi", flehte Schimin, „Ihr müsst mir glauben. Bei dieser Kiste habe ich die Schriften erkannt; es war etwas sehr Altes und Böses. Auf dem Holz und den Beschlägen der Kiste mussten Zeichen angebracht werden, sowohl in hebräischer Schrift als auch in den Bildern derer, die das Volk Israel am Nil versklavt hatten."

„Altägyptische Hieroglyphen", nickte ich. Ich glaubte Schimin, dass er dies durchaus erkennen konnte, wegen seiner Reisen und Aufenthalte und weil er die Bibel kannte. Er war kein unerfahrener Mann. Was dies jedoch für die ominöse Kiste bedeutete … nun, ich könnte mich wie alle anderen in die bequeme, sich geradezu aufdrängende Antwort flüchten, die alles mit Magie und Zauberei erklärte.

„Und wozu sollte diese Kiste dienen?", fragte ich.

„Das ist mir nicht klar, ich habe sie ja nie gesehen, ebenso wenig wie die Rüstung des Schut. Aber der Schut, als er mit mir sprach und mich in seinen Dienst zwang, hat eine Andeutung gemacht. Denn als ich mich entsetzt zeigte, dass er wieder lebte, lachte er nur und meinte, dass auch jemand anderes wieder auf Erden wandeln würde. Wandeln und sich wandeln. – Kara Ben Nemsi, dies machte mir noch mehr Angst als der schreckliche Anblick des Schut. Ich fürchte, er ist mit dem Teufel im Bunde. Vom Satan wissen wir ja, dass er dereinst wieder auf die Erde kommen sollte, und er ist der Herr der Lügen und der Täuschung und der Verwandlungen!"

Schimin schluchzte. Seine Furcht vor dem eigenen Schicksal und dem aller anderen überwältigte ihn. Ich griff seine Schulter. Er sollte sich nicht der Angst vor dem Unirdischen oder Überirdischen hingeben. Ich wollte nur die höchst irdischen Fakten von ihm wissen.

„Was ist das für eine Maschine, mit welcher der Schut seine Fabrik betreibt? Du kennst sie; er hat sie dir anvertraut."

Schimin blickte mich aus nassen Augen an. „Das ist keine normale Maschine, sondern ebenfalls Höllenwerk. Sie besteht zwar aus Metall wie jede andere Dampfmaschine, aber das Feuer, das sie bewegt, ist nicht von dieser Welt."

„Ich habe es gesehen", gab ich zu. „Es ist eigentümlich. Aber es brennt in einem Ofen und befeuert einen Kessel wie jedes andere Feuer auch. Mich interessiert, was es ist. Und womit es gespeist wird."

„Es wird nicht gespeist. Es frisst sich selbst, aber es wird nicht weniger. In dem Ofen gibt es einen Klumpen wie aus blauem Glas. Und dieser strahlt kaltes Feuer aus, das den Kessel erhitzt."

„Wenn das Feuer kalt ist", fragte ich, „wie erhitzt es dann den Kessel und verbrennt...?"

„...die Leichen? Ich weiß es nicht." Schimin erzitterte. „Aber wenn Ihr fragt, warum die Leichen in den Ofen geworfen wurden – das hat einen anderen Grund. Wir können niemanden, der in diesem Tal stirbt, normal in der Erde begraben. Denn dann – kommen sie zurück. Vielleicht hat das alles nicht nur mit dem blauen Feuer zu tun, sondern auch mit der Kiste, und es ist das, was der Schut gemeint hat, als er von den Wandelnden sprach..." Schimin schüttelte den Kopf und schwieg. Er hob die Hände und barg seine Schläfen darin.

Ich sah den bleichen Halef an. Als er meinen Blick bemerkte, atmete er tief durch und hob die Hand. „Ich weiß, Sihdi. Der Mann ist ängstlich und verwirrt und zudem hast du ihn gegen den Kopf geschlagen. Weiterhin weiß ich, dass du keinen Wert auf mein Urteil legst, wenn es um dieserlei Dinge geht. Ich bin dir nicht böse deswegen, denn du bist ja, was die Magie betrifft, noch immer ein Ungläubiger, trotz all deiner und unserer Erlebnisse. Ich finde, wir reden nicht weiter darüber, bis wir wieder Scheik Haschim treffen, denn ich habe sehr wohl bemerkt, dass du seinen Worten mehr Glauben schenkst als den meinen."

Ich breitete die Hände aus, „Aber Halef, ich..."

„Nein, Sihdi", winkte Halef ab. „Ich bin nicht beleidigt. Ich weiß nur, wer mit wem reden sollte und wer von wem überzeugt werden kann. Und außerdem sehe ich das alles in diesem Moment sehr nüchtern. Denn welche Art von Magie das auch ist und wie viel Zauberei im Spiel sein mag: Wir müssen dennoch den Schut zur Strecke bringen und Al-Kadir noch dazu. Da ist kein Platz für Diskussionen über das Wie und Warum der Hintergründe."

Wiederum staunte ich über Halef. Und wiederum wollte ich zu gerne ein Wort mit jenem Lehrer Lohse sprechen. Jetzt aber klopfte Halef mir gegen den Arm.

„Aber, mein Sihdi", sagte er. „Damit wir frisch ans Werk gehen können, sollten wir ein wenig schlafen. Ich finde, du solltest die erste Wache halten."

Und weil ich fand, dass Halef Recht hatte, mit der Notwendigkeit des Schlafs und der Nicht-Notwendigkeit der Diskussionen, stimmte ich ihm zu. Ich wünschte ihm erquickende
Ruhe. In zwei Stunden würde ich ihn wecken und meinerseits
etwas schlafen.

Als ich erwachte, waren wir nicht mehr allein.

Halef hatte keinen Alarmruf von sich gegeben, sondern mich
sanft geweckt. Aus dem Wald heraus waren drei Reiter auf die
Lichtung getreten oder genauer: drei Reiterinnen.

Qendressa ließ ihr Pferd bis zu meinem Schlafplatz schreiten
und sprang dann aus dem Sattel. Die Sonne stand bereits hoch
und so blendete sie mich ein wenig, als ich aufstand.

„Einen guten Tag, Kara Ben Nemsi", sagte Qendressa. „Wie
schön, dass Sie und Ihre Gefährten an diesem lauschigen Ort
auf uns gewartet haben." Sie zeigte hinter sich, wo ihre Löwinnen immer noch hoch zu Ross saßen. Qendressa schlenderte zu unserem Wagen hinüber. „Machen Sie sich bereit zur
Abreise. Wir reiten ein wenig höher in die Berge; ich möchte
Ihnen etwas zeigen." Sie wandte sich um. „Oder anders gesagt: Ich habe da etwas, das Ihnen gefallen wird."

Jetzt schaute sie interessiert zu den Laternen des Wagens hin.
Ich warf einen Blick zu Halef. Dieser bedeutete mir mit einem
Wink, dass er die Leuchtkugel schon längst wieder in seiner
Tasche verborgen hatte.

„Nun, Zonjusch Qendressa", begrüßte ich sie, „es ist ebenfalls schön, dass Sie uns an diesem lauschigen Ort besuchen.
Ich hoffe, Sie haben bei Ihrer Reise fernab vom Weg ähnlich
angenehme Orte gefunden? Oder interessante Begegnungen
gehabt?"

„Aber sicher doch", entgegnete sie. Dann entdeckte sie Schimin. „Und Sie auch, Kara Ben Nemsi. Sie haben sogar etwas

Unrat aufgesammelt." Sie blickte mich streng an. „Aber Sie gehen nachlässig damit um. Warum ist der Mann nicht gefesselt, obwohl er zum Schut gehört, wie man deutlich erkennen kann?"

„Sie kennen die Koptscha?"

„Ich habe davon gehört."

„Schimin wurde in die Dienste des Schut gezwungen. Wir kennen den Mann. Er ist ein guter Mensch."

Qendressa spitzte die Lippen. „Sie kennen in diesen Landen sehr viele Menschen, wie ich immer wieder bemerken muss. Und sie sind stets nur von der einen oder der anderen Art. Gut oder böse. Schwarz oder weiß. Sie übersehen aber, dass es viele Schattierungen dazwischen gibt."

„Sie wollen sich doch nicht tatsächlich als grau bezeichnen, Zonjusch Qendressa?"

„Oh, ich habe doch nicht von mir gesprochen", lächelte sie. „Und wenn, dann würde ich doch beide Farben wählen. Aber wie? Es gibt Ihren karierten englischen Lord, den gestreiften amerikanischen Herrn – gibt es schon jemanden mit einem Schachbrettmuster?" Sie schüttelte den Kopf und schaute mich prüfend an. „Wahrscheinlich schon. Es blieben noch Punkte oder Tupfen. Aber das ist mir zu possierlich. Es ist wohl besser, ich wechsle immer einmal. Das ist ohnehin damenhafter."

„Was immer Sie sagen, Zonjusch Qendressa." Ich fragte mich, ob die Erwähnung des Schachbretts eine Anspielung gewesen sein mochte oder nur aus dem Spiel mit Mustern und Farben hergeleitet. Aber woher hätte sie das Wissen für eine solche Anspielung haben können? Einerlei. Ich verspürte keine rechte Lust, Qendressa auf eine Partie in die Berge zu begleiten, jedenfalls nicht ohne konkrete Ansagen, was mich dort erwartete. „Aber genug der Urteile über Menschen. Mir ist ebenso der Umgang mit Menschen wichtig. Deshalb ist Schimin nicht gefesselt. Und Sie sehen, er ist noch immer hier. Er wird ein guter Verbündeter im Kampf gegen den Schut sein, denn er hat wichtige Kenntnisse über dessen Pläne. Und was haben Sie, was Sie mir zeigen wollen?"

„Ich habe sogar zwei Gefangene, die Kenntnisse über den Schut haben. Und um unsere Wortspielerei von eben aufzugreifen: Einer ist weiß, einer ist schwarz und beide sitzen im grauen Stein. Ob sie wiederum zu der weißen, schwarzen oder grauen Wesensart gehören, zu dieser Entscheidung möchte ich Sie einladen."

„Sie haben Mister Fontenoy und Mister Beecher gefangen?", rief ich aus.

„Gut erkannt, Kara Ben Nemsi, aber ich habe es Ihnen ja auch recht einfach gemacht, mit meinen Hinweisen."

„Warum halten Sie sie gefangen? Weil sie Geschäfte mit diesem Verde gemacht haben?"

„Der für den Schut arbeitet", nickte Qendressa. „Die beiden waren auf der Flucht. Wir haben sie in Sicherheit gebracht."

„Sie flohen vor Skipetaren, die Verde angriffen. Und jetzt sitzen beide gefesselt in irgendeiner Höhle? Was tun Sie diesen Geschäftsleuten an? Selbst wenn diese unwissentlich und nur mittelbar Geschäfte mit einem Verbrecher gemacht haben?"

Ich wusste nicht recht, ob sich mein Urteil nicht ein wenig trübte, weil diese Dame ihre Hand im Spiel hatte. Dennoch hatte sie mich wieder einmal so weit gebracht, meine Meinung zu ändern. „Nun gut", nickte ich. „Führen Sie uns zu den beiden. Nach vielerlei Entschuldigungen könnten diese gewogen sein, uns ein wenig über Verde zu erzählen."

„Sie sind einsichtig, Kara Ben Nemsi. Das schätze ich an Ihnen", sagte Qendressa und schwang sich wieder in den Sattel. „Nun auf! Sie wollen die armen Gefangenen in der Höhle doch nicht warten lassen."

Ich hörte Halef knurren. Abdi hatte sich bereits eifrig daran gemacht, das Pferd an den Wagen zu schirren.

Wir begaben uns tiefer in die Rhodopen. Schroff hoben sich die Felsen empor; ihr helles Grau kontrastierte mit dem tiefen Grün der Fichten. Hier und da war das Karstgestein über Jahrtausende von den Wassern ausgespült worden und bildete natürliche Bögen und Brücken, die wie die Phantasien eines romantischen Malers mit kühnen Pinselstrichen in die Landschaft gesetzt waren. Wilde Ziegen klommen über die Höhen und darüber kreisten schwarze Geier, die es nur in diesem Gebirge gibt, welche aber wie alle Geier überall mit ihrem scharfen Blick nach Aas suchten.

Ich war überrascht, dass wir uns nicht durch die Wildnis einen Pfad hatten bahnen müssen, sondern stattdessen einem leidlich guten Weg folgen konnten, der unserem Wagen keine allzu großen Hindernisse bot. Die Höhle, zu der Qendressa uns führte, war wohl kein Ort, den sie zufällig gefunden oder aus einer Laune heraus gewählt hatte. Die Reise war nur kurz, am Abend erreichten wir schon den tiefen Einschnitt in den Felsen, welcher sich zu einem breiten Vorplatz weitete, an dessen Stirnseite der Höhleneingang klaffte. Es war dies aber kein einsamer Ort, keine verborgene Schrunde im Berg, in der wildes Getier hauste. Nein, hier lebten Menschen, wenngleich sie kaum weniger wild sein mochten als Wolf oder Bär, und doch trieb sie etwas ganz anderes an als der reine Wille zum Überleben in der Natur. Sie kämpften um ihre Freiheit. Die Höhle war ein Lagerplatz der Skipetaren, fernab ihres Landes, mitten im Osmanischen Reich, in den Felsen der Rhodopen.

An den gerade entzündeten Feuern saßen und standen die Männer in ihrer balkanischen Kleidung und den runden, hellen Filzmützen, die sie von den anderen Völkern dieser Gegenden unterschied. Dennoch hörte ich nicht allein Albanisch, sondern auch Serbisch und Bulgarisch, sowohl mit albanischem Akzent als auch ohne. Ich hörte sogar einiges in türkischer Färbung. Diese Männer hatten aufgrund ihrer Kultur zusammengefunden, nicht wegen der einheitlichen Sprache. Ringsum sah ich, ebenso bunt vermischt wie die Sprachen, Pferde und Maulesel, Kisten und Fässer, Bündel und

Ballen, viele Gewehre und Säbel – die Ausstattung einer kleinen Streitmacht. Es wurde gerade das Abendmahl gerichtet, über den Feuern hingen Kessel, in denen es brodelte und aus denen durchaus appetitliche Gerüche aufstiegen. Doch hier gab es keine Köche, und die Männer, welche in den Kessel rührten und das eine oder andere hineinwarfen, waren äußerlich in nichts von den Kriegern zu unterscheiden. Abdi konnte nicht aus seiner Haut: Er beäugte fast ungläubig, wie die Zwiebeln nur grob zerteilt oder gar ganz in das kochende Wasser geworfen wurden, und man sah ihm an, dass er erleichtert war, dass das Gemüse überhaupt geschält wurde. Und ich sah sein Schaudern, als er bemerkte, wie als einzige Würze Salz verwendet wurde, dafür aber gleich faustweise. Und die Stücke der wilden Ziegen, die zwar enthäutet, aber doch voller Sehnen und Knorpel in die Kessel wanderten, ließen Abdi entsetzt die Augen schließen. Alle anderen Männer jedoch schielten gierig und hungrig zu den Kesseln hin, während sie zumeist ihre Waffen pflegten, ob es nun Flinten oder Säbel waren.

Als Qendressa und ihre Löwinnen vor uns in das Lager ritten, wurden sie ehrerbietig gegrüßt. Sie schien auch über ihre Herkunft hinaus bei den rohen Männern wohlgelitten, ja anerkannt zu sein. Mich wunderte dies kaum. Wenn sie ihre Überzeugungskraft schon bei mir in zwar geringer, aber wirkungsvoller Weise einsetzen konnte, wie erfolgreich würde ihr das wohl erst beim Anführer der Skipetaren gelungen sein, zumal beide für die gleiche Sache stritten?

Qendressa hatte offenbar angekündigt, dass sie mit uns an diesem Ort auftauchen würde. Entweder hatte sie für uns gebürgt oder ihr Wort galt so viel unter diesen Männern, dass keiner auch nur einen schiefen Blick wagte, als wir in das Lager kamen. Aber vielleicht war der Grund auch, dass wir immer noch als Kiradschi getarnt waren. Es mochte also helfen, dass wir nicht den Eindruck machten, Qendressa und ihre Löwinnen hätten uns ebenso gefangen. Einzig Schimin schaute angstvoll umher, aber er mochte deshalb nicht auffallen und erst recht nicht durch die Koptscha, denn die hatte ich selbst an mich genommen.

Als Qendressa nun rief, man solle unsere Pferde versorgen, und mir zu verstehen gab, dass wir nicht um unsere Tiere oder Güter zu fürchten hatten, verwunderte mich weniger dieses Versprechen, sondern dass sie all dies ohne ironische Spitzen mir gegenüber kundtat und mit einem Tonfall, der Befehlsgabe und Machtausübung gewohnt war. Langsam wurde meine Ahnung zur Gewissheit:

Qendressa war die Anführerin dieser Skipetaren.

Zweiundzwanzigstes Kapitel
Die Höhle der Verschwörer

Die Gewissheit kam mir, als ein großer, etwas beleibter Mann aus der Höhle kam und Qendressa freundlich begrüßte. Sein breites Gesicht hatte helle, kleine Äuglein über einer spitzen Nase, was ihn aber keineswegs harmlos erscheinen ließ, denn etliche Narben zeugten davon, dass er ein harter und siegreicher Kämpfer war. Er trug skipetarische Tracht, besaß eine Vielzahl Messer im Gürtel verteilt und eine eigentümliche Pistole, die mir aus einem Gewehr zurechtgekürzt zu sein schien und eine einzelne Patrone fassen konnte. Seine Filzmütze, die Qeleshe, die man in einem albanischen Dialekt auch Plis nannte, war nicht von dem üblichen wollenen Weiß, welches ohnehin rasch zu einem gräulichen Braun verschmutzte, sondern sie saß auf seinem Scheitel in einem satten, dunklen Blau, das ich preußisch genannt hätte, wenn mir dies nicht unpassend erschienen wäre.

„Shpëtime!", rief er Qendressa entgegen und ich erinnerte mich, dass eine der Löwinnen sie ebenso genannt hatte. Es war ein Frauenname, aber er bedeutete auch: Rettung.

„Shpëtime, du hast die Männer gebracht! Rascher als erwartet!" Er feixte mich an. „Sie kann sehr überzeugend sein, nicht wahr?" Er sprach Serbisch mit albanischem Akzent.

Dann breitete er die Arme aus und schlang sie um Qendressa, die ein freundliches Keuchen von sich gab und dies lag sicher an dem Bärengriff, der an ihr geübt wurde. Als er sie wieder losgelassen hatte, klopfte Qendressa dem Mann auf die Schulter. Sie vermied jeglichen Augenkontakt mit mir, als fürchtete sie einen Kommentar meinerseits, weil sie zugelassen hatte, dass man sie auf solch onkelhafte Weise begrüßte. Dann wandte der Mann sich mir zu und packte meine Hand mit seiner Pranke. Mein Vergleich mit dem Bären war nicht übertrieben gewesen. „Und Ihr seid Kara Ben Nemsi, der uns helfen wird! Ich freue mich!"

Jetzt war es an mir, Qendressas Blick zu suchen. Was hatte sie dem Mann nur über uns berichtet? Qendressa hatte sich wieder gefangen und schaute mich achselzuckend an.

Der Mann blickte an mir vorüber und begutachtete Halef, Abdi, Schimin, die Pferde und den Wagen. „Alles sehr nützlich, wie Shpëtime sagte!" Er nickte und wandte sich wieder an mich. „Ich bin Gjon Bellios, der Kommandeur dieses mächtigen Häufleins! Man nennt mich auch Vëllëzer Mavi, den Bruder-in-Blau, aber ich höre lieber: Osmanenfresser!"

Ich nickte, stellte mich und auch meine Gefährten dennoch erneut vor, wobei ich Schimin erwähnte, ohne zu verraten, dass er erst seit Kurzem bei uns war. Es half mir, den Schein zu wahren, dass ich noch immer die guten Erinnerungen an unsere früheren Begegnungen hatte.

„Kommt herein", rief Bellios und zeigte in die Höhle. Dort leuchteten bereits einige Fackeln. Ich schritt also hinter Bellios her, meine Gefährten folgten. Qendressa gab den Löwinnen einige knappe Instruktionen, diese verschwanden daraufhin in der Menge der Skipetaren und Qendressa betrat ebenfalls die Höhle.

Das natürliche Gewölbe im hellgrauen Fels war recht breit, jedoch nicht sonderlich hoch, und ich bezweifelte, dass die Höhle allzu tief in den Berg reichte. Nicht von ungefähr lagerten die Skipetaren mit ihren Habseligkeiten unter freiem Himmel. Die Höhle war wohl den wertvolleren Gütern vorbehalten – und den Anführern.

Im Innern stapelten sich noch mehr Kisten oder Bündel, und ich fragte mich, ob dies wirklich das Quartier einer irregulären Befreiungsarmee war oder doch eher der Hort von Räubern und Schmugglern. Aber dann wiederum – in solchen Zeiten unterscheiden sich diese drei Arten von Gruppen ohnehin nur wenig. Tiefer in der Höhle befand sich ein Aufbau von Kisten, die von einem Stuhl gekrönt waren. Davor standen weitere Stühle, roh gezimmert, ausgebessert und uneinheitlich zusammengeklaubt, an einem Tisch, der aus grob aneinandergefügten Brettern auf hölzernen Böcken bestand und auf dem sich Karten, Becher und zwei kleine Öllampen befanden. Über den Tisch gebeugt stand ein Mann, der dem Aussehen nach der jüngere Bruder von Bellios zu sein schien, und dieser Umstand schien sich zu bestätigen, weil auch er eine dunkelblaue Plis trug. Als er aufschaute und uns entgegenkam, war die Familienähnlichkeit unverkennbar. Es bedurfte nicht mehr Bellios' Worten: „Dies ist mein Bruder Gjokë" und auch nicht des bärenhaften Händedrucks. Gjokë hatte sich ebenfalls reichlich bei einem Messerschmied ausgestattet und wie sein Bruder zudem einen Waffenschmied mit der eigentümlichen Aufgabe betraut, aus einem Gewehr eine Pistole herauszuschneiden und das Blech um Abzug und Verschluss herum mit vielerlei Gravuren zu verzieren. Trotz der vielen Patronen im Gürtel fragte ich mich, ob diese Waffe nicht doch nur einem seltsamen Repräsentationszweck diente. Ein Revolver war handlicher und mehrschüssig, wenngleich, das musste ich anerkennen, von geringerem Kaliber.

Gjokë umarmte ebenso wie sein Bruder die nun herangekommene Qendressa und deutete mit einer Geste auf den Stuhl auf den Kisten. Qendressa schüttelte freundlich, aber deutlich den Kopf, sagte etwas in einem albanischen Dialekt, worauf die Brüder lachten und abwinkten. Neben mir hörte ich Halef murren und glaubte, Abdi so etwas wie einen Seufzer ausstoßen zu hören. Jetzt kamen auch die Löwinnen in die Höhle und in einer seltsamen Gleichförmigkeit nahmen die beiden Brüder mit den blauen Filzmützen eine Haltung an, die mir irgendwo zwischen militärischer Positur und gockelhaftem Brustschwellen lag. Halef unterdrückte ein amüsiertes Grunzen.

Jetzt wandte Qendressa sich an mich. Sie zeigte in eine Ecke und tatsächlich sah ich dort im Halbdunkel zwei Gestalten auf Kisten hocken.

„Da sind die beiden", meinte Qendressa. „Jetzt befragen wir sie. Gemeinsam."

Natürlich waren es Fontenoy und Beecher. Sie waren gefesselt, ihre Kleidung war unordentlich, wenngleich nicht zerrissen. Etwas abseits lagen auf einer Kiste der Pelikanstock und der Revolver sowie die Aktentasche und zwei Hüte. Qendressa hatte dafür gesorgt, dass die Besitztümer der beiden Männer sorgfältig behandelt wurden, zumindest sorgsamer, als man mit ihnen selbst umgesprungen war.

Fontenoy hatte bislang zu Boden geschaut, möglicherweise seitdem man ihn in die Höhle gebracht hatte, wenn nicht gar seit seiner Entführung. Ich verstand dies nur zu gut. Denn es ist niemals ein Vergnügen, entführt zu werden, wenn man von jenem seltsamen Brauch der Brautentführung am Abend vor der Hochzeit absieht. Wenn man jedoch kein Wort von dem versteht, was die Entführer sprechen, ist es noch schlimmer. Ich bin in meinem Abenteurerleben oft genug entführt worden, hatte aber den Vorteil, aufgrund meiner Sprachenkenntnis, stets zu wissen, was vor sich ging. Dies war nicht immer beruhigend, aber doch besser als Ungewissheit. Als nun Fontenoy Qendressas jüngste Worte hörte, sah er auf, denn sie hatte Englisch gesprochen. Diese Tatsache allein rief einen höchst überraschten Ausdruck auf seinem Gesicht hervor; und als er erst Qendressa und dann mich erkannte, steigerte sich sein Erstaunen noch. Beecher hatte seine Züge besser unter Kontrolle, was meinem Empfinden nach aber nicht nur daran lag, dass er ein nüchterner Sekretär war, sondern dass dies von einem Geheimnis herrührte, dessen ersten Anschein ich ja in Edreneh in Gestalt seines verborgenen Revolvers erkannt hatte.

„Guten Abend, Mister Fontenoy, Mister Beecher", begann ich sanft, obwohl ich wusste, dass meine Worte höhnisch klingen mochten. Aber ich wollte damit sogleich das Lösen der

Fesseln einleiten und um Verzeihung für den rüden Umgang bitten. „Seien Sie nicht ungehalten, aber …"

Fontenoy zeigte seine goldenen Zähne. „Sie machen gemeinsame Sache mit diesen Banditen", stellte er tonlos fest. „Das ist empörend, wenngleich wenig verwunderlich."

„Es ist nicht so, wie Sie glauben", entgegnete ich vorsichtig. Dann schaute ich zu Qendressa. „Können wir sie losbinden?"

„Nein", sagte sie streng. „Sie machen Geschäfte mit dem Schut."

„Aber sie wussten doch gar nicht …" Ich fand Qendressas übermäßigen Hass auf den Schut etwas plötzlich. Ich verstand ihre Abscheu wegen der Entführung, aber deswegen alle, die mit ihm Umgang hatten, noch dazu nur mittelbar, als dessen Verbündete zu sehen …

„Wer ist der Schut?", fragte Fontenoy. Dann schnaufte er. „Aber das ist egal. Ich weiß ja nicht einmal, wer Sie beide sind."

„Und wer sind Sie?", fauchte Qendressa.

„Ich habe mich anständig vorgestellt, als man mir in anständigem Umfeld Gelegenheit dazu gab", knurrte Fontenoy. „Ich bin Geschäftsmann."

„Das weiß ich wohl", sagte ich ruhig. „Aber Ihre Geschäfte selbst und Ihre Geschäftspartner sind nicht so anständig, wie Sie glauben."

„Menschen, die keine Geschäfte machen, halten Geschäftemacher stets für unanständig", gab Fontenoy zurück. „Das Problem liegt in der Sache. Ich selbst könnte sagen, dass Sie alle sich gar keine Urteile erlauben dürften, als Räuber und Banditen."

Qendressa lachte auf. „Ort und Kleidung sind nur Äußerlichkeiten. Es geht um Werte. Werte, die man nicht in ein Kassenbuch eintragen kann." Sie zeigte auf Beecher. Sie schien ebenso gut informiert zu sein wie ich. Hatte sie die beiden Männer in Edreneh ebenfalls getroffen oder sich über sie informiert?

Beecher schaute zu Fontenoy. „Lassen wir die Schauspielerei", sagte er knapp und schaute dann mich an. „Mister Nemsi, greifen Sie bitte in meine obere Westentasche. Keine Bange, ich beiße nicht." Dennoch lächelte er breit, wenngleich humorlos.

In Beechers Westentasche fanden meine Finger jedoch – nichts.

„Fühlen Sie im Futter nach. Sie dürfen die Naht aufziehen", erklärte Beecher. „Wie gut, dass wir nicht professionell durchsucht wurden."

Tatsächlich spürte ich ein dünnes, festes Etwas von Handtellergröße. Ich zog, wie angeleitet, eine Futternaht auseinander und dann holte ich den Gegenstand ins Licht. Es war ein Wappenschild, wohl aus Silber, und in die Front waren vier Worte und ein kleiner Stern eingraviert.

„Ja", seufzte Beecher spöttisch. „Ich bin ein Pinkerton-Mann."

Tatsächlich stand auf dem Abzeichen *Pinkerton's National Detective Agency*. Diese Privatdetektei war vor einem Vierteljahrhundert in Chicago von Allan Pinkerton gegründet worden und hatte neben der Aufklärung von großen Gelddiebstählen auch ein Attentat auf Präsident Lincoln verhindert. Weiterhin schützten sie die amerikanischen Eisenbahngesellschaften, insbesondere vor den Überfällen der James-Younger-Bande, einem perfiden Zusammenschluss zweier verbrecherischer Brüderfamilien. Aber leider machte die Agentur auch negativ von sich reden, indem sie die gerechten Streiks von ausgebeuteten Fabrikarbeitern unterwanderte und brach. Von den Vorwürfen brutaler Vorgehensweise ganz abgesehen.

Mir offenbarte sich nun, was die Gravur der Buchstaben PNDA auf Beechers Blechtasse bedeutete. Dafür, dass er sein Abzeichen so gut verbarg, war er stolz genug oder von der Unwissenheit seiner Mitmenschen überzeugt, dass er sich diese kleine Eitelkeit erlaubte.

„Sie sind mittlerweile also international tätig", bemerkte ich. „Überschreiten Sie nicht Ihre Kompetenzen?"

„Nein, tut er nicht", meldete sich nun Fontenoy zu Wort.

„Sind Sie auch ein Pinkerton?", fragte Qendressa und schnaubte empört. „Erst halten Sie Sklaven, dann verraten Sie Arbeiter. Und Arbeiterinnen?" Qendressa war tatsächlich gut informiert.

„Nein", gab Fontenoy zurück. „Ich schinde und verrate niemanden. Ich diene allen Bürgern der Vereinigten Staaten. Ich bin vom amerikanischen Handelsministerium. Leider habe ich keine so hübsche Marke wie Mister Beecher."

„Ich gehe davon aus", begann ich, „dass Sie mir und anderen gegenüber nicht allzu viel gelogen haben und es Ihnen tatsächlich um den Baumwollhandel geht? Nur wollen Sie hier keine privaten Geschäfte machen, sondern das amerikanische Monopol wieder aufbauen, indem Sie – durch Scheingeschäfte die Konkurrenz schädigen?"

„Natürlich! Die amerikanischen Märkte werden auch auf dem Balkan verteidigt."

Ich wandte mich an Qendressa. „Sie haben nicht auch noch einen speziellen Auftrag Ihrer italienischen Regierung auszuführen, Zonjusch Qendressa? Sie könnten sich ja mit Ihrem amerikanischen Kollegen absprechen."

Qendressa funkelte mich an, Fontenoy schaute verständnislos. Ich aber winkte ab.

„Fontenoy", sagte ich, „Sie haben mit jenem Señor Verde gesprochen. Wir haben Kenntnisse, dass er nicht nur Geschäftsmann in Textilien ist, sondern mit einem Verschwörer zusammenarbeitet, der das Osmanische Reich destabilisieren will. Ich bezweifle, dass Ihnen der amerikanische Baumwollhandel wichtiger ist als die politische Weltlage. Denn wenn sich in dieser Gegend erst Briten und Russen bekriegen…"

„Halten Sie sich aus der Politik heraus, Mister Nemsi", rief Fontenoy, „das stünde gerade Ihnen als Deutschem besser zu Gesicht!"

„Ist das so?", knurrte ich. Aber ich schluckte meinen Ärger hinunter. „Ich frage Sie also, ob Sie uns sagen können, wohin

Señor Verde sich bei Ihrem überstürzten Aufbruch aus dem Tal gewendet hat."

Fontenoy zuckte mit den Achseln und schaute Beecher an. „Als die Schießerei begann, rief er uns zu, mit der Kutsche zu fliehen. Wir stürzten aus der Hütte heraus, in die Kutsche hinein, dann kam der Fahrer angerannt und wir sind ge ... gefahren. Verde hat sich wohl anders abgesetzt."

„Wie sah der Kutscher aus?", fragte ich. „Kannten Sie ihn, war es der gleiche, der sie in das Tal brachte?"

„Was weiß ich", brummte Fontenoy. „Er war eben einer der Kerle, die hier gemeinhin auf den Kutschböcken sitzen."

„Was war mit seiner Kleidung?", hakte ich nach. „Trug er die übliche Tracht oder vielleicht nur ein Hemd? Und einen großen Hut?" Ich tippte an die Krempe meiner eigenen Kopfbedeckung.

Fontenoy lachte. „Wir haben doch nicht auf den *Kutscher* geachtet! Irgendwelche Wilden haben uns überfallen." Er schaute sich um. „Nein, nicht irgendwelche Wilden. Genau diese Wilden hier! Wilde! Nur dass sie statt Federschmuck Filzkappen tragen."

Ich wollte schon etwas Harsches entgegnen, da hustete Beecher hart und schaute Fontenoy scharf an. Fontenoy zuckte mit den Achseln und schwieg.

„Worauf wollen Sie hinaus, Mister Nemsi?", fragte Beecher. „Dass der Spanier Verde sich als Einheimischer verkleidet hat – so wie Sie?"

„Und Sie sind mit Worten und Gedanken so treffsicher wie wohl auch mit dem Revolver, Mister Beecher", sagte ich versöhnlich.

„Fragen Sie Ihre Banditenfreunde nach dem Kutscher. Unser Wagen steht draußen bei den anderen, da dürfte der Mann nicht weit sein."

Qendressa sagte etwas zu Gjon; der brüllte wiederum einen Befehl und einer der Skipetaren rannte aus der Höhle.

Fontenoy murrte. „Wie schön, dass der Kerl so freundlich aufgenommen wurde, während wir…"

Qendressa deutete durch die Höhle. „Das hier ist das Gästequartier. Der Kutscher war draußen bei den Männern und kann froh sein, wenn er noch alle Gliedmaßen besitzt, weil er in Diensten eines Ausländers stand, der sich wiederum den Osmanen angebiedert hat."

Fontenoy seufzte. „All diese Querverbindungen von Sympathien. Die Briten und die Griechen, die Italiener und die Albaner. Vielleicht sollten wir Amerikaner beginnen, die Kanadier von den Engländern zu befreien."

„Schweigen Sie, Fontenoy", riefen Qendressa und ich gleichzeitig. Danach sahen wir uns kurz betreten an. Halef und die beiden Skipetarenbrüder hatten zwar kein Wort verstanden, feixten aber. In diesem Moment kamen zwei Männer mit dem Kutscher heran. Er war ebenfalls gefesselt, und der Griff, der ihn an seinem Kragen gepackt hielt, war äußerst unsanft. Ich erkannte auf den ersten Blick, dass es nicht Verde war. Die Gesichtszüge waren völlig verschieden, und selbst wenn ich bei Verde von einem falschen Bärtchen auf der Oberlippe ausgegangen wäre, das der Mann entfernt hatte – so wäre es ihm wohl kaum möglich gewesen, sich innerhalb eines Tages den Bartwuchs von einer Woche zuzulegen. Der Kutscher trug eine recht neue, lange Jacke in serbischer Art und darunter ein vergleichsweise gutes Hemd mit ebensolcher Hose und Stiefeln. Er mochte von Verde ausgestattet worden sein. Da ich von diesem jedoch nur den Oberkörper gesehen hatte, als ich in die Hütte spähte, vermochte ich nicht zu sagen, wie er unterhalb gekleidet gewesen war. Da auch Fontenoy und Beecher zu ihren Anzügen hohe Stiefel trugen, um sich in den Bergen angemessen bewegen zu können, hatte ich keinen Anlass, weiterhin zu rätseln, warum in der Hütte Verdes Jackett und Weste gelegen hatten und in welcher Verkleidung dieser nun geflohen war.

Ich schaute den Kutscher an, ohne allzu prüfenden Blick. Nein, ich hatte mich schon selbst oft verkleidet oder vielmehr mein Aussehen gewandelt, aber eine solche Maskerade war nicht möglich. Dieser Mann trug keine falsche Nase, die Falten und Härchen und alle Eigenheiten der Haut waren echt und nicht gemalt, gefärbt oder geklebt. Ebenso echt war die Furcht in seinem Blick, und nicht weniger verständlich als jene von Beecher und Fontenoy zuvor. Doch diese hatten in mir einen Fürsprecher sehen können, was dem Kutscher nicht vergönnt war. Die Skipetaren hatten ihn tüchtig gebeutelt und wohl auch zu Boden gestoßen, noch jetzt sah man den Sand an seiner Kleidung, welcher den Vorplatz der Höhle bedeckte. Ich wollte ihn nicht weiter gequält sehen; er war ein schlichter Mann und kein Schurke. Auf Serbisch bat ich Qendressa und die Bellios-Brüder, ihn angemessen zu behandeln. Immerhin hatten die Skipetaren nun eine vortreffliche Kutsche und einen guten Kutscher noch dazu.

„So gut ist er nicht gefahren", meinte Qendressa. „Meine Löwinnen und ich haben ihn gestoppt und er machte auf dem Bock keine gute Figur."

„Er ist einfacher Kutscher und kein Soldat – die Flucht vor schießenden Kriegern ist er wohl nicht gewöhnt."

„Verde hätte besser so jemanden eingestellt", meinte Qendressa, winkte aber den Skipetaren zu, den Kutscher wieder nach draußen zu bringen. Zudem deutete sie auf seine Fesseln. Die beiden Männer nickten, stießen den Kutscher aber noch ein weiteres Mal unsanft an. Der Kutscher warf mir einen dankbaren Blick zu, er lächelte sogar. Einige Zähne fehlten ihm. Selbst wenn Verde ein Meister der Verwandlung gewesen wäre – sich zur Tarnung das Gebiss zu zerstören, wäre selbst für einen eifrigen Geschäftsmann übertrieben gewesen.

Qendressa wandte sich mir zu. „Da Sie sich für Schurken einsetzen, statt sie zu bekämpfen – was schlagen Sie denn vor, was wir mit diesen beiden tun sollen? Als Sekretär einstellen und als … ja, was?"

„Beide sind amerikanische Staatsbürger", gab ich zu bedenken. „So wie Sie Bürgerin des Königreichs Italien sind. Sie wollen doch keine diplomatischen Probleme, die Sie in Ihrer Sache behindern könnten?"

Qendressa antwortete nicht, daher wandte ich mich Fontenoy und Beecher zu. „Haben Sie Papiere, Dokumente? Ich möchte mich versichern, dass …"

„Sie haben mein Wort", meinte Fontenoy.

„Das schon einmal nicht der Wahrheit entsprach."

„Einerlei. Wenn Sie diesen Schut ausschalten wollen, dann dürften wir die Personen sein, durch welche Sie an ihn herankommen können. Wir müssen nur wieder mit Verde Kontakt aufnehmen." Er wechselte einen Blick mit Beecher. „Und dies sollten wir so rasch wie möglich tun. Schließlich sind wir durch den Angriff getrennt worden. Geschäftspartner sind gemeinhin umeinander besorgt, sei es nun aus menschlichen oder finanziellen Gründen."

Qendressa verschränkte die Arme. „Wir sollen Sie also laufen lassen?"

„Wir hatten an die Kutsche gedacht", sagte Fontenoy schulterzuckend.

Qendressa hielt sich zurück, wenngleich ich ihre Wut über diese Frechheit spürte, stattdessen schaute sie mich herausfordernd an. „Das ist Ihre Sache, Kara Ben Nemsi. Diese beiden Spielfiguren schenke ich Ihnen."

„Auch wenn Sie mit Ihnen …" Ich nickte Fontenoy und Beecher entschuldigend zu, weil ich sie ebenfalls als Spielfiguren bezeichnete, um das Argument fortzuführen. „… die Spielfiguren erhalten könnten, die Sie eigentlich besitzen wollen? Verde und den Schut? Das führt mich zu der Frage, warum Ihre Männer überhaupt die Fabrik angegriffen haben?"

„Wie ich sagte – dort wurde für die Osmanen gearbeitet."

„Aber wie ich bemerkte, haben Sie weder die Fabrik zerstören lassen noch die Frauen befreit."

„Wir hatten nicht mit der Gegenwehr gerechnet."

„Das soll ich glauben? Aber Sie und Ihre Löwinnen standen parat, um Fontenoy, Beecher und erhoffterweise auch Verde zu fangen?"

„Ich muss Ihnen nicht meine Pläne darlegen. Und Ihre Hilfe brauchen wir auch nicht. Sie haben sich doch stets als über den Nationen stehend dargestellt. Dann belassen Sie es dabei. Suchen Sie Ihren Schut. Wenn Sie mit dem fertig sind, haben wir ein Problem weniger."

„Allerdings. Es ist für Sie wohl einfacher, gegen die Osmanen zu kämpfen, den sprichwörtlichen kranken Mann am Bosporus, als gegen ein Reich, das vom Schut und von Al-Kadir beherrscht wird."

„Ach ja, der grausige Al-Kadir!"

Ich merkte auf. „Was wissen Sie von Al-Kadir?"

Qendressa lachte auf. „Sie selbst haben ihn in Gegenwart des Schut erwähnt. Ich war auch zugegen. Dass Sie das vergessen konnten! Sie enttäuschen mich. Ihr Gedächtnis lässt nach. Wenn es mit Ihrer Auffassungsgabe ebenso ist…"

Ich winkte unwirsch ab. „Lassen Sie die Spitzfindigkeiten! Nun gut. Dann sollten wir an dieser Stelle unsere kurze Zusammenarbeit beenden. Obwohl es ja nur ein gemeinsames Reisen war, das Sie ohnehin auf eigene Weise gestaltet haben. Neben der Befreiung der Skipetaren vom Türkenjoch haben Sie ja auch noch eine andere selbstgestellte Aufgabe. Sollte ich die Überreste eines gewissen Fürsten finden, lasse ich Sie es wissen. Da bin ich selbstlos und freigiebig." Die letzten Sätze hatte ich in italienischer Sprache an Qendressa gerichtet. Ich wusste ja nicht, wie weit sie ihre Skipetaren eingeweiht hatte, wenngleich sie wohl nur deretwegen nach Skanderbeg suchte; und den Amerikanern gegenüber musste ich auch nichts ausplaudern. Ich kann durchaus diskret sein.

Qendressa und ich standen uns gegenüber. Fontenoy und Beecher saßen noch immer gefesselt auf den Kisten. Abdi und Halef standen angespannt und unverständig, die beiden Skipetarenbrüder schauten noch immer amüsiert, auch wenn sich ein wenig Beunruhigung in ihre Blicke mischte. Dann hellten sich ihre Züge auf. Ich wandte mich um und sah einen Mann vom Höhleneingang auf uns zukommen. Er trug einen Kochkessel am Henkel und einen Stapel blecherner Näpfe in der Armbeuge, unter dem anderen Arm steckten Brotlaibe.

„Ah, Essen", rief Gjon, und Gjokë schob die Becher und Lampen auf dem Tisch beiseite. „Da braucht es nicht so viele Sprachen", fügte Gjon an und Gjokë nickte. „Der Herr Kiradschi, der kein Kiradschi ist, spricht ja noch mehr von denen als wir Skipetaren."

Dass Qendressa nun als Einzige mitlachte, lag nicht allein daran, dass sie Serbisch verstand und die Amerikaner sowie meine Gefährten nicht. Aber die Brüder hatten wohl Recht. Wäre ich in deutscher Gesellschaft gewesen, hätte ich nun versöhnlich und hoffend das Goethe-Zitat skandiert, welches lautet: „Wenn ihr gegessen und getrunken habt, seid ihr wie neu geboren; seid stärker, mutiger, geschickter zu eurem Geschäft." In dieser Höhle von Babel, wie ich sie nennen könnte, wäre aber wohl zu viel an Erklärung nötig gewesen: wer denn Goethe gewesen sei und so weiter. Dass jener Satz aus dem Frühwerk des Dichters stammt, nämlich dem *„Götz von Berlichingen"*, und somit auch ein Götz-Zitat ist, wenngleich weniger bekannt als jenes andere – nun, hier ist für meine deutschen Leser wohl keine Erklärung nötig. Ich beschloss jedenfalls, nicht weiter zu grollen oder scharfe Worte zu äußern, sondern mir die angebotene Speise schmecken zu lassen. Der Skipetar, der neben einigen seiner Kameraden zum Küchendienst gedungen worden war, verteilte die Blechnäpfe und schöpfte mit einer Kelle jenen Eintopf, dessen Zubereitung wir gesehen hatten. Ich erkannte diesen nun als Jahnija, ein bulgarisches Gericht, wenngleich es sich hier um die ungeschlachte Variante aus der Feldküche der Skipetaren handelte. In jenem Gemengsel, das ich nicht mit dem Begriff Ragout bezeichnen möchte, um keine falschen Vorstellungen zu wecken, fanden sich die erwähnten Zwiebeln und Ziegenfleischteile, gebunden war alles mit der typisch bulgarischen Zutat, dem Yoghurt. Ich erkannte auch die leichte rote Färbung, die von zerstoßenem spanischem Pfeffer herrührte, der auf dem Balkan als Paprika bekannt ist, zudem auch grünes Kraut, das ich als Petersilie und Dill erkannte. Ich ging davon aus, dass diese wohlschmeckenden und farbigen Würzzutaten wohl den Portionen der Befehlshaber vorbehalten waren. Nicht allein deshalb war ich durchaus zufrieden. Auch Halef aß mit Appetit, und selbst der in Küchendingen heikle Abdi ließ sich zumindest kein Missfallen anmerken. Ob dies an der Anwesenheit Qendressas lag, vielmehr noch den beiden Löwinnen, die sich zu uns gesellt hatten, wollte ich nicht beurteilen. Zumindest fiel mir auf, dass die beiden Bellios-Brüder dann und wann Blicke auf die kriegerischen Frauen warfen, welche wiederum sich einzig ihrer Mahlzeit widmeten. Fontenoy und Beecher, mittlerweile von den Fesseln befreit, aßen ruhig, was an ihrer Situation liegen mochte und vielleicht an der Tatsache, dass sie quer durch Europa gereist waren und ihre amerikanischen Gaumen wohl nach und nach an lokale Speisen hatten gewöhnen können, wobei dieses Höhlenmahl, je nachdem, der Höhepunkt oder der Tiefpunkt sein mochte. Immerhin machten sie sich nicht lächerlich, indem sie Besteck und Servietten verlangten. Die Finger und Brocken von Brot waren ausreichend, um der Situation angemessen zu speisen.

Als die Knochen abgenagt und die Näpfe ausgewischt waren, machte sich ein sattes Schweigen breit. Von außerhalb der Höhle hörte man die Skipetaren laut reden, grobe Späße machen und auch ein wenig singen. Man spürte ihre Begeisterung für die Sache, der sie sich angeschlossen hatten, und ich erkannte an ihrem Verhalten auch, dass es sich noch nicht abgezeichnet hatte, wann sie die erste Schlacht schlagen oder eher das erste Scharmützel würden bestehen müssen. Sie mochten sich als Freiheitskämpfer sehen, aber der Kampf stand ihnen noch bevor. Sie hatten in der vorigen Nacht einige Kameraden verloren, aber wohl nicht mehr, als wenn sie Räuber gewesen wären, die sich mit einer anderen Bande bekriegten. Ich will diese Männer beileibe nicht mit Räubern gleichsetzen, auch wenn ich dieses Wort bereits einmal verwendete. Vielmehr versuche ich damit das Verhältnis zwischen ihnen und ihren bisherigen Gegnern einzuordnen. Es ist etwas anderes, gegen eine Wachmannschaft oder gedungene Schurken zu kämpfen als gegen die Armee eines Reichs, selbst wenn man die Orte des Angriffs sorgsam plant und die Anzahl der Gegner gewissenhaft abwägt. Aber ich bin kein Feldherr und auch kein Anführer in einem Freiheitskampf. Und mir war es nicht vergönnt oder es ist mir erspart geblieben, wie auch immer man dies sehen mag, auf Barrikaden oder an der Front für eine Sache zu kämpfen. Ich kämpfe allein und an vielen Orten. Und dafür muss ich beruhigenderweise nicht immer meine Waffen einsetzen. An diese dachte ich nun. Sie lagen neben meinem Gepäck am Höhleneingang.

Die Skipetaren hatten sich um unsere Pferde gekümmert und unsere Besitztümer getreulich zu uns gebracht. Es ist nun so, dass ich mir über die Jahre angewöhnt habe, mich nicht allzu sehr um Diebstahl zu sorgen, was meinen Henrystutzen, meinen Bärentöter und vor allem meinen treuen Hengst Rih anbetrifft. Denn mit meinen Waffen kann weder der durchschnittliche noch der erfahrene Schütze umgehen. Dafür ist der Henrystutzen in seiner Konstruktion zu speziell und der Bärentöter zu gewaltig. Und bei Letzterem wäre es unwahrscheinlich, auf dem Balkan oder im Orient einen erfahrenen Großwildjäger zu treffen, der mit einer solchen mächtigen Büchse hantieren kann. Aus diesen Gründen würde ein Dieb auch keinen Abnehmer für die gestohlenen Waffen finden und sich deshalb nicht mit ihnen belasten, ja, erst gar nicht den Diebstahl erwägen. Und der stolze Rih verteidigt sich selbst. Falls es einmal doch einem Schurken gelingen sollte, mit Rih zu fliehen, nun, man erinnere sich an das Schicksal, das den erwähnten Deselim ereilte. Was nun Rih weiterhin betraf, so dachte ich darüber nach, ihn doch von seiner unschönen

Maske zu befreien. Rih war kein eitles Tier, aber ich hatte doch das Gefühl, dass er noch stärker und geschwinder war, wenn sein äußeres Aussehen seiner inneren Würde und Kraft entsprach. Am Morgen würde ich Rih zu der nächsten Quelle führen und von der Asche und dem Fett befreien. Wer jetzt fragen wollte, ob ich denn auch ein Stück Kernseife für jene Reinigung zur Hand hätte, der sei daran erinnert, dass Seife im Grunde aus nichts anderem als Fett und Asche besteht. Mit etwas Wasser und Mühe würde das, was zunächst für Schmutz sorgte, auch für Sauberkeit sorgen. Dass es in der Nähe eine Quelle, wenn nicht gar einen Bach oder Gebirgsweiher gab, war wohl unumgänglich, denn sonst hätte man all die Menschen und Pferde bei der Höhle nur schlecht mit Trink- und Brauchwasser versorgen können. Was wir zu unserem Eintopf nach Skipetarenart tranken, war nämlich zweifellos frisches Bergquellwasser, welches niemand von uns mit dem zweifelhaften Wein zu verfälschen wagte, den es im Skipetarenlager reichlich gab und dem auch, wenngleich etwas weniger reichlich, zugesprochen wurde. In der Höhle lebten wir gewissermaßen abstinent, zumindest, was den Alkohol betraf. Nach dem Mahl bereiteten die Brüder Bellios den Kaffee zu, was mir als eine Art Ritual erschien, denn die beiden waren sehr geschickt darin, einander bei den einzelnen Handgriffen abzuwechseln und sich die Utensilien zuzuspielen. Es war ein durchaus heiterer Anblick, und deshalb auch willkommen, an diesem Ort, in dieser Situation und angesichts der allgemeinen Lage. Ich referiere all dies nicht erneut, weil auch ich in diesen Momenten etwas Entspannung nötig hatte und diese auch genoss. Möglicherweise ergeht es meinen Lesern ähnlich. Leider kommen sie nur in den Genuss dieser kurzen Ruhepause, jedoch nicht des sehr schmackhaften Kaffees der Skipetarenbrüder. Selbst Abdi war des Lobes voll und nahm die Brüder für sich ein, obgleich er zu den verhassten Türken gehörte. Doch nicht nur ich und Halef bürgten ja für ihn, sondern auch seine Weitgereistheit und Weltgewandtheit, da er im Küchengefolge des früheren Sultans vor einigen Jahren Wien, Paris und London bereist hatte. Dies beeindruckte auch Qendressa, die sich mit den üblichen Spitzfindigkeiten zurückhielt. Mir schien sogar, dass sie Abdi gegenüber auf sehr ehrliche Weise freundlich war. Allerdings wollte ich deshalb nicht glauben, dass sich diese Dame auch anderweitig in ihrer Art gemildert hätte. Aber ein kräftiges Essen und ein starker Kaffee, dazu allerlei Tabak, dessen Schwaden von uns allen ausgestoßen langsam um uns herum durch die Höhle schwebten, beleuchtet von Fackeln und Lampen, besänftigt für einige Zeit auch die energischste und strengste Kämpferin und ihre Löwinnen noch dazu. Diese legten gegenüber Abdi sogar ein Lächeln auf, welches mir nicht ganz so streng und höhnisch schien wie gemeinhin. Ihrer beider Menschenfreundlichkeit mochte auch daran liegen, dass die Brüder Bellios ihnen den Kaffee besonders emsig bereiteten und darboten.

Und auch mir gelang es, einer Person aus unserer so vielfältigen und auch unfreiwilligen Runde ein Lächeln abzuverlangen. Als ich bemerkte, dass Mister Beecher dem türkischen Kaffee nur mit mäßiger Freude entgegensah, erinnerte ich mich an etwas. Rasch lief ich zu unserem Wagen und kam mit der Blechtasse zurück. Er war aufrichtig erfreut, sie wiederzubekommen. Doch als ich meinte, dass ich sie vielleicht mit Hilfe des Sandes aus der Hütte im geheimen Tal hätte blankscheuern können, schaute er mich verständnislos an. Dennoch konnte er nun seinen gewohnten Kaffee trinken, musste sich aber mit allerlei seltsamen Seitenblicken abfinden, abgesehen von Fontenoy und mir selbst, die wir diese Marotte Beechers bereits kannten. Abdi sorgte dafür, dass die anderen begriffen, was Beecher dort tat, indem er von Wien erzählte.

Schließlich wurde die heitere Runde aufgelöst. Und zwar aus ebendiesem Grund, weil es nämlich eine heitere Runde war. Es war uns allen mit einem Mal unangenehm und erschien uns auch unangemessen, dass wir zu scherzen und zu lachen begonnen hatten. Wir kamen überein, dass es an der Zeit wäre, sich zur Nachtruhe zu begeben, denn am frühen Morgen würden alle Anwesenden von diesem Ort aufbrechen und ihren jeweiligen Plänen nachgehen. Falls diese noch ausgetauscht und abgesprochen werden wollten, würde man auch dies mit dem Sonnenaufgang beginnen.

Wir bezogen unsere Schlafplätze. Qendressa hatte sich mit den Löwinnen in einem weit hinten liegenden Teil der Höhle eingerichtet, davor schliefen als zweites Bollwerk die Bellios-Brüder. Diese besaßen ein Paar Feldbetten, die ihrem Zustand nach zu urteilen, zwar nicht aus römischen Zeiten stammten, aber wohl schon den ersten osmanischen Eroberern gedient hatten. Ich ging davon aus, dass Qendressa etwas angenehmer nächtigen würde, sicherer auf jeden Fall. Fontenoy und Beecher wurden einige Säcke zugewiesen, die wohl Getreide enthielten und somit bequemer waren als Bohnen oder Kohlen und allemal besser als der nackte Felsboden. Und da genug Vorratssäcke vorhanden waren, nahmen auch Halef und ich diese gern als Matratze an, obgleich wir eines solchen Luxus gar nicht bedurften. Abdi war mit seinem Erbsensack sehr zufrieden und Halef konnte erneut seine Kenntnis jenes dänischen Kunstmärchens beweisen, indem er, wenig schmeichelhaft, Abdi mit jener empfindlichen Prinzessin verglich. Dann kehrte Ruhe ein. Auch die Skipetaren vor der Höhle begannen zu schnarchen. Ich konnte noch die leisen Stimmen und kaum hörbaren Schritte der Wachen vernehmen, da diese Geräusche in der Höhle widerhallten und bis zur Wahrnehmbarkeit verstärkt wurden. Der Schein der Wachfeuer warf tanzende Schatten an die Wände. Ich war jedoch zu müde, um über Platons Höhlengleichnis nachzusinnen und was es für mich und mein Abenteuer bedeuten mochte. Ich schloss die Augen und schlief ein, nur um wenige Stunden später durch laute Rufe zu erwachen.

Dreiundzwanzigstes Kapitel
Rätselhafte Flucht

Ich fuhr von meinem Lager hoch. Die Sonne war noch nicht aufgegangen, wie ich mit einem Blick zum Höhleneingang erkannte. Der Vorplatz war schon von matter Helligkeit übergossen, die noch keine Farben erkennen ließ. Dennoch erschien es mir, als schaute ich aus der dunklen Höhle wie in einen erleuchteten Guckkasten hinaus, gleichwohl ich es war, der sich im Felsgehäuse befand. Auf dieser farblosen Bühne bewegten sich die Figuren umso eifriger. Ich sprang auf und eilte hinaus, begleitet von Halef, der ebenso aus dem Schlaf gerissen worden war. Wir blieben unbewaffnet, denn die Rufe klangen eher nach Unstimmigkeiten und Streit, nicht nach Alarm und Angriff. Draußen erlebten wir eine Auseinandersetzung zwischen den beiden Brüdern Bellios und einigen Skipetaren, darunter zwei Unteranführer oder dergleichen, wie man an den besseren Waffen und einer gewissen Haltung erkannte. Die anderen schienen Wachposten zu sein, die kurz vor der Ablösung standen, denn sie sahen müde aus, waren aber aufgrund irgendwelcher Vorwürfe aufgewühlt. Meine Aufmerksamkeit richtete sich noch auf die unterschiedlichen Parteien des Streits, also wer wem Vorwürfe machte und wer wen wiederum zu verteidigen suchte, als Halef mich auf den eigentlichen Grund hinwies. Manchmal achte ich zu sehr auf die Abläufe, um die Ursachen zu ergründen, während mein guter Halef ganz arglos und unakademisch auf das Naheliegende blicken kann.

„Sihdi", sagte er und wies auf einen Winkel des Lagers, wo wie überall die Feuer niederbrannten und die Skipetaren sich auf die Beine begaben. „Stand dort nicht die Kutsche der beiden Amerikani?" – Tatsächlich! Ich erinnerte mich, die Kalesche dort gesehen zu haben. Nun war sie fort. Und jetzt, wo ich ahnte, worum sich der Streit drehte, verstand ich auch den albanischen Dialekt, in welchem die Skipetaren sich stritten. Es verhält sich ja nun so, dass ich nicht wirklich so unbedarft in dieser Sprache war, wie ich mich Qendressa gegenüber gegeben hatte. Ich bin darin schlichtweg nicht in so vielen lokalen Varianten und Idiomen bewandert, wie ich es in anderen Zungen bin, die da und dort auf dem Erdenrund gesprochen werden. Dass es sich beim Dialekt der Männer neben dem eigentümlichen Mischmasch aus Toskisch und Gegisch wohl auch noch um eine Art von skipetarischem Argot oder balkanischem Rotwelsch, vermischt mit Soldatensprache der Arnauten handelte, machte das Verständnis nicht einfacher. Aber wie erwähnt, als ich den verqueren Ausdruck für *Kutsche* erkannte und damit einige Betonungen genauer einordnen konnte, ergab sich folgendes Bild: Vor einiger Zeit war Gjokë Bellios aus der Höhle gegangen, aus welchem Grund auch immer, hatte die Abwesenheit der Kutsche bemerkt und die Wachen scharf befragt. Diese hatten daraufhin vermeldet, dass Gjon Bellios dies befohlen habe. Gjokë war in die Höhle zurückgeeilt, leise, um die Gäste der Shpëtime nicht zu wecken, und hatte seinen Bruder ebenso leise nach draußen expediert. Der bezichtigte sowohl seinen Bruder als auch die Wachen der Dummheit, Blindheit, des groben Scherzes und allgemeiner Unzurechnungsfähigkeit und die Wachen allein der abgegriffenen Lächerlichkeit, die Brüder noch immer zu verwechseln. Er habe nichts angeordnet, was die Kutsche betraf. Der andere Bruder stritt dies ebenfalls ab. Endlich kam der wiederholte Disput dazu, was einer der beiden Befehlshaber angeblich angeordnet habe, nämlich den Kutscher, dessen Namen niemand kannte, nicht nur mit der Kutsche davonfahren zu lassen, sondern, in einem geheimen Auftrag, mit dem bulgarischen Schmied als Passagier.

„Schimin ist fort?", sagte ich ungläubig und blickte zu Halef. Eilig schauten wir uns im Lager um, und da wir Schimin nicht sahen, begannen wir seinen Namen zu rufen. Die beiden Bellios-Brüder hatten uns bereits bemerkt und waren nicht verwundert, dass wir das Streitgespräch mitangehört hatten. Zweifellos gab es keinen weiteren bulgarischen Schmied im Lager. Und der eine mit Namen Schimin war nun verschwunden.

Halef knurrte. „Er ist geflohen! Er war also doch mit dem Schut im Bunde!"

„Wie könnte man sein Verschwinden eine Flucht nennen?", gab ich zurück. „Er ist mit der Kalesche fortgefahren, die von dem Kutscher gelenkt wurde."

„Der Kutscher gehört doch auch zum Schut!", beharrte Halef und stutzte. „Oder hat er Schimin entführt?"

„Aber wenn doch der Auftrag von – welchem Bellios auch immer kam; Halef, du wirst sie wohl kaum zu den Schergen des Schut zählen."

Halef reckte wütend das Kinn, blickte aber unschlüssig zwischen mir und den Skipetaren hin und her. Gjon Bellios kam zu mir herüber und schaute wie ein trauriger Bluthund, der dennoch wütend die Zähne fletschte.

„Kara Ben Nemsi! Ich weiß nicht, was geschehen ist", sagte er auf Serbisch, weil wir uns am Abend zuvor hauptsächlich in dieser Sprache unterhalten hatten. „Die Männer müssen betrunken sein vom verfluchten türkischen Raki! Sie bilden sich ein, wir hätten ihnen befohlen… Ihr wisst ja, was geschehen ist! Aber ich weiß nicht, wie es geschehen konnte! Ich schlafwandle doch nicht!"

„Erlaubt Ihr mir, mit den Männern zu reden?"

„Aber sie können kein Serbisch", warnte Bellios. „Nur…"

„Ich spreche Albanisch", beruhigte ich ihn.

„Aber die Männer…", begann er und dann staunten sowohl er als auch sein Bruder, als ich mit den Unterführern und Wachsoldaten in jenem eigentümlichen Skipetarenjargon zu parlieren begann. Dadurch erhielt ich sogleich ihr Vertrauen, und nachdem sie mit fragenden Blicken die Erlaubnis ihrer Anführer eingeholt hatten, berichteten sie mir noch einmal, was sich zugetragen hatte. Ich erkannte sogleich die verräterische Eigentümlichkeit. Die Männer beharrten darauf, dass Gjon Bellios ihnen den besagten Befehl gegeben habe. Er sei zu ihnen gekommen, in eine Decke gehüllt, zum Schutz vor der Nachtkälte, welche bekanntlich kurz vor Sonnenaufgang am schneidendsten ist. Die Männer hatten ihren Kommandierenden an Stimme und Gesicht erkannt, wenngleich er verschlafen und heiser geklungen hätte. Ich fragte genauer: Gjon hatte also weder seine übliche Kleidung noch die speziellen Waffen oder die blaue Plis getragen, die ihm und seinem Bruder ihr besonderes Erscheinungsbild gaben. Doch doch, sagten die Männer, die blaue Plis habe er getragen und die sei ja nun eindeutiges Kennzeichen der Brüder Bellios. Ich nickte und hakte nach: War es wirklich die blaue Plis? Stand man in der Nähe eines Feuers? – Nein, hieß es, es war etwas abseits. Aber auch so wäre es doch sicherlich die blaue Plis gewesen. Nun, genau dies hielt ich für fraglich. Im Halbdunkel mochte jede verschmutzte Filzkappe wegen der dunklen Schattierung für die blaue Plis gehalten worden sein – weil jemand mit dem Gesicht von Gjon Bellios ja genau diese hätte tragen müssen. Ein deutlicher Fall von beeinflusster Wahrnehmung.

Es war also klar, dass jemand sich für Gjon Bellios ausgegeben hatte. Aber dieser Jemand hatte nicht die übliche Maskerade gewählt, in welcher man sich ähnlich kleidet oder in gestohlene Kleider hüllt und das Gesicht eher verbirgt, statt es als Einziges zu zeigen. Dass es nun recht schwierig gewesen wäre, Kleider, Waffen und Filzkappe zu stehlen und sich zu verkleiden, lag auf der Hand, denn solcherlei hätten wir in der Höhle wohl bemerkt. Sich aber ausschließlich die Gesichtszüge von Gjon Bellios mittels Theaterschminke, künstlicher Nase oder ähnlichem anzueignen – das schien mir in dieser Umgebung geradezu absurd. Einerlei: Auch wenn ich dieses und jenes erkannt und dieses und jenes ausgeschlossen hatte, blieb doch die Frage, wer dies alles getan hatte und warum. Denn der Kutscher und Schimin waren verschwunden – aber was war mit dem Mann, der Bellios nachgeahmt hatte? War er ebenfalls mit der Kutsche fortgefahren oder befand er sich noch im Lager? Und wenn, nach wem sollten wir suchen? Einem Mann, der Bellios entfernt ähnlich sah?

Ich ging zu der Stelle, an welcher die Kutsche gestanden hatte. Hier waren die Pferde angeschirrt worden und die Kutsche abgefahren, mehr als die Spuren von Hufen und Rädern sah man nicht, abgesehen von den vielen Abdrücken der Schuhe und Stiefel. Ich hatte vorsichtig zu hoffen gewagt, vielleicht die Decke und die Filzkappe zu finden und an diesen nach Spuren zu suchen, die mir die Identität des geheimnisvollen Scharadenspielers hätten enthüllen können. Aber selbst wenn dieser die Gegenstände, welche er irgendeinem Skipetaren gestohlen hatte, hier zurückgelassen hätte – im allgemeinen Erwachen, Aufstehen und Zusammenpacken waren sie offenkundig längst aufgeklaubt worden. Dieses Rätsel würde wohl ungelöst bleiben.

Ich sprach mit Halef. Wir würden die Kutsche verfolgen. Der Mann, der sie lenkte, würde sie an jenen Ort führen, der ihm aufgetragen worden war. Vielleicht hatte er ihn schon zuvor gewusst und von dem Fremden nur das Zeichen bekommen. Dass Schimin mitgenommen worden war, konnte nur bedeuten, dass der Fremde, der wohl im Dienst des Schut stand, den Schmied für wertvoll und wichtig erachtete. Warum sollte die Kutsche uns also nicht zum Schut führen? Die Verfolgung war nicht schwer, denn wie ich bereits berichtete, handelte es sich bei dem Wagen um ein spezielles Modell, welches ebenso spezielle Spuren hinterließ, die ich mit Leichtigkeit erkennen konnte. Und gemäß des Berichts der Skipetaren hatten die Flüchtenden nur wenig Vorsprung. Wenn Halef und ich zu Pferde folgten, hätten wir sie sicher bald eingeholt. Abdi würde mit dem Wagen nachkommen und wir könnten uns, wie schon lange geplant, in Ostromdscha mit Scheik Haschim treffen. Allerdings missfiel mir der Gedanke, Abdi allein reisen zu lassen. Daher nahm ich mir vor, die anderen Anwesenden nach ihren weiteren Reiseplänen zu fragen; vielleicht ergaben sich gemeinsame Routen.

Mittlerweile hatte sich der Himmel verfärbt und die Rhodopen wurden vom rötlichen Morgenlicht erhellt, sodass sie ihren Namen nicht allein wegen der rostroten Wasserläufe verdienten. Bevor die Sonne sich gänzlich erhoben hatte, würden wir schon unterwegs sein.

Halef und ich gingen in die Höhle zurück. In diesem Augenblick hörten wir ein leises Klagen, das aus der Tiefe der Felsen zu uns drang. Wir beschleunigten unsere Schritte und kamen an dem Lager der beiden Amerikaner vorüber. Beide schliefen noch tief, der vergangene Tag hatte sie wohl recht gefordert. Ob ihr Schlaf jedoch erquickend war, schien mir zweifelhaft, aufgrund ihrer verkrümmten Haltung auf den improvisierten Matratzen, sozusagen den Schlaf-Säcken. Wie gut die Männer sich fühlen würden, wüssten sie nach dem Erwachen – welches sich in diesem Moment ereignete, als wir vorüberpolterten. Abdi war von seinem Lager aufgeschreckt und schaute ins entfernte Dunkel der Höhle. Sein banger Blick verwunderte mich. Denn die schmerzerfüllte Stimme, die wir hörten, war für andere Ohren als die unseren gewiss nicht so alarmierend. Halef und ich haben durch die erlebten Abenteuer und Rettungen ein Gespür dafür entwickelt, wann ein Mensch sich in wirklicher Gefahr befindet oder auch nur wähnt und wann seine Laute oder Rufe nur aus harmlosem Schrecken oder geringer Verletzung geboren werden. Was wir also vernahmen, war nicht etwa jemand, der aus einem bösen Traum erwachte oder sich im Dunkeln den Zeh gestoßen hatte – dieses Klagen rührte von tiefer seelischer Qual her! Und im hinteren Teil der Höhle hatte Qendressa ihr Lager.

Doch noch bevor wir auch nur hätten sehen können, was vorgefallen sein mochte, stellten sich uns die beiden Löwinnen in den Weg. Aferdita und Lindita waren vollständig bekleidet, bis hin zu den akkurat in der Leibesmitte sitzenden Gürtelschnallen mit dem Georgsemblem. Da ich bezweifelte, dass sie in ihren Kleidern geschlafen hatten, waren sie wohl sehr zeitig aufgestanden, denn auch ich schlafe bei aller Wachsamkeit nicht mit dem Gurt um die Hüften, der meinen Revolver und mein Bowiemesser trägt.

Die Löwinnen hoben unmissverständlich je eine Hand, um uns zu bedeuten, dass wir nicht weitergehen durften. Halef reckte aus Gewohnheit den Hals und versuchte, an Aferdita vorbeizuschauen, doch als er seine Indiskretion bemerkte, vollführte er eine Geste der Entschuldigung und trat sogar einen Schritt zurück.

„Geht es Eurer Herrin gut?", fragte ich höflich. „Ist Zonjusch Qendressa wohlauf?"

Ich hätte es für eine Antwort halten können, dass nun ein weiterer Klagelaut aus dem Dunkel hinter den Löwinnen drang. Meine Ohren mochten mich täuschen, auch konnte der Hall in diesem Felstrichter den Klang verfälschen, aber die Stimme, die ich so unartikuliert vernahm, schien mir nicht wie jene von Qendressa, außer sie wäre von einer ernsthaften Erkrankung ereilt worden.

Da ich keine Antwort der Löwinnen erhielt, bot ich geradeheraus meine Hilfe an. „Falls es sich um eine Krankheit handelt, und sei es auch nur eine Verkühlung, so habe ich in meinem Gepäck probate Mittel. Zonjusch Qendressa dürfte sie kennen, wenn ich sie ihr zeige, und gegen eine Behandlung nichts einzuwenden haben."

Ich führe auf meinen Reisen stets einen Kasten mit homöopathischen Tinkturen nach Hahnemann und Lutze mit mir. Da Qendressa eine gebildete Frau war, würde sie um die vortreffliche und wohltuende Wirkung dieser Arzneien wissen und sie nicht, wie so viele andere, für Scharlatanerie und Quacksalberei halten.

Lindita schüttelte den Kopf und schaute mich streng an.

„Sie ist nicht krank", sagte sie hart und musterte mich und Halef mit einem doch sehr abschätzigen Blick. „Es ist eine weibliche Sache, die euch Männer nichts angeht."

Neben mir hörte ich Halef wissend einatmend. Er streckte seitlich die Hand aus und zog an meinem Ärmel. „Sihdi", zischte er aus dem Mundwinkel. „Ich weiß, worum es sich handelt. Es ist unsere Pflicht als Männer, als Ehrenmänner, hier diskret zu sein. Gehen wir."

Halef nickte Lindita und Aferdita mit einem Blick des höflichen und mitempfindenden Verständnisses zu, den ich bei ihm noch nie gesehen hatte. Und tatsächlich milderten sich die Blicke der Löwinnen, wenngleich sie ihre kämpferischen Posen und die Körperspannung nicht aufgaben. Ich fragte mich, ob es an deren Haltung lag und an dem unebenen Höhlenboden oder ob die beiden Kriegerinnen tatsächlich größer waren als ich. Aber da zerrte Halef mich schon mit Nachdruck fort. Als wir einige Schritte gegangen waren, hörte ich, wie die Löwinnen ihren Posten verließen und sich ein wenig tiefer in die Höhle zurückzogen. Ich wandte mich nicht um, weil ich wusste, dass sie uns misstrauisch beobachten würden. Halef holte Luft und setzte zu einer, wie er wohl glaubte, erhellenden Erläuterung an, aber ich winkte ab. Ich bin durchaus bewandert in den menschlichen, männlichen und auch weiblichen Körperlichkeiten, aber natürlich sind mir von diesen doch eher jene Dinge stets gewahr, die mich selbst betreffen, oder wenn ich dadurch Erkenntnisse oder Vorteile über jene erlangen kann, mit denen ich gemeinhin Umgang habe. Hierzu ergab sich auch sogleich ein treffliches Beispiel. Halef und ich gingen zu Abdi, der sich mittlerweile vollständig angekleidet hatte. Der Schlaf war noch nicht ganz aus seinen Zügen gewichen, aber in den Augen sah ich schon den Glanz der inneren Wachheit und Unruhe.

„Ist alles in Ordnung dort hinten?", fragte er besorgt.

„Ja", gab ich zurück. „Eine kleine Unpässlichkeit. Aber du, guter Abdi, scheinst einen bösen Traum gehabt zu haben?"

„Ja, hatte ich", sagte Abdi und kratzte über seine Wange, die allerdings recht bartlos war, selbst für einen jungen Mann seines Alters. „Ich habe geträumt, ich wäre wieder entführt und säße in dem Keller in Edreneh. Aber ich konnte nicht fliehen. Dann tat sich der Boden auf und ich bin hinuntergestürzt."

Halef schaute ernst. „Der Traum von einem Sturz oder tiefem Fall bedeutet Verlust. Verlust von Geld oder Leben."

Ich schnalzte mit der Zunge. „Und er ist der häufigste Traum von allen. Man zuckt im Schlaf und erwacht. Ein unschönes Gefühl, aber völlig harmlos." Ich lächelte Abdi aufmunternd an und schüttelte gegenüber Halef ein wenig mahnend den Kopf.

Abdi verzog das Gesicht. „Und ich habe wieder dieses Schreien gehört, wie in der Gasse, als ich entführt wurde."

„Du hast Qendressa gehört", erklärte ich. „Man hört kurz vor dem Aufwachen Dinge der Außenwelt und glaubt, sie gehörten zum Traum."

„Ich habe aber weitergeschlafen und dann geträumt, dass …"

„Abdi", sagte ich sanft. „Sieh dich um. Du bist in einer Höhle. So finster und steinig wie ein Keller. Verständlich, dass du dich im Traum wieder im Keller glaubtest. Und schau …"

Ich zeigte zum Höhleneingang. Draußen ging gerade die Sonne auf. Im unregelmäßigen und felsigen Rahmen zeigte sich ein lebendiges Bild der geschäftigen Skipetaren vor prächtig bewaldeten Bergen. Wäre ich kein Mann der Feder und des Papiers gewesen, sondern ein Maler, der mit Pinsel und Leinwand seine Werke schafft, so hätte mich der pittoreske Anblick tatsächlich zu einem Gemälde von wilder Kraft und Ursprünglichkeit inspiriert. So aber erklärte ich dem braven Abdi seine Traumgebilde.

„… es ist Sonnenaufgang, so wie zu der Zeit, als du niedergeschlagen und verschleppt wurdest. Natürlich hast du dich an dieses unangenehme Erlebnis erinnert. Aber es ist vergangen und du bist hier bei uns." Ich griff ihn fest an der Schulter. „Und wir alle werden diesen Felskeller sogleich verlassen und uns wieder auf den Weg machen."

„Wohin, Kara Ben Nemsi?", fragte Qendressa, die aus dem Dunkel ins morgendliche Licht trat, welches immer tiefer in die Höhle drang. Sie wirkte munter, und was auch immer ihr zuvor Beschwerden verursacht hatte, war wohl vorüber. Es mochte auch sein, dass sie sich vor uns keine Blöße geben wollte. Denn dass sie eine vortreffliche Schauspielerin abgeben hätte, hatte sie bereits in Stambul bewiesen. Und von sich selbst überzeugt, wie sie nun einmal war, hatte sie dies ja auch als Selbsteinschätzung von sich gegeben.

Ich beschloss mitzuspielen. Und auch mit offenen Karten.

„Nach Ostromdscha. Aber nicht auf direktem Weg. Zunächst verfolgen wir die Kutsche, in der Schimin der Schmied entführt wurde. Von dem Kutscher des Schut. Jemand hat sich mit Tarnung und Täuschung aller dreier bemächtigt."

Qendressa nickte kühl. „So etwas war zu erwarten", sagte sie. „Sie selbst haben dem braven Fuhrmann ja getraut." Sie hob die Hand, um mir zu bedeuten, dass sie nicht streiten wollte, und ging zu dem Tisch hinüber, auf dem noch immer die Wasserkrüge und Becher standen, sowie Reste des Brotes der abendlichen Mahlzeit. Sie setzte den Krug an und trank durstig. Dann riss sie einen Bissen Brot aus dem Laib und setzte sich kauend auf die Tischkante. Ich bemerkte verwundert, dass die roh gezimmerte Tischkante nicht von den groben Böcken kippte. Qendressa war eine schmale, wenngleich nicht zierliche Person, aber sie schien noch leichter zu sein, als man ohnehin vermutete. Oder ihre lockere Pose war nur Schauspielerei und sie saß nur scheinbar auf dem Tisch. Mein Blick war ohnehin von einigen der schlichten Hocker und Kisten verstellt. Zudem wies Qendressa nun auf die beiden Amerikaner hin, die sich ächzend und stöhnend von ihrem Lager erhoben. Zumindest Beecher hätte ich für einen härteren Mann gehalten.

„Und was machen wir mit diesen beiden?", fragte Qendressa ganz undamenhaft, während sie kaute.

„Das wollte ich mit Ihnen besprechen", verkündete ich und nickte dann zu Fontenoy und Beecher hin. „Mit Ihnen allen.

Abdi sollte Halef und mir mit dem Wagen folgen, damit wir rascher die Verfolgung aufnehmen können, ohne uns mit dem Gefährt zu belasten. Ich kann den Herren anbieten, mit uns nach Ostromdscha zu kommen, um von dort…"

„Wir brauchen keinen Wagen", rief Fontenoy ächzend. „Wir sind beide recht gut im Sattel unterwegs." Er rieb sich den Nacken und den unteren Rücken gleichzeitig, was ihn zu einer Verrenkung des Leibes zwang, die ihn wiederum schmerzen musste.

„Ich weiß aber nicht, ob die Skipetaren…", begann ich und schaute zu den Brüdern Bellios, die in die Höhle gekommen waren. Sie hatten bemerkt, dass Qendressa erwacht war. Diese war so freundlich, die betreffende Frage zu stellen, ohne dass ich sie darum bitten musste. Den kurzen Wortwechsel auf Albanisch übersetzte sie ins Englische. „Können die Herren sich auch mit einem Schafsfell auf dem Pferderücken halten? Falls sie dazu aber schweins- oder rindslederne Sattlerkunst der Angelsachsen benötigen, sollten sie doch lieber mit dem Wagen reisen."

Fontenoy verzog das Gesicht. „Was sollte ich überhaupt in diesem Ostromdscha wollen?"

„Sie hatten es einmal erwähnt", erinnerte ich ihn. „Vielleicht möchten Sie Ihre Neugierde stillen? Wichtiger noch ist aber, dass Sie uns dabei unterstützen könnten, sowohl Verde als auch den Schut zu stellen. Und damit Ihren Auftrag zu erfüllen."

„Die beiden sind in Ostromdscha?", fragte Beecher, während er sein Revolvergeschirr anlegte, nachdem er mit Blicken und Gesten bei Qendressa um Erlaubnis gebeten hatte.

„Wir gehen davon aus", nickte ich. „Und wenn nicht, führt uns die Reise in die Richtung seines alten Verstecks. Sie stimmen mir zu, dass man ein zu jagendes Tier mit Erfolg bei seinem Bau aufspüren kann."

„Wenn Sie es sagen", meinte Fontenoy und wechselte einen Blick mit Beecher. „Sie kennen diese Leute hierzulande."

„In Amerika verhalten sich Schurken kaum anders", gab ich

zu bedenken. „weder in der Prärie noch in den Bergen oder der Stadt."

„Nun gut", sagte Fontenoy. „Besser, auf der Landstraße zu sein als in der Höhle unter all diesen…" Er warf einen Seitenblick nach draußen. Qendressa schnitt ihm das Wort ab.

„Sie wollten hoffentlich sagen: unter diesen bedrückenden Felsmassen."

„Natürlich", nickte Fontenoy. „Ich wollte nichts gegen die tapferen Scimitaren…"

Er erschrak, als Qendressa hell auflachte. Dann rief sie den Brüdern Bellios eine Übersetzung dieser Wortverwechslung zu und die beiden Männer fingen an zu johlen, warfen sich in die Brust und fuchtelten mit den Händen. Fontenoy hatte seinen sprachlichen Lapsus bereits bemerkt; ich hingegen erklärte Halef und Abdi, dass Fontenoy die Skipetaren als Krummsäbel bezeichnet hatte, was auch Halef amüsierte, bis er begriff, dass er das wohl nicht mehr so rasch vergessen würde und sich künftig stets mit einem Skipetaren am Gürtel begleitet fühlen müsste. Vielleicht würde auch ich ihn ein wenig damit aufziehen.

Auf dieser heiteren Note wagte ich eine Bitte.

„Wäre es möglich", fragte ich Qendressa, „dass zwei oder drei Krummsäbel-Krieger abgestellt werden könnten, um das Gespann mit Abdi und den Amerikanern auf dem Weg nach Ostromdscha zu eskortieren, während Halef und ich die Spuren der Flüchtigen verfolgen?"

„Nein", sagte Qendressa strikt. „Es gibt zwar genug unter den Männern, die Türkisch sprechen und verstehen, sodass sie eine Hilfe sein könnten, aber niemand wollte wohl einem Osmanen helfen. Und auch keinen Fremden, die erst einen Tag zuvor als Gefangene hergeführt wurden. Die Sache mit der Kutsche wird auch schon die Runde gemacht haben. Das ist also zu viel verlangt, was Einsatz und Vertrauen angeht."

Ich nickte. Das hatte ich erwartet. „Nun", begann ich, „dann werden wir wohl…"

„... mit mir als Eskorte vorlieb nehmen müssen", ergänzte Qendressa und sprang von der Tischkante. „Und meinen Löwinnen. Ich kann doch den treuen Abdi und die patriotischen Amerikaner nicht allein ins Land der Skipetaren reisen lassen."

Ich hätte nun einwenden können, dass es eigentlich darum ging, die drei Männer bei der Reise durch das Land der Türken, Bulgaren und auch einiger Griechen zu begleiten, denn das Land der Skipetaren beginnt nun einmal erst jenseits von Ostromdscha und von dort an wären Halef und ich allerspätestens wieder mit den anderen vereint. Aber ich wollte Qendressa nicht in ihrem Nationalstolz beschneiden, noch dazu, wo sie ihre Hilfe so großzügig angeboten hatte. Ich ging natürlich auch davon aus, dass sie ihre Hauptleute, die Blaukappen-Brüder, genauestens für die weiteren Taten der kleinen Skipetaren-Armee instruiert hatte und sich nun wieder ihrer alten Suche nach Skanderbeg und dem neuen Rachezug gegen den Schut widmen wollte.

„Danke", sagte ich also und rang mir ein Lächeln ab. Dies schien mir genug, denn Abdi für seinen Teil lachte über das ganze Gesicht. Die beiden Löwinnen blickten stoisch und unergründlich. Ich fragte mich, warum ich jetzt erst bemerkte, dass sie wohl weniger Löwinnen als vielmehr zwei Sphingen waren, wenngleich sie keine Rätselfragen stellten wie die sagenhafte Sphinx dem Ödipus gegenüber. Stattdessen gaben die beiden sich selbst rätselhaft. Ich war aber froh, dass ich solcherlei Gedanken nur mit meinen Lesern teilen muss, und nicht alles, was ich schreibe, auch immer ausspreche, denn dann hätte ich zumindest Halef erklären müssen, warum die monumentale Sphinx im ägyptischen Gizeh, von der Halef sicher durch den Lehrer Lohse erfahren hatte, tatsächlich ein Mann ist und sogar einer mit Bart.

Doch genug der kulturellen Plaudereien: Wir begannen unsere Jagd!

Vierundzwanzigstes Kapitel
In der Ruine

Halef und ich ritten voran, der Fährte der Geflohenen folgend. Die Wagenspuren waren deutlich, denn in dieser Gegend war eine gute Kutsche selten, da Maultierwagen oder gar Ochsenkarren vorherrschten. Aus den Rhodopen heraus kamen wir in niedrigere Gefilde, die immer noch felsig, aber nicht mehr gebirgig waren. Die Flüchtenden hatten den bequemen Weg gewählt und das Pirin-Gebirge, welches sich westlich an die Rhodopen anschloss, südlich umfahren, um den Tälern der Flüsse zu folgen. Dennoch drohte uns von Norden der mächtige Gipfel des Wichren, der hell leuchtete, nicht weil er von Schnee bedeckt war, sondern weil er aus weißem Gestein bestand. Er mochte früher tatsächlich für den Sitz des Perun gehalten worden sein, des alten slawischen Gottes des Donners und des Blitzes. Erfreulicherweise hielt dieser Herr sich aber zurück und sandte keine Unwetter, denn Regen hätte die Fährten verwaschen. Die Wege waren trocken, aber schlecht genug, um die Räderspuren deutlich zu zeigen; doch auf unseren Pferden spürten wir solcherlei Mängel des Untergrunds nicht. Die Buchen und Tannen flogen an uns vorüber. Ich genoss den Ritt auf meinem stolzen Ross Rih und auch, dass ich meinen Gefährten Halef an meiner Seite hatte. Dies soll nicht heißen, dass ich Abdi bislang als Ballast empfunden hätte, ebensowenig wie den Wagen mit unserem Gepäck. Aber auf dieser Jagd auch eines langsamen Packpferds ledig zu sein, trug zu unserer Schnelligkeit bei. Sicher, wir verloren dann und wann die Spur, wie es auch dem besten Fährtenleser widerfährt. Aber wir konnten sie stets wieder aufnehmen.

Allerdings schien mir, dass der Kutscher nicht ein so dürftiger Wagenlenker war, wie man mir berichtet hatte. Er hatte sich wohl verstellt, ebenso wie ich es bei seinem Innern vermutete, wenngleich nicht bei seinem Äußeren. Im Sattel rätselte ich erneut über die Tarnung oder Verwandlung, mit der er sich seine Flucht erschlichen hatte. Und doch konnte ich mir nicht sicher sein, ob nicht doch ein weiterer Mann sich als Skipetarenhauptmann ausgegeben hatte. Aber es wäre die falsche Entscheidung gewesen, im Lager nach einem Verdächtigen zu suchen; dies hätte Zeit gekostet, die wir besser für die Jagd aufwandten.

Da sich immer mehr abzeichnete, dass der Weg der Verfolgten nach Ostromdscha führte, erlaubten Halef und ich uns eine längere Rast an einem kleinen See, von denen es in jener Gegend viele gibt, selbst jenseits der Berge. Ohne allzu tiefe idyllische Gefühle zu entwickeln, war der Weiher mit seinem Wasserfall, welcher von einem bewaldeten Felsen hinabstürzte, ein die Seele erfrischender Anblick. Und für den Körper war er nicht minder angenehm. Ich gönnte Rih das lang versprochene Bad, und wie ich erwartet hatte, dankte er es mir mit einem warmen Blick und einem Aufflammen seines feurigen Gemüts. Die Weiterreise war noch herrlicher als zuvor. Ich hatte insgeheim schon erwogen, unsere Geheimwaffe einzusetzen oder vielmehr das Geheimversteck, welches wir seit Basra bei uns trugen: Es war das magische Zelt, das sich in einer mit Perlen besticken Tasche befand und beim Heraufbeschwören eine innen behagliche und zugleich von außen unsichtbare Behausung bot, in der zudem noch die Zeit langsamer verging als in der Außenwelt. Ich referiere die Vorzüge dieses erstaunlichen Dings nüchtern, eben so, wie sie sind. Dass ich das Wort ‚magisch‘ verwende, laste man mir nicht als abergläubisch an, sondern als Hinweis darauf, dass ich noch nicht wusste, wie all dies vonstattenging – und weil jenes Wort wohl all das beinhaltet, was ein jeder beim Erleben des Perlentaschenzelts empfindet.

Aber wir benötigten dieses wundersame Objekt nicht, um uns Zeit zu verschaffen. Auch nicht, um uns mit Obdach oder Speisen zu versorgen, welch Letztere in diesem Zelt auch stets zu finden sind, da es sozusagen ein märchenhaftes Tischlein-Deck-Dich mit Wänden und Dach aus herrlichem Beduinengewebe darstellt. Nein, Halef und ich vermieden das arabische Ambiente und nahmen stattdessen das, was uns der Balkan bot. In einigen kleinen Dörfern und Gasthäusern am Weg konnten wir nicht nur fetten Pilaw, also gedünsteten, gebutterten Reis, zu uns nehmen und auch feiste Eierkuchen, zu denen man gepfefferte Essigmelonen isst, nein, wir bekamen, sozusagen als Dessert, auch Hinweise, dass eine allseits bestaunte moderne Reisekutsche vorbeigekommen sei, die aber mit einem schäbigen Kutscher und einem gar nicht stattlichen Passagier besetzt war.

Ähnliches erfuhren wir auch in einem Sahan am Wegesrand, einer Fettsiederei, in welcher Rindertalg ausgekocht wird, um es zu billigen, scheußlichen Kerzenlichtern zu formen oder als Wagenschmiere zu verwenden. Als Nebenprodukt des verarbeiteten Viehs entsteht jedoch auch Postrama, was getrocknetes Rindfleisch in Streifen ist, also nichts anderes als das, was der Indianer Nordamerikas Pemmikan nennt und was ihm Alltagsspeise ist, während der Schweizer sein Bündner Fleisch als Delikatesse genießt. Halef und ich kauften gleich einen Vorrat davon, weil wir bei dem früheren Abenteuer in dieser Gegend Geschmack daran gefunden hatten und es zudem ein trefflicher Reiseproviant ist, nahrhaft und haltbar.

Schließlich überquerten wir den Fluss Struma, den die Hellenen Strymon nannten und in den das Flüsschen Strumitza mündet, welches wiederum der daran liegenden Stadt Ostromdscha den Namen gab. In den Tälern wuchsen auf weiten Feldern Tabakpflanzen, welche Halef und mir ein angenehmes Gefühl des Willkommens gaben, wenngleich die ebenso weiten Baumwollfelder wegen der jüngsten Ereignisse eine Empfindung von Missmut auslösten. Und der Anblick des niederen Berghügels, der sich über Ostromdscha erhob und die Ruinen einer alten Festung der Bulgaren trug, die von den Osmanen zerstört worden war, ließ uns an die ferne Kalat al-Hamra denken, jene schreckliche rote Burg in der Felswüste Al-Badiya, in welcher wir Al-Kadir zum ersten Mal begegnet waren und ihn vorläufig besiegt hatten. Doch wir dachten auch an den wesentlich näheren Karaul des Schut, die alte steinerne Warte in Rugowa. Und ich ahnte, dass wir dort auf beide Widersacher treffen würden, und hatte Hoffnung, ihnen beiden diesmal endgültig den Garaus zu machen. Dass wir dazu Hilfe bräuchten, lag auf der Hand. Und deshalb waren wir froh, in Ostromdscha angelangt zu sein, denn hier würden wir ja nicht nur die Gejagten aufspüren, sondern auch Scheik Haschim treffen. Ich verließ mich auf dessen Versprechen und auf die Fügung des Schicksals, dass wir uns genau zu dieser Zeit hier gemeinsam einfinden würden.

Ostromdscha hatte sich seit unserem letzten Besuch vor zwei Jahren nur wenig verändert. Noch immer waren die Hütten und Häuser schäbig, lehnten sich teilweise fensterlos zu den schmalen Straßen hin. Dazwischen wuchsen einige wenige Büsche oder kleine Bäume, die mit ihrem Grün die lehmfarbene Umgebung zumindest etwas erheiterten. Hier und da sahen wir aber auch neue Bauten mit frischem Kalkputz und hölzernen Vorbauten, als ob jemand zu Geld gekommen wäre, ob mit Baumwolle, Tabak oder weil die heißen Quellen, die aus der Hügelflanke strömten und als heilkräftig galten, vielleicht kräftiger strömten als früher, wo sie nur spärlich geflossen und dann und wann ganz versiegt waren. Vielleicht konnten die örtlichen Gastwirte hiervon ein wenig profitieren, wenngleich ich bezweifelte, dass sich ein reger Badebetrieb einstellen würde und der Baedeker in einigen Jahren von Bad Ostromdscha sprechen würde. Aber eine solche Entwicklung wäre zu wünschen, denn dann kämen die Einnahmen des Ortes aus einer wortwörtlich ehrlicheren Quelle als bei unserem letzten Besuch. Damals war allein von den Pilgern profitiert worden, die den angeblich heiligen Mann von Ostromdscha aufgesucht hatten – und der niemand anderes war als der Mübarek, ein Gefährte des Schut, der sich in vielerlei Verkleidungen und in vielerlei Professionen, als Heiler und Heiliger, als Gerichtsschreiber und Bettler sein Geld von Gutgläubigen erschlichen hatte. In dieser Raffung klingt die Geschichte nahezu absurd, aber ich versichere, dass sie sich in ihrem ganzen faszinierenden Umfang darbietet, wenn man sie in meinen früheren Abenteuern nachliest, was ich freundlich und demütig allen anempfehle, die damit noch nicht vertraut sind. Dort erfahren meine geneigten Leser auch von meinem trickreichen Manöver mit den falschen Gewehrkugeln und den botanischen Wundern, welche mir die Kräutersammlerin Nebatja eröffnete. Man lasse sich also nie vom schäbigen oder faden Äußeren eines Ortes leiten – die Abenteuer lauern überall!

Wir ritten also in Ostromdscha ein, und als ob ich mit meinen früheren Gedanken den Wettergott Perun beleidigt hätte, zogen dunkle Regenwolken auf. Mitten am Tag verdüsterte sich die Sonne und die ohnehin wenig verheißende Stimmung, die über dem Städtchen an der Strumitza lag, wurde noch dumpfer. Die Menschen verließen die Gassen und suchten Unterschlupf. Auch Halef und ich wussten, dass wir besser einkehren sollten, um nicht buchstäblich im Schlamm steckenzubleiben, wenn sich nach dem ersten Regenguss die zunächst noch staubigen Lehmstraßen in knöcheltiefen Morast verwandelt hätten.

Gern wäre ich noch durch die Gassen gestreift, um vielleicht einen Blick auf die gesuchte Kutsche zu erhaschen, die möglicherweise irgendwo abgestellt worden war, aber dieser Plan würde jetzt buchstäblich ins Wasser oder vielmehr in den Schlamm fallen. Nun, was man nicht mit den Augen sieht, kann man vielleicht mit den Ohren hören. Wir würden nicht fragen, sondern nur lauschen müssen, denn eine Kutsche wie die gesuchte musste gerade in Ostromdscha bemerkt worden sein.

Während wir also nach einem Gasthaus oder genauer nach einem Schild oder einer Aufschrift an der Häuserfassade suchten und das schwindende Licht auch die letzte Farbe von den Wänden und Gewächsen wischte, bemerkte Halef auf einer Dachkante etwas Außergewöhnliches.

„Schau, Sihdi", sagte er und zeigte nach oben. „Ich habe in diesem düsteren Bergland ja einiges an Federvieh gesehen, von schwarzen Geiern bis schwarzen Raben. Aber dass ich auch ein solch edles Geschöpf erblicken darf, hätte ich nicht erwartet."

Tatsächlich hatte mein Freund mit seinem arabischen Kennerblick ein ganz famoses Schwingentier ausgemacht: Denn auf jener Dachkante saß ein Falke mit schneeweißem Gefieder. Dies konnte somit keiner der üblichen Greifvögel sein, die in der Wildnis nach Kleingetier jagen. Dieser Vogel war der Spross einer geradezu königlichen Zucht. Und dann erkannte ich an einem seiner Krallenbeine auch einen schmalen Lederriemen. Doch dort, wo bei der Beizjagd ein Glöckchen befestigt ist, bemerkte ich ein schmales Röhrchen. Dann bewegte der Falke den Kopf und sah mich an. Unvermittelt spreizte er die Flügel und stieß vom Dach auf mich herab. Noch bevor ich im Instinkt eine Abwehrbewegung hätte vollführen können, rüttelte der Falke in der Luft, um seinen Sturz zu bremsen, und fast hätte ich geglaubt, er wolle mir mit dieser Geste etwas signalisieren. Ich spürte eine seltsame Wärme, die von meinem Zwerchfell auszugehen schien, und als ich noch dachte, dass sich nahe dieser Stelle auch der Musaddas in meiner Westentasche befand, streckte ich wie unwillkürlich den Arm aus. Der Falke landete neben meinem Ellenbogen, griff nur sanft mit seinen Klauen zu, um mich nicht zu verletzten, denn so robust meine Kleidung auch war, so trug ich doch keinen Falknerhandschuh. Ohne Verblüffung oder Schrecken, als sei es mir völlig vertraut, löste ich das Lederröhrchen vom Bein des Falken. Halef neben mir hatte den Atem angehalten und noch nicht einmal einen Laut der Überraschung ausstoßen können. Dann spürte ich nur den Wind des Flügelschlags und das Lösen des Krallengriffs und der weiße Falke stob gegen den dunklen Himmel und verschwand in Richtung des Ruinenbergs.

Sogleich öffnete ich die Kapsel und zog den Papierstreifen heraus. Ich erkannte die Schrift und auch das Signet, das sowohl mich als Adressat wie auch den Absender bezeichnete. Der Worte waren es nur wenige, aber sie sagten viel.

„Halef", erklärte ich, „Es ist Nachricht von Scheik Haschim. Er bittet darum, uns zu treffen!"

„Sehr schön", meinte Halef. „Das spart uns die lange Suche nach einem Quartier. Der Scheik hat sich gewiss ein passables Haus erwählt!"

Ich schüttelte den Kopf. „Leider nein, Halef. Er erwartet uns dort oben."

Über der Ruine zuckte ein Blitz. Der Donner blieb aus, aber dann begann der Regen zu rauschen.

Wir ritten den steilen Weg hinauf, der zum Burgberg über Ostromdscha führte. Der Wald ringsum war nicht dicht, aber finster unter den Schauerwolken. Halef und ich trugen die breiten Hüte nach Art der Kiradschi, die uns zuvor als Tarnung gedient hatten und nun vor dem Regen schützten. Einer Eingebung folgend hatten wir sie mitgenommen.

Während wir uns der Ruine näherten, kam die Erinnerung. Vor zwei Jahren waren wir mit einer ganzen Gruppe in der Nacht hier heraufgezogen, um den Mübarek zu stellen, der seine Wunderheilerklause in der Ruine eingerichtet hatte. Die Männer aus Ostromdscha hatten den Ort gemieden, ja gefürchtet, weil allerlei Gerüchte über Zauberwerk und scheußliche Dinge erzählt wurden. Ich hatte all dies als abergläubisches Gewäsch entlarvt, weil das Geraune und Gemunkel über schwarze Katzen und Raben, über Totenschädel und eingelegtes Getier in Glasgefäßen eben genau die gleichen Bestandteile hatte wie überall, wo man an finstere Mirakel glaubt oder glauben will. Dazu kamen Geschichten über den jahrhundertealten, nie Nahrung zu sich nehmenden, deshalb klapperdürren und knochenschlotternden, aber ach so wundertätigen Mübarek. Gleichwohl hatte ich diesen entlarvt und einiges später hatte er sein verdientes, wenngleich schreckliches Ende gefunden. Weit von hier, in der Hütte eines Köhlers, tief im Wald, hatte ihn ein Bär zerfleischt. Immerhin ritten wir nun nicht zu jenem Ort, sondern zur Ruine, in der wir den Mübarek gestellt hatten. Ein Erfolg erhellt die Erinnerung, was in diesen Augenblicken sehr zuträglich war, denn ich konnte durchaus verstehen, wie schaurig der Ruinenberg wirken konnte, zumal in strömendem Regen und wolkengeborenem Halbdunkel.

Um aber keine schwarzromantischen Vorstellungen aufkommen zu lassen, sei kurz daran erinnert, dass es sich bei der Ruine um die kläglichen Überreste einer bulgarischen Festung aus dem Mittelalter handelte, die von den Osmanen geschleift, also zerstört wurde, sodass nur noch einige Mauern des früheren Bollwerks und ein Turm zu erkennen waren. Dieser wurde von den bulgarischen Einwohnern Ostromdschas in nostalgischer Überzeichnung Tscharewi Kuli, Turm des Zaren, genannt, doch jene, die sich nüchterner ausdrücken, nennen ihn schlicht Pirg-Turm, was Turm des Kommandanten bedeutet. Dieser Bau besaß einst eine Sechseckform, doch die roten Ziegel und der weiße Mörtel sind so verfallen und verwittert, dass er nahezu wie eine natürliche Felszinne von eigentümlicher rotweißer Färbung erscheint. Diese Töne verwusch das Unwetter aber nun zu einem düsteren Grau.

Wir durchquerten den verschütteten Graben, den einst eine Zugbrücke überspannt hatte, und ritten durch den zerfallenen Bogen des Haupttors ins Innere. Zu beiden Seiten ragten die Stümpfe der ehemaligen Tortürme. Über den früheren Burghof rann das Regenwasser zu den beiden Zisternen hin, die in fernen Zeiten als Wasserspeicher gedient hatten. An der Wand eines zum Teil erhaltenen Gebäudes zeigte sich ein riesiger schwarzer Fleck aus Ruß. Hier hatte die Hütte des Mübarek gestanden, welche findig an die alten Räume der Burg angefügt worden war. Einige verkohlte Balken waren noch zu sehen, alles andere war von den Flammen verzehrt worden. Ich erinnerte mich an jene Nacht, in der das harzige Holz lohend und prasselnd gebrannt hatte, und an die Rufe und Schreie ringsum.

Jetzt rauschte nur der Regen, ab und an rollte Donner heran. Im alten Turm leuchtete ein Licht auf. Es war kein Widerschein des Blitzes, sondern warm und anheimelnd.

Da Halef und ich wussten, dass wir erwartet wurden, und vor allem auch, von wem, gingen wir in den Turm hinein, wobei wir die Pferde mit uns führten.

Ein Pferd war es auch, das wir zuerst erblickten. Es war Risha, die weiße Stute Scheik Haschims. Rih schnoberte erfreut. Und dann hörten wir auch schon ein warmes Lachen und Haschim trat aus einer Nische heraus in das Licht der Lampe.

„Guten Tag, meine Freunde", sagte er. „Ich freue mich, dass Ihr so rasch meiner Bitte folgen konntet."

„Auch Euch guten Tag, Haschim", erwiderte ich. „Euer geflügelter Bote hatte uns rasch gefunden und seine Botschaft zugestellt."

Haschim war in seiner Erscheinung so stattlich wie immer, wenngleich seine Reisekleidung etwas strapaziert zu sein schien. Aber er war nicht durchnässt wie wir, sondern völlig trocken, ebenso wie seine Stute – und das gesamte Innere des Turms! Ich schaute nach oben. Das Dach war vor langer Zeit eingestürzt, jenseits des zertrümmerten Mauerrings über mir sah ich nur stürmende Wolken und Regenschleier – doch kein Tropfen netzte mein Gesicht!

Halef stieß mich an und richtete meine Aufmerksamkeit auf die Lampe. Sie bestand aus durchbrochenem Kupferblech, war aber nicht kastenförmig, sondern ein kindskopfgroßer Globus. Und in ihr schimmerte eine Sphäre, die sich in nichts von jener Leuchtkugel unterschied, die Halef besaß. Er hatte den fehlenden Regen noch gar nicht bemerkt, wohl aufgrund seiner Entdeckung.

„Nun", sagte Haschim. „Da Ihr die Kugel erkannt habt, dürfte Euch das Dach nicht verwundern." Halef schaute nun nach oben. Aber statt eines verblüfften Lautes gab er nur ein anerkennendes Brummen von sich und feixte mich an. Dann raunte er mir aus dem Mundwinkel zu: „Ich wusste, dass er ein Zauberer ist. Und erfreulicherweise ein guter."

Ich wollte dem nichts entgegnen. Ich mochte auch nicht über die Bedeutung dieser Worte nachsinnen oder über die Erkenntnis, der ich mich nicht mehr verweigern konnte. Ich nahm all dies an, so wie ich vieles annehme, was mir an seltsamen Dingen in meinem Leben widerfahren ist. Aber da ich kein Grübler bin, sondern ein Mann der Tat, und ich auch keine Dispute führen wollte angesichts unseres Auftrags und unserer Lage, unserer Feinde und unserer Verbündeten, blieb ich faktisch und sachlich. Wer sich über meine militärische Wortwahl wundert, sei daran erinnert, dass tatsächlich ein Kampf bevorstand, wenn nicht gar ein Krieg.

„Haschim", begann ich. „Wir treffen uns also, wie Ihr gesagt hattet. Wie ist es Euch ergangen und was habt Ihr erfahren? Ich ahne, dass Ihr von unseren Erlebnissen und Erkenntnissen bereits wisst?"

„Ihr müsst nicht bitter klingen, Kara Ben Nemsi", sagte Haschim sanft. „Es ist von Vorteil, dass ich meine Späher habe und vielerlei Möglichkeiten, allerlei Dinge zu erfahren. Auch Ihr könnt davon profitieren und gemeinsam haben wir noch größeren Nutzen davon. Aber auch der Feind bedient sich solcher Mittel. Deshalb treffen wir uns auch hier. In Ostromdscha selbst ist es nicht sicher, doch dieser Ort ist für uns ein Schutz, weil er für den Feind eine Stätte der Niederlage war. Es ist verbrannte Erde für ihn; er darf ihn nicht betreten und hat auch keine Sicht darauf, weil Ihr, Kara Ben Nemsi, hier den Mübarek besiegt habt."

„Ihr wisst vom Mübarek und kennt die damaligen Ereignisse?"

„Gewiss. Nachdem ich erfuhr, dass Ahmar Al-Kadir und der

Schut Brüder sind, habe ich ihre früheren Taten und Verbündeten studiert. Und was mit ihnen geschehen ist. Der Schut ist durch seine zauberkräftige Rüstung dem Tod entronnen. Hamd el Amasat trägt die Sterne des Scheitan und kann trotz seiner Blendung wieder sehen. Und der Mübarek..."

Ich hob rasch die Hand.

„Haschim, verzeiht, dass ich Euch unterbreche", sagte ich und meine Kehle war mit einem Mal trocken. „Wir haben den Mübarek nicht nur hier in Ostromdscha besiegt und vertrieben. Er ist gestorben, an einem anderen Ort. Der Alte ist in den Bergen von einem Bären zerfleischt worden. Und trotz seiner Schandtaten haben Halef und ich diesen Mann in der Nähe jener Köhlerhütte begraben. Wir haben Koranverse zitiert, die Todes-Sure, wie es sich geziemt, selbst für einen Schurken. Den Leichnam des Schut hatten wir nie gesehen, und so war es möglich, dass er wiederkehrte, wenngleich schrecklich missgestaltet. Aber der Mübarek..."

Halef schnappte nach Luft. „O Sihdi! Hätte ich mich in Stambul doch nicht diesen bösen Gedanken hingegeben! Ich habe gefürchtet, auch der Mübarek würde wieder leben! Und jetzt ist es tatsächlich geschehen! Vielleicht habe ich es sogar heraufbeschworen." Aufgeregt rieb sich Halef erst die Stirn, dann den Nacken.

Haschim schüttelte sacht den Kopf und vollführte eine besänftigende, zugleich entschuldigende Geste. „Verzeiht mir, meine Freunde, ich wollte Euch nicht verwirren. Ich hätte meine Erzählung nicht so dramatisch aufbauen sollen. Der Mübarek ist keineswegs leibhaftig wieder auferstanden, wenngleich sein Schatten noch immer präsent ist. Hier also mein schlichter Bericht: Ich bin in den vergangenen Tagen weit gereist. Durch Rumelien, über den Schipkapass durch das Haimonsgebirge, bis nahe an die Donau und an die Küste des Schwarzen Meers. Wie ich Euch sagte, habe ich nach dem Gift des Thrakerwurms gesucht. Bei den Menschen, die mit solcherlei Dingen handeln, konnte ich keines erlangen. Nicht, weil sie keines besessen hätten oder weil sie mir keines verkaufen wollten, sondern weil in den vergangenen Monaten ein einzelner Mann jedes Gran davon erworben hat. Er sagte, er handle im Auftrag des Mübarek. Es ist nun so, dass sich über die Jahre dessen Ruf als Wunderheiler bis weit nach Nordosten verbreitet hatte. Die Nachricht, dass Ihr ihn besiegt habt und er zu Tode gekommen war, wanderte jedoch langsamer, und nun kann der Unbekannte vom zweifelhaften Ruhm des Mübarek zehren. Ihr müsst wissen, dass die Menschen, die mit Thrakerwurmgift und ähnlichem handeln, keine guten Menschen sind. Denn wer wollte ein Windpferd töten? Ich selbst musste mich als ein anderer ausgeben, denn mein Name und ich sind ebenfalls bekannt. Von Ruhm will ich nicht sprechen." Haschim lächelte schwach und ein wenig bitter. „Doch wie Ihr nun erfahren habt: Es ist ein neuer Mann in die Dienste des Schut und damit auch Al-Kadirs getreten. Ein Mann, der den toten Mübarek ersetzt."

„Habt Ihr eine Beschreibung des Mannes?", fragte ich.

„Die Händler haben ihm zunächst misstraut, weil er ein Fremder ist. Aber da er ihnen glaubhaft seine Vertrautheit mit dem Mübarek schildern konnte und hohe Preise gezahlt hat, war es ihnen gleichgültig."

„Ein Fremder…", überlegte ich. „Woher?"

„Ich konnte nicht viele Fragen stellen, ohne verdächtig zu erscheinen. Man hielt ihn für einen Europäer aus dem Westen, was sein Aussehen betraf. Aber er sprach gutes Serbisch und Bulgarisch, wenngleich mit Akzent. Er soll ein Kaufmann von schmeichelndem Wesen gewesen sein."

Halef und ich blickten uns an.

„Haschim", begann ich, „es mag sein, dass wir diesen Mann bereits kennen. Es steht ein Spanier in Diensten des Schut. Sein Name ist Verde. Wir sind ihm begegnet. Und es scheint einen Grund zu geben, warum der Schut ihn als Nachfolger des Mübarek erwählt hat. Auch dieser Verde scheint geschickt mit Masken und Verkleidungen zu sein, wie einst der Mübarek. Oder noch geschickter. Wir haben im Lager der Skipetaren die

Auswirkungen einer sehr geschickten Scharade erlebt. Es mag aber auch sein, dass es ein gänzlich anderer Mann ist und der Schut sogar zwei neue Untergebene hat. Einen, der geschickt mit Worten ist, und einen, der sich verwandeln kann."

Haschim schaute mich seltsam an, als hätten meine Worte eine üble Ahnung in ihm heraufbeschworen. Halef murrte. „Es missfällt mir, wenn wir gar nicht wissen, mit wem wir es zu tun haben. Sihdi, auch wenn du dich so manches Mal verkleidet hast, um Schurken zu täuschen – es ist einfach nicht richtig, sein Gesicht zu verbergen. Anständige Männer treten offen auf. Aber die Verbrecher sind nun mal nicht anständig. Es ist so furchtbar, wenn man nicht weiß, wem man trauen kann."

Es schmerzte mich ein wenig, dass Halef mich mit den Schurken in einem Satz nannte und unsere Methoden gleichsetzte. Aber im Grunde hatte er Recht und ich war ihm nicht gram. Zudem konnte ich nicht anders, als ihm zuzustimmen. All die alten Feinde, die wieder in unser Leben getreten waren, und die neuen noch dazu!

Ich schaute kurz durch den Turm, um mein aufgewühltes Gemüt zu beruhigen. Rihs Fell schimmerte noch schwärzer als gemeinhin, weil die Nässe des Regens noch nicht getrocknet war, obwohl im Turm eine eigentümlich behagliche Wärme herrschte. Rih stand in prächtigem Kontrast zur weißen Stute Haschims. Da fiel mir etwas auf. „Haschim", fragte ich, „Ihr habt über Eure Reise berichtet – wie konntet Ihr solche Strecken zurücklegen? Man könnte vermuten, Eure Stute Risha scheint nicht nur dem Namen nach eine Feder zu sein, sondern sogar Flügel zu besitzen." Ich schüttelte den Kopf und hob die Hände. „Verzeiht, ich wollte nicht auf Al-Kadir und sein Windpferd anspielen."

„Nein, Kara Ben Nemsi", sagte Haschim. „Risha ist ein Pferd wie auch Euer Rih. Es gibt aber Mittel, mit denen ein Ross schneller läuft als gemeinhin möglich. Würde draußen nicht der arge Schlamm den Boden bedecken, könntet ihr an Rishas Hufen je eine goldene Nadel sehen."

„Sind die Nadeln magisch?", erkundigte sich Halef.

Haschim lächelte. „Euer Sihdi würde sie vielleicht chinesisch nennen."

„Akupunktur?" fragte ich interessiert. „Davon habe ich gehört. Die Franzosen praktizieren sie, aber auch in Hufelands Journal für Heilkunde wurde sie erwähnt. Ich habe dazu noch kein Urteil. Ähnliches habe ich jedoch auf schlimme Art erlebt. Vor Jahren hat ein Schurke meinen Rih lahmend gemacht, indem er ihm eine Nadel in den Hufrand trieb. Ihr versteht, warum ich deshalb dieser Sache sehr skeptisch gegenüberstehe."

„Risha ist wohlauf. Sonst würde sie Eurem Rih nicht so friedlich begegnen."

„Ja, Sihdi", meinte Halef. „Er scheint seinerseits auch brav wie ein Füllen zu sein."

Ich winkte ab. „Verzeiht, aber sprechen wir von anderen Pferden. Haschim, Ihr habt also noch kein Gift erlangen können, mit dem wir das Flügelpferd Al-Kadirs besiegen könnten. Und nun?"

„Wie ich sagte: Unsere Feinde besitzen einen großen Vorrat des Gifts. Es wurde sicherlich nicht allein aufgekauft, damit es keinem anderen in die Hände fällt oder um es zu vernichten. Dafür ist es ist viel zu teuer. Ich fürchte, sie planen eine andere Verwendung."

„Aber wo mag es sein?", überlegte ich und schaute zu Halef. „Wenn wir Verde und Schimin fänden, könnten wir ihnen folgen und …"

„Verde ist hier in Ostromdscha", sagte Haschim.

„Aber Ihr sagtet doch, dass unsere Feinde diesen Ort …"

„Nur die Ruine selbst. Es gibt aber ein Versteck in der Stadt. Ein Haus, das dem Mübarek gehörte und nun ein Posten der Feinde ist. Dort treffen sich Schergen und Unterführer des Schut und Al-Kadirs."

Halef schnaufte. „Und dorthin haben sich Verde und Schimin verkrochen?"

Haschim nickte.

Ich hob das Kinn. „Haschim, ich gehe davon aus, dass Ihr uns nicht nur hierher gerufen habt, um uns zu unterrichten. Ihr seid ein Mann der Tat, so wie ich es bin. Sicher kennt Ihr den genauen Ort des Hauses und damit das mögliche Versteck des Gifts. Wann brechen wir auf?" Ich klopfte auf meinen Revolver und nickte zu Rih hin, an dessen Sattel der Henrystutzen und der Bärentöter befestigt waren.

„Sogleich!", verkündete Haschim. „Ich schätze es sehr, dass Ihr so kurz entschlossen seid."

„Es sei mir aber die Frage gestattet", entgegnete ich, „warum wir uns nicht gleich in der Nähe des Hauses getroffen haben? So müssen wir erneut in die Stadt hinabreiten. Ich glaube Euch, was diesen geschützten Ort anbelangt, und dass der Feind überall Späher und Spione hat, weiß ich wohl. Aber verlieren wir nicht Zeit? Und sollten wir nicht bis zur Dunkelheit warten? Der Regen mag uns ein wenig verbergen, aber wer weiß, wie lange er anhält. Oder ist das Haus etwas außerhalb, und bis wir es erreichen, ist es schon Nacht?"

Haschim lächelte. „Ihr seid ein gewissenhafter Mann, Kara Ben Nemsi. Und Ihr seid geübt im Bedenken und im Planen. Aber Ihr denkt noch immer zu irdisch, zu sehr im Rahmen Eurer gewohnten Tatsachen."

„Zu irdisch? Wollt Ihr auf einen Tunnel hinweisen?" Ich vollführte eine vage Geste durch den Turm, der die gesamte Ruine einschloss. „Meines Wissens gibt es keinen. Als wir den Mübarek vor zwei Jahren an diesem Ort gestellt haben, wies nichts auf einen geheimen Gang hin."

„Ihr nehmt mich zu wörtlich, was an der Wahl meiner Worte liegt. Verzeiht." Haschim wies auf den Boden. „Es gibt einen Weg zum Haus des Mübarek. Er ist uralt und doch noch nie betreten. Wir werden unter der Erde reisen, mit dem Lauf des Wassers."

Ich begriff. „Eine Ader der natürlichen Quellen Ostromdschas. Gewiss führt eine vom Hügel bis unter des Mübareks Haus und endet in einem Brunnen."

Haschim nickte lächelnd. Halef riss die Augen auf. „Wir sollen – schwimmen?" Er schaute mich in blankem Entsetzen an und warf dann einen flehentlichen Blick zu Haschim.

„Nein, werter Hadschi", sagte Haschim. „Ihr braucht nicht zu schwimmen. Ihr müsst Euch nicht fürchten."

Bei diesem Wort reckte sich Halef stolz, doch seine Miene zeigte Seelenqualen. Ich wollte ihn besänftigen: „Halef, ich glaube, dass uns der Strom des Wassers ganz ohne Anstrengung tragen wird. Es ist nicht nötig, dass du schwimmst. Du musst nur lange genug den Atem anhalten…" Ich hatte unbedacht gesprochen. Während mich die Aussicht auf einen unterirdischen Tauchgang nicht schreckte – meine Schwimmkünste und mein Lungenvolumen sind ausgezeichnet, und es würde schon kein metallenes Gitter den Weg versperren –, so zeigte sich Halef nun noch entsetzter!

„Sihdi", rief er in heller Aufregung und warf einen peinlich berührten Seitenblick zu Haschim, „unter der Erde! Im Wasser! Da droht doch der schrecklichste aller Tode! Und ich bin diesem in Stambul nur durch die Hilfe deines edlen Rosses Rih entronnen! Aber so ein langes Seil haben wir doch gar nicht dabei!" Halef fuchtelte mit den Händen und wollte gar nicht mehr das bewahren, was der Franzose die *contenance* nennt und was dem Araber nicht gegeben ist – ein Umstand, den ich gemeinhin nicht für den schlechtesten halte. Doch bevor ich Halef beruhigen konnte, legte schon Haschim seine Hand auf die bebende Schulter meines kleinen Gefährten.

„Guter Hadschi", sagte Haschim sanft. „Glaubt meinen Worten. Der Weg ist sicher und leicht." Er nickte mir zu, als Halef mit einem Mal sein Beben und Klagen beilegte und das Kinn hob. Ich sah ein Funkeln in seinen Augen, so wie ich es kannte, wenn er – wie so oft – vom Zweifel zum Tatendrang wechselte. Diesmal war es nur etwas rascher gegangen. Haschim hatte uns einige Argumente und Diskussionen erspart. Vielleicht sollte ich diese seine Geste des Handauflegens für später im Gedächtnis bewahren, wenngleich ich ahnte, dass hier

Haschims besonderes Wesen und sein Charisma ausschlaggebend gewesen waren.

Haschim sprach nun eilig. „Nun nehmt Eure Waffen. Nur die Revolver und die Klingen. Die Gewehre sind zu unhandlich." Haschim zeigte auf seine silbrigen Waffen, den gravierten Revolver mit dem sechseckigen Lauf und den langen Dolch. Halef nahm den Yatagan aus seinem Gepäck und gürtete ihn um; ich hatte mein Bowiemesser ohnehin am Mann.

„Ich habe einige Öltücher in meinem Gepäck", erklärte ich. „Sollten wir die Feuerwaffen nicht damit vor dem Wasser schützen?"

Haschim wiegte den Kopf. „Kein Wasser."

Jetzt begriff ich vollständig! Wir würden sehr wohl durch eine Wasserader reisen – jedoch eine, die bereits versiegt war. Dies war ja eines der Probleme, die sich in Ostromdscha der Prosperität als Heilbad entgegenstellten. All die Aufregung Halefs war also unnötig gewesen. Jedoch war ich Haschim einen Herzschlag lang gram – hätte er uns diese Tatsache nicht sogleich enthüllen können? Ich wollte nicht unhöflich sein, mochte meinem Missfallen jedoch Ausdruck verleihen. So schaute ich Haschim bedeutsam an und sagte vage, wenngleich betont: „Nicht nötig also…"

Haschim missverstand mich. Vielleicht bewusst.

„Dieser geheime Weg ist nötig", beharrte er. „Wir können uns nicht über Grund zu des Mübareks früherem Haus begeben. Die Wächter sind überall in der Stadt."

„Wenn der Schut so viele Männer zur Verfügung gestellt hat", gab ich zu bedenken, „sind wir dann nicht in der Unterzahl? Und doch zu schwach gerüstet?" Ich wies wieder auf meinen Henrystutzen.

„Es sind keine Männer", antwortete Haschim. „Es sind Raben. Sie haben dem Mübarek gedient und dienen jetzt wohl seinem Nachfolger Verde. Sie waren die Augen des Mübarek, so wie Füchse die Augen Ahmar Al-Kadirs waren. Ihr erinnert Euch."

Das tat ich. Und ich ließ mich auf diese Dinge ein, nahm sie in meine Argumentation auf. Ich zeigte auf meine Westentasche. „Ist der Musaddas eine Hilfe oder ein Hindernis? Verrät er uns oder kann er uns dienen?"

„Der Mübarek hatte eine andere Verbindung zu den Raben. Sie mussten ihm ihr Wissen erzählen. Ahmar Al-Kadir konnte direkt durch die Augen seiner Geschöpfe sehen. Und der Musaddas …" Haschim stutzte. „Ihr habt also beschlossen zu glauben, Kara Ben Nemsi?"

„Nicht zu glauben. Zu nutzen."

Halef räusperte sich, schaute streng zu mir, deutete gegenüber Haschim eine Verbeugung an. „So gern ich auch mit meinem Sihdi über solche Dinge gesprochen, ja gestritten habe. Und obgleich Scheik Haschim ein so viel besserer Gesprächspartner für solche Dinge wäre – darf ich mahnen, nicht zu reden, sondern zu handeln? Die Herren haben erst vor Kurzem von sich selbst gesagt, dass sie …"

Haschim lachte und legte Halef die Hand auf die Schulter. „Kara Ben Nemsi, Ihr habt den besten Gefährten, den man sich nur wünschen kann! Brechen wir auf. Haltet die Waffen bereit."

Ich schaute mich um. „Der Einstieg zu der Wasserader ist hier im Turm?"

Haschim lächelte. „Gehen wir hier hinüber", sagte er geheimnisvoll und wir folgten ihm. Am Rand der alten Mauer befand sich eine Kuhle. Ich zog die Stirn kraus. Noch mehr Rätsel des Scheiks. Würde er uns nun eröffnen, dass wir uns mit Schaufel und Hacke den Eingang zur alten Wasserader selbst graben müssten?

Doch Haschim bedeutete uns, den kurzen Schritt hinab in die Erdsenke zu vollführen. Dann trat er zwischen uns.

„Haltet den Atem an."

Dann erlosch die Lampe.

Der alte Turm versank in Finsternis.

Fünfundzwanzigstes Kapitel
Geheime Wege

Über uns krachte der Donner, gleichzeitig zuckte grell ein Blitz auf. Ich spürte ein eigentümliches Ziehen im Magen, so als sei ich unvermittelt von einer Höhe hinabgesprungen.

Es war still. Kein Regen rauschte mehr.

Ich konnte die nassen Steine, die nasse Erde und das Wasser noch immer riechen. Aber nicht mehr die Pferde. Gleichzeitig fühlte ich, dass wir uns nicht mehr in dem Turm befanden, denn mir wurde gewahr, dass die Wände an uns herangerückt waren.

Ich begriff! Das feuchte Erdreich war unter unserem Gewicht eingesackt und hatte uns in den Hügel befördert, hinein in die alte Wasserader.

Meine erneute Empfindung, dass Scheik Haschim seinen Gefährten gegenüber doch ein wenig mehr vorbereitende Erklärungen hätte äußern mögen, schwand sogleich dem Drang zur Tat und der Neugierde auf diesen eigentümlichen, ja unerhörten Ort!

Meine Augen gewöhnten sich an die Finsternis und – nein, es verhielt sich anders! Tatsächlich glomm um uns herum ein matter Schimmer auf und ich erkannte, dass dieser von den glatten, feuchten Wänden selbst ausging. In der dunklen Erde oder vielmehr dem finsteren Schlamm, welcher uns gefurcht und wellig erstarrt umgab, leuchteten allerlei kränklich gefärbte Flecken, Punkte und kurze Linien auf, in der Art, wie vom Moder befallene Holzstücke oder gewisse Insekten es vermögen. Und ich lag mit diesem letzteren Eindruck nicht falsch, denn auf den zweiten Blick bemerkte ich, dass es sich tatsächlich nicht um phosphoreszierende Flechten oder Moose handelte, sondern um allerlei winziges Getier, das da leuchtete und in Vielzahl die Wände, die Decke und den Grund bevölkerte. Jedoch wimmelten diese Würmer und Schnecken nicht umher, wie man es erwartet hätte, stattdessen quälten sie sich wie in agonischen Windungen und ersterbendem Dahinschleppen durch den moorschwarzen Schlick.

Ich vernahm einen kehligen Laut von Halef und hörte zudem, wie er den Stiefel mit einem schmatzenden Geräusch beiseite setzte, um dem auszuweichen, was mir als ein besonders großes Exemplar eines … – ja, was? Ich hatte ein solches Geschöpf noch nie erblickt, nicht einmal auf den Seiten eines zoologischen Buchs. Es erschien mir wie die groteske Chimäre aus zwei ohnehin widerwärtigen Wesen, namentlich … – und dann war es verschwunden, eingetaucht in den halbfesten Tonschlamm, mit einem matten Schlagen seines Doppelschwanzes und einem schwachen Wühlen seiner Vordergliedern. Halef wollte im Instinkt danach treten, doch ein noch tieferer Instinkt hielt ihn davon zurück.

Haschims Gesicht war ernst, seine Züge tief verschattet, die Haut wächsern im blassen Schein, dessen mannigfache, aber doch kaum wahrnehmbare Färbungen den Blick verwirrten.

Er hob zwei Finger einer Hand an die Lippen. Eine absurde Geste, wie mir schien, denn wer sollte uns hier, tief in der Erde hören können? Ich blickte den unebenen Gang hinauf, um unseren Einstieg zu beschauen, doch ich erkannte diesen ebenso wenig, wie ich Schlamm oder Erde an unseren Kleidern erkennen konnte, gerade so, als wären wir bei unserem vermeintlichen Sturz nicht mit den Wänden in Berührung gekommen. Auch bemerkte ich jetzt, wie wenig sich dieser langgezogene Erdschlauch mit meiner Vorstellung vom Innern einer Wasserader deckte. Mir schien dieser Ort stattdessen kaum anders als einer jener Tunnel, Gänge, Stollen, wie ich sie bei meinen Abenteuern schon oft beschritten hatte, jüngst etwa tief unter der Wüste weit westlich des Zweistromlands, was nur wenige Wochen zurücklag. Doch auch wenn sich diese beiden unterirdischen Wege in vielem unterschieden – der damalige schwarz und glatt schimmernd, wie aus Obsidianglas geformt, spiegelnd vom Licht der Leuchtkugel, die Halef getragen hatte; der jetzige feucht, geradezu triefend, von unsteter Erscheinung, auf unangenehme Weise belebt und somit selbst auf gewisse Art lebendig – so war ich mir bei beiden unsicher, ob sie nun von der Natur oder von Menschen geformt worden waren. Eine weitere Möglichkeit schien kurz in meinem Geist auf, doch ich wischte sie beiseite, als sei dieser Gedanke eines jener eklen Wesen, die den Gang mit ihrem matten Leben und ihrem schwachen Licht erfüllten.

Haschim führte uns den Gang entlang, der eine gewisse abfallende Neigung besaß, so wie man erwarten konnte, da er vom Hügel über Ostromdscha hinunter in den Ort führte. Der feuchte Grund sog an unseren Stiefeln, was das Vorankommen anstrengend machte, uns aber gleichzeitig davor bewahrte, im schlammigen Lehm auszugleiten oder gar den schiefen Pfad hinabzurutschen. Dann und wann gähnten unregelmäßig geformte Löcher wie gierige Schlünde auf, über, neben und auch unter uns. Das schauderhafte Gewürm, die schaurigen Tiere des Untergrunds, die sich träge, müde, erschöpft um sich selbst wanden und dahinkrochen, verschwand in diesen Erdmündern ebenso, wie es aus ihnen hinaustroff. Mir schienen die blassen, mattfarbigen Erscheinungen wie die Nachbilder, welche beim Schließen der Augenlider entstanden, wenn man in helles Licht gesehen oder einen Schmerz oder Schlag erlitten hatte. Nicht weniger unangenehm waren diese Traumgesichte unter Tage; sie teilten mir ein niederdrückendes Gefühl mit, das ich nicht mit der Schwere des Erdreichs über uns und um uns herum in Verbindung bringen konnte, denn diese Empfindung kenne ich sehr wohl und kann sie begreifen – und wenn nötig ignorieren. Hier jedoch schien es mir, als kröche einer jener Würmer über meine Seele hinweg, hinterließe eine schmerzende Schleimspur, die ich nicht abstreifen konnte, auch nicht durch den hellsten und ermutigendsten Gedanken. Stattdessen quoll in mir die Ahnung auf, dass es sich hier erneut um einen jener Orte und um eine jener Situationen handelte, wie ich sie jüngst oft erlebt hatte – zu oft. Ich spürte ein Brennen am Leib, dort, wo sich in meiner Westentasche der Musaddas befand. Ich hielt inne, vor mir zeigte sich im Grund eines jener finsteren Schlundlöcher. Haschim und Halef, die beide vor mir gingen, hatten das Hindernis mit weit ausgreifendem Schritt halb umgangen, halb überwunden. Ich zögerte, was mir sogleich unverständlich schien. Statt den Fuß zu heben, senkte ich den Kopf und blickte in den Abgrund. Und es war ein Abgrund, in den ich dort blickte, das wusste ich, obgleich die Öffnung mit den Armen zu umfangen gewesen wäre, hätte man allen Abscheu und Widerwillen fallen gelassen und sich selbst wiederum im Schlamm ausgestreckt. Ich sah mich selbst, wie ich einem Dürstenden an einem Tümpel gleich vor dem Loch auf dem Boden lag, jedoch statt das Wasser zu trinken, die Dunkelheit in mich einsog. Die Finsternis strömte in mich ein wie das Wasser einer Quelle, und ich trank und trank gierig, bis mich die Schwärze mit Schwere erfüllte und in den Abgrund zu ziehen drohte.

Eine Hand stieß gegen meine Brust – hart und unvermittelt, und doch folgte sogleich ein mitfühlender Druck. Halef stand vor mir, der Schlund im Boden trennte uns, doch über den Abgrund hinweg verband uns sein Arm, der mich stützte und davor bewahrte, in die Tiefe zu stürzen. Halef sagte nichts, wie Haschim es angeraten hatte, doch seine Augen zeigten Besorgnis um seinen Sihdi, auch grimmige Entschlossenheit – beides jedoch überlagert vom spiegelnden Widerschein der unterirdischen Leuchtwesen. Ich atmete die feuchte Luft tief ein wie ein Ertrinkender, der aus dem Wasser gezerrt wurde, und in diesem rauschenden Atemholen glaubte ich fern unter mir einen ähnlichen Laut zu vernehmen. Es mochte aber nur ein Echo sein oder das Geräusch eines Wasserlaufs, vielleicht auch ferner Donner.

Ich schaute über Halefs Schulter und sah Haschim sacht die Hand heben und nach oben zeigen. Wir hatten unser Ziel erreicht, bedeutete er mir. Vielleicht war es tatsächlich das Gewitter gewesen, das ich gehört hatte, weil wir uns wieder näher an der Oberwelt befanden.

Mit einem beherzten Schritt, der schwächer ausfiel, als ich erwartet hatte, überwand ich das Schlundloch im lehmigen dunklen Grund und ließ die düsteren Gedanken hinter mir.

Ich folgte Halef und wir schlossen zu Haschim auf. Er stand unter einer kreisrunden Höhlung in der Decke und für einen Herzschlag überkam mich heißer Zweifel wie eine Warnung, doch dann erkannte ich unter dem Schlamm einige Flecke gewachsenen Felsens und darüber die Steine von Mauerwerk. Wir standen unterhalb eines Brunnenschachts. Und dieser führte in das alte Haus des Mübarek.

Wir blickten den Schacht hinauf. Die obere Öffnung erschien als matter Lichtkreis von gelblicher Färbung, wohl hervorgerufen von einer Lampe, die in dem Raum darüber brannte. Diese Helligkeit erschien mir blendend wie Sonnenlicht im Vergleich zu dem kränklichen Schein, der uns durch die Tunnelwände und sein Tierleben umgab – und zugleich bedeutete der Lampenschimmer die willkommene Verheißung von Wärme und Trockenheit und menschlichem Leben, selbst wenn der Mübarek, sein möglicher Nachfolger und auch alle Schergen der Schurken ihrerseits widerliche Exemplare der Menschen waren. Ich wollte mich nur zu gern mit diesen messen, wenn ich nur wieder auf festem Grund oberhalb der Erde stehen könnte. Ich liebe die Natur in allen ihren Ausprägungen, doch diesen Ort empfand ich als widernatürlich. Deshalb wandte ich meinen Blick von den schmierig-schimmernden Wesenheiten der Wände und konzentrierte mich auf den Brunnenschacht. Die Mauersteine waren von Moosen und Flechten überwachsen, schleimig glänzend und von eher grauer als grüner Färbung. Dennoch würde sich ein Aufstieg als nicht sonderlich schwierig erweisen. Ein natürlicher Felskamin im Gebirge ist ebenfalls oftmals aufgrund von Tropfwasser oder Rinnsalen mit glitschiger, niederer Vegetation überzogen – und bot mir als geübtem Kletterer noch nie ein Hindernis. Nötigenfalls dient eine Klinge als Steighilfe.

Haschim hatte mit geschlossenen Augen nach oben gelauscht, vielleicht war es ihm auch möglich, die Anwesenheit von Personen über weitere Entfernung zu erspüren – eine Fertigkeit, die nun durchaus nichts Magisches an sich hat, sondern einem jeden fähigen Abenteurer gegeben sein sollte.

Nun bedeutete Haschim uns, der Weg sei frei. Eigentümlicherweise hatte er das Schweigen noch nicht gebrochen und so taten wir es ihm gleich und erwiderten nichts, sondern nickten stumm. Dann griff Haschim über seinen Kopf, zog sich mit bemerkenswerter Kraft und Eleganz in den Brunnenschacht hinein, sodass Halef und ich im nächsten Augenblick nur noch die Stiefelsohlen hinter der Kante des Mauerwerks verschwinden sahen. Ein verblüffter Blick in den Schacht zeigte uns den dunklen Schemen Haschims, wie er vor dem blassen Lichtkreis hinaufklomm und sich auch schon über den Rand des Brunnens schwang, welcher als Abschluss offenbar keinen gemauerten Ring besaß, sondern ebenerdig mit dem Boden des Raumes abschloss. Nun gut, dies ersparte einige zusätzliche Handgriffe und Klimmzüge. Jetzt waren wir an der Reihe. Ich war überrascht, dass Halef mir den Vortritt ließ. Ich erkannte einen Anflug von Besorgnis auf den Zügen meines kleinen Gefährten, was aber nicht den Umständen, dem Ort oder seiner eigenen Person geschuldet war, sondern vielmehr – mir! Der seltsame Anflug von Schwäche und Verwirrung musste sich noch immer auf meinem Antlitz abzeichnen. Ich fühlte mich dennoch stark, wieder gefestigt – wohl auch wegen der Aussicht auf einen Schlag gegen die Schurken. Aber ich habe es mir zu eigen gemacht, trotz des Einklangs meines Leibs und meiner Seele und meiner Selbstkenntnis niemals das Urteil meines Freundes und Gefährten Halef anzuzweifeln, wenn es um solcherlei Dinge ging. Er ist nun einmal, so seltsam es klingen mag, der Spiegel meiner Person, und dieser Reflexion muss und kann ich stets vertrauen.

Also legte ich Halef kurz beruhigend die Hand auf die Schulter, nickte mit tiefem Blick und schwang mich dann in den Brunnenschacht empor.

Der Aufstieg war so, wie ich ihn erwartet hatte – steil, rutschig, aber durch Kraft und Gewandtheit rasch zu bewältigen. Ich spornte mich selbst ein wenig an, um es Haschim gleichzutun, und meine Kletterpartie währte tatsächlich nur einige Herzschläge länger als die seine. Ich schwang mich über den Brunnenrand, der wirklich nur ein Loch im festgestampften Lehmboden war, und richtete mich sogleich auf. Zuvor hatte ich schon rasch den Raum mit Blicken durchmessen und Haschim erkannt, der neben einer hölzernen Stiege stand, die hinauf zu einer Falltür in der Decke führte. Jetzt aber schaute ich kurz in den Brunnenschacht zurück und sah das blass erhellte Gesicht Halefs, welches mir in der finsteren Röhre entgegenglitt. Halef hatte eilig mit seinem eigenen Aufstieg begonnen. Ich verharrte am Brunnenrand, um ihm sogleich die Hand zu reichen, schaute mich aber im Raum um. Wir befanden uns wohl im Keller des Hauses, welches Verde als Nachfolger des Mübarek als Quartier diente. Ob der Brunnen einst das heiße Heilwasser Ostromdschas gespendet hatte und nun versiegt war oder schon immer als Einstieg in den eigentümlichen Geheimgang gedient hatte, erschloss sich mir nicht. An einem Deckenbalken über dem Brunnen sah ich einen groben Haken und einen einfachen Flaschenzug, ein Seil führte zu einem weiteren Haken an einem jener Balken, welche die Kellerdecke stützten. Ob dieses Seil für Schöpfeimer oder Menschen verwendet wurde, war nicht klar – ich hätte es jedoch als Aufstiegshilfe nicht verschmäht.

Jetzt war auch Halef heran; ich griff seine Hand und half ihm auf den festen Boden. Er musterte mich und nickte – gewiss hatte mir das Klettern wieder meine übliche, gesunde

Gesichtsfarbe beschert. Haschim trat neben uns. Noch immer bat er uns, das Schweigen einzuhalten, was ich für nichts weniger als klug erachtete, denn wir befanden uns nun auf feindlichem Gebiet. Haschim deutete auf die Stiege, die nach oben führte, und zeigte uns mit einer Geste, dass wir vorangehen sollten. Halef und ich zogen die Revolver. So gewappnet betraten wir die schmale Treppe. Als ich die Hand nach dem Ring der Falltür ausstreckte, vernahm ich ein dunkles Rollen unter der Erde. Halef und ich blickten zurück. Ein dumpfes Rauschen drang aus dem Brunnenschacht. Für einen Augenblick ergriff mich ein Schauder. War durch die Regenfälle ein Erdrutsch ausgelöst worden, welcher wiederum einen Wasserstrom umgelenkt hatte? Und flutete dieser nun den Gang, den wir noch vor kurzer Zeit beschritten hatten? Welche Gefahr! Welch ein Glück! Auch Halef erkannte dies und schnaufte entsetzt.

Doch Haschim wandte sich ungerührt von dem Brunnenschacht ab, als habe er all dies erwartet. Er fand meinen Blick, legte den Kopf leicht zur Seite, in einer Geste, die keineswegs spöttisch erschien, wie sie es bei einem anderen Mann gewesen wäre. Dann hob Haschim die Hand und bedeutete mir, die Falltür zu öffnen. Er schien zu wissen, dass sich in dem Raum darüber niemand befand, dennoch lauschte ich gewissenhaft und stemmte mich erst dann vorsichtig gegen die Bretter. Die Falltür hob sich an gut geölten Scharnieren. Ein scharfer, trockener Geruch drang in meine Nase. Ein Gemisch aus Staub, Sand und den Exkrementen von Tieren. Ich spähte durch den Spalt. Der Raum lag im Dunkel, mein Körper verdeckte den Schein der Lampe im Raum unter mir, einzig unter einer nahen Tür zeigte sich ein schwacher Lichtstreif, der von einem angrenzenden Gang oder Raum mit einem Fenster herrühren musste. Rasch kletterte ich die Stiege hinauf und hielt die Falltür geöffnet, damit Halef und Haschim mir folgen konnten. Schließlich leuchtete der Lampenschein ungehindert vom Brunnenkeller herauf und ließ mich meine Umgebung erkennen.

Die dumpfe Stube um uns herum war ein scheußlicher Ort. In den rohen Bretterwänden, die dunkel waren vom Alter oder auch ganz anderen Einflüssen, steckten lange Nägel, an denen trockene Büschel von Kräutern aufgehängt waren. Auch gedörrte Pilze, an Schnüren aufgefädelt, und vielgestaltige Wurzeln, kleine Bündel von dürren Zweigen und Baststreifen hingen dort. Schrecklich anzusehen waren die ledrigen und geschrumpften Körper von getrockneten Kröten und Salamandern, Schlangen und Lurchen, die ebenfalls von Haken hingen oder durch die Leiber hindurch mit Nägeln an die Wände geheftet waren. Wie zum Hohn der lebenden Wesen hingen von den Deckenbalken Fledermäuse, ebenfalls tot und trocken, aber kopfunter, da ihre Klauen durch eiserne Ringe gefädelt waren.

All diese widerwärtigen Trophäen erinnerten mich sehr an die alte Hütte des Mübarek, weswegen ich auch glaubte, dass es sich bei all den ekligen Dingen weniger um stolze Jagdbeute als vielmehr um den Vorrat einer Hexenküche handelte. Möglicherweise aber einer, die nur dem Anschein diente, so wie des Mübareks Hütte seinen speziellen Ruf und den Wunderglauben um ihn herum verstärken sollte. Und der neue Besitzer des Hauses hatte all dies behalten. Ich atmete unwillkürlich tief ein und unterdrückte ob des argen Gestanks um mich herum sowohl ein Husten als auch ein Niesen. Als ich meine zusammengekniffenen Augenlider wieder öffnete, war die Schreckenskammer nicht mehr in Zwielicht getaucht, sondern von einem matten Schein erhellt, der von einem Juwel ausging, das Haschim an einer Kette um den Hals trug, sodass der Eindruck entstand, sein leuchtendes Herz spendete uns Licht.

„Ihr könnt sprechen", sagte Haschim leise. „Man wird uns nicht hören oder sehen. Aber bewegt euch leise. Man kann nicht verstummen lassen, was von uns bewegt wird."

„Sihdi, das Licht", wisperte Halef. „Es ist wie die Zauberkerzen, nur ..."

„Ja, Hadschi Halef Omar", nickte Haschim. „Nur ein wenig besser. Und es riecht nicht so streng wie die Kerzen, die ihr von dem Einsiedler – bekommen habt."

Genauer gesagt hatte Halef sie bei dem Wüstenmönch gestohlen. Aber sie hatten uns in Al-Kadirs Festung gute Dienste geleistet, jene Diebeskerzen der Sage, die den Träger unsichtbar, wenn auch nicht unhörbar machen. Der Sage...? Nein, sie waren eine nicht zu leugnende Tatsache. Und das leuchtende Juwel auf Haschims Brust war keinesfalls ein Phosphorlämpchen, wie ich irdischer Tropf es mein Eigen nannte. Ich spürte einen Knoten in meinem Magen. Ein schlichter Mensch hätte sich in dieser Kammer gefürchtet, der toten Tiere wegen und wegen der Vorstellungen von einer Hexenküche oder zumindest von deren Vorratsraum. Auf mich drangen mit den scheußlichen Dingen in jenem zauberischen Licht die Erkenntnisse ein, die einer Offenbarung gleichkamen. Haschim war ein Zauberer, ein Magier. Und die, welche wir gemeinsam bekämpften, waren ebenfalls Hexenmeister und Schwarzkünstler und was es sonst noch in Märchen und Sagen und Fabeln für Titel und Namen geben mochte. Undenkbar, dass all diese tatsächlich existieren sollten! Aber wiederum – waren all die modernen Chemiker und Physiker und Chirurgen nicht einst für Zauberer gehalten worden, hatte die Chemie nicht zuvor als Alchemie einen magischen Beiklang gehabt? Was, wenn die Magie und Zauberei nur eine andere Art von Wissenschaft und Technik waren? Kein Aberglaube und Unwissen, sondern Faktum und Tatsache?

Doch eines war klar, wenn auch vieles im Ungewissen blieb: Ein Schurke war ein Schurke und ein Verbrecher ein Verbrecher. Und bekämpfen musste man sie. Dies würde ich tun – nicht anders als zuvor.

„Was ist Euer Plan?", flüsterte ich Haschim zu. Ich wollte nicht vorwurfsvoll klingen, obgleich er uns so plötzlich in diese unklare Situation und an diesen fremden Ort gebracht hatte. Ich habe keine Probleme damit, mich den Plänen anderer zu fügen, wenn es Menschen sind, denen ich vertrauen kann, und die Pläne den Erfolg versprechen. Schließlich habe ich oft selbiges auch von anderen verlangt.

„Wir werden den Giftvorrat in unseren Besitz bringen", erklärte Haschim. „Dies hat zweifachen Nutzen für uns. Wir können damit das Windpferd Ahmar Al-Kadirs unschädlich machen und zugleich vereiteln, welche Teufelei auch immer damit geplant worden ist. Ich bin sicher, dass es nicht nur gesammelt wurde, damit es nicht in unsere Hände fällt."

Ich nickte und packte meinen Revolver fester. Halef tat es mir gleich. Haschim ging zu der Tür, berührte das Schloss und lauschte dann. Auch er griff seinen Revolver, der silbrig schimmerte und dessen Verzierungen deutlicher zu erkennen waren, als es das matte Licht gestattet hätte. Es mochte sein, dass der Schimmer sich an den Gravurkanten brach, oder…

Haschim wich eilig von der Tür zurück und warf uns einen warnenden Blick zu. Er musste uns nichts Weiteres durch Gesten mitteilen, wir begriffen sogleich: Jemand näherte sich.

Die Tür knarrte nach außen, die schwache Helligkeit des Gewittertags fiel nach innen, und doch konnte ich dieses nur erahnen, da wir uns im Schimmer des zauberischen Juwels befanden. Wie gut, dass Halef und ich Erfahrungen mit jenen Diebeskerzen gemacht hatten – dennoch verspürte ich ein Unbehagen darüber, dass ich mich nicht wie gewohnt verbergen musste, um nicht entdeckt zu werden. Im Türviereck zeigte sich die gebeugte, hagere Gestalt eines Mannes mit spitzen Schultern und spitzem Gesicht.

Welch Glück, dass der Zauber Haschims uns unhörbar machte! Denn ein entsetztes Ächzen kam über meine Lippen und neben mir tat Halef voller Schrecken einen scharfen Atemzug.

Der Mann, der in die Schreckenskammer trat, war der Mübarek!

Sechsundzwanzigstes Kapitel
Silber und Gift

Der Mübarek! Ich erkannte seine Gesichtszüge, seine Haltung – so wie sich beides vor zwei Jahren gezeigt hatte, als er in seiner wahren Erscheinung auftrat, ohne jegliche Maskerade, ohne Schminke, Wangenpolster, falsche Krücken oder bewusst schäbige Kleidung.

Dies war der Mübarek! Aber wie konnte er leben?

Wie ich erwähnt habe und mich bildhaft erinnerte, wäre dieser Mann in seinem Versteck in den waldigen Bergen an einer brandigen Schusswunde zugrunde gegangen, wenn ihn nicht zuvor der Tod durch die Natur in Gestalt eines riesigen Bären ereilt hätte. Die schaurige Szene mit dem Leichnam hatten wir widerwillig betrachten können, nachdem Halef das mächtige Tier mit einem Schuss seiner Flinte vertrieben hatte. In der Hütte, die damals wie das Bühnenbild eines geschmacklosen Stücks blutrünstigster Kolportage wirkte, hatte der Alte gelegen, den Kopf tief ins Genick gekippt, seine Brust nur noch eine Masse von Fleisch, Blut und zerschlagenen Rippen. Der Bär hatte ihm mit einem Prankenhieb erst den Nacken gebrochen und dann mit den Krallen den Leib aufgerissen.

Wie konnte ein solch zerfleischter Korpus wieder einherwandeln? Wie konnte der Mübarek wieder leben? – Und er musste es sein, denn ich sah ihn in Armeslänge vor mir stehen. Dies war kein Fremder, der die Maske des Mübarek trug, der sich als der Mübarek ausgab! Dies war der Mübarek selbst. Ich hätte eher annehmen mögen, dass der missgestaltete Schut, den ich in Edreneh erlebt hatte, nicht der wahre Schut, nicht Kara Nirwan gewesen wäre, sondern ein geschickter Schauspieler, wenngleich mit bedauernswertem körperlichen Schicksal. Alles Geraune von magischen Rüstungen und zauberischen Heilungen könnte ich als Gerede abtun – aber einen Mann zu erblicken, den ich mit eigenen Augen sterben sehen und mit eigenen Händen begraben hatte – das überstieg meine Argumentationskraft, die ich bislang wider die Magie und wider die Zauberei aufgebracht hatte. Ich spürte, dass ich mich geschlagen geben musste – und sogleich regten sich mein Widerwille, mein Zorn und meine Wut! Verwünschte Magie, welche die Grundfesten der Welt und des Wissens erschütterte, selbst wenn es nur mein Wissen und meine Welt waren! Glücklicher Halef, der stets zwischen Furcht und Staunen schwankte, aber nicht zweifelte, nicht litt! Glücklicher Haschim, der all dies wohl studiert hatte und sein Wissen anwendete, so wie ich meine irdischen Erfahrungen und Fertigkeiten.

Ich starrte den Mübarek an. Er hatte sich eine Decke um die Schultern geworfen; er schien zu frösteln. Vielleicht war es die feuchte Kühle des Gewittertags, vielleicht eine Auswirkung des verdammten Hexenwerks, das ihn von den Toten hatte auferstehen lassen.

Der Mübarek schwenkte sein spitzes Gesicht herum, suchte mit flackerndem Blick irgendetwas in dieser stinkenden Vorratskammer – und dann sah er mich an, schaute mir genau in die Augen! Aber er bemerkte mich nicht, denn ich war durch den Zauber des Amuletts vor seinen Blicken verborgen. Ich sah ihn jedoch genau, jede Pore seines Gesichts, jede Ader seiner Haut – und den müden Ausdruck um seine missfarbene Iris, seine gelblichen Augäpfel.

Der Mübarek langte mit einer bebenden, gichtigen Hand nach einem trockenen Kraut, das über meiner Schulter von einem Deckenbalken hing. Und auch ich hob meine Hand, die Linke, und streckte sie nach dem faltigen Hals, der runzligen Kehle des Mübarek aus. Der Revolver in meiner Rechten wäre keine Lösung, ich musste unter meinen eigenen Fingern das Leben aus dem Mübarek weichen fühlen.

Gleich zwei Hände griffen nach mir; Halef und Haschim pressten hart meine Arme. Ich musste keine Blicke mit ihnen tauschen – ich wusste selbst um meinen kurzen, wenngleich unverzeihlichen Verlust von Verstand und Vernunft. Ich schämte mich – und doch wusste ich, was mich dazu getrieben hatte: die verfluchte, verdammenswerte Zauberei. Und schlagartig ernüchterte ich mich. Ich würde mir keine Zweifel und keine Verzweiflung mehr erlauben, die Fremdheit der Tatsachen keine Oberhand gewinnen lassen über mein Wesen. Ich würde wie bisher meine gedanklichen und tatsächlichen Pfade verfolgen, welches Licht sie auch immer beleuchten mochte. Mochte es auch ein Zauberlicht aus einem Amulett sein, das mich vor den Augen von Schurken verbarg.

Ich löste meine Körperspannung, Halef und Haschim spürten dies und nahmen ihre Hände von meinen Armen. Ich musterte den Mübarek – er hatte nichts bemerkt. Stattdessen rieb er einen Kräuterzweig zwischen den Fingern, hob ihn zur Nase und sog dessen Geruch tief ein. Seine Züge entspannten sich ein wenig.

Dann klang ein Ruf den Gang hinab und der Mübarek schrak zusammen. Eine Stimme hatte auf Serbisch verkündet, dass alles bereit sei. Und der Herr solle sich einfinden – der Herr Verde!

Fahrig wankte der Mübarek, ruckte mit dem Kräuterzweig in den Fingern, wollte ihn an sich nehmen, wollte ihn weglegen – schließlich ließ er ihn fallen, wandte sich eilig um und trat aus der Kammer, schloss die Tür leise. Dann klangen seine hastigen Schritte über den Gang, bis sie auf einer knarzenden Treppenstiege verklangen.

Endlich wechselte ich Blicke mit Halef und Haschim. Ich bat stumm um Verzeihung, um Verständnis. Haschim nickte milde, Halef schüttelte den Kopf, jedoch nicht, weil er meine Bitte ablehnte, sondern weil er selbst über des Mübareks Erscheinen erschüttert war.

„Später", sagte Haschim leise. „Ich ahne, was hier geschehen ist."

„Zur Tat", knurrte ich. „Die Erklärungen mögen folgen. Es ist trefflich, dass der Mübarek und auch Verde sich in diesem Haus befinden."

Haschim wollte wohl etwas entgegnen, aber er hielt sich an seinen eigenen Vorsatz und auch den meinen. Er öffnete die Tür und trat auf den Gang hinaus. Wir folgten ihm. Der Gang war eng, von den Wänden bröckelte der Putz, und der Boden bestand aus altersdunklen Holzbrettern. Eine weitere Stiege aus schiefen hölzernen Stufen führte nach oben. Wir folgten ihr hinauf, mit sachte gesetzten Schritten, das Rauschen des Regens und der Donner jenseits der dünnen Hauswände übertönten das Ächzen des Holzes. Wir erreichten einen weiteren Gang, einen Flur vielmehr, kaum anders als der vorige. Von der Decke tröpfelte Regenwasser. Ein winziges Fenster erhellte sich im Blitz. Und ich erkannte, dass wir nun das obere Stockwerk des Hauses betreten hatten, da ich das Ziegeldach des nebenstehenden Gebäudes sehen konnte. Wo genau wir uns in Ostromdscha befanden, konnte ich nicht ausmachen, da das Licht schwach war und die Regenvorhänge den weiterreichenden Blick verwehrten. Die Nässe und Luftfeuchte hatten die Bodenbretter verzogen, sodass sie nicht knarrten und wir uns lautlos bewegen konnten. Wir selbst hörten über den Regen jedoch die Geräusche, die aus den nahen Kammern und Stuben drangen, ein Surren und Quietschen, auch leises Knarren und Rattern. Als ich schon mutmaßen wollte, dass mir diese Töne vertraut schienen, wenngleich in höherer Lautstärke, sahen wir schon durch die türlosen Öffnungen, was sich in den Räumen befand. In einem saßen drei Frauen an Spinnrädern, die Wolle zu unterschiedlich starken Fäden verspannen, und so wie sich die Fäden unterschieden, waren auch die Frauen von verschiedenem Alter: jung, erwachsen und alt. Ich fühlte mich seltsam berührt ob dieser nahezu mythischen Konstellation. Zwei Dinge waren aber bei den Frauen gleich, auch wenn sie sich in Alter und Leib unterschieden und auch die Spinnräder klein, mittel und groß waren und feine, mittlere und grobe Fäden spannen. Über jedem der Spinnrocken, dem Bündel der rohen Wolle, steckte eine Vorrichtung mit einer silbernen Flasche, aus der eine schimmernde Flüssigkeit auf die Wolle tropfte. Und die Frauen trugen bei ihrer Arbeit Handschuhe, die aus Kettengliedern bestanden, welche ebenfalls silbrig schimmerten.

„Das Gift", flüsterte Haschim, obgleich ich dies bereits geahnt hatte. „Nur Silber schützt davor." Das sah ich wohl, allein fehlte mir das Verständnis, warum hier vergiftete Wolle zu Fäden gesponnen wurde. Ich wies fragend mit dem Kinn zu den Giftflaschen, weil ich mich noch nicht daran gewöhnt hatte, im Schutz des magischen Lichtes auch ungehört sprechen zu können. „Nein", meinte Haschim. „Dies ist nur ein winziger Vorrat. Wir wollen die Hauptmenge."

Wir gingen weiter. Im Nebenzimmer standen drei kleine Webstühle, die krachten und rumpelten und an denen wiederum drei Frauen saßen, die ein ähnliches Kleeblatt der Lebensalter bildeten wie die Frauen am Spinnrad. Auch sie trugen die feinen Kettenhandschuhe aus Silber. Ich wollte mich nicht den Anflügen von Sage und Aberglaube hingeben, die mir durch den Kopf gingen, und ich wollte nicht an die düsteren Geschichten von Nornen und Parzen und Schicksalsweibern denken, denn warum sollte ich mythisch überhöhen, was mir klar vor Augen stand: Hier wurde vergiftetes Garn gesponnen und zu vergiftetem Tuch gewoben. Die Mengen schienen mir jedoch seltsam klein, auf altertümliche Weise handwerklich, und ein seltsamer Gegensatz zu der Fabrik in den Rhodopen. Was war es, das der Schut und der Mübarek hier trieben?

Im nächsten Raum schneiderten drei weitere Frauen – ich muss sie nicht mehr beschreiben – verschiedene Hemden aus dem zuvor gewobenen Stoff, es mochten auch einfache Kittel sein, schmucklos und zudem so ungestalt, als würden sie nicht für längeren Gebrauch hergestellt. Und es waren auch nur wenige jener Kleidungsstücke, die fertig genäht auf einem Tisch lagen.

Jetzt polterten Stiefel heran! Wir drei wichen ein wenig zurück. Halef atmete erschrocken, doch dann vertraute er, ebenso wie ich, dem Zauber, der uns unsichtbar und unhörbar machte. Ich fasste den Kolben meines Revolvers härter und hielt mich so an der vertrauten Wirklichkeit fest. Der große Bulgare, der eine weitere hölzerne Treppe herabstieg, trug an seiner Kopfbedeckung die Koptscha des Schut. Aber er schien nicht stolz zu sein, diesem Herrn zu dienen, denn sein brutales Gesicht war furchtsam wie das eines Kindes. Der Mann hatte sicher keine Angst vor Feinden, denn seine Narben und der Griff seines Säbels zeigten die Spuren vieler bestandener Kämpfe. Den alten Revolver, der aber gut gepflegt war, trug er so im Gürtel, wie es erfahrene Schützen zu tun pflegen, die auf einen Halfter verzichten. Auch war der Bügel entfernt worden, welcher gemeinhin den Abzugshebel schützt – dies war das Zeichen eines sicheren und schnellen Revolvermanns. Aber der Bulgare schaute so, als müsse er mit bloßen Händen in einen ungewissen Kampf ziehen – doch seine Hände waren nicht bloß, auch er trug silberne Kettenhandschuhe. Wofür, das zeigte sich sogleich. Er betrat das Zimmer der drei Schneiderinnen und kam eilig wieder heraus, drei zusammengelegte Hemden vorsichtig auf den ausgebreiteten Handflächen balancierend, als trüge er ein Tablett mit kostbarstem Kristall – oder eines mit sich windenden Giftschlangen darauf. Letzterer Eindruck kam der Wahrheit vermutlich recht nahe. Der Bulgare stieg rasch, aber behutsam die Stiege wieder hinauf. Wir folgten ihm.

Dann standen wir in einem niedrigen Raum, direkt unter dem Dach. Der Regen rauschte über die Ziegel, hier und da regnete es herein, die Dachbalken waren dunkel und schimmerten feucht. Zwei kleine Fenster in den Wänden ließen dürftig das schwache Licht herein. Darin erkannte ich am entfernten Ende des Raums eine weitere Treppe nach unten. Auf den Brettern des Bodens standen drei Schemel, auf ihnen saßen zusammengesunken drei Männer. Sie waren geknebelt, dennoch nicht gefesselt, offenkundig aber betäubt, da sie die Köpfe bewegten und leicht mit den nackten Oberkörpern wiegten, ohne jedoch ihre Umgebung wahrzunehmen. Ihre Augenlider flatterten. Hinter ihnen standen drei weitere Bulgaren, ähnlich gekleidet und gerüstet wie jener, der nun die Hemden auf einem Tisch ablegte. An diesem stand der Spanier Verde, der nun ebenfalls bulgarische Kleidung trug, den ich aber an seinem Gesicht erkannte, wenngleich das Bärtchen nicht mehr so galant pomadisiert und das Kinn stoppelbärtig war und das zuvor gescheitelte Haar wirr in die Stirn hing. Ich blickte zu Halef und er nickte. Das war der Mann, den Halef in der britischen Botschaft gesehen hatte und ich in der Hütte im geheimen Tal. Der Mann, der nach allem, was wir wussten, ein Scherge des Schut war. Und nun war er zugegen im Haus des Mübarek – der wieder lebte! Durch welche Teufelei, durch welchen Zauber auch immer. Wenn Magie einen Mann mit zerschmetterten Knochen wieder gehend und einen Geblendeten wieder sehend machen konnte – wie konnte ich verwundert darüber sein, dass ein Mann, den ich selbst begraben hatte, wieder auf Erden wandelte!

Ich war froh, dass der Mübarek in diesem Augenblick, in diesem Raum nicht zugegen war. Sicher hätte ich erneut gezweifelt, ihn gemustert und erwogen, ob es nicht doch eine bösartige Maskerade war, um all jene zu täuschen, die vor Jahren an den Mübarek geglaubt hatten. – Konnte dies sein? Wollte der Schut auf diese Weise den Verlust des angeblichen Heiligen und Wunderheilers ausgleichen, um das Volk von Ostromdscha und die Menschen ringsum weiterhin zu narren und auf eine gewisse Weise zu beherrschen?

Ich presste die Augenlider zusammen und atmete tief ein. Ich durfte mich jetzt nicht dem Nachsinnen über Schurkenpläne hingeben. Ich musste auf das achten, was tatsächlich vor mir lag und sich eindeutig vor meinen Augen abspielte. Drei bewaffnete Bulgaren, drei gefangene Männer. Ein weiterer Bulgare. Und Verde. Die seltsamen Hemden.

Dort, wo Kleidung hergestellt wurde, auf welche merkwürdige oder empörende Art auch immer, war der Spanier nicht weit. Ich mahlte mit den Zähnen, blieb aber geduldig. Haschim würde schon ein Signal geben, wenn wir angreifen sollten. Bislang hieß es wohl, weiter aus dem magischen Schatten heraus zu beobachten. Der Dachboden war – abgesehen von den Stühlen und dem Tisch – leer, der Mübarek musste das Gift an anderem Ort lagern. Ein wenig davon befand sich aber nun in den Kleidern, die auf dem Tisch lagen. Was sollte nun geschehen? Worauf wartete man? Auf den Mübarek? Ich lauschte auf Schritte, die sich nähern könnten. Aber niemand kam. Verde begutachtete die drei Hemden auf dem Tisch, als würde er sich immer noch in seiner Rolle als Textilhändler sehen, wo er doch ein Untergebener des Verbrechers war, der sich Schut nannte. Verde nickte. Dann griff der Bulgare mit den Silberhandschuhen das erste Hemd, ging zu einem der sitzenden Männer und zog es diesem über den Kopf. Wie in Trance hob der Mann die Arme und ließ seine Hände in die Ärmel gleiten, bewegte langsam den Körper und die Gliedmaßen, bis sein Oberkörper von dem Hemd verhüllt war.

Noch zweimal ereignete sich dieses seltsame Ankleiden. Ich sah nun, dass sich die Hemden nicht nur in der Art des Gewebes unterschieden, sondern auch durch ein einzelnes Zeichen, das auf der Brust mit grobem, dunklem Garn eingestickt war. Einfache Kreuze waren es, ein griechisches Chi, welches man im Deutschen ein X nennt. Es war, als sollte die Nibelungensage verhöhnt werden, und gleich drei Verratene saßen hier, mit dem Mal ihrer Schwäche auf der Brust, in welches bald der Spieß des Verräters dringen würde. Natürlich war der Vergleich absurd, aber in mir rief der Anblick eben jene Erinnerung hervor. Mir schien im düsteren Licht, dass die Garne der Zeichen unterschiedliche Farben besaßen, aber genau mochte es wohl nur Verde erkennen, der sich jetzt bewegte und mit prüfendem Blick vor die drei nun Bekleideten trat. Ein wenig Zeit verrann, sie kam mir unerträglich lang vor, zumal sich nichts ereignete, niemand sprach. Doch dann! Bislang waren die Männer ruhig gewesen, nun begannen sie leise zu stöhnen. Ihre Schultern bewegten sich, als säßen ihnen die Hemden zu eng oder würden der Haut ein unangenehmes Gefühl mitteilen. Dann begannen die Männer zu ächzen, leise Klagelaute entrangen sich ihrer Kehlen. Ich erkannte, dass die Männer, wenngleich ähnlich in Alter und Statur, doch merkbar unterschiedlich reagierten, sowohl in der Heftigkeit ihrer Leidensäußerungen wie auch im Zeitpunkt, der zwischen der ersten Regung und dem verkündeten Schmerz lag. Auch Verde erkannte dies, schaute interessiert und aufmerksam, wobei ihn die Klagen der Männer nicht zu rühren schienen. Stattdessen gab er den Bulgaren einen Wink und diese griffen von hinterrücks die Handgelenke der Leidenden, die nun begonnen hatten, schwach um sich zu schlagen. Die Bulgaren trugen einfache, aber robuste Lederhandschuhe, keine aus Silber, aber sie schienen weniger Angst vor den Hemden oder dem Gift darin zu haben, weil sie trotz dieses geringeren Schutzes roh und ohne zu zögern zugriffen. Die sich vor Schmerzen windenden Männer rissen die Augen auf, was ihnen nur zum Teil gelang, da die betäubenden Drogen ihnen die Lidmuskeln hatten erschlaffen lassen. Die Knebel erstickten ihre Schreie, die ohne jene Dämpfung wohl grauenvoll gewesen sein mochten. Was auch immer sie erlitten, es musste entsetzliche Pein erzeugen.

Ich konnte diesen Anblick nicht mehr ertragen. Schon wandte ich mich zu Haschim, um ihn aufzufordern, dass wir eingriffen, doch bevor ich mich äußern konnte, warf er mir und Halef rasche, finstere Blicke zu, griff sich an das Juwel an der Brust, hob den Revolver und rief uns zu: „Jetzt!"

Da erlosch das matte Leuchten des Juwels und das Licht um uns wurde heller, wenngleich auf dem Dachboden noch immer die Düsternis eines Regentags herrschte, der sich dem

Abend zuneigte. Auch Halef und ich hoben unsere Waffen und zielten.

„Lasst die Männer los", rief Haschim. „Ergebt euch!"

Die Bulgaren schraken zusammen, Verde wirbelte herum. Er schien ebenfalls erschrocken darüber, dass unvermittelt drei Männer aus dem Nichts erschienen waren, jedoch fing er sich rascher – und er starrte mich einen Herzschlag lang an, mit ähnlichem Blick wie jüngst, als er mich vor der Hütte im geheimen Tal entdeckt hatte. Seine Bulgaren waren, obwohl sicherlich erfahrene Kämpfer, so entsetzt über unser Auftauchen, dass sie tatsächlich die Hände von den Gefolterten ließen und nicht versuchten, nach ihren Waffen zu greifen. Im Gegensatz zu dem Mann mit den Silberhandschuhen! Er duckte sich hinter den Tisch, zerrte in der Bewegung seinen Revolver aus dem Gürtel und feuerte. Noch im Donner des Schusses hörte ich das heiße Blei an meinem Ohr vorbeipfeifen – der Mann war tatsächlich der geübte Schütze, für den ich ihn gehalten hatte. Nur das Deckungnehmen hatte ihn sein Ziel verfehlen lassen. Ich erwiderte das Feuer und meine Kugel riss Splitter aus der Tischkante, bevor sie dem Mann in die Schulter schlug. Dennoch gelang es ihm, sich in die Öffnung der zweiten Treppe zu werfen; sein letzter Schuss traf nur die Dachbalken. Verde war schon vor dem ersten Schusswechsel zur Treppe gesprungen. Halef und Haschim hatten nicht gewagt, auf ihn zu schießen, weil er sich noch vor den drei Gefangenen befunden hatte. Seine Flucht jedoch ließ ihn direkt in meine zweite Kugel laufen, mit der ich auf Silberhands letzten Schuss geantwortet hatte. Verde schrie auf, als das Blei seinen Hals durchschlug. Er stürzte die Treppe hinunter, gefolgt von Silberhand. Die drei Bulgaren hatten sich feige hinter den Gefangenen verschanzt, zogen ihre Revolver und legten an, zielten zwischen den zuckenden und klagenden Gefolterten hindurch. Halef schimpfte und begann einen Ausfall, indem er zur Seite sprang, nicht etwa um den Kugeln auszuweichen, sondern um seinerseits gezielt schießen zu können.

Da gab Haschim mit seinem Revolver drei dumpf krachende Schüsse ab und ich glaubte meinen Augen nicht zu trauen, als die Bulgaren nahezu gleichzeitig in sich zusammensanken! Was für ein Meisterschütze musste Haschim sein, gleich dreifach zwischen den Köpfen der Gefangenen hindurch die Gegner zu treffen! Die sterbenden Bulgaren krümmten noch ihre Finger, drei letzte Schüsse brüllten durch den Dachboden, zerschmetterten einige Ziegel, sodass mit dem eindringenden Regen auch Splitter und Staub herabfielen. Doch still war es nicht – die gefolterten Männer stöhnten noch immer, leiser jetzt, und von der Treppe gegenüber drangen fliehende Schritte herauf – von zwei Männern! Kurz lauschte ich hinter mich – doch die angstvollen Rufe stammten allein von den Spinnweibern und Weberfrauen. Von dort drohte keine Gefahr, also rannte ich nach vorn, um Silberhand und Verde zu verfolgen. Haschim rief, dass er sich um die Gefolterten kümmern wollte, soweit dies in seiner Macht lag. Ich sprang die Treppe hinab, Halef folgte mir. Auf den hölzernen Stufen sah ich die Blutspuren von Silberhand und Verde, aber am Fuß der Treppe führten sie weiter, kein Leib war zu sehen – wie konnte Verde meinen Treffer überlebt haben? Ich lief mit Halef den Gang hinunter, der sich nur wenig von jenem unterschied, durch den wir gekommen waren. Hinter den Türöffnungen arbeiteten aber keine Frauen, die spannen und woben, hier sahen wir nur Zimmer voller Schränke und Tische, aber keine Seele war zu sehen oder zu hören. Auch hatten sich die Flüchtenden nicht dort verborgen, denn die Blutspuren führten den Gang hinab, zu einer weiteren Treppe. Blutspuren? Ich erkannte mit Verwunderung, dass wir nurmehr einer einzelnen folgten, die zudem so schwach war, dass ich sie für jene von Silberhand hielt, der nur einen Schulterschuss erlitten hatte. Verde hatte also trotz des Halstreffers nicht nur weiter fliehen können, er schien die Blutung auch gestoppt zu haben!

Halef und ich lauschten und blickten die Treppe hinab. Unten musste die Tür nach draußen offenstehen, denn wir hörten den Regen rauschen und das Wasser von der Traufe auf die Schwelle schlagen. Verde und Silberhand waren geflohen! Dennoch bewegten wir uns vorsichtig die Stufen hinunter, um nicht doch in einen Hinterhalt zu geraten – die geöffnete Tür war vielleicht nur eine Finte. Die Bretter knarrten, der Regen rauschte, Halef und ich drängten uns gemeinsam hinab, um zu beiden Seiten der schmalen, seitlich offenen Stiege spähen zu können.

„Sihdi!", rief Halef und riss mich mit der freien Hand zurück, gleichzeitig schoss er. Auch ich hatte im selben Moment eine lauernde Gestalt gesehen und geschossen. Zwei Bulgaren sanken aus ihrer Deckung – tot! Wir sprangen die Treppe hinab; ich setzte zur Tür und Halef sicherte den Gang. Das Erdgeschoss schien menschenleer, draußen war die verregnete Gasse ohne jeden Passanten, nur in der Entfernung rasselte ein Fuhrwerk. Wo in Ostromdscha wir uns befanden, konnte ich noch immer nicht feststellen, der Blick über die Dächer war von Regenschleiern und Wolken verdeckt. Als ich den Kopf aus der Tür streckte, hörte ich über mir einen Raben schreien, dann stieß er sich ab und schlug mit den schwarzen Schwingen durch den Schauer davon. Ich bemerkte hinter mir einen Luftzug, und als ich mich umwandte, sah ich am entfernten Ende des Flurs Halef vor einer weiteren geöffneten Tür stehen. Hier mussten Verde und Silberhand entflohen sein.

Da rief Haschim uns mit lauter Stimme! Wir liefen die Treppen wieder hinauf, doch um unseren Rücken zu sichern, schlossen wir rasch die Türen und griffen die Karabiner der Bulgaren. Unter den Dachsparren erwartete uns Haschim. Wir stellten die Karabiner ab und sahen die eigentümliche Szene. Die drei Bulgaren lagen in ihrem Blut, halb übereinander, so wie sie gefallen waren. Die drei gefolterten Gefangenen jedoch hatte Haschim auf die Bretter des Dachbodens gelegt, einen jeden auf die Rücken, die Arme an den Körper gelegt, die Beine geschlossen. Zudem bildeten sie einen dreistrahligen Stern, mit den Häuptern im Zentrum. Alle drei rührten sich nicht, sie waren tot.

„Ich konnte sie nicht retten", sagte Haschim ernst. „Sie starben am Gift."

Ich zeigte auf die Hemden mit den aufgestickten Kreuzen. „Nur durch Berührung mit dem Gewebe? Das Gift war doch längst getrocknet, weil es in die Wolle geträufelt wurde…"

„Die Körperwärme und der Schweiß haben es wiederbelebt – und die Männer getötet. Unterschiedlich schnell, je nach Dosis."

Ich begriff. „Es war ein Menschenversuch, wie das Gift am wirksamsten in die Kleidung gebracht werden kann. Die Verbrecher haben wahrhaftige Nessushemden geschaffen!"

Nessus war ein Kentaur der griechischen Sage, welcher vom Helden Herakles mittels vergifteter Pfeile getötet worden war. Die eifersüchtige Deianeira bestrich ein Hemd mit dem wiederum vergifteten Blut des Nessus und gab es Herakles, der als Halbgott daran zwar nicht starb wie jene armen Gesellen, aber doch vor Schmerz fast wahnsinnig wurde.

Und ich begriff noch mehr! Das war der Plan, mit dem der Schut und Al-Kadir die Osmanen in die Knie zwingen wollten. Sie hatten vor, die Uniformen, welche sie für die Armee herstellten, mit dem Gift zu versehen. Mit der richtigen Dosis würden die Soldaten sterben, zu einem Zeitpunkt, der irgendwann zwischen Ankleiden und erster Kampfhandlung lag. Der Tod würde sie sicher ereilen – ohne dass Kugel oder Klinge gegen sie gerichtet werden müssten.

„Deshalb kaufte Verde für den Mübarek diese Mengen an Gift", erinnerte sich Halef, und Haschim nickte. „Hier im Haus muss sich ein Vorrat befinden. Sicher nicht alles, aber genug für uns."

„Wo sich der Rest befinden mag, ist einerlei", befand ich. „Wir kennen nun die Teufelei der Schurken und können sie vereiteln. Die Hohe Pforte muss in Kenntnis gesetzt werden, keine Uniformen von Verde zu kaufen, da er mit dem Schut zusammenarbeitet und dieser den Aufstand plant." Ich zeigte die Treppe hinab, auf die Blutspuren. „Zu dumm, dass Verde entfliehen konnte. Ich habe ihn nicht so getroffen wie vermutet." Dann blickte ich wieder zu Haschim. „Und der Mübarek ist feige geflohen. So kennen wir ihn. Er mag vom Tod wieder auferstanden sein, aber sein Wesen hat er nicht verändert! Das vermag nicht einmal die Magie." Es sollte nicht vorwurfsvoll klingen.

Haschim empfand es wohl auch nicht so, sondern schaute mich ernst an. „Kara Ben Nemsi. Der Mann, den Ihr Verde nennt, ist der Mübarek!"

Siebenundzwanzigstes Kapitel
Sieben Leben

„Unmöglich", rief Halef. „Verzeiht, Scheik Haschim, aber auch wenn wir selbst gesehen haben, dass der Mübarek wieder lebt – durch bösen Zauber –, so war er in seinem ersten Leben zwar ein Mann, der geschickt Masken anlegen konnte, aber der Spanier war er nicht! Ich weiß von meinem Sihdi, dass man sich wohl eine größere Nase machen kann, aber keine kleinere. Und man kann seine Gestalt nur ungefähr länger oder kürzer machen, jedoch nicht bei Kampf und Flucht!"

Haschim gönnte sich ein Lächeln, doch es war bitter. „Hadschi Halef Omar, Ihr habt völlig Recht mit dem, was Ihr über Maskeraden sagt. Aber der Mübarek betreibt keine Maskeraden, er kann seine gesamte Gestalt wandeln. Und damit auch seine Nase und die Länge seines Leibs."

Ich schüttelte den Kopf. „Wir haben ihn vor zwei Jahren entlarvt, im wörtlichen Sinne! Die Schminke, die Wangenpolster, die Stelzen! Warum hätte er solche Hilfsmittel verwenden sollen, wenn…"

„Das war damals", unterbrach mich Haschim. „Heute besitzt der Mübarek magische Fähigkeiten zur Wandlung, die ihm verliehen wurden. Von Al-Kadir, wie ich vermute. Es gibt Tränke, welche die menschliche Gestalt zu wandeln vermögen."

Ich knurrte abfällig. „Zaubertränke. Masken aus der Flasche."

„Nicht allein die Masken oder die äußere Erscheinung", erklärte Haschim. „Die Tränke werden aus den Körpern Verstorbener gebraut. Auch ein Teil des Wesens und ihrer Fertigkeiten geht auf jenen über, der sich überwindet, einen solchen Trunk zu sich zu nehmen. Oder dazu gezwungen wird, von Al-Kadir und dem Schut, um ein hilfreiches Werkzeug zu sein."

Halef verzog das Gesicht. „Es ist eine schaurige und gotteslästerliche Schandtat, Tote zu trinken!" Dann blickte er mich groß an. „Das erklärt aber, warum der Spanier eine Kutsche führen konnte wie ein Kiradschi. Er hat sich in einen armen Kutscher verwandelt, der zuvor sein Leben lassen musste."

Haschim nickte. „Ahmar Al-Kadir wird dem Mübarek einige jener Körpertränke gegeben haben, um möglichen Gefahren zu entrinnen. Es dürften aber nicht allzu viele sein. Die Wandlung ist schmerzhaft. Ich habe die Verwendung jener Tränke erkannt, als der Mübarek seine Leiden durch jenes Kraut in der Kammer zu lindern suchte."

Nun begriff ich: „Wenn es einen wirklichen Kaufmann Verde gab, so erklärt es, warum der Mübarek so erfolgreich als jener auftreten konnte." Ich nickte Halef zu und erklärte Haschim: „Der Mübarek war ein schlichter Mensch, aber schlau genug, noch schlichtere Menschen zu übervorteilen. Wenn er nun zum Teil das Wesen eines wahren Kaufmanns erlangte, verstehe ich, warum er auf dem Parkett der Botschaft und gegenüber den Amerikanern hat bestehen können." Ich rieb mein Kinn. „Aber wie wir sehen, scheint der wahre Mübarek noch immer durch all seine Gestalten. Er ist wie früher von sich eingenommen, überheblich – und er überschätzt sich selbst. Wie töricht von ihm, hier in Ostromdscha zu bleiben. Und selbst das Gift zu beschaffen – wenngleich in Gestalt des Verde, aber dennoch nicht ohne sich selbst, den Mübarek, eitel als Leumundszeugen zu erwähnen. Und wer weiß, ob er nicht hier und da als er selbst aufgetreten ist."

„Das ist er", nickte Haschim. „Ich hatte auf meiner Reise davon gehört, dass der Mübarek hier und da aufgetaucht sei – nach seinem Tod."

„Welches Ihr verständlicherweise für bloßes Gerede gehalten habt, oder Ihr hattet angenommen, dass die Zeugen sich wichtig machen wollten. Einen verstorbenen Heiligen zu sehen gilt ja als wundersam und heilend."

„Ich hielt es für Lügen, die der Schut unter das Volk gebracht hatte, um vom Ruf des Mübarek zu profitieren."

Ich nickte. Das hatte ich auch erwogen. Dennoch war alles ganz anders.

Halef schnaubte. „Der widerliche Mübarek. Läuft als er selbst herum, wo er auch andere Gestalten haben kann."

„Bedenkt", sagte Haschim, „dass es für ihn eine Wohltat sein muss, dann und wann wieder er selbst zu sein."

Halef schaute grimmig. „Einerlei. Soll er leiden, wenn er sich dem Schut und Al-Kadir andient." Ich mochte zustimmen, gab aber etwas zu bedenken.

„Der Mübarek wird seinen Herren allzu dankbar sein, dass sie ihn von den Toten erweckt haben. Auch ein erbärmlicher Schurke hängt am Leben. Aber wie haben sie ihn von den Toten zurückgeholt? Und was bedeutet dies? Lebt er oder ist er noch immer tot?"

Halef ächzte. „O Sihdi! Scheik Haschim! Bedeutet es etwa, dass der Mübarek ein lebender Toter ist? Einer, der nicht mehr sterben kann, weil er schon tot ist?" Halef schüttelte verzweifelt Kopf und Fäuste, dabei murmelte er mit großen Augen etwas von Geistern und Ghulen.

„Nein, Hadschi Halef Omar", versuchte Haschim ihn zu beruhigen. „Der Mübarek ist ein Wiederbelebter, aber gemeinhin sind solche noch immer Menschen. Sie können keine tödliche Verwundung überleben. Ihr, Kara Ben Nemsi, habt ihn mit Eurem Schuss dort getroffen, wo Ihr es gesehen habt. Dass der Mübarek dennoch fliehen konnte, muss einen anderen Grund haben als eine schlichte Wiederbelebung durch Nekromantie."

„Kann der Wandeltrank eine solche Auswirkung haben?", fragte ich. Dabei dachte ich rein wissenschaftlich. Jede Arznei und jeder Wirkstoff hat bekanntlich Nebenwirkungen. Die von mir geschätzte Homöopathie fußt sogar auf diesem Prinzip und heilt dadurch. Damit will ich natürlich keinesfalls die

Hahnemannsche Therapie in die Nähe von Magie, Zauberei oder Aberglauben und Scharlatanerie stellen!

„Nein", entgegnete Haschim. „Meines Wissens nicht, wenngleich auch mein Wissen endlich und bescheiden ist." Er lächelte. Halef schaute mit seltsamem Blick von Haschim zu mir und wieder zurück. Was auch immer er damit ausdrücken wollte.

Haschim wandte sich der Treppe zu. „Wir müssen dennoch wie geplant das Haus durchsuchen. Neben dem Gift hoffe ich, noch anderes zu finden, nämlich einen Hinweis darauf, warum der Mübarek wieder lebt. Nur wenn wir diesen Zauber kennen, können wir ihn endgültig töten."

„Was ist mit den Männern?", fragte ich und deutete auf die Körper am Boden.

„Das Gift ist verbraucht", erklärte Haschim. „Sie können gefahrlos berührt und bestattet werden. Das Gift hat auch keine weiteren Wirkungen."

Wir gingen die Treppe hinab und durchsuchten die Räume. In einem, der voller Regale mit Tiegeln und Phiolen stand und auf dessen Boden Kisten und Säcke lagerten, die mit allerlei Kräutern und Körnern gefüllt zu sein schienen, fanden wir tatsächlich einige Silberflaschen mit dem Gift des Thrakerwurms. Haschim erkannte, dass sie von den Händlern stammten, die er selbst vergebens aufgesucht hatte. Dann verstaute er die Flaschen in einer großen Ledertasche, die sich in dem Raum fand. Dieser schien das Laboratorium zu sein, in dem jedoch keine neuen Heilmittel gesucht, sondern neue Gifte gefunden wurden. Aus den Töpfen und Kesseln stank es gewaltig, auch wenn gerade kein Feuer darunter brannte. Ich war bislang der Ansicht gewesen, dass Gifte doch besser geruchlos und geschmacklos zu sein hätten, aber natürlich kannte ich mich mit der Herstellung nicht aus und wusste nicht, ob das, was wir dort rochen, nur eine Zwischenstufe war.

Im Nebenraum stapelten sich Bücher und Karten, Schriftrollen und Kladden. An einer Wand sah ich eine Karte des

Orients, auf die mir bekannte Weise mit den Farben Al-Kadirs, des Schut und des unbekannten Dritten unterlegt. Eine andere Karte zeigte den Balkan, und ein knappes Dutzend Orte war gekennzeichnet, darunter das Tal in den Rhodopen, in dem die Fabrik lag. Die anderen Zeichen würden wohl ähnliches bedeuten. Nun kannten wir die Standorte der Verbrecher, in denen sie die Nessushemden herstellen wollten. Halef riss die Karte von der Wand und rollte sie zusammen. Auf einem Pult stand ein Tintenfass, und zwei nicht vollendete Schreiben lagen darauf. Eines war ein Geschäftsbrief des ehrenwerten Unternehmers Verde, das andere eine Nachricht des Mübarek an den Schut. Ich lachte leise, weil ich es absurd fand, dass all diese Magier und Zauberer sich noch altmodisch Briefe schrieben und nicht etwa Botschaften durch die Luft oder durch den Äther sandten, oder wie auch immer diese wohl ihr Netz der Mächte nennen mochten. Aber ich erkannte auch etwas ganz Irdisches: Die Handschriften des vorgeblichen Señor Verde und des Mübarek, der ja einmal als Gerichtsschreiber gearbeitet hatte und deshalb akkurat die Feder zu führen wusste, waren identisch. Der Mübarek mochte zwar Gestalt und Wesen des Spaniers annehmen können, nicht aber dessen Handschrift. Als ich mich trotz der ernsten Lage amüsiert an Haschim wenden wollte, bemerkte ich seinen ernsten Blick und war sogleich ernüchtert. Haschim hielt einen Plan in seinen Händen, der mir wie eine Konstruktionszeichnung schien, welche jedoch jegliche Modernität vermissen ließ, die jener Begriff heraufbeschwor. Denn tatsächlich befanden sich auf dem Pergament Schriften und Zeichen, die wohl jedem, der auch nur eine blasse Vorstellung von Zauberformeln haben mochte, und sei es aus Bildern und Illustrationen zu Märchen und Fabeln, als niedergeschriebene magische Beschwörungen erscheinen mussten. Haschim legte den Plan auf einen Tisch, ungeachtet der anderen Papiere und Pergamente und aufgeschlagenen Bücher, die sich dort befanden. Jetzt sah ich die hebräischen Schriftzeichen und altägyptischen Symbole darauf und die dazwischengeschobenen Notizen auf Arabisch, die wohl eine Übersetzung darstellten. Zum größten Teil bestand der Plan aber aus einer Art Bauanleitung für einen großen Kasten, der einem Sarg oder eben einem ägyptischen Sarkophag ähnelte. Ich erinnerte mich an die Worte Schimins, der von einer solchen Kiste berichtet hatte, die der Schmied Deselim für den Schut bauen musste.

„Haschim", fragte ich besorgt, „wisst Ihr, worum es sich hierbei handelt?"

„Ich weiß es", nickte Haschim. „Aber ich hatte gehofft, es sei nur eine Legende. Jetzt habe ich aber den Beweis vor Augen, dass es existiert. Eine scheußliche Gerätschaft, welche die finsterste Zauberei zweier Völker verbindet. Ein Gegenstand übelster Magie, eine blasphemische Ausgeburt altägyptischer und hebräischer Zauberkunst: ein Sarkophag, der den Toten das Leben schenkt. Jedoch nicht erst im Jenseits, wie die Ägypter glaubten und für welches sie den Körper des Verstorbenen durch Balsamierung zu erhalten suchten und ihn mit reichen Gaben für das kommende Leben bestatteten. Dieser Sarkophag frisst nicht das Fleisch, wie der griechische Name aussagt, er führt dem gestorbenen Fleisch neue Lebenskraft zu, jene Energie, welche die alten Ägypter das *ka* nannten. Sechsmal kann er das Fleisch heilen oder wiederbeleben, sodass mit dem eigentlichen Leben die heilige Zahl sieben entsteht. Doch all dies hat einen schrecklichen Preis. Jedes der Leben ist schwächer und von zunehmendem körperlichen Verfall begleitet. Immer mehr wird der Wiederbelebte dem Lehm ähnlicher, aus dem der hebräische Gott den ersten Menschen Adam geschaffen hat. Und aus dem jener jüdische Geistliche, der Rabbi Löw im böhmischen Prag, seinen künstlichen Menschen, den Golem, schuf. Der Wiederbelebte aus dem Sarkophag ist also ein Halbwesen aus Mensch und Golem, und mit jeder Inkarnation wird er dem Golem ähnlicher."

Ich bemühte mein Altgriechisch und antwortete: „Dieser Sarkojasth – der Sarg, der vermag, das Fleisch zu heilen –

wäre also eine Erklärung dafür, dass der tote Mübarek, dessen Körper von jenem Bären zerrissen wurde, wieder ins Leben gebracht wurde?"

„Ja", sagte Haschim und sann kurz nach. „Dies würde auch eine weitere Tatsache erhellen. Die Händler, die ich wegen des Drachengifts aufsuchte, berichteten mir, dass der Mübarek oft geniest und sich über den Staub in den Läden und Lagern beschwert hätte, obgleich ein jeder Händler magischer Artefakte und zauberischer Zutaten weiß, dass er seine Waren rein von irdischem Staub halten muss, damit sie wirksam bleiben – und ein jeder hält sich auch daran. Es mag also sein, dass sich der Staub allein in des Mübareks Nase befand, und dies wäre ein Zeichen, dass er wiederbelebt wurde. Und bereits zum wiederholten Mal. An ihm zeigen sich die Auswirkungen der mehrfachen Belebung. Er wird langsam wieder zu Erde."

Halef lachte bitter. „Dann hinterlässt der Mübarek bald auf seinen Wegen eine Fährte aus hebräischem Lehm und ägyptischem Sand? Sand! Wie das Männlein, das den Kindern der Deutschen abends den Schlaf bringt?"

Wieder bemerkte ich verwundert, was der Lehrer Lohse bei den Haddedihn für einen Lehrplan befolgte. Ich selbst erkannte mit dem nüchternen Blick des Reiseerzählers, dass sich dieses Abenteuer immer mehr zu einem Nachtstück der Schauerromantik entwickelte, und sei es nur, weil die Handelnden einer Erzählung E. T. A. Hoffmanns entstiegen zu sein schienen, den man nicht von ungefähr den Gespenster-Hoffmann nennt: Hamd el Amasat besaß glühende Augen aus Glas, der Mübarek hatte Sand in seinen Adern, vor einigen Wochen waren wir einem seltsamen Mönch begegnet – würde es nicht völlig unwahrscheinlich sein, so hätte man erwarten können, dass sich eine gewisse Dame nun als Automatenfrau entpuppen würde, mit einem Innenleben aus Schrauben und Rädchen und Uhrwerkfedern. Aber Qendressa hieß nicht Olimpia, und wenn sie etwas in sich trug, dann waren es wohl brennender Eifer und ein gehöriges Maß an giftigem Spott.

Und diesen Spott hätte ich selbst in diesem Augenblick wohl verdient! Denn jetzt ging mir auf, was ich in den vergangenen Tagen oft bemerkt, aber immer nur als natürliche Erscheinung angesehen und abgetan hatte. In der Hütte bei der Fabrik im geheimen Tal und auch vor der Höhle in den Rhodopen hatte ich Sand bemerkt, dort, wo sich zwei so unterschiedliche Personen aufgehalten hatten: Verde und der schäbige Kutscher. Die Erkenntnis traf mich wie der Stromstoß einer altmodischen Elektrisiermaschine. Beide waren tatsächlich identisch – sie waren Gestalten, die dem Mübarek durch die zauberischen Tränke aus dem Fleisch von Toten verliehen waren! Und der Mübarek selbst war durch den Sarkojasth wiederbelebt worden.

Und ich hatte hier und jetzt die Möglichkeit, dies zu beweisen. Halef und Haschim schauten mich an, denn auf meinem Gesicht mussten sich die Gefühlsregungen anschaulich gezeigt haben – und so überraschte ich sie nur wenig, als ich ihnen rasch zurief, sie mögen mich für einen Augenblick entschuldigen, und dann eilig aus dem Raum rannte, den Gang hinab und die Treppen hinauf. Wieder unter den Dachsparren angekommen, prüfte ich rasch die Blutspuren auf dem Boden, jene, die von Verde und dem Bulgaren stammten, die ich mit meinen Revolverschüssen getroffen hatte. Ich hatte das seltsame Verschwinden der Fährte Verdes bemerkt, jetzt wandte ich mich dem Blut selbst zu. Und tatsächlich! Ich nahm zwei Proben an unterschiedlichen Stellen, indem ich mit der linken Hand durch die roten Tropfen fuhr, welche noch nicht völlig von den Holzbrettern des Bodens aufgesogen worden waren. Dann lief ich wieder zu Halef und Haschim zurück.

„Es ist wahr!", verkündete ich. „Der Mübarek wurde im Sarkojasth wiederbelebt!"

Ich zeigte meine Linke, deren Zeige- und Mittelfinger Spuren von Verdes Blut aufwiesen. Auch ohne es zu berühren, erkannte man durch bloßen Augenschein, dass dieses Blut seltsam körnig war und diese Konsistenz nicht etwa von Gerinnung oder Verschmutzung herrührte, sondern von der Vermischung mit feinstem Sand – innerhalb des Körpers! Die erste Probe stammte von jener Stelle des Bodens, wo meine Kugel den Mübarek in der Gestalt Verdes getroffen hatte. Die zweite von der Treppe, kurz bevor die Blutspur versiegt war. Diese letztere war körniger als die erste, als habe sich der Anteil von Sand im Blut erhöht und so die Wunde verschlossen. Ob die Wiederbelebung an sich sämtliche Wunden beseitigte, wusste ich nicht. Der Sand, den ich auch an anderer Stelle gefunden hatte, musste ja aus dem Körper des Mübarek ausgetreten sein. Und das Weitere? Wer konnte schon sagen, wie die Zaubertränke wirkten, wie lange es dauerte, bis der Wandel vollzogen war und wie lange dieser anhielt? Ich stellte mir vor, wie der Mübarek ganz schlicht sein Gesicht verbarg statt wandelte, um unerkannt zu fliehen – ein Rückfall in alte Zeiten, bar jeglichen Zaubers, wenngleich er sich damals Maskeraden und Schminke bedient hatte. Und der Sarkojasth? Wo mochte er seinen Standort haben? Gewiss nicht in diesem Haus. Ich vermutete, dass der Schut ihn in seiner Festung verwahrte; dort, wo sein Schmied Deselim ihn geschaffen hatte. Der Schut hatte Geld für das Material aufgewendet – also würde er auch die Kontrolle behalten wollen.

Halef stutzte. „Wenn diese Kiste Menschen wiederbeleben und heilen kann – warum hat sich der Schut dann nicht selbst hineingelegt?"

Ich hob die Hand und rieb den Daumen gegen die Finger mit dem Blutsand. „Vielleicht weil der Schut so nicht enden will. Möglicherweise hat er, skrupellos und grausam wie er ist, den Sarkojasth zunächst am Mübarek getestet, um die Auswirkungen zu erfahren. Und dann hat er sich dagegen entschieden."

„Aber Sihdi", warf Halef ein, „erinnere dich: Der Schut sagte in dem Keller, dass er heilen würde. Wodurch, wenn er die Kiste nicht benutzen will?"

Scheik Haschim schritt zur Seite und griff nach einem Buch, das aufgeschlagen auf einem Pult lag. „Er hat ein magisches

Kraut gesucht. Oder suchen lassen. Die Händler haben mir berichtet, dass der Mübarek nicht nur Drachengift aufkaufen wollte, sondern auch nach einer Pflanze fragte, die jedoch niemand vorrätig hatte. Daraufhin wurde der Mübarek verlacht, weil niemand dieses Kraut besitzt. Es gilt auch in unseren Kreisen als Legende. Oder als Scherz."

Haschim hob das Buch und zeigte die Abbildung einer Pflanze, die ich noch nie gesehen hatte und die mir auch völlig unnatürlich schien, wie eine Ausgeburt der Phantasie eines selbsternannten Kräuterbuchillustrators. Ich bin zwar kein Botaniker, aber ich kenne durch meine Reisen so allerlei von dem, was da nutzbringend aus der Erde wächst, aus eigener Anschauung und Erfahrung und weil ich viele Menschen getroffen habe, die damit sogar ihren Lebensunterhalt bestritten und das Leben anderer damit erleichtert, wenn nicht gar gerettet haben. Vor zwei Jahren traf ich etwa hier in Ostromdscha die Griechin Nebatja, die sich sehr auf Kräuter und Wurzeln verstand und von der ich von der *Hadsch Marrjam*, dem Marienkreuz, erfuhr, einer Pflanze, die in Deutschland auch als Distelkönig bekannt ist und die manchen abergläubischen Menschen ebenfalls als sagenhafte Pflanze gilt, was sie allerdings nicht ist. Was ich nun aber in diesem Buch sah, ließ mich auflachen. Ich begriff, warum dieses Kraut als Scherz unter Kräuterweisen oder gar als akademischer Schabernack unter Zauberern galt, denn ihr türkischer Name *Hapsirmak Keyifle* bedeutete grob übersetzt „Spaß-am-Niesen". Aus ihr gewann man wohl eine Art Schnupftabak oder Niespulver. Und auch wenn viele sagen, dass ein kräftiger Nieser – außerhalb einer Erkältung natürlich – die Lebensgeister zu wecken vermag, so würde wohl kein noch so heftiger Niesanfall den verwachsenen Schut wieder zurechtrenken. Da waren der Schut und der Mübarek in ihrem Zauberglauben wohl fehlgegangen. Ob das Schicksal sie vor Enttäuschung bewahrt hatte, weil sie nichts von diesem ohnehin unwirksamen Nieskraut erlangen konnten, oder ob sie – vom Schicksal verhöhnt – nun kopflos einer ohnehin nicht existierenden Pflanze hinterherjagten – es war mir gleich. Allein die Quelle für das Kräuterwissen schien mir zweifelhaft, denn das Buch, das Haschim nun wieder ablegte, war in einer mir völlig unbekannten, scheinbar sinnlos geschnörkelten Schrift verfasst – vielleicht war die Übersetzung, die auf einem Zettel der Pflanzenabbildung beigelegt war, nur dem Wunschdenken des Schreibers entsprungen. Es war die Schrift des Mübarek. Wer wusste, ob er seinem Herrn, dem Schut, nicht etwas Hoffnung auf Heilung vorgaukelte, um seinerseits für dessen Gnade zu danken. Wenngleich die Gnade einer Wiederbelebung als Golem mir durchaus zweifelhaft schien.

Ich wandte mich an Haschim. „Ihr sagtet, wir könnten den Mübarek besiegen, wenn wir den Zauber kennen würden, der ihn hat wiederauferstehen lassen. Wie verhält sich dies nun – müssen wir den Sarkojasth vernichten oder löst sich das Problem von selbst? Ohne einen Scherz machen zu wollen, löst sich der Mübarek von selbst in Sand auf?"

Halef kratzte sich den Kinnbart. „Man muss ihn also nur ein paar Mal hintereinander töten, denn seine Leben beginnen ja einfach wieder von selbst – wie bei einer Katze!" Halef seufzte. „O Sihdi! Die Sache mit den Katzen missfällt mir immer mehr."

Haschim schaute uns beide an und hob unschlüssig die Hände. „Meine Freunde, es wird wohl unumgänglich sein, zunächst den Mübarek aufzuspüren und dann auch den Sarkojasth. Eine treffliche Bezeichnung, Kara Ben Nemsi. Es ist nicht von der Hand zu weisen, dass die alten Griechen doch die Wiege aller Weisheit sind."

„Und Euch und den Euren ist es zu verdanken, dass die alten Schriften der Hellenen über die dunklen Zeitalter nach dem Fall Roms bewahrt worden sind", entgegnete ich. „Wie gut, dass arabische Gelehrte sie studierten und kopierten. Dass Platon sozusagen in Bagdad überlebt hat, ist ein größeres Wunder als Aladins Lampe."

418

Haschim lächelte. „Schmäht doch nicht die Magie, Kara Ben Nemsi, wenn Euer Gefährte, der gute Hadschi Halef Omar, doch selbst eine Wunderlampe sein eigen nennt."

Halef klopfte stolz auf die Tasche, die an seiner Hüfte hing, und das Lächeln, das er mir zeigte, war mir doch ein wenig sehr keck.

„Nun, denn", rief ich. „Wir haben einige Rätsel gelöst und sollten uns wieder auf den Weg machen. Wir müssen die Schurken stellen! Zu den Pferden!"

Haschim nickte. „Erlaubt mir, einen Vorschlag zu machen. Ich habe Euch unter der Erde vom Turm zu diesem Haus geführt. Dies war aus der Not geboren und ich bedaure dies."

Er warf einen besänftigenden Blick zu Halef, der mit Abscheu zu Boden blickte, dort, wo sich unter dem Haus jener seltsame Tunnel befand. Ich spürte, dass es Halef nicht um sich selbst ging, sondern dass er an seinen Sihdi dachte.

Haschim zeigte keine Regung und ich wusste nicht, ob er meine Schwäche nicht bemerkt hatte oder ob er mich nicht beschämen wollte.

„Aber nun", sagte Haschim, „ist uns dieser Weg verwehrt." Er lächelte, schwächer als sonst, und ich glaubte, einen Anflug von Müdigkeit in seinem Blick zu erkennen. „Ich schlage vor, dass wir einen Augenblick hier verweilen und nicht selbst den Weg durch Ostromdscha, hinauf zum Turm, beschreiten."

„Aber die Pferde…", gab ich zu bedenken. „Ich weiß, dass Ihr für ihre trockene und warme Unterkunft gesorgt habt, doch…"

„Ihr sorgt Euch um die Tiere; das ehrt Euch", entgegnete Haschim. „Aber nicht immer muss der Reiter zum Pferd kommen."

„Ihr hattet vor den Wächtern des Mübarek gewarnt – jenen Raben?"

„Ja, sie können in großer Zahl auch Tier und Mensch gefährlich werden. Doch sie sind mit dem Mübarek geflohen.

Der Weg durch Ostromdscha ist sicher. Ich kann unsere Pferde rufen."

Halef hob das Kinn. „Mit Magie? Bedenkt aber, Scheik, dass der edle Rih, das Rappross meines Sihdi, nur auf meinen Sihdi allein hört. Ich will dies nicht einmal gehorchen nennen."

„Nun", meinte Haschim, „ich kann aber meine Stute Risha rufen. Und wenn auch gemeinhin der Wind die Feder treibt, mag es dann und wann auch anders sein."

Haschim schaute mich vielsagend an. „Mit Eurer Erlaubnis, Kara Ben Nemsi?"

„Gern", antwortete ich etwas neugierig. „Das Gewitter ist vorüber. Und noch sind die Straßen und Gassen menschenleer, sodass drei reiterlose Pferde kein Aufsehen erregen werden."

Halef nickte. „Und gegen Pferdediebe können sie sich nur allzu gut wehren."

„Dann sei es", verkündete Haschim und schloss kurz die Augen. „Sie sind auf dem Weg." Er hob die Brauen. „Rih scheint sich tatsächlich etwas gesträubt zu haben – ein stolzes Tier."

„Ein Freund", korrigierte ich.

Haschim nickte. „Nun, dann verweilen wir noch ein wenig in diesem Haus. Wir sind allein."

Tatsächlich war es völlig still. Ich hatte gar nicht bemerkt, dass die Frauen diesen Ort verlassen hatten. Sie würden sich nicht fürchten müssen, denn ich bezweifelte, dass der Mübarek nach Ostromdscha zurückkehren würde. Wir würden dies verhindern. Und ich ging davon aus, dass die Frauen sich selbst entlohnt hatten, indem sie die silbernen Handschuhe mit sich genommen hatten. Die silbernen Flaschen mit dem Gift würden sie wohl aus Vorsicht verschmäht haben.

„Wollt Ihr etwas von diesen Dingen mit Euch nehmen?", fragte ich Haschim und zeigte vage durch den Raum.

„Aber nein", gab Haschim zurück. „Ich stehle nicht. Das Gift nehmen wir nur an uns, um Unheil zu vermeiden."

Ich fragte mich kurz, wie Haschim dies gerechtfertigt hätte, wenn wir das Gift nur für unseren Kampf gegen das Windpferd gebraucht hätten, und damit nicht auch noch den Plan des Schut hätten sabotieren können. Aber der Scheik war ehrbar und edel; ich wollte seine Worte nicht anzweifeln. Stattdessen schaute ich mich noch einmal um – und ich gebe zu, dass ich auch Halef auf die Finger sah, denn er hatte ja auch in der Klause des Wüstenmönchs einige Diebeskerzen an sich genommen, ohne danach zu fragen. Zweifellos würde Halef auch hier etwas sehr Nützliches finden können, doch mir behagte es nicht, dass er zum Sammler magischer Gegenstände wurde.

Während wir also auf die Pferde warteten, beschaute ich mit Widerwillen die Kuriositäten in des Mübareks Hexenküche. Ich fragte mich, ob der Schut und Al-Kadir diesem auch die Fähigkeiten und die Gestalt eines bedauernswert zu Tode gebrachten Alchimisten oder Apothekers verliehen hatten, damit der Mübarek hier hatte arbeiten können. Aber vielleicht hatten seine eigenen, von früher herstammenden Scharlatanskünste auch ausgereicht, um nach Anleitung das eine oder andere zu verfertigen oder zu erforschen.

Da sah ich auf einer weiteren Landkarte an der Wand einen Ort gekennzeichnet. Es war ein Punkt in den Prokletije, den Verwunschenen Bergen im albanischen Norden. Zudem fiel mein Blick auf ein aufgeschlagenes Buch, welches darunter auf dem Tisch lag. Dort zeigte sich die Abbildung einer antiken Waffenrüstung, die ich als altskipetarisch erkannte. Dies war mir geläufig, weil ich vor zwei Jahren eine ähnliche bei dem Köhler Scharka entdeckte, jenem Schergen des Schut, der Sir David in der Juwelenhöhle der Teufelsschlucht gefangen gehalten hatte. Sir David hatte ich retten können und die prächtige Rüstung ihrem Besitzer, dem Kaufmann Stojko, zurückgebracht. Die Rüstung der Abbildung war noch viel prunkvoller als jene, die ich gesehen hatte – eines Fürsten, ja eines Königs würdig. Und so war ich kaum verwundert, dass neben ihr in dem Buch der Name Skanderbeg geschrieben stand. Ich wusste nun nicht, ob die Markierung auf der Karte bedeutete, dass Skanderbegs Rüstung in der Schlucht – wahrscheinlich in einer Höhle derselben – vermutet wurde oder schon dort entdeckt worden war. Auch konnte ich nur mutmaßen, was der Schut oder der Mübarek damit anfangen wollten – ich musste mich daran gewöhnen, dass ich bislang nur die irdischen Machtgelüste dieser beiden Schurken hatte nachvollziehen und ihre Pläne hatte erraten können. All die abergläubischen oder gar tatsächlich magischen Dinge musste ich erst noch einzufügen lernen.

Aber da gab es ja noch jemanden, der nach Skanderbeg suchte oder doch zumindest seinen Überresten. Ich nahm also die Karte an mich und prägte mir zudem den Ort ein. Ich würde ihn Qendressa mitteilen. Und den Schurken zu schaden, indem man ihnen eine alte Rüstung stahl, mochte eigentümlich erscheinen, aber – was war in diesen Zeiten nicht wundersam?

Kurze Zeit später waren wir wieder mit unseren Pferden vereint. Auf Haschims Wink traten wir aus dem Haus, durch die hintere Tür, die auf eine schmale Gasse führte und nicht auf die Seitenstraße, an der das Haus lag. Rih, Risha und Halefs Ross kamen durch den Straßenschlamm nach dem Gewitter herangetrabt und schnaubten erfreut nach dem freien Lauf den Hügel hinab und quer durch die Stadt. Rih verhielt sich, wie ich ihn kannte. Ich wusste nicht, ob Haschim die Tiere auf irgendeine Weise beruhigt hatte oder ob Pferde gemeinhin keine unguten Empfindungen bei magischem Wirken in unmittelbarer Nähe haben, wenngleich sie sonst jede Gefahr zu wittern wissen. Aber dies soll bei Gelegenheit ein pferdekundiger Philosoph ergründen. Ich freute mich, dass es Rih gut ergangen war, denn wenn wir zuvor auf dem üblichen Weg zum Haus des Mübarek geritten wären, hätten wir in der Nähe des Hauses einen Unterstand für die Pferde suchen müssen – wir hätten ihnen kaum zugemutet, den strömenden Regen stillstehend zu ertragen, und zudem hätten wir um sie fürchten müssen, da der Mübarek und seine Getreuen vielleicht gegenüber Tieren ebenso skrupellos handelten, wie sie mit Menschen umsprangen – und in kopfloser Flucht sogar noch die letzten Hemmungen fallen ließen. Haschim hatte ja auch vor den Raben des Mübarek gewarnt, welche diesem nicht nur aufmerksame Wächter waren, sondern auch Mensch und Tier gefährlich werden konnten, zumal in großer Zahl.

Haschim verstaute die Silberflaschen mit dem Thrakerwurmgift in seinen Satteltaschen. Aus einem eigentümlich geformten Futteral zog er eine prächtige Armbrust orientalischer Bauart, die zudem sehr alt zu sein schien und nicht etwa ein antikisierender Nachbau aus nostalgischen Gründen. „Dies wird unsere Waffe gegen das Windpferd sein. Ich benötige aber ein wenig Zeit und Ruhe, um die Spitzen der Pfeilbolzen zu präparieren."

Ich schaute zu Rih hinüber und spürte eine unangenehme Trockenheit in meiner Kehle. „Mir ist nicht ganz wohl bei dem Gedanken, auf ein Pferd zu schießen."

„Bedenkt, dass es sich nicht um einen edlen Gefährten handelt, sondern um ein Wesen des Bösen." Haschim seufzte. „Oder um das Gegenteil, wie Ihr Euch erinnert. Aber das werden wir erst erkennen, wenn wir ihm gegenüberstehen. Auf weite Distanz, wie wir hoffen sollten. Doch dazu müssen wir uns zu Ahmar Al-Kadir begeben."

„Er wird sich wohl bei seinem Bruder, dem Schut, aufhalten. Unser Weg sollte uns schlussendlich in die Gegend von Rugowa führen, zum Karaul, zum alten Wachturm des Schut und seinem unterirdischen Bau. Halef und ich sind schon einmal dort gewesen und kennen ein paar geheime Eingänge."

„Der Schut hat sicher Veränderungen vorgenommen", mahnte Haschim.

„Darauf müssen wir es ankommen lassen – oder könntet Ihr, mit Hilfe Eurer Künste…?" Ich fragte zögerlich, nicht der

Höflichkeit wegen, sondern wegen der mir noch immer heiklen Thematik. Doch Haschim bewegte langsam, aber nachdrücklich seinen Kopf.

„Das ist leider nicht möglich. Ahmar Al-Kadir hat gewiss einen Bann auf das Gebäude gelegt, so wie er es mit seiner roten Festung getan hat. Erinnert Euch daran – ich hätte sonst nicht die Zeit in jenem Kerker dort verbracht."

„Verzeiht, das hatte ich nicht bedacht", gab ich zurück. „Diese Dinge sind mir noch immer fremd."

„Ihr müsst nicht um Verzeihung bitten", sagte Haschim. „Nehmt es als Teil der Lehre, dass auch die Magie ihren Gesetzen unterworfen ist und es für jeden Plan einen Gegenplan gibt."

„Ebenso wie im – wirklichen Leben."

„Ihr habt es erkannt. Aber bedenkt, dass das magische Leben eben so wirklich ist wie das nichtmagische. Versucht nicht, Euch beide getrennt vorzustellen oder auch nur nebeneinander. Sie durchdringen einander." Haschim winkte ab. „Aber es ist nicht die Zeit, um Euch eine Lehrstunde zu geben. Stattdessen sollten wir unsere nächsten Schritte planen."

Ich nickte. „Zunächst erwarte ich den Wagen mit Abdollah und den beiden Amerikanern. Der Schut und Al-Kadir werden durch den Mübarek gewarnt sein. Beide gehen sicher davon aus, dass wir uns ihnen entgegenstellen werden – auf ihrem eigenen Grund."

„Gehen sie dabei von Erfahrungen mit Euch aus?", fragte Haschim mit leiser Ironie.

„Durchaus", nickte ich. „Und deshalb möchte ich Euch folgenden Plan vorschlagen: Wir – ich spreche von Halef und mir – werden noch nicht nach Rugowa reisen. Sollen die Schurken uns nur erwarten und im Harren auf einen raschen Kampf unruhig werden. Vielleicht fürchten sie auch, wir würden uns gegen ihre Fabriken in den Bergen wenden, jetzt, nachdem wir deren Standorte kennen – oder versuchen, uns an die Hohe Pforte zu wenden, etwa mit Unterstützung der Briten."

„Und stattdessen …?"

„Nutzen wir den Helden Skanderbeg."

Halef hatte bislang nickend zugehört, jetzt hob er die Hände. „Aber Sihdi! Willst du nun auch nach Knochen suchen, wie die Dame Qendressa?"

„Zumindest nach der Rüstung, die ich in den Verwunschenen Bergen vermute. Ich weiß nicht, warum der Mübarek oder seine Herren sich um derlei Dinge gekümmert haben. Aber vielleicht wollten sie mit diesem Symbol die Skipetaren für sich gewinnen, im Kampf gegen die Osmanen. Ich will nun das Gleiche tun – aber indem ich den Skipetaren die Rüstung Skanderbegs als Trophäe schenke, will ich sie dazu bewegen, gegen den Schut und Al-Kadir zu kämpfen. Ich bezweifle, dass diese beiden bessere Herren wären als die Osmanen."

„Ihr reist also in die Berge weit westlich von Rugowa."

„Um dann von dort mit den Skipetaren gegen den Karaul des Schut zu ziehen. Das wird er nicht erwarten. Und ohnehin vermuten, dass diese sich in ihre Heimat begeben haben, um Rückhalt zu gewinnen oder um gegen irgendeinen osmanischen Statthalter zu kämpfen. Ich denke, dass ich Qendressa und mit ihr die Bellios-Brüder gewinnen kann – mit diesen beiden Argumenten. Wir schenken ihnen ein mächtiges Symbol für ihren Freiheitskampf und Qendressa kann mit uns gemeinsam Rache am Schut üben – und ihr Volk vor der Herrschaft Al-Kadirs retten. Denn ich glaube, dass die Skipetaren als Erste das Joch des Schurken anlegen müssten. Der Schut mag nach seinen Jahren in diesem Land milde geworden sein, aber er ist Perser, und sein Bruder wird sicher nicht müde sein, ihn daran zu erinnern, wo die Loyalitäten ihres Erbes liegen."

Haschim legte die Hand an sein Kinn. „Ja, das mag sein."

„Es wäre also nötig, die Skipetaren, welche Qendressa befehligt, darüber in Kenntnis zu setzen. Natürlich wäre es fatal, wenn wir Zeit verlören, indem wir …"

„Sprecht nicht weiter, lieber Freund", sagte Haschim. „Während Ihr in die Berge reitet, übernehme ich gern diesen

Botendienst. Ich weiß, dass Euer Rappe Rih wie der Wind zu laufen vermag."

„… aber Eure Risha ist wie die Feder, die der eilige Wind noch rascher antreibt." Ich legte in einer Geste des Dankes die Hand auf meine Brust. „Die Höhle der Skipetaren in den Rhodopen liegt einige …"

„Ich finde sie. Wo wollen wir uns treffen? In Peja, kurz vor der Rugowa-Schlucht? Ich kann Euch Botschaft mit meinem Falken Manakir senden." Über uns flatterte es. Ich hatte zuvor nicht bemerkt, dass auf dem Dachfirst des Hauses der weiße Falke geruht hatte, der sich nun auf Rishas Sattel niederließ. Sein heller Blick musterte mich und Halef.

„Wenn Manakir sich Euer Antlitz eingeprägt hat, wird er Euch überall finden. Und auf der Reise wird es ihm sicher nicht an Zerstreuung fehlen, denn er kann Raben jagen."

„Die dann dem Mübarek keine verräterische Kunde bringen können", nickte Halef. „Obwohl er sicher sehnlich auf solche wartet. Denn irgendwie muss er gegenüber seinen Herren die Schmach tilgen, die wir ihm beigefügt haben, indem wir sein Haus überfielen und das Gift stahlen. Von allerlei Kenntnissen abgesehen." Halef hob beschwichtigend die Hände. „Nein, wir haben natürlich nichts gestohlen! Der Scheik hat ja gesagt, dass er so etwas nicht tut. Und ich habe auch nichts genommen! Nur die Karte, Sihdi, wie du gewünscht hast!"

„Ich glaube dir doch, Halef", sagte ich milde. Und das tat ich tatsächlich, denn ich bezweifelte, dass Halef eines der Bücher des Mübarek in seine Tasche gesteckt hätte, noch viel weniger eine gedörrte Fledermaus oder getrocknete Schlange.

Haschim lächelte. Dann schaute er nach oben. Der Regen war versiegt und die Wolken hatten sich verzogen, sodass rötliches Abendlicht über Ostromdscha lag. Mit leisem, aber kräftigem Flügelschlag erhob sich Manakir, der Falke, und flog davon.

„Dann scheiden wir für kurze Zeit", begann Haschim. „Grüßt den treuen Abdi. Ich werde wiederum kurz zum Turm zurückkehren, um Ausschau halten. Dieser Turm ist ein guter Punkt dafür."

Ich blickte Haschim mit leisem Zweifel an. Er lächelte.

„Er ist höher, als es den Anschein hat." Dann zeigte Haschim auf meine Westentasche mit dem Musaddas. „Ihr könntet ebenfalls einen Blick wagen…"

„Nein, ich ziehe es vor, dies nicht zu tun, werter Haschim", entgegnete ich. „Für heute habe ich genug von der Magie, aber ich wünsche dem Magier eine gute Reise."

Auch Halef grüßte zum Abschied, dann ritt Haschim auf Risha davon. Rih stieß laut den Atem aus den Nüstern.

Achtundzwanzigstes Kapitel
Das öde Haus

Es dunkelte in Ostromdscha und die Schatten sammelten sich
um das Haus des Mübarek. Jetzt war es nötig, dass wir eine
Unterkunft fanden. Ich beriet mit Halef, ob wir erneut versuchen sollten, bei Menschen unterzukommen, mit denen
wir bekannt waren. Möglicherweise besaß Ibareks Schwager
noch immer den Gasthof in Ostromdscha. Wir hatten auch
vor zwei Jahren mit der bereits erwähnten Pflanzensammlerin Nebatja eine freundschaftliche Begegnung gehabt, doch
würden wir bei der armen Witwe mit ihren vier Kindern
kaum Obdach nehmen können. Eher sollten wir ihr ein paar
Münzen als Gastgeschenk zukommen lassen, ohne jedoch die
Gastfreundschaft einzufordern. – Nein, es war besser, unerkannt in einem Gasthaus zu übernachten. Wir hatten damals
den korrupten Bürgermeister, den Kodscha Bascha, vorführen
und bestrafen können, so wie wir auch den Mübarek als falschen Heiligen entlarvten und mussten daher davon ausgehen, dass wir hier nicht nur Freunde hatten, die uns dankbar
waren, den falschen Heiligen entlarvt zu haben, nein, andere würden uns deswegen wohl noch immer zürnen. Es liegt
leider in der Natur des Betrogenen, ungerechterweise jenen
zu schelten, der ihn auf den Betrug und die eigene Gutgläu-
bigkeit aufmerksam gemacht hat. Wir würden also gut daran tun, nicht allzu laut zu verkünden, wer wir denn seien –
zumindest nicht, bevor wir wussten, wie unser Gegenüber
zu den vergangenen Ereignissen stand. Ganz abgesehen von
den Spionen, die der Mübarek oder der Schut überall haben
mochten, den menschlichen wie den tierischen. Immerhin

war es hier in der Stadt recht einfach, die Raben zu erkennen, denn mochten diese schwarzen Gesellen sich ohnehin nicht gut tarnen können, so musste man doch nur auf die Tauben und Sperlinge achten, die gemeinhin furchtsam auf Raben reagieren. In der Wüste hatte Al-Kadir seine Nachtfüchse als Späher – ich wusste nicht, ob er auch über den gewöhnlichen europäischen Fuchs Gewalt hatte, aber Meister Reineke würde in seinem roten Kleid wohl sehr auffallen, zumal es eher ungewöhnlich ist, wenn sich ein Fuchs in die Stadt wagt. Da müssten sich wohl erst die Füchse ändern – oder die Städte!

Außerdem war ich etwas ungehalten wegen der Tatsache, dass wir zwar rasch in die Berge aufbrechen sollten, aber dennoch auf das Eintreffen von Abdi und den Amerikanern sowie jenes von Qendressa und ihren Löwinnen würden warten müssen. Und untätiges Warten war mir schon immer verhasst.

Also beschloss ich, die Wartezeit zu nutzen. Und zwar an einem Ort, der uns zudem ein durchaus treffliches Quartier bieten würde, denn wir wären gänzlich ungestört. Ich verkündete Halef meine Entscheidung. Er erbleichte.

„Übernachten? Hier? Im Haus, das dem Mübarek gehört?"

„Gehört hat! Aber die Bewohner von Ostromdscha werden dieses Haus noch immer meiden – wir können vom üblen Ruf des Mübarek profitieren. Und, noch wichtiger…"

„Aber in diesem – Hexenhaus! Da kann man nur böse Träume haben! Und noch schlimmer: Wer weiß, was all die üblen Dinge, die der Mübarek gesammelt hat, mit einem braven Mann wie mir…"

„Genau das meine ich doch, Halef! Wir werden allen braven Männern und Frauen einen Gefallen tun und für ihren guten Nachtschlaf sorgen, indem wir all die üblen Dinge fortschaffen. Wir werden dieses Haus reinigen!"

„Reinigen?" Halefs Miene wandelte sich von Furcht zu Abscheu. „Wir sollen – putzen?"

„Nein, Halef. Im Deutschen gibt es das schöne Wort ‚entrümpeln'. Du darfst den Lehrer Lohse bei Gelegenheit danach fragen, insbesondere, woher dieses Wort stammt. Was ich also meine, ist, dass wir all den Unrat des Mübarek aus dem Haus schaffen werden. Schau, Halef, du wirst doch nicht wollen, dass irgendjemand, ob unbescholten oder boshaft, mit diesen üblen Dingen wiederum üble Dinge anstellt?"

„Nein, gewiss nicht."

„Und hernach könnten Bedürftige in dieses große Haus einziehen."

„In das Haus des Mübarek! Niemals würde jemand seinen Fuß …"

„Natürlich würde einige Zeit vergehen und gewiss würde man sich zunächst Geschichten erzählen."

Halef wiegte den Kopf. „Ich weiß nicht so recht, Sihdi."

„Sollen wir nicht hineingehen? Es wird recht dunkel."

„Ach Sihdi, du solltest mich nicht necken und aufziehen. Ich habe doch keine Angst vor dem Dunkel."

„Richtig. Nicht draußen, unter freiem Himmel. Aber in jenem öden Haus …"

„Ha, Sihdi! Du willst mich mit Schauergeschichten schrecken. Das ist äußerst deutsch von dir. Aber ich sage dir, dass ich von dir und dem Lehrer Lohse zwar viel Deutsches gelernt habe, aber immer noch Araber bin. Geschichten schrecken mich nicht, schon gar nicht, wenn du sie erzählen willst! Aber wenn ich dir heute Nacht eine Geschichte erzähle, vom Dämonensultan und seinen blinden Musikanten, dann wird es dich grausen!"

Halef klimperte mit den Fingern vor seinem Gesicht herum, als wolle er mir aus der Ferne den Bart raufen. Dann senkte er die Hände und hob das Kinn. „Und Rih und mein eigenes tapferes Ross sollen sie ebenfalls hören. Deswegen suchen wir keinen Stall für sie, sondern nehmen sie mit ins Haus! Damit du siehst, dass auch sie keine Angst haben, ebenso wenig wie ich!"

Dann packte er die Zügel seines Tiers und führte es durch die Tür. Die Hufe polterten über die Holzbretter des Flurs und hallten durch das Haus.

Ich unterdrückte ein Lachen. Ich wollte Halef nicht necken. Immerhin hatte sein Vorschlag etwas für sich: Da wir tatsächlich keinen Stall suchen mussten, konnten wir ein, zwei Tage mehr oder minder unerkannt in Ostromdscha bleiben, um auf die Ankunft unserer Reisegefährten zu warten. Am kommenden Morgen würde ich irgendeinen Gassenjungen entlohnen, dass er an der Straße für uns nach einem Kiradschi-Gespann mit einem langgewachsenen Kutscher und zwei Fremden Ausschau halten sollte. Dies würde er uns melden und wir könnten Abdi und den Amerikanern entgegenreiten.

Bis dahin hatte ich Folgendes geplant: Ich würde mit Halef die Vorratskammer und das Laboratorium des Mübarek bis auf das letzte Blättlein Kraut und das letzte Pergamentfetzchen ausräumen. Wie ich Halef eröffnet hatte, sollten diese Dinge niemandem in die Hände fallen. Für einen Augenblick hatte ich erwogen, alles in den Kellerbrunnen zu werfen, aber ein vages Gefühl hielt mich davon ab. Wer wusste, was die eigentümlichen und wohl allesamt giftigen Ingredienzen außerhalb eines Sudkessels anrichten mochten?

Auch hier hatte ich rasch eine Lösung gefunden. Wir würden die Bücher und Kräuter und alles, was sich noch finden würde, in stabile Kisten verpacken und mit einem Kiradschi nach Edreneh senden, zur Verwahrung in des kundigen Ali Bücherkeller!

Die Kisten würden sich finden oder wir würden sie von dem Kiradschi kaufen, welcher, anständig entlohnt, kaum fragen, geschweige denn nachschauen würde, was sich darin befinden mochte. Es würde wohl auch besser für ihn sein. Und ich war davon überzeugt, dass sich im Haus des Mübarek einiges an Barschaft finden würde. Jedenfalls genug, um den Kiradschi großzügig zu bezahlen – und den Rest den Bedürftigen Ostromdschas zu spenden.

Dies alles erläuterte ich also Halef, während wir einigermaßen bequem auf dem langen Flur im Parterre lagerten, an dessen beiden Enden die Außentüren lagen. So konnten wir darüber wachen, dass nicht doch ein neugieriger oder furchtloser Bewohner Ostromdschas das Haus des Mübarek aufsuchen würde. Dabei muss ich natürlich meine Bezeichnung dieses Gebäudes als nicht ganz zutreffend erachten, denn ich bezweifelte, dass es in der Nachbarschaft als Haus des Mübarek bekannt war, ebenso wenig wie die Menschen Ostromdschas wissen mochten, dass der Mübarek noch, oder vielmehr: wieder lebte. Er hatte seine Wiederkunft wohl nicht verkündet – und das, obwohl es seiner Eitelkeit und seiner Scharlatanerie sehr entgegengekommen wäre: ein Wunderheiler, ein Heiliger, der tatsächlich von den Toten auferstanden war. Aber der Mübarek hatte wohl bedacht, all dies zu verschweigen – und sei es nur, weil ihn ja außer Halef und mir niemand hatte sterben sehen. Wer wollte ihm also seine Geschichte glauben? Er war daher inkognito in Ostromdscha zugange. Aber die Leute reden immer, und wer mochte ahnen, was über den Kaufmann Verde, seine Bulgaren mit der Koptscha des Schut und all ihre Machenschaften gemunkelt wurde. Und was die Frauen erzählten, die für den Mübarek gearbeitet hatten.

Es war einerlei. Vielleicht befreiten wir die Menschen Ostromdschas auch von Furcht und abergläubischem Geschwätz, bevor sie überhaupt damit beginnen konnten. Auf jeden Fall würden wir sie vor den Hexenküchenzutaten des Mübarek schützen, indem wir uns dieser entledigten.

Halef maulte zunächst ein wenig, als ich ihm den genauen Putzplan unterbreitete, mit dem wir diesen scharlatanischen Augiasstall säubern würden. Er sah dann aber ein, dass es nötig war.

„Sihdi", begann er, „aber wenn wir eine so scheußliche Arbeit verrichten müssen, dann müssen wir uns auch selbst belohnen."

Ich lachte. Zum einen, um Halef zu erheitern, aber auch, weil ich mich trotz der abscheulichen Geheimnisse, die uns enthüllt worden waren, gut fühlte. Eben weil wir nun bei vielen Dingen wussten, woran wir waren.

„Wir können hernach gern das beste Gasthaus in Ostromdscha aufsuchen, Halef. Vielleicht finden wir ja unter des Mübareks Kram und Plunder zwei falsche Nasen, damit man uns nicht erkennt."

„Ach, Sihdi", sagte Halef und verdrehte die Augen. „Du denkst zu kompliziert, wie du es immer tust. Wie heißt es so schön? Das Gute liegt so nah!"

Dabei klopfte er auf seine Tasche, in der ...

„Mein kluger Halef", rief ich. „Das magische Zelt in der Perlentasche! Das trefflichste Souvenir, das jemals ein Besucher des Basars von Basra erstanden hat! Wir können es hier im Haus herbeirufen, seine Annehmlichkeiten genießen und verlieren durch die darin so langsam verrinnende Zeit auch keine einzige Stunde, in der wir stattdessen unsere Taten hier im Haus vollbringen können."

Halef verzog das Gesicht und ich beschwichtigte ihn. „Ich freue mich darauf, Gast in deinem Zelt zu sein. Wir haben es ja seit jener Zeit in der Wüste nicht mehr benutzt."

Halef begann, herumzudrucksen.

„Ja, Sihdi, da ist etwas, das du noch nicht weißt." Halef atmete tief ein und schaute mich mit seinem tapfersten Blick an. „Du weißt hingegen, Sihdi, dass ich dir ein treuer Gefährte bin, mit dir gemeinsam reise und mit dir die Unterkunft teile. Aber es ist auch so, dass ich dann und wann ein wenig Zeit für mich brauche ..."

„Aber Halef – das geht mir doch nicht anders! Es gibt so viele notwendige, menschliche ..."

„Sihdi, das meine ich doch nicht!", rief Halef ein wenig peinlich berührt. „Ich meine, dass ich dann und wann Heimweh habe. Ich bin nicht der weitgereiste und weltgewandte Mann, der du nun einmal bist. Und so habe ich in den vergangenen

Wochen, vor allem aber während wir in Stambul waren, dann und wann heimlich das Zelt gerufen, um ein wenig arabische *Gemütlichkeit* zu genießen."

Die Tatsache, dass Halef dieses urtümliche und sehr deutsche Wort in meiner eigenen Muttersprache ausgesprochen hatte, war wohl erneut dem Lehrgeschick des Herrn Lohse geschuldet. Mich rührte und amüsierte dies gleichermaßen und so nickte ich nur, ohne etwas zu entgegnen.

„Und, Sihdi", sprach Halef weiter, „du magst einen Magen aus gegossenem Eisen besitzen, aber ich bin nur ein einfacher Beduine, den es in der Fremde oft nach der einfachen Kost seines Volks verlangt. So fein die Küche der Osmanen sein mag und so herzhaft die Speisen der Bulgaren – so sehr habe ich die Momente im Zelt genossen, in denen ich Datteln und Kamelmilch und Brotfladen hatte, die der Zauber stets frisch und köstlich bereitstellte."

„Immerhin", sagte ich neckend, „hat dieses heimliche und heimische Naschen nicht den Appetit verdorben."

„Nun ja…"

„Also denn, Halef! Ruf das Zelt herbei", spornte ich ihn an. „Wir haben uns heute eine solche Belohnung verdient. Und da du die Pferde so freundlich ins Haus geladen hast, wirst du sie sicher auch in das Zelt bitten – auch sie verdienen frisches Futter und Wasser. Und was uns betrifft – ich glaube nicht, dass du dich gern mit dem Wasser aus dem Kellerbrunnen wirst reinigen wollen."

„O Sihdi!", rief Halef, „du kennst mich nur zu gut! Ich bin sogar dafür, dass wir den Brunnen dort unten mit ein paar dicken Brettern und starken Nägeln verschließen, damit keiner der fürchterlichen Leuchtwürmer herauskriecht und sich in unsere Träume windet oder Schlimmeres!"

Als die Sonne gesunken war und die Nacht sich über Ostromdscha legte, befanden wir uns in dem magischen Beduinenzelt mit seiner prächtigen Einrichtung, durch dessen gewobene

Decke und Wände ein mittägliches Wüstenlicht milde auf uns schien, und eine leise Brise ließ den Sand flüstern, draußen, wo eigentlich der Abendwind die Sträucher regen und die Grillen zirpen würden. Wir versorgten die Pferde und stellten sie in jener Abteilung ein, die für sie vorgesehen war. In einem anderen Gelass aus Zeltbahnen, in dem es Lederschläuche voll frischen Wassers und saubere Leintücher gab, wuschen wir uns selbst. Dann ließen wir uns auf die Kissen nieder, taten uns an den Speisen gütlich, die in dieser arabischen Version des Tischlein-deck-dich aufs Reichlichste bereit standen: Denn es gab ja die vielerlei Tischlein und auch Taburetts mit allerlei Schalen und Schüsseln, herrlich und köstlich gefüllt – und auch für Getränke verschiedenster Art war gesorgt. Dann schliefen wir selig einen gesunden Nachtschlaf, wenngleich er doch wie ein Schlummer am Mittag schien, den die Spanier und Mexikaner eine Siesta nennen – doch wir mussten unsere müden Augen nicht mit dem breitkrempigen Sombrero oder einem anderen Hut bedecken – denn dieses eigentümliche Wüstenlicht blendete nicht und schien wie ausgelöscht, sobald man die Lider geschlossen hatte. Für einige Atemzüge dachte ich noch daran, wie selbstverständlich ich mittlerweile diese magischen Dinge annahm, dann war ich sanft in ruhige Träume entglitten.

Wir erwachten, frisch und ausgeruht – und in der Welt außerhalb des Zelts waren nur wenige Minuten vergangen. Sicherheitshalber spähten wir durch den Kristall des mittleren Zeltpfostens, um nach draußen zu schauen. Der Flur lag dunkel. Wir hatten vorsorglich die Türen verschlossen und blockiert, damit auch in der kurzen Zeit niemand eindringen konnte. Dann nahm Halef die Perlentasche vom Pfosten – und das Zelt verschwand, während wir uns wieder im Haus des Mübarek befanden.

Dann machten wir uns ans Werk. Halef fand überraschenderweise Gefallen daran, nächtens in diesem verlassenen Haus zu räumen und zu packen. Es amüsierte ihn geradezu, dass Passanten oder Nachbarn durch die Geräusche und das Licht glauben mochten, dass es hier spukte.

Ich ließ ihm den Spaß. Die Menschen würden wohl vielmehr glauben, dass hier kaum etwas anderes vor sich ging als in den Tagen und Wochen zuvor. Wie sie dazu standen, ob sie sich fürchteten oder ob es ihnen gleich war, das konnten wir nicht wissen. Ich wusste nur, dass wir sie entschädigen würden. Und meine Hoffnung wurde erfüllt, denn wir fanden eine Kasse mit einer reichlichen Zahl an Münzen. Der Mübarek hatte also nicht all sein Geld für Gift ausgegeben – wenn es denn sein Geld gewesen war und nicht das des Schut. Umso erfreulicher, es für unsere Zwecke zu verwenden.

Am nächsten Tag besorgte ich einen Kiradschi und stellte unseren Wächter an der Straße auf.

Auch veranlasste ich einen Boten, einen Brief nach Istanbul zu bringen. Ich hatte eine dringliche Nachricht aufgesetzt, in welcher ich das osmanische Heeresbeschaffungsamt vor den Uniformen aus den Fabriken Verdes warnte. Ich war mir sicher, dass noch keine vergifteten Kleider ausgeliefert worden waren, denn ich hatte ja selbst erlebt, wie noch mit dem Gift experimentiert wurde. Aber ich wollte mein Wissen kundtun und diese Warnung aussprechen. Wie man weiß, arbeiten Behörden langsam, vor allem jene im Orient – und je früher meine Informationen vor Ort gelangten, desto besser. Ich wusste auch, dass meine Einlassung mit der nötigen Aufmerksamkeit und Dringlichkeit bearbeitet werden würde, denn ich konnte mich auf meinen Ferman berufen, den Schutzpass, welchen ich vom Padischah selbst erhalten hatte. Mein Name und anderes waren dem Großwesir bekannt, welcher das Dokument ja auch im Auftrag des Padischah unterzeichnet und gesiegelt hatte. Es würde hoffentlich alles seinen korrekten Lauf nehmen. Den Brief hatte ich an des Mübareks Schreibpult abgefasst, mit des Mübareks Tinte, Feder und Papier, was mich mit Genugtuung erfüllte, denn ich vereitelte die Pläne der Schurken mit ihren eigenen Werkzeugen.

Nach der Schreibarbeit folgte die Reinigung des Augiasstalls oder eben doch des Hauses des Mübarek. Ich will nicht im Detail auflisten, welche Dinge wir in den Kammern und Schränken fanden. Wir konnten nur mutmaßen, über wie viele Jahre und Jahrzehnte sich diese angesammelt hatten oder vielmehr vom Mübarek zusammengesucht worden waren. Wobei uns jedoch nicht klar war, ob dieses Haus wirklich schon immer dem Mübarek gehört hatte. Er mochte es geerbt oder gekauft haben, vielleicht hatte er es auch mit einer gefälschten Urkunde ergaunert oder vom Kodscha Bascha für seine Dienste erhalten. Es war jedoch einerlei. Wir entledigten das Haus und damit Ostromdscha der anrüchigen und widerwärtigen Zutaten, die der Mübarek für seine Scharlatanerien gehortet und verkocht hatte. Wir trugen dabei lederne Handschuhe und hatten uns Tücher vor Mund und Nase gebunden – und tatsächlich hatten wir nur mit irdischem Staub zu kämpfen, der uns dann und wann niesen und zwinkern ließ. Halef nahm sich ein Beispiel an mir und zögerte und haderte nicht. Nichts Seltsames geschah also. Ich will nun nicht mutmaßen, dass Haschim irgendetwas bewirkt hatte oder dass der Musaddas uns auf eine besondere Weise schützte. Ich spürte nichts davon.

Einmal hatte ich in einem entfernten Winkel etwas zu bemerken geglaubt, hinter einer Türkante schien ein violetter Lichtschimmer aus einem Zimmer zu dringen, aber ich wusste, dass Halef dann und wann mit seiner Leuchtkugel spielte und vielleicht eine neue Farbgebung entdeckt hatte. Auch schaute in einem anderen Moment eine alte Frau durch eines der halbblinden Fenster herein; es war inzwischen heller Tag und ich konnte ihr verschlissenes Kopftuch erkennen, dass einmal die Farbe von Veilchen gehabt haben mochte. Und unter all den Gerüchen und Miasmen des alten Hauses schwebte mir in einem Moment ein äußerst intensiver Eindruck von Zimtkassie an der Nase vorüber, ohne dass ich die Quelle hätte ausmachen können. Doch all dies verwunderte mich nicht und ich maß ihm auch keine tiefere Bedeutung bei. Wichtiger war mir, dass mein guter Halef sich trotz des schaurigen Orts tapfer hielt und seine bösen Träume nicht erzählte, um sie leichter zu vergessen, oder vielleicht gar keine hatte, da wir zuletzt süß in unserem Zelt schlummerten.

Die Geschichte vom Dämonensultan hat er mir nie erzählt.

Später kam unser junger Wachtposten den Weg vom Stadtrand Ostromdschas bis zur hinteren Tür des nun nicht mehr nur öden, sondern auch leeren Hauses gehastet und meldete, dass die besagten Männer in einiger Zeit ankommen würden. Ich dankte und warf ihm eine Münze zu. Halef und ich stiegen in die Sättel und ließen die Türen unverschlossen, als wir das Haus des Mübarek verließen. Wir ritten aus Ostromdscha hinaus und schon sahen wir auf der Landstraße tatsächlich das bekannte Gespann mit dem klapprigen, aber zähen Gaul und den guten Gesellen Abdi mit seinem Schlapphut als Tarnung, dahinter auf der Ladefläche die mürrischen Amerikaner.

Neunundzwanzigstes Kapitel
Im Grab des Skipetaren

Halef und ich galoppierten dem Wagen entgegen. Fontenoy und Beecher hoben matt den Blick, erkannten uns und schwenkten einigermaßen erfreut die Hände zum Gruß. Als wir näher kamen, sahen wir, dass beide sehr erschöpft waren. Die Reise mit dem Gespann musste für sie anstrengend gewesen sein, da sie sonst bequeme Kutschen gewohnt waren. Abdi bemerkte uns nun auch und schwenkte fröhlich den Hut; er schien in seiner Rolle als Anführer dieser Expedition aufgegangen zu sein. Er hielt den Wagen an und wir blieben mit den Pferden an der Seite stehen. Nachdem wir uns begrüßt und einige kurze Worte über die Reise ausgetauscht hatten, fragte ich nach Qendressa. Abdi berichtete etwas ernüchtert, dass die weibliche Eskorte sie nur sehr sporadisch beschützt und sich wie schon in den Rhodopen oft von ihnen abgesetzt hatte. Auch bei der Einkehr in den schäbigen Gasthäusern am Wege waren Abdi, Beecher und Fontenoy allein gewesen. Es hatte dort aber erfreulicherweise keine bedrohlichen Situationen gegeben, da Abdi als Türke die Gespräche führen konnte und die Amerikaner nicht als leichte Beute von Betrügern oder Dieben erschienen. Zudem hatten die Einheimischen einen ziemlichen Respekt vor der dunklen Hautfarbe Beechers, und er wurde murmelnd teils als Teufel, teils als osmanischer Henker bezeichnet und furchtsam beäugt.

Beecher zuckte grimmig mit den Schultern. „Besser gefürchtet als verachtet", meinte er.

Fontenoy war hingegen weniger weich, als ich ihn eingeschätzt hatte. Mir schien es, als spielte er den jovialen

Geschäftsmann nur, um sein Gegenüber in Sicherheit zu wiegen. Manchmal erkannte ich in seinen Zügen und in seinen Bewegungen etwas, das ihn als Mann verriet, der auch kämpfen konnte.

Dass beide unter der unsanften Reise, den dürftigen Quartieren und der kargen Kost gelitten hatten, war weniger einer schwachen Konstitution oder mangelnder Seelenstärke zuzuschreiben, als vielmehr einem noch nicht weit genug fortgeschrittenen Gewöhnungsprozess. Ich ging davon aus, dass die Männer am Ende unserer Reise bereit waren, uns im Kampf gegen den Schut und Al-Kadir beizustehen. Ja, das war mein Plan für sie. Wir konnten jede kräftige Hand gebrauchen, die einen Revolver oder ein Gewehr führen konnte.

Und deshalb luden Halef und ich die beiden in unser gastliches Zelt ein – Abdi kannte es ja bereits –, damit alle drei sich für die kommenden Tage ausruhen und stärken konnten. Zudem konnten wir ihnen dort in Ruhe unsere Pläne erläutern. Und das Erlebnis mit dem magischen Zelt würde die beiden Amerikaner wohl auf das vorbereiten können, was sie erwartete. Wir verkündeten also, nicht sogleich nach Ostromdscha zu fahren, sondern zunächst etwas abseits der Straße unter ein paar Bäumen zu lagern. Die drei waren enttäuscht, fast empört, wir aber besänftigten sie und versprachen treffliche Einkehr und Unterkunft. Halef und ich wollten behutsam vorgehen – aber dann geschah es, dass die Amerikaner uns äußerst verblüfften. Denn als Halef die Perlentasche hervorzog, meinte Fontenoy lakonisch: „Einen hübschen gris-gris haben Sie da." Und Beecher lachte ein wenig. Ich selbst hatte davon gehört: Mit diesem Begriff bezeichnete man in Louisiana, vor allem in New Orleans, einen Talisman, dem man Glück- oder auch Unglück bringende Eigenschaften beimaß. Er gehörte zu einer aus Afrika stammenden Religion, die man Voodoo nannte und die sich überall dort verbreitet hatte, wo Sklaven gehalten wurden, von Haiti bis zu den nordamerikanischen Südstaaten. Noch bevor ich weiter darüber nachsinnen konnte, verkündete

Fontenoy stolz: „Ich habe auch einen. Von Madame Laveau persönlich." Er schaute mich an. „Kennen Sie die Dame? Sie waren doch oft in den Staaten... ach, nein, doch eher im wilden Teil."

Ich erinnerte mich, dass Marie Laveau angeblich so eine Art Hohepriesterin des Voodoo sein sollte und in New Orleans seit einigen Jahren... Da unterbrach Beecher meinen Gedankengang: „Mister Nemsi hat aber keinen gris-gris...", sagte er und zeigte auf meinen indianischen Tabaksbeutel.

„Nein, das ist eine blague-à-tabac der Apatschen, die ich..." Ich wusste, dass ich gegenüber Fontenoy einen französischen Begriff benutzen konnte, da er wegen seiner Herkunft aus Louisiana sicherlich frankophon war. Woher genau aus dem Norden Beecher stammte, hatte ich noch nicht erfragt, doch sein nächster Satz klärte so einiges, auf nachgerade sensationelle Art!

„Mich würde nicht wundern, wenn aus dem Beutel ein Wigwam oder ein Tipi springen würde. Das habe ich bei einigen Stämmen des Ostens erlebt. Hätte es mehr von diesen Zauberzelten gegeben, dann wären..." Er winkte ab, mit einem bitteren Zug um den Mund. Dann schaute er zu Fontenoy. „Wenn wir das nächste Mal nach Europa reisen, sollten wir versuchen, so eins zu bekommen. Dann müssten wir nie wieder mit den doch etwas dürftigen Unterkünften hierzulande vorliebnehmen." Er lächelte wieder und Fontenoy griente. „Und den gris-gris werde ich auch nicht vergessen. Ich hätte nicht gedacht, dass ich ihn in der Alten Welt würde brauchen können."

Dann schauten mich beide an. „Nun, Mister Nemsi", sagte Fontenoy. „Was wollten Sie und Ihr Gefährte uns zeigen?"

Ich nickte nur schwach zu Halef hin. Man soll nun nicht glauben, dass ich enttäuscht gewesen wäre, dass ich die Amerikaner nicht mit den Wundern des Orients würde beeindrucken können. Vielmehr war ich enttäuscht, dass es mir nicht vergönnt gewesen war, auf meinen Reisen durch den Wilden

Westen die indianische Variante eines solchen Zauberzelts schauen zu dürfen.

Halef hingegen feixte einigermaßen stolz, bat uns einige Schritte beiseite und warf mit großer Geste die Perlentasche in unsere Mitte. Und wir befanden uns erneut in dem prächtigen Beduinenzelt. Immerhin durfte ich trotz allem die erstaunten Gesichter der Amerikaner bewundern – und war es nur deshalb, weil sie noch nie in einem echten Beit al-Sha'ar hatten verweilen dürfen, und in einem so schönen und gut ausgestatteten noch dazu. Halef gab den Herren sozusagen eine Führung durch die verschiedenen Bereiche des Zelts und stellte die Annehmlichkeiten vor, insbesondere, dass für alle menschlichen Bedürfnisse gut und auch diskret gesorgt war, obgleich man das Zelt nicht verlassen konnte. Ich fügte dann und wann bescheiden hinzu, in welcher Weise uns all dies bei unseren künftigen Plänen zugute kommen würde – um nicht den Eindruck zu erwecken, wir befänden uns auf einer heiteren Landpartie mit stets gleichbleibend exquisiter Unterkunft.

Während Fontenoy und Beecher das Zelt bestaunten, machte Abdi sich heiter daran, für unsere leiblichen Genüsse zu sorgen, indem er im Rahmen der Möglichkeiten und Angebote, die das Zelt bereithielt, seine Küchenkünste anwandte. Trotzdem er einen passablen Kiradschi abgab, fühlte er sich als Koch doch wesentlich glücklicher. Nun, sollte er ruhig seinen Spaß haben – er hatte die Amerikaner sicher nach Ostromdscha gebracht. Wie weit Qendressa und die Löwinnen dabei geholfen hatten, konnte ich nicht bemessen – es war mir auch einerlei. Ich hatte beschlossen, nicht auch noch auf diese drei zu warten. Wenn sie in der nächsten Zeit nicht nach Ostromdscha kämen, würde ich meine Gruppe weiter nach Westen führen und allein in den Prokletije nach Skanderbegs Überresten suchen.

Mit leiser Genugtuung konnte ich den Amerikanern die größte Besonderheit des Zelts verkünden: die Veränderung des Zeitenlaufs, sozusagen die tempus ex machina, um einen

Begriff der Bühnensprache abzuwandeln, wenngleich man eher von tempus ex magica hätte sprechen müssen. Aber ich will ja keine Abhandlung über Phänomene schreiben, sondern meine Abenteuer berichten und die damit verbundenen Reisen. Man möge sich also vorstellen, wie wir Männer auf den Teppichen saßen, die den Boden des Zelts bedeckten, eine große Landkarte des Balkans zwischen uns, und wie ich mit dem Finger deutend und mit Worten erklärend unseren künftigen Weg beschrieb.

Nachdem wir in Ostromdscha zwei Pferde samt Sätteln für die Amerikaner erstanden hätten, würden wir uns im Tal des Flusses Varda entlangbewegen, in Richtung der Stadt Üsküb, die auch Skopje heißt. Von dort aus weiter nordwestlich nach Pürzeyn oder Prizren und entlang dieser gedachten Linie nach Dakovica oder Gjakova. Wir würden die besseren Straßen nutzen, die zu den Ortschaften führten, jedoch die Ansiedlungen möglichst meiden, da wir ja unsere höchst eigene Rastmöglichkeit besaßen, die zudem nur einen Bruchteil der Reisezeit verzehren würde. Den Großteil würden wir reisen können, was uns schließlich, nach einer scharfen Wende nach Westen, in die Prokletije oder Bjeshkët e Namuna führen würde, die Verwunschenen Berge. Wenn ich Recht hatte, befand sich der bezeichnete Punkt auf der Karte des Mübarek genau in der Mitte auf einer gedachten Linie zwischen den Gipfeln des Jezerca und des Gjeravica, unweit der Quellen der Flüsse Valbona und Shala. Es war ein trockenes, geradezu dürres und von menschlichen Siedlungen bares, schroffes Land, das uns erwartete – wohl der rechte Ort, um ein Geheimnis zu verbergen.

Meine Leser mögen mir auf diesem Sprung folgen, diesem Sprung von den Tintenlinien der Karte zu den felsigen Höhenlinien der Berge. Sie mögen nachempfinden, wie ich und meine Gefährten jene eigenartige Fahrt unternahmen, die sich in zwei Geschwindigkeiten der Zeit abspielte. Deren Reisen und Rasten gleichermaßen lang und ausgiebig waren und doch im tatsächlichen Verrinnen der Zeit so unterschiedlich.

Wie wir jenseits unserer immer gleichen, heiteren Unterkunft des Wüstenzelts den Wandel der Landschaft erlebten, von den grasigen Tälern der Flüsse zu den felsigen Höhen der Berge, wie sich die hellen Haine aus Buchen und Pappeln wandelten zu dunklen Wäldern aus Ahorn und Kiefer, bis nur noch finstere Tannen und Fichten auf dem karstigen grauen Grund wuchsen, in den Schatten der Gipfel und Schluchten – und sich schließlich nur noch niederes Gestrüpp an die Felsen klammerte. Die Tiere verschwanden mit dem Bewuchs. Nur dann und wann kreiste noch ein einsamer Adler in der Luft, auf der Suche nach karger Nahrung, die einige Echsen und Salamander bieten mochten. Der Göttinger Botaniker Grisebach hat diese Gegend beschrieben, als er vor einem Vierteljahrhundert den Balkan bereiste, bis hin in Gegenden, die noch kein Wissenschaftler zuvor erkundet hatte. Ich bezweifle aber, dass er sich bis zu jener scheußlichen kargen Einöde gewagt hatte, in die wir nun vordrangen.

Irgendwann mussten wir den Wagen zurücklassen, da wir nurmehr mit den Pferden vorankamen. Kein Mensch begegnete uns, wenngleich wir in den trogförmigen Tälern, die einst von Gletschern geformt worden waren, dann und wann einen jener düsteren, einsamen Wohntürme erblickten, die man Kulla nennt und in die sich einzelne Männer oder Familien flüchteten, wenn sie von der schrecklichen Fehde der Blutrache bedroht waren.

Auch wir hatten unsere Zuflucht vor der Unwirtlichkeit und bedrückenden Nähe der finsteren Berge. So magisch auch das Zelt sein mochte, in seiner Art des Heraufbeschwörens, seiner sich stets erneuernden Ausstattung, der äußeren Unsichtbarkeit und Körperlosigkeit und seiner Beweglichkeit im Fluss der Zeit, so war das größte Wunder doch, dass es uns vor der seelischen Auszehrung der Melancholie bewahrte. Wenn es diese Auswirkung auf den Reisenden war, die den Verwunschenen Bergen ihren Namen gegeben hatte, so konnte ich dies nur zu gut verstehen. Zumal sich die Begriffe und Worte der einheimischen Sprachen auch anders wiedergeben ließen, namentlich als die Verfluchten Berge.

Schließlich erkannte ich die Landmarken, welche auf der Karte eingezeichnet waren: Zwei Berggipfel in bestimmter Position zueinander und ein unverwechselbar geformter Felsen zeigten uns den Punkt, an dem unsere Suche enden würde. Hoch oben in einer Felswand erkannten wir eine Höhlung im Stein. Und in der Felswand bemerkte ich Spuren, die darauf hinwiesen, dass tatsächlich schon Menschen vor uns diesen Ort aufgesucht hatten. Wir selbst standen auf einem flachen Vorsprung am Fuß der steilen Wand, dort, wo der felsige Pfad endete. Ein scharfer Wind fegte durch die Schluchten und von den Höhen herab, zerrte an unserer Kleidung und biss jegliche Wärme aus dem Leib heraus. Hier unter den üblichen Umständen ein Lager aufzuschlagen, wäre nicht allein gefährlich, sondern gar unmöglich.

Wie gut also, dass wir das Zelt besaßen. Unsere Begleiter und Gefährten könnten in ihm sicher abwarten, während Halef und ich die Wand erklimmen und in die Höhle eindringen würden.

Beim ersten Sonnenstrahl stiegen wir empor. Ich war froh, dass die Bergwand nicht so unbesteigbar war wie jene in der Teufelsschlucht im Felsenpass des Scheitan Kajaji, in welchem meine Gefährten und ich vor zwei Jahren im Auftrag des Schut durch den Konakdschi von Treska-Konak und den Kohlenhändler Junak in die Falle gelockt werden sollten. Hier war die Felswand weniger steil und der Aufstieg leichter, weil wir nicht die Ersten waren, die hier hinaufkletterten. Ich hatte nun nicht erwartet, alte Felshaken im Gestein zu finden, denn es waren sicher keine Alpinisten gewesen, welche diesen Berg erklommen hatten, aber dennoch hatte ich den Eindruck, dass einige Griffe und Tritte von kundigen Menschen ausgehauen worden waren, und dies sogar in einer Sorgfältigkeit, die weit über eine Notwendigkeit hinausging und an Kunst gemahnte. Mir schien es absurd, dass jemand eine solch feine Arbeit angewandt hatte, welche den Fels geradezu natürlich gewachsen wirken ließ, wo es aber dennoch unmöglich war, anzunehmen, dass Wind und Wetter allein solch treffliche Kletterhilfen gebildet hatten. Wie auch immer, wir kamen mühelos voran, konnten Seile als Sicherung befestigen, die uns den Abstieg erleichtern würden, und erreichten schließlich die Höhle. Zunächst spähte ich über die Felskante hinein ins Halbdunkel und lauschte. Auch wenn der Höhenwind mich umrauschte, konnte ich ins Innere horchen, doch ich vernahm nichts. Ich stemmte mich empor, glitt rasch, aber vorsichtig auf den Boden, setzte die Stiefelsohlen fest auf den Grund, der mit ein wenig Geröll bedeckt war, und richtete mich halb auf, lauschte erneut, während ich die Hand an den Revolverknauf legte. Doch in der Höhle lebte und rührte sich nichts, weder Mensch noch Tier. Ich reichte Halef die Hand und gleich darauf stand er neben mir. Wir blickten uns um. Die Höhle lag im Halblicht, da die Sonne seitlich von uns aufstieg, aber wir konnten erkennen, dass wir nicht allein eine Nische im Fels betraten, sondern eine Kaverne, die mindestens die Ausmaße unseres Zelts besaß. Halef griff in seine Tasche und holte die Lichtkugel hervor. Er befahl ihr zunächst einen sanften Schein, damit wir nicht geblendet wurden. In diesem Schimmer erkannten wir an der rückwärtigen Wand ein aus dem Felsen geformtes Podest mit einer Nische dahinter. Ein schlichter Thronsessel mit hoher Rückenlehne und breiten Armrasten stand darin. Und auf ihm saß der Leichnam des Fürsten Skanderbeg.

In der trockenen Kälte der Gebirgshöhle hatten sich Körper und Kleider recht gut erhalten, etwa so, wie man es bei den Mumien der südamerikanischen Inka kennt. Skanderbeg trug einstmals prächtige Gewänder aus Brokat, Samt und Seide; das Wams, die Hosen und der Umhang hatten zu Lebzeiten des Adligen seinem Stand angemessen geglänzt und geschimmert, nun waren sie jedoch von den Jahrhunderten angenagt und von Staub bedeckt. Auch das Gold der Ketten, Ringe und Spangen war matt und stumpf geworden, ebenso wie die Facetten der

Schmucksteine. Das Schwert steckte in der verzierten Scheide; es konnte aber nur stumpf, wenn nicht gar rostig sein. Dennoch wirkte der Fürst wie ein mächtiger Krieger, denn sein graues Gesicht besaß breite, kräftige Knochen, die eingefallenen Wangen verliehen dem Antlitz Schärfe und die gesunkenen Augenhöhlen sandten einen finsteren Blick aus. Auf dem Haupt saß keine Krone oder Fürstenhut, sondern ein runder Helm, dessen angelaufenes Silber einst hellweiß geschienen haben musste und der mit goldenen Bändern und Rosetten verziert war. Auf dem Scheitel erhob sich der Schädel eines Ziegenbocks, ebenfalls aus Gold. Dies war das Zeichen der Herrscher über Illyrien, jener alten Landschaft im Westen des Balkans, entlang der Küste der Adriatischen See, benannt nach den Illyrern, von denen schon der antike Geschichtsschreiber Herodot berichtete und als deren Nachfolger sich unter anderem das Geschlecht des Skanderbeg empfand. Und dieser war der Ahnherr der heutigen Skipetaren Albaniens, die nach vierhundert Jahren noch immer gegen die Osmanen kämpften oder dies nun wieder tun wollten. Dass Skanderbegs Leichnam als Symbol dieses Freiheitskampfs dienen sollte, schien mir nichts weniger als schlüssig. Denn es gibt in meiner Heimat ja die Legende, dass der Kaiser Barbarossa, welcher in den Kreuzzügen des Mittelalters für das Christentum und gegen die muselmanischen Sarazenen stritt – ich gebe hier die alte Deutung wieder und enthalte mich meiner eigenen Bewertung –, dass dieser Kaiser seit seinem Tod in mystischem Schlummer ruhend unter dem Berg Kyffhäuser nahe des Harzgebirges darauf warte, dem deutschen Volk in Notzeiten beizustehen. Inwieweit Barbarossa nun zur Einigung der Deutschen und der Gründung des Deutschen Reichs unter Kaiser Wilhelm und Bismarck beigetragen hat, mag strittig sein, klar ist jedoch, dass Symbole ähnlich mächtig sein können, wie es Armeen sind, und diese zu großen, wenn nicht gar fanatischen Leistungen antreiben können. Ich wusste nun nicht, ob es die Legende gab, dass Skanderbeg seinem Volk helfen würde –

wenn die Skipetaren aber nur daran glaubten, mochten sich dieser Wunsch und diese Hoffnung gewissermaßen von selbst erfüllen.

Während ich also über Barbarossa nachsann, bemerkte Halef etwas anderes: Ihn erinnerte dieser Ort an das Grabmal Mohammed Emins, des früheren Scheiks der Haddedihn, welches sich am Ufer des Flusses Djalah in den kurdischen Bergen befindet. Dort sitzt der Leichnam dieses edlen Mannes wie eine Mumie eines Pharaos aus dem alten Ägypten, und doch ist sein langer, weißer Bart echt und eine königliche Zierde.

Ich nickte. Die Erwähnung des Bartes erinnerte mich wiederum an die Legende von Barbarossa, denn dessen ellenlanger roter Bart sollte über die Jahrhunderte durch den steinernen Tisch gewachsen sein, an dem er schlafend saß. Dieses wundersame Detail ließ mich an eine Eigentümlichkeit von Skanderbegs Historie denken. Hatte es nicht geheißen, sein Leichnam sei zerstückelt und als Reliquien und Talismane quer durch den Balkan verstreut worden? Hatte Qendressa nicht verkündet, sie wolle diese Teile ausfindig machen und Skanderbeg wieder zusammenfügen? Man verzeihe mir diesen Anflug von mangelnder Pietät, aber auch meine Leser werden hier an eine makabre Variante jenes englischen Legespiels denken, welches man *puzzle* nennt. Um aber keinen Vergleich mit einem Kindervergnügen zu ziehen, könnte man auch an die Teile eines Schachspiels erinnern – und erst vor Kurzem war ich ja selbst in die Suche verwickelt gewesen, die einzelnen Stücke und Figuren eines solchen Spiels zu komplettieren. Dieser Leichnam hingegen schien mir keineswegs vor langer Zeit zerteilt und erst jüngst wieder zusammengesetzt!

Ich bat Halef, mir mit der Kugel zu leuchten, und näherte mich dem toten Fürsten, um ihn näher in Augenschein zu nehmen.

Da – plötzlich ein Geräusch vom Höhleneingang! Halef und ich blickten uns um – ein Schatten war gegen das Licht zu sehen, eine Hand griff nach der Felskante und ein Körper zog sich empor. Sogleich fiel die Anspannung von uns ab, denn es war Abdi, der da in die Höhle geklettert kam. Doch jetzt stellten sich die Fragen: Warum war er nicht im sicheren Zelt geblieben, aus dem er sich zudem ja nicht so einfach hinausschleichen konnte?

Abdi war ein wenig außer Atem, hatte aber den Aufstieg erstaunlich gemeistert. Ich konnte mir gut vorstellen, wie der schmale Schlaks heuschreckengleich an der Felswand hinaufgeklettert war, natürlich mit Unterstützung unserer Hilfsseile. Bei diesem Gedanken flog auch eine Erinnerung heran, die aus Istanbul stammte und bei der eine andere Person noch viel müheloser eine glatte Häuserfassade erklommen hatte. Und wie verblüfft war ich, als Abdi zu sprechen begann!

„Mir ist etwas eingefallen", begann er. „Es geht um Frau Qendressa."

„Jaja", winkte Halef ab. „Es ist schade für sie, dass sie nicht hier ist. Aber was musste sie auch ihrer eigenen Wege gehen. Wäre sie bei dir und den Amerikani geblieben..." Er schaute Abdi scharf an. „Aber was krabbelst du hier herauf und störst mich und den Sihdi? Warum bereitest du nicht ein angemessenes Mahl, damit wir uns stärken können, wenn wir hier fertig sind? Du bist ein Diener, wie ihn sich niemand wünscht: nichtsnutzig und neugierig!"

Ich wollte Halef schon zur Mäßigung ermahnen, als Abdi heftig nickte und hektisch zu reden begann.

„Aber das ist es doch!" rief er. „Ich habe im Zelt dieses und jenes ausgewählt und wollte etwas Neues versuchen, und als ich wie gewohnt zu meinem Kräutlein griff..."

„Ach, dein gar köstliches Kräutlein!", höhnte Halef und zeigte auf den Lederbeutel an Abdis Gürtel. „Zugegeben, es mundet wohl, aber du solltest es als guter Koch doch nicht auf jegliche Speise streuen. Wie die Deutschen sagen: Man soll nicht alles aus einer Büchse würzen!" Er hob mahnend die Hand. „Und jetzt sag nicht, dein Kräutlein sei doch in einem Beutel und nicht in einer Büchse!"

„Hadschi Halef Omar Effendi", sagte Abdi streng und ernst und ich bemerkte verwundert, wie Halef ein wenig zusammenzuckte. „Jetzt hört mich an! Dies Kräutlein ist nicht nur eine Würze. Es ist ein heilsames Mittel, dessen Geheimnis nur meine Familie kennt und das wir den Unseren und unseren Freunden zuteil werden lassen, damit sie von allerlei Unbill körperlicher Leiden verschont werden. Die Legende sagt, dass größere Mengen sogar gänzlich heilen können, doch hat dies nie jemand gewagt, auch weil die Vorräte klein sind und neues zu finden schwierig."

Abdi schaute mich an. „Bei allem Respekt für Eure Medizin, Effendi, aber dass wir nach dem Sturz in den Hafen von Istanbul nicht nur keinen Schnupfen bekommen haben, sondern auch von ärgerer Krankheit verschont wurden, liegt daran, dass ich dann und wann unsere gemeinsamen Speisen mit diesem Kräutlein gewürzt habe. Das ist eine Tradition in unserer Familie. Ihr habt mich nie nach meinem vollen Namen gefragt."

„Nun", sagte ich etwas peinlich berührt, „das schien nie nötig, weil du dich selbst als Abdollah vorstelltest, der lieber Abdi genannt werden wollte."

„Meine Familie trägt seit vielen Jahrhunderten den Beinamen Machaon."

„Das ist doch Griechisch", erkannte ich.

Halef zog die Nase kraus. „Du bist Grieche?"

„Nein", entgegnete Abdi. „Aber von einem Griechen erhielt meine Familie das Geheimnis des Kräutleins. Aber wir mussten versprechen, niemals Heiler zu werden, so wie er. Wir sollten es anders verwenden. Nicht um Kranke zu heilen, sondern um Menschen nicht krank werden zu lassen. Aber wir sollten es heimlich tun und nicht für Geld. Als Köche."

„Ein schönes Märchen", feixte Halef, doch ich legte die Hand auf seinen Arm, damit er nicht weitersprach.

„Machaon", erinnerte ich mich laut. „Er war laut hellenischer Mythe der Sohn des großen Heilers Asklepios, den man auf Lateinisch Äskulap nennt und für den Gott der Heilkunst hielt. Machaon kämpfte mit den Achäern vor Troja, welches, wie Schliemann bezeugte, in Kleinasien liegt, im Land der osmanischen Türken…" Ich schluckte ein wenig. „Das ist sehr lange Zeit her…"

Abdi nickte. Halef zog seinen Arm unter meiner Hand hervor. „Und du, Abdi, hast auch lange Zeit gewartet, um uns dies zu erzählen. Und warum jetzt und hier? Warum erzählst du uns nun davon, anstatt das gesunde Kräutlein weiterhin stillschweigend auf unseren Pilaw zu streuen oder auch den schlimmen Brei aus Kukuruz, den die Balkanmenschen kochen und sogar essen?"

Jetzt fiel der stattliche, gar edle Ausdruck von Abdollah Machaons Zügen und er war wieder der gute alte, haspelnde Abdi.

„O je, natürlich", rief er. „Ihr erinnert euch, wie ich in Stambul entführt wurde?"

„Was man so Entführung nennt", mäkelte Halef. „Der Sihdi und ich sind viele Male entführt worden – und zwar richtig!"

„Einerlei, Hadschi Halef Omar Effendi! Ich wurde ebenfalls entführt, wenn auch nur kurz! Ich konnte mich befreien. Und ich glaube jetzt zu wissen, warum! Ich hatte damals vor dem Hotel mein Kräutlein nicht dabei, sondern sicher auf dem Zimmer verwahrt. Und ohne mich nutzt das Kräutlein nichts, denn nur ich weiß, wie man es anwendet. Wer also das Kräutlein will, braucht auch mich!"

Ich hatte nun meine Erfahrungen, nicht nur mit Entführungen, sondern auch mit Diebstählen und Einbrüchen. „Und jene, die das Kräutlein begehrten, konnten nicht im Hotel danach suchen. Oder wenn doch – so fehlte die Zeit, denn Abdi sollte ja mit Sir David abreisen. So verzögerte sich alles und Abdi blieb in Stambul. Mit seinem Kräutlein."

Halef schnaufte. Er widersprach mir, weil er eigentlich Abdi widersprechen wollte. „Was für ein verworrener Plan! Und geglückt ist er auch nicht, wer auch immer ihn ersonnen haben mag! Denn Abdi ist hier, was mir noch immer nicht einleuchtet, und er wurde auch nicht nochmal entführt. Und wer sollte das auch tun wollen? Der Schut? Wie so oft?"

„Nein, Halef", sagte ich. „Al-Kadir. Weil er in seiner Festung von jenem Kaffee gekostet hat, den Abdi aus Gewohnheit heraus und wegen seines Familienerbes, ebenfalls mit dem Kräutlein versetzt hatte."

„Du wolltest Al-Kadir etwas Gutes tun?", fauchte Halef.

„Nein", gab Abdi zurück. „Dem Sihdi, der gegen Al-Kadir antrat! Das wusste ich, weil mir in der Küche der Burg befohlen wurde, Al-Kadir und seinem Gast Kaffee zu brauen. Und die Wache hat auch von dem Schachspiel geraunt. Furcht und Schwatzhaftigkeit gehen oft beisammen!" Jetzt schwieg Halef empört und ich konnte meinen Gedanken fortführen.

„Al-Kadir muss das Kräutlein herausgeschmeckt haben. Er erkannte es, wusste um dessen Heilkraft und hoffte, dass es seinem Bruder, dem verkrüppelten Schut, wieder zu seiner alten Gestalt verhelfen würde! Deshalb tönte der Schut von seiner bevorstehenden Heilung, als er uns in dem Keller gefangen hielt. Sie warteten nur auf die Gelegenheit, Abdi samt dem Kräutlein zu entführen. Und ich glaube, sie warteten gelassen auf die günstige Gelegenheit, bis Abdi in ihre Nähe kam und wir ihn nicht würden retten können."

Ich sah erst Halef, dann Abdi an. „Wir sind näher am Karaul des Schut als zuvor. Dort sitzt gewiss auch Al-Kadir. Abdi – du wirst ohnehin nicht mit uns kommen, es wäre schon zuvor zu gefährlich gewesen. Du bleibst in der Sicherheit des Zelts und wirst mit den Amerikanern als Schutz fortgehen. Wir treffen bald mit Haschim zusammen. Er wird wissen, wie wir dich auch mit Zauberei schützen können. Denn wer weiß, ob es nicht auch magische Gründe hat, warum Abdi bislang nicht entführt wurde." Ich wandte mich an Halef. „Wir dürfen die Pläne des Feindes nicht mehr allein so beurteilen, wie wir es früher getan haben. Es scheint so zu sein, dass wir Menschen nicht nur kaum begreifen können, auf welche

Weise magische Dinge ihr Werk tun, wir können wohl auch nur schwer nachvollziehen, wie Magier und Zauberer ihre Ränke schmieden."

„Pah", machte Halef und ich sah ihm an, dass er nur so mutig tat. „Sinnlose und verworrene Pläne sind es. Eine Leuchtkugel leuchtet, ein magisches Zelt ist ein schönes Obdach. Aber Schurkenpläne waren schon immer dumm und zum Scheitern verurteilt. Und magische Pläne von magischen Schurken sind dies dann auch."

„Ich möchte dir gern Recht geben, Halef. Aber ich fürchte, es mag auch alles nur Blendwerk sein. Und wir sollen nur glauben, dass wir obsiegen können. Wir sollen alles lächerlich finden und deshalb unvorsichtig werden. Das ist das Zeichen des wahren Bösen."

Für einen Herzschlag schwiegen wir. Dann meldete sich Abdi. „Und mir ist noch etwas aufgefallen – ich hörte in der Gasse eine alte Frau klagen, der ich zu Hilfe eilen wollte, die sich aber nicht finden ließ. Ich habe diese Stimme wiedergehört."

„Wo?", fragte ich und überlegte bereits, wo dies gewesen sein mochte. Dass es eine Bedeutung hatte, glaubte ich sogleich. Ich hatte dies schon in Stambul geahnt.

„In der Räuberhöhle bei den Skipetaren."

„Da war keine alte Frau", sagte Halef. „Du musst dich getäuscht haben."

„Nein", meinte ich. „Wir wissen beide, dass Abdi ein Talent hat, Geräusche und Stimmen nachzuahmen. Dies kann man nur, wenn man ein gutes Gehör und ein noch besseres Gedächtnis für Laute hat. – Du meinst also, diese Frau gehört zum Schut und zu Al-Kadir und ist uns gefolgt? Hat sich unter die Skipetaren geschlichen? Nun, es liegt nicht fern, dass der Schut die Skipetaren beäugt, weil sie ihm helfen könnten, die Osmanen zu schlagen, selbst wenn sie dann selbst unter seine grausame Herrschaft fallen. Die alte Frau könnte also eine Spionin des Schut sein."

„Ach was, eine Frau ...", murrte Halef und schlug dann die Hand vor den Mund. Er dachte jetzt schamvoll an sein eigenes tapferes Weib und dessen Mutter. Und an Qendressa und ihre Löwinnen.

„Abdi", sagte ich, „du hattest vorhin Qendressa erwähnt."

„Die kann wohl kaum die alte Frau sein!", knurrte Halef.

„Mir ist aufgefallen", begann Abdi, „dass ich den ersten Klagelaut der Alten bei Sonnenaufgang hörte und den zweiten ebenfalls. Und auf der jüngsten Reise nach Ostromdscha glaubte ich auch einmal ..."

„Was sollten alte Frauen auf der Landstraße treiben?", rief Halef. „Kräuter pflücken am Wegesrand, wie ..." Er erinnerte sich an Nebatja, die Pflanzensammlerin, und schwieg. Abdi verschränkte die Arme.

„Jedenfalls ist mir aufgefallen, dass wir Qendressa nie bei Sonnenaufgang sahen. Sie hat sich immer abgesondert."

Jetzt hob wieder Halef das Kinn. „Ja, Abdi, du kennst die Frauen nicht. Dann würdest du wissen, dass sie eben dann und wann die Abgeschiedenheit suchen. Das ist eine weibliche Sache und hat mit der Natur zu tun."

„Aber seit wann fürchten sich Frauen vor dem Sonnenaufgang?", rief Abdi. „Erinnert euch an Edreneh! Wie ängstlich Frau Qendressa und ihre Kriegerinnen zum Horizont blickten!"

„Ach", schnarrte Halef. „Du glaubst, die Dame ist ein Vampir? So einen haben der Sihdi und ich schon vor einigen Jahren als Aberglauben dummer Dorfbewohner entlarvt, irgendwo zwischen Menelik und Dabila."

„Abdi", sagte ich. „Wir wollen nicht abergläubisch sein, auch wenn wir um allerlei Magie wissen. Und noch weniger sollten wir Menschen verdächtigen, mit denen wir gereist sind und Gefahren bestanden haben. Zumal wir auch gar nicht wissen, welcher Taten wir sie verdächtigen könnten. Warten wir ab. Wir werden Qendressa bald treffen. Haschim sollte den Skipetaren Nachricht überbringen, ob er Qendressa selbst gefunden

454

hat oder die Skipetaren es wiederum weiterleiten…" Ich gebe zu, dass ich ein seltsames Gefühl verspürte, als ich all meine Erlebnisse, die ich mit der jungen Dame gehabt hatte, sowie meine Gedanken über sie selbst und ihre Taten nun mit Abdis Worten in Einklang zu bringen versuchte. Es beschlichen mich Zweifel. Was aber noch seltsamer auf mich wirkte, war jenes leise Brennen in meinem Leib, ein leichter Schwindel im Kopf und ein Druck auf den Ohren, den ich nun verspürte. Sogleich erkannte ich aber, dass es an der Gebirgshöhe liegen mochte und vielleicht auch an irgendetwas in dieser Höhle, wobei ich nicht etwa an den Fluch eines Skipetarenherrschers dachte – wie lächerlich –, sondern an Pilzsporen oder sogar ein Gift. Beim Berühren des Leichnams würden wir vorsichtig sein müssen, man wusste ja nie.

„Wir sollten nun den Leichnam Skanderbegs bergen", sagte ich. „Qendressa hat danach gesucht; wir können ihn ihr geben. Ob er den Skipetaren als Talisman und Ansporn dient oder in ein Museum gebracht wird, mag uns zunächst nicht kümmern. Wir werden alles klären, wenn wir mit Haschim und Qendressa die weiteren Dinge planen. Also, bitte keine Verdächtigungen mehr gegenüber Gefährten, die nicht anwesend sind."

Ich wandte mich von Halef und Abdi dem Thronsitz Skanderbegs zu, als eine Stimme durch die Höhle klang.

„Was sind Sie doch für ein guter Mensch, Kara Ben Nemsi!", rief Qendressa. Sie stand aufrecht im Eingang der Höhle, umrahmt von den schroffen Felsrändern, hinter ihr der helle Himmel und die dunklen Höhen des Gebirges. Ihr Auftritt war so überraschend und eindrucksvoll wie stets. Sie hatte mit ihrem Ruf erst dann unsere Aufmerksamkeit auf sich gelenkt, als sie die untere Felskante überwunden hatte und sicher auf dem Höhlenboden stand. Sie wollte zweifellos vermeiden, dass wir sie in unvorteilhafter Position sahen – selbst ich als erfahrener Kletterer mache wohl keine gute Figur, wenn ich eine schwierige Stufe überwinde und mich eher mit Kraft emporstemme als mit Schwung das Hindernis meistere. Qendressa schien aber auch der vor wenigen Augenblicken beendete Aufstieg kaum Mühen bereitet zu haben. Sie wirkte weder angestrengt noch erhitzt oder heftig atmend; nur der Höhenwind zauste ihr Haar, wenngleich auf ihrer Stirn kein Schweiß stand, den die Brise hätte trocknen müssen. Qendressa blieb im Gegenlicht stehen, der Schein der Leuchtkugel ließ ihre Züge nur schwach erkennen.

„Wie gut, dass ich Sie hier angetroffen habe", sagte Qendressa. „Ich habe die Nachricht Ihres Boten erhalten. Haschim hieß er wohl. Ein sehr netter Mann, ebenso wie Sie und überhaupt alle Ihre Gefährten." Sie nickte eine zweifache Begrüßung. „Hadschi Halef Omar. Was für eine schöne Leuchtkugel! Und – Abdi! Wie trefflich auch den Koch hier zu haben. Ich hoffe, dass ich bald einmal in den Genuss deiner Künste kommen darf." Sie wandte sich wieder an mich: „Wir haben noch nie gemeinsam gespeist, Kara Ben Nemsi. Sie haben sich stets abgesondert, wie ich nun bemerke. Mögen Sie mich etwa nicht?"

Jetzt trat sie einen Schritt vor, ins Licht. Ich weiß nicht, warum ich eine Anspannung verspürte – sie war unbegründet. Qendressa erschien mir wie stets, auch bewegte sie sich nicht bedrohlich. Einzig ihre Worte waren etwas schneidend und spöttisch, aber dies war nichts Ungewohntes. Aber ich erkannte, dass sie mich mit diesem Geplauder nur vom Wesentlichen ablenken wollte. Ich wies also auf die Tatsachen hin, nicht ohne zuvor höflich zu sein.

„Willkommen in der Höhle des Skanderbeg, Zonjusch Qendressa. Statt eines Soupers im Kerzenschein biete ich Ihnen das, für dessen Suche Sie doch auf den Balkan gereist sind. Und auch durch den Balkan hindurch. Dies ist Ihre Belohnung, gerade auch für den anstrengenden Weg durch die Verwunschenen Berge und den Aufstieg an der Felswand. Beides haben Sie sehr rasch bewältigt. Nahezu mühelos, wie es scheint. Und mit einem vortrefflichen Gespür für Spuren. An Ihnen ist ein Fährtenleser verloren gegangen." Ich vollführte eine leichte Geste der Zerstreutheit. „Aber ich habe Ihnen ja durch meinen Boten Haschim auch eine gute Wegbeschreibung gegeben. Dank der Karte, die wir erringen konnten."

Qendressa nickte, etwas zu eifrig, wie mir schien. Neben mir spürte ich, wie Halef seinen Körper spannte und die Leuchtkugel in die linke Hand wechselte. Bei Abdi hatte ich seit Qendressas Eintreten eine verständliche Unruhe bemerkt, die ich aber nicht befördern wollte, indem ich ihm einen Blick zuwarf. Ich wandte meine gesamte Aufmerksamkeit Qendressa zu.

„Haschim ist ein guter Mensch, ein wenig dick mag er sein, aber er ist ein geschwinder und geschickter Reiter. Und er plappert ein wenig viel. Aber das kennen Sie ja von mir und meinen Gefährten."

„Allerdings, Kara Ben Nemsi. Sie scheinen sich mit solchen zu umgeben, weil sie ja selbst nur sehr wenig reden." Sie lachte. Gekünstelt. Dann kam sie mit raschen Schritten näher. Ich machte ihr den Weg zu Skanderbegs Thron frei, indem ich zur Seite trat und Abdi hinter mich brachte. Qendressa ignorierte dieses Manöver und baute sich vor Skanderbegs Leichnam auf. Ich deutete auf dessen Schmuck und Gewänder. „Es scheint, als sei es nur eine Legende gewesen, dass Skanderbegs Grablege in Lezha geplündert und sein Körper gefleddert wurde. Man hat ihn wohl hierher gerettet."

Qendressa schaute mich scharf an. „Er wurde von den Osmanen geschändet. Und die Knochen als Talismane zerstreut. Ich selbst habe einiges gefunden. Aber nicht alles. Noch nicht."

Ich war tatsächlich verblüfft. „Aber wer …"

„Ihr seid nicht in allem ein Experte, Kara Ben Nemsi! Schaut, dort – der Siegelring an der Totenhand und das Wappen am Schwertknauf, an der Gewandspange. Das ist nicht Skanderbeg, sondern Fürst Lekë Dukagjini, ein Feldherr, der unter Skanderbeg diente und gegen die Osmanen focht, wenngleich sie in den wenigen Zeiten des Friedens auch einander bekämpften, wie es Fürsten nun einmal tun. Es gab auch allerlei

Familienhändel und Zwiste, sogar eine recht blutige Begeben-
heit bei einer Hochzeit. Ihnen als Deutschem müsste dies zu-
sagen, auch wenn sich nicht Burgunder und Hunnen bekämpften wie im Nibelungenlied, sondern nur Skipetaren. Aber als
Schriftsteller dürfte Ihnen dieses Melodram gefallen."

Sie reckte abfällig das Kinn gegen den Leichnam. „Dennoch
ist dieser Mann nicht das Symbol, das die Skipetaren heute
brauchen. Und ich werde mein Volk nicht belügen und Lekë
Dukagjini für Skanderbeg ausgeben. Das Tarnen und Täuschen ist mir zuwider!"

Jetzt war es an mir, zu lachen. Ich trat einen Schritt zurück,
zog meinen Revolver und richtete ihn auf Qendressa.

„Sie verabscheuen das Tarnen und Täuschen? Doch haben
Sie nichts anderes getan, seit wir uns kennen! Ich habe Sie
durchschaut, Zonjusch Qendressa. Wie immer Ihre Loyalität
gegenüber den Skipetaren gestaltet sein mag – ich weiß, dass
Sie voll und ganz nur in den Diensten eines einzigen Mannes
stehen – des Schut!"

Dreißigstes Kapitel
Der Schatten des Schut

Qendressa zeigte keine Regung, als ich den Revolver auf sie richtete, auch nicht, als ich meine Anschuldigung aussprach. Gleichsam ignorierte sie Halef, der ebenfalls den Revolver zog. Sie hingegen schlug langsam, wie beiläufig ihre Jackenschöße zurück. Um zu zeigen, dass sie unbewaffnet war. Sie schwieg, während ich weitersprach.

„Sie haben niemals Haschim getroffen. Er hätte sich als Scheik vorgestellt, der er ist, und ein gelehriger Mann noch dazu – nicht einfach ein Diener. Ebenso ist er nicht dick und nicht plapperhaft. Und selbst wenn er Ihnen den Weg hierher noch so genau beschrieben hätte – warum haben Sie sich nicht gewundert, dass Sie unten an der Felswand kein Lager von uns gefunden haben, mit den Pferden und dem Gepäck? Sie sind nicht dem Pfad gefolgt, den wir gegangen sind, was beweist, dass Sie diesen Ort und andere Zugänge kennen."

Ich bedeutete Abdi, einen Blick über die Kante nach unten zu werfen. Er hielt sich an den Seitenfelsen des Höhleneingangs fest und spähte in die Tiefe. „Keine Pferde", verkündete er, „keine Löwinnen."

„Wie erwartet", sagte ich. „Sie kannten die Karte aus dem Besitz des Mübarek. Sie wussten, dass hier nicht Skanderbegs Leichnam liegt. Der Mübarek und der Schut hätten im Gegensatz zu Ihnen aber diesen Fürsten für jenen ausgegeben, wenn es ihnen gedient hätte, die Skipetaren gegen die Osmanen zu führen. Warum, Zonjusch Qendressa, sind Sie also hier? Behaupten Sie nicht, Sie wollten diesen Betrug verhindern, indem Sie diesen Leichnam zerstören oder verbergen. Und seien

Sie bitte auch nicht kokett und geben vor, nur meine Nähe gesucht zu haben!"

Qendressa spitzte den Mund. „Was sind Sie doch für ein kluger Mann, Kara Ben Nemsi. Deshalb werfen Sie mir auch nicht vor, die Skipetaren zu verraten und mich nicht um mein Volk und mein Erbe zu scheren. Das tue ich wohl. Aber ich musste mich für die Zukunft meines Volkes und der anderen Völker des Balkans mit jenem scheußlichen Menschen einlassen, den ich gar keinen Mann nennen möchte. Und mein Dienstherr ist er nicht."

„Sie geben es also zu: Sie arbeiten für den Schut!"

„Notgedrungen! Gezwungenermaßen!" Qendressas Stimme wurde brüchig, als schnürte ihr etwas die Kehle zu. „Ja, ich habe mich verstellt. Ja, ich habe Sie und die Ihren an den Schut verraten."

Jetzt rief Halef laut durch die Höhle. „Alles war nur ein schäbiges Schauspiel! Ihr habt Euch mit uns entführen lassen, um Eure – um deine Maskerade zu wahren, du böses Weib! Immerhin hast du auch die Rosenbrühe schlucken müssen und wärst fast mit uns in dem Keller verreckt…" Halef schnappte nach Luft und bellte dann mit noch mehr Empörung los. „Der Nagel! Der so zufällig und glücklich gefundene Nagel! Den hattest du doch die ganze Zeit! Der Schut hätte dir auch gleich den Schlüssel für den Keller zustecken können! Wahrscheinlich hättest du dir da auch noch eine Lügengeschichte ausgedacht!"

Ich ließ Halef diesen Moment, um seine Wut hinauszuschreien. Auch ich war zornig. Aber ich nahm die Ränke und Schliche und die Schauspielerei schlichtweg hin und hinterfragte nicht deren Sinn oder deren Erfolg. Wir hatten Qendressa vertraut und sie nicht verdächtigt, auch wenn es Hinweise gegeben hatte. Wir hatten sie spät, vielleicht zu spät, erkannt, zugegeben, aber nun war es einerlei.

„Was hat der Schut Ihnen versprochen?" Ich behielt die höfliche Anrede bei. Noch war die Missetäterin angeklagt, aber nicht verurteilt. „Sollten Sie die Herrscherin über die Skipetaren werden? In einem kleinen Fürstentum im Großreich des Schut?"

„Nein", sagte Qendressa leise. „Ich bat nur um die Freiheit der Skipetaren. Für mich hingegen wollte ich nur mein Leben."

„Er hat Sie bedroht? Er wollte Sie töten, wenn Sie ihm nicht dienen?"

„Er hat mich bereits getötet." Sie schaute Halef ein wenig ungehalten an. „Nein, Hadschi Halef Omar. Es ist nicht so, wie ihr nun glaubt oder befürchtet. Ich wurde nicht wiederbelebt, wie sie es mit dem widerlichen Mübarek getan haben, mit dieser nekromantischen Maschine."

Sie hob die Hand. „Natürlich weiß ich davon, Kara Ben Nemsi. Im Grunde muss der Mübarek mich dauern. Er war dem Schut ein erbärmliches und armseliges Versuchswesen. Der Schut warf die Überreste des Mübarek in den Sarkophag, um dessen Zauber zu versuchen. Er hatte erhofft, sich damit eine Armee zu schaffen von todlosen Kriegern." Qendressa lachte bitter. „Aber wie es so ist mit den Allmachtsphantasien. Was nutzt eine Armee, deren Krieger immer schwächer werden und zu Sand und Staub zerfallen? So blieb es beim Mübarek. Der diente auch in diesem Zustand dankbar dem Schut, nur weil er wieder das Leben hatte. Oder mehrere davon, wenn man dies überhaupt Leben nennen will."

„Und Sie?", fragte ich. Jetzt hatte ich immerhin die Gewissheit über den Mübarek und den Sarkojasth. Hier lag also keine weitere Bedrohung. Aber was drohte stattdessen?

„Ich bin tot, weil ich mein altes Leben verloren habe. Der Schut, oder vielmehr Al-Kadir, hat mich mit einem Fluch belegt. Ich verwandle mich für eine Stunde am Tag in eine alte, schwache Frau. Eine Greisin, näher am Tod denn am Leben, mit allen Schmerzen des Verfalls und der Schwäche von Geist und Leib. In der Zeit um den Sonnenaufgang bin ich wehrlos. Deshalb habe ich meine Löwinnen zum Schutz."

„Aferdita und Lindita", nickte ich. „Treffliche Namen. Der nahende Tag und der geborene Tag. Und Sie befinden sich zum Schutz zwischen ihnen, wenn Sie der Fluch ereilt. Ich hätte ahnen können, dass Sie nicht einfach eine Eskorte für die Reise brauchen. Sie können sich in den restlichen Stunden des Tages sehr wohl Ihrer Haut erwehren."

„Danke sehr", sagte sie, und es klang nicht mehr so kokett und spöttisch wie einst, sondern schwach und verletzlich. Die eine Stunde der Schwäche am Tag musste Qendressa eine unglaubliche Qual bereiten. Ich konnte dies nur erahnen, aber wenn ich mich selbst in diese Situation hineindachte ...

„Ein Fluch!", höhnte Halef. „Du kannst uns viel erzählen, um uns milde zu stimmen. Ja, ich glaube an Zauberei und Magie, da habe ich meinem Sihdi noch einiges voraus. Aber eine Leuchtkugel oder ein magisches – Etwas sind Dinge, die man greifen und mit eigenen Augen sehen kann." Halef war klug genug, trotz seiner Wut nicht zu verraten, dass wir jenes magische Zelt besaßen. Und sein Einwand hatte etwas für sich.

Qendressa verzog gequält das Gesicht. „Wollt ihr alle bis zum Sonnenaufgang warten und mich in meinem Elend begaffen? Ich kann einen anderen Beweis bieten. Kara Ben Nemsi, Sie besitzen den Goldreif, durch den man die wahre Gestalt der Wesen sehen kann. Schauen Sie mich durch diesen an."

Qendressa musste durch Al-Kadir vom Musaddas erfahren haben. Aber sie hatte Recht. Ich griff nach dem Reif und hob ihn vor mein Auge. Qendressa hob den Kopf und breitete ergeben ein wenig die Arme aus. Was ich durch den Reif sah, ließ mich erschauern und gleichzeitig von Mitleid und Trauer ergriffen sein. Ich sah eine Greisin mit tief gefurchtem Gesicht und langem weißen Haar, das schütter von einem hautfleckigen Schädel auf die mühsam erhobenen Schultern hing. Die Augen waren milchig vom Star und doch konnte ich den erbarmungswürdigen Blick erkennen, selbst wenn die Gesichtszüge vor Falten und Runzeln alle Mimik verloren hatten. Die kaum vorhandenen Lippen fielen ebenso wie die schlaffen Wangen in den Mund zurück, in welchem sich kein einziger Zahn mehr befinden konnte. Und jetzt hoben sich die dürren, knotigen Finger mit den langen, brüchigen Nägeln und bargen das Antlitz darin, ob aus Schmerz oder Scham war einerlei. Ich ließ den Musaddas sinken, ich wollte Qendressa nicht länger auf diese Weise betrachten, denn ich hatte begriffen: Das war die Gestalt, die Al-Kadir ihr auf magische Weise aufgezwungen hatte und in der sie eine Stunde am Tag leben musste – oder vielmehr: leiden musste. Ich schaute zu Abdi hinüber. Er hatte Recht behalten. Von diesem Fluch rührten die Klagelaute, die er vernommen hatte. Und jetzt erinnerte ich mich wieder! Das Mitleid musste weichen; ich musste wieder den Verrat enthüllen, zum Ankläger werden und später auch zum Richter.

„Und für den Schut wollten Sie Abdi entführen und sein Zauberkraut stehlen. Zu dumm für Sie, dass Ihnen das bei aller Gelegenheit nicht gelungen ist. Aber seien Sie froh, denn wer unsere Freunde entführt, den jagen Halef und ich gnadenlos."

Qendressa stand gebeugt da, als würde sie die Alterslast des Fluchs spüren. „Das glaube ich Ihnen", sagte sie mit schwacher Stimme, „aber auch der Schut und Al-Kadir sind ohne Gnade. Nicht allein gegen Sie, weil sie beider Pläne durchkreuzt haben. Auch ich musste leiden, weil es mir eben nicht gelang, den braven Abdi…" Sie schüttelte den Kopf. „Es dauert mich, denn ich hätte mir mit seinem Leben mein eigenes erkauft. Aber nun leide ich weiter, weil der Schut und Al-Kadir mich bestrafen. Meine Qual verschlimmert sich mit jedem Tag, an dem ich meine Aufgabe nicht erfüllt habe. Es verrinnt immer mehr Zeit, bis ich nach der Verwandlung in meiner alten – in meiner jungen Gestalt wieder zu Kräften gekommen bin. Ich werde immer schwächer und die Schmerzen bleiben auch nach der Verwandlung bestehen."

Halef gab einen Laut von sich, der nicht von Mitleid kündete. Qendressa nickte ergeben. „Wie könnte ich auf Mitgefühl hoffen? Und selbst jenes, das ich erhalten habe, ist von Hohn und Eigennutz getränkt. Hier…" Sie griff langsam nach ihrer

Gürteltasche und hob die andere Hand in bittender Geste. Halef und ich blieben vorsichtig und senkten die Revolver nicht. Qendressa holte einen flachen Tiegel hervor, eine Art Tabaksdose, geschnitzt aus dunklem Holz. „Dies ist eine Salbe, die Linderung bringt. Der Mübarek hat sie mir gegeben, da er sich wohl auf solcherlei Dinge versteht. Aber er wollte mir selbst damit kaum etwas Gutes tun, sondern nur dafür sorgen, dass ich seinen Herren das beschaffe, nach dem es sie verlangt. Es ist sehr ironisch, dass die Schurken stets vergessen, dass die Strafen, welche ihre Diener antreiben sollen, sie stattdessen nur verlangsamen." Qendressa öffnete den Tiegel mit zitternden Fingern und der matt schimmernde, talgige Inhalt verströmte einen dumpfen Geruch, als habe man eine Totengruft betreten.

„Bitte", sagte Qendressa mit brüchiger Stimme, „die rasche Reise hierher hat mich geschwächt. Auch die Nähe zu Al-Kadir, denn der Karaul des Schut liegt nicht allzu weit von hier im Osten. Und zudem werde ich wohl bestraft, weil ich euch verraten habe, wem ich tatsächlich diene."

Tatsächlich erkannte ich, dass Qendressas Haar sich in den vergangenen Augenblicken grau verfärbt hatte. Auch ihre Gesichtszüge wirkten eingefallen. Ihre Hände zitterten mehr und schienen schmaler und schwächer. Die Stimme war ein schwaches Krächzen.

„Ich muss dieses Mittel anwenden. Ihr könnt mich richten. Aber ich kann euch auch helfen, doch dies ist mir nur möglich, wenn ich den Schmerzen und dem Fluch etwas entgegensetze."

Ich nickte. „Bitte." Ich ging davon aus, dass dies keine Finte war. Die Wirkung des Fluchs war nun auch ohne den Blick durch den Musaddas zu erkennen. Und ich bezweifelte, dass sich in dem Tiegel etwas befand, das uns betäuben könnte, so wie Qendressa es mit mir in der britischen Botschaft getan hatte. Ein Pulver lässt sich gegen einen Gegner schleudern, eine talgige Salbe wohl kaum. „Geht dort in die Nische."

„Danke", ächzte Qendressa. „Aber bitte wendet euch ab. Der Mübarek, dieses Scheusal, hat mir zudem die Schmach auferlegt, dass ich die Salbe auf meinen gesamten Körper auftragen muss. Ich will die Herren nicht in Verlegenheit bringen. Zudem ist es zu kalt, um sich gänzlich zu entkleiden. Dennoch…"

„…werden wir diskret und galant sein", versprach ich. Ich wog mein Ehrempfinden gegen die notwendige Vorsicht ab. Qendressa war augenscheinlich unbewaffnet, aber selbst wenn sie Klingen oder anders verborgen hatte, würde sie gegen uns drei kaum bestehen können – und auch kaum aus dieser Höhle fliehen können. Ich wusste, dass Qendressa überaus geschickt klettern konnte – aber fliegen würde sie wohl kaum. Selbst der angeblich so mächtige Al-Kadir hatte für seine Flucht aus der roten Festung das geflügelte Pferd benötigt.

Wir drehten uns um. Sogleich hörten wir das leise Rascheln von Kleidung und leise, schmerzerfüllte Laute. Ich bedeutete Abdi, noch einmal aus der Höhle zu spähen, diesmal nach oben. Vielleicht war Qendressa auch von dort gekommen und ihre Löwinnen und ihr eigenes Pferd warteten über uns auf einem Felsvorsprung. Wer wusste, ob nicht ein Pfad über den Berg führte, in dem diese Höhle lag. Doch Abdi erkannte nichts; auch hing kein Seil von oben herab. Hier konnte niemand fliehen, denn der einzige Weg führte nach unten.

Leise sprach ich mit Halef, ein Ohr immer auf die Geräusche aus der Nische gerichtet.

„Wir sollten den Leichnam des Skipetarenfürsten bergen und mit uns nehmen. Die Schurken sollen ihn nicht bekommen. Ob wir ihn den Skipetaren übergeben, können wir später entscheiden." Ich vermied jedes Wort über unseren weiteren Umgang mit Qendressa, falls sie trotz ihrer Notlage lauschen würde. Und natürlich erwähnte ich nicht, dass Bergung und Transport eine Aufgabe war, die ich den beiden Amerikanern anvertrauen wollte. Qendressa wusste nichts von deren Anwesenheit und dem Zelt, und dabei sollte es bleiben. Halef und ich würden mit Qendressa zum Treffen mit Haschim reiten. Wenn es ihm gelänge, den Fluch zu brechen, könnte die so Gerettete unsere Verbündete werden. Aber dafür musste sie zunächst überhaupt wieder zu einer Reise fähig sein.

„Wie geht es Ihnen, Zonjusch Qendressa", fragte ich sanft.

„Schon besser", kam es aus der Nische zurück. „Sie dürfen sich wieder umdrehen."

Halef und ich hatten keine verdächtigen Geräusche vernommen. Ein Narr hätte vielleicht versucht, die alten Waffen des Skipetaren zum Angriff auf uns zu nutzen – doch gegen unsere Revolver wären diese selbst für einen geübten Klingenkämpfer nutzlos. Und so wandten wir uns um. Qendressa stand noch immer in der Nische und schob den Tiegel in ihre Tasche. Sie sah wieder so jung aus wie zuvor, auch war der Schmerz aus ihrem Gesicht verschwunden, wenngleich der stolze und spöttische Ausdruck früherer Zeiten fehlte.

„Und nun?", fragte sie nahezu demütig. „Was gedenken Sie mit mir zu tun? Ich kann Ihnen als Geste meiner Läuterung anbieten, meine Skipetaren und die Brüder Bellios zu überzeugen, dass sie Ihnen gegen den Schut beistehen."

„Nichts anderes hatte ich bereits geplant", entgegnete ich sanft. „Der Name Haschim, den Sie aufgeschnappt haben, als Sie uns belauschten, ist nicht nur der Name eines gelehrten Scheiks. Der Mann ist allerlei Zauber kundig und kann vielleicht auch den Fluch lösen, der Sie quält. Sie schulden dem Schut und Al-Kadir dann nichts mehr. Und uns nur Ihre Loyalität."

Ich vermochte aus Qendressas Gesichtsausdruck nicht genau zu lesen, was sie in diesem Augenblick empfand. Sie war überrascht – wohl voller Hoffnung auf das Lösen des Fluchs, vor allem aber, weil ich einen Magier kannte und dies offen kundtat. Ich war mir sicher, dass sie zuvor nichts von Haschim gewusst hatte. Sicher hätte sie genauso lügen können wie zuvor, doch ich bezweifelte, dass Al-Kadir einer schlichten Untergebenen von seinem Erzfeind berichtet hatte.

„Ein Zauberer", sagte Qendressa bedächtig. „Unter Ihren Freunden. Und wir treffen ihn bald?"

„Sobald wir die Berge verlassen haben", nickte ich. „Wären Sie nicht Ihrer eigenen Wege gegangen, hätten Sie ihn wohl getroffen. Wir sandten ihn von Ostromdscha aus Abdi und Ihnen entgegen, weil wir Ihnen von der Karte zu Skanderbegs vermeintlichem Grab berichten wollten."

„Aber die kanntest du ja bereits", schnarrte Halef, dessen leises Mitgefühl wieder geschwunden war. Qendressa vollführte erneut eine ergebene Geste. „Ach ja, Abdi. Es tut mir so leid", flüsterte sie und näherte sich ihm langsam. Dabei schaute sie mich an. „Was ist eigentlich mit den beiden Amerikanern?"

„Hier sind sie nicht, wie Sie ja sicher bemerkt haben."

„Ach ja, Westmänner. Nie da, wenn man sie brauchen könnte..."

Ich wollte gerade entgegnen, dass ich mich ebenfalls für einen Westmann hielt – als Qendressa einen gedankenschnellen und leichtfüßigen Sprung vollführte, der sie neben Abdi und zudem gefährlich nahe an den Rand der Felskante brachte. Sie glitt hinter den überraschten Abdi, riss dessen Messer an sich und presste es an seinen Hals. Gleichzeitig tastete sie nach dem Kräuterbeutel an Abdis Gürtel und krallte die Finger darum. Sie fletschte in grausamem Lächeln die Zähne.

„Wer zu warten versteht, bekommt alles, wonach es ihn verlangt! – Oder eher: sie verlangt."

Ich blickte finster und schätzte kalt die Möglichkeit ab, mit einem gezielten Schuss die Verräterin zu verletzen oder zu töten. Doch beide Male drohte die Gefahr für Abdi, mit der Getroffenen rücklings in die Tiefe zu stürzen.

„Was soll das?", rief ich zornig. „Flucht ist unmöglich! Mit einer Geisel kann Klettern und Abseilen nur scheitern!" Draußen vor dem Höhleneingang rauschte der Wind und für einen Herzschlag verspürte ich die schreckliche Ahnung, dass Al-Kadir auf seinem Windpferd heranreiten mochte, um – ja, was

467

zu tun? Niemand kann sich auf ein fliegendes Ross schwingen, zumal nicht mit einem Gefangenen. Und würde das Wundertier überhaupt drei Menschen tragen können? Das wusste wohl nur Al-Kadir – und auch Haschim. Wäre er doch nur hier! Zum ersten Mal wünschte ich mir Hilfe und Beistand. Und magische dazu!

Qendressa funkelte mich an. „Ich errate Ihre Gedanken. Sie wünschen sich den Zauberer herbei. Zu schade, dass dies kaum geschehen wird. Auch habe ich kein Interesse daran, ihm zu begegnen. Er wäre wohl überrascht. Über mich. Und über euch." Sie lachte kehlig. „Aber falls *ich* Ihnen stattdessen etwas zaubern soll…"

„Was reden Sie da?", gab ich zurück, aber ich verspürte ein Brennen in meinem Magen und ein prickelndes Gefühl im Nacken, und eine schreckliche Erkenntnis überkam mich. Ich erinnerte mich an all die seltsamen Vorkommnisse, die ich in der Gegenwart Qendressas erlebt hatte und die ich mit meinem nüchternen Verstand als natürlich und normal erachtet hatte. Damals. Nun ahnte ich, was jenes Leuchten in Qendressas Hand, die betäubende Substanz, meine Visionen, die kleinen Taten nahezu übermenschlicher Geschicklichkeit in Wahrheit bedeuten mochten. Ich hätte meinen Empfindungen mehr Bedeutung beimessen sollen. Ich hatte diese verspürt, weil ich noch immer einen Teil der ominösen Macht in mir trug, die in der roten Festung Al-Kadirs durch das magische Schachspiel in mich eingedrungen war. Obgleich ich sie verschmäht hatte, wirkte sie noch immer schwach in mir weiter, worauf Haschim mich stets hingewiesen hatte. Und durch sie mochte ich gespürt haben, dass das, was Qendressa umgab, die Aura des Zaubers war. Ich hatte gespürt, wann immer sie Magie gewirkt hatte. Doch hatte ich es nicht begriffen, weil ich noch immer nicht an Magie geglaubt hatte.

Ich musste blass geworden sein. Qendressa feixte. „Sie scheinen eine Offenbarung zu haben, Kara Ben Nemsi. Aber Sie tun sich noch immer etwas schwer. Lassen Sie mich Ihnen helfen. Nicht, dass Sie glauben, was Sie durch den Musaddas gesehen haben, wäre eine Täuschung gewesen."

„Nein", entgegnete ich, „ich weiß, dass ich die Wahrheit gesehen habe. Auf Ihnen liegt ein Fluch. Deshalb sah ich Sie als..." Endlich begriff ich. Der Musaddas zeigte das wahre, magische Wesen der Dinge. Wie konnte eine junge Frau, die mit einem Greisinnenfluch belegt war, durch den Musaddas als Greisin erscheinen?

„Und erneut eine Offenbarung! Sie könnten bald als heiliger Mann gelten!" Qendressa stiegen Lachtränen in die Augen. „Was Sie alle hier begaffen, ist ein Trugbild. Ich bin so alt, dass ich Skanderbeg hätte zu Lebzeiten begegnen können, statt jetzt seine Gebeine zu suchen. Die hübsche junge Maske, die ich trage, habe ich mir durch Zauber aufgelegt. Aber Sie müssen nicht empört schauen! Nicht alles war eine Lüge. Tatsächlich muss ich eine Weile am Tage wieder meine alte, tatsächlich alte Gestalt annehmen. Nicht wahr, Kara Ben Nemsi – Sie können auch nicht den ganzen Tag laufen, springen, reiten, kämpfen? Oder sich als Kiradschi verkleiden."

Halef schnaubte. „Und wir waren so freundlich, dass du dir die Schminke ins Gesicht schmieren durftest, die dich wieder jung macht! Wir hätten dich altes Weib den Berg hinunterstoßen sollen!"

„Ach, Hadschi Halef Omar!" lachte Qendressa. „Die Salbe war für etwas anderes. Fragt Euren Sihdi doch nach einem seiner deutschen Märchenbücher..."

Und dann begann Qendressa zu fliegen.

Ich musste ungläubig dabei zusehen, wie sich Qendressas Stiefelsohlen vom Fels des Höhlengrunds hoben und ihr Körper in nur einem Augenblick eine Handbreite, eine Ellenlänge, eine Armlänge über den Boden schwebte – und da sie Abdi in einem festen Griff hielt, hob sie ihn anscheinend mühelos mit sich in die Luft. Abdi zitterte am ganzen Leib und wagte nicht, sich zu rühren, noch weniger auch nur einen Laut von sich zu geben. Halef machte einen wütenden Schritt nach vorn, es war ein Reflex, dann zögerte er und blieb bebend stehen. Auch ich erkannte, dass sich nun erst recht jeder Schuss verbot, denn nun – nein, ich konnte diesen Gedanken nicht nüchtern zu einem Ende bringen – was ich dort sah, war unfassbar! Ein letzter skeptischer Fetzen in mir schaute angestrengt gegen den hellen Himmel, um zwischen Qendressa und der oberen Felskante etwa doch noch ein Seil auszumachen oder ein Kabel aus Eisendraht, durch welches nur die Illusion des Schwebens erreicht wurde – aber diese Frau, diese Hexe, sie schwebte tatsächlich!

„Sehen Sie, Kara Ben Nemsi?", lachte Qendressa. „Begreifen Sie? Und sicher fragen Sie sich jetzt, warum ich nicht schon in Stambul die Fassade der Botschaft hinaufgeflogen bin! Ach, Sie sind doch ein Mann des Abenteuers, Sie müssten das verstehen – ich wollte ein wenig den Kitzel der Gefahr spüren. Zugegeben, ich kann mich ohnehin sehr leicht machen und würde bei keiner Kletterei hinabstürzen wie ihr erbärmlichen Menschlein. Aber wenn es um das Fliegen geht, dann brauche ich eben die Flugsalbe. Alles hat seine Regeln, selbst die Hexerei."

Sie wandte den Blick kurz zu dem erstarrten Abdi, dem der kalte Schweiß über die Stirn lief. „Und deshalb muss ich diesen hier mit mir nehmen. Leben Sie wohl."

Jetzt schwebte Qendressa mit Abdi zusammen rücklings über die Felskante, hing über der Tiefe. Der Wind zauste ihr Haar ebenso wie das von Abdi, zerrte an beider Kleider, doch Qendressa hing mit ihrer Geisel in der Luft, ohne das geringste Schwanken. Halef und ich sprangen nach vorn, bis zur Felskante. Mehr noch als der Blick in die Tiefe entsetzte uns das Schauspiel der beiden Menschen, die in der Leere zwischen den Bergen, vor dem Blau und Grau von Himmel und Fels ein erschreckendes Bild boten.

Qendressa nahm das Messer von Abdis Kehle. Schon wollte ich aufatmen, denn nun drohte ihm keine Gefahr mehr von der Klinge – als die Spitze aufblitzend auf mich selbst zeigte. Qendressa schaute mich in gespieltem Mitleid an. „Sie werden Ihren Gefährten vermissen. Vielleicht sogar mich. Deshalb gebe ich Ihnen ein Andenken."

Ich spannte meinen Körper an – bereitete mich auf die heransausende Klinge vor, ihr auszuweichen, sie mit dem Revolver abzuwehren, beiseitezuschlagen. Aber ich dachte immer noch zu sehr in gewohnten Bahnen, nutzte meine Erfahrungen mit Schurken und Verbrechern, die grausam waren, aber eben doch nur Menschen.

Ich sah mit Entsetzen und Wut, wie Qendressa das Messer in rascher Bewegung an Abdis Gesicht brachte und mit der Klinge einen schnellen Halbzirkel beschrieb. Abdi stieß einen lauten Schrei aus, Blut spritzte rotschimmernd durch die Luft und wurde vom Wind zersprüht.

Halef rief entsetzt Abdis Namen, ich spürte ein Zucken in meinem Abzugsfinger, doch ich durfte dem Impuls nicht nachgeben! Qendressa hielt Abdi noch immer in dem leichten Griff, der zeigte, dass sie ihn nicht allein mit der Kraft ihres Armes gefasst hatte. Und als sie die Finger von dem Messer löste, schwebte es weiterhin in der Luft, neben dem Ohr, das Qendressa von Abdis Schläfe geschnitten hatte. Dieser Anblick war grausam und höllenhaft, doch noch mehr schmerzte mich Abdis von Pein verzerrtes Gesicht.

Mit der jetzt freien Hand winkte Qendressa mir einen höhnischen Gruß zu, dann schloss sie kurz die Augen, wie um Kräfte zu sammeln oder die Gedanken zu ordnen. Sie öffnete die Lider, sandte mir einen Blick zu, der kalt und spöttisch war. Dann bewegte sich ihr schwebender Körper zur Seite, langsam zunächst, und dann flog sie davon und riss Abdi mit sich, bis beide nur noch ein winziger Punkt in der kalten Luft der Verwunschenen Berge waren.

Halef und ich starrten ihr hilflos nach. Voller Wut rammte ich den Revolver in das Gürtelhalfter und blickte Halef an.

Mit zugeschnürter Kehle wollte ich etwas herausknurren –
da stieß Halef mich roh beiseite, gegen die Felwand.

„Achtung, Sihdi!"

Ein helles Blitzen schoss zwischen uns beiden hindurch, und
mit einem Klirren rutschte das Messer, welches einst Abdi
gehört hatte, auf den Höhlenboden. Auf der breiten Seite der
Klinge befand sich noch immer das abgetrennte Ohr unseres
bedauernswerten Freundes. Und ich ahnte, dass es nicht durch
getrocknetes Blut daran klebte.

Ich atmete tief ein. Der kühlende Höhenwind half, meinen
Zorn verschwinden zu lassen und durch kalte Entschlossenheit
zu ersetzen.

„Sie fliegt zum Karaul des Schut. Wir folgen ihr."

Halef nickte knapp. Er ging zu dem Messer und dem Ohr
hinüber. Während auch er seinen Revolver fortsteckte, zog er
ein Tuch hervor, nahm das Messer vorsichtig am Griff auf,
wobei das Ohr wie mit der Klinge verwachsen schien und sich
nicht bewegte. Halef schlug Messer und Ohr in das Tuch ein.
Dann hob er es mir entgegen. „Das Messer stoße ich der Hexe
in ihr schwarzes Herz. Und Abdi bekommt sein Ohr zurück,
und wenn ich es ihm selbst mit Nadel und Faden wieder annä-
hen muss!"

„Oder wir zwingen die Hexe, es ihm wieder – anzuhexen."
Ich lachte abfällig. Ein absurder Gedanke. Aber wohl keineswegs abwegig.

„Aber nun, hinaus aus dieser Höhle und hinaus aus den Bergen."

In höchster Eile brachten wir hinter uns, was trotz all der
schrecklichen Ereignisse und Enthüllungen getan werden musste. Halef und ich stiegen hinab zu unserem unsichtbaren Lagerplatz, bedeuteten Fontenoy und Beecher durch das Prisma,
dessen Funktion wir ihnen erklärt hatten, das Zelt verschwinden zu lassen. Als wir uns wieder gegenüberstanden, setzten
wir sie darüber in Kenntnis, dass Qendressa eine Verräterin

und Schergin des Schut war, eine Hexe und die Entführerin unseres Gefährten. Dann erläuterte ich meinen Plan, den wir sogleich verwirklichten: Wir bargen den Leichnam des Skipetarenfürsten, indem wir ihn in überzählige Decken hüllten und aus der Höhle abseilten. Halef und ich waren von solcher Energie und Tatendrang erfüllt, dass wir kaum weniger rasch und geschickt die nötigen Kletterpartien bewältigten, als wenn wir ebenfalls Hexenmeister gewesen wären und unsere Körper leichter als Luft.

Dann schnürten wir mit angemessener Pietät und Ehrfurcht vor Alter und Kultur die sterblichen Überreste des Fürsten auf Abdis Maultier und teilten unsere Vorräte auf. Halef und ich würden zum Karaul des Schut reiten. Fontenoy und Beecher hatten sich bereit erklärt, in unserem Auftrag nach Skutari zu reisen, welches nicht allzu weit im Südwesten lag. Dort würden sie auf unsere Empfehlung bei dem Kaufmann Galingré vorsprechen, jenem Mann, der uns in Freundschaft verbunden war. Dieser würde jene für die Skipetaren wertvolle Reliquie in sichere Verwahrung nehmen und den beiden Amerikanern ein guter Gastgeber sein. Falls sie auf uns warten wollten, könnten sie es dort tun. Es gäbe aber auch die Möglichkeit, sich an der Küste in Lezhe entweder erneut nach Istanbul einzuschiffen oder gleich die Adriatische See nach Italien zu queren, falls ihnen der Sinn danach stand, so rasch als möglich Europa in Richtung Amerika zu verlassen. Doch beide Amerikaner dankten nur höflich für diesen Vorschlag und verkündeten dann stolz, alles tun zu wollen, um sich und andere vergessen zu machen, dass sie auf den Betrüger und Schurken Verde oder eben den Mübarek hereingefallen waren. Wenn sie aber mit uns kommen sollten, um gegen den Schut zu kämpfen …

Dies musste ich jedoch ablehnen, denn ich wollte die beiden nicht in Gefahr bringen. Der Weg nach Skutari war doch um einiges sicherer als ein Gefecht mit ungewissem Ausgang. Insgeheim hoffte ich ohnehin auf Beistand durch Haschim. Aber ich wusste nicht, ob es ihm möglich war, noch zwei weitere Personen unter seinen magischen Schutz zu nehmen. Ich hielt Fontenoy und Beecher für mutige Männer, aber ich hatte noch kein Gefecht mit ihnen bestanden und wollte mich besser allein auf Halef verlassen.

Und Halef hatte noch eine ganz besondere Gabe für die beiden Amerikaner. Als ich über die Gefahren referierte, die den beiden als Fremden in einem fremden Land drohten, und wie sie diese vermeiden könnten, und dass sie sich vor Katzen, Füchsen und Menschen mit leuchtenden Augen in Acht nehmen sollten, holte Halef aus seiner Tasche zwei Halstücher hervor, die das typische Webmuster der Beduinen zeigten, wenngleich sie für eine Kefije eigenartig gefärbt waren, nämlich in Schwarz und Grau. Ich wollte mir schon die scherzhafte Frage erlauben, ob Halef diese aus dem Gepäck von Sir David stibitzt hatte, denn die Farben waren genau nach dem Geschmack des Lords und das Muster konnte man durchaus als kariert ansehen. Aber dann schwieg ich doch und lobte Halef für die freundliche Gabe, die unseren amerikanischen Freunden die Kühle der Berge und den Staub der Straße erträglich machen würde, wenn wir sie schon nicht begleiten konnten.

Doch Halef meinte, diese Tücher seien noch viel nützlicher. Haschim habe sie ihm zugesteckt, kurz bevor wir uns in Ostromdscha getrennt hatten, mit dem geraunten Satz, dass sie dienlich sein würden, falls die Diebeskerzen in unserem Besitz einmal aufgebraucht waren. Ich begriff. Und wunderte mich, dass mich auch im Orient und auf dem Balkan so oft mein deutsches Erbe verfolgte – denn es schien mir, dass diese grauen Kefije wohl so etwas waren wie die Nebelkappe der Nibelungen.

Ich war sehr dankbar für diesen Schutz, den wir den Amerikanern bieten konnten – und noch mehr, dass die beiden keinerlei Scheu vor solcherlei Dingen hatten. Ich hingegen dachte für einen Augenblick daran, dass ich in meinem bisherigen

Leben mit einer Art Scheuklappen in die Welt geschaut hatte, weil ich die Magie und den Zauber nicht hatte sehen wollen, obgleich es beides doch überall in Fülle zu geben schien.

Wir schieden voneinander. In Skutari würden wir uns bald wiedertreffen.
 Halef und ich ritten los, hinaus aus den Verwunschenen Bergen. Wir würden das magische Zelt wie schon zuvor dafür nutzen, unsere Rast kurz und unseren Ritt lang zu halten, um rasch gen Nordosten nach Peja zu gelangen, jenem Ort, in dessen Nähe die Rugowa-Schlucht lag, in welcher wir den Karaul des Schut wussten. Dort würden wir unsere Feinde stellen. Den Schut. Al-Kadir. Und die Hexe Qendressa.

ENDE

Kara Ben Nemsi und Hadschi Halef Omar erleben
weitere Abenteuer

in

Der Sturz des Verschwörers

Inhalt

Weitere Informationen zur Reihe
„Karl Mays Magischer Orient"
finden Sie auf den folgenden Seiten
sowie im Internet auf
www.magischer-orient.karl-may.de

Alexander Röder
Im Banne des Mächtigen
„Karl Mays Magischer Orient" Band 1

Als Kara Ben Nemsi und Hadschi Halef Omar sich mit ihrem
alten Freund, dem schrulligen Sir David Lindsay in Basra treffen, ahnen sie nicht, dass ihnen ein neues Abenteuer bevorsteht.
Die schicksalhafte Begegnung mit einem jungen Dieb zwingt
die Freunde, die Stadt zu verlassen. Als sie auf einen Trupp
Banditen stoßen, taucht ein Name immer wieder auf: Al-Kadir,
der Mächtige. Es gilt, diesem geheimnisvollen König der Diebe
auf die Spur zu kommen. Dabei geraten sie immer tiefer in die
Wüste und das Netz des Mächtigen. Als sie auch noch auf die
geheimnisvolle Tempelruine eines Dämonenkults stoßen, muss
sogar der sonst so rationale Kara Ben Nemsi einsehen, dass es
Dinge gibt, die über das Erklärbare hinausgehen. Ist es Magie,
die dem geheimnisvollen Al-Kadir seine Macht verleiht?

ISBN 978-3-7802-2501-6   € 16,99

Thomas Le Blanc (Hrsg.)
Auf phantastischen Pfaden
Eine Anthologie mit den Figuren Karl Mays

Auf phantastischen Pfaden reitet Kara Ben Nemsi alias Old Shatterhand durch den schillernden Orient bis in den Wilden Westen und erlebt zusammen mit seinen Freunden magische Momente. Selbst dem griechischen Hades und der für ihn zukünftigen Welt des 21. Jahrhunderts stattet er Besuche ab. Dschinn aus 1001 Nacht, Zauberer, Schamanen und indianische Medizinmänner kreuzen seinen Weg und stellen ihn vor immer neue Herausforderungen.

Tanja Kinkel, Thomas Le Blanc, Alexander Röder, Rainer Schorm, Jörg Weigand und weitere deutsche Fantasy-Autoren präsentieren in 23 mitreißenden, sowohl emotionalen als auch humorvollen Kurzgeschichten die Schauplätze Karl Mays aus vollkommen neuer Perspektive.

ISBN 978-3-7802-2599-3   € 12,99

KARL MAY's
GESAMMELTE WERKE

Die Reihe wird fortgesetzt

KARL-MAY-VERLAG
BAMBERG·RADEBEUL
www.karl-may.de